Sophia Money-Coutts

Kann ich jetzt bitte mein Herz zurückhaben?

Roman

Aus dem Englischen von Ivana Marinovic

PENGUIN VERLAG

Die englische Originalausgabe erschien 2018 unter dem Titel
The Plus One bei HarperCollins, London.

Sollte diese Publikation Links auf Webseiten Dritter enthalten, so übernehmen wir für
deren Inhalte keine Haftung, da wir uns diese nicht zu eigen machen, sondern lediglich
auf deren Stand zum Zeitpunkt der Erstveröffentlichung verweisen.

Verlagsgruppe Random House FSC® N001967

PENGUIN und das Penguin Logo sind Markenzeichen
von Penguin Books Limited und werden
hier unter Lizenz benutzt.

4. Auflage
Copyright © 2018 by Sophia Money-Coutts
Copyright © der deutschsprachigen Ausgabe 2020 by
Penguin Verlag in der Verlagsgruppe Random House GmbH,
Neumarkter Straße 28, 81673 München
Das Zitat aus William Shakespeares *Sonett 116* auf S. 8 stammt aus der Übersetzung
von Max Joseph Wolff, erschienen im Wegweiser-Verlag.
Das Zitat aus Elizabeth Barrett-Brownings *Portugiesische Sonette* auf S. 172 stammt aus
der Übersetzung von Hans Böhm, erschienen im Georg D. W. Callwey Verlag.
Umschlaggestaltung: bürosüd unter Verwendung von
Motiven von www.buerosued.de
Redaktion: Lisa Wolf
Satz: Buch-Werkstatt GmbH, Bad Aibling
Druck und Bindung: CPI books GmbH, Leck
Printed in Germany
ISBN 978-3-328-10449-0
www.penguin-verlag.de

 Dieses Buch ist auch als E-Book erhältlich.

*Für meine Familie, die noch verrückter ist
als sämtliche Figuren in diesem Buch.*

*Aber das ist genau der Grund,
warum ich euch so liebe.*

Ich gebe *Sinn und Sinnlichkeit* die Schuld an allem. Als ich den Film zum ersten Mal sah, war ich zwölf. Ein Alter, in dem man extrem leicht zu beeindrucken ist. Oder nein, um genau zu sein, ist es nur Kate Winslet, die als Marianne – die jüngere der zwei Schwestern – beinahe einen Liebestod stirbt. Diese Szene, in der sie sich während eines tosenden Sturms aufmacht, um sich aus der Ferne Willoughbys Landsitz anzuschauen, und dabei von Colonel Brandon gerettet wird und die nächsten Tage schwitzend mit einem lebensbedrohlichen Fieber im Bett verbringt? Ja, so beschloss ich damals, das war das angemessene Level an Drama für eine gelungene Romanze.

Daher machte ich mich mit eiserner Konsequenz daran, Marianne, so gut es ging, nachzueifern. Sie liebte die Poesie, was mir wie ein Zeichen vorkam, da ich ebenfalls gerne las. Als eine Art Hommage kaufte ich mir ein schmales Büchlein mit Shakespeare-Sonetten, das ich stets in meiner Schultasche mit mir herumtrug für den Fall, dass ich in den Pausen genug Muße fand, es zur Hand zu nehmen, um leise – und mit gebührendem Pathos – die Verse vor mich hin zu flüstern. Darüber hinaus lernte ich das Sonett 116, Mariannes und Willoughbys Lieblingsgedicht, auswendig.

Dem festen Bund getreuer Herzen soll kein Hindernis erstehn: Lieb' ist nicht Liebe, die, in der Zeiten Wechsel wechselvoll …

Man stelle sich ein pummeliges zwölfjähriges Mädchen vor, das in einer Leggins, bunt wie der Regenbogen, durch die Straßen von Battersea stapft und diese Worte vor sich hin murmelt. Ein Anblick für die Götter. Also, ja, wie ich schon sagte, *Sinn und Sinnlichkeit* war schuld daran, dass ich glaubte, ich müsse unbedingt jemanden finden. Und dabei geriet ich auf die völlig falsche Spur.

Hätte ich geahnt, dass die Woche in einer solchen Katastrophe enden würde, wäre ich vielleicht einfach im Bett geblieben und hätte den Rest der kalten Jahreszeit wie ein Igel im Winterschlaf verbracht.

Ganz abgesehen davon, dass sie auch nicht besonders toll anfing. Es war Dienstag, der 2. Januar, und damit der deprimierendste Tag des Jahres, an dem alle sich niedergeschlagen, mit ein paar Kilo zu viel und einem leergefegten Konto wieder zur Arbeit quälten. Dank eines unglücklichen Zufalls war es zu allem Überfluss auch noch mein Geburtstag. Mein *dreißigster* Geburtstag, um genau zu sein. Was dafür sorgte, dass ich an jenem Morgen noch miesere Laune hatte als alle anderen um mich herum. Ich war nicht nur über Nacht ein ganzes Jahrzehnt gealtert, nein, ich war tragischerweise auch noch Single, teilte mir mit Joe, einem schwulen Oboisten, eine schimmelige Wohnung in Shepherd's Bush und hatte zusehends den Eindruck, dass all diese nervigen *Daily Mail*-Artikel über die rasant abnehmende Fruchtbarkeit von Frauen direkt an mich persönlich adressiert waren.

Ich radelte von meiner Wohnung zur Redaktion des *Posh!*-Magazins in Notting Hill, wobei ich mir alle Mühe gab, mich nicht zu übergeben. Okay, der Kater ging ganz allein auf meine Kappe. Die vergangene Nacht war ich viel zu lange wach geblieben und hatte zusammen mit Joe auf dem Sofa einen Rotwein nach dem anderen entkorkt. Wer auch immer der Meinung war, man solle den Januar mit Ausnüchtern verbringen, konnte mich mal kreuzweise. Joe hatte unser Besäufnis als vorgezogene Geburtstagsfeier im kleinen Kreis schöngeredet; ich hingegen hatte es einen Abgesang auf meine Jugend genannt. Wie auch immer, jedenfalls hatten wir drei Flaschen Wein geleert, die wir wie üblich in dem kleinen Lädchen direkt unter unserer Wohnung erstanden hatten, und ich war mit einem Gefühl im Schädel aufgewacht, als hätte jemand mein Gehirn durch einen Klumpen Gelee ersetzt.

Entsprechend unsicher eierte ich auf meinem Fahrrad am Notting Hill Gate vorbei und schloss es neben dem Eingang der *Posh!*-Redaktion ab, bevor ich kurz in der benachbarten Pret-a-Manger-Filiale vorbeischaute, um mir einen Americano mit Milch, ein Frühstücksbaguette mit Eiern und Speck sowie einen Blaubeer-Muffin zu besorgen. Laut der Pret-a-Manger-Website mit den Nährstoffangaben (auf meinem Arbeits-PC unter Favoriten gespeichert) kam ich damit auf 950 Kalorien; aber da ich in der Nacht zuvor mit Joe praktisch nichts gegessen hatte, beschloss ich, dass auch die Kalorien mich mal kreuzweise konnten.

»Morgen, Enid«, sagte ich über meinen Computerbildschirm hinweg und stellte die Pret-Tüte auf meinem Schreibtisch ab. Enid war die persönliche Assistentin von Peregrine Monmouth, dem Herausgeber des *Posh!*-Magazins. Ihr Hüftumfang entsprach ziemlich genau ihrer Körpergröße, und alle im Büro liebten sie, was im Wesentlichen daran lag, dass sie es schaffte, jedermanns Spesen- und Urlaubsanträge durchzuboxen.

»Polly, mein Engel! Alles Gute zum Geburtstag!« Sie kam um den Schreibtisch gewatschelt und schloss mich in die Arme. »Und ein frohes neues Jahr«, fügte sie hinzu, wobei sie mein Gesicht an ihren gigantischen Busen quetschte. Ihr Atem roch nach Kaffee.

»Frohes neues«, murmelte ich in Enids Strickjacke, bevor es mir gelang, mich aus der Umarmung zu lösen und mich in eine aufrechte Haltung zu begeben. Mein Kopf pochte höllisch, und ich griff mir an die Stirn. Ich brauchte ganz dringend ein paar Aspirin.

»Hast du denn einen schönen Urlaub gehabt?«, erkundigte sie sich.

»Mhmm«, antwortete ich vage und beugte mich vor, um meinen PC hochzufahren. Wie lautete noch gleich mein Passwort?

»Hast du die Feiertage mit deiner Mutter verbracht?«

Enid kehrte zu ihrem Schreibtisch zurück und begann in ihrer Tasche herumzukramen, die neben ihr auf dem Boden stand.

»Mhmm.« Ich wusste noch, dass es eine Kombination aus einer Zahlenfolge und dem Namen des Hundes meiner Mutter war. *Bertie123*? Klappte nicht. Scheiße. Ich würde die Frau von der IT-Abteilung anrufen müssen, deren Namen ich mir allerdings auch nie merken konnte.

»Und hast du auch schöne Geschenke bekommen?«

Bertie19. Das war's. Bingo!

Sofort quoll mein Posteingang von E-Mails über, die sofort wieder vom Bildschirm verschwanden, um weiteren Platz zu machen. Ich sah dabei zu, wie die Anzahl in Windeseile auf 632 hochschnellte. Als ich sie durchscrollte, konnte ich feststellen, dass es sich größtenteils um Pressetexte zu irgendwelchen Diäten handelte – zuckerfrei, glutenfrei, milchfrei, fettfrei. Außerdem noch eine neue, angeblich von einem kalifornischen Arzt entwickelte Methode, die sich »Rosinen-Diät« nannte und bei der man nicht mehr als dreißig Rosinen am Tag essen durfte.

»Tut mir leid, Enid«, sagte ich kopfschüttelnd und griff nach meinem Baguette. »Ich musste mich nur gerade konzentrieren. Ob ich schöne Geschenke bekommen habe? Ach, das Übliche, ein paar Bücher von meiner Mum. Wie war dein Weihnachten?«

»Oh, es war wunderschön, danke. Nur Dave, ich und die Kinder. Und meine Schwiegermutter, die langsam etwas senil wird, aber das haben wir ganz gut hingekriegt. Ich habe es leider ein wenig mit dem Baileys übertrieben. Deshalb probiere ich jetzt eine neue Diät aus, von der ich gelesen habe.«

»Ach ja?«

»Sie heißt Rosinen-Diät und soll ganz, ganz toll sein. Du isst zehn Rosinen zum Frühstück, zehn zum Mittagessen und dann noch einmal zehn am Abend. Es heißt, man könne damit bis zu sechs Kilo in einer Woche verlieren.«

Ich sah über meinen Computerbildschirm hinweg zu, wie Enid ein paar Rosinen aus einer kleinen Tupperdose entnahm und sie einzeln abzählte.

»Morgen allerseits, guten Rutsch und all den Blödsinn. In fünfzehn Minuten Besprechung bei mir im Büro, wenn ich bitten darf!«, begrüßte uns Peregrine dröhnend, der in einem marineblauen Wollmantel und mit Filzhut durch die Tür gestürmt kam.

Peregrine war fünfundfünfzig und hatte es mittlerweile in die Riege der Schönen, Reichen und Adeligen geschafft, nachdem er das *Posh!*-Magazin in den Neunzigern vornehmlich deshalb gegründet hatte, um mit jenen Leuten verkehren zu können, von denen er meinte, dass sie seine Freunde sein sollten: Herzöge, Grafen, Lords, aber auch der eine oder andere ukrainische Oligarch und dergleichen. Demselben Grundsatz folgend wählte er auch die Frauen in seinem Leben aus: zuerst eine italienische Juwelierserbin; danach die Tochter eines venezolanischen

Ölbarons; und aktuell war er mit einer französischen Stabheuschrecke verheiratet, die – wie Peregrine nicht müde wurde, jedem unter die Nase zu reiben – eine entfernte Verwandte des Fürstenhauses von Monaco war.

»Wo stecken denn nur alle?«, fragte er, als er Hut und Mantel abgelegt hatte und wieder aus seinem Büro auftauchte.

Ich musterte die leeren Schreibtische um mich herum. »Keine Ahnung. Bisher sind nur Enid und ich da.«

»Nun, sobald Lala kommt, möchte ich mit euch beiden sprechen. Ich habe da eine Riesenstory aufgetan, hinter die wir uns klemmen müssen.«

»Klar. Worum handelt es sich?«

»Streng geheim. Nur wir drei beim Meeting. Und da auch nur die nötigsten Infos«, sagte er. Dann blickte er zu Enid. »Alles in Ordnung bei dir?«

Enid stocherte mit einem Finger in ihrem Mund herum. »Ja, hab nur ein Stück Rosine zwischen den Zähnen stecken.«

Peregrine verzog das Gesicht, bevor er wieder zu mir sah. »Also gut. Du gibst Bescheid, sobald Lala sich blicken lässt?«

Ich nickte.

»Alles klar«, nuschelte Enid und winkte mit den Fingern.

Eine Stunde später saßen Lala, die offizielle Party-Redakteurin der Zeitschrift, und meine Wenigkeit in Peregrines

Büro. Ich hatte mittlerweile meinen Kaffee getrunken und sowohl das Baguette als auch den Muffin verspeist, schwebte jedoch immer noch irgendwo zwischen Leben und Tod.

»Tja, so wie es aussieht, ist das nächste Baby der Royals unterwegs«, legte Peregrine los. »Die Gräfin von Hartlepool hat es mir gestern beim Lunch erzählt. Anscheinend gehen sie zum selben Gynäkologen.«

»Wann ist es denn so weit?«, erkundigte ich mich.

»Im Juli«, sagte er. »Darum will ich, dass wir zackig eine knackige Story hinlegen, die wir noch in die nächste Ausgabe packen können.«

In Anbetracht meines momentanen Zustands fragte ich mich, ob ich den Juli überhaupt noch erleben würde – was für ein Geburtstag! »Wie wäre es mit einer Story über die zukünftigen Spielgefährten der kleinen Royals?«, schlug ich vor.

Peregrine nickte zustimmend, während er sich seinen stattlichen Bauch kratzte, der über seinen Hosenbund quoll und auf seinen Oberschenkeln ruhte. »Ja, so was in der Art. Die Fotheringham-Montagues erwarten ebenfalls ihr zweites, wenn ich mich nicht irre.«

»Und meine Freundin Octavia de Flamingo ihr erstes«, sagte Lala an ihrem Stift nagend. »Für den Fall, dass es ein Junge wird, haben sie schon einen Platz am Eton College für den künftigen Stammhalter reserviert.«

»Wie auch immer, wir brauchen auf alle Fälle Minimum zehn weitere blaublütige Babys – wenn ihr euch also umhören würdet?«, sagte Peregrine. »Polly, ich möchte das Freitag früh auf meinem Schreibtisch haben. Und besorgt auch gleich Bilder von allen.«

»Von den Eltern?«, hakte ich nach.

»Nein, nein, nein!«, donnerte er. »Von den Babys! Ich will die Ultraschallaufnahmen sämtlicher adligen Schwangeren. Ich will das ganze Material, das sonst noch niemand zu Gesicht bekommen hat. Ihr wisst schon, das echte Insider-Zeug.«

Ich seufzte, als ich zurück an meinen Schreibtisch ging. Die *Posh!* war jetzt also so sehr Insider, dass sie schon Schnappschüsse aus dem Inneren aristokratischer Gebärmütter abdrucken würde.

Wie immer Anfang der Woche fuhr ich auch heute Abend – gewissermaßen als Sahnehäubchen auf meinem grandiosen Geburtstag – zu meiner Mutter nach Battersea.

Zu Hause herrschte eine Art mumifiziertes Chaos. Mum lebte nun schon beinahe zwei Jahrzehnte in der Wohnung, seit wir nach dem Tod meines Vaters von Surrey nach London gezogen waren. Sie arbeitete in einem nahe gelegenen Gardinengeschäft, und zwar hauptsächlich deshalb, weil der Chef ihr erlaubte, ihren neunjährigen Jack-Russell-Terrier in den Laden mitzunehmen – unter der Bedingung, dass er bei ihr hinter der Kasse blieb und nicht auf die Damaststoffe pinkelte, die überall in großen Rollen herumlagen. Bertie gehorchte auch weitestgehend und hob sein Bein nur hier und da ganz diskret über den dunkelsten Stoffbahnen, die er finden konnte, wenn Mum einmal zu lange von einem Kunden in Beschlag genommen wurde.

Meinen Job bei der *Posh!* verdankte ich im Übrigen dem Gardinengeschäft. Peregrines zweite Frau – die Venezolanerin – war eines schönen Samstags hereingeschneit, um sich nach Vorhängen für ihr neues Haus in Chelsea umzuschauen, als ich gerade auch da war. Und obwohl Alejandra den Charme und die Wärme eines südamerikanischen Despoten versprühte, nahm ich dennoch all meinen Mut zusammen und erwähnte, dass ich gerne Journalistin werden würde. Und so kam es, dass Peregrine – weil er so knausrig und ich so verzweifelt war – mir ein paar Monate später eine Stelle als seine Assistentin anbot. Zunächst bestand meine Arbeit darin, seine Partyeinladungen zu beantworten und Kaffee zu holen, doch nach etwa einem Jahr fing ich auch an, kleinere Artikel für die Zeitschrift zu verfassen. Nichts Weltbewegendes. Nur ein paar kurze Beiträge, die ich mir zum Großteil ausdachte und in denen es um die neuesten Trends für Partykostüme oder die angesagtesten Häppchen für Cocktailempfänge ging. Doch ich arbeitete mich langsam empor, bis Peregrine mich einige längere Storys und Interviews mit dem ein oder anderen durchgeknallten Mitglied der britischen Aristokratie führen ließ. Zugegeben, es war nicht meine journalistische Traumrolle – man konnte mich wohl kaum eine

Kate Adie nennen, die mit einer Splitterschutzweste bekleidet aus dem Gazastreifen berichtete. Aber es war ein Job, der es mir erlaubte zu schreiben; und obwohl ich in meinen Anfängen noch nichts über die oberen Zehntausend wusste (ich dachte, ein Vicomte wäre ein französischer Käse), schien es mir doch ein gutes Karrieresprungbrett.

»Alles Gute zum Geburtstag, mein Schatz, räum meine Stiefel einfach aus dem Weg!«, rief Mum aus dem Obergeschoss, als ich an besagtem Abend, begleitet von Berties Bellen, die Haustür öffnete. Auf der Heizungsverkleidung im Flur lag ein Stapel brauner Umschläge, zwei davon mit dem Vermerk *EILT!*.

»Mum, öffnest du eigentlich je deine Post?«, fragte ich, während ich die Treppe zum Wohnzimmer hochstieg.

»Oh, ja, ja, mach dir da mal keinen Kopf«, sagte sie, nahm mir die Umschläge aus der Hand und legte sie auf ihren Schreibtisch, dessen Oberfläche bis zum letzten Zentimeter mit Zeitschriften und altem Papierkram bedeckt war. »Ich habe uns einen Kuchen gebacken«, fuhr sie fort. »Aber ich habe auch noch ein paar Garnelen im Kühlschrank, die dringend weg sollten, also gibt es die zuerst. Dazu mache ich ein Risotto, was meinst du?«

»Mmm, lecker, danke«, erwiderte ich und fragte mich, ob Peregrine es mir wohl abnehmen würde, wenn ich mich krankmeldete, weil meine Mutter mich mit Garnelen vergiftet hatte, die so alt waren, dass sie von allein in den Kochtopf gewandert waren.

»Hattest du denn einen schönen Geburtstag?«, erkundigte sich Mum. »Wie war es auf der Arbeit?«

»Ach, nur das Übliche. Peregrine leidet nach wie vor unter seinem immensen Napoleon-Komplex. Er will, dass ich einen Artikel über die Babys der Royals und ihre blaublütigen Spielgefährten schreibe.«

»Ach du liebe Güte«, nuschelte Mum, als sie in die Küche ging, den Kühlschrank öffnete und eine Flasche Wein herausholte. In den vier Jahren, die ich jetzt für die *Posh!* arbeitete, hatte ich mehr über die Oberschicht gelernt, als ich mir je hätte träumen lassen. Ein Herzog stand in der Hackordnung höher als ein Graf, doch alle waren sie gleichermaßen von ihren Labradoren besessen. Und obgleich Mum – Tochter eines Bibliothekars aus Surrey – bezüglich meiner Arbeit hinter mir stand, zeigte sie nie ein sonderliches Interesse an den inhaltlichen Details.

Sie schenkte zwei Gläser Weißwein ein und reichte mir eins. »Aber jetzt lass uns erst hinsetzen, damit ich dir dein Geschenk geben kann.«

Erschöpft ließ ich mich aufs Sofa fallen, was Bertie natürlich sofort nutzte, um auf meinen Schoß zu springen, wobei der Weißwein über den Glasrand und in meinen Schritt schwappte.

»Bertie, runter da!«, befahl Mum und reichte mir eine kleine Schmuckschatulle, während sie sich neben mir niederließ. Sie blickte Bertie streng an, den Finger auf den Boden gerichtet, bis er langsam und widerwillig vom Sofa kletterte.

Ich öffnete die Schatulle. Darin befand sich ein Ring. Ein dünner, feiner Goldring, in den ein Knoten geschmiedet war.

»Den hat dein Vater mir zu deiner Geburt geschenkt. Also dachte ich mir, um deinen runden Geburtstag entsprechend zu würdigen, sollst du ihn von nun an haben.«

»Oh, Mum ...« Ich brachte kein Wort heraus. Sie sprach kaum über Dad, der mit fünfundvierzig an einem Herzinfarkt gestorben war. Damals war ich gerade einmal zehn Jahre alt. Von einem Augenblick auf den anderen änderte sich unser Leben von Grund auf, und wir sahen uns gezwungen, unser hübsches viktorianisches Haus in Surrey zu verkaufen und in diese Wohnung nach Battersea zu ziehen. Wir standen damals beide unter Schock, doch wir ließen uns nicht unterkriegen und machten mit unserem Leben in London weiter – auch weil uns schlicht und ergreifend nichts anderes übrig blieb. Seit jener Zeit waren wir ein kleines, aber eingeschworenes Team. Nur wir beide. Und dann auch noch Bertie, als ich zum Studium wegzog und Mum beschloss, dass sie ein kleines pelziges Ersatzkind brauchte.

Ich steckte den Ring an den Finger. Er war am Knöchel etwas eng, ließ sich aber dennoch überstreifen. »Er ist wunderschön«, sagte ich und betrachtete meine Hand. Dann blickte ich zu Mum auf. »Danke.«

»Gut, ich bin froh, dass er dir passt. Und jetzt hör mir

zu, denn es gibt da etwas, worüber ich mit dir sprechen muss.«

»Mhmm?« Ich versuchte, den Ring an meinem Finger zu drehen, und überlegte, dass ein kleiner Magen-Darm-Infekt aufgrund einer Garnelen-induzierten Lebensmittelvergiftung womöglich gar nicht so schlecht wäre. Schließlich könnte ich so wahrscheinlich zwei, drei Kilo loswerden.

»Polly?«

»Ja, ja, entschuldige, ich höre zu.« Ich ließ den Ring los und lehnte mich auf dem Sofa zurück.

»Also gut«, begann Mum. »Ich war letzte Woche bei Dr. Young. Du weißt schon, wegen der Brustschmerzen, die mir zu schaffen gemacht haben? Ich habe zwar meine Blutdrucktabletten genommen, aber sie haben nicht geholfen, also bin ich am Donnerstag noch einmal hin. Wirklich furchtbar diese Woche, der Warteraum voller schnupfender, hustender Patienten. Aber ich bin trotzdem noch einmal vorbei, und, na ja, er will, dass ich ein MRT machen lasse.«

»Ein MRT?«

»Ja. Er meint, dass es höchstwahrscheinlich nichts sei, aber dass wir trotzdem sichergehen sollten.«

»Oh, okay … aber was wäre es denn, wenn es *nicht* nichts wäre?«

»Na ja, es könnte irgendeine Kleinigkeit sein«, erwiderte Mum leichthin. »Aber deswegen möchte er ja, dass ich ein MRT machen lassen, um es zu überprüfen.«

»Wann ist der Termin?« Mir war plötzlich speiübel. Panik überkam mich. Es war keine zwei Minuten her, dass ich mir Sorgen wegen des Ablaufdatums auf einer Garnelenpackung gemacht hatte. Auf einmal schien es vollkommen albern.

»Ich warte noch auf eine schriftliche Terminbestätigung. Dr. Young meinte, ich sollte in den nächsten zwei Wochen Bescheid bekommen, aber die Post ist zurzeit so langsam. Na ja, wir werden ja sehen.«

»Es könnte vielleicht ganz hilfreich sein, wenn du ab und zu die Post unten durchschauen würdest«, sagte ich so behutsam wie möglich. »Du willst doch den Termin nicht verpassen.«

»Nein, nein, ich weiß.«

Ich hatte mir im Lauf der Jahre immer wieder gesagt, dass Mum und ich ganz gut allein zurechtkämen. Besser sogar als gut. Wir standen uns viel näher, als ich es von meinen Freunden und deren Eltern her kannte. Doch hin und wieder wünschte ich mir trotzdem, dass Mum einen Ehemann hätte, der sich um sie kümmerte. Und das hier war einer dieser Momente. Nur um jemanden zu haben, der sie unterstützte, der ihr half, der für sie da war, wenn sie jemanden zum Reden brauchte. Mit Bertie konnte sie über dieses Thema ja schließlich schlecht sprechen.

»Gibst du mir Bescheid, wenn du den Brief bekommst, damit ich dich begleiten kann? Wo wird es denn gemacht?«, fragte ich.

»Oh, das ist doch nicht nötig, mein Schatz. Du musst schließlich arbeiten. Mach dir da mal keinen Kopf.«

»Sei nicht albern, natürlich komme ich mit. Ich arbeite für eine Klatschzeitschrift, nicht für den britischen Geheimdienst. Es wird schon niemanden umbringen, wenn ich mir ein paar Stunden freinehme.«

»Und was ist mit Peregrine?«

»Er wird es überleben.«

»Okay. Wenn du dir ganz sicher bist, wäre das natürlich schön. Die Untersuchung findet im St.-Thomas-Krankenhaus statt.«

»Gut, dann wäre das ja geklärt«, sagte ich und versuchte, zuversichtlich zu klingen, so als ob das MRT eine reine Routineuntersuchung wäre und es keinerlei Grund zur Sorge gäbe. »Und jetzt lass uns mal an diesen Garnelen schnuppern.«

Bis Freitagnachmittag hatte ich sechs adlige Babys inklusive Ultraschallbilder aufgetrieben. Aber wo zur Hölle sollte ich die restlichen vier hernehmen? Mein Handy, das neben der Tastatur lag, vibrierte, und eine Nachricht von Bill ploppte auf. Bill war ein uralter Freund, der jedes Jahr am Ende der ersten Januarwoche eine Party veranstaltete, um die Tatsache zu feiern, dass die deprimierendste Woche des Jahres vorbei war.

> Du kannst jederzeit nach
> 18 Uhr vorbeikommen! X

Ich schaute wieder auf meinen Bildschirm voller Baby-Ultraschalls. Oh Mann. Ein Baby. Das schien eine Million Lichtjahre von meinem jetzigen Leben entfernt. Ich hatte seit meiner Studienzeit keinen richtigen Freund mehr gehabt. Damals war ich ein Jahr lang mit einem Jurastudenten namens Harry gegangen, doch dann hatte er sich entschieden, nach Dubai zu ziehen. Eine Woche lang heulte ich mir zu Hause die Augen aus, bis meine beste Freundin, Lex, mir sagte, dass ich mich endlich wieder »der Außenwelt stellen musste«. Doch seither war mein Liebesleben trockener als ein TUC-Keks. Hin und wieder ein Date, hin und wieder ein bisschen Gefummel, hin und wieder sogar ein bisschen Sex, worüber ich dann ganz aus dem Häuschen war, bis mir wieder klar wurde, dass der Sex eigentlich grottig gewesen war, und überhaupt – was gab es da zu freuen?

Letztes Jahr hatte ich ganze zwei Mal Sex gehabt, beide Male mit einem norwegischen Banker namens Fred, den ich über einen gemeinsamen Freund bei einem Sommerpicknick im Green Park kennengelernt hatte – falls man denn mehrere Flaschen Rosé und ein paar Oliven aus dem Supermarkt als Picknick bezeichnen kann. Lex und ich tranken so viel Wein, dass wir bei Einbruch der Dunkelheit beschlossen, unter einem tief hängenden Baum pinkeln zu gehen. Und das wiederum beeindruckte Fred anscheinend so sehr, dass er sich, als Lex und ich wieder zum Kreis zurückkehrten, zu mir setzte.

Wir endeten alle gemeinsam in der Tiki Bar des Londoner Hilton Hotels an der Park Lane, wo Fred mir einen Cocktail bestellte, der in einer Kokosnuss serviert wurde. Er fiel beim Abschied am Parkplatz über mich her, und ich wartete nach dem Geknutsche, bis ich sicher in meinem Taxi saß, bevor ich mir mit dem Handrücken die feuchten Schlieren um den Mund wegwischte. Wir verabredeten uns noch zweimal, und ich schlief beide Male mit ihm – was vermutlich ein Fehler war. Danach hörte ich nichts mehr von ihm. Nach einer Woche schrieb ich ihm eine Nachricht, in der ich ihn ganz unbefangen fragte, ob er in der Gegend sei und Lust hätte, was trinken zu gehen. Er antwortete ein paar Tage später.

Oh, sorry, bin zurzeit beruflich
viel unterwegs und nicht sicher,
ob sich das so schnell ändern
wird. F

»Ja, F wie Fucking Volltrottel, denn nichts anderes ist er«, sagte Lex, loyal wie immer, als ich ihr davon erzählte.

Das also war die Gesamtausbeute meiner romantischen Abenteuer des letzten Jahres. Deprimierend. Andere Leute schienen ständig Sex zu haben. Doch ich saß hier in meinem Büro wie so eine frigide Topfpflanze und sammelte fremde Ultraschallbilder – den offensichtlichsten Beweis, dass diese Leute Sex hatten.

Ich spähte durch das Fenster auf die schmale Straße, die Richtung Notting Hill Gate führte. Es war einer dieser grauen Januartage, die sich gar nicht erst die Mühe machten, einigermaßen hell zu werden, und die Menschen eilten mit gesenkten Köpfen und hochgezogenen Schultern die Bürgersteige entlang, wie um sich gegen die drückende Düsternis abzuschirmen.

Aber egal. Bald war es achtzehn Uhr, und ich könnte das alles hinter mir lassen und mich in Bills Wohnung flüchten, wo mich ein köstliches Glas Wein erwartete. Oder, wenn ich ehrlich sein sollte, wohl eher mehrere Gläser.

Exakt eine Sekunde nach achtzehn Uhr verließ ich die Redaktion und schlängelte mich durch die Touristenhorden in der U-Bahn-Station Notting Hill Gate. Sie schoben sich in diesem ganz speziellen Touri-Tempo voran, das in mir den tiefen Wunsch weckte, ihnen allen vors Schienbein zu treten. Als ich endlich in Brixton ausstieg, ging ich noch schnell zu dem kleinen Laden am anderen Ende von Bills Straße, um eine Flasche Wein zu kaufen. Und eine große Tüte Kettle-Chips. »Wir lassen es krachen, ist schließlich Freitagabend, oder?«, sagte ich zu dem Mann an der Kasse, der mich jedoch kaum eines Blickes würdigte.

Bill lebte in einem Erdgeschoss-Apartment in einer hübschen Straße mit weiß gestrichenen Reihenhäusern. Er hatte sich die Wohnung gekauft, als er noch als

Programmierer bei Google gearbeitet hatte. Den Job hatte er erst vor Kurzem gekündigt, um sich voll auf die Entwicklung einer App für das staatliche Gesundheitssystem zu konzentrieren. Irgendwas mit erleichterten Terminabsprachen. Bill meinte, dass er seine nerdigen Superkräfte damit jetzt endlich sinnvoll nutzen könnte. Er hatte nie versucht, seine verschrobene, streberhafte Seite zu verbergen. Und genau das war einer der Gründe, warum wir uns als Teenager auf einer Party angefreundet hatten.

Lex war an jenem Abend oben im Badezimmer verschwunden, um mit einem Jungen zu knutschen (sie war ständig am Knutschen oder Fummeln – damals wurde überhaupt eine Menge gefummelt und gefingert), während ich auf einem Sofa im Hobbykeller saß und mit dem Fuß zu einem Lied von Blue mitwippte, damit es so aussah, als würde ich mich supergut amüsieren, wo ich mich doch in Wahrheit supermies fühlte, weil nie ein Junge mit mir knutschen wollte. Und wenn kein Junge je mit mir knutschen wollte, wie sollte ich dann je befummelt werden? Und wenn ich niemals befummelt wurde, wie sollte ich dann jemals richtigen, echten Sex haben? Es schien hoffnungslos. Und gerade in dem Moment, als ich beschloss, es wäre wohl das Beste, in ein Kloster einzutreten – gab es überhaupt welche in Südlondon? –, setzte sich ein Junge auf das andere Ende des Sofas. Er hatte strubbeliges schwarzes Haar und trug eine Brille, deren Gläser so dick waren, dass sie aussahen, als wären sie doppelverglast.

»Ich hasse Partys«, sagte er und schielte mich dabei durch seine Doppelgläser hindurch an. »Kannst du Partys auch nicht leiden?«

Ich nickte schüchtern in seine Richtung, und er grinste zurück.

»Die sind doch alle schrecklich, oder? Ich bin übrigens Bill.« Er streckte mir seine Hand hin, und ich schüttelte sie. Dann unterhielten wir uns über Musik und die anstehenden Prüfungen für die Mittlere Reife. Erst als Lex etwa eine Stunde später wieder zum Luftschnappen auftauchte, atemlos und mit erdbeerrot geschwollenem Mund, wurde mir klar, dass ich einen neuen Freund gefunden hatte. Keinen *Freund*-Freund, mit dem man rumknutschte – ich wollte mit Bill nicht knutschen, seine Brille sah wirklich krass aus –, aber ich hatte einen echten Jungen zum Freund. Und Freunde waren wir seitdem geblieben.

»Hereinspaziert, hereinspaziert«, begrüßte mich Bill, als ich eintraf. Mit der einen Hand öffnete er die Haustür, während er in der anderen eine Jeans hielt. »Entschuldige, ich habe es noch nicht geschafft, mich umzuziehen.« Er grinste. »Du bist die Erste.«

»Dann beeil dich lieber«, erwiderte ich. »Kann ich mich irgendwie nützlich machen?«

»Nein. Stell einfach deine Flaschen ab und öffne, was immer du willst. Ich bin in zwei Minuten wieder da!«, rief er auf dem Weg ins Schlafzimmer.

Ich warf einen Blick in den Kühlschrank. Er war

gerammelt voll: Würstchen, Speck, ein paar Steaks und irgendwas, das vermutlich mal eine Tomate gewesen war, nun aber ein interessantes Forschungsobjekt für einen Wissenschaftler abgegeben hätte. Darüber hinaus keine erkennbaren Spuren von Gemüse. Ich schnappte mir eine Flasche Weißwein und kramte in einer Schublade nach dem Korkenzieher.

Bill kam in die Küche zurück; er hatte die Jeans von eben an und dazu ein T-Shirt mit der Aufschrift: *Ich bin ein Computerflüsterer*. In den Jahren, die auf unser Kennenlernen folgten, hatte er zwar Kontaktlinsen entdeckt, sich jedoch gleichzeitig eine ganze Kollektion fragwürdiger Statement-T-Shirts angeschafft.

»Schenk mir auch eins ein. Oder nein, warte. Ich glaub, ich nehme doch erst ein Bier. Also, wie geht's dir so?«, fragte er und öffnete eine Flasche. »Wie war Weihnachten? Wie war dein Geburtstag und so weiter? Ich hab übrigens eine Karte für dich.« Er nahm einen Umschlag vom Küchentisch und reichte ihn mir. »Bitte schön.«

Mit dreißig keinen Mann zu haben, ist nicht mehr so schlimm wie früher, stand vorne drauf. Ich musste grinsen.

»Danke, Mann. Das ist wirklich sehr motivierend.« Ich legte die Karte beiseite und nahm einen Schluck Wein. »Weihnachten war tatsächlich ganz schön, danke. Ruhig, aber irgendwie perfekt. Viel gegessen, viel geschlafen. Du weißt schon, das Übliche eben.« Ich hatte mir die ganze Woche über Sorgen wegen Mums MRT-Termin gemacht, aber ich wollte es noch niemandem erzählen. Solange ich nicht darüber redete, schaffte ich es einigermaßen, die Panik unter Verschluss zu halten, die ich verspürte, wenn ich mitten in der Nacht aufwachte, schlaflos in meinem Bett lag und über die anstehende Untersuchung nachdachte. Ich hatte beschlossen, das Ergebnis abzuwarten, und danach könnte man immer noch weitersehen. »Wie war's bei dir?«

»Schrecklich«, erwiderte Bill. »Ich habe mehr oder weniger durchgearbeitet und versucht, Investoren an Land zu ziehen.« Er nahm einen Schluck von seinem Bier und lehnte sich an den Küchentresen. »Also bin ich die ganze Woche nicht vor Mitternacht aus dem Büro gekommen; mein einziger Sport besteht momentan darin, viermal am Tag vom Schreibtisch zum Klo und wieder zurück zu laufen. Aber so ist das Start-up-Leben nun mal«, seufzte er und nahm einen weiteren Schluck.

»Und was macht das Liebesleben?«, fragte ich.

»Ich treffe mich immer noch mit diesem Mädchen, Willow. Habe ich dir nicht schon vor Weihnachten von ihr erzählt?«

Ich nickte. »Die von Tinder? Die als … Dingsda arbeitet?« Eigentlich erinnerte ich mich kaum an etwas. Wenn Bill was mit einer Frau laufen hatte, reagierte ich immer ziemlich selbstsüchtig und tendenziell beleidigt, weil es bedeutete, dass er weniger oft für Kinobesuche und Pizzaessen zur Verfügung stand.

»Als Innenarchitektin, ja. Sie ist echt cool. Aber gerade ist alles so stressig, dass ich sie immer wieder versetzen muss, um stattdessen eine Single-Portion gebratener Asia-Nudeln mit Hühnchen am Schreibtisch zu verdrücken.«

»Hast du sie für heute Abend eingeladen?«

»Ja, aber sie schafft es leider nicht.«

»Oh. Und wer kommt sonst noch?«

Normalerweise wäre Lex da gewesen, und wir beide hätten den Abend damit verbracht, Wein zu trinken und unsere Neujahrsvorsätze durchzugehen. Doch dieses Jahr war Lex mit ihrem Lover, Hamish, nach Italien geflogen. Daher war ich etwas nervös, wen Bill noch eingeladen hatte. Nein, nicht nervös. Ich hatte nur keine Lust, mich den ganzen Abend mit Fremden unterhalten zu müssen.

»Hm, da wären Robin und Sal, die kennst du schon. Dann noch ein Pärchen von zu Hause – Johny und Olivia, frisch verlobt. Und zwei Freunde von der Business School, die du auch noch nicht getroffen hast: Lou, die für kurze Zeit aus den Staaten hergekommen ist und die du mit Sicherheit lieben wirst, sie ist wirklich toll. Und Callum, den habe ich seit Jahren nicht mehr gesehen.« Sein Handy vibrierte, und er blickte aufs Display. »Oh, das ist sie ja … Lou, hi«, meldete er sich. »Nein, nein, mach dir keine Umstände, nur was zu trinken wäre super … Hausnummer dreiundfünfzig, ja? Die blaue Tür. Einfach klingeln. Bis gleich.«

Um dreiundzwanzig Uhr saßen immer noch alle um Bills Küchentisch herum, die Weingläser mit fettigen Fingerabdrücken verschmiert. Ich hatte richtig viel Rotwein getrunken und saß eingepfercht wie eine Geisel zwischen Sal und Olivia, die sich über ihre Hochzeitspläne unterhielten. Wie war es physikalisch überhaupt möglich, dass zwei selbstbewusste und erfolgreiche junge Frauen so in der Frage aufgehen konnten, in welcher Schrift sie ihre Hochzeitseinladungen drucken sollten? Ich musste an die zahllosen Hochzeiten denken, auf denen ich die letzten zwei Jahre gewesen war: Spitzenkleid nach Spitzenkleid (da heutzutage jede Braut so sittsam und züchtig aussehen wollte wie Kate Middleton an ihrem großen Tag), körbeweise Konfetti vor der Kirche, dann schnell zum Empfang, um sich ungefähr vierundneunzig Gläser Champagner und drei Kanapees einzuverleiben. Wenn ich ehrlich war, konnte ich mich an das Abendessen nie richtig erinnern – irgendeine trockene Hühnerbrust wahrscheinlich. Dann achtunddreißig Cocktails nach dem Dinner, die ich klassischerweise zu einem Großteil über mir selbst und dem Tanzboden verschüttete. Kurz nach Mitternacht dann Schlafenszeit mit schlimmen Blasen an den Füßen von den absolut unakzeptablen Absätzen, die ich getragen hatte. Doch ich konnte mich beim besten Willen nicht daran erinnern, in welcher Schrift die Einladung verfasst worden war.

Nur dass bei der Anrede schlicht und einfach *Polly* dastand. Nur *Polly*, weiter nichts. Nie *Polly & Soundso*, da ich nie einen Freund hatte. Manchmal hieß es auf einer Einladung *Polly mit Begleitung*. Aber das war ähnlich hoffnungslos, da ich auch so jemanden nicht vorzuweisen hatte. Ich griff wieder nach der Weinflasche und ermahnte mich selbst, mit den trüben Gedanken aufzuhören.

»Wer hat Lust auf einen Kaffee?«, fragte Bill und stand auf.

Ich hob die Weinflasche hoch. »Ich bleibe beim Roten.«

»Du bist heute aber nicht mit dem Rad unterwegs, oder?«, fragte Bill.

»Nö. Ich nehme mir ein Uber. Aber sehr rührend, deine Sorge.«

»Ich frag ja nur. Also schön, dann bitte nach nebenan. Ich setze bloß schnell Wasser auf.«

Es ertönte ein beipflichtendes Murmeln, und alle standen auf und machten sich daran, Teller vom Tisch und Servietten vom Boden aufzusammeln.

»Lasst nur stehen«, sagte Bill. »Das erledige ich später.«

Ich schnappte mir Weinflasche und Glas und schlurfte ins Wohnzimmer rüber, wo ich mich aufs Sofa plumpsen ließ und demonstrativ gähnte. Ja, ich war definitiv etwas angenervt.

Sal und Olivia folgten mir und setzten sich auf das Sofa gegenüber, wobei sie immer noch über ihre Hochzeiten quasselten. »Also, wir bestellen eine Fotokabine, aber dafür kein Käsebuffet, weil der sowieso nie wegkommt. Was meinst du?«, hörte ich Sal sagen.

Olivia antwortete mit feierlichem Ernst, als hätte man

sie gerade um ihre Meinung zum Nahostkonflikt gebeten. »Ja, das ist eine wirklich heikle Frage, oder? Wir haben zwar keine Fotokabine, aber dafür einen Kameramann, den wir für den ganzen Tag gebucht haben, daher …«

Ich gähnte abermals. Ich war mit Sal an der Uni gewesen. Einmal hatte sie sich splitterfasernackt ausgezogen und war über ein Fußballfeld gerannt, um gegen die Studiengebühren zu protestieren. Doch heute, während sie über Käsebuffets und Fotokabinen debattierte, schien sie wie ein anderer Mensch. Ein Alien vom Planeten Hochzeit.

»Und du fährst also auch gerne Fahrrad?«, fragte Bills BWL-Kumpel und setzte sich neben mir aufs Sofa.

»Jupp. Meistens schon. Nur nicht, wenn ich zehn Flaschen Wein intus haben.«

»Sehr vernünftig. Sorry, ich bin übrigens Callum.« Er streckte mir zur Begrüßung die Hand hin.

Eingekesselt von zwei Hochzeitsfetischistinnen, hatte ich Callum bisher nicht wirklich registriert. Er hatte einen kahl rasierten Kopf und trug ein hellgraues T-Shirt, das ein Paar recht muskulöser Oberarme offenbarte, dazu ziemlich schicke Sportschuhe – dunkelblaue Nike Airs. Ich achtete immer auf die Schuhe von Männern. Spitze schwarze Schnürschuhe – ganz schlecht. Das richtige Paar Sportschuhe – geradezu aphrodisierend. Lex warf mir immer vor, in puncto Männerfußbekleidung viel zu pingelig zu sein. Aber was, wenn man mit einem Typen ausging, der schwarze, spitze Schnürschuhe trug? Oder, schlimmer noch, braune glänzende Slipper mit eckigen Spitzen? Und sich rettungslos in ihn verliebte? Man sähe einer Zukunft entgegen, die darin bestand, den Rest des Lebens mit jemandem zu verbringen, der abartige Schuhe trug.

»Ich bin Polly«, erwiderte ich und löste den Blick von Callums Sportschuhen.

»Du bist also eine alte Freundin von Bill?«

»Jepp, seit einer Ewigkeit. Seit wir Teenager waren.«

Er nickte.

»Und du hast ihn beim Studium kennenglernt?«

Er nickte abermals. »Ja, an der London Business School.«

»Und was machst du jetzt?«, fragte ich.

»Todlangweiliges Zeug. Ich arbeite für eine Versicherung, aber ich versuche gerade, in die K&R-Abteilung zu wechseln.«

»Was ist das?«

»Kidnap & Ransom-Versicherungen, bei Entführungen und Lösegeldforderungen. Also mehr im Security-Bereich.« Er lehnte sich zurück und stützte einen muskulösen Arm hinter sich ab.

»Wie überaus James-Bond-mäßig.«

Er lachte. »Das wird sich noch herausstellen.«

»Reist du viel?«

»Ein bisschen. Ich würde aber gerne mehr von der Welt sehen. Und du?«

»Ich arbeite für eine Zeitschrift. Die *Posh!*?«, antwortete ich, als wäre es eine Frage, da ich nicht sicher war, ob er davon gehört hatte.

Er lachte wieder und nickte. »Kenne ich. So … Society-Themen, nicht wahr?«

»Ganz genau. Schlösser. Labradore. So Zeug.«

Er grinste. »Ich mag Labradore. Macht es Spaß?«

»Jepp. Völlig irre, aber witzig.«

»Kommst du viel herum?«

»Manchmal. Wenn ich viel Glück habe, darf ich eine kalte, zugige Ruine in Schottland besuchen.«

»Wie überaus glamourös«, sagte er und grinste wieder.

War das ein Flirt? Ich war mir nicht sicher. Ich war mir nie sicher. Während der Schulzeit hatten wir alles übers Flirten aus der *Cosmopolitan* gelernt, in der stand, dass es gut war, die Hand des Gegenübers zu streifen. Und auch, dass das Mädchen sich in Gegenwart des Jungen auf die Unterlippe beißen sollte – oder war es über die Lippen lecken? Auf jeden Fall sollte sie etwas tun, um die Aufmerksamkeit auf ihren Mund zu lenken. Wie auch immer, jedenfalls hatten meine Flirtfähigkeiten seit damals keine sonderlich großen Fortschritte gemacht, und manchmal, wenn ich unbeholfen versuchte, mit jemandem zu flirten, indem ich den Arm oder das Knie eines Mannes berührte *und* mir gleichzeitig über die Lippen leckte, sah es am Ende aus, als hätte ich einen spastischen Anfall.

»Moment, könntest du kurz dein Glas nehmen?«, sagte er und beugte sich über mich.

Mein Magen machte einen aufgeregten Satz. Wollte er etwa über mich herfallen? Hier? Jetzt schon? In Bills Wohnung? Wow. Womöglich unterschätzte ich mich gnadenlos. Womöglich war ich viel besser im Flirten, als mir selbst bewusst war.

Aber nein, er fiel nicht über mich her. Er griff nur nach einem Buch. Unter meinem Weinglas lag ein großer, schwerer Bildband auf dem Sofatisch. Callum nahm es, klappte es auf und legte es uns beiden über den Schoß.

Dann lehnte er sich zurück und begann darin zu blättern. Es handelte sich um eindrucksvolle Reisefotografien: Rentiere im Schnee an einem schwedischen See; ein alter Mann, der sich auf irgendwelchen Steinstufen in Delhi wusch; ein Vulkan in Indonesien, der dicke orangefarbene Rauchwolken ausstieß.

»Da will ich hin«, sagte er und zeigte auf das Foto einer flachen kalkweißen Landschaft – eine Salzwüste in Äthiopien.

»Mach das. Und danach fahren wir … dahin«, erwiderte ich und blätterte zur nächsten Seite.

»Venedig? Warst du schon mal dort?« Er drehte sich ein Stück zu mir, um mich anzuschauen.

»Nein.« War das jetzt ein guter Moment, um seinen Arm anzufassen? Eigentlich hatte ich ziemliche Lust, seinen Arm anzufassen.

»Dann nehme ich dich natürlich mit.«

»Ha!«, stieß ich nervös aus und klatschte mit der Hand auf seinen Unterarm.

Wir blätterten weiter, lachten und diskutierten, wohin wir fahren wollten, bis die Fotos allmählich verschwammen. Ich konnte mich sowieso nicht richtig konzentrieren, da Callum sein Bein unter dem Buch verschoben hatte, sodass es meinen Oberschenkel berührte. Ich ließ unauffällig den Blick über seinen Körper schweifen. Wie groß war er wohl? Im Sitzen war es schwer zu sagen.

»Also gut, Leute«, meldete sich Bill eine Weile später von der anderen Seite des Zimmers und leerte seine Kaffeetasse. »Ich glaube, es ist an der Zeit zu gehen. Tut mir leid, dass ich die Party sprenge, aber ich muss morgen früh raus.«

Callum klappte das Buch zu und zog sein Bein weg, als er sich auf dem Sofa streckte und gähnte. »Spielverderber.«

»Ich weiß, Kumpel, aber manche von uns leben nun mal nicht vom Trinken. Wir haben echte Jobs.«

»Darüber sprechen wir, wenn ich in Peshawar bin.« Er stand auf und klopfte Bill in einer männlichen Umarmung auf den Rücken. Er war genauso groß wie Bill, bemerkte ich. Knapp über ein Meter achtzig. Eine gute Größe, die ich mir bei einem Mann wünschte, damit ich mir im Bett neben ihm nicht wie eine Giraffe vorkam. Dieses Gerücht, dass man immer mit jemandem im Bett landet, der so groß ist wie man selbst, ist totaler Blödsinn.

Um uns herum verabschiedeten sich die anderen voneinander. »Danke noch mal«, sagte ich zu Bill und umarmte ihn. »Arbeite morgen nicht zu viel.«

»Nichts zu danken«, erwiderte er an meiner Schulter.

»Und nein, werde ich nicht. Sonntag dürfte ich wieder Zeit haben, du auch? Lust auf Kino oder so? Ist Lex schon zurück?«

»Sie kommt morgen wieder, also habe ich vorgeschlagen, dass wir uns am Sonntag zum Mittagessen treffen. Magst du mitkommen?«

»Vielleicht, lass uns morgen telefonieren, ja?«

Ich nickte, und Bill wandte sich ab, um sich von Lou hinter uns zu verabschieden.

»Wohin musst du denn?«, fragte Callum, als wir an der offenen Haustür standen. Ich blinzelte angestrengt in mein Smartphone, während ich versuchte, ein Uber zu finden.

»Shepherd's Bush.«

»Perfekt. Da du nicht mit dem Rad unterwegs bist, werde ich dich heimbegleiten.«

»Warum, wo wohnst du?«

»In der Nähe«, erwiderte er. »Wie lautet deine Postleitzahl?«

Das hier passierte eigentlich nie. Das Monster von Loch Ness zu sichten, war wahrscheinlicher, als dass meine Wenigkeit mit einem Mann heimging. Ich runzelte die Stirn, während ich angestrengt versuchte, mich daran zu erinnern, in welchem Zustand sich meine Bikinizone befand. Ich sollte wohl besser nicht mit ihm schlafen – ich hatte die schlimme Befürchtung, dass es da unten aussah wie in den Hängenden Gärten von Babylon.

»Was ist los?«, fragte er, als er meine besorgte Miene sah.

»Oh, nichts, gar nichts, alles gut«, antwortete ich rasch. Mir war auch klar, dass ich meine Beine seit Wochen nicht mehr rasiert hatte. Seit Monaten womöglich. Also streckte ich mich ein paar Minuten später auf dem Rücksitz des Uber-Taxis nach unten und versuchte unauffällig, zwei Finger unter den Saum meiner Jeans zu schieben, um zu überprüfen, wie borstig mein Bein war. Es fühlte sich an wie eine Scheuerbürste.

»Was tust du da?« Callum sah mich fragend an.

»Musste mich nur kratzen.« Ich lehnte mich auf dem Sitz zurück. »Du kommst übrigens nicht mit hoch«, sagte ich mit meiner strengsten Stimme, als der Wagen vor meiner Wohnung hielt.

»Klar gehe ich mit. Ich muss schließlich sicherstellen, dass du heil nach Hause kommst«, erwiderte er, öffnete die Tür und stieg aus.

Obwohl ich mir Sorgen um meine affenartige Körperbehaarung machte, ließ ich ihn hinein, woraufhin er sofort anfing, durch meine Küchenschränke zu stöbern. Ich schleuderte meine Schuhe von den Füßen, setzte mich an den Küchentisch und sah ihm zu, wobei ich gegen meinen Schluckauf ankämpfte.

»Pssssst, mein Mitbewohner schläft«, ermahnte ich ihn, als er die Etiketten von ein paar halb leeren Flaschen inspizierte, die er in einem Schrank entdeckt hatte.

»Das dürfte gehen.« Es war eine Flasche billiger Wodka; so einer, von dem man blind wurde. »Wo sind die Gläser?«

Ich deutete zum Hängeschrank über seinem Kopf.

»Ich kann das nicht komplett trinken«, protestierte ich, als er mir ein Glas reichte.

»Klar kannst du, kipp es einfach runter.« Er trank seins in einem Zug aus und blickte mich erwartungsvoll an.

Ich hob mein Glas und musste von den Alkoholdämpfen beinahe würgen; dann öffnete ich den Mund und nahm drei Schluck.

»Gut gemacht.« Er nahm mir das Glas wieder ab, als ich mich angewidert schüttelte, und stellte es auf den Tisch zurück.

»Jetzt mal im Ernst, warum stehen die Russen so auf das Zeug? Es ist voll eklig, und beim Schlucken muss ich …«

Er unterbrach mich, indem er mein Gesicht mit seinen Händen umfasste und mich küsste. Seine Zunge schmeckte nach Wodka. »Welches ist dein Zimmer?«

Ich zeigte auf die Tür, und er nahm meine Hand, zog mich vom Küchentisch hoch und in mein Zimmer, wo ich wie erstarrt stehen blieb. Es gab genau zwei superpeinliche Dinge, die ich unbedingt verstecken musste: meine schrumpeligen, angegilbten Ohrstöpsel auf dem Nachttisch und meinen uralten Kuschelhasen aus Kindertagen, der zwischen den Kissen lag und mich mit vorwurfsvollem Blick aus seinen Glasaugen anschaute.

Ich packte beides, öffnete meine Unterwäscheschublade und stopfte die Sachen dort hinein. Ganz kurz verspürte ich ein schlechtes Gewissen wegen meines Hasen, doch dann dachte ich: *Du stehst kurz davor, den ersten Sex seit gefühlt fünfhundert Monaten zu haben, Polly, das ist nicht der Moment, dich sentimentalen Gefühlen für deinen Plüschhasen hinzugeben.*

Callum setzte sich aufs Bettende und begann damit, seine Schuhe aufzuschnüren.

»Warte, ich muss noch kurz was erledigen.« Ich griff nach einer Streichholzschachtel auf dem Nachttisch und zündete eine Kerze an.

Und hier folgt eine Liste der Dinge, die als Nächstes passierten und auf wunderbare Weise veranschaulichen, warum ich nie auch nur daran denken dürfte, Sex mit irgendwem zu haben.

Als ich die Kerze angezündet hatte, hockte ich mich neben Callum, und er begann damit, meine Bluse aufzuknöpfen. Doch dann geriet ich in Panik, weil ich im Sitzen Speckröllchen auf dem Bauch bekam, also legte ich mich stattdessen schnell hin und zog ihn mit aufs Bett. Dann knöpfte er den Rest meiner Bluse auf, und es folgten ein paar latent entwürdigende Momente, in denen ich mit den Armen flappte wie eine gestrandete Robbe, als ich versuchte, mich aus den Ärmeln zu befreien.

Der Kampf mit dem BH-Verschluss: Callum griff beherzt danach; ganz offenbar wollte er einer dieser fingerfertigen Typen sein, die nur blinzeln mussten, um einen BH-Verschluss – jeden BH-Verschluss – aufschnappen zu lassen. »Ich hab's gleich«, nuschelte er nach ein paar

Sekunden Gefummel, in denen ich angestrengt mein Rückgrat durchbog.

Mein Höschen runterkriegen: Dies wiederum erforderte einiges an Geschicklichkeit meinerseits, während ich wie ein Käfer auf dem Rücken mit den Beinen in der Luft herumstrampelte.

Danach wanderte Callum über meinen Bauch hinweg nach unten, bis er mit dem Kopf zwischen meinen Schenkeln auf dem Boden kniete. Ich überlegte kurz, einen Witz zu reißen – so nach dem Motto, ob er vielleicht eine Black & Decker bräuchte, um sich durch das Buschwerk zu kämpfen –, entschied jedoch, dass so ein Spruch sicher die Stimmung ruinieren würde. Stattdessen begann ich, mir Sorgen um meine Atmung zu machen. Ich fand es irgendwie peinlich, nur so still dazuliegen, also beschloss ich, ein bisschen zu stöhnen, während er sich da unten mit der Zunge zu schaffen machte. Doch das Stöhnen fiel mir immer schwerer, als Callum nach einem vielversprechenden Start – vielleicht ermutigt von meinem unkontrollierten Atemrhythmus – dazu überging, immer intensiver mit der Zunge zu rotieren wie ein Hund über einem Wassernapf. Also wurde es schmerzhaft, anstatt auch nur annähernd lustvoll zu sein, bis ich feststellen musste, dass ich jegliches Gefühl in meiner Vagina verloren hatte. Während ich so dalag, fragte ich mich, wann ich wohl am besten vorschlagen könnte, dass er wieder hochkäme. Doch wie konnte man das anstellen, ohne dass es beleidigend rüberkam?

Dann das Allerschlimmste: Ich tippte ihm auf den Kopf, und er sah auf. »Komm hoch«, raunte ich und setzte meinen, wie ich hoffte, verführerischsten Blick auf.

Er sah stirnrunzelnd zwischen meinen Beinen auf. »Warum? Gefällt es dir nicht?«

OH GOTT, warum bitte ist Sex nur so schrecklich peinlich? Muss es denn IMMER so peinlich sein?

»Nein, nein, ich … äh, wollte mich nur revanchieren.«

SCHÄM! Ich wollte sterben. Ich hatte ernsthaft das Gefühl, vor Schmach sterben zu müssen.

Also krabbelte Callum wieder aufs Bett hoch und legte sich auf den Rücken; er hatte immer noch seine Boxershorts an. Ich kletterte auf ihn drauf, wobei ich darauf achtete, nicht krumm dazuhängen, damit mein Bauch sich nicht wieder zu Fettröllchen zusammenquetschte. Dann fiel mir ein, dass ich auch meine Nippelhärchen in letzter Zeit nicht gezupft hatte. Zu spät. Ich schlängelte mich rückwärts nach hinten, bis ich zwischen seinen Beinen kniete, und begann, seine Shorts runterzuziehen. Noch so ein schwieriger Move, da ich aufstehen musste, um sie unter ihm wegzuziehen.

Callums Penis war nicht wirklich hart, also öffnete ich den Mund und saugte sanft an seiner Eichel. Er stöhnte. Ich fuhr mit den Lippen langsam an seinem Schaft entlang und gab mir Mühe, den muffigen Geruch zu ignorieren. Nach einer Weile brannten meine Oberschenkelmuskeln. Herrje. Wie lange würde das wohl noch gehen? Ich zog meine Knie ein bisschen ran und öffnete ein Auge, um auf seinen Penis zu schielen. Warum sehen die eigentlich alle wie Riesenregenwürmer aus? In diesem Moment wurde Callums Stöhnen lauter, und ich spürte eine Hand auf meinem Hinterkopf, als er meinen Mund nach unten drückte. Ich hatte schon Zeitungsartikel gelesen, in denen stand, dass man auch an den Eiern lutschen sollte, aber ich hatte keinen blassen Schimmer, wie ich alles auf einmal in meinen Mund kriegen sollte. Ich meine, das wäre doch, wie ein dreißig Zentimeter langes Subway-Sandwich auf einmal zu verschlingen. Oder lutschte man immer nur an einem Ei?

Als sein Penis meine Kehle traf, musste ich würgen, dann stieß er plötzlich einen Schrei aus, und mein Mund füllte sich mit warmem Sperma. Leicht salzig, etwas süßlich. Ich schluckte es so schnell wie möglich runter, doch der Gedanke, dass das Zeug zusammen mit dem Wodka in meinem Magen herumschwamm, war gelinde gesagt abartig.

»Ich hole mir nur schnell ein Glas Wasser«, nuschelte ich mit klebrigem Mund, kletterte über ihn drüber und schnappte mir ein leeres Glas vom Nachttisch. Im Badezimmer wischte ich mir das Gesicht mit einem Taschentuch ab und sah in den Spiegel. Das wäre also geschafft, immerhin etwas. Außerdem ist es doch immer irgendwie befriedigend, wenn man so weit kommt, oder nicht? Vor allem, weil deine Schenkel endlich ihre wohlverdiente Pause bekommen, aber auch, weil es bedeutet, dass du was richtig gemacht hast und die Zähne nicht im Weg waren. Und überhaupt, beschloss ich, während ich das Glas am

Wasserhahn füllte, für den Fall, dass Callum auch durstig war, bin ich jetzt an der Reihe. So ist die Regel. Er hätte sich womöglich etwas mehr Mühe geben können, mich zuerst zu verwöhnen. Aber egal. Er konnte es ja jetzt nachholen.

»Willst du auch Wasser?«, flüsterte ich, als ich ins Schlafzimmer zurückkam, und streckte ihm das Glas hin. Callum war aufgestanden; er hatte seine Jeans an und sein Handy in der Hand.

»Nein, ist schon gut, danke. Ich bestelle mir nur schnell ein Uber. Ich muss morgen früh zum Golfen, also sollte ich besser nach Hause.«

»Oh. Okay. Cool. Kein Problem«, stammelte ich.

WIE BITTE?!

»Aber danke auf jeden Fall, das war super.« Er hob sein T-Shirt auf, zog es sich über den Kopf und klopfte prüfend seine Hosentaschen ab, während ich immer noch nackt, frierend und mit einem Glas Wasser in der Hand dastand. Dann beugte er sich vor und küsste mich auf die Wange.

»Hat mich gefreut, dich kennenzulernen.«

»Ähm, ja, mich auch. Warte, ich bringe dich zur Tür.«

»Nein, nein, mach dir keine Umstände. Ich finde schon hinaus. Wir sehen uns.«

»Oh … klar. Okay … tschüs«, brachte ich hervor und hielt immer noch das Glas Wasser fest, als er aus dem Zimmer spazierte.

Ich hörte, wie die Wohnungstür zufiel, und stellte das

Glas ab. Dann stand ich nackt in meinem Schlafzimmer und überlegte: War das jetzt eine dieser neuen Gepflogenheiten? Können Männer sich ernsthaft nach einem Blowjob, um – ich blickte auf mein Handgelenk – 02.54 Uhr, einfach so verÜbern, ohne sich revanchiert zu haben? Und das auch noch absolut in Ordnung finden?

2

Als ich am nächsten Morgen aus dem Schlafzimmer kam, stand Joe bereits in der Küche und machte Toast. Er trug eine fadenscheinige Boxershorts und ein altes Rugby-Shirt, beides viel zu knapp für seine Hundert-Kilo-Statur.

»Guten Morgen, mein kleines Blumenkohlröschen, na, Lust auf Frühstück?«

Ich hatte Joe vor drei Jahren über eine Gumtree-Anzeige kennengelernt, als ich bei meiner Mum ausziehen wollte. Damals hatte ich beschlossen, dass ich zu alt war, um noch die Unterhosen gebügelt zu bekommen. Und Joe war seitdem so etwas wie mein platonischer Lebensgefährte oder mein großer Bruder – ein echter Kumpel für mich, aber auch für alle meine Freunde. Unsere Wohnung lag über einem Tante-Emma-Laden, der von einer großen, dicken jamaikanischen Dame namens Barbara geführt wurde, die besessen von Horoskopen war. Ich ging samstagvormittags hinein, um mir Frühstücksspeck zu holen, und kam eine halbe Stunde später mit einer ausführlichen Prognose für mein Wochenende wieder heraus. Und es waren immer schlechte Neuigkeiten. Barbara sog dann ihre Wangen bedeutungsvoll ein und erklärte mir, dass Mars gerade etwas Schräges mit Jupiter anstellte und Saturn ganz aus dem Häuschen war und ich daher äußerst vorsichtig sein sollte, falls mir ein mysteriöser Mann über den Weg lief.

»Nein, danke. Ich fühle mich heute etwas schwach. Kannst du den Wasserkocher anschmeißen?«

»Wie war's gestern Abend?«

»Ach, das Übliche. Abendessen bei Bill. Hab einen Typen mit nach Hause genommen, um das erste Mal nach gefühlt neunhundert Jahren Sex zu haben, wurde beinahe zu Tode gewürgt, als ich ihm einen geblasen habe, und dann hat er sich direkt im Anschluss verUbert.«

»Polly, Schätzchen, das klingt ja tragisch. Warum ist er nicht geblieben?«

»Da bin ich ehrlich überfragt.« Ich ließ mich aufs Sofa fallen, wobei mein Blick auf die Wodkaflasche auf der Arbeitsfläche fiel. »Ich weiß auch nicht, wie ich das immer schaffe.«

»Wer war es denn?«

»Ein Kumpel von Bill. Sah eigentlich ganz gut aus. Wohnt hier in der Nähe.«

»Und? Wird diese große Romanze weitergehen?« Joe setzte sich mit seinem Teller voll Toast auf den Sessel mir gegenüber.

»Das wage ich zu bezweifeln. Außerdem spielt er Golf.«
Joe schüttelte sich. »Ist ja widerlich.«

Ich seufzte. »Warum kann ich eigentlich kein normaler Mensch sein und stinknormale, funktionierende Beziehungen haben? Ach was, nicht einmal Beziehungen, einfach nur stinknormalen, unkomplizierten Sex? Das Einzige, was ich in letzter Zeit in meiner Vagina hatte, war ein Spekulum.«

»Andere Mütter haben auch schöne Söhne, Schätzchen. Es bringt nichts, sich deswegen fertigzumachen. Wie sehen die Pläne fürs Wochenende aus?«

»Na ja, als Erstes würde ich mir wünschen, dass du dieses klaffende Loch in deiner Boxershorts flickst«, sagte ich, als mein Blick versehentlich auf seinen Schritt fiel. »Und danach bringe ich mich wahrscheinlich um. Ansonsten eigentlich nicht viel. Morgen Mittagessen mit Lex. Und vielleicht auch mit Bill. Was ist mit dir?«

»Das Übliche, bin ein bisschen auf Beute aus. Hab heute Nachmittag ein Date.«

»Mit wem?«

»Mit einem reizenden Knaben namens Marcus. Er ist ebenfalls Musiker und spielt das Horn.«

»Ach, tatsächlich? Und wo haben wir den Knaben gefunden?«

»Er unterrichtet an der Akademie. Hat einen Hintern wie Tom Daley. Ich wage sogar zu behaupten, es könnte Liebe sein.«

Bei Joe war es ziemlich oft »Liebe«. In den letzten

Monaten waren einige davon durch unsere Wohnungstür spaziert. Da war Lee gewesen, Kellner in einem Pub
in Kilburn; Josh, den Joe beim iPhone-Kauf in einem
Apple-Store aufgegabelt hatte; Paddington, ein Diener
aus dem Buckingham Palace; und Thomas, ein argentini-
scher Polospieler, der darauf insistierte, hetero zu sein, es
aber durchaus mochte, wenn Joe mit ihm unaussprechli-
che Dinge mit diversen Lederutensilien anstellte, die er in
einer Schachtel unter seinem Bett aufbewahrte. Ich ver-
mied es tunlichst, Joes Schlafzimmer zu betreten, nur für
den Fall, dass diese Schachtel offen herumlag.

Beim Gedanken an Joes Schachtel wurde mir gleich
wieder schwummrig.

»Weißt du was, vergiss den Tee. Ich glaub, ich gehe
wieder ins Bett.«

»Okidoki, mein Blütenknöspchen, ich werde nachher
auch ganz leise sein. Immerhin ist es sein erstes Date, ich
will den armen Jungen ja nicht verschrecken. Und mach
dir keinen Kopf, weil dein Lover einfach so abgehauen ist,
das passiert den Besten von uns.«

»Wirklich?«

Er schwieg einen Moment. »Na ja, nein, mir nicht.«

»Super, danke auch, das ist wirklich sehr aufbauend.«
Ich schleppte mich in mein Zimmer zurück und schob
mir die Ohrstöpsel rein.

Gegen fünfzehn Uhr ließ ich mir ein Bad ein, aß sieben
Scheiben Toast mit Honig, trank drei Tassen Tee, legte

mich aufs Sofa und schaute mir *Drei Männer und eine kleine Lady* auf DVD an. Ich hatte auch schon Callum auf Instagram gestalkt und ganze zwei Stunden hin- und herüberlegt, ob ich ihm folgen sollte oder nicht. Dann vibrierte mein Handy. Eine WhatsApp-Nachricht von Bill.

Na, gut heimgekommen?

Ich entschied mich für eine vage Antwort, da ich nicht sicher war, ob er das von Callum wusste. Ich könnte es ihm auch noch morgen erzählen. Im Moment war mir nicht danach.

Ja! Danke fürs Abendessen!
Wie läuft's bei der Arbeit?

Ganz okay. Aber hör mal,
macht es dir was aus, wenn
ich morgen nicht zum Essen
mitkomme? Ich wollte mit
Willow was trinken gehen.

Natürlich NICHT! Sei nicht
albern. Wohin geht ihr?

Keine Ahnung. Vielleicht
Southbank. Guter Ort für ein
Date, oder?

Ich schickte ihm eine Reihe gereckter Daumen und wischte dann zu Callums Instagram-Seite zurück. Hauptsächlich Fotos von Rugbyspielen und exotischen Stränden. Ein bisschen öde, wenn ich ehrlich war. Warum steigerte ich mich da so hinein?

Als ich am nächsten Morgen aufwachte – nachdem ich den Abend davor horizontal auf dem Sofa verbracht und grünes Thai-Curry mit süßem, pappigem Kokosreis in mich reingelöffelt hatte –, fühlte ich mich endlich wieder wie ein Mensch. Lex hatte unser Mittagessen auf einen Brunch vorverlegt, was ihr gar nicht ähnlich sah, da sie nicht unbedingt ein Morgenmensch war. Das Eggstacy war ein Café in Notting Hill, das sich, wie sein alberner Name vermuten ließ, auf Frühstück mit Ei spezialisiert hatte: große Lappen buttrigen Rühreis mit geriebenem Gruyère obendrauf, cremige Pilzrahmsoße, kleine Auflaufförmchen mit geräucherten Baked Beans, dicke Scheiben Weißbrot und eimerweise Butter. In Anbetracht meines üppigen Abendmahls zwang ich mich, vorsorglich zu Fuß zu gehen. Was die Kalorien anging, war das kein gutes Wochenende.

Lex und ich kannten uns, seit wir elf waren. Seit dem Jahr also, in dem ich mit meiner Mum nach London zog, meine Grundschule auf dem Land verlassen musste und an eine weiterführende Schule in der Nähe unserer neuen Wohnung in Battersea wechselte. Die Schule, auf die auch Lex ging. Dort erwarteten mich Klassenkameradinnen, die sich schon für Jungs, Lidschatten und irgendwas namens »Take That« interessierten. Lex nahm sich meiner an, so wie man einen kauernden Streuner am Straßenrand aufsammelt.

»Hast du Lust, dir mein Sticker-Heft anzuschauen?«, fragte sie mich während einer Mittagspause, was immer noch der beste Anmachspruch ist, den je irgendwer bei mir gebracht hat. Und so – auf diese süße, unkomplizierte Art, wie sie nur Kindern eigen ist – wurden wir Freundinnen und blieben es auch.

Später zogen wir gemeinsam nach Leeds, um beide Englisch zu studieren, genauso wie Bill, der sich dem Studium der Physik widmete. Wir bildeten ein merkwürdiges Trio: der Wissenschafts-Nerd (Bill), die kleine sexbesessene Blondine (Lex) und ich, die kraushaarige Romantikerin, die sich, angefixt von *Sinn und Sinnlichkeit*, auf der ewigen Suche nach ihrem eigenen Willoughby befand.

Als ich schwitzend von der strapaziösen Steigung der Holland Park Avenue das Eggstacy erreichte, saß Lex bereits drinnen. Ich winkte ihr von der Tür aus zu und quetschte mich zwischen den Stühlen und Tischen bis nach hinten durch.

»Hallo, Süße«, sagte ich, als sie aufstand, um mich zu umarmen. »Willkommen daheim. Wie war's?«

»Es war …« Sie lächelte verlegen.

»Was?«

»Na ja, es ist etwas passiert … Das hier.« Sie streckte mir ihre Hand entgegen.

»Oh mein Gott, Lex!« Da steckte doch tatsächlich ein Ring an ihrem Finger. Ich umfasste ihre Hand und zog sie näher vor mein Gesicht. In der Mitte des Rings prangte ein Diamant von der Größe einer Saubohne, gesäumt von einem ganzen Haufen kleinerer Diamanten. »Du verarschst mich doch?«

»Nein! Das wäre auch ein ziemlich schräger Witz, oder?«, erwiderte sie grinsend.

»Du bist verlobt? Mit Hamish?«

»Ja! Und noch mal, es wäre ziemlich schräg, wenn ich mich seit unserem letzten Treffen mit jemand anderem verlobt hätte.«

»Ja, stimmt auch wieder. Heilige Scheiße. Mit dem Klunker kannst du den Leuten ja den Kopf einschlagen«, sagte ich und begutachtete wieder den Ring. »Ich meine, herzlichen Glückwunsch.«

Wir hatten uns immer noch nicht gesetzt, also streckte ich mich über den Tisch, um sie noch einmal zu umarmen. Aber es fühlte sich komisch an. Nicht die Umarmung. Sondern die Neuigkeit. Lex war verlobt. Mit Hamish. Mit jemandem, mit dem sie keine – wie viel? – zwölf Monate zusammen war. Mit jemandem, bei dem ich mir nicht hundertprozentig sicher war. Und jetzt mal im Ernst, was soll man bitte in so einer Situation machen? Wenn deine beste Freundin sich mit jemandem verlobt, bei dem du dir nicht hundertpro sicher bist?

»Könnte ich bitte einen Kaffee haben?«, sagte ich zu einer Kellnerin neben uns. »Einen richtig starken Americano?«

Sie nickte und verschwand.

Und hier die Schnellzusammenfassung: Hamish war Lex' Lover. Verlobter, sollte ich ihn jetzt wohl nennen. Er war ein ehemaliger Rugbyspieler – mittlerweile erfolgreicher Banker – mit Blumenkohlohren, den Lex in einem Pub in Kensington aufgegabelt hatte. Tatsächlich war ich mit ihm nie ganz warm geworden, weil er einer dieser Männer war, die ständig Witze darüber rissen, dass Frauen an den Herd gehörten. Doch wann immer ich Lex fragte, warum sie sich mit ihm abgab, lächelte sie nur verlegen und sagte, dass sie ihn mochte. Und nach zwei Monaten sagte sie, dass sie ihn liebte.

Wir setzten uns. »Ich meine, wow!«, fuhr ich fort. »Entschuldige, ich muss das nur erst verdauen. Ich hatte ja keine Ahnung. Du etwa?«

»Nein, nicht wirklich«, sagte sie und streckte ihre Hand vor sich aus. Die Saubohne reflektierte das Licht der Glühbirne über uns und funkelte auf, als würde sie mir zuzwinkern.

»Und wie hat er es getan?«

»Im Hotelbett. Typisch Hammy.«

Ich nickte langsam. Allein die Art, wie sie Hamish manchmal »Hammy« nannte, bescherte mir Übelkeit. Wo blieb nur mein Kaffee?

»Tatsächlich war das, gleich nachdem er versucht hat, mich mit meinem eigenen Haar zu strangulieren«, fuhr sie fort.

»Wie bitte?« Ich sah sie entsetzt an.

»Na ja, es war Silvester, am Neujahrsmorgen. Wir lagen im Bett und haben ein bisschen rumgemacht, und dann hat er plötzlich mein Haar gepackt und es mir um den Hals geschlungen. Ich meine, hallo? Was soll das denn bitte?«

Ein Mann vom Nachbartisch blickte zu uns rüber.

»Und wie hast du reagiert?«, flüsterte ich.

»Ich habe ein bisschen so getan, als würde ich mitgehen. Soll man doch, oder? Und dann kam er. Und als wir danach dort so lagen, hat er mir den Antrag gemacht.« Sie nippte an ihrem Tee und stellte ihn wieder auf der Untertasse ab. »Männer sind echt schräg.«

»Hat's dir gefallen?«

»Der Antrag?«

»Nein! Die Sache mit dem Haar. Aber ja, auch der Antrag.«

»Sagen wir mal so: Es hat mir nicht *nicht* gefallen. Ist mal was anderes, oder, von den eigenen Highlights erdrosselt zu werden? Und definitiv ein Ja, was den Antrag angeht.« Sie hielt inne und sah mich über den Tisch hinweg an. »Ich weiß, dass das alles ziemlich schnell geht, Polly. Aber als ich dort im Hotelzimmer lag, fühlte es sich richtig an. Ehrlich.«

Ich nickte abermals. Es gab gefühlt tausend Fragen, die ich ihr in diesem Moment stellen sollte: Hatten sie bereits ein Hochzeitsdatum festgelegt? Wussten ihre Eltern es schon? Hatte sie sich Gedanken zum Kleid gemacht? Würden sie noch eine Art Verlobungsparty schmeißen? Aber ich war mir unsicher, ob es mir gelingen würde, meine Fragen überzeugend genug klingen zu lassen. Enthusiastisch genug. War das schlimm? Es war ziemlich schlimm, nicht wahr? Kein bisschen unterstützend oder hilfreich.

»Du wirst doch meine Trauzeugin sein, oder?«, fragte sie.

»Natürlich werde ich das«, sagte ich, obwohl mich sofort Panik überkam bei der Aussicht, wie eine zu groß geratene Vierjährige in einem kitschigen Brautjungfernkleid zum Altar latschen zu müssen.

»Super«, sagte sie. »Ich bin schon total aufgeregt wegen dem Kleid. Ich schicke dir bald ein paar Datumsvorschläge, weil die Termine so schnell ausgebucht sind.« Lex arbeitete als PR-Managerin in der Modebranche. Ich vermutete stark, dass sie äußerst genaue und anspruchsvolle Vorstellungen hatte, was ihr Brautkleid betraf.

»Ich kann's kaum erwarten!«, sagte ich. Geht doch. War das überzeugend? Klang das enthusiastisch? Ich war mir nicht sicher.

»Egal, lass uns jetzt nicht über den Hochzeitskram quatschen, ich muss das alles erst sacken lassen«, sagte Lex, als könne sie meine Gedanken lesen. »Wie war dein Wochenende?«

Endlich kam die Kellnerin mit meinem Kaffee. »Danke«, sagte ich, als sie die Tasse abstellte. »Tja, keine Heiratsanträge meinerseits«, erwiderte ich und kippte einen Schuss Milch in meinen Americano. »Aber ich war Freitagabend bei Bill zum Abendessen.«

»Ach, stimmt ja, wie war's? Ich hab euch vermisst.«

»Gut«, sagte ich langsam. »Tatsächlich habe ich … na ja, ich habe mit einem Kumpel von ihm rumgemacht.«

»Entschuldige mal bitte!«, protestierte sie laut und rutschte auf ihrem Stuhl nach vorn.

»Was ist?«

»Du wartest bis jetzt, um mir zu erzählen, dass du beglückt wurdest? Wie ist er? Wie sieht er aus? Hast du seinen Penis angefasst?«

»Lex«, zischte ich, damit sie leiser sprach.

»Oh mein Gott!«, quiekte sie und ignoriere meine Bemühungen. »Das heißt, du hast vielleicht einen Begleiter für meine Hochzeit?«

Der Mann am Nebentisch zuckte zusammen und verlagerte sein Gewicht.

»Psssst, Lex! Ich glaube nicht, dass wir mit dem Typen die Hochzeitsglocken hören werden. Außerdem ist ›beglücken‹ mehr als wohlwollend ausgedrückt.«

»Wer ist er?«

»Irgendein BWL-Freund von Bill. Er heißt Callum.«

»Uuuuund? Komm schon, rück raus mit der Sprache.«

»Und nichts. Ich hab ihn mit nach Hause genommen, und es endete in einem kleinen Desaster. Das war alles.«

»Was meinst du mit Desaster?«

»Gar nichts.« Ich blickte zu dem Mann neben uns und dämpfte meine Stimme. »Ich habe ihm einen geblasen, und er ist heimgegangen.«

»Wie meinst du, heimgegangen? Direkt nach Hause? Direkt nachdem er in deinem Mund gekommen ist?«

»Pssssst. Im Ernst jetzt. Die Leute können uns hören. Und ja, direkt danach.«

»Ihr habt aber nicht gevögelt?«

»Nein«, zischte ich.

»Tja«, sagte Lex gedehnt und lehnte sich wieder zurück. »Der Typ hat wirklich unfassbar schlechte Manieren. Sollen wir uns jetzt ein paar Eier bestellen?«

»Meinst du, ich kann ihm trotzdem auf Instagram folgen?«, fragte ich. Ich war immer noch am Überlegen, ob das angebracht war, hatte aber gleichzeitig Angst, es könnte verzweifelt rüberkommen. Ein bisschen zu übereifrig. Außerdem wusste ich nicht einmal, ob ich ihn überhaupt leiden konnte. Es war nur so, dass in meinem Leben sonst nichts Aufregendes passierte, und obwohl Callum sich nach dem Blowjob aus dem Staub gemacht hatte, war ich immerhin einem Penis so nahe gewesen wie schon lange nicht mehr.

»Willst du ihn denn wiedersehen? Magst du ihn?«, fragte sie.

Ich verzog das Gesicht. »Keine Ahnung. Vielleicht bin ich einfach nur verzweifelt?«

»Weil du mit ihm rumgemacht hast?«

»So in der Art. Liegt wohl daran, dass er der erste heterosexuelle Mann in meiner Wohnung seit gefühlt hundert Jahren war.«

»Und er ist wirklich sofort gegangen? Ich meine, direkt

danach? Keine kleine Kuschelrunde? Kein ›Das sollten wir unbedingt mal wiederholen‹?«

»Nö, nichts dergleichen.«

Sie zog eine Grimasse. »Das liegt ganz bei dir, Süße, aber ich würde es bleiben lassen.«

Ich war noch nie gut darin gewesen, einen auf cool zu machen. Mit elf durfte ich zum ersten Mal zu einer Schuldisco gehen. Ich trug ein Leinenkleid, das Mum mir zu Weihnachten geschenkt hatte. Sie hatte mir extra zu diesem Anlass eine Flechtfrisur gemacht, nachdem ich ihr ein Foto aus dem *Just 17*-Magazin gezeigt hatte. Das Ergebnis sah zwar mehr nach *Meine kleine Farm* aus, aber das hielt mein elfjähriges pummeliges Ich nicht davon ab, den gut aussehenden Jack – Schwarm aller Sechstklässlerinnen – zum Stehblues aufzufordern. Was ein besonders kühner Schachzug von mir war, da der schöne Jack bereits mit seiner Freundin (der Schulschlampe Jenny) auf der Tanzfläche war, als ich beschloss, auf ihn zuzugehen.

»Ja, wahrscheinlich sollte ich es lieber lassen«, sagte ich.

Ich blickte auf meine Speisekarte und versuchte, mich darauf zu konzentrieren, was für Eier ich essen wollte, doch in Wahrheit konnte ich nur daran denken, dass meine beste Freundin drauf und dran war zu heiraten, wohingegen ich noch nicht einmal einen Freund vorzuweisen hatte. Was bedeutete, dass ich erst noch jemanden finden und lange genug mit ihm gehen müsste, bis er sich rettungslos in mich verliebt hätte – mehrere Jahre womöglich –, bevor er mir überhaupt einen Antrag machen konnte. Und da ich gerade dreißig geworden war, bedeutete das – ich überschlug das Ganze rasch in meinem Kopf –, dass es noch gut fünf, sechs Jahre dauern würde, bis ich unter der Haube war. Dabei hatte ich erst neulich gelesen, dass man sich vor dem fünfunddreißigsten Lebensjahr schwängern lassen sollte, da die Chancen auf Kinder danach auf ungefähr drei Prozent runterschrumpften.

»Und? Welche Eier nimmst du?«, fragte Lex.

Doch ich hörte nicht zu. Denn jetzt wurde ich erst richtig hysterisch. Vielleicht würde ich nie heiraten. Vielleicht würde ich mein Leben lang allein zu den Hochzeiten meiner Freundinnen gehen. Auf allen meinen Einladungen würde nur ein einsames *Polly* in der Anrede stehen, und ich würde gute Miene zum bösen Spiel machen. Die Leute würden mich fragen: »Na, was macht das Liebesleben?«, woraufhin ich mit aufgesetzt heiterem Tonfall antworten würde: »Hab den Richtigen noch nicht gefunden!« Die Leute würden mich nur traurig anschauen, als hätte ich ihnen gerade von meiner tödlichen Krankheit erzählt. Und dann würden sie nach dem Abendessen paarweise tanzen, nur ich würde mich allein auf der Tanzfläche wiegen. Alle meine Freundinnen hätten irgendwann Kinder, und ich würde zu dieser schrulligen, frigiden alten Jungfer – Tante Polly – werden, die ab und an mal zum Mittagessen vorbeikommt und immer nach Staub und Teegebäck riecht. »Die arme alte Polly«, würden die Freundinnen einander zuraunen. »Was für ein

Jammer, dass sie nie jemanden getroffen hat.« Und ich würde einsam und allein in meiner Wohnung sterben. Es würde Monate dauern, bis man meinen Leichnam findet. Obwohl es wahrscheinlich nicht einmal meine Wohnung wäre, da ich es mir nicht leisten könnte, eine zu kaufen, und ich nicht einmal wüsste, was eine Rente ist, und …

»POLLY?«, unterbrach mich Lex.

Ich blickte auf. »Ja?«

»Welche Eier willst du?«

»Oh. Keine Ahnung. Ich musste gerade nur an meine Rente denken.«

»Du bist *echt* schräg«, sagte sie kopfschüttelnd. »Ich nehme das Rührei mit Avocado. Und noch eine Tasse Tee.«

Ich blickte wieder auf die Speisekarte. *Eier,* dachte ich. Ha! War ja schön und gut für Lex, ständig von Eiern zu quasseln. Ihren Eiern ging es wahrscheinlich prächtig. Es waren meine, um die ich mir Sorgen machte.

Am Montagmorgen nahm ich meine übliche Tagesroutine wieder auf: bei der Arbeit aufschlagen; Tasche auf den Schreibtisch knallen; zu Pret-a-Manger gehen und mir einen Americano holen; an den Schreibtisch zurückkehren; sämtliche Social-Media-Accounts auf meinem Handy und Arbeits-PC durchgehen, und das, obwohl ich sie schon im Bus andauernd gecheckt hatte. Instagram. Twitter. Facebook. Und wieder von vorn.

Mein Cursor verweilte abermals über dem »Folgen«-

Button auf Callums Instagram-Profil. Die Sache gab mir immer noch keine Ruhe. Gute Idee? Schlechte Idee? Soll ich? Soll ich nicht? Für den unwahrscheinlichen Fall, dass ich je Präsidentin der Vereinigten Staaten werden sollte, würde ich im Umgang mit diversen Atomknöpfen deutlich entschlusskräftiger sein müssen. Schließlich klickte ich auf »Folgen« und legte schnell das Handy wieder auf den Schreibtisch zurück.

»Polly, in zehn Minuten Besprechung bei mir!«, brüllte Peregrine aus seinem Büro. »Wir müssen uns hinter diese Jasper-Milton-Story klemmen. Lala auch. Wo ist sie überhaupt?«

»Weiß nicht«, erwiderte ich langsam und blickte stirnrunzelnd zu dem Schreibtisch neben mir, an dem Lala sitzen sollte. »Ich schreibe ihr gleich mal.«

Rein theoretisch bestand Lalas Job darin, sich um die Party-Seiten der *Posh!* zu kümmern — jene Seiten, auf denen erschreckend fette, rotgesichtige Männer mit erschreckend dürren, plastisch aufgemöbelten Frauen tanzten. Praktisch sah Lalas Arbeit aber so aus, dass sie hin und wieder eine ihrer Freundinnen anmailte und fragte, ob sie bei ihrer Hochzeit ein paar Fotos knipsen durfte. Sie war achtundzwanzig Jahre jung und umwerfend schön. Selbst an einem schlechten Tag sah Lala immer noch aus wie eine leicht derangierte Brigitte Bardot — das volle blonde Haar auf dem Kopf aufgetürmt, der schwarze Eyeliner vom Vorabend kunstvoll verschmiert. Als Tochter des fünfzehnten Grafen von Oswestry hatte sie kein Problem damit, einem den Unterschied zwischen einem Suppen- und einem Dessertlöffel zu erklären. Auf der anderen Seite jedoch konnte sie beim besten Willen nicht sagen, wer der aktuelle Premierminister war, was eins plus vier ergab, und eigentlich auch sonst nicht viel. Ihr Liebesleben war ähnlich chaotisch. Die Männer trugen sie während der ersten Rendezvous auf Händen, doch die letzten drei Typen, mit denen sie was hatte, waren allesamt abgetaucht, nachdem sie mit ihnen im Bett gelandet war. »Vielleicht mache ich ja was falsch«, hatte Lala vor ein paar Monaten traurig an ihrem Schreibtisch gemeint, bevor sie sich auf Amazon einen Sexratgeber bestellte.

> Morgen, La! P. macht Stress.
> Wann kommst du? X

Ich legte das Handy wieder zurück. Nächster Schritt: herausfinden, was Jasper Milton, Marquess von Milton und berühmt-berüchtigter Herzensbrecher, bisher so getrieben hatte. Lala hatte mal während eines Jagdwochenendes auf einem Landsitz in Gloucestershire mit ihm rumgeknutscht, und sie waren danach ein paarmal miteinander ausgegangen. Lalas Mutter war entzückt gewesen bei der Aussicht, ihre Tochter könnte sich die beste Partie des Landes angeln. Doch Jasper Milton beendete die Sache mit Lala zwei Wochen später, indem er es nicht schaffte, zu einem gemeinsamen Abendessen aufzutauchen, da er den Tag mit Pferdewetten in einem Casino in Knightsbridge verbracht hatte.

»Ich will doch nicht mit jemandem zusammen sein, der Pferden den Vorzug vor mir gibt«, beschwerte Lala sich am nächsten Morgen im Büro unter Tränen. Ich hatte es nicht übers Herz gebracht, ihr zu sagen, dass sie sich mit dieser Einstellung den gesamten britischen Adel abschreiben konnte.

Jasper, so viel wusste ich von meiner Arbeit bei der *Posh!* bereits, wurde ständig auf irgendwelchen Partys abgelichtet – ein Glas in der einen, eine Kippe in der anderen Hand, während die Frauen sich bewundernd um ihn scharten. Doch ich hatte dieses Wochenende keine Zeitung gelesen, daher googelte ich ihn rasch, um zu wissen, wovon Peregrine da redete. Ah, da hatten wir es ja. Ich klickte die Schlagzeile der *Mail on Sunday* an:

EXKLUSIV: PLAYBOY WIEDER SINGLE!

Das Bild darunter zeigte einen attraktiven blonden Mann, der mit aufgeknöpftem Hemd und barfuß aus der Tür eines Nachtklubs torkelte.

Manche würden wohl sagen, es war nur eine Frage der Zeit, begann der Artikel, *doch die* Mail on Sunday *kann bestätigen, dass Jasper, Marquess von Milton, seine Beziehung mit Lady Caroline Aspidistra nach nur drei Monaten beendet hat.*

Quellen aus dem näheren Umfeld des Marquess, der am Freitagabend in Kensington gesichtet wurde, behaupten, das junge Paar habe sich wegen der regelmäßigen Partys und Eskapaden des Marquess gestritten, und als er Anfang letzter Woche wieder erst in den frühen Morgenstunden aus dem Potted-Shrimp-Nachtklub in Chelsea nach Hause kam, sei dies für Lady Caroline endgültig der letzte Tropfen gewesen, der das Fass zum Überlaufen brachte.

Es handelt sich um die neueste Trennung in einer wahren Flut gescheiterter Beziehungen für den zweiunddreißigjährigen Playboy, dem allein im letzten Jahr Affären mit Prinzessin Clara von Dänemark, Lady Gwendolyn Sponge und Schauspielerin Ophelia Jenkins nachgesagt wurden. Freunde des Marquess zeigen sich besorgt, da er noch keinerlei Anstalten macht, sich fest zu binden und eine Familie zu gründen.

Jasper selbst hat folgendes Statement zum Ende seiner Beziehung abgegeben: »Caz ist eine wundervolle Frau. Viel zu gut für mich, wenn ich ehrlich sein soll. Und wir werden in Zukunft getrennte Wege gehen. Ich fürchte, das ist alles, was ich zu dieser Angelegenheit zu sagen habe. Und jetzt hauen Sie ab und lassen Sie mich meinen Kater auskurieren.«

Abgesehen von seinem Ruf als notorischer Herzensbrecher wusste ich kaum etwas über Jasper. Ich klickte seine Wikipedia-Seite an und scrollte nach unten. Er war in einem Schloss in Yorkshire aufgewachsen, als Teenager vom renommierten Eton College geflogen, weil er eine der Haushälterinnen dort verführt hatte, war später in die Armee eingetreten und hatte einen sechsmonatigen Einsatz im Irak abgeleistet. Mir war nicht ganz klar, was er momentan machte, außer betrunken aus Nachtklubs zu torkeln, aber sein mangelhafter Schulabschluss oder fehlender Job spielte ohnehin keine gravierende Rolle, weil er der Haupterbe eines gigantischen Vermögens war.

Sein Vater war der Herzog von Montgomery, ein Kriegsveteran, der eine Tapferkeitsmedaille für seine Leistungen auf den Falklandinseln bekommen hatte und Gerüchten zufolge fünfhundert Millionen Pfund schwer war. Andere Gerüchte besagten aber auch, dass sein Herz ihm zusehends zu schaffen machte, was bedeutete, dass Jasper über kurz oder lang ein Einhundertzwanzig-Zimmer-Schloss in Yorkshire, fünfzehntausend Morgen Land, zusätzlich zwanzigtausend Morgen schottischer Erde, ein Stadthaus in South Kensington und sämtliche Kunstschätze, Möbel und Tafelsilber erben würde, die seine Familie über die Jahrhunderte angehäuft hatte.

»BIN SCHON DA!«, rief Lala und kam durch die Tür gestürmt. »Tut mir echt leid, was für ein schrecklicher Morgen. Ich hatte gestern Nacht einen ganz fürchterlichen Traum, und dann wollte mein Fohn nicht anspringen, und dann habe ich keine saubere Unterhose gefunden, und …«

»Schon gut, aber Du-weißt-schon-wer möchte mit uns über Jasper Milton sprechen. Hast du schon davon gehört?«

»Ach herrje, der arme Jaz, was hat er denn diesmal angestellt?«, sagte Lala und leerte ihre Taschen aus. Münzen, Kaugummipapierchen, Feuerzeuge, Lippenbalsam und Taxiquittungen kullerten über den Tisch.

»Ist offenbar wieder Single. Hat sich von Lady Caroline Wie-auch-immer getrennt. Die *Mail on Sunday* hat ein paar Schnappschüsse, auf denen er betrunken aus einem Klub torkelt.«

Lala spähte über meine Schulter auf den PC-Bildschirm. »Oh, ich wusste doch, dass das nicht lange gut gehen würde. Obwohl …« Sie richtete sich wieder auf und zählte an ihren Fingern ab. »Drei Monate. Nicht schlecht für seine Verhältnisse. Womöglich sogar ein Rekord.«

»WÜRDET IHR BEIDE VERDAMMT NOCH MAL SOFORT IN MEIN VERDAMMTES BÜRO KOMMEN! DAS HIER IST EINE VERDAMMT BESCHISSEN GROSSE STORY!«

»Kleinen Moment, ich muss nur mein Haargummi finden. Wo sind nur alle meine Haargummis hin?«, erwiderte Lala, beugte sich über den Schreibtisch und wühlte zwischen den schmutzigen Kaugummipapieren.

»Dein Haar ist egal. Komm, lass uns das hinter uns bringen, bevor er uns die Hölle heißmacht.«

»Also schön, ihr zwei«, sagte Peregrine, ohne von seinem PC aufzublicken, als wir eintraten. »Der begehrteste Bursche des Landes ist zu haben – wieder mal. Ich will das ganz groß aufziehen, also müssen wir in die Pötte kommen.«

»Wie wäre es mit einem Artikel über die Herzogsfamilie als Ganzes?«, schlug ich vor. »Wir sprechen mit allen, die der Familie nahestehen. Wie geht es dem Herzog? Wie ist die Stimmung generell? Was sagt die Herzogin dazu? So Zeug.«

Ich blickte zu Lala, ob sie irgendwelchen Input zu bieten hätte, doch die kritzelte nur ein Blümchen auf ihren Notizblock.

»Sozusagen ein Gesamtporträt der Familie«, schob ich hinterher.

»Nein, nein, nein! Das machen die anderen Blätter doch alles schon; die Konkurrenz wird bereits ihre Leute im Dorf haben, um irgendwas über den Gesundheitszustand des Herzogs auszugraben. Aber ich will mehr: Ich will wissen, was der Herzog zum Frühstück isst, was diese übergeschnappte Herzogin den ganzen Tag so tut, womit Jasper sich die Zeit vertreibt, wenn er zu Hause ist. Warum findet er niemanden? Warum kann er sich nicht festlegen und zur Ruhe kommen? Was sucht er wirklich? Wir müssen den Lesern mehr bieten als nur ein paar Zitate von anonymen Quellen. Ich will einen richtigen Insider-Blick auf das Ganze.«

»Na ja, ich könnte Jasper fragen, ob wir ein Interview mit ihm haben könnten?«, meldete sich Lala und sah endlich von ihrem Notizblick auf.

»Würde er sich denn darauf einlassen?«, fragte Peregrine und kratzte sich am Kopf. Schuppen segelten zu Boden wie winzige Schneeflocken.

»Ich weiß nicht, aber fragen kann ich ihn«, erwiderte Lala, senkte den Kopf und widmete sich wieder ihren Blümchen.

Peregrine seufzte. Er hatte seine Schwierigkeiten mit Lalas Art, vor allem mit ihrem ständigen Zuspätkommen und den Montagen, an denen sie prinzipiell erst gegen Mittag ins Büro trudelte. Ihre Liste absurder Ausreden beinhaltete unter anderem Schlafmangel aufgrund von

Bettwanzen und eine Spinne im Bad, wegen der sie einen Kammerjäger hatte kommen lassen müssen. Doch gleichzeitig war Lala unentbehrlich für die Redaktion. Ihre beiläufigen Bemerkungen über den britischen Adel – »Oh, übrigens, ich habe erst dieses Wochenende gehört, dass der Herzog von Anchovy eine Affäre mit seinem Butler hat« – waren überlebensnotwendig für die Zeitschrift.

»Schön, Lala, das wäre wunderbar, danke. Könntest du dich womöglich noch heute Vormittag mit Jasper in Verbindung setzen und mal hören, was er sagt?«

»Klar. Aber kann ich mir erst einen Kaffee holen? Ich brauche dringend einen. Gestern Nacht habe ich kein Auge zugetan.«

»Schön, geh und hol dir einen Kaffee, aber könntest du danach netterweise Jasper kontaktieren? Also, falls du diese klitzekleine Kleinigkeit noch heute Vormittag für uns erledigen könntest?«

»Ja, ja, Peregrine, ich werde ihn aufspüren, mach dir da mal keine Sorgen. Der arme Jaz.«

»Kannst du ein paar Nachforschungen anstellen, Polly? Geh die alten Ausgaben durch – wir haben vor fünf Jahren mal ein Interview mit dem Herzog gebracht. Ich glaube, das war, als er auf ein Gewehr getreten ist und versehentlich einen seiner Labradore erschossen hat.«

»Schon dabei.«

Den Rest des Tages verbrachte ich abwechselnd damit, Nachforschungen zu den Montgomerys anzustellen und wie besessen mein Instagram zu checken, um zu sehen, ob

Callum mir ebenfalls folgte. Wenn ich doch einmal meinen Schreibtisch verlassen musste, um in Peregrines Büro, aufs Klo oder zur Mittagspause ins Pret-a-Manger zu gehen, nahm ich mein Handy mit und checkte es auch da immer wieder. Es war mittlerweile 17.30 Uhr, und Callum hatte immer noch nicht reagiert. Meine Stimmung schwankte irgendwo zwischen tiefer Depression und Suizid.

»Leute, ich habe gute Neuigkeiten«, verkündete Lala am nächsten Morgen in Peregrines Büro, wobei sie eine Haarsträhne um ihren Stift wickelte. »Jasper ist einverstanden. Er gibt uns ein Exklusivinterview, weil er uns vertraut. Aber das muss jemand anders übernehmen. Es wäre ein bisschen schräg, wenn ich selbst … ihr wisst schon, nach der ganzen Geschichte …«

»Wunderbar, danke dir, Lala. Herzlichen Glückwünsch für die produktivste Tat, die du bisher je für dieses Blatt geleistet hast. Wann kann er es einrichten?«

»Er schlägt das letzte Januarwochenende vor, bei ihm zu Hause. Montgomery Castle. Sie veranstalten eine Jagdgesellschaft, daher werden alle anwesend sein, und er meinte, wer auch immer das Interview führen wird, sei herzlich eingeladen, sich ihnen am Samstag zur Jagd anzuschließen und im Anschluss zum Abendessen zu bleiben. Falls das geht?«

»Warum sind sie so zuvorkommend?«, fragte ich misstrauisch. Normalerweise bekam man höchstens eine halbe

Stunde mit dem Interviewpartner zugestanden, musste eine Liste ganz und gar harmloser Frage vorab mailen – Was ist Ihre Lieblingsfarbe? Was ist Ihr Sternzeichen? Welches ist Ihr Lieblingstier? –, und am Ende saß trotzdem ein Aufpasser mit im Raum wie ein Rottweiler, der nur darauf wartete, den Journalisten in Stücke zu reißen, falls er es wagen sollte, von den zugebilligten Fragen abzuweichen.

»Hm, ich weiß auch nicht. Ich schätze, die Familie will die Dinge wieder ins rechte Licht rücken und hat das Gefühl, wir könnten die Richtigen dafür sein. Ich habe ihnen versprochen, dass es ein netter Artikel wird«, sagte Lala. »Wird es doch, oder?«

»Aber selbstverständlich!«, erwiderte Peregrine. »Er wird ganz hervorragend. Ich kann schon die Schlagzeile vor mir sehen: AUF DER JAGD MIT GROSSBRITANNIENS BEGEHRTESTEM JUNGGESELLEN! Polly«, fuhr er dann fort, »ich möchte, dass du das Interview machst. Also blas ab, was auch immer du für das Wochenende vorhattest, und stürz dich in die Vorbereitungen. Ich will, dass du wirklich alles aus ihm herauskitzelst: Warum hält keine seiner Beziehungen länger als ein paar Monate? Setzen der Herzog und die Herzogin ihn unter Druck? Glaubt er, er wird je die Richtige finden? Ach ja, und könntest du dich auch mit dem Foto-Ressort zusammensetzen? Ich will Fotos von Jasper durch die verschiedenen Lebensphasen hindurch: als Page bei der Hochzeit des Fürsten von Liechtenstein, sein erster

Schultag am Eton College, die Studienjahre, außerdem bei Pferderennen, auf Jagdausflügen und so weiter und so fort. Alles.«

»Natürlich«, sagte ich, wurde jedoch plötzlich nervös. »Lala, was soll ich anziehen? Wird es ein sehr vornehmes Dinner?«

»Für die Jagd wirst du ein Tweedkostüm brauchen, samt Hut und Stiefeln. Oh, und Jagdsocken. Und am Samstagabend ist wahrscheinlich nur Abendgarderobe angesagt.«

»*Nur* Abendgarderobe?«

»Na ja, du weißt schon, Kleid oder Rock. Knielang oder länger. Absätze«, erklärte Lala.

»Polly, hör auf, an den Details rumzumachen«, sagte Peregrine. »Lala, geh mit ihr in die Moderedaktion. Klärt das dort.«

Zurück an meinem Computer, erwartete mich eine kleine rote Instagram-Benachrichtigung. Callum folgte mir jetzt ebenfalls. Wenn auch erst vierundzwanzig Stunden später, was reichlich absurd war, da doch heutzutage wirklich alle ständig ihre Handys bei sich hatten. Dann dachte ich mir: Hör auf, dich so psychomäßig reinzusteigern.

»Lala, schau, er folgt mir jetzt auch.«

»Wer?«

»Dieser Typ vom Wochenende, von dem ich dir erzählt habe. Callum.«

»Oooooh, ja. Der, der in Brixton wohnt?«

»Nein, nein. Das ist Bill. Bill hast du schon getroffen.«
Sie runzelte die Stirn.

»Du weißt schon. Dunkles Haar, hat früher für Google gearbeitet, entwickelt jetzt seine eigene App.«

»Oh ja. Der Süße? Mit den Grübchen?«

Jetzt war es an mir, die Stirn zu runzeln. »Du hast echt einen schrägen Geschmack. Aber ich rede nicht von Bill.«

»Von wem dann?«

»Callum.«

»Ist das der Insta-Typ?«

»Wie meinst du das?«

»Ist das der, der dir jetzt auf Instagram folgt?«

»Ja. Meine Güte, wir werden beide noch an Altersschwäche sterben, bis wir das geklärt haben.«

»Aber wer ist er denn nun?«

»Ein Freund von Bill. Ich habe Freitag nach dem Abendessen bei Bill mit ihm rumgemacht. Erinnerst du dich wirklich nicht? Ich habe es dir doch gestern erst erzählt.«

»Wann?«

»Als wir Kaffee holen waren, nachdem wir mit Peregrine über Jasper gesprochen hatten.«

»*Ach so*. Mensch, Polly, das war um elf Uhr morgens, und das auch noch an einem Montag. Montagmorgens um elf kann ich mich doch kaum an meinen eigenen Namen erinnern.«

»Also muss ich dir die ganze Sache noch einmal von vorne durchkauen?«

»Ja. Und jetzt komm. Lass uns in die Moderedaktion gehen, du kannst mich dort auf den neuesten Stand bringen.«

Während ich also die gesamte Geschichte von Freitagabend noch einmal zum Besten gab, klickten Lala und Allegra, die französische Moderedakteurin der *Posh!* (Spitzname Legs, da ihre Beine dürrer waren als Essstäbchen), sich auf der Suche nach standesgemäßen Tweedklamotten durch diverse Websites. Nach einer halben Stunde der *Hmmmms* und *Aaaahs* beschlossen sie, dass ich Folgendes brauchte:

1. Einen *Ralph-Lauren*-Tweedmantel
2. Einen braunen Filzhut mit Feder an der Krempe (»Du musst einen Hut tragen, Polly! Die Adligen lieben Hüte, dann können sie nämlich so tun, als befänden sie sich immer noch im vorvorletzten Jahrhundert und würden alles beherrschen.«)
3. Ein Paar *Jimmy-Choo*-Reitstiefel
4. Ein wadenlanges schwarzes *Dolce & Gabbana*-Kleid
5. Ein Paar *Charlotte-Olympia*-Pumps

»Und ja nicht zu viel Make-up, das sehen sie ganz und gar nicht gern«, fügte Lala streng hinzu.

»Warum? Was bitte schön ist an Make-up verkehrt?«
»Es ist ordinär. Sieht zu gewollt aus.«
»Okay. Und was soll ich mit meinen Haaren machen?«

»Dürfen auf keinen Fall zu perfekt sein, sonst wirkt es so, als wärst du eitel und würdest den ganzen Tag nur zu Hause rumsitzen.«

»Anstatt draußen herumzurennen und unschuldige Lebewesen zu töten?«

»Ganz genau. Und, freust du dich schon? Man weiß ja nie, vielleicht verliebst du dich ja Hals über Kopf in Jasper und heiratest ihn am Ende noch. Stell dir das nur vor. Oh, nur dass du gar keinen Freund mehr brauchst!«

»Callum ist nicht mein Freund. Hast du mir denn gar nicht zugehört?«

»Aber willst du, dass er es wird? Ein bisschen musst du ihn doch mögen, sonst würdest du nicht die ganze Zeit über ihn reden.«

»Ich muss die ganze Zeit über ihn reden, weil du mir nicht zuhörst. Außerdem bin ich mir nicht sicher. Ich glaube, dass er vielleicht nur eine Art Ablenkung ist. Oder es ist meine biologische Uhr, die tickt.«

»Was für eiiiinö Uuuhr?«, warf Legs ein. Als wasch-echte Französin hegte sie eine natürliche Abneigung gegen die meisten Dinge, doch die tiefste Abneigung behielt sie sich vor für: dicke Menschen, fast alle Arten von Kohlenhydraten, Londoner Busse, flache Schuhe sowie jegliche Form komfortabler oder funktionaler Kleidung, unseren Chef Peregrine und das englische Wetter.

»Das ist so eine Sache, die man angeblich kriegt, wenn man dreißig wird«, erklärte ich. »Es bedeutet, dass du Babys haben willst.«

»*Pfff*. Du willst doch kein Baby 'aben! Babys sind sooo nicht *chic*«, erwiderte Legs.

»Oh, nein. Na ja, ich meine nicht *nein*-nein. Ich will schon welche haben, irgendwann. Aber nicht jetzt. Ich könnte mir sowieso keins leisten. Ich kann mir kaum mein eigenes Mittagessen leisten.«

»*Pffff*.« Legs war auch kein großer Fan von Mittagessen. Sie bestellte sich immer nur einen Americano mit Macadamiamilch zum Frühstück, eine Cola Light zum Mittagessen, dann, abends, mehrere Martini bei irgendeinem Fashion-Dinner, während sie ein Stückchen Fischfilet auf ihrem Teller herumschob, das so klein war, dass man es kaum sehen, geschweige denn essen konnte.

Im Verlauf der Woche erledigte ich meine Hausaufgaben zu den Montgomerys, die darin bestanden, sämtliche Familienmitglieder zu googeln und alte Ausgaben der *Posh!* zu durchforsten. Soweit ich das ausmachen konnte, gab es vier Hauptfiguren, die ich allesamt an besagtem Wochenende kennenlernen würde. Das Hauptaugenmerk lag ganz offensichtlich auf Jasper, zweiunddreißig Jahre alt, Marquess von Milton, charmanter Playboy, sandblondes Haar, groß gewachsen und besessen von Pferderennen. Dem Vernehmen nach verfügte er über tadellose Manieren – zumindest bis zehn Minuten nach dem vollzogenen Beischlaf, wenn er jegliches Interesse an einem verlor und sich wieder dem Studium der *Racing Post*, Wettzeitschrift seines Vertrauens, zuwandte. Nach seinem Austritt aus der Armee war er wieder nach Hause gezogen und hatte anscheinend gelernt, das Familienanwesen zu führen.

Dann war da sein Vater, Charles, der Herzog von Montgomery. Als ehemaliger Major der britischen Armee war er definitiv der Typ Mann, der seinen Marmeladentoast stets um 7.55 Uhr in einem seiner 153 Zimmer einnahm und den anschließenden Frühstücks-Schiss um exakt 8.40 Uhr erledigte, bevor er seinen schwarzen Labrador Gassi führte, um sich Punkt 9.30 Uhr an seinen Sekretär zu setzen und einen Leserbrief an den *Telegraph* zum desolaten Zustand der britischen Streitkräfte zu verfassen. Diversen Zeitungsberichten zufolge war er aufgrund mehrerer Herzoperationen immer wieder im Krankenhaus gewesen und seither dürr und gebrechlich wie eine Bohnenstange.

Seine Gattin, die Herzogin von Montgomery, Jaspers Mutter, war eine Frau namens Eleanor. Sie selbst war auf einem Schloss in Schottland aufgewachsen und offensichtlich verrückt. So richtig, komplett durchgeknallt. Zumindest wenn man den vergangenen *Posh!*-Interviews glauben wollte, in denen sie ausschließlich über ihre Hühner sprach. Soweit ich das einschätzen konnte, war sie vollkommen vernarrt in ihr Federvieh. Einmal hatte sie wohl ganze neununddreißig Stück besessen – allesamt mit eigenem Namen. Einer Reporterin hatte sie anvertraut, dass ihr Trick darin bestand, die Küken sofort nach ihrer Geburt in ihrem BH herumzutragen, damit sie eine Verbindung zu ihr knüpfen konnten. »Ich habe noch nie eins davon zerquetscht«, sagte sie. »Ich liebe sie wie meine eigenen Kinder. Vielleicht sogar ein wenig mehr.«

Währenddessen galt die Liebe von Jaspers Schwester, Lady Violet, ihren Pferden. Anscheinend war niemand in dieser Familie in der Lage, richtige Beziehungen mit Menschen einzugehen, stattdessen bauten sie fragwürdig enge Freundschaften zu ihren Haustieren auf. Violet war fünfundzwanzig und lebte ebenfalls zu Hause in York-shire, nachdem sie schon einen Kochkurs, einen Sekre-tärinnenkurs, einen Kunstkurs und einen Handarbeits-kurs belegt hatte. Anscheinend waren ihr mittlerweile die Ideen für weitere Kurse ausgegangen. Sie hatte keinen Freund und keinen Lebensgefährten, auch wenn sie an-geblich mal was mit Prinz Harry gehabt haben soll. Aber wer hatte das nicht?

Das war also die Gruppenaufstellung fürs Wochen-ende – die Familienmitglieder, die ich für einen achtsei-tigen Beitrag in der *Posh!* interviewen sollte, um zu be-weisen, was für eine normale, bodenständige Familie sie doch waren.

Am selben Nachmittag bekam ich eine Nachricht von Mum.

Hab den Brief bekommen,
der Termin ist am 2. Februar,
14.15 Uhr, im St.-Thomas-
Krankenhaus. Geht das in
Ordnung, mein Schatz? Kuss

Ich sah in meinem Terminkalender nach. Es war die Woche nach meinem Ausflug nach Montgomery Castle, also würde ich Peregrine sicher dazu bringen können, mir einen halben Tag freizugeben.

Klaro, kein Problem. Melde
mich später noch mal. Kusskuss

Am Samstagmorgen nahm ich den Zug um 7.05 Uhr ab King's Cross, der kurz vor zehn in York eintraf, wo mich ein älterer Taxifahrer mitnahm, der vor dem Bahnhofsgebäude wartete.

»Sie woll'n zum Schloss?«, fragte der Fahrer. Sein Wagen roch nach Hund.

»Ja, bitte«, erwiderte ich, schloss die Augen und lehnte mich auf dem Sitz zurück, um zu signalisieren, dass mir nicht nach Plaudern war.

»Ich kenne den jungen Lord Jasper«, sagte der Fahrer, als der Wagen anfuhr.

»Mhmmm«, erwiderte ich, die Augen immer noch geschlossen.

»Hab ihn herumgefahren, seit er ein kleiner Bub war.«
»Mhmmm.«

»Wenn Sie mich fragen …«
Was ich nicht tat.

»… stimmt da etwas nicht mit der Familie. Das ganze

Geld, die ganzen Zimmer, die ganzen Gäuler. Und jetzt is' Lord Jasper schon wieder in der Zeitung. Immer noch keine Ehefrau. Und dann die Sache mit der Herzogin und dem Wildhüter, ich sag's Ihnen. Das is' nich' in Ordnung.«

»Der Wildhüter?« Ich hob ein Augenlid.

»Oh, ja!«, sagte er mit einem nachdrücklichen Nicken. »Also, wenn Sie mich fragen, is' es unanständig. Sich so aufzuführen, während der Ehemann einen Herzkasper nach'm andern kriegt. Also, wenn meine Marjorie je auch nur an so was denken würde, würde ich ihr aber was erzählen. Nicht dass ich ihr bei dieser Sache je Grund zur Klage gegeben hätte.«

Ich beschloss, das private Detail zu übergehen. »Weiß hier denn jeder über die Herzogin Bescheid?«

»Oh, ja. Zumindest alle hier oben. Und Tony – das ist der Bursche –, der prahlt jeden Abend damit im Pub.« Er schüttelte den Kopf.

»Wie lange geht das schon?«

»Soweit ich weiß, seit Jahren. Ich sag's Ihnen, wenn meine Marjorie …«

Zwanzig Minuten später fuhr er vor dem Schloss vor. »Da wären wir, das macht dann fünfundzwanzig Pfund. Brauchen Sie später noch jemanden, der Sie abholt?«

»Oh nein, danke, ich bleibe über Nacht.«

»Da ha'm Sie recht. Hier is' trotzdem meine Karte, man weiß ja nie.«

Ich kletterte aus dem Taxi und blickte auf. Neben

dem Ding hier war das Disney-Schloss der reinste Witz – Erkertürmchen und grimassierende Wasserspeier an allen Ecken und Enden. Es war der perfekte Ort für einen fiesen mittelalterlichen Baron, um an seinem verräterischen Komplott zu schmieden und den Marsch auf London vorzubereiten. Ich zog an einem Metallseil neben der Eingangstür. Nichts. Ich zog abermals. Immer noch nichts. Also spähte ich durch die Türscheibe in die Eingangshalle und erblickte einen gewaltigen Kamin. Kein Anzeichen menschlicher Aktivität weit und breit – nur ein großer ausgestopfter Bär, der neben einem Konzertflügel aufragte.

Etwas unbehaglich schlich ich mich über den Rasen, um einen anderen Eingang ins Schloss zu finden, wobei ich mich wie ein armer Bauer fühlte, der gekommen war, um seine Pacht zu zahlen. Dann plötzlich, auf der linken Seite des Gebäudes, sah ich durch einen großen Steinbogen hindurch, wie eine Tür aufgestoßen wurde und ein Mann, komplett in Tweed gekleidet und von einem schwarzen Labrador gefolgt, herausmarschiert kam. Tweedhut, Tweedmantel, Tweedhose. Das Einzige, was nicht aus Tweed war, war das Gesicht des Mannes. Und das war knallrot.

Er drehte sich noch einmal um und brüllte durch die Tür: »ICH HABE DOCH ALLEN GESAGT, DASS WIR UM ELF BEREITSTEHEN SOLLEN, ABER WIE IMMER IN DIESER FAMILIE SIND ALLE ZU SPÄT. Ich weiß nicht, warum wir nie etwas pünktlich

erledigen können, es ist ein einziger verdammter Sau-
haufen …« Der Tweed-Mann erblickte mich. »UND
WER SIND SIE?«, bellte er.

»Ähm, guten Tag … ich bin, ähm … ich arbeite für
das *Posh!*-Magazin. Ich bin gekommen, um Lord Jasper zu
treffen. Wegen des Interviews?«

Er runzelte die Stirn. »Oh, die *Journalistin*«, sagte er mit
dröhnender Stimme und ungefähr dem Tonfall, mit dem
jemand »die Pädophile« sagen würde.

»Ich bin heute hier … und bleibe über Nacht … und
schreibe einen Artikel …«, stammelte ich.

»Damit habe ich nichts am Hut. Da müssen Sie schon
zu meinem Sohn, Jasper. Er ist wahrscheinlich oben in
seinem Zimmer. Wenn Sie mich einen Moment entschuldigen würden, ich versuche, mich für diese verflixte Jagd
fertig zu machen.« Der Herzog von Montgomery wandte
sich abermals ab, um durch die Tür zu brüllen: »ABER
LEIDER KOMMEN WIE ÜBLICH ALLE ZU SPÄT!«
Er sah wieder zu mir. »Gehen Sie da durch und suchen
Sie nach Ian, er wird Ihnen den Weg zeigen. Und wenn
Sie irgendwen in meiner Familie dazu bringen könnten,
sich zu beeilen, wäre das sagenhaft. Wo ist mein verflixter
Hund? Ah, da bist du ja, Inca. Komm mit, braver Junge.«
Er stolzierte mit dem Hund auf den Fersen an mir vorbei
und ließ die Tür offen stehen.

Im Inneren erwartete mich ein Raum, der nach
Schlamm und feuchten Handtüchern roch und mit Män-
teln, Stiefeln, Hüten, Angelruten und Hundekörben

vollgestopft war. Kein Mensch weit und breit. Also ging ich hindurch, wobei ich mich wie ein Eindringling fühlte und Angst hatte, jede Sekunde könne ein Alarm losgehen. Ich betrat einen Korridor, der so lang war, dass ich das Ende nicht sehen konnte. Riesige Porträts beäugten mich von den Wänden links und rechts. Ich nahm das nächstbeste in Augenschein, das eine wenig attraktive Frau in grünem Seidenkleid und mit weißem, aufgetürmtem Haar zeigte. *Die Herzogin von Montgomery, 1745*, stand auf einer Messingplakette darunter. Es gab noch mehr Montgomerys, die den Gang säumten. Männliche Montgomerys, weibliche Montgomerys, dicke Montgomerys, dünne, bärtige Montgomerys, Baby-Montgomerys. Ein Schwall Zigarettenrauch wehte mir entgegen, als ich dem Korridor folgte.

»Wer ist da?«, ertönte eine kreischende Stimme aus dem Raum links von mir. »Ian, sind Sie das? Ich kann meine Hose nicht finden.«

»Ähm, nein, ich bin nicht Ian«, erwiderte ich und streckte den Kopf in eine riesige Küche, wo eine Frau mit Zigarette in der Hand am Tisch saß, während der Rauch sich zur Decke schlängelte. Sie trug einen dunkelgrünen Rollkragenpullover und einen weißen Schlüpfer. Keine Hose.

»Wer sind Sie?«, fragte sie.

»Ich bin Polly. Tut mir leid, so hereinzuplatzen. Aber man hat mir gesagt, ich solle nach einem gewissen Ian suchen. Ich bin hier, um mich mit Jasper zu unterhalten.

Ich bin von der *Posh!*«, plapperte ich drauflos. »Die Zeitschrift?«

Die Frau nahm einen ausgiebigen Zug von ihrer Zigarette. »Ja, ich bin ebenfalls auf der Suche nach Ian. Ich brauche meine Hose. Wir sind alle spät dran und haben furchtbaren Ärger mit meinem Ehemann. Wie üblich.«

»Oh«, sagte ich in der Hoffnung, gleichermaßen teilnahmsvoll und entspannt zu klingen, während mir eine Audienz mit der Herzogin im Schlüpfer gewährt wurde. *Wer* und vor allem *wo* war dieser Ian?

Auf dem Sofa unter dem Küchenfenster lag ein kleiner schlafender Hund, der ganz ähnlich aussah wie Mums Bertie. »Oh, wie süß«, bemerkte ich und nickte in seine Richtung. Ich musste unbedingt Konversation betreiben, um nicht ständig an den Schlüpfer der Herzogin zu denken. »Sie haben also einen Terrier?«

Die Herzogin blickte über ihre Schulter nach hinten. »Ja, er war ein Terrier. Ein Yorkshire namens Toto. Aber jetzt ist er tot.«

»Oh.«

»Der da ist auch tot«, sagte sie und zeigte auf ein orangefarbenes Meerschweinchen auf dem Bücherregal neben dem gusseisernen Aga-Herd.

»Oh, stimmt.«

»Wissen Sie, ich bringe es einfach nicht übers Herz, die armen Kleinen zu beerdigen. Also lasse ich sie von einem Präparator in der Stadt ausstopfen.« Sie nahm noch einen

Zug von ihrer Zigarette. »Vielleicht mache ich mit meinem Mann ja eines Tages dasselbe.«

Glücklicherweise hörte ich in diesem Moment Schritte näher kommen.

»Ian, da sind Sie ja!«, rief die Herzogin. »Ich kann meine Hose nicht finden. Haben Sie sie irgendwo gesehen?«

Ich drehte mich um. Bei Ian handelte es sich um einen Riesen von einem Butler: weit über ein Meter neunzig groß, Uniform, das Haar akkurat gescheitelt und zur Seite gekämmt. Über seinem Arm hing eine ordentlich zusammengelegte Tweedhose.

»Ist es diese hier, Madam?«

»Ja. Sie sind ein Schatz, Ian.« Die Herzogin drückte ihre Zigarette aus und erhob sich. Sie war groß und hatte bleiche dünne Beine. Ich blickte beharrlich zu Boden.

»Das hier ist übrigens Holly; sie ist gekommen, um Jasper zu interviewen. Wie lange bleiben Sie?«

»Na ja, Ihr Sohn schlug vor, bis morgen früh zu bleiben, wenn es keine Umstände macht. Ich meine, ich muss nicht übernachten, ich sollte nur …«

»Nein, nein, bleiben Sie«, unterbrach die Herzogin und nahm die Tweedhose von Ian entgegen. »Es ist immer schön, so frisches junges Blut im Haus zu haben«, fügte sie hinzu. Es klang wie eine Drohung. »Kommen Sie mit auf die Hatz?«

»Ich weiß nicht«, erwiderte ich verwirrt. »Was … ähm, was bedeutet das denn?«

»Was?« Sie stieß abermals ihren Rauch zur Decke aus.

»Na, was Sie gerade sagten. Mit der Hatz?«

»Oh«, sagte sie überrascht. Dann, ganz langsam, als würde sie mit einem Kleinkind sprechen: »Das heißt, kommen Sie mit uns auf die Jagd?«

»Mit einem Gewehr?«

Sie lächelte nachsichtig. »Aber nein, Schätzchen, wir würden Ihnen doch kein Gewehr anvertrauen. Sie sehen mir nun wirklich nicht wie eine versierte Todesschützin aus. Sie können mitkommen und zuschauen. Herrlich frisch da draußen, und schrecklich öde. Sie können sich an Jaspers Seite halten.«

Ich war erleichtert. »Oh, gut. Dann bin ich wohl dabei. Wenn es keine Umstände macht.«

»Haben Sie denn adäquate Kleidung dabei?«, fragte sie und machte sich daran, ihre eigene Hose anzuziehen. Erst ein Bein, dann das andere. Die ganze Zeit über hielt sie den Blickkontakt mit mir. Es war wie eine Art schräge, umgedrehte Striptease-Show.

»Ähm, ja. Hier drin.« Ich schlenkerte meine Reisetasche.

»Gut, also dann, wir sind schon furchtbar spät dran. Ian, hat man ein Zimmer für die junge Dame hergerichtet?«

»Ja, Madam.«

»Fabelhaft, dann können Sie ja Holly ihr Zimmer zeigen, und sie kann sich rasch umziehen. Ich kann Ihnen gar nicht sagen, was für ein Ärger uns erwartet, wenn wir in den nächsten zehn Minuten nicht an den Ställen aufschlagen. Und führen Sie die Dame danach doch bitte gleich zu Jaspers Zimmer, ja?« Sie stolzierte in Richtung des Stiefelzimmers hinaus.

»Eigentlich heiße ich Polly«, sagte ich entschuldigend zu Ian.

»Willkommen auf Schloss Montgomery, Madam«, erwiderte er und streckte seine riesige Pranke nach meiner Tasche aus.

Ich folgte Ian, als er gemächlichen Schrittes aus der Küche in den Flur ging – an weiteren toten Montgomerys vorbei, eine gewundene Treppe hoch, einen weiteren Gang entlang, ein paar teppichbedeckte Stufen hinab – und sich schließlich an einer offenen Tür zu mir umdrehte.

»Da wären wir schon, das ehemalige Kindermädchenzimmer. Das Bad befindet sich direkt dahinter. Ich lasse Sie einen Moment alleine, um sich umzuziehen, danach führe ich Sie zu Lord Jasper.«

»Ja, bitte. Super. Danke schön.«

Ich trat in das Zimmer, und Ian schloss die Tür hinter mir. Es sah aus, als wäre es seit mindestens fünfzig Jahren nicht mehr renoviert worden. Geblümte Tapeten, vergilbter Teppich, eine altrosa Steppdecke auf einem schmalen Einzelbett. Ich drückte mit der flachen Hand auf die Matratze und verzog das Gesicht, als eine Sprungfeder quietschte. Auf dem Kaminsims stand ein ausgestopftes Frettchen mit gruseligen rosaroten

Äuglein. In meiner Tasche vibrierte mein Handy. Es war Lala.

> Schon da? Halt mich auf dem
> Laufenden. Xxx

Ich warf das Handy aufs Bett. Später wäre noch Zeit dafür; zuerst musste ich mich jedoch in meine Tweedkluft werfen. Ein paar Sekunden später sah ich aus wie eine viktorianische Forschungsreisende auf ihrer Mission, die verstaubten Ecken und Winkel des Britischen Empires zu entdecken. Ernsthaft jetzt? Ich kramte meinen Lipgloss aus der Tasche und trug ein bisschen was davon auf – etwas Glamour musste sein –, dann warf ich abermals einen Blick in den Spiegel. Wenn Joe mich so sehen könnte, würde er vor Lachen tot umfallen.

An der Tür ertönte ein diskretes Klopfen, gefolgt von einem leisen Hüsteln.

»Entschuldigung, komme schon.« Ich warf den Lipgloss aufs Bett und öffnete die Tür.

»Ausgezeichnet«, sagte Ian. »Folgen Sie mir.«

Da »gemächlich« offenbar Ians bevorzugtes Schritttempo war, folgte ich ihm ebenso behäbig wieder die teppichbedeckten Stufen hoch und den Korridor entlang.

»Lord Jasper«, meldete sich Ian, als er vor einer geschlossenen Tür stehen blieb, hinter der ich einen Song von Van Morrison hören konnte. »Ich habe die Journalistin aus London dabei.«

Van Morrison verstummte. »Oh, Jesus!«, ertönte ein Stöhnen.

»Tatsächlich heißt sie nicht Jesus, Sir, sondern Polly«, bemerkte Ian.

»Der war gut«, erwiderte Jasper und riss mit einem Grinsen die Tür auf. »Polly, hallo! Lalas Freunde sind auch meine Freunde.«

Ja, er war attraktiv, das musste ich zugeben. Und größer, als ich erwartet hatte. Dazu blaue Augen und dunkelblondes Haar, das er mit einer Hand zur Seite strich. Er trug ein absurdes Paar Knickerbockerhosen, die ihm bis knapp über die Knie reichten; sein Hemd hing lose heraus und stand offen. Außerdem war er barfuß. War eigentlich niemand in dieser Familie in der Lage, sich anständig anzuziehen?

Jasper streckte mir seine Hand entgegen. »Wie geht es Ihnen?« Doch ich hatte keinerlei Gelegenheit, ihm zu sagen, wie es mir ging, da er sich umgehend an Ian wandte. »Ian, mein Bester, anscheinend ist es mir unmöglich, ein Paar Jagdsocken zu finden. Ich meine, ich weiß ja nicht, was Sie mit ihnen anstellen – sie essen? Ich kaufe jedes Jahr Hunderte von Paaren, doch dann rückt wieder die Jagdsaison heran, und sie sind alle wie vom Erdboden verschwunden. Das wird noch mein Ende sein, ich sag's Ihnen.«

»Ich werde im Zimmer Ihres Vaters nachsehen, Sir.« Ian drehte sich um und glitt lautlos den Gang entlang.

»Also gut, Polly, es tut mir leid. Wie Sie wahrscheinlich

bereits feststellen konnten, ist es das reinste Irrenhaus hier. Haben Sie meine Eltern schon kennengelernt?«

»Ja, Ihr Vater war draußen mit seinen Hunden, und Ihre Mutter habe ich in der Küche getroffen, während sie ihre Hose gesucht hat.«

»Und hier bin ich, ohne meine Socken. Was für ein chaotischer Haufen.« Er strich sich wieder das Haar aus der Stirn. »Dafür sehen wenigstens Sie *superb* aus. Waren Sie schon einmal auf einer Jagd?«

Ich sah verlegen an meinem Tweed-Outfit herab. »Oh, danke. Und nein. Noch nie.«

Jasper begann, sein Hemd zuzuknöpfen. »Na dann, geben Sie mir noch zwei Sekunden, und wenn die Socken es erlauben, können wir gleich los. Wie stehen Sie zu Hunden?«

»Stehen?«

»Mögen Sie Hunde? Oder fühlen Sie sich von ihnen gestört?«

»Oh, nein … Ich meine, ja. Ich liebe Hunde. Meine Mutter hat einen kleinen Terrier namens Bertie.«

»Wie niedlich. Mein kleiner Liebling ist ein furchtbar ungezogener Labrador namens Bovril. Würde es Ihnen etwas ausmachen, sich um ihn zu kümmern, während ich schieße? Ich sage Ihnen auch, wo Sie stehen müssen, und all das.«

»Klar. Kein Problem. Aber was ist mit dem Interview?«

»Welches Interview?«

»Irgendwann werde ich mich mit Ihnen hinsetzen müssen, um über … na ja, Sie wissen schon, die Fotos in der Zeitung zu plaudern und …« Ich verstummte betreten.

»Oh, machen Sie sich da mal keine Sorgen, wir haben heute Abend beim Dinner noch ausreichend Gelegenheit. Aber jetzt lassen Sie uns erst diese verflixten Socken finden.«

Eine Stunde später stand ich hinter Jasper auf einer Wiese am Hang eines steilen Hügels und hielt mit der einen Hand Bovrils Leine, mit der anderen meinen Hut fest. Auf dem Feld hatten sich fünf Männer verteilt, jeder ein Gewehr in der Hand, während hinter ihnen jeweils eine pflichtbewusste Frau stand und einen Labrador an der Leine hielt. Der Wind trug seltsame Geräusche aus dem Wald am Fuß des Hügels empor, eine Art Trällern und das Krachen schwerer Schritte im dichten Unterholz.

»Was ist das?«, fragte ich Jasper.

Er antwortete nicht.

»Jasper?« Ich tippte ihm auf die Schulter, und er drehte sich um. »Woher … kommt der … Krach?«, formte ich langsam mit dem Mund und zeigte auf die Bäume.

»Moment.« Er hob eine Hand und zog sich einen orangefarbenen Ohrstöpsel raus. »Was?«

»Entschuldige. Ich habe mich nur gefragt, was das für ein Krach ist.«

»Das sind die Treiber. Sie …«

»Treiber?«

»So heißen die Leute, die die Vögel aufscheuchen. Sie sind dort unten im Wald und bewegen sich von der anderen Seite auf uns zu, damit die Vögel aufschrecken und über uns hinwegfliegen. Und dann … *peng!* Sehen Sie?«

Es erschien mir nicht sonderlich fair – ein Haufen Kerle, die im Wald herumgrölten, um die Fasane dazu zu bringen, auf eine Reihe bewaffneter Männer zuzufliegen. Bovril neben mir gähnte und legte sich ins Gras. Ich zog mein Handy aus der Tasche; meine Hände waren schon taub vor Kälte. *Treiber sind Typen, die Vögel aufscheuchen*, tippte ich mit steifen Fingern in mein digitales Notizbuch. *Jasper hat Hund namens Bovril. Herzogin irre, stopft alle Haustiere aus.*

Ich schreckte zusammen, als plötzlich ein lauter Knall zu meiner Linken ertönte. Schnell ließ ich mein Handy in die Manteltasche gleiten und sah zum Himmel auf, wo ein Fasan in kleinen Kreisen zu Boden wirbelte. Er landete mit einem dumpfen Geräusch im Gras. Bovril sah erst zum Fasan, dann zu mir, dann winselte er.

Als Jaspers Gewehr losging, zuckte ich abermals zusammen. Der Geruch nach Schießpulver zog durch die kühle Luft, und hinter uns ertönte ein weiterer dumpfer Schlag, als der Fasan zu Boden segelte.

»Seien Sie so gut und lassen Bovril von der Leine«, wies Jasper mich an, den Blick immer noch gen Himmel gerichtet, als würde er nach der deutschen Luftwaffe Ausschau halten.

Bovril, der sich über seinen Auslauf freute, sprang auf

den toten Fasan zu und hob ihn am Nacken auf. Dann trottete er gehorsam zurück und ließ ihn auf meinen Stiefel fallen. Ich blickte hinab und schob den Fuß ein Stück weg, da ich nicht sicher war, wie Jimmy Choos Rückgaberecht für Stiefel mit Fasanenblut aussah. Eher ungünstig, nahm ich an.

Und wieder hallten Gewehrschüsse durch die Luft. Plötzlich flatterten Dutzende von Vögeln aus dem Wald empor. Ich schlug mir die Hände über die Ohren und blickte zum Himmel auf. Über den Köpfen regnete es Fasane, während der Beschuss fortdauerte. Manche stürzten vom Himmel wie Steine, andere flogen zielgerichtet über die Hecke hinter ihnen. *Ich an eurer Stelle würde weiterfliegen,* beschwor ich sie, *immer weiter, bis ihr an einen schönen warmen Ort kommt. Afrika oder so.*

Jasper ließ hin und wieder ein gedämpftes »Scheiße« hören, während sich hinter ihm ein kleiner Haufen roter Patronenhülsen ansammelte. Bovril indes trabte brav hin und her, um die Fasane zu holen und sie stolz zu meinen Füßen aufzutürmen. Ein paar von ihnen zuckten noch, was mir eine gequälte Grimasse entlockte. Oh Mann, was machte ich hier eigentlich auf diesem kalten Feld? Alles, was ich wollte, war, mich mit Jasper hinzusetzen und dieses Interview hinter mich zu bringen.

Das Trillern einer Pfeife ertönte, und Jasper ließ das Gewehr sinken. »Tja, das war nicht allzu übel, oder? Müssen gut sechzig Vögel gewesen sein, die da runtergekommen sind.«

Die armen Viecher, wollte ich sagen. »Mhmm«, erwiderte ich stattdessen. »Wie lange machen Sie das schon?«

»Seit meinem sechsten Lebensjahr.«

»Sechs? Mit sechs war ich noch damit beschäftigt zu lernen, wie man die Uhrzeit abliest.«

»Mein Dad hat mich schon früh mitgenommen. Aber gut, kommen Sie. Ein Treiben, und dann ist es Zeit für einen Snack.«

»Eintreiben? Wir sammeln alle ein und gehen?« Ich konnte es kaum erwarten, ins Warme zu kommen.

»Aber nicht doch, Sie Großstadtkind. Wir sind gerade auf einem Treiben. Ein ›Treiben‹ ist das hier: auf einer Wiese stehen und warten, bis die Vögel in unsere Richtung getrieben werden. Wir haben jetzt noch ein Treiben vor uns, dann steht der Snack an, dann wahrscheinlich noch ein, zwei vor dem Mittagessen und zwei danach. Je nach den Lichtverhältnissen.«

Der Tag erstreckte sich plötzlich endlos lang vor mir. Meine Finger waren weiß vor Kälte, und meine Füße hatten vermutlich dieselbe Farbe, obwohl sie dick in kratzige Wollsocken eingepackt waren. Das würde Peregrine ganz recht geschehen, wenn ich bei einer Jagdgesellschaft in Yorkshire den Kältetod starb.

Das Mittagessen fand zu meiner großen Erleichterung wieder im Schloss statt, in einem Speiseraum, in dem die Köpfe toter Tiere auf uns herabschauten: Hirschköpfe, die mit glasigem Blick in die Leere starrten, zähnefletschende

Fuchsköpfe, ein Zebrakopf, ein Warzenschweinkopf, ein Kopf von etwas, das aussah wie ein Reh, aber gewundene Hörner hatte. Ich starrte sie der Reihe nach an.

»Den letzten Zeitungsfritzen, der bei uns zu Besuch war, haben wir umgebracht«, ertönte eine Stimme hinter mir. Ich drehte mich um. Es war der Herzog. »Kleiner Scherz«, sagte er, bevor ich etwas darauf erwidern konnte. »Und jetzt kommt alle, setzt euch«, befahl er in die Runde.

Ich hockte zwischen einem Mann namens Barny, der quietschgelbe Socken zu seinem Tweedanzug trug, und einem anderen Gast namens Max. Barny, so erfuhr ich, hieß eigentlich Barnaby und belegte Platz einundfünfzig in der Thronfolge. Er hatte keinen Job, lebte auf dem Familienanwesen in Gloucestershire und vertrieb sich die Zeit mit Jagdausflügen. Wenn er nicht gerade auf der Jagd war, so erzählte er mir, ging er gerne angeln oder auf Pferderennen.

»Oh«, sagte ich, während mir bereits die Small-Talk-Themen ausgingen. Er schien wirklich besessen davon, Dinge zu töten. »Verreisen Sie denn viel?«

»Nein«, erwiderte er entschlossen, »Reisen ins Ausland finde ich ganz grauenhaft. Außer die Alpen natürlich. Ich gehe drei, vier Mal im Jahr Ski fahren. Ich hätte ja auch mal Lust auf eine Tigerjagd in Indien, aber heutzutage gestaltet sich das leider etwas knifflig.«

»Also wirklich, Barny, so etwas kannst du doch nicht sagen«, schaltete sich Max in das Gespräch ein. »Es tut mir sehr leid, Polly. Barny ist wirklich schlimm, aber wir sind nun mal seit Schulzeiten befreundet und werden ihn einfach nicht los.«

»Wie überaus unhöflich, Maximilian«, sagte Barny. »Für dich dann wohl keine Jagdeinladung dieses Jahr.«

»Sehen Sie, Polly? Barny erpresst uns förmlich, damit wir seine Freunde bleiben. Wirklich tragisch.«

Ich blickte an der Tafel entlang zu Jasper, der am Kopfende saß, flankiert von zwei Blondinen, die ihn bewundernd anlächelten – sein optimales Habitat, so vermutete ich. Er hatte den Hemdkragen gelockert, stützte sich auf dem Tisch nach vorn und gab irgendwelche amüsanten Anekdoten zum Besten. Er griff nach einer Flasche, die vor ihm stand, und füllte die Gläser der Damen nach, während er weiterredete; dann stellte er sie ab und sah zu mir. Er fing meinen Blick auf und zwinkerte. Oh, bitte, dachte ich, so leicht bin ich dann auch wieder nicht zu haben.

Ich wandte mich an Max, da ich das Gefühl hatte, dass er, wenn auch kein Verbündeter, so doch jemand war, mit dem ich zumindest ein normales Gespräch führen könnte. »Max?«, begann ich. »Wer sind denn die anderen Leute hier? Ich meine, ich kenne natürlich Jasper und seine Familie. Aber was die anderen angeht, habe ich keine Ahnung. Kennen Sie denn jeden hier?«

»Es tut mir furchtbar leid«, sagte er, faltete seine Serviette und legte sie auf dem Tisch ab.

»Wie meinen Sie das?«

»Na ja, Sie Ärmste! Dass Sie das hier mitmachen müssen. Kommen wir Ihnen denn arg absurd vor?«, fragte Max.

Ich war nicht sicher, wie ich darauf antworten sollte. »Nein«, erwiderte ich nach einer kurzen Pause. »Ich versuche nur dahinterzukommen, wer hier wer ist.«

»Okay, dann lassen Sie mich Ihnen einen kurzen Überblick geben: Also, die Dame direkt neben Jaspers Vater ist Willy Naseby-Dawson …«

Ich schaute wieder zu der Blondine. »Warum heißt sie Willy, wenn sie doch eine Frau ist?«

»Kurzform für Wilhelmina. Sie entstammt einer deutschen Familie und ist mit Barny verheiratet. Die Ärmste. Und dort, zu ihrer anderen Seite, sitzt Archie Spiffington, der wiederum mit der Dame verheiratet ist, mit der Barny sich gerade unterhält, Jessica. Sie haben letztes Jahr geheiratet, weil sie schwanger wurde – ihr Vater war ziemlich außer sich und bestand darauf. Die Familie ist geradezu unanständig reich. Ihr Ururgroßvater hat die Eisenbahn erfunden oder so was in der Art. Wie auch immer, Riesenhochzeit in London, und sechs Monate später kommt auch schon ihr Sohn Ludo zur Welt, der mittlerweile sieben Monate alt sein müsste, wenn ich mich nicht irre. Ich bin der Patenonkel.«

»Oh, wie süß, wo ist denn der kleine Ludo?«

»Keine Ahnung, wahrscheinlich bei seiner Nanny in London. Und dort, zu Jessicas anderer Seite, das ist Seb – Sebastian, Lord Ullswater. Ein recht zwielichtiger Geselle, der früher mal beim Militär war und heute Waffen an jeden verkauft, der sie haben möchte. Er ist mit der Dame an Jaspers Seite verheiratet, das Mädchen zu seiner Rechten, sie heißt Muffy.«

»Und was ist mit Ihnen?«, fragte ich.

»Wie meinen Sie das, was ist mit mir?«

»Sind Sie verheiratet?«

Max warf den Kopf in den Nacken und lachte. »Ich bin schwul, Schätzchen. Haben Sie das etwa nicht bemerkt, weil ich so überaus männliche Hosen trage?«

»Oh, doch«, sagte ich und lief rot an. »Obwohl Sie trotzdem heiraten könnten.«

»Ja, das stimmt wohl«, sagte er nickend.

»Haben Sie denn einen Freund?«

»Nein. Ich bin nicht sonderlich gut mit Freunden.«

»Max«, meldete sich Barny. »Niemand hier will beim Dessert etwas von deinem Liebesleben hören.«

»Ich wünschte, ich hätte eins, Barny, altes Haus. Aber in letzter Zeit lief es etwas schleppend.«

»Sie sollten meinen Mitbewohner Joe kennenlernen«, sagte ich zu Max. »Sie sind absolut sein Typ.«

»Ach, wirklich? Wie ist denn sein Typ so?«

»Eigentlich recht breit gefächert, würde ich behaupten. Aber auf jeden Fall dunkelhaarig, gut aussehend und witzig. Und Sie sind alles drei.«

»Also gut«, dröhnte der Herzog vom anderen Ende des Saales und schlug mit der Faust auf den Tisch. »Esst euren Nachtisch auf und lasst uns losziehen.«

»Na dann, kommen Sie«, sagte Max zu mir. Dann rief er über den Tisch hinweg: »Jasper, ich borge mir Polly als Begleitung für den Nachmittag aus. Violet, würdest du mit deinem Bruder gehen? Ich muss mich dringend mit Polly über ihren Mitbewohner unterhalten.«

Jaspers Schwester. Ich hatte die Frau, die drei Plätze links von mir saß, kaum bemerkt. Sie schien um einiges stiller als ihr redseliger Bruder.

»Von mir aus gerne«, sagte Violet und legte sorgsam ihre Serviette auf dem Tisch ab. »Falls irgendwer sich noch einen Mantel borgen möchte, bitte melden. Es sieht ganz nach Regen aus.«

Schon während ich hinter Max darauf wartete, dass das Geballer wieder losging, fing es an zu tröpfeln. Ich war gerade erst so weit aufgetaut, um beim Mittagessen Messer und Gabel halten zu können, und schon waren meine Hände wieder starr vor Kälte. Max stand vor mir, das Gewehr über den Arm gelegt, eine Kippe im Mundwinkel.

»Alles in Ordnung?« Er warf einen Blick über die Schulter.

»Ja, ja, alles super. Und überhaupt, wer braucht schon Hände?«

»Fahren Sie im Anschluss gleich nach London zurück?«

»Nein, ich bleibe über Nacht. Ich habe mein Interview mit Jasper noch nicht geführt.«

Er stieß den Rauch in die kalte Luft aus. »Das ist sehr mutig von Ihnen. Haben Sie sich schon mit den Hoheiten unterhalten können?«

»Mit wem?«

»Dem Herzog und der Herzogin.«

»Nein, nicht wirklich.« Ich blickte blinzelnd zum anderen Ende des Feldes, wo der Herzog stand. Die Herzogin hatte nach dem Mittagessen verkündet, dass sie am Nachmittag nicht mitkäme, da sie in ihrem Hühnerhaus zu tun hätte.

»Sie können ziemlich laut werden«, sagte Max und drückte seine Zigarette mit dem Stiefel im Schlamm aus. »Wirklich laut.«

»Ist mir schon aufgefallen.«

»Das ist auch der Grund, warum Jasper manchmal … etwas kompliziert ist.«

»Kennen Sie ihn schon lange?«

Er nickte abermals. »Wir waren zusammen in der Grundschule. Dann im selben Haus in Eton, bis er dort rausgeschmissen wurde. Danach an der Universität von Edinburgh.« Er hielt inne. »Er war immer ein guter Freund. Hielt zu mir, als ich mich an der Schule outete. Nicht dass meine sexuelle Orientierung irgendwen überrascht hätte. Ich meine, schauen Sie mich nur an!«

Ich musste lachen. Max trug zwar Tweed wie alle anderen auch, dazu jedoch pinkfarbene Socken, rosa Hemd, gelbe Krawatte und eine pinkfarbene Strickmütze.

»Jedenfalls war er immer ein guter Freund«, fuhr er

fort. »Außerdem weiß ich selbst, dass jeder von uns mal über die Stränge schlägt …«

»Über die Stränge?«

»Na ja, diese Fotos nach der Trennung von Caz sind ein Paradebeispiel.« Max hob vielsagend die Augenbrauen. »Egal. Jasper weiß jedenfalls ganz genau, wer den Zeitungen gesteckt hat, dass er sich von ihr getrennt hat, und wer den Fotografen verraten hat, wo er sich an diesem Abend aufhielt. Aber dazu wird er sich nicht äußern. Dafür hat er zu viel Ehrgefühl.«

Ein Stück weiter weg ertönte ein Schuss, und ein Fasan rauschte durch die Luft zu Boden. »Also gut, es geht weiter. Zeit, sich zu konzentrieren«, sagte Max, drehte sich um und hob sein Gewehr.

Als wir wieder im Schloss eintrafen, war es Zeit für den Nachmittagstee. Und zwar so ein Nachmittagstee, von dem man in alten Charles-Dickens-Romanen liest. Mit Sandwiches, Würstchen im Schlafrock, Obstkuchen, Shortbread und Tee aus richtigen Porzellankannen. Und Portwein. Hallo? Portwein? Aus Miniaturweingläsern! Joe und ich kippten fast jeden Abend ein, zwei Flaschen billigen Pinot Grigio aus unserem Tante-Barbara-Laden, aber so viel wie dieser Haufen hier tranken wir ganz sicher nicht. Das Blut des Herzogs musste zu dreiundneunzig Prozent aus Alkohol bestehen, schätzte ich, während ich ihm dabei zusah, wie er ein weiteres Glas der roten likörähnlichen Flüssigkeit leerte.

Nach etwa einer halben Stunde, in der ich mich am Rande des Salons herumdrückte und meine Hände an einer warmen Tasse Tee auftaute, verabschiedeten sich Jaspers Freunde nach und nach, und ich entschlüpfte dankbar auf mein Zimmer. Ich ließ mir ein heißes Bad ein und gab ein paar ordentliche Schuss Hyazinthen-Öl aus einem antik aussehenden Flakon hinein, den ich im Bad-schrank gefunden hatte. Sylvia Plath hatte mal gesagt, es gäbe nichts, wogegen ein heißes Bad nicht helfen könnte – was ich jedoch immer etwas ironisch fand, da die Ärmste sich am Ende doch umgebracht hatte. Aber ich brauchte ein Bad, um meine Gedanken zu sammeln. Das Abendessen versprach eine Kreuzung zwischen *Downtown Abbey* und *Coronation Street* zu werden. Alle würden wohlerzogen ihre Suppe löffeln, während unterschwellig die üble Laune brodelte. Vielleicht würden sie ja mit der Suppe um sich werfen. Ging das überhaupt? Egal, dann würden sie sich die Suppe eben gegenseitig auf den Schoß kippen. Auf jeden Fall schien offenbar niemand in diesem Haus – na gut, Schloss – in der Lage, auch nur einen Schritt ohne irgendeine Form von Alkohol zu tun. Ian hatte mich mit einem Gebräu aufs Zimmer geschickt, das er einen »Hot Toddy« nannte. Ein paar Fingerbreit Whiskey, etwas hei-ßes Wasser und ein Löffelchen Honig, hatte er erklärt. »Das wird Sie aufwärmen.«

Ich schwenkte mein Kristallglas, wobei das heiße, ölige Badewasser über den Wannenrand schwappte. Das Zeug brannte in der Kehle, als ich es runterschluckte.

Nach einer Weile vibrierte mein Handy auf dem Bett. Und so kletterte ich aus der Wanne, wickelte mich in ein kratziges Handtuch, griff nach meinem Handy und legte mich dampfend auf die schmale Matratze. Es war wieder Lala.

> Wie läuft's? Wie findest du
> Jaz? Grüß mir alle ganz lieb.
> Und vergiss nicht das mit dem
> Make-up. Xxxx

Ich tippte rasch eine Antwort.

> Alles gut. Mach dir keine
> Sorgen. Ich berichte am
> Montag. Xxxx

Immer noch dampfend von dem heißen Bad stand ich auf, um mich in mein wadenlanges Dolce-&-Gabbana-Kleid zu zwängen, auf dem Legs und Lala bestanden hatten. Keine Strumpfhose, denn auch das galt anscheinend als vulgär. Ich betrachtete mich im deckenhohen Spiegel: Ein verruchtes Partymädchen aus den Goldenen Zwanzigern blickte mir entgegen. Aber anders ging es jetzt nicht. Außerdem musste ich es irgendwie die Treppe runterschaffen in diesen absurden Pumps, die man mir untergejubelt hatte und die so hoch waren, dass mir schon vom Anschauen schwindlig wurde.

Ich griff abermals nach meinem Handy, um nach der Uhrzeit zu sehen. Fast neunzehn Uhr. Ich würde den Salon finden müssen, in dem sich Ian zufolge die Familie auf einen Aperitif traf. Noch mehr Alkohol! Und dabei hatte ich mich immer noch nicht mit Jasper hingesetzt, um ihn zu interviewen. Ich hatte mir noch ein paar Notizen auf meinem Handy gemacht – seine Schwäche für Van Morrison, seine Angewohnheit, sich ständig die Haare aus den Augen zu streichen, Max' Kommentar über sein »Ehrgefühl« –, aber ich brauchte Jaspers persönliche Stellungnahme zu seinen Beziehungen und Affären. Ich musste ihn dazu bringen, sich zu öffnen, wenigstens ein bisschen. Ich konnte unmöglich den ganzen Weg auf mich nehmen und mich dann mit so wenig Material bei Peregrine blicken lassen. Vielleicht würden ein paar Drinks ja helfen, überlegte ich, als ich die Schlafzimmertür hinter mir schloss und mich wie eine wandelnde Alkoholleiche Stück für Stück die Treppe runterschob, wobei ich mich am Geländer festklammerte. Eine alte Standuhr tickte unten leise vor sich hin, doch ansonsten war es totenstill im Schloss. Ians Wegbeschreibung zum Salon hatte sich ungefähr so angehört: »Gehen Sie die Treppe runter, biegen Sie nach links und folgen dem Flur etwa fünfzig Meter weit, biegen Sie dann nach rechts in den nächsten Flur, schlagen Sie dreimal die Hacken aneinander, und schon befindet sich der Salon zu Ihrer Rechten.«

Das laute Klirren von Glas, gefolgt von einem schrillen Schrei, bot mir einen ersten Hinweis. Es war genau die

Art Schrei, wie man ihn von einer wütenden, potenziell gewalttätigen Herzogin erwarten konnte.

»WIR WERDEN HEUTE ABEND ALLE ZUSAMMEN ZU DIESEM BESCHISSENEN DINNER ANTANZEN, ELEANOR, DAS IST MEIN VOLLER ERNST!«

Ein weiterer schriller Schrei. Ich blieb wie gelähmt vor der Tür stehen. Natürlich war es unhöflich, mitten in einen Streit hineinzuplatzen. Aber gleichzeitig ziemlich unangemessen, hier draußen herumzustehen und zu lauschen. Ich fragte mich, ob ich wohl wieder zurück auf mein Zimmer hinken sollte. Doch ich spürte bereits eine fiese Blase an meinem kleinen Zeh, die von diesen verfluchten Pumps kam. Also verharrte ich reglos im Flur, bis ich ein Räuspern hinter mir vernahm.

»Polly, da sind Sie ja«, sagte Ian. »Bitte, folgen Sie mir, damit wir Ihnen einen Drink besorgen können.« Er rauschte mit einem Silbertablett voller Martinigläser an mir vorbei.

»Sicher?«

»Absolut. Kein Grund zur Sorge«, sagte er und schob die Tür auf.

Die Herzogin stand neben dem Kamin und trug immer noch ihre Jagdklamotten. Der Herzog saß in einem großen roten Ohrensessel. Inca kam auf mich zugetrottet und stieß mir seine feuchte Schnauze in den Schritt.

»Würdest du diesen verdammten Hund wohl zur Ordnung rufen!«, herrschte die Herzogin ihren Mann an.

»Ist schon okay«, sagte ich und wischte rasch Incas Sabberspuren von meinem Dreitausend-Pfund-Kleid.

»Es ist wirklich sehr aufmerksam von Ihnen, sich so hübsch zu machen, aber wir sind hier schrecklich zwanglos«, entschuldigte sich der Herzog, der ein blaues Hemd und eine knallrote Cordhose zu einem Paar Samtslipper trug. »Ian, was gibt es zum Dinner?«

»Der Koch bereitet heute Abend ein Pilz-Soufflé zu, gefolgt von gebratenem Rebhuhn sowie Rhabarber-Weincreme zum Dessert. Und es gibt Käse, falls Sie es wünschen?«

»Doch, wir sollten unbedingt Käse servieren«, sagte der Herzog ernsthaft.

»Nun, wenn Sie mich entschuldigen würden«, sagte die Herzogin, »ich muss mich umziehen, da ich heute noch ausgehe. Deswegen werde ich Ihnen beim Dinner leider nicht Gesellschaft leisten können, Polly, aber mein Mann und meine Kinder kümmern sich gerne um Sie.« Sie funkelte den Herzog wütend an, stolzierte hinaus und schlug die Tür hinter sich zu.

»Ein kleiner Drink gefällig, Polly?«, erkundigte sich der Herzog. »Ich denke, ich werde mir auch noch einen gönnen. Einen starken. Zum Kuckuck mit den Ärzten.«

Nach dem kriegsähnlichen Beginn verlief das Abendessen beinahe enttäuschend friedlich. Jasper, der Herzog, Violet und ich saßen im Speiseraum an einem Ende der weitläufigen Mahagonitafel; das Licht der silbernen

Kerzenleuchter flackerte über die waldgrünen Tapeten, und am anderen Ende des Tischs warf ein zweieinhalb Meter großer ausgestopfter Eisbär seinen langen Schatten durch den Raum. Er hatte seinem Großvater gehört, erzählte mir der Herzog, und war nur einer von sechsundvierzig Eisbären, die er 1906 als Trophäen von einer Jagdexpedition in der Arktis mitgebracht hatte.

Es gab kein Geschrei und kein Gezanke. Keine Herzogin. Violet (in Jeans und T-Shirt) sprach über ihre Pferde, der Herzog ganz allgemein über die Tiere, die er erlegt hatte, und Jasper (in Jeans und blauem Hemd) fütterte Bovril schweigend mit Rebhuhnstückchen. In Anbetracht der Tatsache, dass ich mich aufgedonnert hatte wie für einen Tanzabend in einem Jazzklub der Vorkriegszeit, fühlte ich mich furchtbar fehl am Platz. Ich zog unter dem Tisch die Schuhe aus und rieb meine wunden Füße aneinander, während der Duke mich über London ausfragte.

»Viel zu viele Leute in der Großstadt«, bemerkte er zum Abschluss des Dinners, wischte sich den Mund mit seiner Serviette ab und erhob sich.

Dann verkündete er, er müsse Inca ausführen, und Violet sagte, sie wolle ein heißes Bad nehmen, woraufhin Jasper und ich allein an der riesigen Tafel zurückblieben, während die Kerzen immer noch brannten und Ian leise vor sich hin summend Schüsseln und schmutzige Servietten abräumte.

»Noch eine Flasche Wein gefällig?«, erkundigte sich Ian.

»Ich denke schon, wären Sie so nett?«, erwiderte Jasper, schob seinen Stuhl vom Tisch zurück und streckte die Füße vor sich aus. »Okay, Polly, bringen wir es hinter uns.«

»Was?«

»Na, das Interview, unser kleines Plauderstündchen. Was wollen Sie über mich und dieses Irrenhaus hier wissen?«

»Oh, ja, stimmt. Okay. Sie nennen es also ein Irrenhaus?«

»Wie würden Sie es denn nennen? Mein Vater ist ein zu spät geborener viktorianischer Edelmann, dessen größter Wunsch darin besteht, dass er im Burenkrieg hätte mitkämpfen können. Und meine Mutter ist am glücklichsten, wenn sie mit ihrem Freund, dem Wildhüter, in ihrem Hühnerhaus herumwirtschaften kann.«

»Oh, es ist also …«

Jasper hob fragend eine Augenbraue.

»… öffentlich bekannt?«

»Geradezu schmerzhaft öffentlich. Das ganze Dorf weiß Bescheid, und die Geschichte geht schon seit Jahren, ein ewiges Auf und Ab. Solange ich denken kann. Mir selbst macht es nicht viel aus, aber ich glaube, Violet leidet sehr darunter. Also konzentriert sie sich von morgens bis abends lieber auf ihre Pferde.«

»Moment, warten Sie! Dürfte ich das aufnehmen?« Ich zog mein Handy aus der Handtasche und wedelte damit herum.

Er lächelte. »Ah, meine Inquisitorin. Mir war gar nicht klar, dass ich ein Interview für die *NewsNight* gebe.«

»Tun Sie auch nicht. Aber ich müsste es wirklich aufnehmen. Darf ich?« Ich hielt wieder mein Handy hoch.

»Aber natürlich. Immerhin werde ich einige äußerst intelligente Dinge von mir geben.«

»Das werden wir noch sehen«, erwiderte ich und tippte auf dem Display herum, um sicherzustellen, dass das Ding funktionierte. »Und was ist mit Ihnen?«

»Wie meinen Sie, ›was ist mit Ihnen‹?«

»Sind Sie genauso irre wie der Rest?«

»Nein«, antwortete er. »Ich bin der Gesündeste in der Truppe.« Er lächelte wieder und strich sich das Haar aus den Augen.

»Und was ist mit Ihrer Trennung? Was ist mit den Fotos?«

»Welchen Fotos?«

»Die neulich aus der Zeitung?«

Er sah mir direkt in die Augen. Es machte mich schrecklich nervös, als könnte er direkt in mein Hirn blicken. »Ich möchte hier nicht über Caz sprechen«, erwiderte er. »Sie ist ein wirklich nettes Mädchen. Es hat einfach nicht gepasst. Oder ich habe nicht gepasst …« Er verstummte. »Und was diese Fotos angeht … Na schön, dann benehme ich mich ab und an daneben und lasse Dampf ab. Ich gehe aus und führe mich wie ein Idiot auf. Aber ich glaube nun wirklich nicht, dass betrunken aus einem Klub zu torkeln und dabei fotografiert zu werden das schlimmste Vergehen der Welt ist.« Er beugte sich auf seinem Stuhl vor, wobei er mir immer noch in die Augen blickte. »Vergeben Sie mir, Polly, denn ich habe gesündigt.«

Ich prustete los. »Netter Versuch. Wirklich sehr charmant. Aber so leicht kommen Sie mir nicht davon.«

»Na schön.« Er lehnte sich wieder zurück, griff nach dem Wein auf dem Tisch und füllte unsere Gläser erneut auf. »Okay, legen Sie los. Sie dürfen mich alles fragen.«

Ich hob eine Augenbraue. »Ich versuche, aus Ihnen schlau zu werden.«

»Das ist keine Frage.«

»Sind Ihre Scherze eine Art Fassade?«

»Fassade?«

»Ja, eine Maske, die etwas Ernsteres verbirgt. Sie scherzen nämlich ziemlich viel.«

»Was haben Sie denn erwartet?«

Ich runzelte die Stirn. »Ich weiß auch nicht. Dass Sie verschlossener sind, defensiver.«

»Nur zu«, begann er. »Sie haben einen Schwachkopf in roter Cordhose erwartet, der seinen eigenen Namen nicht buchstabieren kann?«

»Na ja, vielleicht ein bisschen. Ich meine, ein paar Ihrer Freunde beim Mittagessen …« Ich hatte da insbesondere Barny im Kopf.

»Oh, ja. Die meisten von ihnen sind schlimm, nicht wahr? Aber …«, er zuckte die Achseln, »… es sind eben meine Freunde, und ich kenne sie seit der Schulzeit.

Außerdem sind sie nicht absichtlich so granatenmäßige Trottel. Sie sind einfach so zur Welt gekommen.«

»Und Sie nicht?«

»Nein. Ich bin anders.« Er grinste.

»Inwiefern?«

»Okay, ich weiß, da ist all das hier …« Er machte eine ausladende Armbewegung durch den opulenten Speisesaal, »… aber manchmal wünsche ich mir einfach etwas Normales. Eine normale Familie, die sich nicht jeden Tag gegenseitig an die Gurgel springen will. Einen normalen Job in London. Eine normale Freundin, die, unter uns gesagt, nicht wie ein Pferd aussieht, ständig nur über Pferde redet und mich sowieso nur heiraten will, damit sie in einem Schloss leben und noch mehr Pferde haben kann.«

»Oh, also *wollen* Sie eine Freundin?« Ich spürte, dies war der Moment, um etwas tiefer nachzubohren und ihn zu knacken. »Wollen Sie denn eine ernsthafte Beziehung?«

Er blickte mir unverwandt ins Gesicht. »Wer will das wissen?«

»Ich will das wissen«, beharrte ich. Das war der kniffligste Part, wenn man jemanden über seine intimsten Gefühle ausfragte. Doch Peregrine wollte Statements zu Jaspers Liebesleben, also musste ich ihn zum Reden bringen. Ich brauchte mehr Sensibilität und Gefühle vom begehrtesten Junggesellen des Landes – einen Riss in seiner überaus virilen Rüstung. »Na ja, Sie sind wieder Single«, preschte ich weiter vor, »und ich weiß, dass Sie nicht über

Lady Caroline ... Caz ... reden wollen, aber was ist mit all den anderen Frauen?«

Seine Hand erstarrte mit dem Weinglas in der Luft, bevor er es wieder auf dem Tisch abstellte. »Polly, ich glaub's ja nicht. ›All den anderen Frauen‹? So was aber auch. Wer hat Ihnen denn das erzählt?«

»Oh, ich weiß aus erster Hand, dass sie sich eine Zeit lang mit Lala getroffen haben, und ich weiß auch von einigen anderen Damen. Was ist beispielsweise mit den Gerüchten über Sie und diese dänische Prinzessin letztes Jahr?«

Jasper verzog gequält das Gesicht. »Oh, Clara. Ich habe mich einmal mit ihr zum Abendessen getroffen, und das war's. Wirklich ein ganz schrecklicher Sinn für Humor. Sie hat über keinen meiner Witze gelacht.«

»Okay, aber die Fotos von Ihnen und Lady Gwendolyn Sponge?«

»An der Geschichte ist nichts dran. Unsere Eltern sind alte Freunde.«

»Und wer war die Dame, mit der Sie letztes Jahr Ski fahren waren?«

Er legte fragend die Stirn in Falten.

»Sie wurden dabei fotografiert, wie Sie zusammen im Lift lachten.«

Sein Gesicht entspannte sich. »Oh, Ophelia. Ja, sie ist ein echter Schatz. Aber in etwa so helle wie mein guter Freund Bovril hier.«

Beim Klang seines Namens schlug der Labrador unter dem Tisch mit seinem Schwanz.

»Na schön. Aber ich kann mir vorstellen, dass es da …
viel mehr gab.«

Er seufzte. »Viel mehr. Aber jetzt mal im Ernst, wer
denkt sich denn diesen ganzen Humbug aus?«

»Also ist das alles reiner Unsinn? An all den Geschichten über den legendären Frauenschwarm Jasper Milton ist
nichts dran?«

»Sie, meine kleine Miss Inquisitorin, haben es wohl auf
mich abgesehen. Und überhaupt, was kümmert Sie denn
mein Privatleben so sehr?« Er blickte mir direkt ins Gesicht. »Warum werden Sie jetzt rot?«

Ich legte die Hand an meine Wange. »Werde ich nicht.
Das ist nur der Wein.«

»Oh, und ich dachte, das wäre, weil ich mit Ihnen
flirte.«

»Das nennt sich bei Ihnen flirten? Ich muss schon sagen, ich bin überrascht, dass Sie überhaupt jemanden ins
Bett kriegen.«

Er lachte. »Touché.« Dann strich er sich wieder das
Haar aus den Augen. Und eine Sekunde lang – wirklich
nur eine Sekunde, ich schwöre –, fragte ich mich, wie es
wohl wäre, mit ihm im Bett zu landen und mit meinen
eigenen Fingern durch dieses Haar zu fahren. Aber dann
dachte ich an Lala und zwang mich dazu, einen Schluck
Wasser zu trinken. Ich konnte nicht hier herumsitzen und
mich irgendwelchen sexuellen Fantasien mit meinem
Interviewpartner hingeben. Kate Adie würde so etwas nie
tun. Ich versuchte, zum Thema zurückzukehren.

»Glauben Sie, Sie werden eines Tages zur Ruhe kommen? Die Richtige finden? Heiraten? Kinder kriegen? All das?«

Er seufzte abermals und lehnte sich zurück. »Vielleicht. Ich weiß es nicht. Woher soll man das wissen? Wissen Sie es denn?«

»Hier geht es nicht um mich.«

Er lachte. »Sehen Sie? Sie wissen es auch nicht. Ist gar nicht so einfach, nicht wahr?«

»Was ist nicht einfach?«

Er zuckte die Achseln. »Beziehungen. Das Leben an sich. Älter werden und merken, dass die Dinge komplizierter sein können, als Sie dachten.«

»Haben Sie das Gefühl, dass Sie es schwer haben im Leben?«

»Nein«, erwiderte er mit einem Kopfschütteln. »Das will ich damit absolut nicht sagen. In der großen Lotterie des Lebens, wie mein Vater gerne sagt, habe ich es nicht schlecht erwischt. Das ist mir durchaus klar. Aber wissen Sie was? Vielleicht habe ich manchmal trotzdem keine Lust, dieses Erbe anzutreten. Ich will nicht ständig gesagt bekommen, wie glücklich ich mich schätzen kann, dass ich mein gesamtes Leben einem maroden, zugigen Schloss und einem Anwesen widmen darf, das ständige Aufmerksamkeit erfordert. Und ich will auch nicht in den Zeitungen stehen, wenn ich mal aus einem Klub stolpere. Aber das heißt noch lange nicht, dass ich weiß, *was* ich will.«

Ich schwieg und blickte zum Porträt der sechsten Herzogin von Montgomery auf, einer korpulenten bleichen Dame in grüner Robe, die teilnahmslos von der Wand auf uns herabschaute. Ich sah vom Gemälde zu Jasper, der mich plötzlich angrinste.

»Was ist so lustig?«, fragte ich.

»Oh, ich weiß nicht. Dass ich mich mit Ihnen darüber unterhalte, wie furchtbar schwer ich es doch habe. Kommen Sie, wir trinken noch ein Glas, und Sie stellen mir weiter ihre ausgefuchsten Fragen.« Er griff nach der Flasche und schenkte uns nach.

»Stört es Sie, was andere Leute über Sie sagen? Was die Zeitungen über Sie schreiben?«

»Ich müsste lügen, würde ich behaupten, dass es das nicht täte. Manchmal ja. Aber dann muss man sich nur in Erinnerung rufen, dass sie nicht die wahre Geschichte kennen.«

»Und die wäre?«

Er seufzte. »Oh, eigentlich nur, dass wir ein Haufen gestörter Spinner sind, die versuchen, sich durchs Leben zu schlagen wie alle anderen auch. Nur … in einem etwas größeren Haus als der Rest. Aber das dürfen Sie nicht schreiben«, sagte er mit einem Kopfnicken zu meinem Handy, das immer noch alles aufzeichnete. »Sonst bekomme ich Ärger. Noch mehr Ärger. ›Armer reicher Junge‹, werden sie alle sagen.«

»Wäre doch aber ein nettes Verteidigungsplädoyer«, entgegnete ich lächelnd. Ich konnte seine Mitleidsstory nicht ganz ernst nehmen, und doch verspürte ich einen winzigen Anflug von Mitgefühl. Ganz klein.

»Nein«, sagte er. »Tut mir leid, aber das können Sie nicht verwenden. Das war nur für Ihre Ohren bestimmt. Nicht für alle anderen. Aber was ist eigentlich mit Ihnen?«

»Wie meinen Sie das?«

»Na, was ist Ihre Geschichte? Warum sind Sie hier und interviewen mich?«

Auf einmal war ich furchtbar verlegen. »Ähm. Ist nicht so spannend. Ich bin auf dem Land aufgewachsen, dann ist mein Vater gestorben, also bin ich mit meiner Mutter nach Battersea gezogen, wo sie bis heute noch wohnt. Ich war in der Schule ganz gut in Englisch, also meinte mein Lehrer, ich solle mir doch überlegen, Journalistin zu werden. Aber ich glaube, er dachte da eher an Politik und Weltgeschehen und weniger an Schlösser und Labradore. Nichts für ungut.«

»Ist schon okay.«

»Aber für den Moment ist es nicht schlecht.«

Er nickte stumm. »Haben Sie einen Freund?«

Ich lachte. »Ich soll hier die Fragen stellen.«

»Tun Sie ja auch. Ich bin nur neugierig.«

»Nein, tatsächlich habe ich keinen. Ist ein bisschen wie bei Ihnen, nehme ich an. Beziehungen sind nicht mein Ding.«

»Gut«, sagte er, »ich könnte Sie mir auch nicht mit irgendeinem Ed oder James in irgendeiner kleinen, spießigen Wohnung in Wandsworth vorstellen.«

»Oh, ich sehe schon, Sie sind wohl kein Mann des Volkes? Mehr so ein Snob, ja?«

»Ich mach doch nur Spaß. Zwei meiner besten Freunde heißen Ed und James. Aber jetzt kommen Sie schon, Polly, lassen Sie Milde walten, sonst wird das hier nichts mit uns. Wenn wir eines Tages heiraten wollen, müssen Sie aufhören, so furchtbar streng zu mir zu sein. Außerdem sollten wir anfangen, Du zueinander zu sagen.«

»Nun, *du* bist wirklich albern«, erwiderte ich. Trotzdem musste ich lachen. Ich konnte nicht anders. Er war definitiv einer dieser Jungs, vor denen Mütter einen immer warnten, aber er war auch charmant. Charmanter, als ich ihn heute Vormittag noch gefunden hatte. Charmanter, als die Zeitungen behaupteten. Oder war das nur der Wein?

»Warum sollten wir denn nicht heiraten? Also, ich finde dich ganz furchtbar hinreißend. Und witzig. Und du hast ganz offenbar keine Ahnung von Pferden, was ein großer Pluspunkt ist.«

Und dann beugte er sich vor und küsste mich. Ganz kurz. Seine Lippen streiften meine zwei, drei Sekunden lang, bevor ich meinen Kopf zurückzog. Zugegebenermaßen nicht die schnellsten Reflexe. Aber zu meiner Verteidigung: Ich war wirklich sehr betrunken.

»Denk nicht mal dran«, sagte ich mit meiner strengsten Stimme und wich zurück.

»Nein?«

»Nein. Das hier ist Arbeit. Zumindest, was mich betrifft. Und das gerade, als ich anfing, dich zu mögen.«

»Habe ich es vergeigt?«, fragte er, wobei er sich immer noch in meine Richtung beugte, mich immer noch anlächelte.

Ich ignorierte seine Frage. »Deine Verführungstechniken mögen bei Lala gezogen haben, aber nicht bei mir.«

Er seufzte und lehnte sich zurück. »Die gute alte Lala. Wie geht es ihr eigentlich?«

»Sehr gut. Na ja … mehr oder weniger. Du kennst sie ja.«

»Ich konnte sie wirklich gut leiden«, sagte er und blickte wie in Trance auf den Tisch. »Es war nur wieder mal der falsche Zeitpunkt.« Er hielt inne. »Oder etwas anderes. Ich weiß es nicht.« Er blickte auf und sah mich an. »Du wirst aber nicht über sie und mich schreiben, oder?«

»Über dich und Lala? Nein. Keine Sorge.«

»Gut. Es macht mir nicht allzu viel aus, wenn über mich geschrieben wird, aber ich will keine anderen Menschen mit reinziehen. Ich meine, ich fordere es geradezu heraus, das ist mir klar. Andere nicht.«

Er leerte sein Weinglas, während ich überlegte, was ich sagen könnte, doch mir fiel nichts ein. Also saßen wir ein paar Sekunden in vollkommener Stille da, während die Urahnen mit ihren Perückenköpfen missbilligend auf uns herabblickten. Die Stimmung hatte sich schlagartig geändert, doch ich konnte nicht ganz fassen, warum.

»Ich glaube, es ist Zeit fürs Bett«, sagte er nach einer Weile. »Lass mich dir den Weg zu deinem Zimmer zeigen.«

Ich folgte ihm schweigend den endlosen Flur entlang

und die Treppe hinauf. Ich hatte ein ungutes Gefühl, was die Sache hier anging. Schon den ganzen Tag. Die gesamte Familie war reif für die Anstalt. Ich wusste, dass Peregrine einen überschwänglichen Artikel über die Montgomerys erwartete, in dem ich beschrieb, wie aufrecht und bodenständig sie doch waren. In dem ich das Leben im Schloss mit Glanz und Gloria versah und so schmeichelhaft wie möglich über das Herzogspaar berichtete. Doch die Wahrheit war, dass sie allesamt etwas verloren wirkten. Gefangen. Auch wenn ich nach meiner Begegnung mit Jasper zumindest schreiben könnte, wie viel selbstbewusster er im echten Leben war, als er in den Zeitungen dargestellt wurde. Ja, das könnte ich definitiv hinkriegen, überlegte ich, während ich nach dem Reißverschluss an meinem Rücken tastete. Herrje, ich würde Stunden brauchen, um aus dem Ding rauszukommen.

4

»Na, hab'n Sie sich amüsiert?«, fragte der Taxifahrer, als ich am nächsten Morgen wieder in seinen Wagen stieg – nachdem ich seine Visitenkarte herausgesucht und entschieden hatte, dass es besser sei, mich vor dem Frühstück davonzumachen, bevor es bei Speck und Eiern zu noch mehr Peinlichkeiten kam. Ich wollte mit niemandem reden, da ich einen dieser höllischen Kater hatte, bei denen man nur noch sterben will.

»Mhmm, kann man so sagen«, antwortete ich und schloss die Augen.

»Hab'n Sie den Herzog auch zu Gesicht bekommen?«

»Ja, kurz.« Ich hielt die Augen weiterhin wacker geschlossen.

»Und die Herzogin?«

»Von ihr habe ich tatsächlich etwas mehr gesehen.« Wie konnte ich ihn nur zum Schweigen bringen?

»Dann geht's jetzt also zurück nach London?«

»Jupp.«

»Zurück in die große Stadt. Also, ich weiß ja nich', wie Sie das aushalten. Mir persönlich gefällt das ruhige Landleben.«

»Mhmm.« Von wegen ruhig.

»Ich könnt ja nicht mit der ganzen Hektik in London, wissen Sie, was ich meine? Die Leute sin' die ganze Zeit nur am Herumhetzen. Und dann der ganze Lärm. Wie können Sie nachts bei dem ganzen Krach nur schlafen? Die ganzen Busse und Autos. Und all die Menschen.«

»Ich kann eigentlich überall schlafen«, murmelte ich. Jetzt zum Beispiel, dachte ich bei mir, genau jetzt in dieser Sekunde.

»Nein, nein, das is' nichts für mich. Ich bin hier oben in Yorkshire glücklicher. Nur ich und meine Marjorie. Ich fahr mein Taxi, sie arbeitet in der Stadtbücherei. Sie mag es dort wirklich. Meint immer, ihr gefällt die Ruhe.«

»Mhmm. Kann ich mir vorstellen.«

»Also, ich selbst bin ja kein großer Leser. Aber sie, sie liest für ihr Leben gern. Hat ihre Nase ständig in einem Buch stecken, meine Marjorie.«

»Mhmm. Hören Sie, ich will wirklich nicht unhöflich erscheinen, aber würde es Sie stören, wenn ich kurz die Augen zumache? Ich bin einfach nur ein bisschen müde.«

»Nein, nein, Sie ha'm ja recht. Halten Sie nur ein kurzes Schläfchen. Ich hab neulich erst einen Artikel übers Schlafen gelesen. Wie hieß er gleich noch mal?« Er hielt kurz inne, um zu überlegen. »›Im Nickerchen liegt die Kraft‹, so was in der Art, glaub ich. Ich selbst hab ja oft Einschlafprobleme – passiert Ihnen das auch manchmal? Nicht jede Nacht, nur manchmal. Ich hau mich zwar aufs Ohr, aber innerlich komme ich trotzdem nicht zur Ruhe – wissen Sie, was ich meine?«

Ich antwortete nicht. Mein matschiges, übermüdetes Hirn fühlte sich an, als könnte es mir jeden Moment aus der Nase triefen, während ich mir den Kopf zerbrach, ob ich Lala von dem Kuss erzählen sollte. Nicht dass man es einen echten Kuss nennen konnte. Aber trotzdem – musste sie überhaupt davon erfahren?

Eine halbe Stunde später war ich am Bahnhof angekommen, hatte den geschwätzigsten Taxifahrer von ganz Yorkshire bezahlt und es mir mit meinem Reiseproviant im Ruheabteil bequem gemacht: ein großer Latte macchiato, eine Cola Light, eine riesige Flasche stilles Wasser, zwei Croissants und eine Packung Salz-und-Essig-Chips.

»Meine Damen und Herren, willkommen in York. Dieser Zug fährt nach London King's Cross, mit Halt an allen Stationen bis Peterborough, wo Ihnen ein Schienenersatzverkehr bis nach …«

Verdammt. Ich scrollte durch mein Handy. Drei E-Mails von Peregrine, der wissen wollte, wie das Wochenende gelaufen war; eine Nachricht von Mum, in der sie berichtete, dass Jeremy Paxman gestern Abend eine ziemlich armselige Figur bei ihrer Lieblingskochshow, *Celebrity Bake Off*, abgegeben hatte und ihrer Meinung nach bald rausfliegen würde; eine Nachricht von Bill mit dem Link zu einer Bewertung eines neuen französischen Restaurants in Shepherd's Bush; und, schlussendlich, eine Nachricht von Lex mit der Bitte, sie »umgehend« anzurufen. Wahrscheinlich irgendeine schmutzige Sexgeschichte – Strangulationsspielchen mit Zucchini-Spaghetti, Popo-Patsche-Patsche mit dem Pfannenwender. So was in der Art. Das konnte warten. Ich hatte nicht ansatzweise die nötige Kraft für ein derartiges Gespräch, und abgesehen davon saß ich im Ruheabteil. Ich döste weg, noch bevor ich einen Schluck Kaffee zu mir nehmen konnte.

Als ich die Wohnungstür öffnete, stieg mir sofort ein erbärmlicher Geruch in die Nase. Es war die Art von Gestank, die man nur kennt, wenn man sich jemals in das Schlafzimmer eines männlichen Teenagers gewagt hat. Ein muffiger, abgestandener Dunst. Joe lag umgeben von leeren Chipstüten in Boxershorts und T-Shirt auf dem Sofa und sah sich eine Folge von *Antiques Roadshow* an. Auf seinem Bauch hatte er eine große Flasche Magic-Man-Energydrink abgestellt, die emporragte wie das Gipfelkreuz auf einem Hügel.

Er drehte den Kopf zu mir um. »Mein Engel ist wieder zu Hause!«

»Ich fühle mich nicht besonders engelhaft, das kann ich dir gleich sagen.«

»Oje. Dann lief es also nicht gut?«

»Doch, eigentlich lief es … äh … lass mich überlegen, wie es lief.« Ich ließ meine Taschen neben dem Küchentisch auf den Boden fallen und warf mich selbst auf das gegenüberliegende Sofa. »Also, erst einmal hätte ich wahrscheinlich nicht meinen Interviewpartner küssen sollen.«

»Das hast du nicht wirklich!?«

»Na ja, nicht so richtig. Ich meine, er hat es versucht, aber ich habe Nein gesagt.«

»Polly! Was zum Henker? Das sieht dir überhaupt nicht ähnlich.«

»Ich weiß, ich weiß. Aber ich wollte professionell bleiben. Oder so was in der Art.«

»Und? Fandest du ihn scharf?«

»Nein. Nicht mein Typ. Ich meine, er ist schon irgendwie heiß, aber auf diese extrem offensichtliche Art und Weise. Groß. Blond. Mehr so … durchtrainiert und muskulös, du weißt schon. Das ganze Blabla.«

Joe verdrehte die Augen. »Ja, das sind *echt* die Schlimmsten. Die, die so ganz offensichtlich heiß sind.«

»He, sei nicht so gemein, ich habe dafür gerade wirklich nicht die Kraft. Ich bin schon auf der Zugfahrt beinahe an meinem Kater verreckt.«

»Hier, nimm einen Schluck von meinem Magic Man. Und dann machst du es dir erst einmal gemütlich und erzählst mir alles.«

»Nein, nein, schon gut. Ich glaube, ich brauch nur ein heißes Bad, und dann ab ins Bett.«

Joe seufzte und richtete seinen Blick wieder auf den Fernseher. »Du bist so was von langweilig. Also *ich* erzähle dir immer alles.«

»Ich würde manchmal sogar behaupten, zu viel. Aber egal, was hast du das Wochenende über getrieben? Außer das Sofa zu marinieren.«

»Oh, dies und das. Gestern Nacht war ich mit ein paar von den schwulen Jungs in Soho unterwegs. Wir haben uns gnadenlos betrunken und sind schließlich im Mr. Wong's gelandet, wo ich ein dreiköpfiges süßsaures Hühnchen verspeist habe.«

»Und gab's ein bisschen Action?«

»Nö. War ein ziemlich keusches Wochenende für mich. Weswegen ich meinen Kummer auch mit Chips ersticke. Aber es freut mich umso mehr, dass du aktiv warst, Schätzchen. Ich hatte schon Angst, du würdest langsam einrosten.«

»Man kann es wohl kaum ›aktiv‹ nennen. Aber schön zu hören, dass du so viel Ahnung von weiblicher Anatomie hast.«

»Ja, nicht wahr? Aber, ach, Polly, was soll ich sagen? Trotzdem ist und bleibt Fiona Bruce für mich die einzige Frau. Schau doch nur, wie nett sie zu diesem Hampelmann ist, der seine abartig hässliche Standuhr mitgebracht hat.«

»Ich glaub, ich lasse dich lieber allein mit Fiona und gönne mir stattdessen ein Bad. Und dann geht es direkt ins Bett, damit ich morgen Du-weißt-schon-wem gegenübertreten kann.«

»Deinem neuen Lover?«

»Mein neuer …? Oh … nein. Ich meine Peregrine.«

»Hast du deine Mutter schon angerufen?« Joe und ich

hatten einen Sonntagabend-Pakt geschlossen, uns gegenseitig daran zu erinnern, unsere Eltern anzurufen.

»Nein, Mist. Und Lex hat mir auch geschrieben, dass ich sie anrufen soll. Oh Gott, ich hab dafür gerade echt keinen Nerv. Ist es sehr schlimm, wenn ich sie alle einfach ignoriere?«

»Schick ihnen eine kurze Nachricht. So macht sich deine Mum keine Sorgen, und der Rest weiß zumindest, dass du noch am Leben bist.«

»Okay, danke, Daddy.«

»Gern geschehen. Und jetzt geh auf dein Zimmer. Du warst ein sehr ungezogenes Mädchen.«

Als ich endlich im Bett lag, schrieb ich Mum.

> Bin gerade nach Hause gekommen. Muss mich aufs Ohr hauen. Melde mich morgen, dann können wir tratschen. Alles okay bei dir? Kusskuss

Dann schrieb ich Lex.

> Bin gerade nach Hause gekommen. Muss mich aufs Ohr hauen. Lange Geschichte. Melde mich morgen. Alles okay bei dir, oder hast du dich beim Sex schwer verletzt? Xxx

Erledigt. Nur dass ich sie natürlich an die falsche Empfängerin schickte.

> Liebes, warum sollte ich mich
> denn beim Sex verletzt haben?
> Aber ich bin froh, dass du sicher
> zu Hause angekommen bist.
> Lass uns morgen reden. Kuss

Am nächsten Morgen ging ich früher ins Büro, fühlte mich dabei aber wie ein erschöpfter Soldat am Morgen vor einer schicksalhaften Schlacht. Davor bestellte ich mir im Pret-a-Manger aber einen extrastarken Americano. Es war jetzt schon klar, dass dies einer dieser ganz speziellen Tage werden würde.

Auf meiner To-do-Liste stand:

1. Einen Text mit zweitausendfünfhundert Wörtern über den Marquess von Milton verfassen, der Peregrine gefällt und in dem es mir gelingt, den »wahren« Jasper zum Vorschein zu bringen – den charmanten, aufrechten jungen Mann, der seine Freizeit gerne an der frischen Luft verbringt und irgendwann der vierzehnte Herzog von Montgomery werden wird.
2. Lex anrufen, die mir letzte Nacht – dramatisch wie eh und je – noch geschrieben hatte, um mir mitzuteilen, dass sie mich mit einem bösen Fluch belegen wird, wenn ich sie heute Vormittag nicht anrufe.

3. Mum anrufen, um über Bertie, Jeremy Paxman und ihren Krankenhaustermin zu sprechen.
4. Bill schreiben.
5. Entscheiden, was ich Lala bezüglich Jasper erzählen soll.

Das Handy auf meinem Schreibtisch vibrierte, und ich zuckte vor Schreck zusammen. Es war eine Textnachricht. Von einer unbekannten Nummer.

> Hoffe du bist gut in deiner
> kleinen spießigen Bude
> angekommen. Ich bin schon
> gespannt, was du schreiben
> wirst. Lust auf ein Abendessen
> diese Woche? J

Ich starrte mein Display ein paar Sekunden lang ratlos an. J? J für Jasper? Jasper hatte mir geschrieben. Ich antwortete.

> Woher hast du meine
> Nummer, du Stalker?

> Meine Mittel und Wege
> sind unergründlich. Passt
> Freitagabend?

> Bis Freitag werde ich den
> Artikel fertig haben …

Gut. Wir können ihn beim
Essen besprechen. Wäre dir der
Italiener in der Kensington Park
Road recht? 20 Uhr?

»Morgen, Polly!«

Wieder schreckte ich zusammen, als die Bürotür krachend aufflog. Mein Handy fiel mir aus der Hand. Es war Peregrine.

»Morgen.«

»Wie war's? Was hast du herausgefunden?«, fragte er.

»Es war … äh … Ich habe … Es war …«

»Komm schon, Polly, du bist Journalistin, keine Taubstumme. Was hat er gesagt?«

»Alles Mögliche. Dass er eine Menge Druck hat, dass er hier und da Dampf ablässt, dass er weiß, wer die Fotos an die Presse verkauft hat, dass sich das Familienleben ein bisschen schwierig gestaltet und so weiter und so fort. Für einen Artikel wird es reichen.«

»Gut. Kannst du das bis heute Nachmittag zusammenschreiben? Sagen wir siebzehn Uhr?«

»Denke schon. Sollte kein Problem sein.«

»Gut.« Er blieb in seiner Bürotür stehen und blickte mich prüfend an. »Alles klar mit dir? Du siehst furchtbar aus.«

»Oh, nein. Nein, danke, alles gut. Wahrscheinlich habe ich mir bei der Jagd nur eine Erkältung eingefangen oder so.«

»Tja, in diesem Fall solltest du dir ein paar Paracetamol reinpfeifen und dann aber in die Gänge kommen. Zweitausendfünfhundert Wörter. Auf meinem Schreibtisch. Heute Nachmittag.«

Was dann auch der Grund war, warum ich an diesem Vormittag nicht die Zeit fand, Lex oder Mum anzurufen. Aber dafür musste ich mir wenigstens um Lala keine Sorgen machen, da sie anscheinend krank war.

Sorry, Polly, ich glaub, ich hab
mir eine Lebensmittelvergiftung
eingefangen, bleibe also heute
lieber zu Hause. Wie war's?
Xxxxx

Lala schien an Montagen aber auch ein unglaubliches Pech mit Lebensmittelvergiftungen zu haben, doch immerhin gab mir das einen Tag mehr, um mir zu überlegen, was ich ihr über Jasper erzählen sollte, denn nun hatte ich ihm auch noch zum Abendessen zugesagt.

Erzähl ich dir morgen. Schlaf
dich ein bisschen aus, du
Pechvogel. X

Ich benötigte fünf Tassen Kaffee und unzählige Kalorien, aber um siebzehn Uhr hatte ich mir zweitausendfünfhundert absolut passable Wörter zu Jasper und seiner Familie aus den Hirnwindungen gequetscht – die zensierte Version selbstverständlich. Laut meinem Artikel waren sie exzentrisch – klar –, aber war das nicht ohnehin das, was alle Welt über seinen Adel hören wollte? Über einen Herzog zu schreiben, der über Gott und die Welt dozierte wie ein schnarchiger Erdkundelehrer, machte nun wirklich keinen Sinn. Was Jaspers Person betraf, so war er ein charmanter und, ja, zugegebenermaßen ziemlich attraktiver Mann, der seinen Labrador liebte und gerne einmal den Druck verdrängte, den die Erbschaft eines so großen Stücks Land mit sich brachte.

Angesichts der Tatsache, dass er zusätzlich noch fünfhundert Millionen Pfund erben würde, fand ich das meinerseits geradezu unverschämt gnädig, aber das hier war nun einmal die *Posh!*, nicht der *Guardian*, und unsere Leser würden in ihren eigenen Schlössern sitzen und mitfühlend nicken. Die Herzogin, so formulierte ich behutsam, war in Topform und pflegte »freundschaftliche« Beziehungen mit den Angestellten des Anwesens. Violet wiederum war ein süßes, ruhiges Mädchen, das sich für gewöhnlich lieber mit ihren Ponys als mit Menschen umgab. *Es ist ein wahrer Glücksfall,* so schrieb ich, *dass Schloss Montgomery von Ian, dem Butler, geleitet wird, einem modernen Relikt seiner Zunft, der lautlos die ehrwürdigen Flure des Familiensitzes entlangwandelt und derweil unabdingbare Kleidungsstücke, zusätzliche Flaschen Rotwein oder den einen oder anderen verloren gegangenen Hund auftreibt. Bei Bedarf mixt er Ihnen allerdings auch einen ganz hervorragenden Hot Toddy.*

»Gut«, ließ Peregrine verlauten, als er mit dem Artikel in der Hand auf meinen Schreibtisch zuging. »Nur ein paar kleine Anmerkungen. Du magst ihn also?«

»Wen?«

»Na, Jasper. Du findest nur nette Worte über ihn.«

»Oh, na ja, doch. Ich fand ihn sympathisch. Er ist ganz witzig.«

»Mhmm. Kannst du einen Blick auf meine Kommentare werfen? Ich glaube, es fehlen noch ein paar wohlwollende Sätze über die Familie als Ganzes. Ich glaube, wir können gar nicht nett genug sein; es schadet nicht, uns ihre Gunst zu sichern. Wenn du dann fertig bist, besprich dich mit der Bildredaktion wegen passender Fotos.«

»Klar, wird erledigt.«

»Gewinne Ihre Gunst.«

Jetzt mal im Ernst – ich hätte gar nicht netter über diese irre, kaputte, Wildhüter-vögelnde Familie schreiben können.

»Ich habe uns Nudeln mit ein paar Kühlschrankresten gemacht. Ich hoffe, das geht in Ordnung«, sagte Mum, als ich am selben Abend bei ihr zum Essen vorbeikam.

»Total lecker. Wie war dein Tag?«

»Oh, gut, gut. Ich hatte eine ziemlich nervige Kundin, die vier Stunden gebraucht hat, um zu entscheiden, welche Farbe der Toile-Stoff für ihre Schlafzimmervorhänge haben soll, aber ansonsten war es recht ruhig. Wie war deiner? Wie ist dein Artikel geworden?«

»Ganz gut. Ich musste allerdings ein bisschen vorsichtig sein, was ich schreibe.«

»Warum das denn?«

»Ach, einfach nur, weil die ganze Familie komplett durchgeknallt ist, aber das kann ich so ja wohl kaum schreiben. Und der arme Jasper …«

»Wer ist Jasper?«

»Der Sohn.«

»So arm kann er nicht sein, wenn er der Sohn eines Herzogs ist.«

»Na ja, nein, er ist nicht arm, ich meine einfach nur, dass seine Eltern sich in einem Dauerkrieg befinden. Deshalb drückt er sich die meiste Zeit alleine in diesem riesigen Schloss rum und versucht, den beiden aus dem Weg zu gehen.«

»Warum besorgt er sich keine Arbeit?«

»Er hat so was wie eine Arbeit. Er lernt gerade, wie man das Anwesen führt.«

»Sieht er gut aus?«

»Ähm, irgendwie schon.«

»Irgendwie?«

»Er ist groß, blond, sehr charmant. Und wo wir schon dabei sind, er hat quasi versucht, mich zu küssen.« Ich hatte vor Mum nicht allzu viele Geheimnisse. Umgekehrt galt dasselbe.

»Liebes! Wie aufregend! Aber was genau soll ›quasi‹ heißen?«

»Er hat versucht, mich zu küssen, aber ich habe es

136

unterbunden. Es erschien mir etwas … unprofessionell.«

»Ach, ihr Mädchen heutzutage mit eurer Professionalität«, erwiderte Mum, während sie im Kühlschrank stöberte. »Wo ist denn bloß dieser Käse? Ich weiß doch, dass hier drin noch einer vergraben ist. Ah, da ist er ja, unter der Fischpastete.« Sie holte ein ziemlich trocken aussehendes Bröckchen Cheddar hervor. »Polly, mein Schatz, versuch doch ab und zu mal, auch ein bisschen romantisch zu sein.«

»Mhmm, mach ich«, antwortete ich, während ich einen prüfenden Blick in die Pfanne auf dem Herd warf, in der eine undefinierbare braune Soße köchelte.

»Glaubst du, du wirst ihn wiedersehen?«, fragte Mum in ihrem betont beiläufigen Tonfall.

»Nun, meine liebe Mrs. Bennet, ganz zufällig gehe ich Freitagabend mit ihm essen, um den Artikel zu besprechen … jedenfalls behauptet er das.«

»Ein Rendezvous! Das ist ja eine wunderbare Nachricht«, sagte sie, bevor sie die Augen zusammenkniff, um mich zu mustern. »Was ziehst du an?«

»Keine Ahnung.«

»Und du bürstest dir auch das Haar ordentlich?«

»Mach ich.«

»Ach ja«, fuhr sie fort, »passt es dir immer noch mit dem Arzttermin am Freitagnachmittag? Um Viertel nach vier im St.-Thomas-Krankenhaus?«

»Ja. Ja, natürlich.«

»Bist du sicher? Ich komme bestimmt auch allein klar. Also, nur für den Fall, dass du dich für dein Abendessen zurechtmachen musst.«

»Unsinn, natürlich komme ich mit. Ich habe Peregrine schon Bescheid gesagt.«

»Ich glaube nicht, dass es sehr lange dauern wird. Vielleicht eine Stunde oder so. Du kannst danach also sicher noch mal nach Hause und dir die Haare waschen.«

»Puh. Na, da bin ich aber froh.«

»Jetzt werd ja nicht schnippisch, Polly. Männer mögen keine schnippischen Mädchen.«

Erst im Bus auf dem Nachhauseweg fiel mir wieder ein, dass ich Lex noch anrufen musste.

»Endlich, wo hast du denn die ganze Zeit gesteckt?«, meldete sie sich.

»Tut mir leid, tut mir leid, tut mir schrecklich leid. Ich habe nur ein paar echt irre Tage hinter mir, gerade war ich bei meiner Mum, und jetzt bin ich auf dem Heimweg. Was ist denn los?«

»Ich wollte nur wissen, ob du diesen Freitag Zeit hast für unsere Verlobungsfeier?«

»Ach so«, sagte ich. »Wie aufregend. Ja, natürlich habe ich Zeit.« Dann fiel mir die Verabredung mit Jasper ein. »Oh, äh, verdammt, doch nicht. Tut mir leid, aber ich habe für Freitagabend schon für ein Abendessen zugesagt.«

»Mit wem?«, fragte sie ungehalten.

»Na, mit diesem Typen, den ich am Wochenende interviewt habe. Jasper Milton.«

»Du hast ein Date?«

»Nein, ein Dinner.«

»Ein Dinner an einem Freitagabend klingt für mich verdächtig nach einem Date.«

»Ganz ehrlich, es ist keins. Ich glaube, er will nur sichergehen, dass ich nette Dinge über ihn geschrieben habe.«

»Okay, kannst du dann am Freitag vor eurem Dinner, das kein Date ist, auf ein, zwei Drinks vorbeischauen? Ein Gläschen Champagner?«

»Jupp, ich glaube schon. Wo steigt denn die Party?«

»Portobello Road.«

»Okay, perfekt. Ich denke, das klappt.«

Nachdem wir aufgelegt hatten, fragte ich mich wieder einmal, ob Lex das Richtige tat oder sich einfach nur Hals über Kopf in diesen Hochzeitszirkus hineinstürzte. Der Ring, die Verlobungsfeier, das Kleid – all das schien derart überwältigend, dass ich mir langsam Sorgen machte, dass sie das Wesentliche bei so einer Heirat aus den Augen verloren hatte.

Am Freitag, um sechzehn Uhr, war ich mit Mum vor dem Krankenhaus verabredet. Ich bemerkte sie schon von Weitem, zusammengesunken in ihrem roten Mantel auf einer Bank vor dem Haupteingang sitzend, und verspürte einen plötzlichen Stich der Trauer. Sie sah so einsam aus. So verletzlich. Es passierte nicht oft, dass ich mir wünschte, mein Vater wäre noch hier, da ich mich kaum noch an ihn erinnern konnte. Nur noch, wie ich neben ihm im Auto saß und wir gemeinsam Dire Straits hörten, während er mit den Fingern im Rhythmus auf das Lenkrad klopfte; und an seine schlammigen Gartenstiefel neben der Küchentür. Manchmal hatte ich ein schlechtes Gewissen deswegen. Aber als ich mich erst in der Schule in London eingelebt und Mum ihren Job im Laden gefunden hatte, war unser neues Leben in der Großstadt so vollkommen anders als das beschauliche Dorfidyll in Surrey, dass ich mich mit der Vergangenheit nicht mehr weiter beschäftigte. Vielleicht war das auch nur eine Art Bewältigungsmechanismus gewesen. Ein teurer Seelenklempner würde vielleicht bedeutungsvoll hin und her überlegen und zu dem Schluss kommen, dass ich es gezielt verdrängt hätte. Wer weiß? Jedenfalls machte es mir nur selten zu schaffen. Aber in diesem Moment, vor dem Krankenhaus, verspürte ich den Wunsch, Dad wäre da.

Allerdings klang Mum, als ich die Bank erreichte, um einiges weniger verletzlich, als sie aussah. »Herrje, schau dir all diese Leute an, wie sie am Tropf hängen und trotzdem rauchen. Es ist eine Schande«, schimpfte sie wild gestikulierend.

»Psst, Mum, sie können dich doch hören.« Ich beugte mich herab, um sie auf die Wange zu küssen.

»Und dann die Fetten. Schau dir nur all die fetten Leute an.«

»Vergiss sie. Wohin genau müssen wir?«

»Warte.« Sie kramte in ihrer Handtasche und zog den Arztbrief heraus. »In den Bill-Browning-Flügel.«

Wir machten uns auf den Weg – durch den Haupteingang, die Treppe runter, dann wieder mit dem Aufzug rauf, die Flure entlang, deren Wände gepflastert waren mit Fotos lächelnder Krankenschwestern und Plakaten mit Anweisungen zum Händewaschen, bis wir schließlich den Bill-Browning-Flügel erreichten.

»Guten Tag, kann ich Ihnen weiterhelfen?«, fragte eine Empfangsschwester, ohne von ihrem Computer aufzublicken.

»Ja, bitte. Mein Name ist Susan Spencer, und ich bin hier wegen meines MRTs. Wir sind allerdings ein bisschen zu früh dran. Der Termin ist erst um 16.15 Uhr. Ich hoffe, das ist nicht schlimm? Also, dass wir ein bisschen zu früh dran sind?« Sie war ganz offensichtlich nervös.

Die Empfangsdame blickte immer noch nicht auf. »Die Überweisung bitte.«

Ich schenkte Mum ein beruhigendes Lächeln, zumindest hoffte ich, dass es beruhigend war, und schaute mir dann die anderen Patienten im Wartebereich an. Es war wie ein Bridge-Abend im Gemeindehaus, mit Grüppchen zumeist älterer Leute mit grauem Haar und grauen Gesichtern, die gelangweilt herumsaßen und so wirkten, als wäre selbst der Tod noch eine willkommene Abwechslung.

»Also gut, Mrs. Spencer, lassen Sie mich nur kurz die

Pflegekraft rufen, und dann sehen wir weiter, ja?« Ihre Stimme wurde am Ende von »ja?« höher, so als würde sie zu einem Kind sprechen.

»Sollen wir uns setzen, Mum?«

»Ja, gerne.« Sie blickte auf ihre Uhr. »Ich hoffe nur, Bertie kommt ohne mich klar im Laden.«

»Bestimmt. Er ist der Letzte, um den du dir gerade Sorgen machen musst.«

»Ich weiß, ich weiß.« Sie zwirbelte ein zerknittertes Taschentuch zwischen den Fingern.

Ich wechselte das Thema. »Was hast du dieses Wochenende vor?«

»Oh, nicht viel. Morgen werde ich wahrscheinlich wieder arbeiten. Und dann dachte ich, ich könnte am Sonntag vielleicht mal in die Kirche gehen.«

»Kirche?«

»Ja, du weißt schon, die an der Battersea Park Road. Anscheinend gibt es dort einen richtig altmodischen Pfarrer, bei dem man nach dem Gebet nicht die halbe Gemeinde küssen und umarmen muss. Damit kann ich nämlich wirklich nichts anfangen.«

»Oh. Cool. Ich frage nur, weil du …« Ich verstummte. Soweit ich mich erinnern konnte, war Mum das letzte Mal in der Kirche gewesen, als Dad starb.

»Ich habe mir überlegt, dass es beruhigend sein könnte«, erwiderte sie bestimmt, wobei sie immer noch das Taschentuch in den Händen zwirbelte. »Einfach mal hingehen, über alles nachdenken und ein bisschen beten.«

»Soll ich vielleicht mitkommen?« Sobald ich es gesagt hatte, bereute ich es auch schon wieder. Der Gedanke, am Sonntagmorgen nach Battersea zu fahren, um auf einer harten Holzbank, umgeben von enthusiastischen Christen, in einer kalten Kirche zu sitzen, erfüllte mich nicht gerade mit dem Heiligen Geist.

Aber es war zu spät, denn Mum sah mich mit einem so hoffnungsfrohen Gesicht an, dass ich nicht mehr zurückrudern konnte. »Oh, das würdest du wirklich tun? Ich kenne nämlich niemanden, der da hingeht. Aber ich glaube, dass es nach dem Gottesdienst noch Kaffee gibt.«

»Vielleicht sogar einen Keks dazu. Wenn wir Glück haben. Klar komme ich mit.«

»Susan Spencer?« Ein Krankenpfleger in einem blauen Overall und weißen Crocs erschien im Wartebereich.

»Oh«, sagte Mum und sah ihn verblüfft an. »Das ist ja ein Mann«, raunte sie mir zu.

»Hallo zusammen, ich bin Graham«, stellte sich der Pfleger vor und streckte eine Hand aus. »Ich bin heute für Sie zuständig, wenn Sie mir also bitte folgen würden, dann können wir den langweiligen Papierkram schnell hinter uns bringen.«

»Hi, ich bin die Tochter«, warf ich schnell ein, bevor Mum die Möglichkeit hatte, irgendetwas potenziell Beleidigendes zu Graham zu sagen. »Polly. Kann ich auch dabei sein?«

»Natürlich, können Sie. Je mehr, desto besser. Kommen Sie bitte mit.«

Wir folgten Graham durch die Schwingtür einen langen Korridor entlang, in dem sich abgezogene Krankenbetten reihten, und schließlich in ein kleines Büro. Grahams Gummilatschen quietschten auf dem Boden.

»Schön, dann wollen wir gleich mal einen Blick darauf werfen.« Er setzte sich und öffnete einen blauen Ordner auf seinem Schreibtisch. »Also, Susan, Sie sind heute wegen eines MRTs hier. Sie werden von mir ein Flügelhemd für die Untersuchung bekommen, aber das Ganze sollte nicht allzu lange dauern. Sobald wir diese Formalien erledigt haben, ziehen Sie es an, und dann veranschlagen wir etwa eine Stunde für das ganze Prozedere. Könnten Sie mir nur noch bestätigen, dass Sie nichts aus Metall am Körper tragen?«

Mum schüttelte den Kopf.

»Und dass Sie während der letzten Stunde weder gegessen noch getrunken haben?«

Sie schüttelte wieder ihren Kopf. »Ich lechze nach einer Tasse Tee.«

»Oh, das glaube ich Ihnen gerne«, sagte Graham mitfühlend.

Mein Blick fiel auf ein Plakat an der Wand mit der Aufschrift: *Gemeinsam gegen den Krebs*. Darauf war eine lächelnde Familie zu sehen, die sich an den Händen hielt; ein kleines blondes Mädchen zwischen ihren Eltern. Was für ein dämlicher Slogan! Natürlich war man gegen den Krebs. Schließlich gab es niemanden, der ihn haben wollte. Es sagte ja keiner: »Hereinspaziert, lieber

Krebs, ich finde dich toll, hättest du gern eine Tasse Kaffee?«

Graham legte sorgfältig vier unterschiedliche Formulare in vier verschiedenen Farben vor sich auf dem Schreibtisch aus. »Man hat uns erzählt, dass alles so viel einfacher wird, wenn wir erst einmal Computer haben, aber, du liebe Zeit, schauen Sie sich nur mal all diese Papiere an. Ehrlich gesagt, ist es jetzt nur die doppelte Arbeit. Aber gut, kann ich noch ein paar andere Dinge abhaken?«

Er ging schnell Mums Adresse, Geburtsdatum und Krankengeschichte durch. »Und Sie, Polly, Sie sind heute also die verantwortungsbewusste Erwachsene, sehe ich das richtig?«

»Ich schätze schon«, erwiderte ich strahlend.

»Es tut mir leid, dass wir so viele Dinge fragen und durchgehen müssen, aber Sicherheit hat bei uns oberste Priorität. Ich würde diesen Job nicht machen, wenn es anders wäre«, sagte Graham.

»Da haben Sie recht«, erwiderte Mum.

Ich nickte und gab mir Mühe, den Gesichtsausdruck einer verantwortungsbewussten Erwachsenen hinzukriegen. Seltsam, dieses Gefühl – als ob wir unsere Rollen getauscht hätten. In welchem Alter fängt man eigentlich an, sich um seine Eltern zu kümmern statt andersherum? Seit der Sekunde, in der ich auf die Welt kam, war ich auf Mum angewiesen gewesen, und ich war es selbst heute noch – so etwa, wenn es eines der höchst seltenen Liebesdramen in meinem Leben gab, ich wieder mal eine Blasenentzündung bekam oder Peregrine eine wahnwitzige Idee hatte. Aber wann genau ist der Punkt, an dem deine Eltern anfangen, dich mehr zu brauchen als du sie? Vielleicht war es jetzt, überlegte ich, hier, in diesem Krankenhausbüro. Genau in diesem Moment.

»Ich glaube, das wäre dann alles«, verkündete Graham, drückte vier Aufkleber mit Mums Namen auf die vier verschiedenen Formulare und wandte sich dann an mich. »Polly, ich werde Ihre Mutter jetzt auf die Station bringen, damit sie sich umziehen kann. Susan, sobald wir dort fertig sind, wird Doktor Singh, der Radiologe, alles Weitere mit Ihnen besprechen.«

Sie nickte.

Ich wollte etwas Tröstliches sagen. »Das ist ja wie in *Emergency Room*.«

»Macht es Ihnen was aus, so lange im Wartebereich zu bleiben, Polly?«, fragte Graham nach einer kurzen Pause. »Ansonsten gibt es unten auch ein Café, falls Sie was trinken möchten?«

»Machen Sie sich um mich keine Sorgen. Ich habe ein Buch dabei. Alles okay, Mum?«

»Ja, ja, Graham wird sich um mich kümmern.«

»Selbstverständlich werde ich das.«

Ich sah den beiden nach, als sie den Flur entlanggingen und Grahams Crocs über den Linoleumboden quietschten.

Nachdem ich wieder nach unten gefahren war und ein

weiteres Dutzend Flure passiert hatte – so viele Flure, dass ich mir vorkam wie in *The Shining* –, fand ich schließlich das Café, dessen Schlange bis vor die Tür reichte.

»Entschuldigen Sie, Ma'am, wünschen Sie einen Kaffee?«, fragte die Frau hinter der Kasse, als ich schließlich an die Reihe kam.

»Oh, Entschuldigung, ich war ganz woanders«, erwiderte ich. »Ja, könnte ich bitte einen Americano mit Milch haben?«

»Gerne. Darf's auch was zu essen sein?«

»Nein, danke, das wäre alles. Ich bin heute noch zum Abendessen eingeladen und muss in das Kleid passen.« Ich weiß auch nicht, warum ich das Bedürfnis verspürte, das der Café-Dame mitzuteilen. Vielleicht war es nur eine Ablenkung von meinen Sorgen um Mum, die gerade oben im MRT lag und durchleuchtet wurde.

Die Tische hier waren ein ähnlich trister Anblick wie der Wartebereich oben. Alte Menschen, die alleine herumsaßen und Zeitung lasen. Außerdem noch ein Mann mit Augenklappe, der in einem Rollstuhl saß und mit sich selbst Karten spielte.

Ich blieb ungefähr eine Stunde lang sitzen und las abwechselnd in meinem Buch oder scrollte durch Instagram. Lex hatte ein Bild ihrer frisch manikürten Nägel hochgeladen; sie hatte einen Filter ausgesucht, der ihrem Verlobungsring einen übertriebenen Glanz verlieh. *Blendend gelaunt für heute Abend!*, hatte sie darunter geschrieben. Warum führten sich die Leute eigentlich auf, als hätte man ihnen das Gehirn amputiert, sobald sie verlobt waren? Dann dachte ich über mein Outfit nach, das ich für heute Abend ausgesucht hatte. Ein rotes ärmelloses Kleid von Topshop, das zwar ein bisschen zu kurz war, aber mit schwarzer Strumpfhose und flachen Ballerinas würde es nicht ganz so nuttig rüberkommen. Eine halbe Stunde später summte das Handy in meiner Hand. Es war Mum.

Alles erledigt. Ich sitze auf
Station und trinke eine Tasse
Tee. Kuss

»Tatsächlich war es gar nicht so schlimm«, begrüßte sie mich, als ich sie oben fand. »Am Anfang ist es ein bisschen gruselig, wenn man sich da auf den Rücken legt, aber sie hatten nette Musik laufen lassen, während ich drin war, und ich bin fast eingeschlafen.«

»Haben sie schon irgendwas gesagt?«

»Nein, nur dass ich einen Brief mit den Ergebnissen bekomme.«

Ich hörte Graham, der auf uns zugequietscht kam, und blickte auf. »So weit alles in Ordnung, Susan? Ich freue mich, dass Sie doch noch Ihren Tee bekommen haben. Also, Sie werden innerhalb der nächsten Woche einen weiteren Brief oder Anruf von Ihrem Hausarzt erhalten, um die Ergebnisse zu besprechen. Ansonsten war es das, und Sie dürfen gerne gehen.«

»Wunderbar! Haben Sie vielen Dank.«

»Keine Ursache. Aber schonen Sie sich den Rest des Tages etwas.« Dann wandte er sich an mich. »Polly, werden Sie heute Abend bei Ihrer Mutter sein?«

»Oh, nein, auf keinen Fall. Sie hat ein Rendezvous!«, sagte Mum.

»Das ist kein Rendezvous, sondern ein Dinner«, entgegnete ich nachdrücklich.

»Nun«, sagte Graham verwirrt, »dann wünsche ich Ihnen beiden jedenfalls ein schönes Wochenende.«

Obwohl Mum darauf beharrte, dass es Geldverschwendung sei und wir lieber den Bus 77 nach Battersea nehmen sollten, ignorierte ich ihren Protest und brachte sie mit einem Uber nach Hause. Dort angekommen, setzte ich einen Tee auf, flitzte noch einmal los, um Bertie aus dem Vorhangladen zu holen, und ging rasch eine Runde mit ihm Gassi, bevor wir zu Mum zurückkehrten.

»Komm schon, Bertie, mach hin, tu's einfach«, drängte ich, während er an einem Laternenpfosten herumschnüffelte und dann gemächlich, im Tempo eines alten Opas, der nachts aufs Klo schlurft, sein Bein hob und pinkelte. Danach trug ich ihn zu Mum ins Wohnzimmer hoch und ließ sie zusammen auf dem Sofa sitzen, wo sie sich eine alte Folge von *Inspektor Morse, Mordkommission Oxford* anschauten.

Als Nächstes nahm ich den Bus nach Hause, wobei ich im Kopf meine To-do-Liste durchging. Eigentlich könnte ich mich doch genauso gut so herausputzen, als ob ich zu einem richtigen Date gehen würde, oder nicht? Um vorbereitet zu sein und so. Es machte schließlich keinen Sinn, sich mit einem Mann zum Abendessen zu treffen, wenn man behaart wie ein Waldschrat war. Vor allem nach der Katastrophe mit Callum. *Callum!*, dachte ich bei mir, als ich in die Dusche trat. Verdammt, ich hatte Bill immer noch nichts von der Sache erzählt. Nicht dass ich dazu verpflichtet gewesen wäre, ich hatte nur trotzdem irgendwie das Gefühl, dass ich es tun sollte. Vielleicht könnte ich heute Abend ganz beiläufig einen Witz darüber reißen, überlegte ich, als ich nach meinem Rasierer griff.

Ich rasierte praktisch alles bis auf mein Gesicht, überprüfte das Muttermal unter meinem Kinn und entfernte das borstige schwarze Haar, das alle paar Tage wie Unkraut daraus hervorspross, trug die Tom-Ford-Feuchtigkeitslotion für ganz besondere Anlässe auf, die ich für die extrem seltenen Gelegenheiten aufhob, bei denen ich mich in Gesellschaft entkleidete, statt ganz allein für mich, klatschte mir so viel Make-up ins Gesicht, dass ich aussah wie eine Dragqueen, zwängte mich in das knappe rote Kleid und machte mich schließlich auf den Weg zu Lex' Party. Und bloß nicht zu viel trinken vor dem Abendessen, ermahnte ich mich noch einmal.

Die Verlobungsfeier fand in einer Bar namens Bananas in der Portobello Road statt. Man musste dafür drei Stockwerke die Treppen hochsteigen, was zur Folge hatte, dass ich in meinem engen Kleid zu schwitzen anfing.

»Hey, Süße!«, begrüßte mich Lex, als ich keuchend die Bar erreichte.

»Sei gegrüßt, schöne zukünftige Braut«, erwiderte ich. »Und du auch!«, wandte ich mich ausweichend an Hamish, der neben Lex an der Theke stand. »Herzlichen Glückwunsch. Was für tolle Neuigkeiten!« Ich würde wahrscheinlich keinen Oscar für meine schauspielerische Leistung gewinnen, aber fürs Erste musste es reichen.

»Danke, Polly«, sagte er. »Und jetzt besorgen wir dir einen Drink, damit wir uns ordentlich die Kante geben können.« Hamish, ein gewaltiger Totempfahl von einem Mann, griff nach einem Champagnerglas auf der Theke.

»Habt ihr zwei euch schon über den Termin Gedanken gemacht?«, erkundigte ich mich.

»Ja«, sagte Lex. »Wir haben das zweite Juliwochenende anvisiert. Zu Hause, mit einem großen Festzelt auf dem Rasen, so was in der Art. Ich weiß, dass es sehr bald ist, aber ich will nicht bis zum nächsten Sommer warten.«

»Du kannst es wohl kaum erwarten, mich zu heiraten, was, Liebling?«, sagte Hamish.

»Aber genug von uns«, überging Lex ihn. »Können wir uns jetzt bitte endlich über dein Date unterhalten?«

»Du hast dir also jemanden geangelt, was?«, mischte Hamish sich ein. »Gut gemacht. Das letzte Mal ist jetzt schon … wie lange her? Jahre? Oder nicht?«

Ich bedachte ihn mit einem schmallippigen Lächeln. »Es ist kein Date, sondern ein Abendessen. Ein Geschäftsessen.«

»Wenn es kein Date ist, warum hast du dann ein so

kurzes Kleid an, dass ich praktisch deine Vagina sehen kann?«, wollte Lex wissen.

»Ich weeeiß«, erwiderte ich. »Meinst du, es ist zu viel?«

»Nein, du siehst echt scharf aus. Er wird dich über den Tisch werfen und noch vor den Grissini über dich herfallen.«

»Lex …«

»Moment, hast du deine spezielle Feuchtigkeitslotion benutzt?«

»Kann sein.«

»Dann ist es definitiv ein Date«, entschied sie.

Mist. Ich hatte ganz vergessen, dass Lex über meine Feuchtigkeitslotion Bescheid wusste.

»Es tut mir leid, dass ich nicht so lange bleiben kann«, entschuldigte ich mich und sah sie mit schuldbewusster Miene an.

»Sei nicht albern. Das ist dein erstes Date seit einer Ewigkeit. Geh und amüsier dich.«

»Wer kommt denn sonst noch heute Abend?«, fragte ich rasch, da ich es leid war, dass alle über mein Liebesleben diskutierten wie über ein äußerst seltenes historisches Phänomen.

»Ach, alle möglichen Leute. Ungefähr vierzig. Unsere Eltern, ein paar Kollegen, Freunde von der Uni. Das Übliche. Und Bill bringt seine neue Freundin mit.«

»Freundin?«

»Ja, die neue, die als Innenarchitektin oder so was arbeitet. Mit dem komischen Namen.«

»Ohhhh, ja, wir haben uns vor ein paar Wochen über sie unterhalten. Ich wusste nicht, dass sie jetzt einen auf Pärchen machen.« Irgendwie ärgerte es mich, dass Lex es vor mir erfahren hatte.

»Na ja, es muss was Ernstes sein, wenn er sie heute Abend mitbringt. Oh, Liebling, schau doch nur, da sind deine Eltern«, sagte Lex zu Hamish, als ein älteres Paar durch die Tür kam und sich nervös umschaute. »Sorry, Süße, ich hoffe, es macht dir nichts aus, wenn wir hingehen und sie begrüßen?«

»Nein, nein, geht nur. Es ist euer Abend.«

Ich blieb an der Bar stehen und schaute mich nach bekannten Gesichtern um, während weitere Gäste eintrudelten, von denen sich die Männer zur Begrüßung kumpelhaft umarmten, die Mädels dagegen Luftküsse verteilten, kreischten und Visitenkarten in der Runde verteilten. Ich fragte mich, auf wie vielen Verlobungspartys in diversen Londoner Bars und Pubs ich mittlerweile schon gewesen war. Fünfhundert Millionen ungefähr. Ich lächelte einem Kellner zu, der sich mit einem Tablett voll Cocktailwürstchen näherte.

»Ja, gerne«, sagte ich, die Zahnstocher geflissentlich ignorierend, und angelte mir ein Würstchen mit den Fingern.

Und da sah ich ihn durch die Tür kommen. Callum. Ich war dermaßen überrumpelt, dass ich das Cocktailwürstchen am Stück verschluckte, und unsere Blicke trafen sich genau in dem Moment, als es mir im Hals stecken blieb und ich würgen musste. Ich schlug mir schnell die Hand vor den Mund, um das Würstchen davon abzuhalten, wieder aufzutauchen und quer durch den Raum katapultiert zu werden; dann drehte ich mich zur Bar und beugte mich dezent über die Theke, um meinen Hustenanfall so leise und diskret wie möglich hinter mich zu bringen.

»Alles in Ordnung?«, hörte ich Callum hinter mir sagen; dann legte sich eine Hand auf meinen Rücken.

Ich schluckte ein letztes Mal und drehte mich um. Von dem Gehuste und Gewürge waren mir Tränen in die Augen gestiegen. Toller Anblick.

»Jupp, sorry, ich habe nur …«

»… eine Allergie auf mein Gesicht?«

»Ha! Äh, ich meine, nein. Ich bin nur scheinbar nicht in der Lage, richtig zu schlucken.« Ich lächelte ihn an und ärgerte mich sogleich über mich selbst, weil ich zu freundlich zu ihm war.

»Oh, wirklich?«, erwiderte er.

Ich errötete. »Was machst du überhaupt hier?« Schon besser, gratulierte ich mir. Cool und unverbindlich. Das war die richtige Taktik.

»Oh, vielen Dank aber auch.« Er beugte sich an mir vorbei und stützte den Arm auf dem Tresen ab, um sich ein Champagnerglas vom Tablett zu nehmen. »Auch noch einen?« Er deutete mit einem Nicken auf mein leeres Glas.

»Ja, gerne. Danke schön.«

Warum war es eigentlich ein Ding der UNMÖGLICH-KEIT, als wohlerzogene Engländerin unnahbar zu wirken?

Legs hätte dieses Problem nie im Leben, dachte ich bei mir. Sie würde einfach nur die lässige Französin raushängen lassen.

Callum nahm mir mein leeres Glas ab und reichte mir ein volles.

»Was ich meinte, war, woher kennst du die Gastgeber?« Ich gab mir weiterhin Mühe, kühl und unnahbar zu klingen.

»Ich kenne nur Hamish«, sagte er.

»Und woher?«

»Vom Rugby.«

»Ahhhhhh, na klar.«

»Und wie geht es dir sonst so?«, fragte er. »Eigentlich ...« Er schüttelte den Kopf. »Streich das. Kann ich noch mal von vorne anfangen?«

Ich sah ihn verwirrt an. »Was meinst du?«

»Ich habe mich wirklich danebenbenommen. Tut mir leid, dass ich so ein Arsch war.« Er hielt inne, und es folgte eine unangenehme Stille, da ich nicht wusste, was ich darauf sagen sollte. Außerdem hatte ich Angst, dass mein Atem nach Würstchen roch, und Callum stand ziemlich nah bei mir. Doch da wurden wir unterbrochen.

»Da ist sie ja!« Ich blickte auf und sah Bill, der, gefolgt von einer blonden jungen Frau, auf uns zukam.

»Hey, du, sorry, ich glaube, ich habe eine Cocktailwürstchen-Fahne«, entschuldigte ich mich, als ich mich zu ihm vorbeugte, um ihn zur Begrüßung auf die Wange zu küssen.

»Mein Lieblingsaroma«, witzelte Bill. »Und das«, fügte er hinzu, wobei er die Hand der blonden Frau ergriff, »ist Willow.«

»Freut mich, dich endlich kennenzulernen.« Ich beugte mich vor, um auch Willow auf die Wange zu küssen, gerade als sie die Hand ausstreckte, woraufhin wir ungeschickt beides gleichzeitig taten. Sie roch natürlich nicht nach Wurst; stattdessen duftete ihr glänzendes blondes Haar wie Marshmallows.

»Hi«, sagte sie. »Billy hat mir schon so viel von dir erzählt.«

Billy?

»Hey, Kumpel«, begrüßte Bill Callum mit einem Händeschütteln. »Ich wusste gar nicht, dass du die beiden auch kennst.«

»Eigentlich nur Hamish; wir spielen im selben Rugbyklub.«

»Hi«, sagte Willow und warf ihr Haar über die Schulter. Oh nein. *So eine* war sie.

»Tja«, begann Bill, »jetzt sind wir also alle hier versammelt. Das sind doch tolle Neuigkeiten von den beiden, oder?« Er deutete mit dem Kopf in Richtung Lex und Hamish.

»Mhmm, ja, schon«, murmelte ich. Ich war froh, dass er offenbar nichts von der peinlichen Anspannung zwischen mir und Callum bemerkte. Aber natürlich war es in Gegenwart von Willow und Callum nun nicht mehr möglich, einen Witz über die Sache zu reißen. Das würde ich mir wohl für eine andere Gelegenheit aufheben müssen.

»Oje, sind wir heute Abend wieder besonders gut aufgelegt, ja?« Bill wusste, wie ich über Hamish dachte – nämlich dass er nicht gut genug für Lex war.

»Nein, nein«, entgegnete ich rasch, da Callum mithörte. »Das Ganze … geht nur ein bisschen schnell, das ist alles.«

»Polly«, sagte Bill warnend.

»Okay, ist ja schon gut.«

»Wie auch immer, wo steckt Joe?«, fragte Bill.

»Er spielt auf irgendeinem Konzert in der Wigmore Hall.«

Bill nickte, dann wanderte sein Blick hinab zu meinen Beinen. »Warum trägst du so ein kurzes Kleid?«

»Ich treffe mich heute noch mit jemandem zum Abendessen.«

»Ooh. Ein Date?«, fragte Willow. Die Art und Weise, wie sie »Oooh« sagte, war echt ein bisschen nervig. Irgendwie von oben herab. Dann schwang sie wieder ihre Mähne über die Schulter.

»Nein. Nur jemand, den ich letzte Woche interviewt habe. Ich bin Journalistin«, erklärte ich.

»Oh, ja, das hat Bill mir erzählt. Ist es jemand Bekanntes?«

»Äh, ja, schon. Er heißt Jasper. Jasper Milton.«

»Oh mein Gott, *der*«, erwiderte Willow, wobei sich ihre Augen weiteten. »Den kenne ich. Ich meine, ich kenne ihn nicht. Aber ich weiß, wen du meinst. Wow! Wie

aufregend. Das ist dann aber definitiv ein Date. Obwohl –
ich meine, nichts für ungut –, aber geht der normalerweise nicht mit Models aus?«

Kein Grund, sich aufzuregen, beruhigte ich mich selbst
innerlich, bevor ich nickte.

»Wow«, staunte Willow, wobei ihre Augen immer
noch beinahe hervorquollen.

»Nie von dem Typen gehört«, bemerkte Bill.

»Ach, komm schon, Billy, er ist ständig in den Nachrichten«, sagte Willow. *Billy*, also doch. Ich hatte bisher
noch nie jemanden getroffen, der ihn Billy nannte. Warum sagte er nichts?

»Nicht in den Nachrichten, die ich lese«, antwortete
Bill. »Warum hast du ihn überhaupt interviewt?«

»Er ist der Sohn eines Herzogs. Perfektes *Posh!*-Ma-
terial also. Außerdem war er erst neulich in den Schlag-
zeilen. Wieder einmal. Als er besoffen aus einem Klub
getorkelt ist.«

»Aber wenn du ihn schon interviewt hast, warum triffst
du dich jetzt noch mit ihm zum Abendessen?«, fragte Bill.

»Ach herrje, tut mir leid«, erwiderte ich. »Ich wusste
ja nicht, dass ich deine Erlaubnis und Mums schriftliche
Einwilligung brauche, um mit jemandem essen zu gehen.«

Wir wurden von einem leisen Klirren auf der anderen
Seite des Raums unterbrochen. Es war Hamish, der mit
einer Gabel gegen sein Champagnerglas klopfte.

»Tut mir leid, euch beim Bechern unterbrechen zu
müssen«, begann er, »aber ich dachte, ich sollte ein paar

kurze Worte vorab sagen. Erst einmal, um mich bei meinen Eltern für die Party heute Abend zu bedanken – also hoch die Tassen, das geht auf meinen Dad!« Grölende Jubelrufe ertönten im Raum. »Aber vor allem, um mich bei Lex zu bedanken.« Er machte eine Pause. »Denn ich weiß, dass einige von euch denken, dass das alles ein bisschen schnell geht. Aber ich weiß auch, dass ich den Rest meines Lebens mit ihr verbringen will. Ich weiß es einfach. Wenn ihr also alle eure Gläser auf meine zukünftige Frau erheben würdet! Ansonsten bleibt mir nur zu sagen, dass ich es kaum noch erwarten kann, wenn sie mich im Juli endlich an die Leine nimmt.« Und wieder ertönten Gegröle und Jubelrufe.

Ich verdrehte die Augen und schaute dann auf mein Handy. »Okay, ich pack's dann mal. Tschüs, Leute.« Ich bückte mich nach meiner Tasche und warf eine Kusshand in die Runde, damit ich nicht das ganze Küsschen-Küsschen-Prozedere noch einmal durchlaufen musste, bei Leuten, die ich gerade erst begrüßt hatte. Außerdem hatte ich immer noch Bedenken, Callum meinen Würstchenatem ins Gesicht zu blasen. Hoffentlich fand ich irgendwo in den Untiefen meiner Handtasche noch ein herumirrendes Kaugummi.

»ACH JA, POLLY, SCHLAF NICHT GLEICH BEIM ERSTEN DATE MIT IHM!«, rief Bill mir hinterher, sodass der gesamte Raum sich nach mir umdrehte.

»Hallo«, begrüßte mich Jasper und erhob sich vom Tisch, um mich auf die Wange zu küssen. Ich hatte mir ausgemalt, wie ich auf ganz gelassene, ja vielleicht sogar geradezu verführerische Weise das Restaurant betreten würde, aber natürlich war ich viel zu nervös.

»Hi, wie geht's? Wo soll ich meinen Mantel hintun? Oh, ich kann ihn auch einfach nur über meine Rück…«

»Madam, darf ich Ihnen den Mantel abnehmen?« Ein Kellner erschien an unserem Tisch.

»Ja, gerne, vielen Dank.« Ich zog ihn aus und stieß dabei mit meinem Ellbogen prompt ein volles Wasserglas um. »Oh Gott, tut mir leid, tut mir furchtbar leid.« Ich zog ein Taschentuch aus meiner Tasche, um das Wasser aufzuwischen, wobei ich klappernd eine Gabel zu Boden fegte. Ich bemerkte, wie die Gäste mit ihrem Besteck in der Luft erstarrten und zu uns rübersahen. Währenddessen floss das Wasser in einem gleichmäßigen Rinnsal über die Tischkante und bildete eine Lache neben meinem Stuhl.

»Madam müssen sich keine Sorgen machen, ich hole etwas zum Aufwischen«, sagte der Kellner. »Und eine saubere Gabel.«

»Madam könnte vielleicht einen Drink vertragen?«, sagte Jasper und setzte sich wieder an den Tisch, der sich glücklicherweise ganz diskret in einer Ecke des Restaurants befand. Er sah entspannt, um nicht zu sagen gut aus, in seiner Jeans und dem hellblauen Hemd, dessen Ärmel er bis zu den Ellbogen hochgekrempelt hatte. Er beugte sich vor, um mir seine Serviette zu reichen. »Ein standesgemäßer Auftritt.«

»Nicht ganz das, was ich geplant hatte.« Ich lächelte dem Kellner entschuldigend zu, als er zurückkam.

»Bitte schön, Madam.« Er breitete eine neue Serviette über meinen Schoß, legte mir eine frische Gabel hin, stellte ein neues Wasserglas vor mich und ging schließlich in die Hocke, um die Pfütze mit einem Lappen aufzuwischen.

»Was wünschen Sie zu trinken?«, erkundigte sich der Kellner, als er sich wieder aufgerichtet hatte.

»Äh, ich weiß nicht so recht. Was trinkst du denn?« Ich sah Jasper an.

»Ich leere noch schnell meinen Gin Tonic, aber danach könnte ich einen Wein vertragen.«

»Einen Roten?«

»Was auch immer du magst.«

»Ähm, dann eher einen Roten.«

»Eine Flasche von Ihrem Montepulciano, bitte«, sagte Jasper an den Kellner gewandt.

»Der Zweitausendvierer, Sir?«

»Ganz genau.«

»Bist du Stammgast hier?«, fragte ich, als der Kellner sich mit dem tropfenden Lappen in der Hand vom Tisch entfernte.

»Ein unregelmäßiger Stammgast. Ich komme her, wenn ich in London bin. Das Kalb ist ausgezeichnet. Also, wie sieht es denn nun aus mit dem Artikel, den du über mich geschrieben hast?«

»Ist so weit fertig.«

»Und hast du viele schlimme Dinge geschrieben?«

»Nein. Nur ein paar. Eigentlich war ich sogar ziemlich nett und habe alle möglichen Details weggelassen, die ich hätte einbauen können.«

»Wie zum Beispiel?«

»Nicht so wichtig. Was hast du diese Woche so gemacht?«

»Ach, nicht viel. Bin in der Gegend herumgefahren, um mich mit ein paar Bauern zu treffen. Und ansonsten hatte ich wieder mal einen Riesenstreit mit meiner Mutter.«

»Weswegen?«

»Das kannst du dir wahrscheinlich denken.«

»Ah«, erwiderte ich peinlich berührt.

»*Ah*, ganz genau. Ich gehe mal davon aus, dass es in deinem Artikel nicht erwähnt wird?«

»Oh, nein. Natürlich nicht. Das ist nicht wirklich der Stil unserer Zeitschrift, das ist schon eher was … für andere Blätter.«

»Und wie geht es meiner guten alten Freundin Lala?«

»Äh, ganz gut.«

»Hast du ihr erzählt, dass wir zusammen essen gehen?«

»Nein. Nicht wirklich.« Zu guter Letzt hatte ich nämlich doch gekniffen. Am Montag und Dienstag war Lala »krank« gewesen, und bis Mittwoch hatte ich bereits entschieden, dass ich erst einmal sehen sollte, wie das Abendessen mit Jasper so lief, bevor ich sie einweihte.

»Warum nicht?«

»Ich fand es nicht so wichtig. Es ist nur ein Abendessen. Keine große Sache.«

»Polly, wie überaus verletzend.«

Ich lachte. »Wie meinst du das?«

»Na ja, ich mag dich. Ich habe das Gespräch mit dir sehr genossen. Abgesehen von deiner Hilflosigkeit, deiner Tollpatschigkeit und deiner Unfähigkeit, ein Kompliment anzunehmen, finde ich, dass du witzig und klug bist. Und das sind Eigenschaften, die ich mag. Es ist wesentlich unterhaltsamer, als mit noch so einer Henrietta dinieren zu müssen, die sich mit mir über Tapetenmuster unterhalten möchte.«

»Dann hast du also schon einige Henriettas kennengelernt?«

Er hob eine Augenbraue. »Nicht das schon wieder.«

»Okay, ich höre auf, versprochen. Das Interview ist immerhin vorbei, ich muss dich nicht mehr ins Kreuzverhör nehmen.«

»Sehr gut. Also, was sollen wir essen? Ich habe einen

riesigen Hunger. Wahrscheinlich werde ich mir gleich zwei Vorspeisen gönnen.«

Am Ende wurde es ein langes und ausgiebiges Abendessen, Jasper bestellte zwei Flaschen Wein – und ich verzichtete ganz auf weitere Peinlichkeiten, verschüttete Wassergläser oder unangebrachte Äußerungen.

»Was ist eigentlich mit deinen Eltern?«, fragte er mich mittendrin.

»Was soll mit ihnen sein?«

»Na, du weißt schon. Meine sind zwar verrückt, aber immer noch zusammen … aus welchem Grund auch immer. Aber … du meintest, dass dein Vater … nicht mehr da ist, richtig?«

»Ja, er ist gestorben, als ich zehn war, also …«

»Woran?«

»Woran er gestorben ist?«

»Ja.«

»Herzinfarkt. Ganz plötzlich. Er war eines Tages im Garten, und bumm – das war's. Mum hat ihn mit dem Gesicht nach unten im Blumenbeet gefunden.«

»Also erinnerst du dich nicht mehr an ihn?«

»Nicht wirklich. Ich weiß noch, dass Mum danach eine lange Zeit im Bett verbracht hat und ich mich währenddessen ausschließlich von Keksen ernährt habe.«

»Kekse?« Er runzelte die Stirn.

»Jepp. Vor allem Shortbread und Schokokekse. Und Toast. In unserem Haus wurde damals eine ganze Menge Toast und Marmite-Aufstrich verputzt.«

»Wo habt ihr damals gewohnt?«

»In einem Örtchen auf dem Land, in Surrey. Aber dann mussten wir es verkaufen, und Mum ist mit mir nach London gezogen, um eine Arbeit zu finden.« Wenn ich Leuten erzählte, dass mein Vater tot war, blickten sie normalerweise peinlich berührt drein wie Nonnen in einem Strip-Klub und stammelten irgendeine Beileidsbekundung. Es gefiel mir, dass Jasper das nicht tat. Er wirkte kein bisschen peinlich berührt. Und das tat irgendwie gut.

»Wo wohnt deine Mutter jetzt?«

»Noch immer hier. In Battersea. Mit ihrem Hund.«

»Und sie hat nie wieder geheiratet?«

»Nein. Was Männer angeht, ist sie ein genauso hoffnungsloser Fall wie ich.« Der letzte Teil war mir einfach so rausgerutscht.

»Ach ja?« Er grinste mich an.

»Ich meine, nein. Ich habe mich schlecht ausgedrückt. Das war nur so dahingesagt.«

»Ist das der Grund, warum du Männern gegenüber so eine Abwehrhaltung hast?«, fragte er.

»Wie meinst du das?«

»Na, weil dein Vater gestorben ist, als du noch klein warst, und seitdem kein Mann ihm das Wasser reichen konnte und so weiter?«

»Ich wusste ja nicht, dass ich mit einem Psychologen essen gehe«, zog ich ihn auf. »Warum all diese Fragen?«

»Na ja, du weißt alles über mich. Ich versuche einfach nur, für Gleichstand zu sorgen.«

»Alles? Sicher nicht.«

Er zuckte mit den Schultern. »Ich habe keine Geheimnisse. Außer, dass meine sexuellen Vorlieben etwas schräg sind. Oh, und außerdem mag ich keine Erbsen.«

»Das sagst du mir erst jetzt? Das hätte der Aufhänger für meinen Exklusivbericht sein können.«

»Das mit den sexuellen Vorlieben?« Er grinste mich über den Tisch hinweg an.

»Nein, diese schockierende Sache mit den Erbsen.«

Jasper lachte. »Du bist lustig«, sagte er.

Wir plauderten weiter und tranken Rotwein, während die Tische um uns herum sich allmählich leerten und schließlich ein Kellner damit begann, den Boden betont theatralisch zu fegen.

»Können wir die Rechnung haben?«, bat Jasper etwas später mit einem Wink zum Kellner.

Ich griff in meine Handtasche nach meinem Portemonnaie und wappnete mich innerlich schon mal für das peinliche »Ich zahle«-»Nein, kommt gar nicht infrage«-»Lass es uns teilen«-Spiel.

»Denk nicht mal daran«, sagte Jasper.

»Nein, im Ernst, lass mich zahlen. Oder können wir die Rechnung wenigstens teilen?«, schlug ich vor – inbrünstig hoffend, dass er nicht Ja sagte, denn das würde bedeuten, dass ich kaum die Miete zusammenkratzen könnte und womöglich eine Niere verkaufen müsste.

»Nein, können wir nicht.« Er legte bestimmt seine Kreditkarte auf den Tisch.

Wir zogen unsere Mäntel an und gingen nach draußen. Ich hatte ein flaues Gefühl im Magen. Entweder war es das Meeresfrüchte-Risotto oder meine Nervosität.

»Danke für das Abendessen«, sagte ich. »Es war großartig.«

»Es war mir eine große Freude, Madam.«

»Ich glaub, ich organisiere mir dann mal ein Taxi«, plapperte ich nervös drauflos. Aber warum war ich eigentlich nervös? Schließlich hatte ich keine Ahnung, ob Jasper überhaupt etwas im Schilde führte oder von mir erwartete – mal abgesehen von seiner Bemerkung zum Thema Sex und der Tatsache, dass er mich eingeladen hatte. Was im Übrigen ziemlich teuer für ihn gewesen war. Wollte er also im Gegenzug etwas dafür haben?

»Lass mich dir einen Wagen anhalten«, sagte er und hob den Arm, als ein schwarzes Taxi mit grünem Licht schwungvoll um die Ecke gebogen kam.

Na, siehst du, sagte ich mir, er führt nichts im Schilde und erwartet auch nichts. Doch ich spürte auch einen klitzekleinen Anflug von Enttäuschung.

Das Taxi hielt neben uns.

»Gute Nacht.« Ich beugte mich vor und küsste Jasper erst auf die eine Wange, um dann zur anderen zu wechseln. Aber Jasper war schneller als ich, und plötzlich spürte ich seine Lippen auf meinen, und wir küssten uns. Und zwar so richtig. Mit Zunge und allem Drum and Dran.

»Entschuldigung«, murmelte ich ein paar Sekunden

später zum Taxifahrer, der geduldig bei offenem Fenster danebensaß und wartete.

»Rein mit dir«, sagte Jasper und hielt mir die Taxitür auf. »Schreib mir, wenn du zu Hause angekommen bist.« Er schloss die Tür hinter mir und zog einen Zwanzigpfundschein aus seinem Portemonnaie. »Vielen Dank«, sagte er zu dem Fahrer, als er ihm den Schein in die Hand drückte.

Ich beugte mich vor. »Ich muss zur Devonport Road, Ecke Goldhawk?«

Als wir losfuhren, winkte ich Jasper zu wie ein kleines Kind – warum winkte ich nur so? –, dann ließ ich mich nach hinten gegen das Polster fallen. Ich kramte in meiner Tasche nach meinem Handy, als es auch schon vibrierte und eine Textnachricht reinkam.

Das wollte ich schon den
ganzen Abend tun.

Unter normalen Umständen hätte ich so eine Nachricht extrem peinlich gefunden. Zac Efron würde so etwas in einem schrecklichen Highschool-Film schreiben. Aber obwohl ich mir größte Mühe gab, es nicht zu sein – ich sagte mir, dass er solche Sachen ständig irgendwelchen Frauen schickte –, war ich trotzdem irgendwie hin und weg. Schließlich kam diese Nachricht von Jasper. Dem hübschen Jasper, Marquess von Milton, einem Playboy, der normalerweise mit Models und It-Girls ausging.

Doch dann wurde ich von einer Bodenwelle unsanft aus meinen Heftchenroman-Fantasien gerissen und bekam Schluckauf.

»Grundgütiger, Polly!«, sagte Barbara, als ich am nächsten Morgen meinen Einkaufskorb auf dem Tresen abstellte. Er enthielt eine Schachtel Eier, ein Päckchen durchwachsenen Speck, eine Packung gemahlenen Kaffee, einen grünen Smoothie, ein Weißbrot in Scheiben (ich war nicht in der Stimmung für Vollkornbrot), einen Tropicana-O-Saft (mild) und einen abgepackten jamaikanischen Ingwerkuchen.

»Was meinst du damit?«

»Polly, mein Schatz, du siehst furchtbar aus.« Barbara schüttelte den Kopf und blickte bekümmert drein, ganz so, als würde sie bei einer Beerdigung am offenen Grab stehen.

»Oh, okay, vielen Dank.«

»Und dann das ganze Zeug!«, fuhr sie auf den Korb deutend fort. »Das reicht ja, um eine ganze Elefantenarmee durchzufüttern. Du kannst das unmöglich alles alleine essen.«

»Nein, nein, ich habe oben ja noch Joe zur Unterstützung.« Ich hatte vor wenigen Minuten die Wohnung verlassen, als ich Joe mit einer Notenpartitur in der Hand im Klo verschwinden sah, und beschlossen, dass es das Sicherste wäre, das Feld zu räumen und mich einige Zeit – richtig viel Zeit – in den Gängen von Barbaras Lädchen herumzudrücken.

»Du warst doch gestern Abend bestimmt aus, oder?«, fragte Barbara, als sie die Schachtel Eier zum Scannen herausnahm.

»Ja, ich hatte ein Date.« Nach dem Kuss von Jasper hatte ich mich endgültig von der Dinner-oder-Date-Debatte verabschiedet. Die Grenze eines Geschäftsessens war meiner Meinung nach überschritten, wenn das Gegenüber einem die Zunge in den Mund steckte.

Barbara ließ die Eierschachtel zurück in den Korb fallen und warf die Hände in die Luft. »Oh, Polly! Das sind ja wundervolle Neuigkeiten! Wirklich ganz wundervolle Neuigkeiten! Mit wem?« Sie musterte mich aus zusammengekniffenen Augen. »Mit einem Mann?«

Ich warf einen Blick über meine Schulter, um mich zu vergewissern, dass hinter mir niemand ungeduldig wartete, um an sein Frühstück zu kommen.

»Äh, ja … ja, es war ein Mann. Ziemlich groß, blond, sehr charmant.«

»Hört sich gut an. Ach herrje, ich habe ein Ei zerbrochen«, sagte sie mit einem Blick in die Schachtel. »Bring mir doch eine andere.«

Ich kehrte in den Gang mit den Eiern zurück und nahm mir eine neue Schachtel aus dem Regal.

»Und wohin hat er dich ausgeführt?«, ging das Verhör weiter, als ich Barbara die Eier reichte.

»Zu einem Italiener in Notting Hill.«

»Sehr gut.« Barbara nickte nachdrücklich, während sie den Orangensaft in eine Plastiktüte packte. Die Tür ging mit einem Klingeln auf, und ein anderer Kunde betrat den Laden. »Aber Polly, warum freust du dich denn nicht? Ich freue mich ja mehr als du.«

»Äh …« Ich blickte mich nach dem anderen Kunden um, da ich mir nicht sicher war, ob ich wollte, dass ein Wildfremder Barbaras Ratschläge für mein Liebesleben mit anhörte. »Nein, nein, ich freue mich ja. Ich bin nur immer noch ein bisschen überrascht, das ist alles.«

»Ihr Steinböcke seid eben nie glücklich«, sagte Barbara. »Am besten gehst du hoch und gönnst dir ein heißes Bad. Danach wirst du dich besser fühlen. Tantchen Barbara weiß, was gut für dich ist. Sie kennt sich aus mit so was.«

»Das werde ich. Danke. Diese fünf Millionen Kalorien hier dürften ebenfalls dabei helfen«, sagte ich und nahm die Plastiktüte vom Tresen.

»Halt mich auf dem Laufenden!«, rief Barbara quer durch den Laden, als ich die Tür erreichte. »Denk doch nur, mein Engelchen, bis Weihnachten könntest du schon unter der Haube sein!«

Oben in der Wohnung hatte Joe mittlerweile das Klo geräumt und war gerade dabei, den Wasserkocher zu füllen, wobei er lediglich Boxershorts und sein Lieblings-T-Shirt mit der Aufschrift *I'll be Bach* trug, unter der eine kleine Karikatur von Johann Sebastian Bach prangte.

»Na, was macht Ihre Majestät unten?«

»Ach, du weißt schon. Es gab wie immer orakelhafte Ratschläge zu meinem Liebesleben.«

»Liebesleben, hä?«

»Ich habe ihr nur von dem Abend gestern mit Jasper erzählt.«

Joe schlug sich theatralisch die Hand vor die Stirn. »Aber natürlich! Ich bitte um einen ausführlichen Bericht.«

»Einen Moment noch.« Ich stellte die Einkaufstasche ab. »Rührei oder Spiegelei?«

»Rührei. Hast du auch Speck besorgt?«

»Jupp. Und Weißbrot und Tropicana und Kaffeenachschub.«

»*Wie lieb ich dich? Laß mich die Arten zählen …* Also gut, gib mir den Speck, darum kümmere ich mich. Du machst in der Zeit die Eier und erzählst mir alles.«

»Also, zuerst bin ich auf Lex' und Hamishs Verlobungsparty gegangen, was ganz gut war, weil ich so mit einem Gläschen Champagner vorglühen konnte.«

»Womit du wohl eher drei oder vier Gläschen meinst, aber gut, mach weiter …« Er kniete sich vor den Ofen und legte die Speckstreifen auf dem Rost aus.

»Okay, Sherlock. Jedenfalls bin ich dort ziemlich bald wieder abgehauen und zu diesem schicken Italiener in der Kensington Park Road gefahren. Und dann saßen wir da drei Stunden und haben uns eigentlich nur unterhalten.«

»*Und …?*«

»Und was?«

»Na los, du musst mir schon ein wenig mehr bieten. Hast du mit ihm geknutscht?«

»Na ja, eigentlich hat er mich geknutscht. Aber es war ein bisschen peinlich, weil er mir schon ein Taxi gerufen hatte und der Fahrer praktisch danebensaß, während er mir die Zunge in den Hals gesteckt hat.«

»Und dir ist nicht in den Sinn gekommen, ihn hierher mitzunehmen?«

»Nein! Ich war mir ja nicht einmal sicher, ob es überhaupt ein Date war.«

»Oh bitte!« Er verdrehte die Augen.

»Egal«, fuhr ich fort, »er ist ein Playboy durch und durch, also war es das wohl, und ich werde nie wieder von ihm hören. Aber es hat Spaß gemacht.«

»Mach dich mal locker, Polly. Du kennst ihn doch gar nicht wirklich, oder? Du hast nur irgendwelche Geschichten über ihn gehört, stimmt's?«

»Ja, aber wo Rauch ist, da ist auch Feuer. Und Lala sagt …«

»Lala ist ungefähr so intelligent und sensibel wie dieses Brot«, entgegnete Joe und ließ zwei Scheiben in den Toaster fallen. »Möglicherweise sogar weniger.«

»Auf jeden Fall hat er mir eine Nachricht geschickt, als ich im Taxi saß, in der stand, dass er mich schon den ganzen Abend küssen wollte.«

»Also ich finde das ziemlich romantisch. Was hast du geantwortet?«

»Ich habe mich nur fürs Essen bedankt.«

Er seufzte. »Ich wünschte, du würdest die Kunst des Flirtens etwas besser beherrschen.«

»Das reicht jetzt, hol die Teller. Ich bin am Verhungern.«

Unser Wohnzimmer war nicht besonders geräumig; eigentlich war es nicht einmal ein richtiger Raum, sondern eher eine Verlängerung der Küche. Der Fernseher thronte in der Ecke auf einem wackligen Ikea-Ständer, den Joe bei unserem Einzug vor drei Jahren zusammengeschraubt hatte. Links und rechts davor war jeweils ein durchgelegenes Sofa so positioniert, dass wir beide den perfekten Winkel zum Fernsehschauen hatten, wenn wir uns hinlegten. Jeder von uns hatte sein eigenes Sofa: Joe gehörte das braune, mir die kleinere beigefarbene Schlafcouch. Der Tisch stand genau zwischen den zwei Sofas, sodass wir beide ihn problemlos mit dem Arm erreichen konnten. Für gewöhnlich war der Tisch mit mindestens vier halb ausgetrunkenen Bechern Tee (ich), leeren Chipstüten (Joe), Zeitschriften (ich) und Partituren (Joe) bedeckt.

Nach einem weiteren nachmittäglichen Besuch unten bei Barbara war der Sofatisch nun auch noch mit Magic-Man-Flaschen und leer gefutterten Monster-Munch-Tüten übersät.

»Joe, wir müssen etwas unternehmen«, sagte ich und streckte mich. »Wir können nicht den ganzen Tag hier herumliegen.« Ich war schon genervt von mir selbst, weil ich die ganze Zeit auf mein Handy starrte. Es lag auf meinem Bauch, damit ich ja auch sofort mitbekam, wenn eine Nachricht einging. Es war fünfzehn Uhr, und bisher war noch nichts passiert. Warum drehten Mädchen eigentlich sofort durch, wenn irgendein Kerl auch nur das geringste Interesse an ihnen zeigte? Gestern war ich um diese Uhrzeit noch ein recht vernünftiges Exemplar der menschlichen Spezies gewesen, das lediglich mit seinem Interviewpartner zum Geschäftsessen verabredet war. Vierundzwanzig Stunden später stalkte ich mein eigenes Handy wie Glenn Close diesen Typen in *Eine verhängnisvolle Affäre*. Was für mysteriöse chemische Prozesse sorgten dafür, dass wir uns so aufführten? Die einzigen zwei Nachrichten, die ich heute bisher erhalten hatte, waren von: meiner Mutter, die sichergehen wollte, dass ich immer noch vorhatte, morgen mit ihr in die Kirche zu gehen.

> 11 Uhr vor der St.-Saviour's-
> Kirche. Und kämm dir bitte
> dein Haar, mein Schatz, ja? Kuss,
> Mum

Und die andere von Bill, der sich erkundigte, wie das Abendessen mit »Lord Byron« verlaufen war und ob ich Lust hätte, morgen ins Kino zu gehen, um den neuen *Star Wars*-Film zu sehen. Ich lehnte dankend ab – lieber würde ich mich selbst vierteilen –, stattdessen überredete ich ihn, Mum und mich in die Kirche zu begleiten. Manchmal hatte Bill einfach ein zu weiches Herz.

»Warum macht der Typ ein Soufflé, wenn er nie zuvor eins gemacht hat?«, echauffierte sich Joe vom anderen Sofa aus, während er mit finsterer Miene *Das perfekte Dinner* verfolgte. »Diese Leute sind solche Idioten.«

»Joe, jetzt im Ernst. Wir müssen etwas unternehmen.«

»Und was?« Er drehte den Kopf zu mir. »Ganz ehrlich, ich könnte den ganzen Tag hier liegen bleiben.«

»Nein, das ist so was von deprimierend und jämmerlich. Bitte, können wir losziehen und irgendwas machen?«

»Aber was?«

»Ich weiß nicht, ich brauche einfach Ablenkung.«

Er blickte demonstrativ auf mein Handy. »Du warst gestern Abend mit ihm essen, und er hat dir auf dem Nachhauseweg geschrieben. Also sei bitte nicht so ein typisches Mädchen!«

»Bin ich gar nicht. Ich bin einfach nur …«

»… notgeil?«

»Ein bisschen.«

»Okay, wenn du wirklich etwas unternehmen willst, ein Freund von mir schmeißt heute Abend eine Geburtstagsparty in Soho. Wir könnten dort vorbeischauen.«

»Welcher Freund?«

»Kennst du nicht. Anthony. Noch ein Schwuler mit einem Blasinstrument. Er spielt das Horn.«

»Und hat er auch schon dein Horn gespielt?«

»Nein, hat er nicht.«

»Okay. Und wo genau ist die Party?«

»In der Green Carnation.«

Ich runzelte die Stirn.

»Du weißt schon, die Piano-Bar. In der Wardour Street.«

»Alles klar, ein schwuler Freund von dir feiert also seine Geburtstagsparty in einer Piano-Bar in Soho. Ehrlich gesagt klingt das verdächtig nach einer Szene aus *Ein Käfig voller Narren*. Oh, übrigens, fast hätte ich es vergessen, es gibt da einen guten Freund von Jasper, der dir gefallen könnte. Er heißt Max. Gut aussehend. Witzig.«

»Wann hast du ihn kennengelernt?«

»Als ich bei Jasper …«

»Ach, du liebe Güte – Jasper dies, Jasper das. Du hast dir wohl die Jasperitis eingefangen.«

Ich warf ein Kissen nach ihm. »Ich habe keine Jasperitis. Ich versuche nur, dir zu helfen. Aber wenn du nicht willst, dann …«

»Das können wir im Bus besprechen. Komm, lass uns gehen.«

Drei Stunden später – drei Drinks intus, der Kater längst vergessen – saß ich an einem Tisch im Green Carnation.

»Wie lange wohnt ihr denn schon zusammen, du und Joe?«, erkundigte sich Anthony, ein kleiner Schotte mit kahl rasiertem Kopf, der eine Fliege und ein Hemd trug, an dem ein Button mit der Aufschrift *Küss mich schnell. Heut ist mein Geburtstag* prangte.

»Etwa drei Jahre. Länger als jede andere Beziehung, die ich bisher mit einem Mann hatte.«

»Liebe auf den ersten Blick, was?«

Ich schaute zur Bar, wo Joe gestikulierend beide Hände hob, um dem Barmann zu bedeuten, dass er zehn Jägermeister wollte. »So was in der Art.«

»Musst du denn viel ertragen?«

»Hin und wieder schon. Obwohl es in letzter Zeit eher ruhig war.«

»Ach ja? Der Don Juan der Musikakademie büßt wohl seinen Charme ein, was?«, bemerkte Anthony hörbar, als Joe das Tablett mit den Shots auf dem Tisch abstellte.

»Du redest heute aber eine Menge Unsinn, Anthony«, sagte Joe. »Ich lege nur gerade eine kleine Pause ein. Außerdem habe ich alle Hände voll mit meiner Mitbewohnerin hier zu tun.«

»Ach wirklich?«, schaltete sich ein anderer Schotte ein.

»Zuerst die Shots. Los, nimm dir einen.« Joe reichte Anthony einen Jägermeister und verteilte dann den Rest an die anderen, deren Namen ich auch schon wieder vergessen hatte.

Anthony kippte sein Schnapsglas und stellte es dann mit einem lauten Knall wieder auf dem Tisch ab. »Also dann, raus mit dem neuesten Tratsch!«

»Es gibt keinen Tratsch. Ehrlich«, wehrte ich ab.

»Und ob es den gibt. Sie hatte ein Rendezvous mit einem der vornehmsten Gentlemen von ganz England«, verriet Joe.

»Oh, du Glückliche«, sagte Anthony. »Und wer war's?«

»Er heißt Jasper.«

»War ja klar. Und wie weiter?«

»Jasper Milton. Er hat ein Schloss und …«

»Ich weiß, wen du meinst; das ist der Typ, der neulich erst in der Zeitung war«, fiel mir Anthony ins Wort.

»Genau«, bestätigte Joe. »Außerdem ist das Ganze unglaublich unprofessionell. Erst ist sie auf sein Riesenschloss in Yorkshire gefahren, um ihn zu interviewen, und dann endet es damit, dass sie ihm unter dem Esstisch einen bläst.«

»Das hast du nicht wirklich!?« Anthony strahlte mich begeistert an.

»Joe! Nein, das habe ich nicht, tut mir leid, wenn ich dich enttäuschen muss. Er hat nur versucht, mich am Esstisch zu küssen.«

»Aber jetzt gehst du mit ihm aus?«, fragte Anthony.

»Nein. Wir waren gestern Abend nur zusammen essen.«

»Und?«

»Und nichts«, erwiderte ich lapidar. »Wir haben gegessen, und dann haben wir uns geküsst, bevor er mich in ein Taxi nach Hause gesetzt hat.«

»Und hast du seitdem von ihm gehört?«

»Na ja, er hat mir geschrieben, als ich im Taxi saß, aber heute kam noch nichts.« Ich griff nach meinem Handy und checkte es zum geschätzt 2829. Mal an diesem Tag. Immer noch nichts.

»Hast du ihm denn geschrieben?«

»Nein!«

»Warum nicht?«

»Weil ich nicht kann. Ich muss warten, bis er sich meldet.«

»Sagt wer?«

»So sind nun mal die Regeln!«

Anthony schüttelte den Kopf.

»Wenn ich es dir doch sage. Ich kann ihm nicht schreiben. Er wird nur denken, dass ich ihn heiraten will. Alle Männer denken das, wenn man ihnen schreibt.«

»Willst du ihn denn nicht heiraten?«

Ich prustete los. »Anthony, das ist echt gestört. Außerdem ist es eins dieser Gespräche, die er nie mitkriegen dürfte, weil ich mich sonst vor Scham aus dem Fenster stürzen müsste. Das ist genau der Grund, warum Frauen so einen schlimmen Ruf haben.«

»Ich verstehe einfach nicht, warum du ihm nicht einfach schreiben kannst. Du weißt, dass er dich mag. Wo ist das Problem?«

»So läuft es einfach nicht. Lass uns jetzt mit dem Thema aufhören und lieber noch was trinken.«

»Aber du wirst dein Handy trotzdem alle zweieinhalb Sekunden checken, ja?«

»Ja.«

Zwanzig Minuten später vibrierte mein Handy. Es war Jasper.

Mir ist bewusst, dass es
womöglich etwas gewagt ist,

aber du bist nicht zufällig heute
Abend in der Gegend? Ich habe
Zeit und würde dich gern sehen.
J

»Er klingt unfassbar vornehm«, bemerkte Anthony, der über meine Schulter hinweg mitlas.

»Was soll ich antworten?«, fragte ich nervös in die Runde.

»Geh nach Hause und rasier dich«, erwiderte Joe in einem Tonfall, der keinen Widerspruch duldete. »Schnell.«

Und so kam es, dass ich mich kurz darauf in einem Uber auf dem Heimweg befand, nachdem ich Jasper geantwortet hatte, dass ich ebenfalls frei wäre und ob er Lust hätte, »auf einen Drink« bei mir zu Hause vorbeizukommen.

Mir blieb noch eine Stunde, also rasierte ich mich und cremte mich danach wieder einmal mit meiner Tom-Ford-Feuchtigkeitslotion ein. Die Schienbeine, Arme, den Bauch und einen Klecks zwischen die Schenkel. Brüste? Nein. Irgendwie schräg, die eigenen Nippel einzucremen.

Die Schublade mit meiner Unterwäsche bot einen tristeren Anblick als ein Kleiderhaufen auf einem Wohltätigkeitsbasar. Schwarze Baumwollschlüpfer von Marks & Spencer, Größe zweiundvierzig, da ich es mochte, wenn Unterhosen ordentlich Platz boten; gräuliche Schlüpfer von Marks & Spencer, ebenfalls Größe zweiundvierzig, die einst, als ich sie vor Jahren gekauft hatte, ungefähr fünf Minuten lang blütenweiß gewesen waren; gepunktete und gestreifte »Spaßhöschen«, die ich hin und wieder bei Topshop kaufte, um meine Garderobe etwas aufzupeppen. Die »sexy« Sachen befanden sich ganz hinten in der Schublade unter alten Strumpfhosen vergraben.

Ich kramte ein schwarzes französisches Satinhöschen mit Spitzensaum hervor und hielt es mir an die Hüften. Es sah winzig aus. Wann hatte ich je meinen Hintern da reingekriegt? Ich schlüpfte mit einem Fuß hinein und fiel auch prompt vornüber. Verdammt, langsam war ich ein bisschen genervt. Zähne putzen, ermahnte ich mich. Also erledigte ich auch das und widmete mich erneut der Unterwäscheschublade, auf der Suche nach meinem »sexy« BH. Ich wusste, dass da irgendwo noch ein schwarzer mit Spitzen sein musste. Mein Party-BH. Ich fand ihn versteckt unter einem Paar alter Sportsocken.

Sobald ich in der Unterwäsche steckte, begutachtete ich mich skeptisch im Spiegel und stupste mir mit dem Zeigefinger in meinen Schwabbelbauch. Nicht gut. Der Bund meines Höschens grub sich in mein Hüftgold. Aber das musste reichen. Mit einer Jeans drüber wäre es nicht mehr zu sehen. Schwarze Jeans. Schwarzes tief ausgeschnittenes T-Shirt. Barfuß, weil es entspannt rüberkam und vielleicht sogar ein bisschen verführerisch. Ich warf einen Blick auf meine Zehennägel, die ich vor ein paar Wochen dunkelrot lackiert hatte. Wenn man nicht ganz genau hinschaute, sah man kaum, dass der Lack schon ein wenig abblätterte.

Ich rieb mir eine getönte Tagescreme ins Gesicht, trug noch zwei Lagen Wimperntusche auf und tupfte etwas Rouge auf meine Wangen. Dann trat ich einen Schritt zurück und begutachtete mein Werk. Gar nicht so übel. Irgendwie lässig. Entspannt.

Es klingelte. Okay, Polly, ermahnte ich mich, als ich nach unten ging, nur die Ruhe. Bleib cool. Bleib … Auf der vorletzten Stufe stolperte ich und segelte mit einem lauten Knall gegen die Tür.

»Polly?«, konnte ich Jasper auf der anderen Seite fragen hören.

»*Ja, leck mich doch am Arsch*«, presste ich hervor. Mein Knöchel fühlte sich an, als wäre er explodiert.

»Nicht gerade die damenhafteste Einladung, die mir je ausgesprochen wurde.« Er hielt inne. »Geht es dir gut?«

»Jepp, alles super«, erwiderte ich, während ich versuchte, mich in dem engen Raum zwischen Treppe und Eingangstür aufzurappeln. »Scheiße, mein Knöchel tut weh.«

»Lass mich rein, damit ich einen Blick drauf werfen kann. Ich habe mal einen Erste-Hilfe-Kurs gemacht. Du wirst womöglich eine Mund-zu-Mund-Beatmung brauchen.«

Ich stellte mich vorsichtig auf mein linkes Bein, klammerte mich mit der rechten Hand ans Geländer und griff mit der anderen nach dem Türknauf. »Hi«, sagte ich, während ich die Tür auf einem Bein balancierend öffnete. »Entschuldige, aber es tut wirklich weh.«

»Du musst dich doch nicht entschuldigen«, erwiderte er. »Komm her.« Er beugte sich vor und hob mich hoch.

»Nicht, Jasper, lass mich runter. Ich bin viel zu schwer, du kannst mich unmöglich die Treppe hochtragen. Ehrlich, ich kann doch hüpfen. Lass mich einfach wieder runter und …«

»Still jetzt«, sagte er und stieg die Treppe hinauf. »Ich muss zu Hause ständig Vieh herumtragen, dann schaffe ich auch dich.«

Oben angekommen, setzte er mich auf Joes Sofa ab und krempelte meine Jeans hoch. »Ist ziemlich geschwollen. Kannst du ihn bewegen?«

Ich drehte langsam meinen Knöchel. »Jepp.«

»Dann ist er nicht gebrochen. Du brauchst nur ein wenig Eis.« Jasper warf einen Blick über die Schulter, ging zum Kühlschrank und durchsuchte das Gefrierfach. Er kehrte mit einer Packung Karottenwürfel zurück und legte sie behutsam auf meinen Knöchel. Ich zuckte zusammen.

»Geht's?«, erkundigte er sich.

Ich nickte.

»Gut«, sagte er. »Und jetzt hätte ich gern den Drink, den du mir versprochen hast.«

»Ja«, sagte ich, »auf dem Tisch steht eine Flasche Wein. Der Flaschenöffner ist in der Schublade neben dem Spülbecken. Gläser sind im Regal.«

Er entkorkte die Flasche, nahm sich zwei Weingläser und kam damit zum Sofa zurück. Ein Glas reichte er mir, dann fuhr er mit einem Arm unter meinen Knien hindurch und setzte sich, wobei er meine Beine über seinen Schoß legte.

»Tja«, sagte Jasper, »du hast ganz offenbar einen Hang zu dramatischen Auftritten.«

Ich lachte, zuckte aber zusammen, als mein Knöchel schmerzhaft zu pochen begann. »Autsch, bring mich bitte nicht zum Lachen.«

Er sah mich an, dann stellte er seinen Wein ab und hob meine Beine wieder an.

»Was tust du da?«

Er antwortete nicht. Stattdessen kniete er sich auf den Boden, nahm die Karottenwürfel weg und küsste meinen Knöchel. »Besser?«

Ich nickte.

Er küsste ihn erneut. Dann küsste er eine Stelle etwas darüber, und höher, und noch höher, wobei er sich mein Bein hocharbeitete. Er erreichte das Ende meines Oberschenkels und sah dann zu mir auf. »Ich bin froh, dass du heute verfügbar warst.«

»Ich auch. Obwohl ich eigentlich mit Freunden in einer Bar war, aber dann hast du mir geschrieben, also bin ich …«

Jasper legte seine Hand auf meinen Hinterkopf und zog ihn behutsam zu sich heran. »Genug geredet.« Er fuhr mit den Fingern durch mein Haar und zog sanft daran. »Wo ist dein Zimmer?«

Ich nickte zur Tür neben dem Badezimmer.

Er stand auf und hob mich wieder hoch, dann trug er mich ins Schlafzimmer und legte mich auf mein Bett. Ich lachte nervös.

»Was ist so lustig?«, fragte er.

»Nichts, ich bin einfach nur noch nie so von jemandem getragen worden. Es kommt mir irgendwie … hm … es ist mehr so was, was man in Filmen sieht. Ich bin nämlich ziemlich groß, deswegen habe ich immer Angst, dass ich zu schwer bin für …«

»Hast du eigentlich vor, die ganze Zeit zu reden?«

»Nein, nein, entschuldige.« Ich presste meine Lippen fest zusammen.

»Gut«, sagte er und kniete sich über mich. »Arme nach oben.«

»Hat dir dein Kindermädchen beigebracht, wie man Frauen auszieht?«

»Was habe ich gerade gesagt?«

Ich streckte meine Arme in die Luft, woraufhin er mir mein T-Shirt über den Kopf zog und es auf den Boden hinter mir schleuderte.

Danach zog er sein eigenes T-Shirt aus, bevor er sich schließlich zu mir runterbeugte, um mich zu küssen. »Wie schalldicht sind deine Wände?«, raunte er.

»Warum?«

»Was glaubst du wohl? Ich möchte dich zum Stöhnen bringen. Aber ich will nicht, dass es sonst jemand hört.« Er griff unter meinen BH und umkreiste meine Brustwarze mit dem Zeigefinger.

»Stöhnen? Woher weißt du, dass ich stöhne?« Er kniff mich beherzt in meinen Nippel, während er meinen Hals küsste. »Aaaaaah.«

»War nur so eine Vermutung.«

»Oh, so einer bist du also? Du stehst auf laut?«

Ich war mir nicht so ganz im Klaren darüber, was ich tun sollte. Ich lag einfach nur da. Meine Finger über seinen Rücken hinabgleiten lassen vielleicht?

»Ich stehe darauf, Leuten Lust zu bereiten«, sagte er und wölbte seinen Rücken, als ich leicht mit meinen Fingernägeln darüberstrich.

»Leuten?«

Jasper lehnte sich zurück und verdrehte die Augen. »Gut, folgender Vorschlag: Wir einigen uns darauf, ab sofort nicht mehr zu reden. Kein Wort mehr. Das Einzige, was ich von dir hören will, sind unverständliche Lustbekundungen. Abgemacht?«

Ich lächelte. »Abgemacht.«

Und tatsächlich gab ich einige unverständliche Lustbekundungen von mir. Drei, um genau zu sein. Das erste Mal, als er mein Höschen auszog und seinen Kopf zwischen meine Beine schob. Das zweite Mal, als ich rittlings auf ihn glitt und mich erst langsam, dann immer schneller vor und zurück bewegte, während er mich mit seinen Händen ein zweites Mal zum Höhepunkt brachte. Und schließlich das dritte Mal, als er mich vor dem Kopfende meines Betts niederknien ließ, meine Hände flach an die Wand legte und von hinten in mich hineinstieß, wobei er zugleich mit einer Hand nach vorne griff, um meine Nippel zu kneifen. Drei Mal. Mein persönlicher Rekord. So wie wenn man Vorspeise, Hauptgericht und Nachtisch gleichzeitig bekommt. Kein Mann hatte es bisher geschafft, mich dreimal in derselben Nacht zum Höhepunkt zu bringen, weil, na ja, Sex irgendwann zu einer etwas wunden Angelegenheit verkommen kann, nicht wahr? Ich schwebte derart im siebten Himmel, dass es mir kaum auffiel, dass es bereits vier Uhr morgens war, als wir einschliefen. Und meinen Knöchel hatte ich ebenfalls vollkommen vergessen.

Das Problem am nächsten Morgen war, dass ich wach wurde, weil ich pinkeln musste. Darüber hinaus blubberte mein Magen und machte beunruhigende Geräusche. Ich sah zu Jasper, der anscheinend noch schlief und mit dem Gesicht von mir abgewandt auf dem Bauch lag. Ich musste aufs Klo, bevor er etwas mitbekam. Aber was, wenn er aufwachte, während ich aus dem Bett stieg, und mich auf dem Klo hörte? Oder, noch schlimmer, was, wenn ich es zwar aus dem Bett schaffte, aber einen miesen Geruch auf dem Klo hinterließ und er direkt nach mir pinkeln wollte? Sollte das passieren, würde er wahrscheinlich auf der Stelle abhauen. Also falls er ins Bad ging und merkte, was ich da gerade getan hatte. Und dann würde ich mit Sicherheit nie wieder von ihm hören. Also beschloss ich einfach, liegen zu bleiben – mit grummelndem Magen und voller Blase. Es war furchtbar unangenehm.

Ich kreiste testweise mit dem Knöchel unter der Bettdecke. Zumindest der schien wieder in Ordnung zu sein.

Die Minuten verstrichen. Vielleicht sollte ich mich einfach beeilen und dann ein Streichholz anzünden? Aber dann bestand immer noch die Gefahr, dass er aufwachte und merkte, was ich getan hatte, und mich dann eklig fand. Vor ihrer Beziehung mit Hamish hatte Lex immer ein Imodium akut genommen, wenn sie wusste, dass sie die Nacht mit jemandem verbringen würde. Ich dachte ja immer, dass man davon einen Blähbauch bekam, aber sie bestand darauf, dass es allemal besser sei als ein peinlicher Toiletten-Zwischenfall.

Die Minuten verstrichen. Ich schaute auf mein Handy – 06.41 Uhr. Früh. Was, wenn ich aufs Klo ging und alle Wasserhähne aufdrehte, um die Geräusche zu übertönen? Das könnte klappen. Aber dann bestand immer noch die Gefahr, dass er aufwachte und nach mir aufs Klo wollte.

Hatte sich eigentlich jemals zuvor ein Mensch dermaßen bescheuert angestellt, egal bei was?

Weitere Minuten verstrichen. Ich beschloss, dass ich gehen musste. Es ging einfach nicht anders. Auf ultraleisen Sohlen würde ich mich davonschleichen, die Wasserhähne aufdrehen, das Fenster öffnen, aufs Klo gehen, ein Streichholz anzünden und dann die Luft quasi mit einem Handtuch hinausventilieren. Danach würde ich mich besser fühlen. Viel besser. Geh aufs Klo, putz dir die Zähne und kriech unbemerkt zurück ins Bett. Ich schob ein Bein unter der Decke hervor und stellte einen Zeh auf dem Boden auf.

»Was machst du da?«, fragte Jasper und wandte mir sein Gesicht zu. Womit mein ausgeklügelter Plan platzte.

»Nichts«, sagte ich, zog mein Bein zurück und legte es brav wieder unter die Bettdecke. »Ich strecke mich nur ein bisschen.«

Er fuhr mit der Hand über meinen Bauch und über meine linke Brustwarze, die sofort hart wurde. Dann hob er den Kopf, zog die Decke zurück und fing langsam an, daran zu lutschen. Oh Gott. Ich musste wirklich, wirklich ganz dringend aufs Klo. Aber es blieb mir nichts anderes übrig, als es mir zu verkneifen. Ich rieb mir mit dem Finger rasch über die Zähne, um das Schlimmste zu beseitigen, während Jasper sich meinem rechten Nippel zuwandte. Morgendlicher Mundgeruch schien ihn wohl nicht weiter zu stören.

6

Mum war begeistert, als sie Bill sah, der, höflich wie er nun mal war, immer schon wesentlich mehr Interesse an Vorhangmustern an den Tag gelegt hatte als ich. »Bill, mein lieber Junge«, begrüßte sie ihn vor der St.-Saviour's-Kirche und warf die Arme um ihn. Ihr Kopf reichte Bill gerade mal bis zur Brust, was einen wirklich herzigen, geradezu biblischen Anblick hergab. Eine kleine grauhaarige Frau in einem Dufflecoat, die sich mit ihren Armen an einen Goliath von Mann in Jeans und Chucks klammerte.

»Polly, musstest du denn unbedingt Turnschuhe anziehen?«, fragte sie, als sie sich zu mir umdrehte, um mich zu küssen.

»Das sind keine Turnschuhe, das sind Superga. Und überhaupt, Bill trägt auch welche.«

»Erzähl mir doch keine Geschichten, Polly, Liebes, das ist nicht nett«, erwiderte Mum, während wir die Kirche betraten. »Was wird der Herr Pfarrer nur denken, wenn du so schlampig gekleidet zur Messe kommst?«

»Also ich könnte mir gut vorstellen, dass er ziemlich aus dem Häuschen wäre, selbst wenn wir hier alle nackt aufkreuzen, schließlich sind wir gerade dabei, die Größe seiner Gemeinde zu verdoppeln.«

Links und rechts des Ganges befanden sich immer jeweils zwei Holzbänke, und in der vordersten Reihe saßen ganze zwei Besucher. Als wir eintraten, drehten sie sich um und sahen uns an.

»Psst, Polly. Du sollst doch in der Kirche nicht so ordinär sein.«

»Ja, Polly, also wirklich. Bitte versuche doch, wenigstens im Haus Gottes ein bisschen Anstand zu wahren«, schob Bill hinterher und pikste mich mit dem Finger in den Rücken.

»Autsch! Würdest du das bitte lassen? Ich fühle mich heute Morgen ein bisschen schwach«, sagte ich.

»Warum? Was hast du letzte Nacht getrieben?«, fragte er.

»Psst, ihr zwei«, unterbrach uns Mum und hob eine Hand, um uns zum Schweigen zu bringen. »Schaut mal, sollen wir uns vielleicht da hinsetzen?« Sie deutete auf eine Bank vier Reihen vom Altar entfernt.

»Warum nicht? Sieht nicht so aus, als müssten wir mit einem plötzlichen Besucheransturm rechnen«, erwiderte ich und schob mich an den Gebetskissen vorbei die Bank entlang.

»Setz dich hin und sei bitte still. Ich möchte einen Moment in Ruhe beten.« Mum kniete sich auf ein

Kissen, dann legte sie die Stirn auf ihre verschränkten Hände.

Ich lehnte mich zurück und musterte die anderen zwei Kirchgänger. Bei der einen handelte sich um eine zierliche chinesische Dame; der andere war ein älterer Herr, der sich über den Sportteil der *Sunday Times* beugte.

»Schau mal«, wisperte ich Bill zu und nickte in Richtung des Mannes. »Ist aber nicht gerade gottgefällig, in der Kirche Zeitung zu lesen, oder?«

»Ich glaube, Gott muss heutzutage dankbar sein für jeden, den er abbekommt. Und jetzt leg dein Handy weg.«

»Okay, Daddy.« Ich stellte es auf lautlos und ließ es in meine Tasche gleiten.

Hinter uns waren Schritte zu vernehmen. Ich drehte mich um und sah eine Familie den Mittelgang entlangkommen: ein müde wirkender Mann in Chinos und Slippern mit einem blonden Jungen an der Hand, gefolgt von einer Frau in einem scharlachroten Mantel mit einem dunklen krausen Haarschopf, die ein kleines Mädchen mit sich führte, das eine Puppe an sich klammerte.

»Andrew, Schatz, lass uns dort hinsetzen«, befahl die Frau und zeigte auf die Bank hinter uns. »Es macht Ihnen doch nichts aus, oder?«, fragte sie.

»Nein, nein, überhaupt nicht«, erwiderte Bill. »Je mehr, desto besser.«

»Andrew, du als Erster, dann Demetrius … braver Junge. Mummy setzt sich zwischen dich und Persephone. Persephone, bitte bohr in der Kirche nicht in der Nase. Gut, hat jetzt jeder seinen Platz?«

»Ich habe mein Malbuch zu Hause vergessen«, sagte der Junge.

»Demetrius, du brauchst dein Malbuch nicht. Wir werden viele schöne Lieder über Jesus singen«, erwiderte die Frau. »Persephone, WIRST du jetzt wohl aufhören, in der Nase zu bohren?«

Ich warf Bill einen verstohlenen Blick zu. Er biss den Kiefer zusammen und hatte die Augen geschlossen, um nicht laut loszulachen. Mum kniete noch immer, den Kopf in ihren Händen vergraben.

Dann kam noch jemand den Gang entlanggerauscht. Es war eine Frau in einem geblümten Mantel mit einer Baskenmütze auf dem Kopf. Sie hastete nach vorne und fuhrwerkte hinter einer Bank rechts vom Altar herum, wo sie ihren Mantel auszog und Notenblätter ausbreitete. Sie winkte der chinesischen Dame zu und zog dann einen Kassettenrekorder aus ihrer Umhängetasche. Feierlich platzierte sie ihn auf der Lehne der Bank, bevor sie auf Play drückte. Blecherne Orgelmusik schwoll durch das Kirchenschiff. »Bitte, erheben Sie sich!«, wies sie die Anwesenden an und richtete sich ebenfalls auf.

Und so standen wir da, während eine weiß gekleidete Gestalt auf den Altar zuschritt. Der Pfarrer hatte langes dunkles Haar.

»Das ist ja eine Frau!«, flüsterte Mum hörbar.

»Mhmm«, murmelte ich so leise wie möglich.

»Das hat mir keiner gesagt. Auf dem Plakat draußen stand einfach nur *Hochwürden E. W. Housely*. Da stand nichts davon, dass es eine Frau ist.«

»*Psst*, Mum, sie wird dich noch hören. Alle werden dich hören.«

»Ich sag ja nicht, dass es mich stört, dass sie eine Frau ist«, fuhr sie fort, ohne auf mich zu achten. »Es ist einfach nur sehr modern.«

»Wir leben eben in modernen Zeiten«, flüsterte Bill ihr zu.

»Ja, das stimmt wohl«, sagte Mum, wobei sie den Blick nicht von Hochwürden Housely löste, die vor dem Altar stehen blieb und der Frau mit der Baskenmütze zunickte, die daraufhin den Kassettenrekorder ausschaltete.

»Guten Morgen allerseits«, grüßte die Pfarrerin strahlend. »Wie schön es doch ist, ein paar neue Gesichter unter uns zu sehen. Sie sind alle sehr herzlich eingeladen, an der Eucharistiefeier in der St.-Saviour's-Kirche teilzunehmen. Und um gleich richtig loszulegen, wollen wir mit einem meiner Lieblingslieder beginnen: ›Lead Us Heavenly Father, Lead Us‹.«

»Ein traditionelles Lied«, kommentierte Mum mit einem beifälligen Nicken.

Die Frau mit der Baskenmütze drückte wieder auf Play, und die Orgelmusik schepperte abermals los. Bill, der in seiner Schulzeit im Chor gesungen hatte, stimmte sofort in den Lobgesang mit ein, und sein Bass dröhnte über die Bänke hinweg bis zu den Buntglasfenstern über dem Altar. Hinter mir ertönte die schrille Stimme der kraushaarigen Mutter. »*O'ver the world's tempestuous sea …* Andrew, sag Demetrius, er soll sich bitte aufrecht hinstellen!«

Nach dem Gottesdienst gab es Kaffee in einem kleinen, kalten Nebenraum links von der Kirche, der mit grottigen Kinderzeichnungen geschmückt war.

»Guten Tag … Frau Pfarrer«, sagte Mum und schüttelte ihr die Hand. »Ich bin Susan.«

»Herzlich willkommen, Susan!«, erwiderte die Pfarrerin mit einem Strahlen, das den Eindruck vermittelte, als wäre sie noch nie in ihrem Leben so erfreut darüber gewesen, jemanden kennenzulernen.

»Und wen haben Sie da noch mitgebracht?«

»Das ist meine Tochter, Polly«, stellte Mum mich vor; also machte ich einen Schritt nach vorn, schüttelte die Hand der Pfarrerin und wurde mit einem ebenso glückseligen Lächeln belohnt.

»Und das da ist Bill«, fuhr Susan fort.

»Bill, hallo, wie schön, Sie kennenzulernen. Hat der Gottesdienst Ihnen denn gefallen?«, wollte die Pfarrerin wissen.

»Man konnte die Begeisterung förmlich spüren, stimmt's?«, antwortete Bill. »Und das ist doch die Hauptsache.«

»Ganz genau!« Die Pfarrerin strahlte ihre drei neuen Schäfchen beglückt an.

Im selben Moment eilte die kraushaarige Frau, jeweils ein Kind an jeder Hand, herbei. »Frau Pfarrerin! Was für ein herrlicher Gottesdienst das doch war. Demetrius hat es sehr genossen, nicht wahr?«

Demetrius stierte auf seine Schuhe hinab.

»Und Persephone liebt die Lieder, oder etwa nicht, mein Schatz? Sag der Pfarrerin, welches du am liebsten mochtest?«

»Ich mag gar keins, ich hasse die Lieder«, sagte Persephone.

»Ojemine, da werden wir uns nächste Woche wohl mehr Mühe geben müssen?« Die Pfarrerin lächelte Persephone an, die ihre Puppe kopfüber an einer Hand baumeln ließ und mit der anderen in der Nase bohrte.

»Sie macht nur Witze«, sagte die kraushaarige Frau. »Den Humor hat sie von ihrem Vater. Wo ist er überhaupt? Andrew? Andrew!« Sie suchte den Raum mit dem Blick ab, wobei die Locken auf ihren Schultern auf und ab hüpften. »Wir sollten ihn suchen gehen, aber haben Sie noch einmal ganz herzlichen Dank, Frau Pfarrerin. Wir sehen uns nächste Woche.«

»Zur gleichen Zeit wie immer!«, erwiderte die Pfarrerin immer noch lächelnd, bis sie alle den Raum verlassen hatten; dann fiel ihr Gesicht in sich zusammen, und sie seufzte. »Sie kommen nur, weil die Kinder ansonsten nicht in der Schule hier zugelassen werden.«

»Oh«, sagte Mum.

»Sidney, hallo, wie geht es dir? Komm und lass mich dir diese netten Leute vorstellen«, sagte die Pfarrerin und winkte den Mann herüber, der vor der Messe die *Sunday Times* gelesen hatte und sich nun im Eck beim Tablett mit den Keksen herumdrückte.

Sidney schnappte sich einen Butterkeks und kam zu uns.

»Das sind Susan, Susans Tochter Polly und Bill. Sind Sie beide verheiratet?«, erkundigte sie sich, wobei sie Bill und mich fragend ansah.

»Um Gottes willen, nein!«, antwortete ich. »Ich meine, Entschuldigung, nein, wir sind nur Freunde.«

»Wie lange kommen Sie schon hierher?«, wandte Mum sich an Sidney.

»Oh, seit zwei Jahren, würde ich sagen. Kommt das grob hin, Frau Pfarrerin?« Sidney, der eine alte Barbour-jacke trug und seine zusammengerollte Zeitung unter den Arm geklemmt hatte, klebten Kekskrümel am Kinn.

»Ja, das kommt hin. Ungefähr zur gleichen Zeit, als ich hier anfing. Sidney ist eines der treuesten Mitglieder unserer Gemeinde, nicht wahr?«

Sidney lächelte. »Ja, ich denke, mittlerweile schon. Hervorragende Predigten macht sie, ziehen sich nämlich nicht stundenlang.«

»Das heißt, wir schaffen es noch rechtzeitig zum Mit-tagessen nach Hause?«

»Ganz genau, Susan«, sagte die Pfarrerin. »Dafür ist der

Sonntag ja auch gedacht. Ein klein wenig beten, und dann ordentlich essen.«

Eine Pfarrerin ganz nach meinem Geschmack.

Natürlich war Lala wieder mal nicht an ihrem Schreibtisch, als ich am Montagmorgen im Büro eintraf; aber das gab mir immerhin noch etwas Zeit, meine Rede einzustudieren. »La, ich muss dir was beichten …« Nein, das klang ja, als wäre ich schuldig. »La, ich muss mit dir über etwas sprechen …« Bisschen zu dramatisch. »La, mir ist dieses Wochenende etwas total Witziges passiert. Jasper hat mich am Freitagabend zum Essen eingeladen, und dann habe ich Samstagnacht mit ihm geschlafen. Gleich drei Mal. Und dann noch mal gestern Früh.«

Knifflige Sache.

Eine halbe Stunde später trudelte Lala, eingehüllt in eine Zigarettenwolke, im Büro ein. »Morgen, Polly, wie geht's dir? Ich …« *Hust, hust, hust.* »Verdammt, ich hab mir eine wirklich grauenhafte Erkältung eingefangen; ich sollte wirklich nicht hier sein.«

»La …«

»Ich weiß, dass es daran liegt, dass ich den ganzen Samstag beim Pferderennen draußen herumstehen musste. Es war schweinekalt in Gloucestershire, ich dachte gleich mehrmals, ich müsste sterben.«

»La …«

»Und dann war diese verzweifelte Sophia Custard-Hardy da. Gott, das Mädchen ist schrecklich. Wirft sich ständig den Jungs an den Hals, und dann hat sie sich auch noch unglaublich volllaufen lassen und …«

»La-La.«

Sie runzelte die Stirn. »Was?«

»Ist eigentlich nichts Schlimmes, ich wollte dich einfach nur wissen lassen, dass Jasper und ich am Freitagabend zusammen essen waren und …«

»Du und Jaz?« Lala stand auf und kramte in ihren Manteltaschen. »Wo sind bloß all meine Taschentücher hin?«

»Jupp.«

»Um über den Artikel zu sprechen?« Sie wühlte immer noch in den Taschen, ohne mich anzusehen. »Jetzt mal im Ernst, was mache ich bloß mit diesen Dingern? Warum verschwinden sie immer?«

»Na ja, so ungefähr.«

»Ich dachte, du hättest ihn schon fertiggeschrieben? Ah, schau, da ist ja eins.« Sie zog einen durchweichten Tempofetzen aus den Untiefen ihrer Tasche.

»Hatte ich ja auch.«

»Und warum warst du dann mit ihm essen?«

»Na ja, es war so eine Art Date.«

»Ein Date? Du? Mit Jaz?« Lala sah zu mir empor, die Hände mit dem feuchten Tempo zwischen den Fingern vor dem Gesicht erstarrt.

»So in der Art.«

Sie schnäuzte sich und runzelte die Stirn. »Ist was gelaufen?«

»Wir haben uns draußen auf dem Bürgersteig geküsst, aber dann habe ich ein Taxi genommen und bin nach Hause gefahren. Also, nichts Wildes. Aber dann habe ich ihn am Samstag wiedergetroffen …«

»Jasper?«

»Ja.«

»Noch mal?«

»Ja.«

»Warum?«

»Na ja, er hat mir geschrieben. Und gefragt, ob ich Zeit hätte. Hatte ich … Also, ist er bei mir vorbeigekommen und … ähm, ist dann auch bei mir geblieben.«

Ihr labbriges Taschentuch schwebte noch immer in der Luft. »Hast du mit ihm geschlafen?«

»Äh, na ja, irgendwie schon. Ich meine, ja. Ich meine, tatsächlich war von Schlafen kaum die Rede.« Ich lächelte nervös. »Aber, ja, haben wir. Findest du es schlimm? Bitte, sag, dass du es nicht schlimm findest. Es ist einfach nur passiert.«

Sie blinzelte. »Nein, ich finde es nicht schlimm. Kann ich auch nicht, oder? Das mit Jasper und mir war vor einer Ewigkeit. Es ist nur ein bisschen … komisch. Das ist alles.«

»Komisch auf die gute Art?«

»Ich glaube schon. Aber … wie hat das alles überhaupt angefangen? Auf Schloss Montgomery?«

»Ich schätze schon. Aber ganz ehrlich, La, ich weiß nicht, ob das eine große Sache wird. Du weißt ja, wie er ist.«

»Ja. Sei vorsichtig, Polly. Magst du ihn denn?«

»Ich weiß es nicht so genau. Ich mag ihn als Mensch – viel mehr, als ich ursprünglich gedacht hätte. Aber ich glaube nicht, dass wir heiraten werden, also keine Panik.«

Ich meine, das war, was ich zu ihr sagte, aber natürlich gab es da noch diesen anderen Teil in mir – der kleine, winzige Psychoteil, der in uns allen steckt und lauert –, der sich schon gefragt hatte, ob es wohl besser wäre, im Sommer oder doch eher im Winter auf Schloss Montgomery zu heiraten. Und ob es bisher schon je eine Herzogin namens Polly gegeben hatte. Doch dann schaltete sich der etwas vernünftigere Teil meines Gehirns wieder ein und ermahnte mich, mit diesen absurden Spinnereien aufzuhören, denn Mittelschicht-Mädchen aus Surrey heirateten keine zukünftigen Herzöge, außer vielleicht in irgendwelchen albernen Schmonzetten.

»Oh Gott, ja«, sagte Lala und riss mich damit jäh aus meinen Fantastereien. »Das würde ja bedeuten, dass Eleanor deine Schwiegermutter wäre.«

»Ja. Könntest du dir das vorstellen?«, sagte ich rasch.

»Ja, eine Zeit lang habe ich es mir vorgestellt. Aber wahrscheinlich hatte ich großes Glück, diesem Schicksal entronnen zu sein. Wie auch immer, ich brauch jetzt eine Kippe und einen Kaffee. Willst du auch?«

»Nein, nein. Ich bin bedient, danke.«

Puh, dachte ich, als Lala zum Pret-a-Manger aufbrach. Immerhin habe ich es ihr jetzt gesagt. Und sie scheint damit klarzukommen. Damit wäre das also erledigt.

Als Mum mich am Nachmittag anrief, erwarteten mich weniger gute Nachrichten. Ich griff nach meinem Handy, klemmte es zwischen Ohr und Schulter und scrollte weiter durch Twitter.

»Hi, Mum, wie geht's?«

»Hallo, mein Schatz, ich dachte nur, ich sollte dich anrufen ...« Ihre Stimme klang zittrig.

»Mum, was ist los?« Ich hörte auf zu scrollen.

»Es ist nur so, dass ich den Brief vom Arzt bekommen habe.«

»Und was steht da drin?«

»Na ja, sie glauben ... dass es was ist. Dass es ein Tumor ist.« Sie begann zu weinen.

»Oh Gott, Mum. Verdammt. Es tut mir so leid. Okay ... warte mal ... was stand sonst noch in dem Brief?«

»Nur, dass ...« Schluchzer. »Nur, dass ...« Schluchzer. »Nur, dass es Brustkrebs im zweiten Stadium ist, was auch immer das bedeuten soll. Ich weiß nicht, was das zweite Stadium ist, woher soll ich das denn wissen?« Mum stieß ein lautes Heulen aus, und ich hörte Bertie im Hintergrund bellen.

»Okay.« Ich ertrug es nicht, meine eigene Mutter am Telefon weinen zu hören. Konnte ich irgendwas Tröstliches sagen? Mein Gehirn schaltete in seinen pragmatischen

Modus. »Haben sie irgendwas geschrieben, wie sie weiter verfahren wollen?«

»Ja.« Sie schluchzte erneut, was Bertie mit einem noch lauteren Bellen quittierte. »Sie sagen, dass sie sich bezüglich möglicher Operationstermine bei mir melden werden. Und dann vielleicht eine Chemo. Eine Chemo, Polly! Ich werde alle meine Haare verlieren.«

»Oh, Mum, es tut mir so leid … Aber sie werden wieder nachwachsen. Und schau, das heißt doch immerhin, dass sie einen Plan haben. Das ist doch schon mal was. Ein Plan, um alles wieder in Ordnung zu bringen.« Klar, ich klammerte mich hier offensichtlich an Strohhalme, aber mir fiel sonst nichts ein. Was soll man auch sagen, wenn die eigene Mutter dich weinend anruft, um dir mitzuteilen, dass bei ihr Krebs diagnostiziert wurde? »Ich bin für dich da, Mum«, sagte ich behutsam.

»Es tut mir leid, dass ich dich bei der Arbeit störe, mein Schatz«, schluchzte sie zur Antwort.

»Jetzt werd aber nicht albern, ich bin für dich da, wann immer du mich brauchst. Also gut, lass uns mal in Ruhe überlegen: Der nächste Schritt besteht also darin, potenzielle OP-Termine abzuwarten?«

Sie schniefte. »Ja, ich glaube schon.«

»Gut, dann gib mir Bescheid, sobald du was hörst, und ich nehme mir eine Weile frei.«

»Das musst du nicht tun.«

»Klar werde ich das tun. Und Joe wird ebenfalls sehr gerne vorbeikommen, um nach dir zu sehen. Er liebt

nichts mehr, als auf dem Sofa zu sitzen und fernzu-
schauen. Also, mach dir wirklich keine Sorgen, Mum.
Wir kriegen das schon hin. Wir sind alle da für dich. Alles
wird wieder gut.«

Ja, alles würde wieder gut werden. Es musste gut werden. Aber ich fühlte mich so hilflos. Ich wusste weder,
was ich sagen sollte, noch hatte ich eine Ahnung von
Krebs. Es war zwar eine Krankheit, die überall um uns
herum Thema war – in Filmen, im Fernsehen, selbst
in der U-Bahn-Werbung oder auf Marathon-T-Shirts
tauchte sie auf –, aber ich hatte noch nie jemanden in meinem näheren Umfeld gekannt, der daran erkrankt war.
Die Vorstellung, dass sich ein Tumor – was für ein grotes-
kes Wort! – im Körper meiner Mum ausbreitete, machte
mich krank. Aber nicht alle Krebsformen waren gleich
schlimm, oder? Das hörte man immer wieder. »Oh, Le-
berkrebs, der Ärmste, der ist richtig bösartig.« Als ob irgendeine andere Form von Krebs »gut« wäre. Aber wo
genau befand sich Brustkrebs auf diesem Gut-Böse-Kon-
tinuum? Was bedeutete überhaupt »Zweites Stadium«?
Das zweite Stadium folgte logischerweise auf das erste
Stadium, also konnte es noch nicht so schlimm sein, oder?
Aber wie viele Stadien gab es überhaupt?

»Danke, mein Schatz«, sagte Mum. »Und jetzt zurück
an die Arbeit.«

»Okay, aber ich hab dich lieb. Und wir sehen uns nachher beim Abendessen. Ich könnte doch mal ausnahmsweise was mitbringen?«

»Nein, nein. Ich habe hier ein bisschen Lachs, der schon anfängt zu müffeln, also schauen wir lieber, dass der weg-kommt.«

Es war nicht der Moment, um Mums fragwürdigen Umgang mit dem Inhalt ihres Kühlschranks anzuspre-chen. »Okay. Ich bringe eine Flasche Wein mit. Und eine Riesentafel Schokolade.«

»Wunderbar, danke, mein Schatz.« Sie hielt inne und schnäuzte sich. »Außerdem kann ich dir dann auch noch alles über diesen netten Mann gestern in der Kirche er-zählen.«

»Hä?«

»Na, du weißt schon, Sidney, der mit der Zeitung. Wir waren danach noch in einem Pub ums Eck Mittagessen. Er ist ja so was von süß. Hat vor ein paar Jahren seine Frau verloren.«

»Also ein Rendezvous?«

»Nicht wirklich – ich war nicht passend gekleidet für ein Rendezvous –, aber es war trotzdem ein sehr nettes Mittagessen.«

»Wow. Aber gut, okay, wir sprechen heute Abend dar-über.«

Auf einmal gab es heute Abend einen Haufen Dinge zu besprechen.

»Na gut, mein Schatz, wir sehen uns gegen sieben.«

Ich legte auf und klickte Google an. In die Suchleiste gab ich »zweites Stadium Brustkrebs« ein. *Im zweiten Sta-dium haben sich die Krebszellen über den ursprünglichen Standort hinaus in das umgebende Brustgewebe hinein ausgebreitet*, hieß es auf der ersten Seite, zu der ich mich durchklickte. Mir wurde übel bei der Vorstellung, wie dieses Ding sich in Mum »ausbreitete«. Wie lange hatte es sich schon heimlich in ihrem Körper vorgearbeitet wie ein heimtückischer kleiner Wurm, der auf der Lauer lag und wartete, um zuzuschlagen? Und wie konnte man ihn aufhalten?

7

Es dauerte keine drei Wochen, bis Mum ins Krankenhaus kam, um operiert zu werden. Man hörte ja viel von Wartelisten und Patienten, die auf Betten in den Krankenhausfluren herumliegen, aber letztendlich ging alles ziemlich schnell. Der Eingriff nannte sich Lumpektomie – ein weiterer abstoßender medizinischer Begriff, über den wir beide uns informiert hatten – und beinhaltete die Entfernung des Tumors und mehrerer befallener Lymphknoten in ihrer Brust.

Vor der Operation, als sie, eingehüllt in ein weißes Flügelhemd, in ihrem Krankenhausbett lag, schien ihre größte Sorge Bertie zu gelten, der einen kleinen Urlaub bei mir und Joe verbringen sollte. Angesichts all der Pflegeanweisungen, die sie uns einbläute, hätte man meinen können, es handle sich um ein neugeborenes Baby und nicht um einen inkontinenten neun Jahre alten Terrier.

»Und du wirst regelmäßig mit ihm an die frische Luft gehen, ja?«, ermahnte sie mich noch, während wir auf die

Pflegekraft warteten, die sie in den OP-Saal fahren sollte. »Und vergiss nicht, die richtige Sorte Pedigree Chum zu kaufen, die mit Huhn, nicht die mit Rindfleisch, die bekommen ihm nämlich nicht. Und misch ein paar Karottenstücke oder ein anderes Gemüse mit rein. Nur keine Tomaten, die mag er ganz und gar nicht. Und denk immer dran, seinen Wassernapf aufzufüllen.«

Ich nickte. »Es wird ihm an nichts fehlen. Joe war heute schon ausgiebig mit ihm Gassi. Keine Panik.« Joe hatte mir zuvor einen Bericht über den Ausflug geschickt:

War mit Bertie im Park neben
der Musikakademie. Er hat einen
Haufen hingelegt, der eines
Dinosauriers würdig gewesen
wäre. Ach ja, nur so viel … ich
will niemals Kinder haben.

Aber ich glaubte nicht, dass Mum so kurz vor ihrer OP eine derart detaillierte Schilderung brauchen konnte.

Zwei blau gekleidete Pflegekräfte kamen etwa eine halbe Stunde später, um sie abzuholen. »Bis gleich«, sagte sie und griff nach meiner Hand, um sie fest zu drücken. Ich nickte zur Antwort nur stumm und biss die Zähne aufeinander, damit sie mich nicht weinen sah, als sie davongeschoben wurde. Die letzten drei Wochen hatte ich in ständiger Furcht verbracht. Was, wenn die OP nicht erfolgreich verlief? Was, wenn der heimtückische kleine

Wurm weiter in ihren Körper vordrang? Was, wenn man ihn nicht aufhalten konnte?

Die nächsten zwei Stunden verbrachte ich im Wartezimmer für die Angehörigen und versuchte, ein Buch zu lesen, was mir jedoch nicht gelang, da ich, am Ende eines Satzes angekommen, feststellen musste, dass ich den Anfang bereits vergessen hatte. Dann versuchte ich mein Glück mit einer Zeitschrift, verspürte jedoch kein gesteigertes Interesse an Kim Kardashians neuestem Kneelift-Workout. Ich klickte mich durch Instagram, doch die Fotos von Hunden und Frühstückseiern nervten mich. Dann schrieb Bill mir, ich solle ihm Bescheid geben, sobald Mum wieder draußen war. Ich schickte ihm zur Antwort einen gereckten Daumen und fragte mich gleichzeitig, ob ich diese Woche wohl Jasper noch einmal sehen würde. Wir hatten vage ausgemacht, am Samstag gemeinsam etwas zu unternehmen, aber ich hatte ihn vorgewarnt, dass das ganz auf Mums Zustand ankäme.

Seit der Nacht mit dem verstauchten Knöchel hatte ich mich drei Mal mit ihm getroffen. Jedes Mal war er spätabends bei mir vorbeigekommen, und jedes Mal waren wir sofort im Bett gelandet, wo wir einen Großteil der Nacht damit verbracht hatten, uns in Stellungen zu verrenken, die man ansonsten eher im Cirque du Soleil zu sehen bekam. Ich sah auf, und mein Blick fiel auf ein Plakat an der Wand gegenüber: *WIE VIEL WISSEN SIE ÜBER PROSTATA-KREBS?*, fragte es in eindringlichen Großbuchstaben. Vermutlich war es nicht angebracht, im Wartezimmer eines Krankenhauses über Sexstellungen nachzudenken, während die eigene Mutter nebenan operiert wurde.

Eine Stunde später wurde sie bleich und schlafend aus dem Aufwachraum geschoben. »Es geht ihr gut«, beruhigte mich die Krankenschwester, »sie ist nur müde. Die nächsten paar Stunden wird sie noch etwas benommen sein.«

Ich nickte, griff nach Mums Hand und drückte sie, damit sie wusste, dass ich da war.

Mum wirkte überraschend munter, als ich sie am nächsten Morgen im Krankenhaus besuchte. Beinahe ganz die Alte.

»Ich hätte gern eine Tasse Tee«, verkündete sie, immer noch im Bett liegend. Das leise Plappern einer morgendlichen Talkshow drang aus dem Fernseher in der Ecke der Station.

»Ich denke, das lässt sich einrichten«, sagte ich und blickte mich über die Schulter hinweg nach einer Schwester um. »Warte einen Moment, ich schau, ob ich jemanden finden kann.«

Laut Dr. Ross, einem schottischen Arzt, der sein Medizinstudium in Edinburgh abgeschlossen hatte – was Mum zufrieden stimmte, da sie sie für eine »ordentliche« Universität hielt –, war die Operation erfolgreich verlaufen. »Das ist keine dieser Möchtegern-Universitäten wie in Bournemouth, diesem Kaff«, hatte sie ihm erst heute Morgen gesagt, als er seine Runde auf der Station machte.

Dr. Ross meinte, dass sie noch eine Nacht im Krankenhaus verbringen, danach aber mit ziemlicher Sicherheit nach Hause gehen könnte, wo sie sich zwei Wochen lang ausruhen sollte, damit die Nähte sauber verheilten.

Ich fand draußen niemanden, den ich nach einer Tasse Tee hätte fragen können, also ging ich runter in das Café, das mir allmählich schon ziemlich vertraut geworden war.

»Tagchen, meine Liebe«, begrüßte mich die äußerst korpulente Dame an der Kasse. Sie hatte offenbar in einem bedauerlichen Moment ihres Lebens beschlossen, sich die Augenbrauen tätowieren zu lassen.

»Hi«, erwiderte ich lächelnd. »Ich bin wieder zurück. Könnte ich eine Tasse Tee haben?«

»Und nichts zu essen? Du siehst fix und fertig aus. Weißt du was, ich gebe dir einfach einen von denen hier. Das Mindesthaltbarkeitsdatum läuft sowieso heute ab.« Sie nahm mit einer Zange einen Brownie und schob ihn in eine Papiertüte.

»Oh, wenn das so ist, gerne. Danke schön.«

»Ein so groß geratenes Mädchen wie du muss schauen, dass es bei Kräften bleibt«, sagte sie, als sie mir die Tüte überreichte.

Wie überaus nett, dachte ich bei mir, nahm die Tüte entgegen und lächelte freundlich.

Während ich auf den Tee wartete, checkte ich mein Handy. Lex schickte ganz liebe Grüße an Susan und fragte, ob ich irgendwann die Woche noch Zeit hätte, um mit ihr über mein Kleid für die Hochzeit zu sprechen. Es ärgerte mich, dass ihr nichts Besseres einfiel, als über ihre Hochzeit zu quatschen, während Mum im Krankenhaus lag, also ignorierte ich die Nachricht, schob das Handy wieder in die Tasche meiner Jeans und kehrte auf Station zurück, wo ich feststellte, dass mein Stuhl von einem Mann in grauem Anzug und ordentlich gekämmtem Haar besetzt war.

»Polly, du erinnerst dich doch noch an Sidney?«, fragte Mum, die sich im Bett aufgesetzt hatte. Ihre Haare breiteten sich hinter ihr auf dem Kissen aus, was ihr das Aussehen einer etwas ausgezehrten Botticelli-Figur verlieh. Der Vorhang, der ihr Bett von den anderen abtrennte, war zugezogen.

»Ja, natürlich. Hi, Sidney«, sagte ich und stellte den Tee ab, unsicher, wie ich ihn begrüßen sollte. Handschlag? Umarmung? Ich streckte ihm die Tüte mit dem Brownie entgegen. »Willst du ein Stück Brownie haben? Die Dame unten im Café hat ihn mir einfach so mitgegeben.«

»Oh, wie nett von ihr«, sagte Sidney und stand auf. »Hier, Polly, setz dich doch.«

»Nein, nein, Polly ist schon den ganzen Morgen hier gewesen«, intervenierte Mum. »Setz dich ruhig wieder hin, Sidney.«

»Ich kann mich auch aufs Bett hocken. Kein Problem«, sagte ich. »Sicher, dass du nichts von dem Brownie willst?«

»Nein, nein, ich bin nicht besonders hungrig. Danke dir, Polly. Ich möchte mir meinen Appetit fürs Mittagessen aufsparen.« Sidney, mit seinem Tweedanzug, den polierten braunen Schnürschuhen und dem gepflegten Seitenscheitel, wirkte tatsächlich nicht unbedingt wie ein Mann, der so ungeheuerliche Sachen tat, wie zwischen den Mahlzeiten zu naschen.

Ich hingegen schob die Hand in die Tüte, zog den Brownie heraus und machte mich daran, ihn zu verputzen. »Also, Sidney, was machst du eigentlich so?«

»Er ist in Rente«, sagte Mum, als Sidney gerade den Mund öffnen wollte.

»Oh, und was hast du davor gemacht?«

»Er war Immobilienanwalt«, fuhr Mum wieder dazwischen, deren Energie trotz der gravierenden OP vor kaum vierundzwanzig Stunden ungemindert schien.

»Schrecklich langweilig, fürchte ich«, sagte Sidney. »Auf jeden Fall keine so aufregende Arbeit wie deine. Susan hat mir alles darüber erzählt.«

»Oh, wirklich?«

»Na ja, zumindest ein bisschen was«, lenkte er ein. »Und dann natürlich alles über den jungen Mann, mit dem du ausgehst.«

»Ah.«

»Das hört sich ja sehr aufregend an«, fuhr Sidney fort.

»Ha. Vielleicht. Das werden wir noch sehen.« Ich fragte mich zum 86. Mal, ob ich Jasper wegen Samstagabend schreiben könnte, und beschloss, ebenfalls zum 86. Mal, abzuwarten, bis er sich meldete. Ich gab mir Mühe, die Sache cooler anzugehen als je zuvor. Ihm nie als Erste zu schreiben. Nie die letzte Nachricht zu schicken. Aber mein Handy lag trotzdem immer nur maximal zehn Zentimeter von mir entfernt, und in dem Moment, in dem das Display aufleuchtete, stürzte ich mich darauf wie ein Windhund auf ein Karnickel. »Das werden wir noch sehen«, wiederholte ich noch einmal unbestimmt.

»Polly ist furchtbar zynisch, was Männer angeht«, sagte Mum.

»Ah«, erwiderte Sidney, wobei er auf seinen Schoß blickte und an seinen Hemdmanschetten herumfummelte.

Ich knüllte die Papiertüte zusammen und fegte die Krümel von meiner Jeans. »In Ordnung, Mum, wenn du dich so weit gut fühlst, würde ich nach Hause gehen und euch beide allein lassen?« Ich verspürte urplötzlich das dringende Bedürfnis nach frischer Luft und der Abgeschiedenheit meiner Wohnung.

»Ja, natürlich, alles gut, danke dir, mein Schatz. Und du denkst auch daran, mit Bertie Gassi zu gehen, ja?«

»Ja.«

»Und auch an das, was ich dir über sein Fresschen gesagt habe?«

»Ja, versprochen. Ihm geht es super. Gerade darf er zusammen mit Joe Fernsehen schauen.« Ich gab ihr einen Kuss auf den Kopf und winkte verlegen Sidney zu. »War schön, dich wiederzusehen. Bis bald.«

»Auf jeden Fall«, erwiderte Sidney und winkte ebenfalls, bevor er sich wieder zu Mum umdrehte. »Ich hab mir gedacht, dass wir zusammen vielleicht das Kreuzworträtsel lösen könnten, falls dir danach ist?«

»Oh, ja«, erwiderte Mum strahlend. Ich ging, während Sidney eine Ausgabe des *Telegraph* aus seinem Stoffbeutel kramte.

Diese Nacht schlief Bertie auf meinem Bett – was ich ihm zuerst aufgrund seines Schnarchens verboten hatte. Doch als ich meine Nachttischlampe ausmachte, winselte und scharrte er so mitleiderregend an meiner Tür, dass ich nachgab und ihn hereinließ. »Du darfst aber nicht unter die Decke. Das hier ist die absolute Grenze. Nur obendrauf«, sagte ich streng, als Bertie aufs Bett hüpfte. Er legte sich hin und seufzte selig, bevor er – und ja, ich hab's wirklich gehört – leise einen fahren ließ.

Am nächsten Morgen saß ich wieder in den heiligen Hallen der *Posh!*-Redaktion, als Peregrine mich zu sich ins Büro zitierte.

»Hast du gerade viel zu tun, Polly?«

»Ich schreibe nur gerade an diesem Artikel über die angesagtesten Darmspülungs-Kliniken Londons.«

»Mach das erst einmal zu Ende. Und dann habe ich etwas anderes für dich.«

»Oh?«, sagte ich hoffnungsfroh. Mein Artikel über Jasper würde bald erscheinen, und ich hoffte, dass Peregrine mir nun auch größere Storys anvertrauen würde. Mehr Interviews. Ich war es leid, immerzu nur die Labradore irgendwelcher Promis zu interviewen.

»Ich habe gestern mit der Gräfin von Stow-on-the-Wold zu Mittag gegessen, und sie hat mir den Tipp

gegeben, uns mal diesen Scheich anzuschauen. Scheich …
Moment, ich habe es mir irgendwo aufgeschrieben. Lustiger Name.« Er gab irgendwas in seinen Computer ein.
»Ja, das ist er. Scheich Khaled bin Abdullah. Er hat wohl gerade erst eine Villa bei ihnen in der Nähe in Gloucestershire gekauft. Er ist aus … wie spricht man das gleich aus … Kutter?«

»Katar?«

»Ja, genau, daher. Wo auch immer das ist.«

»Im Mittleren Osten.«

»Von mir aus. Er sorgt anscheinend für eine Menge Trubel in Gloucestershire, denn er will sein Anwesen komplett umgraben lassen, um eine Landebahn für seinen Privatjet zu bauen. Außerdem reißt er sich sämtliche Bedienstete unter den Nagel. Offenbar hat die arme Gräfin schon ihren zweiten Gärtner an ihn verloren.«

»Wie nachlässig von ihr.«

»Was?«

»Nichts, nichts. Gut, soll ich also ein paar Nachforschungen anstellen?«

»Ja, bitte. Sie hat mir erzählt, dass er ein großes Faible für Pferderennen hat.«

»Okay, dann werde ich am besten Jasper fragen. Vielleicht kennt er ihn.«

»Jasper? Jasper Milton?«

Ich hatte seinen Namen ohne nachzudenken fallen lassen. Peregrine wusste noch nicht, dass ich mich mit Jasper traf, da ich Angst vor einem Kreuzverhör hatte.

»Oh. Ja. Ich habe ihn … in letzter Zeit ein paarmal gesehen.« Ich wollte es so vage wie nur möglich formulieren.

»Macht er dir etwa den Hof?«

Ich ließ vor meinem geistigen Auge mein letztes sexuelles Intermezzo mit Jasper Revue passieren, als er mich mit dem Gesicht voran auf mein Bett gestoßen, seine Hände auf meinen Hintern gelegt und sein Gesicht zwischen meine Arschbacken vergraben hatte, um mich mit seiner Zunge zum Höhepunkt zu bringen. Ich hatte mir einen furchtbaren Kopf gemacht, weil sein Gesicht so nah an meinem … na ja, meinem Po war, doch schließlich entspannte ich mich und schrie meine Lust in das Kissen hinein.

»Ähm, so kann man es wohl nennen«, sagte ich zu Peregrine.

»Polly, das sind ja wundervolle Neuigkeiten! Sag mir Bescheid, wenn ich mir einen neuen Anzug kaufen muss.«

Laut Google handelte es sich bei dem Scheich um einen neunundzwanzigjährigen Milliardär, der in Amerika zur Schule gegangen, jedoch vor Kurzem nach London gezogen war. Ein großes Haus in Mayfair; ein noch größeres in Gloucestershire. Ein Schnurrbart wie ein mexikanischer Drogenbaron; Wimpern wie ein Baby-Lemur. Ich schickte Jasper eine Nachricht.

> Weißt du zufällig was über
> Scheich Khaled bin Abdullah? X

Er rief auf der Stelle an.

»Vielleicht tue ich das. Wer will das wissen?«

»Ich natürlich. Ich würde gerne versuchen, ein Interview mit ihm zu bekommen. Oder zumindest ein kleines Porträt über ihn schreiben.«

»Ich kann ihn fragen, wenn du willst.«

»Ernsthaft? Kennst du ihn überhaupt?«

»Ein wenig. Ich habe ihn letztes Jahr bei einem Pferderennen in Ascot getroffen. Er ist ein Freund von Barny.«

»Wer ist Barny?«

»Der Kerl, der damals nach der Jagd beim Mittagessen neben dir gesessen hat.«

»Oh, ja. Der. Wie kommt es, dass sie befreundet sind?«

»Ihre Anwesen in Gloucestershire liegen direkt nebeneinander, wobei Barnys das größere ist. Was den Scheich ziemlich wurmt. Er versucht andauernd, ihm Land abzukaufen, aber Barny lehnt immerzu ab und meint, dass es Einwanderern ohnehin nicht gestattet sein sollte, hier Grundbesitz zu erwerben.«

»Meine Güte, das ist vielleicht ein Vogel! Aber okay, wenn es dir nichts ausmacht, ihn zu fragen, wäre das großartig.«

»Dein Wunsch ist mir Befehl. Ich werde ihm einfach sagen, dass das unfassbar schlaue und unterhaltsame Mädchen, mit dem ich gehe, ihm gerne allerlei heimtückische Fragen stellen würde.«

»Gehen?« Ich lächelte meine Schreibtischplatte an

und warf einen verstohlenen Blick zu Lala, die Bertie auf ihrem Schoß sitzen hatte und ihn mit Haribos fütterte.

»Ich mag das Wort ›daten‹ nicht. Das ist mir zu amerikanisch.«

»Du klingst schon fast wie dein Freund Barny.«

»Ach, komm schon, du musst doch zugeben, dass ›daten‹ ein ganz grauenhaftes Wort ist.«

Ich lachte. »Red nicht so geschwollen daher. Wo bist du überhaupt?«

»Wie der Zufall es will, fahre ich gerade nach London. Morgen findet ein Treuhändertreffen statt. Ich wollte schon vorschlagen, dass wir uns sehen, aber mein Vater möchte heute Abend noch ein paar Dinge mit mir durchgehen.«

»Nein, nein, mach dir keinen Kopf. Ich sollte mich wahrscheinlich ohnehin ein bisschen mit dem Scheich beschäftigen. Außerdem kommt meine Mutter wieder nach Hause, also muss ich dort vorbeischauen.«

»Richtig. Lass mich ihn nur kurz anrufen, und ich melde mich wieder bei dir. Bist du am Samstag immer noch für das Abendessen zu haben?«

»Oh, ja, ich war mir nur nicht sicher, ob du nach wie vor Zeit hast, und bei der ganzen Sache mit Mum …«, stammelte ich verlegen.

»Nein, ich stehe zu deiner vollen Verfügung«, sagte er. »Ich habe das Gefühl, man muss sich gerade ein wenig um dich kümmern und dich ausführen.«

Ich lächelte in mein Handy. »Okay. Danke.«

»Wie geht es deinem Lover?«, fragte Lala, während sie ein weiteres Haribo an Bertie verfütterte.

»Ihm geht es gut. Er kennt diesen Scheich, über den ich schreiben soll. Meinst du wirklich, er sollte dieses Zeug essen, La?«

»Er liebt es. Schau …« Sie fischte in der Tüte herum und gab Bertie ein Gummi-Spiegelei. Bertie kaute kurz, dann schluckte er es runter, bevor er Lala wieder mit gespitzten Ohren ansah, um ein weiteres Leckerli zu erbetteln. »Aber ich weiß, wen du meinst. Den Rennscheich. Ich habe ihn ein, zwei Mal getroffen. Sieht ziemlich süß aus. Wie so ein Teddybär.«

»Ein ziemlich reicher Teddybär«, erwiderte ich, erleichtert, dass wir das Thema Jasper hinter uns gelassen hatten. Ich fand es immer noch peinlich, mit Lala darüber zu reden, zumal sie in letzter Zeit öfter mal erwähnt hatte, dass sie schon »seit Jahren« kein Date mehr hatte und dass sie alleine sterben und ihr Fossil im naturhistorischen Museum ausgestellt werden würde.

Auf meinem Computerbildschirm ploppte eine E-Mail von Bill auf.

Was geht? Lust auf Abendessen?
Ich mache ausnahmsweise
früher Feierabend. Unser
Stammlokal?

Er meinte einen Italiener in der Pimlico Road, den Bill deshalb mochte, weil man so viele Päckchen Grissini bekam, wie man wollte. Ich tippte schnell meine Antwort.

> Ich würde gerne. Aber ich muss zu Mum. Sie wird heute Abend aus dem Krankenhaus entlassen. Xxx

Eigentlich hatte ich vorgehabt, noch mal zum Krankenhaus zu fahren, um sie mit dem Taxi abzuholen, aber Sidney hatte sich bereitwillig angeboten, sie nach Hause zu bringen. Ein echter Romeo, wie mir schien.

Bill antwortete sofort.

> Natürlich. Wollt ihr Zeit alleine verbringen, oder ist die Patientin schon fit genug für Besuch? Wir bestellen was, das geht auf mich, falls es nicht zu aufdringlich ist? Hab mir nur gedacht, dass du womöglich moralische Unterstützung brauchst?

Ich schrieb ihm, dass ich das großartig fände. Und Mum sowieso.

Es war geradezu beleidigend, wie sehr Bertie sich freute, nach Hause zu kommen. Sobald ich ihn auf dem Boden abgesetzt hatte, hüpfte er zu Mum aufs Sofa.

»Oh Gott! Bertie, runter da! Mum, alles in Ordnung?« Sie war beinahe vollständig unter einem Deckenberg verborgen.

»Mir geht's ganz gut, danke, mein Schatz. Hallo, Bertie, hast du schöne Ferien gehabt? Hat sie sich auch gut um dich gekümmert?«

»Ja, habe ich. Er wurde im Büro nach Strich und Faden verwöhnt.« Sie musste ja nichts von den Haribos erfahren. Bertie hatte danach furchtbare Magen-Darm-Probleme bekommen und eine stille Ecke im Kensington Park für immer kontaminiert. »Wo ist Sidney?«

»Er hat heute seinen Bridge-Abend, und ich wollte nicht, dass er ihn wegen mir sausen lässt. Um wie viel Uhr kommt Bill vorbei?«

»Er meinte, gegen sieben.«

»Sehr schön. Tja, ich darf nur ödes Wasser trinken, aber mach du ruhig die Flasche Wein auf, die im Kühlschrank steht, und genehmige dir ein Glas.«

»Wird gemacht.«

»Meinst du wirklich, dass wir was bestellen sollen? Im Kühlschrank sind noch ein paar Hühnerbrüste, die ich erst vor einigen Tagen gekauft habe.«

»Ja«, antwortete ich bestimmt, während ich mir ein Glas Wein eingoss. »Tatsächlich war es Bills Vorschlag. Ist einfacher. Weniger zum Spülen.«

»Na gut«, sagte Mum. »Dann mache ich das Hühnchen eben demnächst.«

Bill klingelte eine halbe Stunde später. Als ich die Tür öffnete, stand er auf der Schwelle, voll beladen mit seiner Aktentasche, einer Einkaufstüte und einem Riesenstrauß Lilien. »Hallihallo. Ich hab es womöglich ein bisschen übertrieben mit dem Wein. Und dem Knabberzeug. Und, um ehrlich zu sein, auch mit der Schokolade.«

»Du bist doch wirklich ein Blödian«, sagte ich und nahm ihm die Tüte ab. »Aber ein netter Blödian. Komm rein, bevor du vom harmlosesten Wachhund von Battersea in Stücke gerissen wirst.«

»Hallo, Bertie«, begrüßte Bill ihn und bückte sich, um seinen Kopf zu kraulen.

»Susan, ich möchte eine ganz feste Umarmung«, sagte er, als er im Wohnzimmer stand. »Ich werde dich nicht fragen, wie du dich fühlst, weil ich mir denken kann, dass du es schon nicht mehr hören kannst. Aber dafür bin ich bis unter die Zähne bewaffnet mit Wein, Chips und einer etwas komischen, leicht phosphoreszierenden Sorte Humus, die ich in einem Lädchen hier um die Ecke gefunden habe. Und die hier.« Er streckte ihr den Strauß Lilien hin.

Mum, die noch immer auf dem Sofa lag, schloss Bill fest in ihre Arme, während ich in der Küche die Tüte auspackte. »Oh, Bill, du himmlischer Junge, mir geht es gut«, sagte sie. »Und gleich noch viel besser, wenn ich dich sehe. Polly, stellst du die Blumen bitte ins Wasser? Und Bill, du erzählst mir in der Zeit alles über deine neue Freundin, ja?«

»Ah, die Neuigkeiten sprechen sich aber schnell rum in diesem Teil der Stadt.« Er hob eine Augenbraue in meine Richtung, als ich ihm ein Glas Wein reichte.

»Ich habe ihr nicht viel erzählt«, sagte ich.

»Nun«, begann Bill und setzte sich aufs Sofa gegenüber von Mum. »Sie heißt Willow, und sie ist sehr nett.«

»Und wie habt ihr beide euch kennengelernt?«

»Über Tinder, die App, du weißt schon. Hat Polly dir schon davon erzählt?«

»Ja, vielen Dank auch, William. Ich bin einundsechzig, nicht einhunderteinundsechzig. Natürlich habe ich davon gehört. Zu meiner Zeit lief das einfach nur ganz anders.«

»Die Liebesbotschaften wurden von Brieftauben überbracht?«, fragte Bill.

Sie schlug ihm spielerisch auf den Arm. »Nein, man hat sich auf Partys getroffen, solche Sachen eben. Aber dann habe ich Mike getroffen, und damit hatte es sich erledigt.«

»Du hast dich nie wieder umgeschaut?«, fragte er mit dem Mund voller Chips.

»Nein, nie wieder.«

»Aber woher hast du gewusst, dass er der Richtige ist, Mum?«, fragte ich von der Spüle aus, wo ich die Lilienstängel beschnitt. »Ich meine, die Leute sagen immer: ›Du weißt es, wenn du es weißt.‹ Aber was, wenn du es nicht weißt? Oder was, wenn du denkst, du weißt es, aber eigentlich weißt du überhaupt nichts?«

Ich versuchte immer noch, die Sache mit Jasper ruhig anzugehen. Mir nicht zu überlegen, wie unsere Kinder mal heißen werden (Olive? Also Olive für ein Mädchen hat mir schon immer gut gefallen). Denn ich konnte mir immer noch nicht so richtig vorstellen, dass wir tatsächlich miteinander »gingen«. Jedes Mal, wenn Jasper bei mir war (okay, bisher nur drei Mal, aber TROTZDEM), war ich am Morgen danach aufgewacht und überrascht gewesen, dass er neben mir lag. Was machte ein gut aussehender Marquess in meinem Bett? Ich war fest davon überzeugt, dass er schon bald die Schnauze voll hatte von meiner schimmeligen Wohnung und es jeden Moment vorbei sein würde. Aber andererseits … andererseits hatte er vorhin am Telefon gesagt, dass er sich um mich »kümmern und mich ausführen« wollte – die Worte hatten sich fest in meinem Hirn verankert –, also sollte ich vielleicht ein wenig mehr Vertrauen haben.

Mum runzelte die Stirn. »Was meinst du mit, ›Woher hast du das gewusst‹? Sprichst du etwa von Jasper?«

»Oh Gott, nicht der schon wieder«, schmatzte Bill.

»Bill«, warnte ich.

»Was?«

»Benimm dich. Du hast ihn doch noch nicht einmal kennengelernt.«

»Polly, komm schon. Er ist ein Playboy, das hast du selbst gesagt. Susan, du musst doch auf meiner Seite stehen. Ich weiß nicht, ob ich dem Kerl über den Weg traue.«

Ich sah zu Mum, die den Mund öffnete und ihn wieder schloss.

»Und überhaupt«, fuhr ich fort, »ich war bei Lex' Verlobung sehr nett zu Willow.«

»Warum auch nicht?«, nuschelte Bill, den Mund voller Chips.

»Ich sag ja nichts. Sie ist in Ordnung.«

»In Ordnung?«

»Ja, in Ordnung. Wirklich süß. Ich meine, vermutlich wird sie nicht gerade das Heilmittel gegen Krebs erfinden, aber wenn es das ist, was du willst, dann ist ja gut«, sagte ich und stellte die Blumen auf dem Küchentisch ab, bevor ich mir die Hand vor den Mund schlug. »Oh Gott, Mum, tut mir leid. Ich habe nicht nachgedacht.«

»Polly, mein Schatz, sei nicht albern. Aber würdet ihr jetzt aufhören, euch zu zanken? Ich bin hier diejenige mit dem Krebs, also habe ich das Sagen, und ich will, dass wir was beim Inder bestellen.«

»Gute Idee«, stimmte Bill ihr zu und funkelte mich beleidigt an.

Ich nahm die Speisekarte von der Kühlschranktür und reichte sie Mum.

»Ich habe keinen großen Appetit, ich esse nur eine Kleinigkeit mit. Bestell du für mich.« Sie reichte die Karte an Bill weiter.

»Also, ich bin völlig ausgehungert.« In der einen Hand hielt er die Karte, während er mit der anderen den Humus mit den Chips in sich reinschaufelte. »Lasst uns als

Vorspeise ein paar Zwiebel-Pakora bestellen. Danach nehme ich ein Butterhähnchen. Da sind auch Papadam dabei, oder?«

»Ja.« Ich nahm ihm die Karte aus der Hand. »Und ich nehme das Jalfrezi-Hähnchencurry. Und dazu Basmatireis. Mum, haben wir Chutney?«

»Wahrscheinlich irgendwo ganz hinten im Schrank versteckt.«

»Dann bestelle ich mir zur Sicherheit lieber noch ein extra Mango-Chutney«, sagte ich, da ich die Aussicht, meine Hand in die Untiefen von Mums Küchenschrank zu stecken, nicht besonders verlockend fand. »Also, einmal ganz normalen Basmatireis. Und du, Bill, was für einen willst du?«

»Für mich auch normal. Und zwar einen ordentlichen Batzen, bitte. Das geht auf mich.«

»Was für ein lieber Junge du doch bist«, sagte Mum.

»Polly, ich glaube, meine Spirale ist mir rausgefallen.« Mit einer dramatischen Geste warf Lala ihre Tasche auf den Schreibtisch.

»Was meinst du mit ›rausgefallen‹? Eigentlich müsste sie da drin ziemlich gut verankert sein.«

»Ja, ich weiß, dass sie das *müsste*. Aber man soll doch ab und zu die Rückholfäden kontrollieren, und ich finde sie einfach nicht mehr.« Sie zog ihren Mantel aus und meldete sich an ihrem PC an.

»La, ich bin mir nicht sicher, ob ich mich vor dem Mittagessen mit deinem Uterus auseinandersetzen kann«, sagte ich und lenkte mich schnell mit einer E-Mail von Lex ab, die gerade in meinem Postfach eingegangen war.

Wärst du damit einverstanden,
als Trauzeugin Rosa zu tragen?
Ich denke auch schon über
farblich passende Schuhe

nach. Und das Haar halb
hochgesteckt, halb über die
Schultern. Xxx

Ich war mir nun wirklich nicht sicher, ob Rosa meine
Farbe war.

Ja, klar. Was für ein Rosa? X

Sie antwortete umgehend.

So ein Schamlippenrosa. Ach ja,
und willst du eigentlich Jasper
als Begleitung mitbringen?
Mum würde vor Freude
EXPLODIEREN, wenn sich ein
waschechter Marquess auf der
Gästeliste befindet. Xxx

Ich lehnte mich auf meinem Drehstuhl zurück und überlegte. Es war ein ungewohnter, aber dennoch angenehmer
Gedanke, bei einer Hochzeit jemanden bei mir zu haben.
Und nicht einfach nur irgendjemanden, sondern Jasper.
Mir gefiel die Vorstellung, als Paar auf eine Hochzeit zu
gehen, anstatt wie üblich alleine herumzustehen und die
Kirche mit einem sauertöpfischen Gesichtsausdruck nach
attraktiven Junggesellen abzusuchen. Trotzdem fühlte es
sich immer noch zu früh an, ihn zu fragen.

Lalas Stimme riss mich aus meinen Tagträumereien. »Was, wenn sie jetzt irgendwo in meinem Körper herumschwimmt? Was, wenn sie meine Niere durchbohrt? Oder meine Lunge?«

»Moment, La, mein Handy summt, merk dir, wo wir stehen geblieben sind.« Es war Jasper. Oh, Scheiße. Vermutlich rief er mich wegen des *Posh!*-Artikels an. Er war heute erschienen.

Ich schnappte mir mein Handy und trat in den Flur.

»Hallo«, meldete ich mich so heiter wie möglich.

»Guten Morgen«, erwiderte er. Klang er ernst? Womöglich sogar sehr ernst? Was, wenn er den Artikel unmöglich fand? Was, wenn seine Eltern ihn unmöglich fanden?

»Hör zu«, begann er, »ich muss mit dir sprechen.«

OH GOTT, DAS WAR ES ALSO, ODER? ER MACHTE SCHLUSS.

Ich ermahnte mich, tief durchzuatmen. Beruhige dich, Polly, ihr habt euch nur ein paarmal getroffen. Es war sowieso klar, dass du ihn nie heiratest. Und deine Karriere ist wichtiger als irgendein Mann.

»Ja?«, quietschte ich.

»Folgendes, ich habe mit Scheich Khaled gesprochen, und er hat uns übers Wochenende eingeladen.«

»Was? Wie meinst du das, ›eingeladen‹?«

»Na, du weißt schon, so wie das eben ist, wenn Menschen einander einladen. Wir fahren auf sein Anwesen in Gloucestershire und übernachten in einem seiner Schlafzimmer.«

»Ah, okay.« Ich spürte, wie die Erleichterung mich durchströmte. »Ich meine, das ist ja super, vielen Dank. Ich dachte schon, du rufst wegen des Artikels an.«

»Welcher Artikel?«

»Na, der Artikel über dich!«

»Oh, ist der schon erschienen?«

»Ja!«

»Fantastisch, ich werde Ian sofort bitten, mir eine Ausgabe zu besorgen. Aber hör zu, Khaled will, dass wir gleich dieses Wochenende kommen.«

»Dieses Wochenende? Also überübermorgen?«

»Mhmm«, sagte Jasper, »ich habe mir überlegt, dass ich dich Samstagmorgen abhole und wir direkt zu ihm runterfahren, dann wären wir nämlich pünktlich zum Aperitif dort.«

»Ähm, ja, klingt gut«, erwiderte ich. »Ich muss nur mit meiner Mum klären, ob sie versorgt ist.«

»Es ist ja nur Samstagnacht«, sagte Jasper. »Am Sonntag kann ich dich wieder zurückbringen.«

»Ich denke, das geht in Ordnung«, sagte ich schnell, in der Hoffnung, dass Sidney Samstagabend seine Kreuzworträtsel-Schicht antreten könnte. »Ich muss es noch mit ihr besprechen, aber ansonsten klingt es super. Danke noch mal. Kann ich ihn auch interviewen?«

»Ich bin mir sicher, dass sich ein halbes Stündchen findet, in dem du dich mit ihm hinsetzen und in Ruhe unterhalten kannst. Ehrlich gesagt habe ich das Gefühl, dass er es ziemlich aufregend findet, in die *Posh!* zu kommen und gleich neben Herzögen und anderen Promis abgelichtet zu werden. Quasi als Zeichen, endgültig in der britischen Gesellschaft angekommen zu sein. Er wollte wissen, ob du auch Fotos machen willst?«

»Oh, ich weiß noch nicht.«

»Außerdem meinte er, er wolle sich mit mir über ein, zwei Pferde unterhalten, an denen er Interesse hat. Das Ganze könnte also für beide Seiten vorteilhaft sein.«

»Okay, genial, dann vielen Dank noch mal. Peregrine wird total aus dem Häuschen sein.«

»Gut. Du kannst es ihm ja gleich erzählen, und ich lese in der Zeit all die schrecklichen Dinge, die du über mich geschrieben hast.«

»Nichts Schreckliches«, sagte ich. »Versprochen. Glaube ich zumindest. Ich hoffe, der Artikel gefällt dir. Und deinen Eltern genauso.«

»Oh, Gott, mach dir um die mal keine Sorgen; die lesen nie irgendwas.«

Ich legte auf und kehrte an meinen Schreibtisch zurück, wo Lala mich fragend ansah. »Bist du etwa in ihn verliebt?«

»Was? Oh Gott, nein. Ich bitte dich. Es geht doch gerade mal ein paar Wochen. Ich bin nicht in ihn verliebt. Ich … ich kann ihn einfach nur ganz gut leiden.« Ich lächelte. Tatsächlich war es genau fünf Wochen und sechs Tage her seit meinem Besuch auf Schloss Montgomery. Aber Lala musste ja nicht unbedingt wissen, dass ich so peinliche Dinge tat, wie die Tage zu zählen.

»Oje, oje. Und ob du in ihn verliebt bist«, entgegnete Lala, wobei sie sich kopfschüttelnd wieder ihrem Computer zuwandte. »Das ist eine echte Katastrophe. Aber gut, wie auch immer, ich muss jetzt ›rausgerutschte Spiralen‹ googeln.«

Etwa eine Stunde später bekam ich eine Nachricht von Jasper.

Der Artikel ist brillant. Du warst
viel zu nett zu mir und meiner
Familie. Vielen Dank. Du bist
einfach klasse. X

Mein Magen machte einen aufgeregten Purzelbaum, und mir wurde schwummrig vor Freude. Ich konnte nichts dagegen tun. Obwohl ich mich ermahnte, vernünftig zu bleiben, saß ich eine ganze Weile an meinem Schreibtisch und starrte die Nachricht an. »Du bist einfach klasse.« Vier kleine Worte, aber für mich fühlten sie sich groß an.

Gott, war es manchmal nervenzehrend, eine Frau zu sein.

Ich fand Legs am Donnerstagmorgen in der Klamotten-kammer der Moderedaktion, wo sie mit ihrem Americano in der Hand skeptisch die Kleiderstange vor sich musterte. Ich hatte sie wieder einmal um Hilfe bei der Wahl meines Outfits für das anstehende Wochenende gebeten.

»Morgen, Legs.«

Sie seufzte. »Also, isch weiß wirklich niiischt, wie das funktionieren soll. Chanel 'at ein paar Sachen geschickt, aber das sind Mustergrößen, und du« – ihr Blick fiel auf den Kaffee in meiner Hand (ein Vollmilch-Latte) – »trägst zweiundvierzig?«

»Eher so vierzig.«

Sie seufzte abermals. »Das wird schwierig. Aber isch werde es versuchen.«

»Das wäre wirklich nett.«

»Also, du brauchst etwas für das Dinner am Samstagabend, *oui*?«

»Ja.«

»Mhmm.« Sie begutachtete meine Hüften. »Okay. Nimm die da und probier sie an.« Sie reichte mir mehrere Kleiderbügel und nahm mir den Latte aus der Hand.

»Okay, ich geh nur mal kurz ins Bad.«

»*Non*, mach es 'ier. Schneller … so kann isch gleisch sehn, wie du schaust aus. Geh einfach da'inter.« Sie bugsierte mich hinter einen weiteren Garderobenständer, der sich unter der Last der Klamotten bog.

Verlegen wandte ich Legs den Rücken zu und schälte mich aus meiner Jeans und meinem T-Shirt.

»Polly!«, rief sie plötzlich entsetzt aus. »Was soll das?«

»Was?«, fragte ich beschämt über meine Schulter hinweg. »Du hast doch gesagt, ich soll mich hier umziehen.«

»*Non*. Isch meine deinen B-'A! Dein 'öschen! Du kannst so was nischt tragen. Jetzt im Ernst, das ist ein Witz, *non*?«

»Was meinst du?«

235

»Polly, isch 'abe Unterwäsche an meiner Oma gesehen, die mehr sexy war. Isch werde meine Freundin bei Rigby & Peller anrufen, du kannst in der Mittagspause bei ihr vorbeischauen.«

»Und eine Million Pfund für einen Fetzen Spitze ausgeben, der juckt und zwickt und mir höchstwahrscheinlich so tief in die Ritze rutscht, dass ich ernsthafte innere Verletzungen davontrage? Nein, danke.«

»Nein, nein, nischt eine Million Pfund. Du kriegst einen Rabatt. Polly, du kannst nischt solche Bauernunterwäsche tragen. Und wie sitzt das Kleid?«

Ich hatte mich in ein kurzes schwarzes Wollkleid mit Lederbesatz und Reißverschluss auf dem Rücken gezwängt. »Ich bekomm den Reißverschluss nicht ganz zu.«

»Komm 'er.«

Ich schlurfte vor sie hin.

»Luft anhalten.«

»Tu ich schon. Kannst du nur aufpassen, dass …«

Mit dem Zartgefühl eines Nazi-Folterknechts zerrte Legs den Reißverschluss hoch, wobei sie ein Stück von meinem Nackenspeck einklemmte.

Dann trat sie einen Schritt zurück und musterte mich. »Das dürfte gehen. Wenn du erst einen richtigen B-'A 'ast.«

»Hallo, ich bin Polly«, begrüßte ich in der Mittagspause eine ältere Dame mit knallrosa Lippenstift, die hinter der Verkaufstheke von Rigby & Peller stand. »Ich glaube, Allegra hat Sie heute angerufen. Vom *Posh!*-Magazin?«

»Oh, Polly, hallo! Ja, ich weiß schon Bescheid. Ich bin Carol. Ich würde vorschlagen, dass Sie sich erst einmal umschauen und sich ein paar Modelle aussuchen, die Ihren Vorstellungen entsprechen. Danach nehme ich Ihre Maße, und wir sehen weiter.«

Ich nickte und blickte mich um. Bordeauxrote BHs, pfirsichfarbene BHs, schwarze BHs. Allesamt mit beeindruckender Körbchengröße. Legs hatte mir erzählt, dass Rigby & Peller früher einmal der exklusive Unterwäscheausstatter der Queen gewesen war. Aber hatte Ihre Majestät wirklich einen so gewaltigen Vorbau? Ich nahm an, dass sie bei all den Reisen und all den öden Firmen-Einweihungen, denen sie beiwohnen musste, was Bequemes brauchte. Damit ihr Rücken nicht schmerzte. Dann dachte ich bei mir, warum denkst du überhaupt über die Brüste der Queen nach? Ich erspähte eine weiße Korsage mit Ösenhaken und Schnürung an der Vorderseite und fuhr mit meiner Hand über den Stoff.

»Sind Sie auf der Suche nach etwas Besonderem?«, fragte Carol von ihrer Verkaufstheke aus.

»Ähm, ich dachte nur an ein, zwei BHs und passende Höschen dazu«, erwiderte ich, wobei ich immer noch die Korsage betrachtete. »Das hier ist wahrscheinlich ein bisschen zu viel des Guten für mich.«

»Wissen Sie was, meine Liebe? Ich mache Ihnen einen Vorschlag – Sie gehen in die Umkleide, und ich bringe Ihnen ein paar Modelle? An welche Farben haben Sie denn so gedacht?«

»Oh, auf jeden Fall Schwarz. Vielleicht auch Weiß. Obwohl Weiß immer irgendwie etwas …«

»… gelb am Zwickel wird?«, vollendete Carol meinen Satz und dämpfte dabei verschwörerisch die Stimme.

»Grau, wollte ich sagen.«

»Ja, das auch«, stimmte sie mir zu, während sie den Vorhang an einer der Umkleidekabinen löste. »Also gut, rein mit Ihnen. Welche Größe haben Sie? Ich tippe mal auf …« Sie trat zurück und beäugte meine Oberweite. »80C.«

»Meistens eigentlich 75C. Aber das kommt auf den Schnitt an.«

»Na, na, wir wollen doch keine Röllchen am Rücken. Einen Moment, ich bin in zwei Minuten bei Ihnen.«

Kurz darauf erschien Carol mit einem Arm voller Spitzenunterwäsche – pfirsichfarbene Spitze, gelbe Spitze, babyblaue Spitze, orange Spitze, schwarze Spitze und zuletzt ein grauenhaft blauvioletter Spitzenstoff, der an Krampfadern erinnerte. Ich probierte dermaßen viele BHs an, dass mir der Kopf schwirrte, aber letztendlich grenzten wir die Auswahl ein auf einen schwarzen BH, einen babyblauen BH und die dazu passenden »Pantys«, wie Carol sie beharrlich nannte. Außerdem die Korsage. Auf Carols Vorschlag hin hatte ich sie – trotz meiner Befürchtung, ich könnte darin aussehen wie ein überdimensionierter Wal, der sich für Sea World bewarb – anprobiert, und tatsächlich fühlte es sich verdammt gut an. Ja, sogar sexy – ein Adjektiv, von dem ich nie gedacht hatte, dass ich es mal für mich selbst benutzen würde. Es schnürte die Taille etwas ein und verlieh mir die wogende Brust einer Jane-Austen-Heldin. Es erinnerte weniger an einen Orca als vielmehr an Beyoncé.

»Also«, sagte Carol an der Kasse, nachdem sie alles mit der Feierlichkeit eines Bischofs in Seidenpapier gepackt hatte. »Alles zusammen macht das dann … zweihunderteinundvierzig Pfund, bitte.«

»Oh, Carol, tut mir leid, aber Allegra sagte etwas von einem Rabatt?« Es war mir total peinlich, nachfragen zu müssen, aber ich konnte nicht ohne Weiteres das Bruttoinlandsprodukt von Belgien in Zierdeckchen für meine Nippel investieren.

»Aber ja, Schätzchen, den habe ich schon abgezogen. Der Presserabatt beträgt vierzig Prozent. Ich hoffe, das ist in Ordnung?«

»Natürlich«, erwiderte ich mit einem strahlenden Lächeln und kramte in meiner Brieftasche nach meiner Kreditkarte. »Ich wollte nur sichergehen. Haben Sie noch einmal vielen Dank.«

Diese Dessous würde ich wohl als Familienerbstücke an meine Töchter weitervererben. Zu schade, falls sie bis dahin gelb am Zwickel wären.

Jasper holte mich Samstagmittag vor der Wohnung ab.

»Schnell, los, los, los, sonst bleiben wir eine Ewigkeit bei ihr hängen«, sagte ich und knallte die Tür seines Range Rover zu, während Barbara aus ihrem Laden spähte. Sofort machte ich mir Sorgen, wie ich mich am besten hinsetzen sollte, damit meine Oberschenkel auf seinem eleganten Ledersitz nicht breit gedrückt wurden und fett aussähen.

»Ich war schon drin, um Zigaretten zu holen«, sagte Jasper, wobei er Barbara zuwinkte. »Sie hat mir erzählt, dass du Steinbock bist, weshalb ich mich anscheinend vor deinen Stimmungsschwankungen in Acht nehmen muss.«

»Oh, ich wünschte, sie würde das nicht ständig tun! Sie ist wirklich eine Gefahr für die Öffentlichkeit.«

»Ist ja auch egal«, sagte er und startete den Motor. »Bist du bereit?«

»Ja«, erwiderte ich. »Der erste gemeinsame Wochenendausflug.«

»Der erste?«

»Ich meine … Nein. Nicht unbedingt der erste. Ich wollte damit nicht sagen, dass da noch weitere folgen.« Ich spürte, wie ich rot wurde. »Ich wollte nur sagen, dass wir wegfahren. Zusammen. Zum ersten Mal.«

Jasper prustete los.

»Ach, verdammt, jetzt sei nicht so gemein«, sagte ich.

»Es gibt in ganz England niemanden, den man leichter aufziehen kann als dich, Polly Spencer. Aber gut, lass uns losfahren, damit wir noch vor Mitternacht ankommen.«

Little Swinbrook war eines dieser Dörfchen, die ein amerikanischer Tourist wohl als »pittoresk« beschreiben würde. Es gab einen See mit ein paar Enten, die am Ufer

herumwatschelten, gepflegte Grünflächen und ein reetge-
decktes Pub namens The Duck & Doorknob.

»Hier wohnen der Graf und die Gräfin von Stow-on-
the-Wold«, erklärte Jasper, wobei er auf ein großes Holz-
tor links von uns zeigte. *Swinbrook Hall*, stand auf einem
Schild geschrieben.

Ich setzte mich auf und versuchte, einen Blick darüber
hinweg zu erhaschen, aber die Zufahrt war dummerweise
zu beiden Seiten des Tores mit großen Buchsbaumhecken
bepflanzt.

»Und ich glaube, hier geht's zu Khaled«, sagte er, dros-
selte das Tempo und bog hundert Meter weiter auf einen
Kiesweg auf der anderen Straßenseite. Vor uns erhob sich
ein massives Metalltor, das sich langsam öffnete, nur um
ein weiteres, ebenso massives Metalltor zu enthüllen. »Er
nimmt seine Sicherheit offenbar ziemlich ernst«, bemerkte
Jasper, während er weiter vorrollte, bis wir zwischen den
beiden Toren zum Stehen kamen. Er öffnete sein Fenster
und beugte sich zu einer Sprechanlage an der Wand vor.

»Hallo, Jasper Milton hier.«

Aus der Anlage ertönte ein unverständliches Krächzen
und dann ein Surren, als das Tor hinter uns sich wieder zu
schließen begann. Gefolgt von einem metallischen Knall,
als sie sich endgültig schloss, bevor das Tor vor uns seit-
wärts aufglitt.

»Sesam, öffne dich«, kommentierte Jasper.

»Was macht er eigentlich, wenn er nur mal schnell
Milch im Dorf holen will? Das würde ja Tage dauern.«

»Ich gehe stark davon aus, dass er jemanden hat, der sich um die Milch kümmert.« Jasper fuhr langsam eine asphaltierte Auffahrt entlang, die zu beiden Seiten von sauber eingezäunten Wiesen und Feldern flankiert wurde.

Und dann kam das Haus in Sicht. Es war gigantisch. Fast wir der Buckingham Palace, mit einer Treppe, die zum Haupteingang hinaufführte, steinernen Säulen und einem großen gekiesten Halbkreis davor. Jasper blieb dennoch auf der asphaltierten Straße und fuhr an einer Gruppe Rhododendren vorbei. »Wohin fahren wir?«, fragte ich, einen Blick zurück auf das Haus werfend.

»Zum Hintereingang. Man geht nie zum Vordereingang. Er meinte, wir sollen zum Hof hinter dem Haus kommen.«

»Aber warum haben die Leute dann überhaupt einen Vordereingang?«

»Damit es gut aussieht. Und für festliche Anlässe. Partys und Bälle. Solche Sachen.«

»Ich bin zum Vordereingang gegangen, als ich nach Schloss Montgomery gekommen bin.«

»Ich weiß. Ich habe dich von meinem Schlafzimmerfenster aus beobachtet und gelacht, als du dich auf Zehenspitzen über das Gras geschlichen hast.«

»Das hast du nicht!«

»Klar hab ich. Tatsächlich war ich hin und weg. Ich hatte eine alte Schabracke erwartet, und dann hab ich dich gesehen und …«

»Und?«

»Ich war fasziniert.«

»Fasziniert, weil du mitbekommen hast, wie ich mich wie ein Einbrecher über deinen Rasen schleiche?«

Er hielt an. »Ganz genau. Es hatte irgendwie was Liebenswertes.« Er beugte sich zu mir, umfasste mein Kinn und zog mein Gesicht zu sich heran, um mich zu küssen. »Aber jetzt komm, lass uns reingehen.«

Er sprang aus dem Wagen und öffnete den Kofferraum; dann schwang er seine Tasche über die Schulter, bevor er auch meine rausholte. Ich warf einen letzten Blick in den Rückspiegel und stieg aus, als just in diesem Moment jemand schwungvoll die Hintertür öffnete.

Es war ein Mann, der mit einem schwarzen Frack und einer grauen Nadelstreifenhose bekleidet war.

»Guten Tag, Sir. Ich bin Edmund. Darf ich Ihnen Ihre Taschen abnehmen?«

»Sehr freundlich, vielen Dank.«

Ich stieg hinter Jasper die Steinstufen empor. »Hi«, sagte ich zum Butler und winkte ihm unbeholfen zu. Reichte man Butlern zur Begrüßung die Hand? Ich war mir nicht sicher. Bis vor wenigen Monaten hatten Butler in meinem Leben keine herausragende Rolle gespielt, und jetzt kannte ich schon zwei. Zwei Butler! Vermutlich würde ich schon bald jemanden brauchen, der mir die Zahnpasta auf die Zahnbürste drückte.

»Guten Tag, Madam. Erlauben Sie mir, Sie auf Ihr Zimmer zu geleiten.«

Edmund führte uns schweigend durch das herrschaftliche Anwesen – goldene Kronleuchter, goldene Spiegel, goldene Beistelltische, goldene Stühle und goldene Treppengeländer. Es war, als würde man eine Besichtigungstour durch das Schloss eines geistesgestörten französischen Königs unternehmen. Schließlich blieb er vor einer Tür im ersten Stock stehen. *Der Marquess von Milton und Miss Polly Spencer,* war auf einem kleinen handgeschriebenen Kärtchen zu lesen.

»Da wären wir, Sir«, sagte Edmund, glitt durch die Tür und stellte unsere Taschen neben einem Fenster ab, das nach vorne hinausging und den Blick auf die mit Bäumen gesäumte Einfahrt eröffnete.

»Sehr freundlich, Edmund, vielen Dank. Und wo befindet sich Scheich Khaled?«

»Er ist momentan in den Ställen, Sir. Er sagte, Sie sollen sich in Ruhe einrichten und dann um neunzehn Uhr auf einen Drink herunterkommen.«

»Wunderbar.«

»Kann ich Ihnen jetzt schon etwas anbieten?«

»Ich hätte nichts gegen einen Whiskey, falls Sie denn einen zur Hand haben?«, sagte Jasper. »Polly, willst du auch was?«

Ich war dabei, das Badezimmer zu inspizieren. Ein goldenes Badezimmer. Es gab sogar ein goldenes Bidet und eine goldene Klobrille. Ich fragte mich, ob ich ein Foto von dem goldenen Klo auf Instagram posten könnte, oder würde ich da Ärger bekommen?

»Polly?«

»Mhmm?« Ich streckte den Kopf aus dem Badezimmer.

»Willst du etwas trinken? Wir haben noch ungefähr eine Stunde, bis unten die Drinks serviert werden, also werde ich mir jetzt schon einen Whisky genehmigen.«

»Oh, nun, wenn das so ist … ähm, ein Wodka Tonic wäre großartig, falls Sie einen dahaben?«

»Selbstverständlich, Madam.« Edmund neigte seinen Kopf abermals ein paar Millimeter und verließ dann das Zimmer.

»Schon besser«, sagte Jasper, während er seine Krawatte lockerte und zusammen mit seinem Sakko auszog, um beides über das Sofa am Fußende des Betts zu werfen. Ein goldenes Himmelbett mit ungefähr einem Dutzend Kissen drauf. »Eine Stunde, die wir irgendwie rumkriegen müssen«, sagte er und sah mit einem Grinsen zu mir auf. »Was wollen wir so lange unternehmen?«

»Wird der Butler nicht jeden Moment mit unseren Drinks zurückkommen?«

»Ja.«

»Dann hüpfe ich nur schnell unter die Dusche und wasche noch schnell mein Haar.«

Ich zog mich im Badezimmer aus und benötigte die obligatorischen zwei, drei Minuten in einer neuen Dusche, um herauszufinden, in welche Richtung es kaltes und in welche es heißes Wasser gab; erst dann betrat ich sie. Große Flaschen mit Guerlain-Shampoo und dem dazu passenden Conditioner standen bereit. Ich fragte mich, ob ich sie mit nach Hause nehmen könnte. Wahrscheinlich nicht. Ich hob meinen Arm, um die Stoppel-Situation meiner Achseln zu überprüfen.

Doch da öffnete sich plötzlich die Duschtür, und noch bevor ich mich umdrehen konnte, hatte Jasper schon seinen Arm um meinen Bauch geschlungen und drängte sich von hinten an mich.

»Hey«, sagte ich und machte mir sofort Sorgen, dass meine Wimpertusche verlaufen war und ich aussah wie ein deprimierter Goth.

»Hallo«, raunte er, hob mein nasses Haar an und küsste mich auf die Schulter.

Sex in der Dusche war seit jeher ein Quell der Sorge für mich gewesen. Normalerweise stand man dabei doch, oder? Es sei denn, man war in einer dieser Duschen für alte Leute, in denen sich eine Sitzstufe befand. Wenn es *keine* derartige Stufe gab, wurde das Ganze eine körperlich recht knifflige Angelegenheit.

Nehmen wir zum Beispiel Sex von Angesicht zu Angesicht. Ich war noch nie eins dieser Mädchen im Püppchen-Format gewesen, das die Männer einfach so mit einem Arm hochheben und gegen die Wandfliesen drücken konnten. Ein absolutes Ding der Unmöglichkeit. Mein Partner würde sich nur einen Bruch zuziehen.

Stattdessen musste ein Mann sich mir nähern, als würde er Limbo tanzen – die Knie leicht gebeugt, sodass seine Hüften tiefer waren als meine. Und dann musste ich ein Bein in die Luft recken wie ein Kranich und dabei idealerweise den Fuß zur Unterstützung gegen die gegenüberliegende Duschwand stemmen – oder er hielt den anderen Fuß hoch. Auf jeden Fall wurde es ein bisschen zu sehr *Let's Dance*.

Alternativ bestand auch die Möglichkeit, dass ich mich mit dem Gesicht zur Wand drehte und er hinter mir stand. So wie Jasper jetzt.

»Leg deine Hände an die Wand«, raunte er.

Also beugte ich mich nach vorne, stützte meine Hände auf den Marmor und fragte mich unwillkürlich, wie schlimm die Cellulite auf der Rückseite meiner Oberschenkel gerade wohl aussah. Aber mir blieb nicht viel Zeit, mir Sorgen zu machen, denn Jasper griff mit seiner Hand nach vorne und kniff meinen rechten Nippel. Und zwar fest.

»Aaaah«, machte ich – ein Laut, mit dem ich auf Nummer sicher ging. Ich wollte nicht den Eindruck erwecken, dass ich nicht darauf stand, denn das käme ziemlich verklemmt rüber. Unsexy. Obwohl Jasper schon ziemlich ruppig war, deswegen könnte man ihn auf zwei Arten verstehen: »Wie schön!«, aber auch: »Würde es dir was ausmachen, etwas weniger fest zu kneifen?«

Dann griff er nach dem Duschkopf, löste ihn aus der Halterung und drehte ihn so zu mir, dass das Wasser praktisch direkt in meine Vagina schoss. Auch darauf stand ich nicht unbedingt, aber trotzdem gab ich ein weiteres ermutigendes »Aaah« von mir … und Jasper schob sich in mich hinein.

»Das … fühlt sich … sensationell an«, raunte er in mein Ohr, bevor er erneut meine Schulter küsste.

»Ach ja? Aaaah.« Er hatte den Duschkopf näher an mich rangebracht, sodass der Wasserstrahl nun wirklich ziemlich heftig auf meine Klitoris prasselte. Lucy Hasting aus meiner Schule hatte immer davon erzählt, wie sie es sich in der Sportumkleide mit dem Duschkopf besorgte, aber ich hatte nie so recht kapiert, wie, weil der Wasserdruck so jämmerlich schwach war. Das Einzige, was ich je unter der Schuldusche bekommen hatte, war eine Warze. »Aaaah«, machte ich erneut, wobei ich meine Hand auf Jaspers legte, die den Duschkopf hielt, und sie unauffällig ein bisschen zur Seite schob.

Jasper stieß fester in mich. Immer wieder und wieder, allerdings in einem ziemlich langsamen Tempo, wobei er den Duschkopf in der einen Hand hielt und mich mit der anderen an der Hüfte packte. Nach einer Weile fühlte es sich deutlich besser an als die Dusche in der Schule. Viel besser. So gut, dass ich die Cellulite auf meinen Oberschenkeln vergaß und nach ein paar Minuten, begleitet von deutlich lauteren, drängenderen »Aaaahs«, zum Höhepunkt kam – direkt gefolgt von Jasper.

»Oh Gott«, sagte er, wobei er in mir blieb und eine Hand auf meine legte, mit der ich mich an der Wand abstützte. Eine Weile standen wir einfach nur so da, schwer atmend, während das Wasser aus dem Duschkopf um unsere Füße herumspritzte. »Komm«, sagte er, als mir kalt wurde. »Lass uns unseren Drink holen.« Er öffnete die Duschkabinentür und trat auf die Badematte. »Einen Augenblick«, sagte ich, da ich mich nicht nach dem Duschkopf bücken wollte, während er dort stand und meinen Hintern betrachtete. »Ich muss nur noch die Haarspülung einwirken lassen.«

Als Jasper und ich kurz nach neunzehn Uhr unten eintrafen, war der Salon schon voll. Ich fühlte mich etwas gehemmt, als ich eintrat. Ich hatte meine neue Korsage unter dem Chanel-Kleid angezogen und machte mir allmählich Sorgen, dass sie mir die Sauerstoffzufuhr zu meinem Kopf abschnürte. Wie hatten das die armen viktorianischen Damen damals bloß gemacht? Kein Wunder, dass sie ständig und überall in Ohnmacht fielen und nach Riechsalz riefen.

»Aaah, Jasper!«, rief ein Mann, der auf uns zueilte und den ich als den Scheich wiedererkannte. Er erdrückte Jasper förmlich in seiner Umarmung.

»Freut mich sehr, dich wiederzusehen, Khaled«, erwiderte Jasper und klopfte ihm herzhaft auf den Rücken. »Das ist meine Freundin, Polly.«

Der Scheich entließ Jasper aus seiner Umarmung, machte einen Schritt zurück und betrachtete mich. »Wie geht es Ihnen, Polly?«, fragte er und streckte seine Hand aus. Sie war weich, als würde ich einem Koala die Hand schütteln. Außerdem war er kleiner, als ich erwartet hatte, mit kurzem glänzenden Haar, das akkurat zur Seite gegelt war, und einem Schnurrbart, der wie eine Nacktschnecke auf seiner Oberlippe saß.

»Mir geht es gut, danke. Und vielen Dank auch für Ihre Einladung.«

»Nichts zu danken. Was kann ich Ihnen zu trinken anbieten? Ich fürchte, ich kann in meinem Haus keinen Alkohol erlauben. Aber Sie können gerne einen Granatapfelsaft oder ein Mineralwasser haben, wenn Sie möchten?«

Er sah mich fragend an.

»Oh. Äh. Ein Granatapfelsaft wäre köstlich, danke.«

Er prustete los und schlug sich eine seiner unnatürlich weichen Hände vor den Schnurrbart. »Ich habe mir nur einen kleinen Scherz mit Ihnen erlaubt, Polly. Was für ein Quatsch soll das denn sein – kein Alkohol?? Natürlich gibt es Alkohol. Also, wollen Sie jetzt ein Glas Champagner haben, ja?«

Ich lächelte und atmete – so gut es in der Korsage eben ging – erleichtert aus. »Ja, perfekt.«

»Jasper?«, fragte der Scheich.

»Champagner wäre ganz ausgezeichnet, danke, Khaled.«

Der Scheich hob eine Hand und schnippte mit den Fingern: »Zwei Gläser Champagner, bitte.« In der Ecke, unter einem lebensgroßen Ölgemälde des Scheichs in Militäruniform, machte ein Kellner einen Satz, als hätte er einen heftigen Stromschlag in den Hintern bekommen, goss zwei Gläser ein und brachte sie auf einem goldenen Tablett zu uns.

»Ja, ja, danke, danke, danke«, sagte der Scheich und scheuchte den Kellner mit einem Handwedeln wieder davon. »Und jetzt müsst ihr die anderen Gäste kennenlernen.« Er drehte sich zu einem Sofa hinter sich um, wo eine Blondine mit untergeschlagenen Beinen neben einem rotgesichtigen Mann in Tweedjacke saß. Ein winziger goldgelber Hund lag dösend zwischen den beiden.

»Barny!«, sagte Jasper. »Ich wusste nicht, dass du auch kommst.«

Barny löste mühsam den Blick von den Beinen der Frau, stand auf und schüttelte Jaspers Hand.

»Tach, alte Hütte.« Aber natürlich, fiel es mir ein, Jasper hatte erwähnt, dass Barny und der Scheich befreundet waren. »Und Holly, wenn ich mich recht entsinne? Freut mich außerordentlich, Sie wiederzusehen.« Barny beugte sich vor, um mich auf die Wange zu küssen.

»*Polly*. Aber fast«, erwiderte ich. Er stank nach Whisky.

»Und das da ist Emile«, sagte der Scheich, wobei er auf die Blondine auf dem Sofa deutete.

Emile streckte langsam ihre langen Beine unter sich hervor, nahm das schlafende Hündchen auf ihren Arm und erhob sich. Sie war barfuß, ein Paar goldene High Heels lagen achtlos neben dem Sofa. »'allo«, sagte sie, küsste zuerst Japser auf die Wangen, dann mich. »Sehr erfreut. Das ist Frank.« Sie wiegte den Hund in ihren Armen wie ein Baby.

»Oh, wie süß«, sagte ich. »Was ist es denn?«

»Er ist ein 'und«, antwortete sie.

»Nein, nein, Entschuldigung, ich meine, welcher Rasse gehört er an?«

»Er ist ein Pekinese.«

»Ach ja, natürlich. Sehr süß. Der Schriftsteller P. G.

Wodehouse mochte ebenfalls Pekinesen, er hatte gleich mehrere.«

»Oh, isch muss ihn treffen! Wo lebt er denn?«, fragte Emile.

Zum Glück unterbrach uns der Scheich, bevor ich ihr erklären musste, dass der gute Wodehouse seit Längerem nicht mehr unter uns weilte.

»Jasper, morgen musst du mitkommen und dir meine Ställe ansehen«, sagte er.

»Ja, unbedingt, es wäre mir ein großes Vergnügen.«

»Wissen Sie, Polly, meine Pferde sind wie meine Kinder«, fügte der Scheich hinzu. »Ich liebe sie über alles.«

»Ja, natürlich«, sagte ich. »Meine Mutter hat einen Terrier namens Bertie, darum versteh ich das vollkommen.«

Der Scheich schien verwirrt. »Was für eine Art Pferd ist das?«

»Oh, nein. Entschuldigung, kein Pferd. Das ist ein Hund. Ein kleiner Hund.«

»Und Ihre Mutter macht Rennen mit diesem kleinen Hund?«

»Nein, nein, sie hält ihn einfach nur als Haustier. Aus diesem Grund kann ich nachvollziehen, wie sehr Sie Ihre Pferde lieben.«

»Ich verstehe«, sagte der Scheich, der keineswegs den Anschein machte zu verstehen. In diesem Moment betrat ein weiteres Pärchen den Salon.

»Ah, Ralph! Hallo, hallo. Herzlich willkommen.

Kommt herein. Trinkt etwas!« Der Scheich winkte sie zu sich.

Das Paar kam auf uns zu. Die Frau war eine hinreißende Erscheinung, gekleidet wie ein Filmstar der Vierzigerjahre – elegantes Samtkleid, das blonde Haar zu einem Chignon hochgesteckt und die Lippen in einem tiefen Scharlachrot geschminkt.

»Ah, da schau einer an!«, rief Jasper, als er den Mann erblickte.

Ralph grinste. »Da ist er ja, der alte Schwerenöter. Schön, dich zu sehen«, sagte er, während er auf Jasper zukam, um seine Hand zu schütteln.

Dann küsste Jasper die Blondine auf beide Wangen. »Wundervoll, euch beide hier zu treffen«, begrüßte er sie. »Das ist Polly«, fügte er hinzu, als ich mich neben ihn schob.

»Hi«, sagte ich schüchtern; Ralph war so unfassbar gut aussehend, dass ich es kaum wagte, ihn direkt anzuschauen. Groß, braunes Haar und typisch amerikanische strahlend weiße Zähne.

»Und ich bin Flappy«, stellte sich die Frau neben Ralph vor. »Eine lange Geschichte«, fügte sie schnell hinzu. »Fragen Sie lieber erst gar nicht.«

»Das werde ich nicht«, beruhigte ich sie, »aber jetzt bin ich schon neugierig – warum bist du ein Schwerenöter?« Ich sah Jasper mit erhobenen Augenbrauen an.

»Ach, Sie wissen schon … Jasper Milton eben«, begann Ralph, wobei ich beinahe von dem makellosen

Weiß seiner Zähne geblendet wurde. »Der blonde Gott von Eton – ein Teufel auf dem Kricketfeld, ein Teufel abseits des Kricketfelds. Zerbrach ständig entweder Fensterscheiben oder Herzen. Wir haben ihn geradezu verehrt.«

»Was für ein Quatsch«, sagte Jasper. »Ich habe so gut wie kein Fenster zerbrochen und …«, er legte einen Arm um meine Taille, »… noch weniger Herzen. Eigentlich war es doch immer meins, das gebrochen wurde.« Er küsste mich zärtlich auf den Kopf, und mein Magen machte unwillkürlich einen freudigen Satz.

Der Scheich wedelte mit seiner kleinen, weichen Hand durch die Luft. »Setzt euch doch bitte.«

Flappy und ich gingen gemeinsam zu einem Sofa in der Nähe des Kamins. Behutsam ließ ich mich nieder, da ich vermeiden wollte, dass meine Korsage unter der plötzlichen Belastung nachgab und eine abtrünnige Öse jemandem das Auge ausschoss.

»Kennen Sie Jasper denn schon lange?«, erkundigte sich Flappy.

»Nicht wirklich«, erwiderte ich, »erst seit zwei Monaten. Ich war auf Schloss Montgomery zu Besuch, um ihn zu interviewen. Ich schreibe für die *Posh!*.«

Flappy nickte. »Oh, natürlich, das waren Sie, die diesen Artikel geschrieben hat. Ich habe ihn gelesen.« Sie grinste mich an. »Sie waren aber sehr wohlwollend mit Jasper.«

»Zu wohlwollend?«

»Nein.« Sie nippte an ihrem Champagnerglas und schüttelte den Kopf. »Sie haben alle sehr gut getroffen.«

»Sie kennen die Montgomerys?«

»Nicht besonders gut. Wir waren ein paarmal zu Besuch. Aber Ralph und Jasper sind mehr oder weniger zusammen aufgewachsen, darum kenne ich ihn etwas besser als den Rest seiner Familie. Er ist einer von den Guten, wissen Sie.«

Ich erwiderte ihr Lächeln. »Ja, ich denke schon.«

Sie senkte die Stimme und beugte sich zu mir. »Haben Sie den Scheich davor schon mal getroffen?«

Ich schüttelte den Kopf.

»Ich auch nicht. Lustiges Kerlchen, was?«

»Mhmm.«

»Alle überschlagen sich förmlich bei dem Versuch, in seinen Freundeskreis aufgenommen zu werden. Und das nur, weil er in Geld schwimmt. Dabei wird es nächste Woche schon jemand anders sein. Ein neuer Araber. Oder ein Russe. Wie ich gehört habe, sollen die Chinesen gerade auch stark im Kommen sein.«

»Äh, ja, in der Tat.« Ich nahm einen weiteren Schluck von meinem Champagner und musste an meine Kneipengespräche mit Bill und Lex früher denken, bei denen wir Stunden damit verbracht hatten, darüber zu diskutieren, ob es besser wäre, Arme anstelle von Beinen oder Beine anstelle von Armen zu haben.

Flappy seufzte und lehnte sich auf dem Sofa zurück, doch dann sprang sie plötzlich kreischend auf und ließ ihr Champagnerglas fallen.

»Darling!«, rief Ralph und stürzte herbei. »Was ist los?«

»Da ... da ist eine Maus unter dem Kissen«, keuchte sie.

»Eine Maus?«

»Eine tote Maus«, sagte sie. »Eine Wühlmaus womöglich.«

Der Scheich schnippte abermals mit den Fingern, woraufhin der Kellner herbeigewuselt kam, sich bückte und vorsichtig etwas an einem Schwanz hochhob, was ganz klar eine Maus war. Er legte die Maus auf sein goldenes Tablett, hob das Kissen vom Boden auf, legte es aufs Sofa zurück und klopfte mit der flachen Hand drauf.

»Bitte schön, Madam«, sagte er.

Flappy ließ sich langsam wieder auf das Polster sinken. »Vielen Dank.«

Da meldete sich Emile von der anderen Seite des Salons. »Isch glaube, das muss Frank gewesen sein. Er bringt manschmal welche mit und legt sie mir 'in als … wie sagt man für *cadeau*?«

»Als Geschenk«, half Jasper.

»Ja, genau. Als Geschenk. Böser, böser Junge«, sagte Emile lachend und streichelte Frank, der seinen Kopf bei Flappys Schrei kurz gehoben hatte, doch nun wieder friedlich mit geschlossenen Augen weiterdöste.

Dann ertönte ein Gong aus dem Flur. »Wenn sich alle bitte ins Speisezimmer begeben würden, das Essen ist zugerichtet«, verkündete der Scheich.

»Sie können mir alle Fragereien stellen, die Sie wollen. Jede Fragerei«, sagte der Scheich, nachdem sich alle an den Tisch begeben hatten. Wir saßen auf opulenten Stühlen, die an die goldenen Thronsessel erinnerten, auf denen die Tudor-Monarchen gekrönt wurden. Mehrere massive goldene Kerzenständer zierten die Tafel.

Ich spielte einen Moment mit dem Gedanken, ihn zu fragen, ob er lieber Arme als Beine oder Beine als Arme hätte, entschied mich dann allerdings dagegen. »Ähm, in Ordnung. Warum sind Sie hierher, nach Little Swinbrook, gezogen? Was hat Sie aus Amerika hierhergeführt?«

»Na, weil ich das englische Wetter so liebe«, erwiderte er und schob sich dabei ein Stück Brötchen in den Mund.

»Wirklich?«

Er brüllte vor Lachen los und enthüllte dabei noch einmal den Blick auf sein zermatschtes Brötchenstück. »Nicht doch, Polly, ich mache nur wieder einen kleinen Scherz.«

»Oh, verstehe«, erwiderte ich mit einem nervösen Lachen; dann griff ich nach meinem Weinglas und nahm einen großen Schluck. Plötzlich hatte ich das Gefühl, es könnte ein sehr, *sehr* langes Abendessen werden. »Aber warum mögen Sie England so gerne?«

»Na, es sind eure Sitten und Bräuche. Alle diese englischen Bräuche. So wie das Jagen und Schießen oder eure Obsession für diese großen schwarzen Hunde.«

»Labradore.«

»Ja, genau, die«, sagte er. »Ich habe zehn.«

»Zehn Labradore?«

»Ja, sie sind draußen. Sie können Sie sich gerne morgen anschauen, wenn Sie wollen?«

»Klar.«

Er nickte beifällig. »Und eure großen Häuser, so wie dieses hier«, fuhr er fort, lehnte sich zurück und machte eine ausladende Armbewegung. »Sie sind einfach wundervoll. In meinem Land haben wir nichts Vergleichbares.«

»Müssen Sie trotzdem oft nach Hause zurück? Haben Sie dort keine offiziellen Verpflichtungen?«

Er winkte leichtfertig ab. »Mein Bruder, der kann sich um all das kümmern. Mir ist es zu heiß in Doha.«

»Also fliegen Sie nicht oft hin?«

»Doch, manchmal. Ich habe ein Flugzeug. Wenn ich will, dann fliege ich. Wenn nicht, dann bleibe ich hier bei meinen Laboratoren? *Laboratoren?*« Er sah mich fragend an.

»Labradoren.«

»Ah, ja, Labradoren.«

»Ich habe schon von diesem Flugzeug gehört, Scheich Khaled. Sie wollen hier eine Landebahn bauen?«

»Ja, nur eine kleine, aber schon schlagen alle meine Nachbarn Alarm deswegen.«

»Mhmm.« Ich nickte auf eine, wie ich hoffte, mitfühlende Art.

»Außerdem«, fuhr er fort, »ist mein Flugzeug nicht so groß, Polly. Es ist nicht die Air Force One. Es hat nur ein Schlafzimmer.« Der Scheich rutschte auf seinem Stuhl hin und her, dann sah er mich erneut an. »Aber ich habe da noch einen anderen Plan, bei dem ich Ihren Rat brauche.«

»Gerne.«

»Wie werde ich Herzog?«

»Äh …«

»Es ist nämlich so«, fuhr er fort, »ich habe mir dieses große Haus gekauft und all die Hunde und Pferde und würde jetzt sehr gerne Herzog werden. Aber wie?« Seine Augenbrauen runzelten sich, als er mich fragend ansah.

»Na ja«, begann ich, »ich glaube nicht, dass man einfach so Herzog werden kann.«

»Aber was ist mit Prinz William? Er ist Herzog.«

»Ja, das … stimmt«, sagte ich langsam, wobei ich Hilfe suchend zu Jasper am anderen Ende der Tafel blickte, doch der war in ein Gespräch mit Flappy vertieft. »Aber er hat königliches Blut, darum ist es ein bisschen … anders.«

»Ich habe auch königliches Blut«, entgegnete der Scheich und machte ein beleidigtes Gesicht.

»Ja, natürlich«, sagte ich hastig. »Es ist einfach nur … ein seltsames System, das wir hier haben.«

»Ihr Engländer und eure Systeme. Polly, das ist so verwirrend. Kann ich nicht einfach Geldereien dafür bezahlen, um ein Herzog zu werden?«

»Ich glaube nicht, dass man so einen Titel kaufen kann. Zum Herzog muss man ernannt werden.«

»Aber Sie haben doch gerade erst gesagt, dass man kein Herzog mehr werden kann.«

»Nein, das stimmt«, sagte ich und sah wieder zu Jasper.

»Meinen Sie, es könnte helfen, wenn ich mich mit der Queen anfreunde?«, fragte er.

»Äh, Sie könnten es versuchen.«

»Gut, wenn das so ist, was halten Sie davon, wenn ich die Queen zu mir einlade, um sich meine Pferde anzuschauen? Sie kann zum Abendessen kommen, und ich werde ihr meine Stallereien zeigen. Und dann kann sie sogar hier übernachten, wenn sie mag. Das ist kein Problem für mich.«

»Gute Idee.« Plötzlich fühlte ich mich furchtbar müde.

Nach dem Abendessen kehrten wir in den Salon zurück, wo ich neben Barny auf dem Sofa landete, der bereits den nächsten Whisky in der Hand hielt. Ein Kellner drehte seine Runden mit einem goldenen Tablett, auf dem sich eine Zigarrenkiste befand.

»Na, genießen Sie das alles auch?«, fragte Barny. Er beugte sich vor und nahm sich eine Zigarre aus der Kiste.

»Das alles?«

»Na, den Schnickschnack. Den Luxus. Den ganzen Prunk, den es mit sich bringt, mit einem Marquess auszugehen.« Er griff sich eine Art Nagelschere vom Tablett und schnitt damit das Ende seiner Zigarre ab; dann legte er sie zurück, und der Kellner schlich wieder davon.

Ich sah mich im Raum um. Jasper stand mit Ralph außer Hörweite neben dem goldenen Kamin.

»Ja, es ist durchaus … äh, erhellend«, erwiderte ich, während ich beschloss, mich nicht aufzuregen. *Steh drüber*, hörte ich meine Mutter in meinem Kopf sagen. Ihr anderer großer Favorit war: *Halt die andere Wange hin*. Jedes

Mantra würde in dieser Situation seinen Zweck erfüllen. Obwohl ich meine Wange gerade wirklich nicht in Barnys Whiskyfahne halten wollte.

»Und, wie lange geben Sie der Sache?«, fragte Barny.

»Welcher Sache?«

»Na, das zwischen Ihnen und meinem guten Freund Jasper?«

»Sagen Sie es mir, Barny, da es Sie schon so brennend interessiert.«

Er lehnte sich auf dem Sofa zurück und lachte herzhaft, wobei sein Whisky über den Glasrand schwappte. »Sehr gut. Wirklich sehr cool. Cooler als alle anderen.«

»Ich versuche nicht, cool zu sein. Ich weiß nur schlicht nicht, was mit mir und Jasper sein wird, da ich nun mal keine Hellseherin bin.«

»Oh? Dann sind Sie wohl mehr so die Goldgräberin, ja?«

Das *Steh-drüber*-Mantra hatte sich hiermit erledigt. »Und Sie mehr so ein Arschloch?«, entgegnete ich, ärgerte mich aber sogleich, dass ich nicht schlagfertiger war.

Barny blieb gelassen, nach hinten gelehnt, ein Bein über das andere geschlagen. »Süße, ich bin einfach nur ehrlich. Ich habe im Lauf der Jahre einige Mädchen kommen und gehen sehen. Er verspricht ihnen die Welt. Sie glauben alle, dass sie das große Los gezogen haben und irgendwann im Schloss landen. Doch keine bleibt länger als ein paar Monate.« Er paffte an seiner Zigarre und stieß den Rauch Richtung Decke aus. »Man könnte gewissermaßen sagen, dass ich lediglich auf Sie achtgebe.«

»Oh, ich verstehe, *das* tun Sie also! Wie überaus zuvorkommend, vielen Dank auch.«

»Keine Ursache.«

»Darf man angesichts Ihrer Besorgnis um anderer Leute Beziehungen denn erfahren, wo sich Ihre Gattin aufhält?«

Er nahm noch einen Schluck Whisky. Das Eis in seinem Glas klirrte, als er es wieder abstellte. »In London, glaube ich. Um ehrlich zu sein, weiß ich es nicht ganz genau.«

»Alles in Ordnung?«, ertönte Jaspers Stimme neben mir.

»Ja, alles bestens«, erwiderte ich rasch.

»Benimmt Barny sich auch?«

»Geht so«, sagte ich und zwang mich zu einem Lachen.

»Ich dachte, wir könnten aufs Zimmer gehen, falls es dir recht ist?«, sagte er an mich gewandt. »Ich bin todmüde.«

»Gute Idee.« Ich stand auf.

»Nacht, Barny, alter Junge«, sagte Jasper. »Wir sehen uns morgen früh.«

»Nacht, Jaz«, sagte er. »Und schlafen Sie gut, Holly.«

»*Polly*«, berichtigte ich ihn.

»Tut mir leid. Ich bin furchtbar schlecht darin, mir die Namen von Jaspers Freundinnen zu merken.« Er grinste mich vom Sofa aus an.

»Das reicht jetzt, danke, Barnaby«, sagte Jasper, nahm meine Hand und führte mich vom Sofa weg. »Komm, lass uns Khaled eine gute Nacht wünschen und dann ins Bett gehen.«

Als wir endlich oben im Zimmer waren, fühlte ich mich erleichtert. Erleichtert hauptsächlich, weil ich dem Salon und Barny entkommen war. Aber auch erleichtert, endlich diese Korsage loszuwerden, damit meine inneren Organe wieder an ihren angestammten Platz zurückkehren konnten. Ich putzte mir zwar die Zähne, schminkte mich allerdings nicht ab. Es war noch zu früh, Jasper mein naturbelassenes Gesicht sehen zu lassen. Furchtbar schlecht für die Haut, mit Make-up zu schlafen, aber egal. Etwas verlegen tapste ich in meinem Seidenhöschen ins Schlafzimmer zurück, während Jasper, der sich einfach ausgezogen und Sakko, Hose, Hemd und Socken auf dem Boden liegen lassen hatte, mich vom Bett aus beobachtete.

»War er denn sehr unerträglich?«, fragte er, als ich meinen Kopf auf seine Brust legte.

»Wer?«

»Barny.«

»Oh. Nein. Überhaupt nicht. Mit dem komme ich schon zurecht.«

»Das ist mein Mädchen«, sagte er und küsste mich auf den Scheitel.

Jasper schlief innerhalb weniger Minuten ein, doch ich lag noch eine geschlagene Stunde wach, da ich mich unwohl fühlte in diesem großen vergoldeten Haus. Ich hatte beinahe schon Heimweh. Seine Freunde hielten das Ganze also bloß für ein Techtelmechtel. Meinetwegen, mir ging es ja selbst noch so. Zumindest ein bisschen. Es fühlte sich unwirklich an – diese Wochenenden in irgendwelchen Herrenhäusern mit ihren Butlern. Aber nur mal angenommen, es würde sich etwas Ernsteres zwischen uns entwickeln – würden diese Leute mich je akzeptieren? Und könnten Wochenenden wie diese sich irgendwann normal anfühlen? Ich sank in einen tiefen Schlaf und träumte davon, Arme statt Beine zu haben.

Nach dem Frühstück am nächsten Morgen (im Speisesaal standen Rührei und Speck in goldenen Schüsseln auf einer Anrichte, und uniformierte Kellner wuselten mit Kaffee und Orangensaft um uns herum), nahm der Scheich Jasper und mich wie versprochen auf eine Besichtigungstour durch die Stallungen mit. Und natürlich auch, um sein Labrador-Rudel zu bewundern.

»Hier entlang, hier entlang«, sagte er, während er knirschend über den Kiesweg stapfte. Er hatte sich zu dieser Gelegenheit wie Sherlock Holmes verkleidet – mit Lederstiefeln, Tweedhose, Tweedmantel und einer geradezu absonderlich anmutenden Deerstalker-Mütze. Die Ställe befanden sich in einem massiven steinernen Gebäude am Ende der Auffahrt. Wir traten durch einen Torbogen in einen gepflasterten Innenhof, wo von allen Seiten Pferde ihre Köpfe über die Boxentüren streckten. Während Jasper und Khaled fachsimpelten, schaltete ich gedanklich ab, da ich keine Ahnung hatte, was ein Wallach war und auch kein gesteigertes Interesse daran hatte, Näheres über Hengstsperma zu erfahren. Ich konnte noch nie verstehen, warum reiche Leute so auf Pferde abfuhren. Die meisten von Khaleds vierbeinigen Lieblingen wirkten eher gelangweilt, während sie in ihren Boxen herumstanden und träge auf ihrem Heu kauten. Mir war natürlich schon klar, dass es majestätische Tiere waren, aber andererseits: Ein Pferd blieb ein Pferd. Vier Beine und ein Schwanz. Wie ein zu groß geratener Hund. Nur teurer und anspruchsvoller in der Haltung. Und nicht so praktisch. Ich meine, man konnte ein Pferd nicht einmal in der U-Bahn mitnehmen. Dennoch war der gesamte Adel von Pferden noch besessener als von Hunden – falls dies überhaupt möglich war. Stundenlang konnten sie ihren Stammbaum diskutieren. Den Stammbaum! Von einem Tier! Wenn man in seinem Leben irgendwann den Punkt erreichte, an dem man sich über die Vorfahren seines Gauls den Kopf zerbrach, war man, meiner bescheidenen Meinung nach, reif für eine Frischzellenkur.

»Polly, geht es Ihnen gut?«, fragte Khaled, als wir durch den Hof schlenderten, und riss mich aus meinen Gedanken.

»Mhmm.«

»Ich weiß, Sie wollen unbedingt meine Hunde sehen«, sagte er lächelnd.

»Ja, klar«, erwiderte ich begeistert.

Also spazierten wir wieder durch den Torbogen zurück und dann nach rechts, wo sich ein großer Zwinger befand. Als sie uns sahen, sprangen die Labradore mit wedelnden Schwänzen am Metallgatter hoch. Khaled öffnete es und ließ die Meute heraus.

»Wie heißen sie denn?«, erkundigte ich mich, während ich zugleich versuchte, sie davon abzuhalten, an meinem Schritt zu schnüffeln.

»Sie sind allesamt nach englischen Königen benannt«, erklärte er. »Das hier ist Albert, das drüben Edward, und der hier heißt Alfred. Dann haben wir hier vorne noch Henry und …« Er zählte weiter auf. »Ich habe zudem vor, mit James zu züchten – das ist der hier – und ein paar Mädchen zu behalten, damit ich sie nach den englischen Königinnen benennen kann.«

Etwa eine Stunde später hatten wir uns vom Scheich verabschiedet, und Jasper ließ mich am Bahnhof von Swindon raus, da er auf direktem Weg nach Yorkshire zurückfahren musste. Es war ein knappes Kopf-an-Kopf-Rennen, beschloss ich, während ich im Zug saß und über-legte, wer wohl durchgeknallter war – die Montgomerys oder Scheich Khaled?

Ein paar Tage später saß ich gerade an meinem Arbeits-PC und googelte, wie viele Kalorien ein Mandelhörnchen hatte, als Enids Telefon klingelte.

»Oje«, sagte sie, offensichtlich darum bemüht, die Person am anderen Ende zu beschwichtigen. »Ach, du liebe Güte. Ja, mach dir keine Sorgen, ich schicke sie sofort runter.«

»Polly«, sagte sie, als sie auflegte, und spähte an ihrem Bildschirm vorbei zu mir. »Alan ist vollkommen außer sich. Er bittet dich, auf der Stelle runter zum Empfang zu kommen.«

»Was? Warum denn?«

»Hat er nicht gesagt. Nur, dass es dringend ist.«

Ich nahm den Aufzug und fragte mich, was in aller Welt so dringend war, dass Alan, der Hausmeister, mich auf der Stelle sehen wollte. Wahrscheinlich ein PR-Agent, der irgendein nutzloses neues Produkt an der Rezeption abgeladen hatte. Eine Flasche Milch mit Löwenzahnge-schmack. Oder einen Hut aus Schokolade.

Die Aufzugtüren öffneten sich, und ich stieg aus. Genauer gesagt, ich versuchte es, denn ich konnte mich kaum von der Stelle rühren, da überall auf dem Boden riesige Sträuße weißer Rosen herumlagen – sie erstreckten sich vom Aufzug bis zum Empfangstresen und blockierten den kompletten Eingangsbereich.

»Was ist denn hier los?«, fragte ich, während ich mir auf Zehenspitzen vorsichtig den Weg zwischen den Bouquets hindurchbahnte.

»Das würde ich gern von Ihnen wissen«, entgegnete Alan, während ein anderer uniformierter Mann den Kopf durch die Eingangstür streckte.

»Das wär's dann so weit. Fünfzig Rosensträuße«, verkündete der Lieferant. »Wenn Sie noch hier unterschreiben könnten?« Er wedelte ihm von der Tür aus mit seinem Klemmbrett zu.

»Nein, kann ich nicht. Da müssen Sie sich schon an Polly wenden, schließlich ist der ganze verdammte Haufen für sie.«

»Für *mich*?«

»Ja, für Sie. Dieser Laden, meine Güte … Ich meine, ich habe schon einiges in meinem Leben gesehen, aber noch nie fünfzig Rosensträuße.«

»Von wem um Himmels willen kommen die?«

»Das würde ich gerne von Ihnen wissen. Sie müssen wohl einen heimlichen Verehrer haben.«

Fünfzig Sträuße – eine vollkommen absurde Anzahl an Blumen. Ich meine, das waren ungefähr … ich versuchte, es im Kopf zu überschlagen … Rosen im Wert von sicher über tausend Pfund. Ich griff nach dem Klemmbrett des Lieferanten. Das konnte nur Jasper sein. Was für ein Spinner, dachte ich kopfschüttelnd und reichte mit einem Lächeln das Klemmbrett zurück. Trotzdem war ich natürlich auch verzückt. Es war das Romantischste, das Märchenhafteste, was je irgendwer für mich getan hatte.

»Tut mir leid, Alan. Ein einziges Chaos, ich weiß, aber ich glaube, es ist nur ein Freund, der mir was Gutes tun wollte.«

»Interessante Freunde, die Sie da haben«, brummte er.

»Mhmm«, murmelte ich unverbindlich und ging in die Hocke, um einen der Sträuße näher zu inspizieren. »Wurde denn eine Karte mitgeschickt?«, fragte ich und blickte fragend zum Lieferanten.

»Keine Ahnung, Miss, ich fahre nur den Lieferwagen.«

»Polly, Sie wissen doch, wie sehr ich Sie mag«, fuhr Alan fort, »aber dieser Blumenhaufen ist ein Brandrisiko und muss umgehend entfernt werden.«

»Klar, fünfzig Blumensträuße im Wasser sind eine echte Brandgefahr«, witzelte ich, während ich einen weiteren Strauß unter die Lupe nahm. Keine Karte. Ich schaute mir den nächsten an. Keine Karte. Und noch fünf. Nein, auch da nichts.

»Soll ich oben im Büro anrufen, damit jemand runterkommt und Ihnen hilft, sie wegzubringen?«, schlug Alan vor.

»Äh, ja, wenn es Ihnen keine Umstände macht?«, erwiderte ich, während ich wie ein Frosch durch die Empfangshalle watschelte, mich hinhockte, um einen Strauß nach dem anderen zu inspizieren.

Kurz darauf öffneten sich die Aufzugtüren mit einem *Ping*, und Lala und Legs traten heraus.

»*Mon Dieu!*« Legs schlug die Hände über dem Kopf zusammen.

»Sind die von Jaz?«, fragte Lala.

»Ich denke mal schon«, sagte ich, immer noch auf dem Boden kauernd. »Würdet ihr mir dabei helfen, sie nach oben zu bringen?«

Wir brauchten fünf Fahrten, um sie alle im Büro zu verstauen.

»Hier ist eine Karte, Polly«, sagte Lala bei der letzten Tour.

Ich riss sie von der Zellophanverpackung ab und öffnete sie.

Liebe Polly,
vielen Dank für Ihre Ratschläge bezüglich der Queen. Ich
freue mich schon sehr darauf, Ihr Interview zu lesen.
Hochachtungsvoll,
Seine königliche Hoheit,
Scheich Khaled

»Oh, die sind vom Scheich!«, stellte ich ernüchtert fest. Ich meine, das war ja schon sehr nett von ihm, aber irgendwie hatte ich trotzdem gehofft, sie wären von Japser. Für einen kurzen Moment hatte ich schon geglaubt, er würde es tatsächlich ernst meinen mit »uns«, wenn er nicht nur übers Wochenende mit mir wegfuhr, sondern mir anschließend noch fünfzig Rosensträuße schickte.

»Ist er in dich verliebt?«, fragte Lala.

»Der Scheich? Nein, ganz sicher nicht«, antwortete ich. »Er glaubt wahrscheinlich nur, dass es angebracht sei, so etwas zu tun. So wie wenn man sich zehn Labradore kauft.«

»*Non*. Es ist der Rigby-&-Peller-B-'A«, sagte Legs. »Isch 'abe dir doch gesagt, dass sie 'aben eine magische Wirkung.«

Die Blumen waren nicht das Einzige, was an diesem Tag für mich geliefert wurde. Es kam auch ein Paket vom House of Fraser: mein Kleid für Lex' Hochzeit. Ich legte die Schachtel auf den Schreibtisch und öffnete sie unter den wachsamen Augen von Lala und Legs.

»Oh, *non*!«, rief Legs und schlug sich, sobald sie die Farbe des Kleides sah, die Hand vor den Mund. Tatsächlich war das Kleid kein bisschen rosa, sondern aus einem lila Kreppstoff, der komplett bis zum Boden reichte. Außerdem hatte es eine große weinrote Schärpe, die an der Vorderseite von einem glitzernden Diamant-Clip zusammengehalten wurde. Ich hielt es vor mich hin und sah die beiden Hilfe suchend an.

»Kennst du diese amerikanischen Highschool-Filme, in

denen es immer dieses eine tragische Mädchen gibt, das beim Abschlussball danebengreift?«, fragte Lala. »Das ist genau so ein Kleid, das sie tragen würde. Nichts für ungut.«

»Kein Problem«, erwiderte ich gequält.

»Es iiist so uncool«, fügte Legs hinzu.

»Tja, Mädels, ich muss es wohl tragen, schließlich hat Lex es für mich ausgesucht.«

Sie sahen mich bestürzt schweigend an.

»Vielleicht kann ich es ja mit irgendwelchen Accessoires aufpeppen oder mit einer schicken Frisur oder so«, schlug ich mit einem zaghaften Blick in Legs' Richtung vor. »Oder mit ein paar hübschen Schuhen?«

»Polly, *nichts* wird dieses Kleid je besser machen. Es ist das Schlimmste, was meine Augen je ge'ört 'aben.«

»Gesehen«, korrigierte ich sie, während ich den schrecklichen Fetzen zusammenfaltete und wieder in der Schachtel verstaute.

»Wird Jaz dein offizieller Begleiter auf der Hochzeit sein?«, fragte Lala.

»Ich weiß es nicht«, sagte ich und schaute zu ihr auf. Ich hatte immer noch nicht den nötigen Mut aufgebracht, ihn zu fragen. Und die Vorstellung, dass er mich im Aufzug des Auberginen-Emojis sehen könnte, war mir unendlich peinlich.

»Er sollte disch nischt in diesem Ding sehen«, sagte Legs, als könnte sie meine Gedanken lesen. »Er wird nie wieder mit dir Sex 'aben wollen.«

Darüber hinaus hatte ich ohnehin eine viel dringlichere Einladung für Jasper: ein Mittagessen bei Mum. Sie wollte am nächsten Sonntag, einen Tag vor ihrer ersten Chemo-Sitzung, ein großes Essen in ihrer Wohnung veranstalten.

»Ich möchte von jungen Leuten umgeben sein. Von schönen jugendlichen Gesichtern«, hatte sie mir erklärt. »Und natürlich von Sidney. Außerdem möchte ich Jasper kennenlernen, bevor ich mein ganzes Haar verliere. Was soll er von mir denken, wenn er mich erst sieht, wenn ich wie ein Weißkopfseeadler ausschaue?«

Also versprach ich, allen zu schreiben, ob sie Zeit hätten. Jasper war eingeladen, genauso wie Joe und Bill. Lex und Hamish konnten nicht kommen, weil sie bei ihren Eltern auf dem Land waren – zur »HoPla«, erklärte sie mir via Mail. Wenn ich erst Herzogin bin, dachte ich bei mir, während ich meine Antwort in die Tasten hackte, werde ich diesen Begriff verbieten.

Ich war aufgeregt gewesen, Jasper zu fragen. Immerhin würde er meine Familie kennenlernen. Na ja, zumindest Mum und Bertie. Außerdem würde er meine Freunde treffen. Das war ein großer Schritt. Aber wie sich herausstellte, gab es keinen Grund dafür. Jasper meinte, es wäre ihm eine Freude, und er wollte außerdem wissen, welcher Wein Mum schmecken würde.

Allerdings wurde ich von dieser Frage durch eine Nachricht von Bill abgelenkt.

Ich war ein bisschen genervt, weil ich nicht wusste, ob ich Willow wirklich dabeihaben wollte. Sie würde nur wieder ihr Haar hin und her werfen wie ein Mensch gewordenes Einhorn. Trotzdem antwortete ich.

Klar! X

Als Jasper, Joe und ich am Sonntag in Battersea eintrafen, roch es in der ganzen Wohnung nach Rindfleisch, und eine Diskussion zur richtigen Zubereitung von Kartoffeln war im Gange. Bill war bereits da, ebenso Willow, die im Schneidersitz auf dem Boden saß und sich mit Mum unterhielt, die in ihrem gelben Morgenmantel auf dem Sofa lag.

»Du bist aber früh da«, sagte ich und gab Bill einen Kuss zur Begrüßung. Er hatte sich ein Geschirrtuch über die Schulter geworfen. Ich winkte Willow auf dem Boden zu. »Hi, hi«, sagte ich. »Bleib ruhig sitzen, kein Problem.« Was sie dann auch bereitwillig tat.

»Ich dachte mir, deine Mum könnte Hilfe gebrauchen«, sagte Bill, »obwohl Sidney anscheinend schon alles im Griff hat.«

Sidney, der eine rosa Schürze trug, hielt neben dem Backofen eine Tüte Kartoffeln hoch. »Wir kochen sie vor«, sagte er mit einem Blick zu Bill. »So mache ich Kartoffeln schon seit vierzig Jahren.«

»Ganz ehrlich, wenn wir sie einfach schälen und in den Ofen werfen, macht das auch keinen Unterschied«, erwiderte Bill.

»Nach meiner Art werden sie auf jeden Fall knuspriger«, erwiderte Sidney.

»Ich glaube nicht, dass ich je in meinem Leben eine Kartoffel zubereitet habe«, sagte Jasper, als er, mit Joe im Schlepptau, die Küche betrat. Er stellte zwei Flaschen Rotwein auf dem Tisch ab und wandte sich dann sofort Mum auf dem Sofa zu.

»Sie müssen Susan sein«, sagte er und beugte sich zu ihr hinab, um sie auf beide Wangen zu küssen. »Das habe ich mir sofort gedacht. Genauso hinreißend wie die Tochter.«

»Ach Quatsch«, sagte Mum errötend.

»Und was für eine reizende Wohnung«, fügte Jasper hinzu.

Ich fand, dass er etwas arg dick auftrug, und konnte Joe aus dem Augenwinkel grinsen sehen. In den Ecken hingen Spinnweben, und die Küchenfenster waren vom Dampf beschlagen.

Doch Mum strahlte erneut. »Oh, Sie sind aber ein Schatz.«

»Hi, ich bin Willow«, sagte Willow, die es, wie ich feststellte, nun doch schaffte, sich vom Boden zu erheben, um Jasper zur Begrüßung auf die Wangen zu küssen.

»Was für ein Mann muss man sein, um noch nie eine Kartoffel gekocht zu haben?«, wollte Bill wissen.

»Kochen gehört nicht zu meinen Stärken«, erklärte Jasper. »Ich bin übrigens Jasper.« Er streckte Bill die Hand zur Begrüßung hin.

Bill nahm langsam das Geschirrtuch von seiner Schulter und wischte sich die Hände daran ab; dann warf er es wieder über seine Schulter und schüttelte Jaspers Hand. Ich fühlte mich wie ein Tierfilmer, der zwei Gorillas beim Kräftemessen im Dschungel beobachtete.

»Freut mich, dich kennenzulernen«, sagte Bill, wobei er Jasper eingehend musterte. Und womöglich bildete ich es mir nur ein, aber ich meinte kurz zu sehen, wie sich seine Nüstern dabei blähten.

»Dürfte ich meine Hand wiederhaben, Kumpel?« Jasper zog sie zurück und rieb sie mit der anderen Hand. »Das ist ja wie Händeschütteln mit Goliath.«

»Okay, es reicht«, unterbrach ich. »Hier ist ja genug Testosteron in der Luft, um jemanden zu schwängern. Wer möchte was trinken?«

»Wer ist schwanger?«, meldete sich Mum vom Sofa aus.

Sidney wandte sich wieder dem Ofen zu. »Ich mache dann mal mit den Kartoffeln weiter.«

Etwa eine Stunde später waren zwei leere Rotweinflaschen in der Glastonne gelandet, und in der Küche war Ruhe eingekehrt. Ich rührte die Erbsen um, während ich Willow und Jasper beobachtete, die in der Ecke des Wohnzimmers plauderten. Es war genau so, wie ich befürchtet hatte – sie warf in einem fort ihr Haar in der Gegend herum. Bei den Olympischen Spielen hätte sie dafür definitiv die Goldmedaille im Haareschleudern gewonnen, sinnierte ich missmutig, während ich sie im Auge behielt.

»Ich glaube, wir brauchen noch etwa zwanzig Minuten«, sagte Sidney, der vor dem Ofen hockte und zu seinen Kartoffeln hineinspähte.

»Ich nehme schon mal das Fleisch heraus«, entschied Bill. »Polly, wo ist die Alufolie?«

»Hier drin.« Ich öffnete eine Schublade und reichte Bill die Rolle; dann senkte ich meine Stimme. »Wie läuft's mit …?« Ich nickte mit dem Kopf in Willows Richtung.

»Oh, gut, gut. Wirklich super. Sie wohnt praktisch schon bei mir.«

»Wie bitte? Was heißt hier ›wohnt praktisch schon bei mir‹?« Soweit ich mich erinnern konnte, hatte Bill noch nie mit einem Mädchen zusammengewohnt.

»Sie ist gerade am Umziehen und kann noch nicht in ihre neue Wohnung, also schläft sie vorerst bei mir. Es ist nett, mir gefällt's.«

»Wow. Wird das … ich meine … glaubst du, das wird was richtig Festes?«

»Keine Ahnung. Es ist einfach nur nett heimzukommen, und jemand wartet mit einem warmen Essen auf dich, statt allein ins kalte Bett zu steigen und sich einen runterzuholen.«

Ich schlug ihm auf den Arm.

»Ich mach doch nur Spaß! Also, ein bisschen.«

Wir sahen beide zum Sofa, wo Willow und Jasper tief

in ein Gespräch versunken dasaßen. Sie hatte ihre Knie unter sich herangezogen und beugte sich interessiert zu ihm vor, doch Bertie hatte sich zwischen die beiden gequetscht.

Guter Junge.

»Ich würde nur noch gerne sagen«, begann Mum, nachdem wir alle fertig gegessen hatten, »dass dies ein wirklich köstliches Essen im Kreis meiner liebsten Menschen war. Ich weiß zwar nicht, wie es mir die nächsten Monate gehen wird, aber gerade bin ich sehr dankbar, dass ihr heute hier bei mir seid.« Sie hob ihr Glas am Kopfende des Tisches.

»Bravo! Bravo!«, rief Joe, der, vorsichtigen Schätzungen zufolge, allein zwei Flaschen Rotwein gekippt hatte.

»Ganz ausgezeichnete Kartoffeln«, lobte Jasper und hob sein Glas in Sidneys Richtung.

Sidney errötete. »Oh, nun, vielen Dank, Jasper. Und ein sehr gutes Rindfleisch«, fügte er mit einem Blick zu Bill schnell hinzu.

»Teamarbeit eben«, erwiderte Bill. »Also ich finde es einfach wichtig, dass ein Mann kochen kann.«

Ich trat unter dem Tisch in seine Richtung.

»Autsch!«, rief Willow, die mir gegenübersaß.

»'tschuldigung«, sagte ich schnell. »Krampf im Fuß.«

»Ich glaube, ihr solltet jetzt alle eine Runde an die frische Luft gehen«, verkündete Susan. »Nehmt Bertie mit.«

»Ich bin dabei«, sagte Jasper.

»Was ist mit dem Abwasch?«, fragte ich.

»Lasst nur stehen«, sagte Sidney. »Deine Mutter und ich machen ein paar Kreuzworträtsel, ich kümmere mich später darum.«

Der Liebe junger Traum …«, kommentierte Joe.

»Raus mit euch«, wiederholte Mum.

Beim Scharren der Stühle, die zurückgeschoben wurden, begann Bertie zu bellen. »Seine Leine hängt über dem Geländer!«, rief Mum, als wir schon die Treppe runtertrampelten und hinaus in den dämmrigen Aprilnachmittag traten. Als wir an den Toren des Battersea-Parks ankamen, begann Joe »Jerusalem« zu singen.

Ich ließ mich zu Willow zurückfallen, da ich das Gefühl hatte, ich sollte mit ihr ins Gespräch kommen, statt sie nur unter dem Esstisch zu attackieren.

»Und … wie läuft's so bei der Arbeit?«, erkundigte ich mich.

»Gut, gut«, sagte Willow. »Na ja, obwohl, du weißt schon, ein bisschen langweilig. Aber ich muss schließlich irgendwie meine Rechnungen bezahlen, außerdem glaube ich nicht, dass ich das ewig machen werde.«

»Nicht?«

Sie sah mich überrascht an. »Na ja, klar werde ich noch ein Weilchen arbeiten, aber dann will ich Kinder haben. Ich meine, ich sage ja nicht, dass es gleich morgen passieren wird, aber irgendwann bestimmt. Ich war noch nie ein ›Karriereweib‹.« Bei »Karriereweib« machte sie Gänsefüßchen in die Luft. »Ich weiß, dass das nicht sehr

›modern‹ oder ›feministisch‹ von mir ist«, schob sie hinterher, wobei sie »modern« und »feministisch« ebenfalls in Gänsefüßchen setzte.

»Mhmm«, murmelte ich vage. Sie klang wie Lala, die auch immer behauptete, dass sie nur so lange bei der *Posh!* arbeiten würde, bis sie einen Ehemann fand. Danach wollte sie aufs Land ziehen, sich ein paar Hunde zulegen und Babys bekommen. Hier und da versuchte ich ganz sanft zu protestieren und schlug ihr vor, stattdessen lieber an ihre Karriere zu denken. Doch üblicherweise ignorierte Lala meine Bemühungen und fragte mich stattdessen, wie ich den Namen Algernon für einen Jungen fände. Ich sah zu Jasper und Bill, die vor uns liefen, und Joe an der Spitze, der immer noch »Jerusalem« schmetterte. »Habt ihr euch schon darüber unterhalten?«

»Über Kinder? Nicht wirklich«, sagte Willow.

»Mhmm«, murmelte ich erneut unverbindlich. Ich wusste, dass Bill sein Geschäft zum Laufen bringen wollte, bevor er auch nur ansatzweise daran dachte, eine Familie zu gründen. Ich fragte mich, ob ich ihn warnen sollte. So nach dem Motto: »Hey, Kumpel, nur so als Vorwarnung. Ich weiß, dass ihr gerade mal ein paar Monate zusammen seid, aber Willow denkt schon über Babys nach.« Männer konnten, was solche Dinge anging, ziemlich naiv sein.

»Was ist mit dir und Jasper?«, fragte sie.

»Was meinst du?«

»Glaubst du, ihr werdet heiraten?«

Ich lachte laut los. »Keine Ahnung.« Ich hatte gewiss nicht vor, Willow gegenüber zuzugeben, dass ich bereits darüber nachgedacht hatte.

»Also habt ihr noch nicht darüber gesprochen?«

»Nein! Wir sind schließlich gerade mal zwei Monate zusammen.« Doch die Frage erinnerte mich daran, dass ich immer noch den Mumm aufbringen musste, ihn zu fragen, ob er mich zu Lex' Hochzeit begleiten wollte. »Er würde wahrscheinlich ausflippen und sofort schreiend davonrennen«, schob ich hinterher.

»Nun, nach meiner Unterhaltung mit ihm vorhin wäre ich mir da nicht so sicher.«

»Warum? Was hat er gesagt?«

»Oh, nur, dass er dich sehr gerne mag und dass du ganz anders bist als irgendeine Frau, mit der er bisher zusammen war.«

»Ach, wirklich?« Ich musste unwillkürlich grinsen und verspürte ein Gefühl der Erleichterung. Wie schon nach dem Wochenende bei Scheich Khaled schien mir die bloße Tatsache, dass er so etwas gesagt hatte, wie der Beweis dafür, dass Jasper es ernst meinte. Na ja, vielleicht war »ernst« ein zu starkes Wort. Aber es beruhigte mich, dass das zwischen uns – hoffentlich – mehr war als nur ein flüchtiges Techtelmechtel.

»Ja!«, sagte Willow. »Du musst also gar nicht so tun.«

»So tun?«

»Als ob du es so locker und entspannt nimmst.«

»Ich bin locker und entspannt!«

»Ja, klar.« Sie verdrehte die Augen. »Oh, kann ich dich was fragen?«

»Natürlich.«

»Ich möchte für Bill eine Überraschungsparty schmeißen. In ein paar Wochen. Sein Geburtstag fällt auf einen Freitag, also dachte ich mir, wir sollten definitiv etwas organisieren, aber er behauptet steif und fest, dass er seinen Geburtstag hasst.«

»Ja, er ist wirklich kein großer Geburtstagsfan. Altes Kindheitstrauma«, deutete ich vage an.

Ich selbst kannte den wahren Grund. Bill hatte ihn mir vor Jahren erzählt. Lange bevor wir uns trafen, wurde er in der Schule als nerdiger Streber schikaniert. Einmal, an seinem achten Geburtstag, hatte er sich ganz besonders gefreut, weil seine Mum ihm eine Roboter-Torte gebacken hatte. Aber zu seiner Geburtstagsfeier kam nur ein weiteres Kind, und dabei handelte es sich um den anderen Klassen-Nerd. Und so saßen die beiden allein bei ihm auf dem Boden und spielten zu zweit Stille Post, wobei sie sich gegenseitig ein Wort ins Ohr flüsterten. Seitdem hat Bill nie wieder eine Geburtstagsparty geschmissen. Doch ich wusste nicht, ob er wollte, dass Willow von dieser peinlichen Episode erfuhr, also behielt ich es für mich.

»Ich möchte ihn einfach gerne überraschen«, fuhr sie fort. »Deswegen muss es ein Geheimnis bleiben. Könntest du mir eine Liste von Leuten schicken, die ich einladen kann? Nur für den Fall, dass ich jemanden vergesse?«

»Klar«, sagte ich, wobei ich mich fragte, ob ich Bill

auch bezüglich der Party vorwarnen sollte, denn es war genau so etwas, was er hassen würde.

Ein Stück weiter vorne blieb Joe stehen und brüllte nach hinten: »Polly, hast du eine Plastiktüte? Bertie hat auf den Bürgersteig gekackt.«

Nach unserem Spaziergang fuhr Jasper direkt wieder nach Yorkshire, also kehrten Joe und ich allein zu unserer Wohnung in Shepherd's Bush zurück, setzten uns aufs Sofa und sangen bei *Songs of Praise* mit, während wir uns eine Familienpackung Milky Ways teilten. Gegen Abend schickte Mum mir eine Nachricht mit ihrem Urteil.

Jasper sehr reizend. Kann gut
mit Bertie. Hervorragendes
Zeichen. Glaubst du, mit Bill ist
alles in Ordnung? Kuss

Komische Frage. Ich schrieb zurück.

Ja, warum denn nicht? Kuss

Sie antwortete nicht – von meiner eigenen Mutter abserviert. Aber gut, wahrscheinlich spielte sie mit Sidney Scrabble oder so was in der Art.

Als ich am nächsten Morgen in die Redaktion kam, feilte sich Enid an ihrem Schreibtisch konzentriert die Nägel.

Raspel, raspel, raspel. Ich konnte kleine Wölkchen aus Nagelspänen auf den Teppichboden hinabschweben sehen.

»Morgen, Enid, alles okay?«

»Ja, hab mir nur einen Nagel abgebrochen.«

»Ach so. Ich hoffe, es ist nichts Ernstes?«

»Nee, ich werd's überleben«, sagte Enid, ohne aufzublicken. »Aber Du-weißt-schon-wer will eine Besprechung mit allen.« Sie nickte zu Peregrines Büro.

»Warum?«

»Keinen Schimmer. Hat nur irgendwas von einem Cover-Shooting gebrummt.« *Raspel, raspel, raspel.*

»Wann?«

»Um zehn.«

»Also habe ich noch Zeit für einen Kaffee?«

»Ja, wenn du schnell machst.« Sie schaute auf und runzelte die Stirn. »Alles in Ordnung?«

»Mit mir? Ja, ging mir niemals besser. Warum?«

»Du siehst furchtbar aus.« Sie hielt inne und musterte mein Gesicht. »Hast du eigentlich nie versucht, was gegen diese dunklen Augenringe zu unternehmen?« Sie wedelte mit einem ihrer knallrot lackierten Finger vor ihren Augen herum.

»Oh, vielen Dank auch.«

»Ich sag ja nur. Du solltest dich nicht überstrapazieren.«

»Ich hol mir mal einen Kaffee. Bin gleich wieder zurück.«

»Alles klar, Schätzchen.«

Wie sich herausstellte, ging es bei dem Meeting

tatsächlich um ein neues Cover-Shooting, und zur Besprechung hatten sich folgende Personen um Peregrines Schreibtisch versammelt:

1. Legs – in schwarzer Skinny-Jeans und einem winzigen schwarzen Top; soweit erkennbar kein BH darunter.
2. Lala – heute mal ganz die Revolutionärin, in einer hautengen Lederhose und einem Che-Guevara-T-Shirt; das Haar wild aufgetürmt und nur mit einer breiten roten Schleife gebändigt.
3. Jeffrey, der Art Director – ein 45-jähriger schnauzbärtiger Mann, der stets einen dreiteiligen Anzug mit der passenden Taschenuhr trug und jeden Tag seine französische Bulldogge namens Bertrand zur Arbeit mitbrachte.
4. Ich – ziemlich angefressen, da ich meinen Blaubeer-Muffin auf dem Schreibtisch hatte stehen lassen müssen.

»Aufgepasst, alle miteinander«, sagte Peregrine, während wir es uns auf unseren Stühlen bequem machten. »Wir müssen uns gemeinsam ein Motiv für das Shooting mit der ehrenwerten Celestia Smythe überlegen.«

»Wer iiist das?«, wollte Legs wissen.

»Die Tochter von Lord Smythe«, erklärte Peregrine den ratlosen Gesichtern, die ihn anstarrten. »Ach, kommt schon, Leute. Ihr wisst schon. Ehemaliger Banker, der dann Berater des Premierministers wurde. Polly, komm, wenigstens du verfügst doch noch über eine halbe Gehirnzelle. Du musst wissen, wen ich meine.«

Ich nickte. Ich erinnerte mich vage an den Namen im Zusammenhang mit einem ein paar Jahre zurückliegenden Skandal. Lord Smythe hatte nach einem katastrophalen Missmanagement eine der größten Banken des Landes mit einer gigantischen Abfindung verlassen, es aber dennoch irgendwie zum Senior-Mitglied der Tory-Partei gebracht.

»Wie auch immer«, fuhr Peregrine fort, »sie ist gerade achtzehn geworden und wird in Kürze ein Avocado-Kochbuch veröffentlichen, also habe ich zugesagt, dass sie aufs Juli-Cover kann. Was bedeutet, dass wir uns etwas Umwerfendes dafür einfallen lassen müssen.«

Legs schnaubte verächtlich.

Peregrine drehte seinen Mac herum, sodass wir ein Bild von ihr sehen konnten. Sie sah ziemlich genau so aus, wie man sich jemanden vorstellt, der ein Avocado-Kochbuch macht. Hübsch, wie ich widerwillig einräumen musste, und vor Gesundheit nur so strotzend. Langes braunes Haar, große grüne Augen und die dichten Wimpern einer Milchkuh.

»Wenn wir sie für Juli ablichten wollön, muss sie Chanel tragön«, wandte Legs ein. »Wir 'aben ihnen das Cover schon versprochön.«

»Na schön«, sagte Peregrine, »aber wir müssen uns etwas richtig Geniales dafür einfallen lassen. Ein Konzept. Ich will nicht wieder ein Bild bringen, auf dem eine verzogene, überspannte Stabheuschrecke das Gesicht komisch in die Kamera hält. Wir müssen uns mehr Mühe geben. Jeffrey, irgendwelche Ideen bezüglich Fotografen?«

»Nun, es gibt da diese junge japanische Fotografin, die ich gerne ausprobieren würde, bevor die *Vogue* sie sich unter den Nagel reißt«, sagte er. »Geniales Gespür für Blumen. Macht gern Shootings mit verstreuten Blüten.« Jeffrey fuchtelte mit dem Arm um sich herum, um das Streuen von Blumen zu verdeutlichen, dann kreischte er: »Oh! ich hab's, warum nehmen wir nicht einfach Avocados statt Blumen?«

Peregrine runzelte die Stirn. »Was?«

»Oder wie wäre es mit einem Avocado-Bad?«, fuhr Jeffrey aufgeregt fort. »Wie in *American Beauty*. Ihr wisst schon, die Szene, wo sie auf einem Bett von Rosenblüten liegt? Nur dass wir statt der Blüten Avocados nehmen?«

»Aber, Jeffrey, sie muss Couture tragön. *Chanel Couture*«, betonte Legs erneut.

»Ich weiß«, sagte Jeffrey eifrig nickend, »aber wir können sie ja in Chanel auf ein Bett aus Avocados legen. Oder …«, fuhr er fort, wobei seine Stimme noch höher wurde, »wie wäre es mit einem Shooting in Chanel mit einer Avocado-Gesichtsmaske? Das könnte extrem frisch und flippig kommen.«

»Gefällt mir«, sagte Peregrine. »Das ist frech. Mal was ganz anderes.«

»Warum gehen wir nicht gleich aufs Ganze und stecken sie in ein Ganzkörper-Avocado-Kostüm?«, witzelte ich.

»Polly«, sagte Peregrine. »Das ist brillant! Ich kann es klar und deutlich vor mir sehen – als Avocado verkleidet, aber zugleich in High Heels und mit exklusivem Chanel-Schmuck.«

Ach, du *Scheiße* – er hatte es ernst genommen.

»Außerdem hätte ich gerne, dass du das Interview machst«, sagte er mit Blick auf mich.

»Ich nehme mal stark an, über Avocados?«

»Ja, bitte. Das Buch ist zwar der Aufhänger, aber du solltest auch alle anderen Themen bringen: Familienleben, Liebesleben. Das Übliche eben.«

»Kein Problem.« Ich fragte mich, ob George Orwell eigentlich je jemanden zu Avocados interviewt hatte.

»Das wird genial, ich kann es förmlich spüren«, sagte Peregrine händereibend. »Wir machen aus Celestia Smythe die neue Cara Delevingne.«

Legs schnaubte erneut.

»Also gut, vielen Dank allerseits. Dann lasst uns mal mit dem Tagesgeschäft weitermachen.«

Es war Peregrines Stichwort, sein Büro zu verlassen, aber als wir uns erhoben, sagte er: »Polly, könntest du noch einen Moment bleiben?«

»Sicher.«

Die anderen verließen im Gänsemarsch den Raum, während ich sitzen blieb.

»Polly, ich wollte dir nur sagen, dass mir dein Interview mit Scheich Khaled wirklich sehr gut gefallen hat. Du hast ein hervorragendes Auge für Details – weiter so. Mit gefiel besonders die Stelle über das goldene Klosett.«

»Oh«, erwiderte ich überrascht. »Danke.«

»Außerdem habe ich mich gefragt, wie es so mit Jasper läuft?«, fuhr er fort.

»Muss ich meinem Chef jetzt einen detaillierten Bericht zu meiner Beziehung abgeben?«

»Aber nein, überhaupt nicht«, erwiderte er, während er mit dem Zeigefinger in seinem rechten Nasenloch herumstocherte. »Du kennst mich doch, Polly, ich habe nur ein ausgeprägtes Interesse am Wohlbefinden meines Teams.«

»Nun, Ihr Interesse rührt mich zutiefst, und ja, alles läuft gut. Sehr gut sogar. Sind Sie glücklich damit?«

»Absolut. Wir werden noch eine Herzogin aus dir machen.« Er zog seinen Finger aus dem Nasenloch und wischte ihn an seinem Mauspad ab. »Erinnere mich daran, dass ich dir bei deiner nächsten Leistungsbewertung eine Gehaltserhöhung gebe.«

»Wirklich?«

»Nein, nicht wirklich. Wie du weißt, haben wir dafür kein Geld. Aber trotzdem, gut gemacht. Und was die Avocado-Idee angeht. Ganz großartig. Wirklich originell.«

»Gern … geschehen«, antwortete ich. »Und wenn das

so ist, hätten Sie was dagegen, wenn ich heute ein bisschen früher gehe?«

»Warum?«

»Meine Mutter hat heute ihre erste Chemo-Sitzung, und ich muss sie ins Krankenhaus bringen.«

»Mein liebes Mädchen, natürlich nicht. Du musst doch wegen solcher Sachen nicht extra fragen, geh, wann immer du möchtest, Polly. Nimm dir so viel Zeit, wie du brauchst. Und richte deiner Mutter meine besten Grüße aus.«

»Das werde ich.«

Als ich am Nachmittag in die U-Bahn stieg, verspürte ich ehrlicherweise ein wenig Selbstmitleid. Dass ich mich dabei via Spotify in den Klängen einer Achtziger-Balladen-Playlist suhlte, war nicht gerade hilfreich. Ich sah mir die anderen Fahrgäste im Waggon an. Wahrscheinlich kannten alle diese Menschen jemanden, der Krebs hatte. Vielleicht hatten sie sogar selbst Krebs. Dabei sahen sie aus, als ob alles in bester Ordnung wäre, oder etwa nicht? Für sie ging das Leben weiter. Ich begegnete dem Blick eines Mannes, der mir gegenübersaß und ein T-Shirt mit der Aufschrift *Das ist keine Glatze, sondern ein Sonnenkollektor für eine Sexmaschine* trug. Na gut, dann sahen eben *fast* alle aus, als ob bei ihnen alles in bester Ordnung wäre.

Ich fand Mum im Empfangsbereich des St.-Thomas-Krankenhauses. »Und, wie geht's dir heute?« fragte ich.

»Ein bisschen müde. Ich habe letzte Nacht nicht besonders gut geschlafen.«

»Oh, Mum, das tut mir leid.«

»Es lag nicht an mir, sondern an Sidney. Er war die ganze Nacht wach. Probleme mit der Prostata.«

»Ach so.« Ich war mir nicht sicher, ob ich Sidney gut genug kannte, um mich über seine Prostata unterhalten zu wollen. »Und wo müssen wir jetzt hin?«

Mum öffnete ihre Handtasche. »In die Onkologie«, sagte sie. »In die Farber-Station.«

»Okay, dann mal los. Das wird ruckzuck gehen, und bevor du dich versiehst, sitzt du schon wieder mit einer Tasse Tee auf dem Sofa.«

»Guten Tag, meine Damen«, trällerte die Empfangsschwester in der Onkologie.

»Ähm, guten Tag«, erwiderte Mum. »Ich bin Susan Spencer.«

»Susan, seien Sie herzlich willkommen. Ist das Ihre Schwester, die sie da mitgebracht haben?« Die Empfangsschwester strahlte mich an.

»Ich bin die Tochter«, antwortete ich. Mir war nicht ganz klar, ob sie scherzte oder nicht.

Die Schwester lachte, wobei ihr Busen erbebte. »Ich weiß, das habe ich mir schon gedacht. Also gut, Susan, um wie viel Uhr ist denn Ihr Termin angedacht?«

»Um fünfzehn Uhr«.

»Sehr schön, dann kommt jeden Moment eine Pflegekraft, die Sie … Ah, da ist sie ja schon. Das ist Beatriz.«

»Hallo«, begrüßte uns Beatriz, eine zierliche Frau in einem dunkelblauen Schwesternkittel.

»Wer von Ihnen beiden ist Susan?«

»Das bin ich«, sagte Mum.

»Ich kann sie doch begleiten, oder?«, fragte ich nervös.

»Aber natürlich«, antwortete Beatriz. »Wenn Sie mir beide nun folgen würden. Susan, wir bereiten Sie gleich vor.« Sie führte Mum zu einem großen Stuhl in der Ecke. »Also gut, wie ich sehe, wurde Ihnen am Freitag Blut abgenommen. Und die Ergebnisse waren so weit in Ordnung.«

»Ja«, bestätigte Mum, »Dr. Silverstone meinte, die Blutwerte seien ganz passabel.«

»Das hören wir gerne«, sagte Beatriz. »Also gut, zunächst einmal werde ich Ihren Blutdruck und Ihre Temperatur messen. Und wenn alles in Ordnung ist, können wir loslegen.«

Mum nickte und krempelte ihren Ärmel hoch. Ich betrachtete den Rest der Station. Etwa ein Dutzend Patienten, die allesamt auf identischen grünen Sesseln an jeweils einem Tropf hingen. In einem Sessel saß eine ältere Dame, deren Gesicht so schrumpelig war wie eine Rosine; sie hatte ein Kissen auf dem Schoß, auf dem eine Zeitung lag. In einem anderen grünen Sessel befand sich eine Frau mittleren Alters, die ein rosa Kopftuch trug und auf ihr iPad schaute. In der Nähe von Mum schlief ein alter Mann in Pantoffeln. Zumindest hoffte ich, dass er schlief. Vielleicht war er gestorben? Was, wenn er gestorben war?

Starben Menschen auf dieser Station? Ich schaute angestrengt auf seine Brust, um zu sehen, ob er noch atmete.

»Es geht ihm gut«, sagte Beatriz, als sie meinen besorgten Blick bemerkte. »Er döst nur. Martin ist schon seit zehn Uhr hier, der Ärmste.«

»Hat er denn niemanden, der ihn begleitet?«

»Nein«, antwortete Beatriz, »er kommt ganz allein mit dem Bus von Norwood runter. Hut ab.«

Ich blickte betreten auf meine Hände und versuchte, nicht daran zu denken, wie Martin nach seiner Behandlung ganz allein wieder nach Hause fuhr.

»Das sieht so weit alles gut aus«, sagte sie ein paar Minuten später zu Mum. »Ich denke, wir können loslegen.« Sie schlang eine Aderpresse um Mums Arm und zog sie fest. Dann nahm sie ein kleines Plastikpäckchen von ihrem Rollwagen und öffnete es. Es war eine Nadel. Ich biss die Zähne zusammen und sah stattdessen lieber zu der Frau mit dem rosa Kopftuch. Als ich klein war, liebte ich nichts mehr als eine schön verschorfte Wunde, an der ich rumzupfen konnte, aber heutzutage drehte sich mir schon beim Anblick einer Nadel der Magen um.

»Ich muss nur eine Ader finden, Susan, dann schließe ich Sie an das Carboplatin an.«

»Okay«, sagte Mum mit zittriger Stimme. Ich nahm ihre andere Hand in die meine und drückte sie.

»Komm schon«, murmelte Beatriz zu sich selbst, während sie die Nadel mit einem Stirnrunzeln betrachtete.

Dann, ein paar Sekunden später: »Nein, das wird wohl nichts. Tut mir leid, Susan, haben Sie bitte etwas Geduld mit mir.«

»Polly, mein Schatz, alles ist gut. Du musst meine Hand nicht so quetschen«, sagte Mum.

»'tschuldigung.« Ich löste meinen Griff. Meine Hände waren vollkommen verschwitzt.

»Dann wollen wir es noch mal versuchen«, sagte Beatriz.

Ich wandte den Kopf wieder ab, da mir übel wurde.

»Schon besser, jetzt ist sie drin«, verkündete Beatriz, nachdem sie eine Ader gefunden hatte. »Gut, Susan, als Nächstes werde ich Sie mit dem Tropf verbinden, und dann dauert es neunzig Minuten, bis die Infusion durchgelaufen ist. Danach müssen Sie eine weitere halbe Stunde sitzen bleiben, um sicherzugehen, dass alles in Ordnung ist. Und dann können Sie beruhigt nach Hause gehen.«

»Danke«, sagte Mum mit immer noch zittriger Stimme. Ich spähte zu dem Beutel mit den Chemikalien, der über Mums Kopf an dem Tropf hing. Es sah eigentlich nicht besonders giftig aus. Die Flüssigkeit darin war klar und durchsichtig, wie eine Tüte voll Wasser.

»Behalten Sie den Pegel im Auge«, wies Beatriz mich mit einem Nicken zum Infusionsbeutel an, während sie Mums Arm an einen dünnen Schlauch anschloss, der daran herunterbaumelte. »Er wird ganz langsam absinken, so können Sie sehen, wann Ihre Mutter die Hälfte geschafft hat. Also dann …«, sie erhob sich, »… alles bereit. Es gibt einen Timer, der klingelt, sobald Sie fertig sind.«

»Vielen Dank«, sagte Mum erneut.

»Gern geschehen. Ich bin derweil auf der Station beschäftigt, also geben Sie mir einfach Bescheid, falls was sein sollte.«

Plötzlich ertönte ein Piepsen von Martins Sessel. »Ich schau mal nach ihm«, sagte Beatriz und ging rüber.

»Willst du deine Zeitung, Mum?«

»Nein«, erwiderte sie. »Ich möchte über Jasper sprechen.«

»Was? Jetzt?«

»Ja, jetzt. Wir haben fast zwei Stunden.«

»Er hat dir also gefallen?«

»Natürlich hat er mir gefallen. Er war charmant. Seine Manieren sind tadellos. Und er hat sein Mittagessen aufgegessen«, sagte sie. »Reizender Junge. Wenn ich ehrlich bin, war ich angenehm überrascht. Er wirkt überhaupt nicht eingebildet und vornehm.«

Ich runzelte die Stirn. »Wie meinst du das?«

»Na ja … ich weiß auch nicht … Ich habe wohl erwartet, dass er einen auf ›Sehr erfreut, gnädige Frau‹ macht und wie Prinz Charles daherredet. Aber er scheint ganz normal zu sein.«

Ich lachte. »Ja, irgendwie schon. Zumindest für jemanden, der in einem Schloss aufgewachsen ist.«

»Außerdem hat er geholfen, den Tisch zu decken, und

er war ja so süß zu Bertie.« Sie nickte bei sich. »Ich fand ihn sehr sympathisch. Mehr, als ich gedacht hätte.«

»Gut«, erwiderte ich. »Ich auch. Bei unserem ersten Treffen ist mir dasselbe durch den Kopf gegangen.«

»Aber ich hatte den Eindruck, dass Bill ein bisschen ruhiger war als sonst«, fuhr sie fort. »Oder besser gesagt, etwas gereizt. Ist alles in Ordnung bei ihm? Wie läuft es mit seiner Arbeit?«

»Findest du? Ich glaube, es geht ihm ganz gut. Er ist gerade dabei, die App fertigzustellen und Investoren an Land zu ziehen, aber ich denke, er genießt das Gefühl, sein eigener Chef zu sein und sein Ding durchzuziehen.« Ich hielt einen Moment inne. »Wie gefällt dir Willow?«

»Oh, sie finde ich auch nett«, erwiderte Mum. »Und so hübsch, nicht wahr? So schönes Haar. Ich wünschte, ich hätte solches Haar.«

»Mhmm«, erwiderte ich. Ich hatte gehofft, Mum würde sagen, dass sie sie ebenfalls ein klitzekleines bisschen nervig fand; dann hätte ich mich mit meiner Meinung nämlich nicht ganz so furchtbar zickig gefühlt. Am Sonntag, auf dem Heimweg vom Mittagessen bei Mum, hatte ich Joe gegenüber abgelästert, dass Willow eine Überraschungsparty für Bill organisieren wollte, und selbst er hatte gesagt, dass ich ihr gegenüber nicht fair war. Vielleicht musste ich einfach aufhören, Bill ständig beschützen zu wollen.

Zwei Stunden später, als wir auf dem Heimweg endlich in einem Uber saßen, war Mum wesentlich weniger gesprächig.

»Alles in Ordnung?«, fragte ich.

»Ja, alles gut, nur müde. Aber das könnte mehr an der letzten Nacht liegen als an der Medizin.« Mir war aufgefallen, dass sie sich weigerte, das Wort »Chemo« zu benutzen.

»Wir sind fast da. Dann kannst du dir eine schöne Tasse Tee gönnen. Vielleicht sogar ein Gläschen Wein. Falls das erlaubt ist?«

»Nein, nein, ich denke, ich nehme einen Tee und vielleicht ein heißes Bad. Und danach will ich nur noch in mein Bett«, sagte Mum.

»Bleibt Sidney heute Nacht bei dir?«

»Nein, aber er hat Bertie mit zu sich genommen. Er wollte bleiben, aber ich war nicht sicher, wie ich mich danach fühle, deswegen war es mir lieber, dass er zu Hause bleibt.«

»Oh. Ich will aber nicht, dass du heute Nacht alleine bist. Soll ich bei dir bleiben?«

»Nein, Liebes. Ich komme schon zurecht. Ein Tee und dann ab ins Bett. Ich bin ja so müde.«

»Fühlst du dich unwohl?«

»Nein, nein, nur schlapp.«

Sie ging zu Bett, kaum dass ich sie nach Hause gebracht hatte, und ich nahm mir fest vor, Mums Chemo-Medizin zu googeln. Wir wussten, dass ihr Haar ausfallen würde –

Dr. Silverstone hatte das angekündigt –, aber ich hatte es tunlichst vermieden, zu viel über Brustkrebs zu googeln. Oder die Behandlung. Oder den gefürchteten Ausdruck »Überlebenschance«. Es schien mir alles zu deprimierend. Doch nun, da ich meine müde Mum von ihrer ersten Chemo nach Hause gebracht hatte, war ich am Boden zerstört. Andere Leute hatten große Familien. Riesige Familien, die sich jedes Jahr zu Weihnachten trafen. Die sich in lustiger Runde in Restaurants versammelten, um einen Geburtstag zu feiern, wo sie dann alle gemeinsam ein lautes Ständchen sangen, wenn die Torte aufgetischt wurde, und ihren Eltern gratulierten und applaudierten. Oder ihren Geschwistern. Oder ihren Onkeln und Nichten. Cousins und Schwagern. Ich verspürte immer einen Stich der Eifersucht, wenn jemand über einen »Angeheirateten« meckerte. *Du Glückspilz*, dachte ich dann bei mir. *Überhaupt jemanden zu haben, den man als »angeheiratet« bezeichnen konnte. Überhaupt eine so große Familie zu haben.*

Denn ich selbst hatte nur eine ganz kleine Familie – Mum. Sie war alles, was ich hatte. Bertie konnte man wohl eher als unser Ehrenmitglied bezeichnen – einem menschlicheren Hund war ich bisher nicht begegnet. Doch selbst mit ihm waren wir immer noch eine winzige Truppe. Eine Mini-Familie. Und allein der Gedanke, Mum könnte verschwinden, überstieg mein Vorstellungsvermögen. Der Gedanke, dass da nur noch ich übrig wäre. Und Bertie. Ein Mensch und ein Hund machen schließlich noch keine Familie, nicht wahr? Man kann an seinem

Geburtstag nicht mit seinem Terrier am Restauranttisch sitzen. Bertie konnte für mich kein »Happy Birthday« singen oder mit mir an Weihnachten Knallbonbons platzen lassen. Also – so beschloss ich, während ich im Bus nach Hause saß – war die einzige Möglichkeit, dass Mum wieder gesund wurde und unsere kleine Familie heil blieb. Das musste sie einfach.

10

Ende der Woche traf ich mich mit Lex auf ein paar Drinks im Windsor Castle Pub, direkt hinter der U-Bahn-Station Notting Hill. Sie hatte mir ein paar Tage zuvor gemailt, dass wir uns unbedingt wegen der »HoPla« treffen müssten. Ich hatte geantwortet, dass ich gerne kommen würde, solange sie dieses Wort nicht wieder in den Mund nahm.

»Ich habe uns eine Flasche Weißwein bestellt«, sagte sie, als ich sie im Innenhof des Pubs fand. Ich setzte mich und versuchte, meine Beine unter dem Holztisch zu verstauen. Warum nur bauten sie diese Tische prinzipiell für Gnome?

»Super, danke. Und Chips, bitte. Ich bin am Verhungern. Ich brauche Minimum zehn Packungen Chips.«

Lex blickte nicht von dem Notizblock vor ihr auf. »Nicht für mich. Die Hochzeitsdiät hat begonnen. Oder soll ich ›HoDi‹ sagen?«

Ich rechnete rasch mithilfe meiner Finger nach. Wir hatten gerade April. Die Hochzeit war im Juli. Das waren also noch … drei Monate.

»Was machst du da?«, wollte Lex wissen, als ich gegen meine Finger tippte, um die Monate abzuzählen.

»Äh, nichts, ich wollte nur sehen, ob sie noch alle funktionieren.«

»Du wirst echt immer seltsamer. Aber gut, hör zu, ich habe eine Liste mit allen Dingen erstellt, die wir erledigen müssen.« Sie wedelte mit dem Notizblock vor meiner Nase herum. *Zukünftige Braut* stand auf dem obersten Blatt. *Echt jetzt?*

»Du und Hamish?«

»Nein, nein. Du und ich.«

»Oh, wie aufregend!«, stieß ich mit dem Enthusiasmus eines Menschen aus, dem gerade mitgeteilt worden war, dass ein Meteorit auf die Erde zuraste und alle nur noch einen Tag zu leben hatten.

»Also, du hast die Aufgabe, den Junggesellinnenabschied zu organisieren. Hast du dir schon Gedanken gemacht?«

»Äh …«

»Ich will nicht, dass du dir zu viel Stress machst; einfach nur ein Wochenende irgendwo. Ich dachte zwar an Ibiza, aber das könnte im Juni schwierig werden. Zu viel um die Ohren. Oder der Comer See. Laura aus meinem Büro meint, der Comer See im Juni sei herrlich.«

Laura, so beschloss ich spontan, konnte mich mal kreuzweise.

»Außerdem habe ich eine Liste mit den Mädels gemacht«, fuhr sie fort. »Alles in allem sind wir zu zehnt.«

»Okidoki.«

»Es gibt einfach welche, die ich nicht weglassen kann. Wenn ich Rachel von der Arbeit einlade, dann muss ich auch Laura einladen. Von der Uni will ich nur, dass Sal kommt. Außerdem kann ich unmöglich meine Cousine nicht einladen, und das Gleiche gilt für diverse Schulfreundinnen. Zumindest habe ich sie gefragt, aber womöglich können sie gar nicht alle kommen. Ich würde dir also die E-Mail-Adressen von allen schicken. Und vielleicht eine WhatsApp-Gruppe einrichten, damit alle sich vorab kennenlernen können. Was hältst du davon?«

»Mhmm«, murmelte ich.

»Was macht Hamish an seinem Junggesellenabschied?«

»Die Jungs fliegen nach Prag. Ich will's gar nicht so genau wissen. Also, dann setze ich die WhatsApp-Gruppe auf, und du kümmerst dich um die Organisation. Allerdings habe ich mir überlegt, dass ich einige der Aufgaben zwischen dir und Sal aufteilen könnte. Sie ist ziemlich gut in solchen Dingen.«

Puh, dachte ich erleichtert. Sal arbeitete als Partyveranstalterin. Ich hatte sie seit dem Abendessen bei Bill im Januar nicht mehr gesehen, aber ich konnte mir vorstellen, dass sie, da sie ebenfalls verlobt war, sicher ganz Feuer und Flamme wäre.

Lex quasselte schon weiter, als eine Nachricht von Jasper auf meinem Handy aufleuchtete, der gerade auf dem Weg von Schloss Montgomery nach London war, um bei mir zu übernachten.

Ich bin gegen 22 Uhr bei dir. X

»Ja, ja, klar«, erwiderte ich halbherzig in Lex' Richtung, während ich eine Antwort an Jasper tippte.

> Kann es kaum erwarten, dich
> zu sehen. Falls ich bis dahin
> überlebe. Endlose Hochzeits-
> Besprechung mit Lex … Xxx

»Und weißt du jetzt schon, ob Jasper mitkommt? Ich frage nur, weil die Hochzeitsplanerin das für die Sitzordnung wissen muss.«

»Oh ja, entschuldige, ich wollte ihn schon längst fragen. Bis wann musst du es wissen?«

»Spätestens in zwei Wochen?«

»Okay, supi. Ich sag dir Bescheid.«

Lex strich etwas in ihrem Notizblock durch und nickte.

»Übrigens meint Hammy, dass Callum ebenfalls kommt«, sagte sie. »Also falls Jasper nicht kommen kann, wirst du wenigstens jemanden zum Flirten haben.«

»Lex, ich glaube, dieser Zug ist längst …«

Doch sie fuhr unbeirrt fort. »Und dann müssen wir uns noch über das Wochenende der Hochzeit an sich unterhalten. Ich fahre schon am Dienstag zu meinen Eltern. Wann willst du kommen? Mir ist klar, dass das bedeutet, dass du Urlaub nehmen musst, aber ich glaube, es wird sehr viel zu tun sein. Ich dachte bei dir an den Donnerstag, falls das okay ist?«

»Klar, kein Problem.«

Eine halbe Stunde später – nachdem wir ihre Flitterwochen (nach Bora Bora, obwohl Lex' sich Sorgen wegen des Zika-Virus machte) besprochen und die Frage gelöst hatten, ob sie ihre Haare lieber hochgesteckt oder offen tragen und ob sie weiße oder doch hellblaue Brautunterwäsche kaufen sollte – seufzte sie und legte ihren Stift nieder. »Es ist einfach noch so viel zu tun. Ich glaube, ich bekomme schon Stressfalten von der ganzen Sache. Schau dir nur mal meine Stirn an … schau, hier.« Sie zeigte auf eine Stelle direkt über ihrer rechten Augenbraue. »Kannst du die Falte sehen? Die ist neu. Ich habe sie erst heute Morgen beim Zähneputzen entdeckt. Ich glaube, ich lass mir Botox spritzen.«

Ich musterte ihre Stirn. »Lex, es gibt Siebenjährige, die mehr Falten haben als du. Mach dir keine Sorgen, alles wird rechtzeitig erledigt sein.«

Sie seufzte abermals. »Ich hoffe es. Aber wie geht es dir eigentlich? Was gibt es Neues?«

»Alles gut«, sagte ich. »Außer, dass ich Mum am Montag zu ihrer ersten Chemo begleiten musste.«

»Verdammt«, sagte Lex. »verdammt, verdammt, verdammt. Ich bin die schlechteste Freundin auf der ganzen Welt. Es tut mir so leid. Wie war es? Wie geht es ihr? Wie geht es dir?«

»Irgendwie ziemlich makaber. Ein Raum voller kranker

Menschen, die an Beuteln voller Gift hängen – sagen wir so, ich habe schon fröhlichere Orte gesehen. Aber Mum war einfach unglaublich. Sie hat die ganze Zeit nicht aufgehört zu reden. Zumindest bis ich sie nach Hause gebracht habe, da war sie dann schon ziemlich erschöpft. Und jetzt müssen wir einfach abwarten. In ein paar Wochen steht die nächste Chemo an.«

»Wie viele muss sie noch machen?«

»Insgesamt drei, jeweils im Abstand von drei Wochen.«

Lex nickte.

Ich hatte erst diesen Morgen mit Mum gesprochen, und es ging ihr gut. Überraschend gut. Sie hatte geschlafen. Keine Übelkeit. Sie überprüfte jeden Tag ihre Haarbürste, hatte aber bisher noch keine Haare darin gefunden.

»Wie sind wir eigentlich so weit gekommen, dass wir uns auf einmal über deine Hochzeit und die Chemo-Sitzungen meiner Mutter unterhalten?«, fragte ich Lex. »Wann genau ist das passiert? Und ich meine das wortwörtlich – *wann* ist das passiert? Ich meine, sind wir überhaupt alt genug?«

»Wer weiß«, erwiderte sie. »Obwohl wir den Großteil unserer Zwanziger betrunken waren, oder? Also muss es wohl um den Dreh herum passiert sein.«

»Mhmm.«

»Noch eine Flasche?«

»Ja, warum eigentlich nicht?«

Warum mache ich nur so ein Drama daraus?, ärgerte ich mich, als ich in dieser Nacht in meinem Bett auf Jaspers Brust lag. Es ist keine große Sache. Es ist nur ein Mensch, der einen anderen Menschen zu einer Hochzeit einlädt. Und zwar nicht zu seiner eigenen. Reiß dich zusammen, Polly.

»Ich muss dich was fragen«, begann ich zögerlich.

»Oh, oh«, erwiderte er. »Krieg ich jetzt Ärger?«

»Nein, aber ein gewisser Jemand hat wohl ein schlechtes Gewissen. Glaubst du, du hättest Ärger verdient?«

»Warum glaubst du, dass ich glaube, dass ich Ärger verdient habe?«

»Okay, stopp, vergiss die Sache mit dem Ärger«, sagte ich lachend. »Du kriegst keinen Ärger. Ich habe nur eine Frage an dich.«

»Und die wäre?«

»Also, du weißt doch, dass ich heute mit Lex über ihre Hochzeit gesprochen …«

»Polly Spencer, willst du mir etwa einen Antrag machen?«

»Nein!« Ich gab ihm einen Klaps auf die Brust. »Hör auf damit. Konzentrier dich.«

»Gut, denn wenn die Zeit reif ist, will ich derjenige sein, der fragt.«

Für einen Moment war ich aus dem Konzept gebracht. »Okaaay, das ist jetzt irgendwie peinlich. Ich werde einfach so tun, als ob du das gerade nicht gesagt hättest.«

»Ich habe doch gar nicht vor, um deine Hand anzuhalten.«

»Oh, vielen Dank auch! Ich meine … egal, vergiss es … Gott, das macht es jetzt nur noch schlimmer.«

»Na ja, *vielleicht* werde ich um deine Hand anhalten.«

»Hör auf. Im Ernst jetzt. Lass das.«

»Es ist aber so einfach, dich auf die Palme zu bringen.«

»Können wir jetzt zu der eigentlichen Frage zurückkehren?«

»Anstatt unsere Hochzeit zu besprechen?«

»Ja.«

»Weißt du, dass du unglaublich sexy bist, wenn du dich aufregst?«, sagte Jasper und rollte sich herum, sodass ich unter ihm lag.

Ich kniff die Augen zusammen und bedachte ihn mit einem strengen Blick. »Okay, die Frage ist: Willst du mich auf die Hochzeit von Lex begleiten?«

Er lachte. »Das ist alles?«

»Ja!«

»Jetzt bin ich aber schon enttäuscht, dass du mich nicht gefragt hast, ob ich dich heirate«, sagte er, während er seinen Kopf an meinem Hals vergrub und ihn küsste.

»Hör auf. Im Ernst, das ist mir peinlich.«

Er sah wieder zu mir auf und lächelte. »Klar komme ich mit. Sehr gerne sogar.«

»Wirklich?«

»Ja, wirklich, großes Indianerehrenwort«, sagte er.

»Und ich hoffe doch stark, du trägst so ein sensationell kitschiges Kleid.«

Zwei Wochen später stand ich vor dem Studio im Londoner Osten, in dem das Cover-Shooting mit der ehrenwerten Celestia Smythe stattfinden sollte, und klingelte an einer großen schwarzen Tür unter einem Eisenbahnbrückenbogen.

»Hi, ich bin von der *Posh!*«, meldete ich mich an der Gegensprechanlage.

Die Tür öffnete sich mit einem Klicken, und ich schob sie auf. An der Rezeption saß eine Frau, die sich das Wort *LIFE* auf den Hals tätowiert hatte.

»Hey«, begrüßte sie mich. »Studio drei, die Treppe hoch und ganz nach hinten durch.«

Oben im Studio sah ich die Fotografin, die über ihre Kamerataschen gebeugt war; dann bemerkte ich Legs und Jeffrey, die beide neben einem Kleiderständer herumlungerten. Eine weitere Frau mit knallrotem Haar stand vor einem Tisch in meiner Nähe und legte Make-up-Pinsel und -Schwämme zurecht. Im Hintergrund lief Rockmusik.

»Morgen«, grüßte ich in die Runde und steuerte umgehend das Frühstücksbuffet an, auf dem sich Croissants, Obst und Säfte häuften, um mir einen Kaffee einzugießen.

»Hey«, sagte die Fotografin, stand auf und kam zu mir rüber. Sie trug eine Schiebermütze aus Tweed, dazu eine Weste aus demselben Stoff über einem schwarzen T-Shirt.

Schwarze Jeans. Doc-Martens-Stiefel. Typische Fotografin eben.

»Hi, ich bin Polly«, stellte ich mich vor und schüttelte ihre Hand. »Die Journalistin.«

»Kimiko«, erwiderte sie. »Super, dich kennenzulernen. Ich glaube, das wird top.«

»Mhmm.« Mein Blick fiel auf mehrere übereinandergestapelte Holzkisten in der anderen Ecke des Raums. Avocados. Fünfhundert Avocados, über die sich Enid schon die ganze Woche ausgiebig beschwert hatte. »Wo soll ich bloß fünfhundert Avocados herbekommen? Ich kann ja wohl kaum einfach mal so im Supermarkt vorbeischneien und mir dort fünfhundert Avocados holen, oder? Also wirklich!« Und so weiter und so fort.

»Hi, ich bin Rachel«, sagte die Dame mit den Make-up-Pinseln, die nun ebenfalls herbeikam.

»Rachel, hallo, schön, dich kennenzulernen«, sagte ich und schüttelte ihre Hand. »Ich muss nur kurz etwas mit Legs besprechen. Habt ihr sie und Jeffrey schon kennengelernt?«

»Ja, klar. Tolle Leute.«

»Super.«

Legs sah, wie nicht anders zu erwarten, übellauniger drein als eine Gewitterwolke. »Isch glaube nischt, dass Chanel wird damit glücklisch sein«, monierte sie und deutete auf den Kleiderständer, an dem ein Dutzend exklusiver Kleider hingen.

Ich streckte die Hand aus, um ein silbernes Minikleid

zu berühren, dessen Saum mit Hunderten winziger Federn bestückt war. Es sah aus wie etwas, das eine Ballerina in *Schwanensee* tragen würde.

»Himmlisch, nischt wahr?«, meinte Legs.

»Mhmm.« Ich versuchte gerade, mir vorzustellen, wo ich es anziehen könnte. Ins Büro? Um morgens bei Barbara schnell mal eine Packung Kellogg's zu holen?

»Guten Morgen«, grüßte Jeffrey.

»Hi, Jeff. Wie läuft's?«

»Ich glaube, das kriegen wir hin. Schau mal, was hältst du davon?« Er entfaltete ein grünes Stück Filzstoff, das zu seinen Füßen lag. Es war das Avocado-Kostüm. »Das wird auf dem Cover grandios kommen.«

Zum Glück hatte ich keine Möglichkeit zu antworten, da hinter uns plötzlich mit einem Knall die Tür aufflog und eine junge Frau mit riesigem Filzhut hereinspaziert kam. Die ehrenwerte Celestia Smythe, nahm ich stark an.

»Guten Morgen«, ertönte eine fiepsige Stimme unter der Hutkrempe.

»Hallo«, erwiderte ich. »Sie müssen Celestia sein?«

»Richtig, sehr erfreut«, gab sie zurück und reichte mir ihre zierliche, blasse Hand zum Gruß. Dann zog sie ihre Hand wieder zurück und setzte den Hut ab, wobei sie den Kopf schüttelte, als würde sie für eine Shampoo-Werbung vorsprechen. Ihr Haar war so dick und glänzend wie das von Kate Middleton. Musste wohl an den ganzen Avocados liegen.

»Lassen Sie mich Ihnen alle vorstellen«, sagte ich mit einer ausladenden Handbewegung. »Das ist Legs, unsere Moderedakteurin, die Sie einkleiden wird.« Celestia streckte wieder ihre Hand aus. »Sehr erfreut«, wiederholte sie an Legs gewandt, die wortlos ihre Hand schüttelte.

»Und das da ist Jeffrey, unser Art Director. Er hatte eine … äh, brillante Idee für das heutige Konzept.«

»Jeffrey, hallo, sehr erfreut«, sagte Celestia.

»Die Freude ist ganz meinerseits, danke, Miss Smythe«, erwiderte Jeffrey, bevor er eine kleine Verbeugung vor ihr machte. »Es ist mir eine Ehre, Sie kennenzulernen.«

»Und das hier sind Kimiko, die Fotografin, und Rachel, die Make-up-Artistin.«

»Es ist ja so aufregend, Sie alle kennenzulernen«, sagte Celestia und lächelte in die Runde. Ich musste zugeben, dass sie in echt sogar noch hübscher war als auf Fotos. Lindgrüne Augen und die zierliche Gestalt einer Waldelfe. Wahrscheinlich konnte ich mit meinen Händen ihre komplette Taille umfassen.

»Sollen wir gleich mit Haaren und Make-up loslegen?«, schlug ich vor. »Ich dachte, ich könnte Sie währenddessen gleich interviewen, wenn Sie nichts dagegen haben?«

»Ganz und gar nicht«, erwiderte sie mit klimpernden Wimpern.

»Oh, tut mir leid, wollen Sie davor vielleicht noch einen Kaffee? Oder ein Croissant?«

Sie schüttelte sich, geradeso, als hätte ich sie zu einem

Scheunentanz aufgefordert. »Oh, nein, danke. Ich habe mir einen meiner Avocado-Shakes mitgebracht.«

»Kein Problem«, erwiderte ich strahlend. »Ich fülle mir nur schnell etwas Kaffee nach, dann können wir auch schon loslegen.«

Ein paar Minuten später saß Celestia mit geschlossenen Augen auf einem Drehstuhl vor Rachel, die ihr Gesicht sanft mit einem Schwamm betupfte. Ich hatte es mir im Schneidersitz auf dem Boden gemütlich gemacht, mein Handy neben mir, um alles aufzunehmen.

»Sie haben wundervolle Haut«, sagte Rachel zu Celestia.

»Oh, das ist sehr freundlich von Ihnen«, erwiderte sie. »Das ist das ganze Vitamin E.«

»Wegen der Avocados …«, begann ich. »Erzählen Sie mir doch mehr darüber.« Es war keine herausragende Eröffnung für ein Interview, aber ich hatte mir überlegt, dass ich, sobald ich sie erst einmal mit dem Avocado-Thema aufgewärmt hatte, zu ihrem Liebesleben ausquetschen könnte.

»Oh, nun ja, ich war schon immer ein Riesenfan von Avocados«, begann Celestia. »Ich habe sie mir immer zum Frühstück dazubestellt. Zu pochierten Eiern beispielsweise. Sie wissen schon.«

Ich nickte. »In Cafés?«

»Ganz genau!«, sagte sie strahlend.

»Aber wie sind Sie auf die Idee mit dem Buch gekommen?«, fragte ich weiter.

»Also, das war so, ich war vor ein paar Monaten in meinem Lieblingscafé auf der Kings Road und habe mich mit meinen Freunden darüber unterhalten, was ich nach Edinburgh tun sollte …«

»Sie studieren dort an der Uni, richtig?«, hakte ich nach. »Kunstgeschichte?«

»Ja. Ich liebe Dandy Warhol. Aber egal, ich war also in diesem Café und hatte gerade Rührei mit Avocado gegessen, als ich durch Instagram scrollte und mir all diese Fotos von Eiern und Avocados ansah, und ich dachte einfach nur, dass Avocados wirklich etwas an sich haben. Ich meine, sie sind heutzutage einfach so dermaßen beliebt, nicht wahr?«

»Mhmm«, machte ich. »Und hatten Sie schon immer ein Faible fürs Kochen?«

»Oh Gott, nein!«, erwiderte sie und winkte ab. »Zu Hause hat das immer die Nanny gemacht. Aber mit Avocados kochen ist *so* einfach. Man schneidet sie einfach in der Mitte durch, entfernt den Kern, und dann kann man auch schon alles Mögliche mit ihnen anstellen.«

»Stimmt. Und was für Rezepte kommen in das Buch? Oh, Entschuldigung, aber wie war noch gleich der Titel?«

»*Grüne Göttin*«, antwortete Celestia. »Ist das nicht genial? Und da drin sind alle möglichen Rezepte versammelt, die ich mir ausgedacht habe. Avocado-Mousse, Avocado-Tostadas, Avocado pur mit Vinaigrette, gefüllte Avocados. Avocado-Brownies, Avocado-Gesichtsmasken …« Rachel trug Eyeliner auf eines ihrer Augenlider auf. »Ich schicke Ihnen ein signiertes Exemplar, sobald es draußen ist«, fuhr sie fort.

»Oh, das wäre wunderbar, vielen Dank«, antwortete ich. Obwohl ich meine Zweifel hatte, wie wunderbar dieses Buch tatsächlich war. »Also gut, darf ich fragen, was Sie tun, wenn Sie sich nicht mit Avocados beschäftigen? Wo leben Sie? Was tun Sie in Ihrer Freizeit?«

»Okay, also während meiner Arbeit am Buch wohnte ich zu Hause in Chelsea. Es war einfach zu viel Stress, gleichzeitig auszuziehen und mir was Eigenes zu suchen.«

»Mhmm …«

»Außerdem liebe ich es, Zeit mit meinem Hund zu verbringen. Er ist ein Mops, und er heißt Pasta. Ach ja, und Shoppen. Ich *liebe* Shoppen. Und frühstücken gehen, natürlich auf der King's Road.«

»Und Freundinnen oder …«, ich legte eine kleine Pause ein, »… vielleicht sogar ein Freund?«

»Also, die meiste Zeit hänge ich mit Gussy Mountbatten und Sally Battenberg ab, falls die beiden Ihnen was sagen?« Sie öffnete ein Auge und blickte mich an. Ich kannte sie von unseren Party-Seiten – beides Herzogstöchter, beide irgendwie mit den Royals verbandelt. »Und nein, ich habe keinen Freund. In Edinburgh bin ich eine Weile mit Frank von Trapsburg gegangen, aber er war nicht der Richtige.«

In diesem Moment unterbrach uns Kimiko, die auf der anderen Seite des Studios damit beschäftigt war, Avocados in eine frei stehende Badewanne zu schichten. »Rachel, was meinst du, wie lange noch?«

Rachel richtete sich auf und musterte Celestias Gesicht. »Ähm, zehn Minuten?«

»Und isch brauche etwa fünfzehn, um ein paar von diiie Kleidern auszuprobieren«, meldete sich Legs, die auf dem Boden neben dem Kleiderständer saß.

»Top«, sagte Kimiko.

Ich musste zugeben, dass Celestia großartig mitmachte, als es darum ging, sich in eine Badewanne voller Avocados zu legen. Sie zog sich vor uns allen bis auf ihr Höschen aus — milchweiße Haut wie Kleopatra, ein kecker Hintern wie ein Pfirsich — und stieg blendend gelaunt in die Wanne.

»Oh, mein Gott, das ist ja soooo witzig«, quietschte sie, als sie sich zurücklehnte, damit Kimiko und Jeffrey noch ein paar Avocados strategisch um sie herum platzieren konnten. Dann begann Kimiko mit den Aufnahmen, wofür sie sich auf einer Trittleiter über ihr positionierte.

»Kinn ein bisschen höher, Celestia ... so ist es super«, sagte sie. *Klick, klick, klick.* »Kopf ein wenig nach links.« *Klick, klick, klick.* »Rachel, könntest du nur kurz diese Haarsträhne aus ihrem Gesicht nehmen? Super, danke.« *Klick, klick, klick.* Und so weiter.

Legs saß schmollend neben dem Kleiderständer.

»Ich verspreche dir, dass wir sie heute noch in Chanel

sehen«, sagte ich zu ihr. »Lass uns erst einmal die Bade-
wannen-Aufnahmen fertig machen, dann können wir sie
in eins der Kleider stecken und mit Avocados jonglieren
lassen oder so.«

Legs verdrehte die Augen. »Karl wird das gar nischt gefallen, aber okay.«

Das Shooting dauerte insgesamt sechs Stunden. Sechs
Stunden! Vier verschiedene Szenarien: Celestia in der Badewanne, bedeckt von Avocados; Celestia im gefiederten
Chanel-Kleid, zwei Avocados vor ihre Brüste haltend;
Celestia im Avocado-Kostüm, behängt mit mehreren
Chanel-Perlenketten; Celestia in einem klassischen Cha-
nel-Kostüm mit zermatschter Avocado im Gesicht. Ein
Avocadostückchen landete auf dem Kragen des Kostüms,
woraufhin Legs vor Wut beinahe in die Luft ging, aber ich
beruhigte sie, dass wir es in die chemische Reinigung geben und Chanel es niemals erfahren würde.

»Das hat so viel Spaß gemacht!«, schwärmte Celestia,
als sie wieder in ihrem Höschen und einem T-Shirt neben
dem Kleiderständer stand.

»Das sah super aus«, sagte ich. »Vielen Dank, dass Sie so
prima mitgemacht haben. Was haben Sie jetzt noch vor?«

»Oh, ich gehe einfach nur nach Hause und mache vielleicht noch ein bisschen Yoga«, sagte sie. »Ich muss mich
dehnen.« Sie beugte sich vor und berührte den Boden mit
ihren Fingerspitzen. Jeffrey wurde beim Anblick, der sich
ihm bot, puterrot und wandte sich schnell ab.

»Was machst du heute Abend?«, fragte mich Legs,

während sie ein Kleid über ihrem Arm zusammenlegte. »Triffst du dich noch mit Jasper?«

»Ist das Ihr fester Freund?«, wollte Celestia wissen, wobei sie sich wieder aufrichtete und ihre Arme über dem Kopf streckte.

»Nun, ich bin mir nicht sicher, ob es fest ist, aber wir sehen uns schon seit einer Weile. Allerdings lebt er in Yorkshire, daher ist es unter der Woche ein bisschen schwierig.«

Celestia runzelte die Stirn, während sie immer noch ihre Arme über dem Kopf streckte und dehnte. »Sie meinen jetzt aber nicht Jasper Milton?«

Ich sah sie überrascht an. »Doch, wieso? Ich meine, kennen Sie ihn?« Klar kannte sie ihn, fiel mir sogleich ein. Der gesamte britische Adel kannte sich untereinander; sie waren ja praktisch alle miteinander verwandt.

Celestia nahm ihre Arme wieder runter und schüttelte den Kopf. »Nein, nicht wirklich, aber mein Bruder war mit ihm zusammen in Eton. Dabei war ich ja immer so verknallt in ihn. Wie lange gehen Sie schon miteinander?«

»Äh, seit ungefähr zwei Monaten«, erwiderte ich. In Schlabberjeans und Turnschuhen neben einer kleinen Nymphe mit Alabasterhaut wie Celestia zu stehen, während sie mich nach Jasper ausfragte, fühlte sich unangenehm an. Ich hatte das Gefühl, als würde sie mich eingehend mustern, so als versuche sie herauszufinden, warum jemand wie Jasper was mit einer wie mir anfangen sollte.

»Gott, bin ich eifersüchtig«, fuhr sie fort. »Er ist ja so verträumt. Und lustig. Jake meinte immer, er wäre total lustig.«

»Mhmm, das ist er.« Ich wünschte mir, sie würde sich endlich wieder anziehen, damit wir alle nach Hause gehen konnten. Plötzlich war ich furchtbar müde und sehnte mich nach einem Bad. Einem heißen Bad voller Schaumblasen statt Avocados.

»Gut gemacht!«, fuhr sie fort. »Sie fühlen sich doch bestimmt wie das glücklichste Mädchen auf der ganzen Welt?«

»Manchmal«, erwiderte ich, während ich überlegte, wie ich elegant das Thema wechseln konnte. »Legs!«, rief ich. »Weißt du, wann der Wagen kommt?«

Legs sah von ihrer Arbeit auf, die darin bestand, Chanel-Kleider zusammenzufalten und in einen gigantischen Koffer zu schichten, damit sie in die Redaktion zurückgebracht werden konnten. »*Oui*, isch 'abe gerade eine Nachriescht bekommen. Er iiist schon da.«

»Super«, sagte ich. Ich wollte nicht zurück in die Redaktion, aber ich konnte immerhin so tun, als ob ich mit Legs fahren müsste, um aus diesem Studio zu entkommen.

»Moment, isch muss nur noch den Reißverschluss zumachen, dann können wir los.«

»Es hat mich gefreut, Sie kennenzulernen«, sagte ich an Celestia gewandt.

»Ganz meinerseits!«, erwiderte sie, beugte sich vor und

umarmte mich. »Vielleicht sehe ich Sie ja irgendwann einmal mit Jasper?«

Nicht, wenn ich es verhindern kann, dachte ich.

Die ganze Woche über hagelte es E-Mails von Willow zu Bills Überraschungsparty. Schließlich wurde beschlossen, dass sich alle am Freitag gegen 18.30 Uhr bei ihm zu Hause treffen sollten, um sich zu verstecken, bevor er gegen neunzehn Uhr nach Hause kam.

»Was, wenn er bei der Arbeit hängen bleibt?«, hatte jemand in dem endlosen E-Mail-Verlauf von vierzig Leuten gefragt. Ich persönlich war ja der Meinung, dass Leuten wie diesen, die bei solchen E-Mails »Allen antworten« drückten, der Zugang zu jedweder Technologie verboten werden sollte. Willow hatte nur geantwortet, dass sie »schon dafür sorgen würde«, dass er rechtzeitig Feierabend machte.

Joe hatte daraufhin einen separaten E-Mail-Verlauf mit mir und Lex begonnen.

Wetten, sie hat versprochen,
dass sie ihm einen bläst, wenn
er pünktlich nach Hause
kommt ...

Ich antwortete mit Bedacht.

Leute, können wir bitte
extreeeem vorsichtig sein, dass

keiner auf den falschen Button
drückt und das alles an Willow
weiterleitet?

Eine E-Mail von Lex ploppte auf.

Was hast du gesagt, Joe?! Deine
Mail kommt nicht durch
meinen Filter.

Ich fragte mich – so wie ich es mehrmals täglich tat –, um
wie viel produktiver ich wohl ohne die ständig eintru-
delnden anatomisch expliziten E-Mails der beiden wäre.

Nebenher versuchte ich, das Celestia-Interview zu
Papier zu bringen. Peregrine hatte heute Morgen beim
Anblick der Fotos vor Begeisterung gegrölt und betont,
wie sehr sie ihm gefielen. Ich seufzte und betrachtete das
leere Word-Dokument vor mir. Ich war mir nicht sicher,
ob ich noch sehr viel länger dazu in der Lage wäre, Leute
zu ihren Hunden und Avocado-Kochbüchern zu interviewen. Ja, schon klar, ich würde höchstwahrscheinlich
nicht einfach so den Sprung von der *Posh!* zu einer renommierten Tageszeitung schaffen, um über die Atom-
krise im Iran zu berichten. Dennoch hatte ich zusehends
das Gefühl, dass ich mich nach einem neuen Job als Journalistin umschauen sollte. Einem seriöseren Job. Doch
wie und wo sollte ich den finden?

11

Am Freitagabend lagen Lex, Hamish, Joe und ich, zusammengequetscht wie die Sardinen, zwischen Bett und Wand auf dem Teppich von Bills Schlafzimmer. Der Rest der Partygäste versteckte sich hinter dem Küchenmobiliar. Joe balancierte eine Bierflasche auf seinem Bauch.

»Joe, halt dein Bier fest, sonst verschüttest du es noch«, schimpfte ich.

»Könntest du dich vielleicht mal entspannen?«, erwiderte er.

»Wie viel Uhr ist es?«, meldete sich Lex von der anderen Seite.

»Drei Minuten vor sieben«, sagte Hamish, der den Hals verrenkte, um einen Blick auf Bills Wecker auf dem Nachttisch zu werfen.

»Das ist eine Party nach meinem Geschmack«, meinte Joe mit einem herzhaften Gähnen. »Ich bleib vielleicht einfach liegen, wenn er kommt.«

»Er weiß es doch sowieso schon«, sagte Lex abfällig. »Noch nie in der gesamten Menschheitsgeschichte hat jemand es geschafft, ernsthaft eine Überraschungsparty durchzuziehen.«

Ich konnte hören, wie Willow die Leute in der Küche zur Ruhe ermahnte, und spürte, wie sich unwillkürlich etwas in mir sträubte; auch wenn ich zugeben musste, dass sie sich große Mühe gegeben hatte. Überall in der Wohnung hingen Ballons, Geburtstagsgirlanden spannten sich kreuz und quer durch die Küche, die Badewanne quoll über vor Prosecco-Flaschen, und sie hatte uns stolz eine Geburtstagstorte mit Thomas, der kleinen Lokomotive, gezeigt, weil das als Kind Bills Lieblingszeichentrickfigur gewesen war.

»Mein Bein ist eingeschlafen«, sagte Joe.

»Ich muss pissen«, sagte Hamish.

»Ich will noch einen Wein«, sagte Lex.

»Leute, *pssst*, es ist doch gleich so weit. Außerdem, Lex, wenn du es keine paar Minuten ohne ein Glas Wein aushältst, solltest du echt mal zum Arzt gehen. Oder zum Therapeuten.«

»Ist ja schon gut.«

Und so lagen wir minutenlang schweigend da, während aus der Küche weiterhin hektisches Zischen und gedämpfte Ermahnungen ertönten.

Dann hörte ich Bills Stimme. »Hallo, Schatz. Ich bin daheim.«

Die Haustür fiel scheppernd ins Schloss.

»ÜBERRASCHUNG!!!«, brüllten alle, die sich in der Küche versteckt hatten.

»Wir sollten aufstehen«, sagte ich, als niemand auf dem Schlafzimmerboden Anstalten machte, sich zu rühren, während überall in der Wohnung weitere Überraschungsrufe und Glückwunsche ertönten.

»Endlich«, seufzte Lex und setzte sich auf. »Wer will Alkoholnachschub?«

»Ich«, meldeten sich Joe und Hamish gleichzeitig.

»Jupp, ich auch«, sagte ich, während ich mich aufrappelte. »Kommt, lasst uns rausgehen und nett sein.«

Wir schlurften in die Küche, wo Bill noch in seinem Anzug dastand, einen Arm um Willows Schulter gelegt.

»Du bist unglaublich. Ich hatte ja keine Ahnung.«

»Wirklich?«, kiekste sie und blickte zu ihm auf.

»Wirklich«, erwiderte er lächelnd und küsste sie auf den Mund. Er meinte es nicht ernst; ich konnte es ihm an der Nasenspitze ansehen. Es war ein gezwungenes Lächeln. So ein krampfiges Grinsen, wie es kleine Kinder auf Klassenfotos aufsetzen.

»Bitte, Leute, besorgt euch ein Zimmer«, sagte Joe, trat vor und umarmte Bill.

»Alles Gute zum Geburtstag«, gratulierte ich und drückte Bill fest, nachdem Joe Platz gemacht hatte. »Mum lässt dich ganz lieb grüßen.«

»Wie geht es ihr?«

»Ganz okay. Na ja, langsam fallen ihr ein paar Haare aus. Aber sonst geht es ihr gut.«

Er drückte mich noch einmal an sich. »Verdammt, Polly, tut mir leid.«

»Ist schon okay. Außerdem ist es dein Geburtstag, also genug davon.«

»Wo ist denn der Dunkle Lord?«, erkundigte er sich.

Ich verdrehte die Augen. »Jasper ist noch auf dem Weg hierher von Yorkshire. Ich bin nicht sicher, ob er es rechtzeitig schafft. Er meinte, es kommt auf den Verkehr an.«

»Hervorragend.«

»Bill«, ermahnte ich ihn.

»Was?«

»Du weißt, was.«

»Ich sagte doch ›hervorragend‹.«

»Na schön, komm, lass uns was zu trinken besorgen.«

Lex und ich füllten unsere Weingläser wieder auf; Hamish und Joe schnappten sich jeweils ein Bier aus dem Kühlschrank, und dann gingen wir gemeinsam raus auf die Terrasse und setzten uns an den Tisch. Es war einer dieser Abende, an denen man den nahenden Sommer förmlich spüren konnte – sanftes Abendlicht, Vögel, die gut gelaunt vor sich hin zwitscherten, die Luft geschwängert vom Duft der Würstchen, die ein Nachbarn auf seinem Grill verkokeln ließ. Alles war gut. Alles war bestens. Alles war … *ach, du Scheiße.* Durch die Terrassentüren erblickte ich Callum, der in der Küche stand.

»Was will *der* denn schon wieder?«, flüsterte ich.

»Wer?«, fragten alle.

»Na, Callum.«

Hamish drehte sich auf seinem Sessel, um in die Küche zu schauen.

»Hamish«, zischte ich. »Würdest du das wohl lassen? Er wird dich noch sehen.«

»Er ist mein Kumpel. Was ist so schlimm daran, wenn er mich sieht?«

»Aber er ist nicht mein Kumpel«, entgegnete ich.

»Wer ist Callum?«, wollte Joe wissen.

»Der, den ich vor ein paar Monaten mit nach Hause genommen habe.«

Joe blickte mich ratlos an.

»Du weißt schon, der, der mitten in der Nacht abgehauen ist.«

Er glotzte immer noch verwirrt drein.

»Na, du weißt schon. Der, dem ich einen geblasen habe und der sich dann ein Uber gerufen hat, weil er am nächsten Morgen angeblich früh zum Golfen rausmusste.«

Joe warf den Kopf in den Nacken und lachte. »Ach, der Typ. Super Kerl. Ich vermisse ihn.«

»Du hast ihn doch gar nicht getroffen.«

»Ja, aber er klang so sympathisch.«

»Typisch Callum«, meinte Hamish. »Alter Junge.«

Ich verdrehte die Augen. »Soll ich hingehen und Hallo sagen?«

»Nein«, erwiderte Lex. »Du bleibst hier. Er kann

schließlich den ersten Schritt machen. Und überhaupt, wann kommt Jasper?«

Ich schaute auf mein Handy. Es war zwanzig Uhr. »Keine Ahnung.« Dann schaute ich wieder in die Küche und begegnete Callums Blick. Mist. Ich winkte halbherzig. Er antwortete mit einem Grinsen und steuerte die Terrassentür an. Doppelmist.

»Joe, du sagst ja nichts Peinliches.«

»Wie, was?«

Aber ich hatte keine Zeit zu antworten, da Callum bereits an unserem Tisch stand.

»Hallo«, sagte er und beugte sich vor, um mich auf die Wange zu küssen.

»Hiiiii«, erwiderte ich in einem unnatürlich hohen Tonfall. Was sollte das denn? Warum benahm ich mich so megapeinlich. Immerhin hatte ich schon seinen Penis im Mund gehabt. »Wie geht es dir?«

»Super, und noch besser, jetzt, wo ich dich sehe«, sagte er. »Und dich, Kumpel.« Er schüttelte Hamish die Hand und küsste dann Lex auf die Wangen. »Hallo, zukünftige Mrs. Wellington.«

»Ach, jetzt hör aber auf!«, erwiderte Lex mit einem strahlenden Lächeln. Verräterin.

»Stört es euch, wenn ich mich zu euch setze?«

»Nein, nein. Nur zu«, sagte sie und deutete auf den Stuhl neben sich.

»Ich bin übrigens Joe«, meldete sich Joe von der anderen Seite des Tisches, wobei er Callum mit einem strengen Blick taxierte, als wäre er mein überbehütender Vater. »Ich wohne mit Polly zusammen.«

»Oh, stimmt«, erwiderte Callum. »Ich wohne auch in Shepherd's Bush.«

»Schön«, sagte Joe, während er ihn immer noch fixierte.

»Und, was hast du in letzter Zeit so getrieben?«, fragte ich Callum.

»Was macht dein Handicap?«, fuhr Joe dazwischen.

Callum lachte nervös. »Ha. Na ja. Ich hatte in letzter Zeit nicht viel Zeit zum Golfspielen. Ich habe einen neuen Job.«

»Hey, nicht schlecht, Kumpel«, sagte Hamish.

»Oh, Glückwunsch«, schob ich hinterher. »Als was …? Sorry, ich kann mich nicht mehr erinnern, in welchem Bereich du gesucht hast.«

»Eigentlich mehr so im privaten Sicherheitssektor. Das, was wir in der Branche Kidnap & Ransom nennen. Bei Entführungen, Lösegeldforderungen und dergleichen.«

»Ooooh«, machte Lex und richtete sich auf. »Das klingt ziemlich männlich und aufregend. Was macht du da genau?«

»Hauptsächlich Transportunternehmen und Firmen versichern, die im Ausland tätig sind. Insbesondere in Sicherheitsbrennpunkten. Afrika, ein bisschen Mittlerer Osten, so in die Richtung.«

»Du arbeitest also für eine Versicherung?«, fragte Joe unbeeindruckt. »Du bist Versicherungsvertreter?«

Ich versuchte unauffällig, ihn zu treten, schlug mir stattdessen jedoch das Schienbein an der Metallstrebe unter dem Tisch an.

»Im Grunde ja«, erwiderte Callum mit einem Grinsen in Joes Richtung. Dann wandte er sich an mich. »Und was hast du so die letzten Monate getrieben?«

»Sie hat sich einen unfassbar reichen und attraktiven Freund geangelt«, sagte Joe.

»Joe!«

»Was denn? Hast du doch. Vögelt wie ein junger Gott«, fuhr Joe unbeirrt fort.

»JOE!«

»Ach, jetzt tu doch nicht so. Ganz zufällig kann ich euch hören. Die Wände in unserer Bude sind wie aus Pappe.«

»Bitte entschuldige ihn«, sagte ich an Callum gewandt. Wie ich mit Genugtuung feststellen konnte, blickte er betreten drein.

»Oh ja. Ich erinnere mich. Du hast ihn bei der Verlobungsparty erwähnt. Ein Promi-Playboy oder so was in der Art, nicht wahr?«

Ich öffnete den Mund, um zu protestieren; um zu sagen, dass er in Wahrheit nicht der Playboy war, für den ihn alle hielten. Es nervte mich allmählich, dass ich Jasper ständig in Schutz nehmen musste. Doch Joe unterbrach mich.

»Wer will noch einen Wein?«, fragte er und deutete auf unsere leeren Gläser. »Ich geh und hol uns noch eine Flasche.«

»Ich komme mit«, bot Lex an.

»Nicht nötig. Mit einer Flasche komme ich allein zurecht.«

»Nein, nein, ich komme mit dir«, beharrte Lex und zog eine Grimasse. »Und du, Hamish, du gehst am besten auch mit und hilfst mir, gleich noch eine Flasche zu öffnen.«

»Lex, mein Schatz, wenn es eine Sache gibt, bei der ich dir nicht helfen muss, dann beim Weinflaschenöffnen.«

»Komm jetzt mit rein«, zischte sie.

»Oh, okay«, sagte Hamish und stand schwerfällig auf. »Cal, Kumpel, wir sehen uns gleich wieder.«

Sie verschwanden im Haus.

»Also, ja«, fuhr ich fort. »Dieser Typ … er heißt Jasper. Tatsächlich kommt er gleich vorbei. Dann kannst du ihn kennenlernen. Er ist ein besserer Kerl, als die Leute glauben.«

Callum nahm einen Schluck aus seiner Bierflasche. »Gut, das freut mich«, sagte er nach einer kurzen Pause. »Würde er mich bei einem Kampf schlagen?«

Ich musterte seine muskulösen Arme. »Ich weiß nicht. Kann schon sein. Er ist ziemlich groß.«

»Oh, große Typen. Wie ich sie hasse.« Er grinste mich an.

»Ha. Aber wo wir schon dabei sind, was ist mit dir?«

»Mit mir?«

»Wie läuft dein Liebesleben?«

»Schrecklich. Die Dating-Szene in London ist schlimmer als ein Kriegsgebiet.«

»Na ja, du scheinst doch auf Kriegsgebiete zu stehen.«

»Schon, aber sie eignen sich nicht unbedingt für große Romanzen.«

Ich lachte, und mein Blick fiel in die Küche, wo Joe und Lex standen und uns beobachteten.

»Stört es dich, wenn ich kurz aufs Klo verschwinde? Ich muss echt dringend pinkeln«, sagte ich und stand auf. »Okay, das hättest du jetzt nicht unbedingt wissen müssen, oder?«

»Hey, hör zu, wir sind jetzt Freunde. Und Freunde teilen doch alles. Aber komm dann wieder raus und gesell dich zu mir.«

»Okay, wird gemacht.«

Ich flitzte an Lex und Joe vorbei und auf direktem Weg aufs Klo, da ich tatsächlich dringend pinkeln musste. Ich setzte mich und spürte, wie mir ein bisschen schwummrig wurde. Das wäre also geschafft. Callum und ich waren Freunde. Gute Freunde. Kumpel. Kumpel, die mal was miteinander hatten, aber nichtsdestotrotz Kumpel.

Ich stand wieder auf und trat hinaus, um mir die Hände zu waschen, als ich Willows Stimme im Schlafzimmer nebenan hörte.

»Wir sollten die beiden bald mal zum Abendessen einladen. Nur wir vier.«

»Vielleicht«, ertönte Bills Stimme zur Antwort.

»Ich finde schon. Ich glaube, es könnte lustig werden. Komm schon, nur weil du ihn nicht leiden kannst.«

»Das hat nichts damit zu tun, dass ich ihn nicht leiden kann. Ich will einfach nur nicht, dass Polly verletzt wird.«

Ich ließ das Handtuch fallen.

»Du weißt doch überhaupt nicht, dass das passieren wird«, wandte Willow ein.

»Ich bin mir da nicht so sicher. Männer wie er ... na ja, wir werden ja sehen.«

Ich war hin- und hergerissen zwischen dem Drang, stehen zu bleiben und sie weiter über mein Liebesleben mutmaßen zu lassen, um sie dann zu unterbrechen und zu sagen: »Entschuldigung, aber würdet ihr meine Beziehung wohl meine Sorge sein lassen?«, und der Sorge, dabei erwischt zu werden, wie ich vor ihrer Schlafzimmertür lauschte. Die Angst, erwischt zu werden, gewann, also huschte ich auf Zehenspitzen in die Küche zurück, wo Joe und Lex einen alten Britney-Song aufgedreht hatten.

»Polly!«, brüllte Joe. »Komm und tanz mit uns.«

Ich lächelte und nickte mit dem Kinn nach draußen. »Schon okay, ich setze mich noch ein wenig nach draußen.«

Callum war immer noch da und rauchte. »Oh, perfekt. Kann ich auch eine haben?«, fragte ich.

»Klar«, antwortete er und warf die Packung auf den Tisch. »Wusste ja gar nicht, dass du rauchst?«

»Tu ich eigentlich auch nicht. Nur ... ab und zu.« Ich

wusste, dass es keinen vernünftigen Grund dafür gab, aber ich war innerlich aufgewühlt.

»Bedien dich.«

Wir saßen da und rauchten eine Weile schweigend, während ich das Gespräch in meinem Kopf rekapitulierte. Das war es also, was sie alle dachten: dass Jasper bald schon gelangweilt wäre, und dann Schluss mit lustig. Es sollte mich wohl nicht weiter überraschen – Schlossbesitzer und zukünftige Herzöge waren eigentlich nicht dazu prädestiniert, ihr Leben mit gewöhnlichen Mädchen aus Battersea zu teilen. Auch wenn wir alle von klein auf durch Disney-Filme indoktriniert wurden, genau das zu glauben. Scheiß *Cinderella*.

»Was machst du dieses Wochenende?«, fragte Callum.

»Ähm, ich werde hauptsächlich bei meiner Mum sein. Ihr geht's momentan nicht so gut.«

»Oh, tut mir leid. Was hat sie denn?«

Ich stieß langsam den Rauch in die warme Abendluft aus. »Brustkrebs.«

»Oh, verdammt … und noch mal, tut mir leid.«

»Ja, danke. Aber sie hatte schon eine OP, und jetzt steht nur noch die Chemo an.«

»Fiese Sache«, erwiderte er. »Hatte mein Dad auch. Eine Chemo, meine ich.«

»Wegen was?«

»Der Leber. Ist schon ein paar Jahre her.«

»Und wie geht es ihm heute?«

»Er ist nicht mehr unter uns.«

»Oh, das tut mir leid.«

»Nein, nein, braucht es nicht. Ist schon eine ganze Weile her. Es ist okay.«

Während ich so dasaß und mit Callum in der Abenddämmerung darüber redete, wurde mir bewusst, dass Jasper und ich nie richtig über Mum gesprochen hatten. Dass er nie wirklich danach gefragt hatte. Dass, jedes Mal, wenn es zur Sprache kam, das nur daran lag, dass ich es zuerst erwähnt hatte. Bill erkundigte sich ständig nach Mum, und selbst Lex fragte nach ihr, wenn ihr die Hochzeitsthemen ausgingen. Doch Jasper … nein, nicht wirklich. Aber wahrscheinlich hatte er genug Probleme mit seiner eigenen Familie.

In diesem Moment leuchtete mein Handydisplay auf dem Tisch auf.

Würde es dir was ausmachen,
wenn wir uns bei mir treffen?
Die Autobahn ist ein einziger
Albtraum.

Ich lächelte rasch Callum zu und antwortete dann.

Natürlich nicht. Wann
kommst du an?

In etwa einer halben Stunde. Ist
das OK?

Ich antwortete mit einem lächelnden Emoji.

»Der Playboy?«, fragte Callum.

»Jepp«, erwiderte ich. »Aber leider Pech gehabt, er kommt nicht vorbei. Er hat den ganzen Tag im Auto gesessen, also fahre ich zu ihm.« Ich war noch nie in Jaspers Haus. In den ganzen drei Monaten, die wir zusammen waren, hatte er sich darum gedrückt, dort mit mir zu übernachten, da Violet dort wohnte und seine Eltern in dem Haus übernachteten, wenn sie in London zu Besuch waren.

»Was für ein Jammer«, sagte er.

»Ihr Typen seid echt primitiv«, scherzte ich.

»Da gebe ich dir nicht unrecht«, erwiderte er.

Ich kehrte in die Küche zurück, stellte mein Glas in der Spüle ab und hielt nach Bill Ausschau, um mich von ihm zu verabschieden. Ich fand ihn im Flur, wo er sich mit einer jungen Frau unterhielt, die ich nicht kannte.

»Polly, das ist Emma, eine Kollegin von Willow. Emma, das ist Polly.«

»Hi, Emma«, sagte ich, »tut mir total leid, ich würde gerne bleiben und mit euch plaudern, aber ich muss los.«

»Du gehst? Jetzt schon?«, fragte Bill. »Wir haben uns doch noch gar nicht richtig unterhalten. Außerdem ist da jemand in der Küche, den ich dir gerne vorstellen würde. Er leitet eine Nachrichten-Website. Ich dachte mir, du könntest dich mal mit ihm kurzschließen, um zu sehen, ob er neue Autoren braucht?«

»Tut mir leid«, erwiderte ich kühl; ich war immer noch eingeschnappt wegen seines Gesprächs mit Willow, das ich mit angehört hatte. »Aber Jasper ist den ganzen Weg von Yorkshire hier runtergefahren, also habe ich gesagt, dass ich bei ihm vorbeikomme.«

»Alles okay bei euch?«

»Ja, alles gut«, sagte ich. »Ich denke, er ist einfach nur erschöpft und deswegen nicht in Feierlaune.« Im Hintergrund konnte ich Joe und Lex hören, die lauthals zu Rita Ora mitsangen.

»Okay, dann ab mit dir«, sagte Bill und umarmte mich. »Aber du schuldest mir was. Dich einfach so von der Geburtstagsparty deines besten Freundes zu verdrücken, nur um … Okay, eigentlich will ich gar nicht darüber nachdenken, weswegen du gehst. Geh einfach.«

Ich erwiderte seine Umarmung flüchtig und ging.

Jaspers Haus lag in South Kensington, an einem dieser großen Londoner Plätze mit privaten Gärten, umgeben von herrschaftlichen weißen Häusern mit Säulen davor. Ich spähte auf mein Handy. Nummer dreiundvierzig, hatte er gesagt. Ich hoffte inständig, seinen Eltern nicht zu begegnen. Oder Violet. Ich hatte wirklich keine Lust, dass die Herzogin hereinspaziert kam, während ich gerade auf dem Klo saß. Aber ich ging davon aus, dass ich das erste Mal hier übernachten konnte, weil sie nicht da waren.

»Es ist die Dreiundvierzig«, informierte ich den Fahrer,

während wir langsam an den aufsteigenden Hausnummern vorbeirollten.

Ich stieg aus, und er fuhr davon, gerade als Jasper in seinem Range Rover eintraf.

»Wie war die Fahrt?«, fragte ich, während er aus dem Wagen stieg.

»Absolut schrecklich, aber jetzt bin ich ja da.«

»Hi«, sagte ich und grinste, als er mit dem Kopf ein Stück zurückwich.

»Hallo, Madam!«, erwiderte er, sein Gesicht immer noch vor meinem. »Wie viele Flaschen?«

»Nicht *so* viele.«

»Natürlich nicht. Lass uns reingehen, damit ich aufholen kann.«

Er kramte den Schlüssel aus seiner Hosentasche und öffnete die Tür. Die Eingangshalle war größer als meine gesamte Wohnung – weiß glänzende Marmorböden, Schwarz-Weiß-Fotografien und Familienporträts an den Wänden. Auf einem Konsolentisch ging eine Lampe an.

»Sicher, dass deine Eltern nicht da sind?«, vergewisserte ich mich.

»Ich habe sie gerade vorhin in Yorkshire verabschiedet; wenn sie sich also nicht gerade auf magische Art und Weise hierherteleportiert haben, dann mit höchster Wahrscheinlichkeit, ja.«

»Und deine Schwester …?«

»… ist ebenfalls in Yorkshire.«

»Kann ich meine Schuhe anlassen?«

Jasper lachte. »Ja, und jetzt komm rein.«

Ich betrat den makellosen weißen Marmorboden und schloss sorgsam die Tür hinter mir. Es roch sogar teuer – nach Silberpolitur und Ledermöbeln.

Ich folgte ihm über die Marmorfliesen und eine Treppe hinunter in die Küche. Sie sah aus wie eine dieser Küchen, die man aus Historiendramen kennt – Kupferpfannen und -töpfe an einer Wand über dem Ofen; eine riesige Feuerstelle; ein langer massiver Holztisch, der mindestens zwanzig Dienern und Küchenmägden Platz bot.

Jasper riss schwungvoll eine Schranktür auf, um dahinter einen gigantischen Kühlschrank zu enthüllen. »Ein Glas Weißwein gefällig?«

»Immer doch.«

Er schloss den Kühlschrank wieder und öffnete eine andere Schranktür, um zwei Gläser herauszuholen.

»Hast du je richtig hier gelebt?«, fragte ich, während ich mich in dem Raum umsah. Ich war völlig baff. Das hier war eines dieser krassen Superhäuser, über die man im *Evening Standard* las. So ein Haus, das dreißig Millionen Pfund kostete und über sieben Etagen, ein Privatkino, drei Kellergewölbe, einen Atombunker und einen Pool verfügte.

»In London? Nein, nicht wirklich. Ich komme ab und zu her, aber eigentlich nur, wenn sonst niemand hier ist«, sagte er.

»Wie viele Schlafzimmer hat es denn?«

»Ehrlicherweise bin ich nicht sicher … Acht? Oder neun?«

»Aber es ist trotzdem zu klein, um gleichzeitig mit jemandem von deiner Familie hier zu sein?« In Anbetracht der schieren Größe dieses Hauses klang es schräg, dass er ihnen aus dem Weg gehen wollte. Außer … kam mir plötzlich der Gedanke … außer, er wollte nicht, dass sie mir über den Weg liefen? Ich musste wieder an das Gespräch zwischen Bill und Willow denken, das ich vorhin belauscht hatte, und verspürte unwillkürlich einen kleinen Anflug von Zweifel in meinem Brustkorb aufflattern. Vielleicht hatte Bill ja recht. Vielleicht war es nur eine Frage der Zeit.

»Du hast meine Familie doch selbst gesehen«, sagte Jasper und reichte mir ein Glas.

»Mhmm.« Oder war ich nur paranoid?

»Wie war die Party?«, erkundigte er sich.

»Ganz nett. Hab mit ein paar alten Freunden geplaudert. Und Joe singend in der Küche stehen lassen. Du weißt schon, ein durchschnittlicher Freitagabend eben. Wie geht es dir?«

»Mir …« Er hielt inne, als müsse er nachdenken, während er die Flasche in den Kühlschrank zurückstellte. »Mir geht's gut. Aber ich habe dich die ganze Woche vermisst.«

Bisher hatte er noch nie gesagt, dass er mich vermisst hätte.

»Wirklich?«, fragte ich mit einem breiten Grinsen. Eigentlich bescheuert, wie schnell und leicht dieser eine Satz alle meine Sorgen verpuffen ließ.

»Wirklich.« Jasper stellte das Glas auf dem Küchentresen ab, trat auf mich zu und legte seine Hände um mein Gesicht.

»Ich hab dich auch vermisst«, sagte ich. Dann wurde ich rot.

»Und ich habe es vermisst, dich zu vögeln.« Er schlang seine Arme um meinen Rücken und zog mich an sich.

»Ach ja?«

Er antwortete nicht. Er küsste mich einfach nur, fuhr mir mit den Fingern durchs Haar und umfasste meinen Hinterkopf. »Sollen wir nach oben gehen?«

»In eins deiner fünfhundert Schlafzimmer?«

»Jetzt werd bloß nicht vorlaut.«

»Schon gut, schon gut. Aber was ist mit dem Wein?«

»Das wirklich Clevere an Weingläsern ist, dass sie transportabel sind«, erwiderte er.

Vor dem Kücheneingang gab es einen Aufzug. Einen Aufzug mit allem Drum und Dran, inklusive eines dieser altmodischen Metallgitter, die man zuziehen musste, damit er losfuhr. Jasper drückte den Knopf zum vierten Stock, und wir ruckelten langsam aufwärts, wobei er mich mit seinem Körper gegen die Wand presste – ein Weinglas in der einen, die Weinflasche in der anderen Hand. Dann kam der Lift abrupt zum Halten.

»Raus mit dir«, sagte Jasper, nachdem er das Gitter aufgeschoben hatte. »Zweite Tür rechts.«

Sein Schlafzimmer befand sich nach vorne raus, mit Blick auf den Platz. Ein riesiges Himmelbett stand darin, und direkt gegenüber davon ein alter hölzerner Schreibtisch. Jasper stellte Flasche und Glas darauf ab und zog die Vorhänge zu. An den Wänden hingen lauter Sportfotos.

»Wie süß. Der kleine Jasper«, sagte ich und beugte mich vor, um sie genauer anzusehen.

»Wohl eher ein gefährlicher Irrer, bewaffnet mit einem Kricketschläger«, bemerkte Jasper, wobei er hinter mich trat und mein Haar auf eine Seite strich, um meinen Hals küssen zu können.

Ich wandte den Kopf, um seinen Kuss zu erwidern. Dann versuchte ich, mich umzudrehen, doch er ließ mich nicht. »Bleib so«, raunte er mir ins Ohr.

Er schob seine Hände unter mein T-Shirt, ließ seine Hände über meinen Bauch gleiten, öffnete meinen BH und zog mir das Shirt über den Kopf. Ich griff mit meinen Händen hinter den Kopf, um sein Gesicht zu umfassen.

»Leg sie hin«, sagte er. »Flach. Auf den Tisch.«

Ich tat wie mir geheißen. Er fuhr mit den Händen wieder an meinem Körper runter bis zu meinem Hosenknopf und öffnete ihn; dann schob er meine Jeans und mein Höschen über meine Schenkel, sodass sie sich um meine Knöchel legten. »Steig da raus«, befahl er; also versuchte ich, es auf halbwegs sexy Art und Weise zu tun, anstatt wie ein Babyelefant herumzutrampeln. Ziemlich knifflig, sich verführerisch aus so einer Skinny-Jeans zu schälen.

Und da stand ich – nackt, das Gesicht immer noch abgewandt –, während seine Hände an den Außenseiten meiner Beine und über meine Hüften wieder nach oben glitten, bevor er mich zu sich umdrehte. »Leg dich aufs Bett«, wies er mich an.

»Können wir das Licht etwas dimmen, damit es nicht so …«

»Leg dich aufs Bett«, wiederholte er. »Auf den Rücken.« Er ging zur Tür, schloss sie ab und dimmte die Lichter. Dann kam er zum Bett und entzündete eine Kerze auf dem Nachttisch. »Streck die Hände über den Kopf und lass sie dort liegen«, sagte er, während er sein eigenes T-Shirt auszog.

Er kniete sich über mich und begann damit, meine Handgelenke zu küssen, die ich über meinem Kopf verschränkt hatte. Dann fuhr er mit den Lippen weiter über meinen linken Unterarm und danach über meinen rechten Unterarm; dann über meinen linken Bizeps. Dann meinen rechten Bizeps. Ich fragte mich ganz kurz, ob ich Deo aufgetragen hatte. Ich glaubte schon. Mir kam auf einmal die Sexszene aus *Der Pferdeflüsterer* in den Sinn, in der Robert Redford die Achselhaare von Kristin Scott Thomas leckt. Ich hatte den Film als Jugendliche gesehen und danach noch jahrelang befürchtet, »gut im Bett« zu sein würde bedeuten, die Achselhaare des anderen zu lecken. Aber dann hatte ich erfahren, dass Kristin Scott Thomas lange Zeit in Frankreich gelebt hatte, und beschloss, dass das alles erklärte.

Jasper arbeitete sich mit seinem Mund weiter nach unten, biss sanft in meine Nippel und hinterließ eine Spur von Küssen auf meiner Hüfte. Ich seufzte vor Wonne bei dem Gedanken, wie seine Zunge sich in mich schob, und ließ meine Hände auf seinen Kopf sinken, um durch sein Haar zu fahren.

»Lass die Hände über dem Kopf«, sagte er, »sonst werde ich sie fesseln.«

»Schon gut, Christian Grey«, erwiderte ich.

Da hörte er auf und stand auf.

Ich sah zu ihm. »Was ist?«

Er nahm die Kerze vom Nachttisch, kniete sich wieder über mich und neigte sie so, dass das Wachs runterträufelte und von der Mulde zwischen meinen Brüsten zu meinem Bauch rann. Die Wachstropfen brannten einen Augenblick, dann wurden sie hart.

»Gefällt dir das?«, fragte er,

»Ja …«, sagte ich, obwohl ich nicht vollständig überzeugt war. Das heiße Wachs einer luxuriösen Jo-Malone-Kerze auf mich getröpfelt zu bekommen, war zwar um einiges mehr Marquis-de-Sade-mäßig, als es mein Sexleben je hergegeben hatte, aber gleichzeitig hatte ich Bedenken wegen der Laken. Wachs war echt höllisch schwer wieder rauszukriegen.

Er neigte die Kerze abermals, sodass das flüssige Wachs weiter über meine Hüfte rann. Das machte mich nun doch etwas nervös. Heißes Wachs auf der Klitoris tat doch bestimmt saumäßig weh, oder? Außerdem war es parfümiertes Wachs. Dabei hatte ich mir stets die Warnungen vor parfümierten Badeölen und Schaumbädern zu Herzen genommen, da sie Scheidenpilz hervorrufen konnten. Hatten Duftkerzen womöglich denselben Effekt? Doch da hörte Jasper schon auf und stellte die Kerze auf den Nachttisch zurück, bevor er seine Jeans und Boxershorts auszog und seinen Schwanz in mich schob.

Ich stieß die Luft aus und schlang meine Arme um seinen Rücken, während er immer wieder in mich stieß. Hart. Und tief. So tief, dass ich schon das Gefühl hatte, er könnte meine Niere verschieben. Doch da hörte er wieder auf und zog sich aus mir zurück, kniete sich zwischen meine Beine, leckte sich über seine Finger und fing an, sanft um meine Klitoris zu kreisen. Meine Hüften begannen zu zucken und sich zu winden, und er schob seinen Finger in mich.

»Nein, nein. Mach das, was du oben getan hast«, stieß ich atemlos hervor. Er begann wieder, meine Klitoris zu reiben. Bis zu dem Moment, als ich kurz davor war zu explodieren und er seine Hand wegnahm, um seinen Schwanz wieder in mich zu stoßen. Ich kam, wobei ich mich an ihn klammerte. Dann stöhnte er laut in mein Ohr, als er ebenfalls kam, und wir blieben keuchend und schweißgebadet so liegen.

»Mein Gott«, sagte er schwer atmend. »Ich habe die ganze Woche an nichts anderes gedacht.«

»Ich auch.«

»Hat es dir gefallen?« Er hob den Kopf und sah mich an. »Das mit dem Wachs?«

»Jepp«, sagte ich. »Total.«

Auch wenn, so dachte ich bei mir, heißes Wachs über seinen Sexualpartner zu tröpfeln definitiv mehr eine Beschäftigung für eine Freitagnacht war, weniger für einen Dienstagabend. Ich persönlich wurde ja immer nervös bei diesen Gesprächen darüber, worauf man steht oder nicht steht. So wie wenn ein Mann dich fragt: »Was ist deine geheimste Fantasie?«, und du willst sagen: »Einen Film auf dem Sofa gucken und mir eine Packung Schoko-Bons reinpfeifen.« Doch stattdessen musst du dir eine möglichst unpraktikable Position aus der Nase ziehen und behaupten, dass du dich total gerne als ungezogene Optikerin verkleidest, nur weil du glaubst, dass er das hören will.

»Könnte ich kurz duschen gehen?«, fragte ich, als er sich von mir runterrollte und mein Blick auf das erkaltete Wachs auf meinen Bauch fiel.

Am nächsten Morgen ließ ich Jasper liegen und fuhr zu mir nach Hause; davor schaute ich noch schnell in Barbaras Laden vorbei, um eine Milch zu kaufen.

»Naaa, wie geht es deinem Auserwählten?«, erkundigte sie sich.

»Gut, danke«, antwortete ich geistesabwesend, während ich die Datumsangaben auf der fettarmen Milch überprüfte. Barbara stellte die Milchpackungen, die kurz vor dem Ablaufen waren, gerne vorne hin und versteckte das frische Zeug dahinter. Ich griff ganz hinten in das Regalfach.

»Und wie ist der Sex?«

Ich blickte mich im Laden um, um sicherzugehen, dass kein nichts ahnender Kunde auf der Suche nach einer Viererpackung Klopapier mithörte. »Ähm, auch gut, danke der Nachfrage.« Ich stellte die Milch auf den Verkaufstresen.

»Du brauchst einen Mann, Polly, einen richtigen Mann. Das ist gut.« Sie ignorierte die Milch vor ihr.

»Mhmm.«

»Wann ist er geboren?«

»Ende November?« Auf diese Frage hatte ich gewartet.

Sie nickte beifällig. »Abenteuerlich.« Sie machte immer noch keine Anstalten, die Milch zu nehmen. »Obwohl sie manchmal etwas ungeduldig sein können. Ist er denn ungeduldig, Polly?«

Ich ließ die Sache mit dem Wachs von gestern Nacht Revue passieren. »Nein, würde ich nicht unbedingt sagen. Tatsächlich bin ich es, die ziemlich ungeduldig ist«, erwiderte ich mit Blick auf die Milchpackung.

»Ein Schütze und ein Steinbock«, sagte sie und nahm sie endlich. »Hmmm. Eine ungewöhnliche Kombination. Sehr experimentell.« Sie hob vielsagend eine Augenbraue.

Warum musste ich eigentlich solche Qualen für eine Packung Milch über mich ergehen lassen?

»Sehr leidenschaftlich, diese Schützen«, fuhr sie fort, bevor sie sich zur Kasse wandte. »Ein Pfund zwanzig, bitte.«

»Danke, Barbara, bis später«, sagte ich, reichte ihr rasch die Münzen und schnappte mir die Milch. »Tüte brauch ich nicht.«

»Halt mich auf dem Laufenden!«, rief sie noch, als die Tür sich bimmelnd hinter mir schloss.

12

Peregrine wirbelte auf seinem Drehsessel herum und musterte mich eingehend. Bitte, bitte, bitte, jetzt frag mich nicht nach meinem Liebesleben, dachte ich, als ich mich vor seinen Schreibtisch setzte.

»Polly, guten Morgen!«

»Morgen«, erwiderte ich verhalten, während ich den Kaffeebecher auf meinem Schoß umklammerte, als wäre er ein Amulett, der das Böse abwenden konnte.

»Nun«, begann Peregrine, »ich wollte mit dir über eine etwas delikate Angelegenheit sprechen.«

Oh Gott.

»Aber ich glaube, du bist genau die richtige Frau für diesen Job.«

»Okaaaay …«

»Es ist mir zu Ohren gekommen, dass es da eine italienische Dame in London gibt, die besonders außergewöhnliche Partys veranstaltet.«

»Was meinen Sie mit ›besonders außergewöhnlich‹?«

»Nun ja …« Peregrine zögerte. »Um ganz ehrlich zu sein, ich glaube, man kann sie nur als Orgien bezeichnen.«

Ich sah ihn verwirrt an.

»Ja«, fuhr er fort, »anscheinend ist ihre Gästeliste wirklich einzigartig. Minister, oberste Richter, Banker, Rechtsanwälte, ehemalige Bürgermeister von London, alles Mögliche. Und alle hauen sich gegenseitig mit Lederpeitschen.«

»Woher wissen Sie das?«

»Was?«

»Ich meine, wie haben Sie von diesen Partys erfahren?«

»Ach, nicht so wichtig.« Er machte eine wegwerfende Handbewegung. »Aber hör mir gut zu, ich möchte von dir, dass du auf eine dieser Partys gehst und darüber berichtest. Sie finden monatlich in einer Privatvilla in Mayfair statt … habe ich gehört«, fügte er rasch hinzu.

»Aber wie soll ich da reinkommen, wenn das so eine exklusive Gästeliste ist? Wahrscheinlich haben sie ein striktes Presseverbot. *Omertà* und so?«

»Keine Sorge. Die Partys werden von dieser Italienerin namens Ana geleitet, mit der ich bereits gesprochen habe. Es stört sie nicht, wenn die *Posh!* darüber berichtet; sie will nur die anderen Zeitungen raushalten.«

»Okaaaaay«, sagte ich langsam. »Also gehe ich auf eine dieser Partys und … schreibe einfach alles auf?«

»Ganz genau«, erwiderte er. »Viele schillernde Details, keine Namen. Höchstens vielleicht ein kleiner Hinweis.

Ein Abgeordneter hier, eine Comtesse da. Der Artikel wird sich praktisch von allein schreiben, Polly. Ich sehe die Schlagzeile schon vor mir: ›Die exklusivste Party der Welt‹.«

»Na schön«, sagte ich und stand auf. »Schicken Sie mir die E-Mail-Adresse dieser Frau?«

»Wie bitte?« Er hatte sich bereits wieder seinem Bildschirm zugewandt.

»Na, die Frau, die diese Partys organisiert?«

»Oh, Ana. Ja, natürlich.«

Ich kehrte an meinen Schreibtisch zurück und setzte mich. Würde es mir gelingen, mich selbst davon zu überzeugen, dass der Besuch einer Sex-Party in einer großen vornehmen Villa ein kühner Akt investigativer Berichterstattung war? So ein Projekt, für das anständige, richtige Journalisten Auszeichnungen bekamen? Ich war mir nicht sicher.

»Und wo ist überhaupt Lala?«, fragte Peregrine, der den Kopf schon wieder durch die Tür steckte.

Ich zuckte die Achseln.

»Beim Arzt«, antwortete Enid. »Irgendwelche Frauenprobleme anscheinend.«

Er schüttelte sich. »Müssen Sie gleich so unappetitlich werden?« Damit kehrte er in sein Büro zurück und schloss die Tür.

Später am Abend stand ich bei Mum in der Wohnung, begutachtete ihr schütter gewordenes Haar und griff dann nach dem elektrischen Rasierer. Nach zwei Chemo-Sitzungen hatten wir beschlossen, dass ich ihr eine Glatze rasieren sollte, um die letzten büscheligen Überreste loszuwerden, die ihr das Aussehen eines mitleiderregenden Schleiereulenkükens verliehen. Sidney hatte uns seinen Rasierer geliehen, da ich mich nicht traute, eine Klinge zu benutzen.

»Also gut, Mum, lass es uns hinter uns bringen. Danach wirst du aussehen wie ein Rock-'n'-Roll-Star.« Ich schenkte ihr ein aufmunterndes Lächeln.

Sie verzog das Gesicht. »Wohl eher wie dieser Typ aus *Raumschiff Enterprise*. Wie hieß er gleich noch mal?«

»Captain Jean-Luc Picard. Aber in diesem Fall müsstest du dich zusätzlich in einen knallengen Neoprenanzug quetschen und dich mit richtig guten Drogen abschießen.«

»Vielleicht findet sich ja was Adäquates in meinem Kleiderschrank, und ich hätte auch gar nichts dagegen, mich mit Drogen abzuschießen.«

»Lass uns jetzt nicht mit Jean-Luc Picard aufhalten«, sagte ich. »Sitzt du bequem?«

»Ja.«

»Gut. Los geht's.«

Ich schaltete den Rasierer ein, als mir einfiel, dass ich keine Ahnung hatte, wo ich anfangen sollte. Von der Stirn über den Hinterkopf und runter bis zum Nacken oder andersrum? Der Rasierer schwebte einen Moment reglos über Mums Kopf. Ich setzte ihn sanft mitten auf dem Scheitel an und bewegte ihn langsam nach hinten.

Mum blieb still.

»Ist das in Ordnung so?«, fragte ich, während die Haarsträhnen auf das Handtuch segelten und die Abendsonne sich in ihnen fing. Bertie lag neben dem Stuhl; sein Kopf ruhte auf einem von Mums Füßen.

»Ja«, sagte sie leise.

Ich fuhr langsam fort und zog den Rasierer behutsam über ihren Hinterkopf, wobei ich einen weißen kahlen Streifen hinterließ.

»Immer noch in Ordnung?«

»Ja, ich glaube schon. Kitzelt ein bisschen. Wie sieht es aus?«

»Ähm, super. Toll. Schon viel besser. Wenn ich erst mit dir fertig bin, werden sie alle so was wollen.« Witze zu reißen schien mir die einzig mögliche Art und Weise, mit diesem Szenario umzugehen. Ich wollte nicht unsensibel sein; ich wusste nur nicht, wie ich das hier sonst durchziehen sollte.

»Glaubst du, Sidney wird es sehr stören?«

»Natürlich nicht. Er wird es lieben.« Hundertprozentig sicher war ich mir zwar nicht, aber damit konnten wir uns später noch befassen.

Mum hatte ihre Schubladen durchstöbert, diverse alte zerknitterte Seidenschals hervorgekramt und sie anschließend gebügelt. Jetzt lagen sie in einem Stapel ordentlich gefaltet auf dem Küchentisch.

Noch mehr Haare segelten auf das Handtuch; dann drehte Mum sich um und blickte zu mir auf, wobei sie sich die Hand auf die Kopfhaut legte, um sie zu befühlen. »Ziemlich kühl«, bemerkte sie.

»Deshalb haben wir ja die Schals. Du machst einfach einen auf die Queen.«

»Die Queen hat keine Glatze.«

»Ja, ich weiß«, sagte ich, während ich mich vorbeugte, um ein Büschelchen hinter ihrem linken Ohr abzurasieren. »Aber denk doch nur dran, wie elegant sie aussieht, wenn sie eines dieser Hermès-Kopftücher trägt.«

Ich zog das Kabel um den Stuhl herum und stellte mich vor sie hin. »Mach die Augen zu, ich muss jetzt den Ansatz vorne machen. Sonst siehst du am Ende noch aus wie so ein Mönch aus dem Mittelalter.«

Mom schloss die Augen, die mittlerweile ebenfalls kahl und ungeschützt waren, da ihre Augenbrauen und Wimpern schon vor ein paar Tagen ausgefallen waren. Die würden nachwachsen, hatte der Internist gemeint. Wahrscheinlich etwas dünner als zuvor, aber sie würden wiederkommen.

Sie hatte auch an Gewicht verloren, bemerkte ich, als mein Blick auf ihre Beine fiel. Sie hielt die Hände fest zwischen ihren Schenkeln umklammert, und ihre Jeans saß locker. Ihr Kühlschrank war leerer als üblich: eine Halbliterpackung Milch, ein winziger Brocken Parmesan und eine alte angetrocknete Zitrone waren seine einzigen Bewohner. Ich nahm mir vor, später noch einkaufen zu gehen.

»Mach dir keine Sorgen, mein Schatz. Ich werd schon

wieder«, sagte Mum mit geschlossenen Lidern, als könnte sie meine Gedanken lesen.

»Ich weiß«, sagte ich. »Ich musste nur gerade … an die Arbeit denken.« Ich wollte sie ablenken. Und mich auch.

»Warum? Was ist los?«

Ich dachte an die Szene heute Nachmittag im Büro zurück. »Peregrine hat schon wieder so eine irre Idee für einen Artikel. Er will, dass ich auf eine Party gehe.«

»Und was ist so schlimm daran?«

»Es ist eine Sex-Party.«

»Eine *wiebittewas*?«, fragte sie und drehte den Kopf, um mich anzusehen.

»Halt still und mach die Augen zu«, sagte ich. »Na ja, es ist eigentlich mehr so eine Art Orgie. Glaube ich. Ich weiß nicht ganz genau.«

»Wie meinst du das?« Mum sah mich stirnrunzelnd an.

»Dreh den Kopf zum Kamin«, sagte ich. »Anscheinend hat er da so eine Italienerin kennengelernt, die diese etwas anrüchigen Partys in einer riesigen Villa in Mayfair schmeißt. So eine Party, zu der man sich verkleidet. Und dann … na ja, was auch immer dann passiert.«

»Sex? Passiert da Sex auf diesen Partys?«, hakte Mum nach.

»Ich schätze mal, schon. Halt still.«

»Grundgütiger! Musst du auch Sex haben?«

»Nein! Nein, muss ich nicht«, erwiderte ich. »Ich denke mal, ich geh nur hin und gucke zu. Dreh deinen Kopf auf die andere Seite. Ich bin fast fertig.«

Sie drehte den Kopf. »Du passt aber auf dich auf, ja, mein Schatz? Da werden womöglich allerlei Spinner und Perverse dabei sein.«

»Da bin ich mir sicher.«

»Könntest du nicht Jasper mitnehmen?«

Ich hatte es Jasper gegenüber noch nicht erwähnt. »Ähm, vielleicht. Ich weiß nicht, ob er auf so was steht.«

»Was trägt man denn auf solchen Partys? Ein schickes Cocktailkleid?«

»Nein, ich glaube nicht, dass das Cocktailkleid-Terrain ist. Ich glaube, wir reden hier von Lack und Leder.«

»Ach, du liebe Güte!« Sie schwieg, während der elektrische Rasierer weitersurrte. »Ich habe irgendwo noch die alte Lederjacke von deinem Dad liegen, wenn du magst?«

Ich lachte. »Danke, Mum. Aber ich bin nicht sicher, ob der Achtziger-Jahre-Hells-Angels-Look ganz das Passende für solche Partys ist.«

»Nun, falls du willst, kannst du sie haben.«

»Okay«, sagte ich, fegte die Haare von ihren Schultern und schaltete den Rasierer aus. »Jetzt kannst du aufstehen und dich im Spiegel anschauen.«

Mum erhob sich langsam und blickte in den Spiegel über dem Kamin. »Oh.« Sie hielt sich beide Hände vor den Mund und hob sie dann an ihren Kopf. »Irgendwie hubbelig, oder?«

»Ähm, ein bisschen, ja.« Es tat mir in der Seele weh, Mum dabei zuzusehen, wie sie sich im Spiegel betrachtete. Sie sah jetzt noch verletzlicher aus – als hätte die Rasur sie um sechzig Jahre zurückversetzt und sie wäre wieder ein neugeborener Säugling. Ich blinzelte die Tränen zurück. Reiß dich zusammen, ermahnte ich mich, du bist hier nicht diejenige, die krank ist.

»Es sieht komisch aus. Findest du nicht, ich sehe komisch aus?« Sie sah mich aus ihren kahlen Augen an.

»Nein«, erwiderte ich bestimmt. »Ich finde, du siehst toll aus. Viel besser. Wie ein Rockstar. So als würdest du dich von dieser Sache nicht unterkriegen lassen. Sollen wir ein Kopftuch ausprobieren?«

Sie nickte und holte eins vom Küchentisch. Ein rot-gelbes Exemplar mit galoppierenden Pferdchen drauf. Sie faltete es zu einem großen Dreieck, legte es sich über den Kopf und knotete es unter dem Kinn fest. Dann besah sie sich stirnrunzelnd im Spiegel.

»Sieht nicht besonders nach der Queen aus«, bemerkte sie skeptisch.

»Nein«, pflichtete ich ihr bei. »Warte kurz, lass es uns anders versuchen.« Ich löste den Knoten und trat hinter sie, dann legte ich ihr das Tuch wieder über und verknotete es im Nacken wie bei Steve Tyler.

»Da«, sagte ich. »Schon besser.«

Mum runzelte abermals die Stirn. »Meinst du wirklich?«

»Unbedingt. Ganz im Ernst. Sidney wird es lieben.«

»Und du findest nicht, dass es zu sehr nach bemitleidenswerter Krebspatientin ausschaut?«

»Nein.« Ich schüttelte den Kopf. »Weil du nicht

bemitleidenswert bist, und die Chemo wird diesem Krebs den Garaus machen. Hast du Lust auf Tee und Kekse?«

Sie nickte mir im Spiegel zu.

Ich hatte Bill versprochen, Ende der Woche mit ihm shoppen zu gehen, um ein Geschenk für Willow auszusuchen. Es war ihr dreißigster Geburtstag, also hatte er beschlossen, dass es etwas »Bedeutsames« sein müsste – was in meinen Ohren etwas ominös klang. Bedeutete »bedeutsam« so viel wie ein Diamant?

Wir wollten erst zu Mittag essen, da Bill meinte, er könne unmöglich mit leerem Magen shoppen gehen, also trafen wir uns in der Nähe der Old Street.

»Du solltest ihr einfach einen Welpen kaufen«, sagte ich, auf meinem Schinkensandwich kauend. »Das ist eine gute Übung für später, wenn ihr beide Kinder habt.«

»Oh, na klar. Pissen kleine Kinder etwa auch ständig die Bude voll und kacken auf den Teppich?«

»Deine bestimmt.«

»Ich bin noch nicht reif genug für Kinder. Gestern Nacht erst bin ich um elf heimgekommen und habe mir zu Fertigpizza und Bier *Toy Story* reingezogen.«

»Na gut. Wenn es kein Welpe sein soll, was dann?«

»Ich weiß nicht. Deswegen bist du ja hier.«

»Schmuck? Das ist die naheliegendste Wahl.«

»Du meinst einen Ring?«

»Nein! Keinen Ring. Das ist zu offensichtlich.«

»Für was?«

»Denk mal scharf nach.« Warum sind Männer eigentlich so schwer von Begriff?, dachte ich bei mir.

»Eine Halskette?«, schlug er vor.

»Mhmm, vielleicht. Wie viel möchtest du ausgeben?«

»Keinen Plan. So drei-, vierhundert Kröten?«

»Heilige Scheiße, William!«

»Was denn?«

»Na ja, das ist schon ziemlich viel. Tatsächlich sind Welpen um einiges günstiger.« Ich legte mein Sandwich ab. »Obwohl, womöglich sind sie gleich teuer.«

»Ich glaube, wir verrennen uns gerade viel zu sehr in diese Welpensache, Polly. Wie wäre es mit einer Handtasche? Oder einem Paar schicker Schuhe? Wie heißen noch mal die mit der roten Sohle unten?«

»Louboutins, und nein. Sie ist deine Freundin, nicht deine Mätresse. Ich glaube, Schmuck ist besser.«

»Aber kein Ring?«

»Nein, kein Ring.«

»Weil sie dann denken wird, dass ich sie heiraten möchte?«

»Ja. Außer natürlich, du willst sie heiraten?«

»Was? Jetzt schon? Oh, bitte, komm mal wieder runter.«

»Keine Ahnung, neulich erst hat sie über euch und Kinderpläne gesprochen.«

»Wann?«

Ich prustete los. »LOL, voll erwischt.«

»Wann habt ihr darüber gesprochen?«

»Als wir bei Mum essen waren. Also ich glaube nicht,

dass sie damit gleich morgen früh meinte, aber definitiv zu einem absehbaren Zeitpunkt.«

Bill plusterte die Backen auf. »Gott, Weiber! Wie geht's eigentlich deiner Mum?«

»Ganz gut. Na ja, ein bisschen erschöpft, wenn ich ehrlich bin.«

»Wie viele Chemo-Sitzungen hat sie noch vor sich?«

»Nur noch eine. Aber ihr Haar ist komplett weg. Sie fühlt sich nicht besonders, und sie isst dementsprechend wenig. Ich habe nur …« Ich verstummte. »Aber sie hat Sidney, und das ist doch etwas.«

»Ich fand ihn sympathisch«, sagte Bill und fegte sich die Krümel vom Schoß.

»Ja, er ist echt süß, oder? Ein netter Kerl. Ich habe nur Angst, dass …«

»Was?«

»Na ja, nicht wirklich Angst. Ich bin nur traurig, weil sie einerseits endlich jemanden gefunden hat und glücklicher scheint als seit einer Ewigkeit, aber andererseits …«

»… so krank ist?«

»Ja.« Ich biss die Zähne aufeinander, um nicht loszuweinen.

»Hey.« Bill griff über den Tisch nach meiner Hand. »Sie wird schon wieder.«

Ich nickte. »Jupp. Sie muss einfach, stimmt's?« Doch es hörte sich eher an, als würde ich mich selbst beruhigen.

»Na klar.« Er zog die Hand wieder zurück. »Und ich hoffe, Jasper kümmert sich um dich?«

Meine Gedanken huschten unwillkürlich zu Callum zurück, der sich, nicht so wie Jasper, nach Mums Befinden erkundigt hatte; doch es war das Letzte, was ich Bill gegenüber zugeben wollte. »Das sah jetzt aber aus, als hätte es dir körperliche Schmerzen bereitet zu fragen.« Ich sah ihn aus zusammengekniffenen Augen an.

Er ließ sein Baguette auf den Teller fallen und hob kapitulierend die Hände. »Ich sag doch gar nichts. Ich bin glücklich, wenn du es bist.«

»Hör zu«, begann ich. Das Gespräch, das ich auf der Party zwischen ihm und Willow aufgeschnappt hatte, ließ mir keine Ruhe. Ich hatte nichts gesagt, da ich Bill seitdem nicht gesehen hatte – und auch, weil ich mir lieber den linken Fuß abhacken würde, als je ein so peinliches Gespräch mit ihm zu führen. Aber die Vorstellung, dass die Leute hinter meinem Rücken über meine Beziehung redeten, gefiel mir ganz und gar nicht. Oder, um genauer zu sein, es gefiel mir nicht, dass Bill hinter meinem Rücken über mich redete. »Hör zu«, setzte ich noch einmal an. »Ich habe dich und Willow gehört.«

Er sah mich verwirrt an. »Wie meinst du das? Im Bett?«

»Nein, igitt! Hör auf. Ich habe euch beide über mich und Jasper reden hören.«

Er blickte immer noch ratlos drein.

»Auf deiner Party. In deinem Schlafzimmer. Ich habe nicht gelauscht. Na ja, schon. Aber ich war nur auf dem Klo und habe zufällig mitgehört. Und mir ist schon klar, was alle denken. Es ist höchst unwahrscheinlich, dass diese

Geschichte ein glückliches Ende nehmen wird. Ich weiß, dass Jasper sich in der Vergangenheit wie ein Arsch aufgeführt hat, aber zu mir ist er anders.«

Er hielt wieder die Hände hoch. »Tut mir leid, dass du es gehört hast. Oder, besser gesagt, es tut mir leid, dass wir darüber geredet haben. Ich bekenne mich schuldig.«

»Ist schon in Ordnung.« Ich fühlte mich erleichtert, dass ich endlich mit ihm darüber gesprochen hatte.

»Es ist nur so, dass ich nicht will, dass jemand dir wehtut, und …«

»Ich auch nicht«, unterbrach ich ihn. »Aber bisher … hat es Spaß gemacht. Ob ich am Ende mit ihm zusammenbleibe? Wer weiß das schon. Ich hätte einfach nur gerne, dass die Leute ihm eine Chance geben.«

»Okay«, sagte er. »Ich finde zwar immer noch nicht, dass er gut genug für dich ist, aber okay.«

»Bill, ich mag dich ja wirklich, aber es ist ein bisschen so, wie einen wachsamen großen Bruder zu haben, der mit einem Bleirohr bewaffnet nur darauf wartet, ihm den Schädel einzuschlagen.«

»Na schön«, erwiderte er. »Ich verspreche es. Ich werde nett sein.«

»Gut.«

»Ach, übrigens«, fuhr er fort, »ist irgendwas zwischen dir und Callum gelaufen?«

Ich fühlte mich augenblicklich schuldig. »Warum?«, erwiderte ich vorsichtig.

Er riss die Augen auf. »Oh, also *ist* was gelaufen!«

»Vor einer Ewigkeit«, sagte ich in dem Versuch, es runterzuspielen. »Warum?«

»Lex hat so was auf der Party erwähnt, als du weg warst.«

»Ah, ich sehe schon, mein Geheimnis ist bei Lex in guten Händen.«

»Warum ist es ein Geheimnis?«

»War nur ein Witz. Es ist kein Geheimnis. Es war damals im Januar, nach dem Abendessen bei dir. War wirklich keine große Sache. Ich habe nicht mit ihm geschlafen.«

Bill runzelte die Augenbrauen und schüttelte den Kopf. »Ich will wirklich nicht über dich und Callum nachdenken. Schlimm genug, dass ich von Lord Voldemort hören muss.«

»Jasper«, berichtigte ich ihn. »Und warum ist das so schlimm?«

»Was?«

»Über mich und Callum nachzudenken?«

»Es ist nicht Callum. Es ist nur … du, Polly. Es fühlt sich einfach nur … schräg an, dass du meinen Kumpel küsst.«

»Tja, ich denke nicht, dass es je wieder dazu kommen wird, also keine Sorge.«

»Okay.« Er nahm einen Schluck von seiner Cola. »Das war kein Mittagessen, das war eine Beichtsitzung, oder? Wie läuft es eigentlich bei der Arbeit?«

Mir fiel sofort wieder Peregrines Orgien-Story ein.

»Ganz gut. Aber ich glaube, ich muss mich allmählich nach was anderem umschauen. Die *Posh!* war wirklich super, aber ich habe das Gefühl … ach, keine Ahnung … Ich habe dieses Gefühl, im ewig gleichen Trott festzustecken. Aber ich weiß nicht, wie ich da raus soll. Mir gehen langsam die Adjektive für Hunde aus.«

Bill lachte. »Ich fände es wirklich gut, wenn du dich mit meinem Freund Luke treffen würdest – der, von dem ich dir auf meiner Party erzählt habe. Er hat gerade erst eine Art Nachrichten-Website gegründet.«

»Woher kennst du ihn?«

»Google.«

»Und was meinst du mit ›eine Art Nachrichten-Website‹?«

»Sie heißt *Nice News*«, erklärte Bill, während er sich die Krümel von seiner Hose klopfte. »Zugegebenermaßen sind es vor allem Kätzchen- und Welpen-Memes, aber ich glaube, sie machen auch Interviews mit stillen Helden – so Leuten, die für NGOs in Afrika arbeiten. Oder in Syrien … oder wo auch immer. Ich kann euch per Mail miteinander bekannt machen, wenn du magst. Er hat gerade erst einen Haufen Fördergelder von einer amerikanischen Firma erhalten.«

»Klingt toll«, erwiderte ich. »Ja, wenn es dir nichts ausmacht, würde ich mich sehr gerne mit ihm unterhalten.«

»Klar, ist so gut wie erledigt.«

»Danke dir. Aber sag mal, wie läuft es mit deiner Arbeit?«

»Gut«, sagte er grinsend. »Der National Health Service hat gerade erst bestätigt, dass sie die App im Oktober launchen können, also muss ich noch zehn, zwölf Leute anheuern, um daran zu arbeiten. Alles ist auf dem Weg. Es wird zwar ein paar Monate hektisch werden, aber ich liebe die Arbeit.«

Ich schüttelte schmunzelnd den Kopf. »Ein modernder Aneurin Bevan quasi.«

Bill runzelte die Stirn. »Wer war das denn?«

»Ein Politiker der Labour-Partei. Der Gründer des staatlichen Gesundheitssystems, du Nerd.«

»Schon gut, schon gut. Selber Nerd. Aber komm jetzt, lass uns shoppen gehen. Wir können schließlich nicht den lieben langen Tag hier herumsitzen und es uns gut gehen lassen.«

Wir verbrachten eine erfolglose Stunde damit, durch die Läden zu bummeln und uns Halsketten in Schmuckgeschäften anzuschauen. Bei allem, was mir gefiel, sagte Bill, das sei »nicht Willow«. Alles, was ihm gefiel, war die Sorte Halskette, die eine BH-Verkäuferin gehobenen Alters tragen könnte.

Schließlich musste ich zurück ins Büro. Er nahm mich in die Arme und bedankte sich bei mir: »Du warst mir eine Riesenhilfe.«

»Gern geschehen. Wann ist überhaupt der Geburtstag?«

»Nächstes Wochenende. Wir fahren weg, nach Wiltshire. Hab schon ein todschickes Hotel gebucht.«

»Okay, du wirst schon was finden. Eine Halskette, vermute ich stark. Aber bitte nicht so ein grässliches Gold-Exemplar. Frag dich einfach immer: Würde meine eigene Mutter das tragen? Wenn die Antwort Ja lautet, dann kauf sie auf keinen Fall.«

Er salutierte: »Habe verstanden.«

Der Freitag in der *Posh!*-Redaktion begann eher gewöhnlich – insofern, dass keiner da war. Nicht einmal Enid. Nur ich, ein strammer Americano und meine To-do-Liste. Auf der ich ganz oben notiert hatte: *Mit Ana sprechen* – der ominösen Italienerin mit den Sexpartys. Sie war die ganze Woche unterwegs gewesen, hatte jedoch gemeint, dass sie heute für ein Telefonat verfügbar wäre, also schrieb ich ihr eine kurze Mail, um nachzuhaken.

> Guten Morgen, Ana. Ich bin den ganzen Vormittag im Büro, also lassen Sie mich wissen, wann es Ihnen passt, und ich melde mich bei Ihnen.

Dann musste ich Mum anrufen. »Morgen!«, trällerte ich, als sie abhob.

Aber es war nicht Mum, es war Sidney.

»Oh, Sidney! Morgen. Wie geht es dir?«

»Mir geht es blendend, danke. Aber … deine Mutter liegt noch im Bett.«

Ich blickte auf die Zeitanzeige auf meinem Computer. Es war 10.45 Uhr.

»Wir hatten keine besonders gute Nacht«, erklärte er. »Sie hat sich mehrfach übergeben.«

»Oh Gott, geht es ihr besser?« Ich spürte, wie mein Herz zu rasen begann.

»Sie ist gerade wieder eingeschlafen. Soll ich dir Bescheid geben, wenn sie aufwacht?«

»Ja, bitte. Aber das ist doch normal, oder? Ich meine, das war zu erwarten? Das kommt von der Chemo, oder? Ich habe gelesen, dass die Chemo solche Nebenwirkungen haben kann«, brabbelte ich aufgewühlt.

»Ja«, sagte Sidney bestimmt. »Sie häufen sich momentan, deshalb fühlt sie sich gerade scheußlich, aber das wird vorübergehen.«

»Okay. Ich bin den ganzen Tag im Büro, du kannst mich also jederzeit anrufen.«

»Auf jeden Fall. Und mach dir keine Sorgen, ich bleibe hier und habe ein Auge auf sie. Wir werden uns einen gemütlichen Tag machen und Netflix schauen.«

»Du bist unglaublich. Ganz ehrlich. Ich bin dir so dankbar.«

Sidney lachte verlegen. »Schon okay.«

»Bis später, und danke. Danke noch mal.«

Ich legte auf. Verdammt. Verdammt, verdammt, verdammt. Aber ich konnte nicht zum gefühlt 2374. Mal »Brustkrebs« googeln. In diesem Moment flog die Tür auf, und Lala kam herein.

»Morgen«, sagte sie mürrisch.

»Hi«, sagte ich. »Alles okay bei dir?«

»Ach, nur lebensmüde. Meine Freundin Morwenna hat sich gestern Abend verlobt.«

»Und das ist … eine traurige Nachricht?«

»Ja! Warum sind alle verheiratet, nur ich nicht?«, fragte sie, während sie sich an ihrem PC anmeldete und dabei so heftig auf die Tastatur einhackte, dass ich mir Sorgen machte, sie könnte sich die Finger verstauchen.

»Ich bin nicht verheiratet.«

»Ja, aber du hast einen Freund.«

Nach meiner Unterhaltung mit Sidney war ich nicht unbedingt in der Stimmung, mit Lala ausgiebig über mein Liebesleben zu diskutieren, also schwieg ich.

»Ich geh mal raus, eine rauchen«, sagte sie, obwohl sie noch keine drei Minuten im Büro war. »Soll ich dir was mitbringen?«

»Nein. Danke. Ich brauche nichts.«

Ich wandte mich wieder meinem Bildschirm zu und beschloss, dass ich heute nichts über Brustkrebs googeln würde, da ich das Gefühl hatte, bereits das gesamte Internet zu diesem Thema gelesen zu haben – und es waren doch nur immer deprimierende Statistiken. Stattdessen tippte ich »Ana Aubin« in die Google-Suchmaske ein. Nichts. Keine Website, kein Link, kein Bild von ihr. Ich überprüfte noch einmal ihre E-Mail-Adresse – ja, ihr Name schrieb sich definitiv so.

Genau in diesem Moment klingelte das Telefon, und

eine Frauenstimme mit italienischem Akzent meldete sich am anderen Ende. »Hallo, spreeeche ich mit Polly?«

»Jepp. Ana?«

»Ja.«

»Guten Morgen, wie geht es Ihnen?«

»Mir geht es gut, danke. Und Ihnen?«

»Super, danke. Ich habe nur gerade versucht … Recherchen zu Ihren Partys anzustellen.«

»Sie werden online nichts finden. Sie müssen schon selber kommen, um zu sehen, um zu verstehen.«

Sie hatte einen weichen, verführerischen Akzent. Ich hatte das Gefühl, mit einem Bond-Girl zu sprechen.

»Ja, deswegen wollte ich mich mit Ihnen unterhalten. Peregrine möchte gerne, dass ich eine besuche.«

»Ja, natürlich, Sie müssen unbedingt kommen. Sind Sie denn Single, Polly?«

»Ähm … nein, tatsächlich bin ich es zur Abwechslung mal nicht. Aber das ist in Ordnung. Ich kann doch vorbeikommen und einfach nur … zuschauen … oder? Für den Artikel?«

»Selbstverständlich. Aber abgesehen davon sind alle meine Soireen äußerst kultiviert. Sie werden erst gegen später etwas wilder.«

»Wilder?«

»Ja. Mehr sexy. Sie wissen schon.« Sie stieß ein heiseres Kichern aus.

»Oh, na klar. Okay. Und wann findet Ihre nächste Party statt?«

Die nächste Party, so klärte Ana mich auf, fand übernächste Woche in einer Privatvilla an der Mount Street statt. Der Dresscode lautete »Noir«.

»Wie der Kaffee?«, scherzte ich.

»Sie können gerne jemanden mitbringen, wenn Sie möchten«, sagte sie und überging meine Bemerkung. »Vielleicht Ihren Freund?«

»Danke, aber ich bin nicht sicher, ob das sein Ding ist. Vielleicht lieber eine Freundin?«

»Aber selbstverständlich«, erwiderte Ana zuvorkommend. »Es werden um die neunzig Personen anwesend sein.«

»La«, sagte ich ein paar Minuten später, als sie ins Büro zurückkehrte und sich mit einem schweren Seufzen auf ihren Platz sinken ließ, wobei sie die Stimmung von jemandem verströmte, der gerade zum Tode verurteilt worden war. »Hast du Lust, übernächste Woche mit mir auf eine Party zu gehen?«

»Was für eine Party?«

»Die, von der Peregrine will, dass ich hingehe. Die Sex-Orgie.«

»Wann ist sie genau?«

»Übernächsten Freitag.«

Sie seufzte abermals schwer. »Ich meine, ich würde mich gerade lieber aus dem Fenster stürzen, aber vielleicht sollte ich trotzdem hin. Womöglich finde ich dort einen Ehemann.«

»Eben. Das ist die richtige Einstellung. Gut, ich werde

Ana Bescheid geben, dass wir zu zweit kommen. Wie witzig. Das wird ein Riesenspaß, wenn schon nichts anderes.«

»Das werden wir noch sehen«, meinte Lala düster.

Am Nachmittag mailte Lex mir wegen ihres Junggesellinnenabschieds. Sal hatte ein Cottage an der Küste von Norfolk für uns zehn gebucht. Aber es gab immer noch einige Aufgaben, die ich erledigen musste: Die Lebensmittelbestellung beim Ocado-Online-Supermarkt für das gesamte Wochenende war eine davon; eine passende »Aktivität« für den Samstag aussuchen die nächste; genauso wie die Reservierung eines Pubs für das Mittagessen. Aber das alles machte mir nichts aus, solange ich keinen Penis-Krempel kaufen musste: geäderte Penis-Trinkhalme, Penis-Federboas, Penis-Halsketten und so weiter. War ja ganz witzig beim ersten JGA, auf den man ging – weniger witzig bei der siebzehnten Veranstaltung dieser Art. Wie auch immer, Lex hatte mich noch explizit darauf hingewiesen, dass ihre Mutter nicht eingeladen war.

Ich liebe sie über alles, aber sie wird sich nur heillos betrinken und peinliche Ding tun.

Ich mailte zurück.

Genauso wie du.

Die nächste E-Mail von Lex ploppte auf.

Ja, aber das ist mein JGA. Ich
darf das.

Ich rief noch einmal bei Mum an. Dieses Mal ging sie selbst ran.

»Hi, Mum, wie fühlst du dich?«

»Hallo, mein Schatz«, erwiderte sie matt. »Ganz gut. Ich liege mit Bertie auf dem Sofa und trinke Tee.«

»Es tut mir so leid. Hattest du eine sehr schlimme Nacht?«

»Sie war nicht toll, aber die Ärzte haben schon gemeint, dass die Chemo mich etwas schlauchen würde.«

»Tut mir wirklich leid. Aber es steht nur noch eine an. Und das war's dann. Schluss, aus.«

»Ganz genau, mein Schatz«, sagte sie. »Aber gerade stecke ich mitten in dieser Agatha-Christie-Folge, also lass uns morgen sprechen.«

Ich nahm es als gutes Zeichen, dass sie sich munter genug fühlte, um sich ihre Krimi-Serien anzuschauen.

Wie üblich rettete mich Legs bei meiner Outfit-Frage für die Sex-Party, indem sie einen Latex-Catsuit bei einer Firma namens Bondinage in Hackney bestellte.

»Du brauchst Talkumpuder, um da reinzukommööön. Das ist da drin, und da ist auch ein Fläschchööö von die Latex-Politur drin«, klärte sie mich auf, als sie mir die

Woche darauf im Büro eine Tasche überreichte. »Du musst disch danach auch polieröön.«

»Super, danke, du bist die Beste«, sagte ich. »Soll ich es gleich auf dem Klo anprobieren?«

»*Oui*. Geh und schau, ob es passt.«

Schon mal probiert, in einen Latex-Catsuit reinzukommen? Es erfordert die Gelenkigkeit einer Turnerin und die geschickten Finger einer Harfenspielerin. Schritt eins: Klamotten ausziehen – und zwar alle; die Unterwäsche mit eingeschlossen, da du ja keine unsexy Abdrücke unter dem Catsuit willst. Nächster Schritt: Füße und Waden mit Talkum einpudern, dann in das schlabbrige Gummi-Ding steigen; den Latex Zentimeter für Zentimeter mit den Fingerkuppen hochziehen – nicht mit den Fingernägeln, damit er nicht zerreißt; noch mehr Puder auf die Schenkel auftragen und den Catsuit drüberziehen. Geht doch, zur Hälfte drin, gut gemacht. Mehr Puder auf Bauch, Brüsten, Schultern und Armen verreiben – vor allem auf den Armen. Erst einen Arm reinschieben, dann den anderen, bevor du den Anzug über die Schultern ziehst und den Reißverschluss vorne zumachst.

Ich sage »vorne«, doch der blauschwarze Catsuit, den Legs für mich aufgetrieben hat, verfügte über einen Reißverschluss, der nicht nur vorne verlief, sondern direkt unter meiner Vagina hindurch und, schwups, wieder hoch bis knapp über meinen Po.

»Leicht zugänglisch«, lautete ihr Kommentar, als ich aus der Toilette trat, um ihn ihr zu präsentieren, wobei die weiß gepuderte Klokabine hinter mir eher an eine mexikanische Drogenküche erinnerte. »Du siehst 'ammermäßig aus, das steht dir. Zieht 'ier schön rein«, sagte sie, die Finger um meine Taille gespannt, »und macht einen super Busen. *Parfait*. Du wirst dir diese ganzöön Perversen von die Leib 'alten müssen.«

13

Als ich am Freitagabend bei der Adresse eintraf, die Ana mir geschickt hatte, war von Lala weit und breit nichts zu sehen. Sie hatte mir geschrieben, sie wäre bereits hier, doch der einzige Mensch, den ich ausmachen konnte, als ich die dunkle Straße entlangspähte, war ein alter Mann mit Gehstock, der einen großen, fetten Spaniel Gassi führte. Er sah definitiv nicht aus, als sei er auf dem Weg zu einer Sex-Orgie. Andererseits fuhren manche Leute schließlich auch auf Tiere ab, oder nicht? Ich schauderte in meinem knallengen Ganzkörperanzug.

»Abend«, grüßte ich, als er an mir vorbeispazierte.

Er nickte zur Antwort.

»Buh!«, ertönte eine Stimme an meinem Ohr.

Es war Lala; aber kein Wunder, dass ich sie nicht gesehen hatte – sie trug ein extravagantes Cape, dessen wallender Stoff ihre langen Beine umspielte, und hatte die Kapuze über den Kopf gezogen.

»Schickes Cape!«

»Ich weiß, nicht übel, oder?«, sagte sie. »Hab ich von Versace bekommen, also darf da bloß nichts draufkommen.«

»Keine Spermaflecken?«

»Nein, idealerweise keine Spermaflecken«, erwiderte sie lachend. »Komm, lass uns reingehen. Mir ist schweinekalt.«

Sobald wir die marmorne Eingangshalle betraten, die von Dutzenden flackernder Kerzen erleuchtet wurde, boten zwei Männer in Anzügen uns an, die Mäntel abzunehmen. Mit ihrem dunklen zurückgegelten Haar sahen sie aus wie Zwillingsbrüder von David Gandy.

»Gerne«, sagte Lala, ließ ihren Rotkäppchenumhang herabgleiten und enthüllte damit den Grund, warum sie draußen so gefroren hatte. Unter dem Cape war sie praktisch nackt – schwarzer Spitzen-BH, schwarzes Spitzenhöschen, Strapse und Strümpfe, schwarze Stilettos.

»Hast du dein Kleid vergessen?«, bemerkte ich und hob eine Augenbraue.

»Polly, ich habe *Eyes Wide Shut* gesehen«, sagte sie und reichte David Gandy Nr. 1 ihren Umhang. »Das trägt man so.«

»Okaaaaay«, sagte ich. »Ist es dir nicht unangenehm? Im Schlüpfer auf einer Party aufzutauchen?«

Sie zuckte die Achseln. »Nicht wirklich. Ist so, wie wenn man einen Bikini am Strand trägt. Und außerdem habe ich mir zu Hause schon ein paar Wodkas genehmigt, bevor ich los bin.«

Lala sah phänomenal aus. Das blonde volle Haar auf dem Kopf aufgetürmt, katzenhaft geschwungener Eyeliner, ein Körper so straff wie der eines Teenagers – was ziemlich ausschließlich von einer strengen Diät aus schwarzem Kaffee, Zigaretten und hin und wieder einer Packung Haribo kam.

»Heilige Scheiße, Polly, das ist ja abgefahren!« Sie betrachtete mit aufgerissenen Augen meinen Catsuit, während ich David Gandy Nr. 2 meinen Mantel reichte.

»Auf die … gute Art?«

»Auf die geniale Art. Ich liebe es! Ist es denn bequem?«

»Nö. Entweder friere ich oder ich schwitze, und es hat eine halbe Stunde gedauert, bis ich endlich in dem Ding drin war«, sagte ich. »Ich brauche unbedingt einen Drink.«

»Die Gesellschaft befindet sich momentan im Salon«, erklärte einer der Gandys und deutete mit der Hand den Flur entlang.

Ich konnte ein vages Gemurmel von Stimmen ausmachen.

»Dann mal los, La«, sagte ich aufgeregt, während wir darauf zugingen.

Ich bin wirklich schlecht im Schätzen. So wie wenn jemand sagt, dass 53 000 Menschen auf einem Konzert waren, und ich meine: »Oh, ich dachte, es sind nur ein paar Hundert.« Trotzdem schätzte ich, dass sich ein paar Dutzend Leute im Salon versammelt hatten. Und Lala hatte recht: Die meisten steckten in Unterwäsche.

»Vielen Dank, sehr aufmerksam«, sagte sie, als sie eine

Champagnerflöte von einem Kellner entgegennahm und sie an mich weiterreichte. Dann nahm sie noch eine für sich selbst.

»Wir können uns einfach in eine Ecke stellen und die Leute abchecken«, schlug ich leise vor.

»Wir müssen uns doch nicht verstecken, Polly.«

»Nein, aber ich gehe nicht so oft in Latex aus, und ich würde mich ganz gern irgendwo mit dem Hintern zur Wand hinstellen.«

»Dein Hintern sieht ganz vorzüglich aus«, sagte sie. »Aber von mir aus, lass uns da drüben hinstellen und unsere Gläser leer trinken. Danach muss ich vielleicht raus und eine Kippe rauchen.«

»Okay.«

Wir durchquerten den Raum – meine Wenigkeit verschämt und mit eingezogenem Bauch; Lala, als würde sie den Laufsteg auf der Victoria's-Secret-Show entlangstolzieren.

Das Verhältnis von Männern und Frauen schien recht ausgewogen. Aber mir wurde schnell klar, dass es für Frauen wesentlich einfacher war, sich in Fetisch-Kluft zu werfen, als für Typen. Ich sah zu einer Blondine in cremefarbenem Mieder und französischem Seidenhöschen, dann zu einer anderen Frau, die untenrum eine verführerisch fließende rosa Pyjamahose trug, dafür obenrum nichts bis auf zwei Nippel-Quasten. Wie wir so am Rand des Geschehens standen, fühlte ich mich wie eine Zuschauerin im Zirkus.

Die Männer wirkten nicht ganz so ungezwungen. Einer von ihnen, ein kleines Kerlchen, steckte in einer langen schwarzen Lederhose und einer Sklavenmaske; ein anderer in einer bayerischen Lederhose und einer Armeemütze. Ein großer dunkler Typ, der mit dem Rücken zu uns stand, trug einen Schottenrock, klobige Lederstiefel, und das war's. Es war definitiv was ganz anderes als ein normaler Freitagabend in der Kneipe. Konnte es wirklich sein, dass unter diesen Masken Minister und Richter steckten?

»Kippe?«, fragte Lala.

»Nein, aber ich komme mit und leiste dir Gesellschaft. Ich weiß nicht, ob es so eine gute Idee ist, hier alleine rumzuhängen.«

Draußen auf der Terrasse waren mehrere Heizstrahler aufgestellt; man hatte sich offenbar im Voraus Gedanken um die leichter bekleideten Gäste gemacht.

»Ich glaub, ich sollte mich lieber nicht direkt daruntersetzen, La, sonst schmelze ich noch«, sagte ich.

»Wie lange geht denn die ganze Sache hier?«

»Bis um sechs Uhr morgens, meinte Ana in ihrer Mail.«

»Ist sie auch da?«

»Sie sagte, sie würde irgendwo hier sein. Wir sollten mal nach ihr schauen, wenn wir wieder drinnen sind.«

»Meinst du, wir können ein bisschen im Haus herumschnüffeln?«

»Ja, definitiv. Lass uns noch einen Drink besorgen und auf Streifzug gehen.«

»Hast du eigentlich vor … was zu tun?«

»Nein! Das hier ist Arbeit, La. Außerdem bin ich ziemlich sicher, dass auf einer Fetischparty ›was tun‹ unter Fremdgehen laufen würde.«

Sie grinste. »Wie geht es ihm eigentlich?«

»Gut, gut. Kommt das Wochenende wieder vorbei.«

»Wie lange läuft das jetzt schon?«, fragte sie und stieß den Rauch in die Luft aus.

»Wie lange geht was?«

»Na, das mit dir und Jaz.«

»Ähm, drei Monate oder so.«

»Gar nicht so übel für seine Verhältnisse.«

»Können wir das lassen?«

»Was?«

»Über ihn zu sprechen.«

»Warum?«

»Ich fühle mich immer ein bisschen komisch, wenn ich mit dir darüber rede. Und ganz besonders dann, wenn wir wie zwei Statistinnen in einem Pornofilm verkleidet sind.«

»Du sollst dich doch nicht komisch fühlen, du Dummerchen. Das ist schon in Ordnung. Am Anfang zwar etwas schräg, aber jetzt ist es okay. Du musst mir nur versprechen, dass ich die Patentante eures Erstgeborenen werde. Das ist alles, was ich will.«

»Na schön. Abgemacht. Aber jetzt komm, lass uns wieder reingehen.«

Als wir die Treppenstufen hochstiegen, stieg uns sofort

ein außergewöhnlicher Geruch in die Nase. Der heiße Dunst von Körpern, Sex und Gummi. Und die Geräusche – hin und wieder ein Knall, dann Gestöhne und die Türen, die sich öffneten und diskret wieder schlossen. Es war dämmrig im Inneren, nur das Licht vereinzelter Kerzen flackerte über die Wände.

Im Obergeschoss standen noch mehr David Gandys herum, die in strategischen Abständen den Flur entlang postiert waren. Das Haus war riesig – größer noch als das von Jasper, falls das überhaupt möglich war.

»Lass mich ja nicht allein«, wisperte ich Lalas Rücken zu, während sie voranging und eine weitere Treppe hochstieg.

Oben befand sich ein riesiger offener Raum, der sich über die gesamte Etage erstreckte – düster beleuchtet, die roten Samtvorhänge vor den Fenstern zugezogen. Und noch mehr Kerzen. Außerdem war er mit Gerätschaften gefüllt, die mich an das Inventar von Turnhallen in den Fünfzigerjahren erinnerten – Pauschenpferde, Böcke, Sprungbretter, so Zeug.

Doch es handelte sich definitiv um keine Turnstunde. Wie Peregrine mich bereits aufgeklärt hatte, war es eine Orgie. Mit diversen Gestalten, die sich im Halbdunkel wanden und rekelten. Der Raum war rundherum von Bänken gesäumt, also nahmen Lala und ich uns jeweils noch ein Champagnerglas von einem Beistelltisch und ließen uns auf einer davon nieder.

»Ist es denn erlaubt, hier nur zuzuschauen?«, fragte ich.

»Ich bin mir sogar ziemlich sicher, dass es erwünscht ist«, antwortete sie, den Blick auf einen Tisch vor uns geheftet, auf dem eine Frau mit gespreizten Beinen lag, während ein Mann in knappen Lederhotpants an ihren Schenkeln hochleckte. War das womöglich ein Abgeordneter? Vielleicht waren sie sogar beide Abgeordnete? Auf jeden Fall gab die Frau ziemlich krasse Geräusche von sich.

Auf der anderen Seite des Raums konnte ich schemenhaft ein Paar ausmachen, das Sex miteinander hatte; sie saß rittlings auf ihm und wiegte sich vor und zurück.

»Jesus, dieser Geruch, La!«, flüsterte ich und rümpfte die Nase. Heiße Schwaden von Körper- und Hormonausdünstungen schlugen mir immer wieder entgegen.

»Etwas schwül, nicht wahr?«, erwiderte sie.

Dann tauchte ein Mann vor uns auf. Er hatte ein Nietenhalsband um, an dem eine lederne Hundeleine baumelte, kurz geschorenes braunes Haar und trug eine knallenge Lederhose.

»Hallo, ich bin Rupert, und ich würde heute Nacht gerne dein Sklave sein«, sagte er und reichte mir die Leine.

»Oh, Rupert, das ist wirklich sehr nett, aber ich wollte nur mit meiner Freundin …«

»Runter mit dir, auf alle viere, Rupert«, sagte Lala und riss mir die Leine aus der Hand.

Ich starrte sie mit offenem Mund an, aber mir fiel nichts ein, was ich hätte sagen können.

Rupert hingegen schien verzückt. Er sank sofort auf die Knie.

»Und die Hände auf den Boden«, wies Lala ihn an.

Er stützte sich auf seine Hände.

»Du wirst heute unser Tisch sein, Rupy«, sagte Lala. »Los, Polly, leg deine Beine auf Ruperts Rücken.«

»La, ich habe Absätze an, ich werde ihm noch wehtun.«

»Sei nicht so schwach, er will, dass man ihm wehtut, nicht wahr, Rupy?«

Rupert nickte brav mit dem Kopf. Also hob ich meine Beine und legte sie behutsam auf seinem Rücken ab; Lala tat dasselbe, wenn auch weitaus weniger sanft.

Ein Kellner mit einem Tablett Champagner kam auf uns zu, also nahmen wir uns jeweils noch ein Glas. »Ich habe auch eins für dich genommen, Rupert, du darfst es später trinken«, sagte Lala gönnerhaft und stellte sein Glas unter unseren Beinen auf dem Boden ab.

Die schreiende Frau vor uns war mittlerweile fertig, und sie und ihr Partner räumten den Tisch. Auf der anderen Seite des Raums jedoch war ein Mann auf eine Bank geschnallt und bekam von einem anderen Mann einen geblasen, sodass wir auch weiterhin genug zu sehen bekamen.

»Also, ich finde ja, das macht Spaß«, meinte Lala und lehnte sich gegen die Wand. »Ich hätte nie gedacht, dass es so viel Spaß machen würde.«

»Wir können jederzeit noch mehr Spaß haben, Mädels«, meldete sich Rupert von unten.

»Oh, äh, danke, aber ich möchte nur ein bisschen zuschauen«, erwiderte ich rasch. »Warst du eigentlich schon auf vielen dieser Veranstaltungen?« Ich wollte eigentlich nicht mehr Kontakt mit diesem menschlichen Tisch haben als nötig, aber ich brauchte noch mehr Details von ihm.

»Auf ein paar«, ertönte Ruperts gedämpfte Stimme von unten.

»Und kennst du viele von den anderen hier?«

Er verharrte immer noch auf allen vieren und nickte eifrig mit dem Kopf wie ein Hund. »Ein paar, aber es ist ein Zirkel des Vertrauens.«

»Sollen wir dich vielleicht aufstehen lassen?«, fragte ich, als ich plötzlich spürte, wie er unter meinen Füßen zuckte. »Er hat wahrscheinlich schon wunde Knie, La, wir sollten ihn aufstehen lassen.«

Lala seufzte. »Also gut, Rupert, hoch mit dir, und hier ist dein Champagner.«

Er setzte sich auf seine Fersen zurück, und sie reichte ihm das Glas.

»Und was arbeitest du so?«, fragte ich, als er sich erhob.

»Ich bin im Transportwesen«, antwortete er und setzte sich neben mich, wobei er das Glas in der einen, die Leine in der anderen Hand hielt.

»Oh, okay«, erwiderte ich höflich. Ich hatte das komische Gefühl, auf einer extrem schrägen Cocktailparty gelandet zu sein.

»Und du?«

»Ich bin Schriftstellerin«, sagte ich rasch, da ich dachte, dass das Wort »Journalistin« ihn verschrecken könnte. Doch ich musste Rupert dazu bringen, mehr zu erzählen.

»Also, ich weiß, du hast gemeint, dass das hier eine vertrauliche Angelegenheit ist, aber ich bin neugierig. Kommen denn viele berühmte Leute her?«

Er beugte sich verschwörerisch zu mir. »Sag niemandem, dass ich dir das erzählt habe, aber es gibt Gerüchte, dass einmal sogar einer der Prinzen hier war.«

»Was? Wann? Warum wurde er nicht erkannt?«

»Er trug eine Maske«, sagte Rupert. »Ich glaube, es war im Rahmen eines Junggesellenabschieds.«

»Und hat er … was gemacht?«

»Zirkel des Vertrauens«, wiederholte er und tippte sich an die Nase.

»Ach ja, natürlich, entschuldige.«

»Polly, kommst du mit raus? Ich brauche frische Luft und noch eine Kippe«, sagte Lala neben mir.

»Ja, lass uns gehen.«

Wir sagten Rupert, wir würden uns später wiedersehen, und gingen nach unten, an einem Pärchen vorbei, das sich auf dem Treppenabsatz gegenseitig fingerte.

»Also, ich habe tatsächlich ziemliche Lust, den Po versohlt zu bekommen«, verkündete Lala draußen und stieß den Rauch in die kühle Abendluft aus.

»Von einem wildfremden Kerl?«

»Ja, warum denn nicht?«

»Nein, nichts. Mach ruhig. Das ist wohl der richtige Ort dafür. Ich bin sicher, dass Rupert deinem Wunsch gern nachkommen wird.«

»Doch nicht von ihm.«

Und so fanden wir uns eine halbe Stunde später im Geräteraum wieder; ich saß auf der Bank und sah Lala hinterher, die auf einen großen Kerl in Sturmhaube und Latex-Slip zuging. Er trug eine schwarze Ledertasche über der Schulter und sah aus wie ein Mitglied der IRA, das sich heute Morgen nicht die Mühe gemacht hatte, sich vollständig anzukleiden. Sie stellte sich vor, und die beiden begannen zu plaudern. Dann nickten sie entschlossen, und er deutete auf eine niedrige Holzbank vor ihnen.

Lala ließ sich nach vorne auf die Knie fallen, bekam es jedoch mit der Gewichtsverteilung nicht ganz hin, und die Bank kam ihr entgegen. Ein Pärchen, das sich an der Wand aneinander rieb, hielt inne, um zuzuschauen. Lalas neuer Freund in der Sturmhaube wies sie darauf hin, dass sie die Knie höher schieben und die Unterarme ablegen sollte, um die Bank zu stabilisieren. Als sie sich in Position befand, den Hintern hoch in die Luft gereckt, drehte sie den Kopf und zwinkerte mir zu. Dann legte sie die Stirn wieder auf ihren Unterarmen ab.

Der Mann griff in seine Tasche und zog eine Peitsche heraus.

»Das nennt man einen Flogger«, erklärte Rupert, der wie aus dem Nichts neben mir aufgetaucht war und sich hinsetzte. »Aus Leder. Tut weniger weh als Gummi.«

»Oh«, sagte ich. »Hinterlassen die denn Spuren?«

»Nein, nicht wirklich«, erwiderte er mit einem Kopfschütteln. »Nicht, solange du keine mit Draht darin benutzt.«

»*Draht?!*« Ich schauderte. Wie fand man eigentlich her-aus, dass man darauf steht, mit Draht ausgepeitscht zu werden?, fragte ich mich. Also, wie verlief der Prozess? Indem man zu Hause ganz klein mit einem nassen Ge-schirrtuch anfing? Und sich von da hocharbeitete?

Lalas Inquisitor stand hinter ihr und ließ die Leder-riemen über ihren Hintern schnalzen. Sie wand sich, und er begann, etwas fester zu knallen. Jedes Mal, wenn er ihre Hinterbacken traf, zuckte Lala zusammen. Aber er fuhr fort – *schnalz, schnalz, schnalz*. Dann hielt er inne, beugte sich vor und flüsterte etwas in ihr Ohr. Sie nickte.

Er griff in seine Tasche und holte eine andere Peitsche hervor.

»Aah, das ist die aus Gummi«, sagte Rupert. »Das könnte ein bisschen brennen.«

Der Mann wandte sich wieder Lalas Rückseite zu und ließ die Peitsche hin und her über ihren Hintern schnel-len, wobei die Spitzen der Gummibänder über ihre Haut fegten.

»*Scheiße*«, hörte ich sie leise zwischen zusammengebis-senen Zähnen ausstoßen. Ich starrte blinzelnd auf ihren Po, wo sich langsam rote Striemen abzeichneten.

»Meinst du, ihr geht es gut?«, fragte ich an Rupert ge-wandt. Langsam hatte ich das ungute Gefühl, dass der Abend aus dem Ruder lief.

»Ja, keine Sorge. Er ist ein Profi.«

»Du kennst ihn?«

»Nicht wirklich, aber ich habe ihn hier schon öfter gesehen. Ich glaube nicht, dass er ihr wehtun wird.«

Lala wandte den Kopf über ihre Schulter und versuchte, einen Blick auf ihren Hintern zu erhaschen. Der Sturmhauben-Typ sagte irgendwas, und sie nickte; dann stellte sie ein Bein auf dem Boden ab und stand auf, wobei sie sich mit der Hand eine Hinterbacke rieb. Erleichtert stellte ich fest, dass sie miteinander lachten, auch wenn die Striemen auf ihrem Arsch aussahen wie etwas, das man sonst nur in Geschichtsdokus übers finstere Mittelalter sah.

Dann zog der Mann die Sturmhaube vom Kopf, und mein Magen verkrampfte sich unwillkürlich. Es war Hamish.

Lala lachte noch einmal und drehte sich um, um auf mich zu zeigen. Das Lächeln gefror auf seinen Lippen. Was bitte sollte man in so einer Situation tun? Was machte man, wenn man auf einer Fetischparty war und merkte, dass die eigene Freundin gerade den Hintern vom Verlobten einer anderen Freundin versohlt bekommen hat? Was sagte man da?

Ich starrte ihn an, als er auf mich zukam.

»Hi«, sagte er betreten.

»Hallo«, erwiderte ich.

»Ich bin Rupert«, meldete sich Rupert und zwirbelte die Leine in seiner Hand.

»Rupert, ähm, hallo«, sagte Hamish.

»Du bist also … du bist hier?«, sagte ich. »Du kommst zu diesen Partys?«

»Ab und zu«, erwiderte Hamish. »Ich war noch nicht auf vielen.«

»Du warst erst kurz vor Weihnachten da, stimmt's?«, fragte Rupert.

Hamish bedachte Rupert mit einem Blick, als wünschte er, er würde sich in Luft auflösen.

»War Lex auch da?«, fragte ich.

»Nein«, erwiderte er rasch. »Ist nicht ihr Ding.«

»Oh mein Gott, ihr kennt euch?«, fragte Lala, die bei dem Gespräch bisher nur danebengestanden hatte und sich immer noch den Hintern rieb.

»Er ist der Verlobte meiner besten Freundin, Lex. Also, ja, ich kenne ihn.«

»Hör mal«, begann Hamish, »könnten wir bitte keine große Sache daraus machen? Das ist nur so ein kleines Hobby, dem ich manchmal nachgehe. Nicht oft.«

»Und was denkt sie, wo du gerade bist?«

»Bei einem Rugbyspiel mit den Jungs«, erwiderte er betreten. »Bitte, Polly. Bitte. Erzähl es ihr nicht.«

Ich sah ihn an, wie er da vor mir stand, in seinem albernen glänzenden Höschen, die Gummipeitsche in der Hand.

»Jetzt mal im Ernst, Hamish, ich glaube, das ist etwas, das du mit ihr besprechen solltest. Und zwar möglichst, bevor ihr heiratet.«

Er blickte zu Boden.

»Okay, La, ich glaube, wir sollten hier abhauen«, sagte ich. »Das ist mir gerade etwas zu schräg.«

Sie nickte.

»Oder wir holen uns alle noch was zu trinken?«, schlug Rupert vor, was angesichts der Umstände äußerst optimistisch von ihm war.

Ich schüttelte den Kopf. »Zeit, zu gehen«, sagte ich. »Aber es hat mich wirklich gefreut, dich kennenzulernen. Und du, Hamish … dich kann ich gerade nicht einmal mehr ansehen.«

Und dann – mit so viel Würde, wie man in einem Latex-Ganzkörperanzug aufbringen kann, begleitet von einer Freundin, die sich den Hintern massierte – drehte ich mich um und verließ mit Lala den Raum. So ließen wir Hamish dort stehen, seinen Flogger in der einen, die Sturmhaube in der anderen Hand.

Wie der Zufall es wollte, war ich am nächsten Nachmittag mit Lex verabredet, um ein bisschen abzuhängen. Tatsächlich würden wir wortwörtlich abhängen, da ich ein neues Spa in Notting Hill für die Beauty-Rubrik der *Posh!* bewerten sollte; und das wiederum erforderte es, mich in mein am wenigsten geliebtes Kleidungsstück zu zwängen: einen Bikini. Lex hatte sich bereit erklärt mitzukommen, da sie meinte, sie wäre für alles zu haben, was ihr dabei helfen würde, vor der Hochzeit noch ein, zwei Kilo abzunehmen.

»Was ist das für ein Laden? Und wird er mich schlank machen?«, fragte sie, als wir uns am Nachmittag vor der U-Bahn-Station trafen.

»Man nennt es eine *banja*«, sagte ich. »Ist wohl was Russisches. Hast du deinen Bikini dabei?«

»Ja, ist in meiner Tasche.«

»Okay, lass es uns erst einmal finden, dann können sie es uns selbst erklären.«

Das Spa befand sich anscheinend in einem pittoresken ehemaligen Kutscherhäuschen nur ein paar Straßen von der U-Bahn-Station entfernt.

»Was hast du gestern Abend getrieben?«, fragte Lex mich, während wir hinspazierten.

Sie wusste nicht, dass ich aus beruflichen Gründen auf einer Sex-Orgie gewesen war. Und ich hatte auch ganz sicher keine Lust, jetzt ins Detail zu gehen. Also log ich.

»Zu Hause geblieben, auf dem Sofa gegammelt. Mit Joe *Real Housewives* geschaut. Und du?«

»War mit ein paar Mädels von der Arbeit was trinken und bin dann nach Hause. Hamish war aus.«

»Mhmm. Oh, schau, ich glaub, das ist die Straße!« Ich checkte noch einmal Google Maps auf meinem Handy. »Müsste da drüben sein.«

Gott sei Dank war es ein kurzer Spaziergang. Ich war a) verkatert, b) hatte ich immer noch keine Ahnung, ob ich Lex das von Hamish erzählen sollte, und c) ich war eine furchtbare Lügnerin. Also wollte ich keine Sekunde länger als nötig über den gestrigen Abend sprechen.

Wir schlenderten weiter, bis wir vor einer rosa Tür standen. Nummer siebzehn. Ich klopfte, und eine blonde Frau in weißer Arbeitskleidung öffnete.

»Hallo, ich bin Polly«, stellte ich mich vor, »vom *Posh!*-Magazin. Wir haben einen Termin.«

»Ja, natürlich, guten Tag«, erwiderte die Blondine. »Bitte treten Sie ein.«

Wir folgten ihr ins Innere.

»Wenn Sie beide nur bitte kurz diese Formulare durchlesen und unterschreiben würden, dann können wir gleich loslegen.« Sie reichte uns jeweils ein Klemmbrett und einen Stift. »Sie bekommen beide die *banja*-Behandlung, ist das korrekt?«

Ich nickte. Dann blickte ich auf das Formular vor mir. Das übliche Blabla. Beunruhigendes kleingedrucktes Zeug darüber, dass man für seinen etwaigen plötzlichen Todesfall selbst verantwortlich war, und so weiter und so fort. Ich unterschrieb und gab es ihr wieder zurück.

»Danke«, sagte sie. »Wissen Sie schon etwas über die Behandlung?«

»Nein«, erwiderten wir einstimmig.

»Nun, bei der russischen *banja* handelt es sich um einen Detox-Prozess«, verkündete sie ehrfürchtig. »Eine Behandlung, die extreme Hitze und Kälte beinhaltet. Um Giftstoffe aus dem Körper zu entfernen.«

»Wie extrem?«, wollte Lex wissen.

»Es wird sehr heiß«, erwiderte sie mit ernster Miene. »Und danach werden Sie mit Birkenzweigen abgeschlagen, um die Blutzirkulation anzuregen, bevor es in unsere *botschka* geht …«

»Was ist denn das?«, unterbrach ich sie.

Sie lächelte wieder. »Das ist ein Tauchbecken. Ziemlich kalt. Eiskalt. Und dann kommen Sie wieder raus und legen sich ein paar Minuten in den Floating-Tank. Danach werden Sie gut eingepackt, und wir servieren Ihnen einen Ingwertee.«

»Scheiße«, sagte Lex.

»Schön«, sagte ich schnell.

»Wenn Sie mir bitte folgen würden.« Sie führte uns eine Wendeltreppe hinab in einen Umkleideraum. »Hier finden Sie Handtücher und Bademäntel. Wenn Sie sich bitte umziehen würden, ich warte solange draußen.«

Wir schlüpften aus unseren Klamotten und zogen unsere Bikinis an. »Ich fände es ja super, wenn dieses *banja*-Zeug meine Cellulite wegmachen würde«, bemerkte ich mit einem Blick über die Schulter in den großen Spiegel, wo ich die Rückseiten meiner Oberschenkel musterte.

»Also ich möchte hier rauslaufen und aussehen, als hätte ich eine afrikanische Hungersnot überstanden, aber nur ganz knapp«, sagte Lex und bohrte den Finger in ihren Bauch.

»Einen Versuch ist es wert, stimmt's?«, sagte ich. »Komm schon, lass uns gehen und ordentlich abklatschen lassen.«

Wir folgten der Spa-Dame wieder nach oben, einen Flur entlang und in einen abgedunkelten Raum, in dessen Mitte sich ein Becken befand.

»Wenn Sie sich bitte zuerst ins Dampfbad begeben

würden«, sagte sie und öffnete eine Holztür. »Hier sind gleich Haken für die Handtücher. Ihr Masseur kommt dann und holt Sie.«

Wie legten uns auf die heißen Holzbänke und atmeten den Eukalyptusduft ein.

Ich atmete schwer aus. »Das ist genau das Richtige bei einem Kater.«

»Ich dachte, du hättest einen ruhigen Abend zu Hause gehabt?«, fragte Lex.

Verdammt. Ich überlegte rasch. »Na gut, Miss Marple, ich habe mir ein paar Gläser gegönnt, als ich auf dem Sofa lag.«

»Wie geht es Jasper?«

»Gut. Sehr gut. Ist dieses Wochenende in Yorkshire.«

»Ich kann dir gar nicht sagen, wie aufgeregt Mum ist, dass er auch auf die Hochzeit kommt«, fuhr sie fort. »Sie hat neulich erst gefragt, ob sie einen Hofknicks vor ihm machen muss.«

Die Tür wurde geöffnet, und ein Typ mit Glatze streckte den Kopf in das Dampfbad. »Lex?«

»Das bin ich«, sagte Lex und schwang die Beine auf den Boden. »Wir sehen uns gleich wieder, Polly. Ich werde so dünn sein, dass du mich mit der Lupe suchen musst.«

Sie ging hinaus, was einen willkommenen Stoß kühler Luft in das Dampfbad hereinließ. Der Schweiß begann mir über Wangen und Hals zu laufen. Ich hatte das Gefühl, sämtlich Exzesse der vorangegangenen Nacht aus meinem

Körper auszutreiben. Den Champagner ausdampfen zu lassen, den Gestank nach Körpern und Latex. Ich streckte mich. Mein Bikini war bereits durchweicht, und die Haare klebten mir schweißnass an der Stirn. Heute nur Wasser, sagte ich mir. Kein Wein. Ein schönes Bad. Und früh ins Bett.

Zehn Minuten später, als ich schon dachte, ich müsste vor Hitze explodieren, streckte der Russe wieder den Kopf durch die Tür. »Polly? Sie sind dran.«

Ich stand auf und wäre vor Schwindel beinahe gleich wieder umgekippt, doch ich schaffte es, zur Tür und in die kühle Luft zu taumeln. Von Lex keine Spur. »Hier entlang, bitte«, sagte der glatzköpfige Kerl in knappem Badehöschen und Flipflops. Er hatte einen schweren Akzent und den harten, bedrohlichen Blick eines Mannes, der schon Menschen getötet hatte.

»Legen Sie sich hin«, sagte er in einem anderen heißen Raum, in dem eine einzelne Holzbank stand. »Legen Sie Ihr Gesicht auf das drauf.« Er deutete auf etwas, das mir stark nach einem Ast mit Blättern aussah.

»Da drauf?«, fragte ich sicherheitshalber.

»Ja, Ihr Gesicht, legen Sie es auf die Eichenblätter.«

Ich legte eine Wange auf den Blättern ab und schloss die Augen. Sie waren feucht, kühl und rochen nach frischen Kräutern.

»Jetzt werde ich Sie abschlagen für gutes Blut.«

Ich öffnete ein Auge und blickte nach hinten, wo der Meuchelmörder damit anfing, mit einem Bündel

Zweige auf meine Waden zu klatschen. Sie waren heiß. Er bewegte sie hoch und runter, so schnell, dass er, gerade wenn man glaubte, es sei unerträglich, sie wieder wegnahm, um sich über Waden, Schenkel, Hintern, Rücken und Schultern wieder hochzuarbeiten.

»Umdrehen bitte«, sagte er nach einer Weile. »Und ziehen Sie Ihr Bikinioberteil aus.« Mein Herz raste, als wäre ich soeben einen Marathon gerannt. In der Wüste. Mittags. Der Schweiß rann mir in einem fort übers Gesicht. Hätte ich die Wahl gehabt zwischen dem hier und einer Runde Auspeitschen durch Hamish, hätte ich mich womöglich sogar für Letzteres entschieden.

»Jetzt mache ich Ihre Vorderseite«, sagte er, während er mit den Zweigen meine Schienbeine abklatschte und sich wieder über meinen Körper hocharbeitete. Als er meine Brust erreichte, musste ich beinahe loslachen bei der Vorstellung, wie ein kahlköpfiger Russe in feierlichem Ernst über mir stand und meine Nippel mit nassen Baumzweigen schlug.

»Hoch, bitte«, sagte er und reichte mir mein Bikinioberteil wieder, das ich überzog und am Rücken festschnürte, bevor er mich hinausführte. »Und jetzt da rein.« Er zeigte auf ein paar Steinstufen, die zu einem mit Wasser gefüllten großen Holzbottich führten. »Los, hinein.«

Ich hüpfte rein und kreischte auf. Es war eiskalt. Kälter als irgendein Meer, an das ich mich erinnern konnte.

»Und Ihr Kopf«, sagte der Mann, legte die Hand auf meinen Kopf und drückte ihn runter. Ich tauchte wieder auf und schnappte nach Luft. Das war's. Jetzt musste es doch langsam vorbei sein, oder?

»Raus, bitte«, sagte er. Also stieg ich hinaus, und er deutete auf den Whirlpool in der Mitte des Raums. »Gehen Sie rein und legen Sie sich hin.«

Ich erklomm abermals ein paar Steinstufen und kletterte umständlich hinein. Ich fühlte mich wie ein Kleinkind, das sich bereitwillig herumkommandieren ließ.

»Ausstrecken«, wies der Russe mich abermals an. »Sie legen Ihren Kopf in meine Hände, und Sie entspannen total.«

Ich versuchte, »total zu entspannen«, während er meinen Kopf umfasst hielt und die Blubberblasen den Rest meines Körpers oben hielten. Es war wie Floaten. So lag ich eine Weile da, dann hieß es wieder aussteigen, und er wickelte zwei Handtücher um mich herum und rubbelte meine Schultern und den Rücken ab.

»Jetzt Tee«, sagte er. »Hier entlang.«

Ich watschelte wie ein Pinguin, da ich von Kopf bis Fuß in Frottee gepackt war, und folgte ihm in einen dämmrig beleuchteten Raum mit weißen Ruheliegen.

Er deutete auf die Liege neben Lex, die selbst wie eine ägyptische Mumie in Handtücher eingewickelt war und mit geschlossenen Augen beinahe in der Horizontalen lag.

»Polly, ich habe keine Ahnung, was gerade geschehen ist, aber ich fühle mich unglaublich«, sagte sie. »Sehe ich schon dünner aus?«

»Keine Ahnung, Lex, ich muss mich dringend hinlegen.«

Der Mann packte mich gut in Handtücher ein, ging hinaus und kam einige Minuten später mit einer kleinen metallenen Teekanne, Zitronenscheiben und einem Schälchen Honig herein. »Sie trinken das, und dann trinken Sie Wasser. Und in zwanzig Minuten sind Sie wieder total erholt«, sagte er.

»Danke schön.« Ich lächelte aus meinem Frottee-Sarkophag zu ihm hinauf. Er nickte und ging wieder raus.

»Ganz ehrlich«, murmelte Lex. »Ich habe mich noch nie besser gefühlt. Mein gesamter Körper pulsiert. Ich glaube, das war besser als Sex. Ich glaube, ich will lieber diesen Kerl heiraten als Hamish.«

»Mhmm«, erwiderte ich. Ich wollte nur hier liegen und Wonne und Wohligkeit vortäuschen, solange ich konnte.

Was genau drei Minuten dauerte, bis Lex verkündete, sie wolle Tee – »Willst du nicht auch einen Tee?« – und sich aufsetzte, um welchen zu machen. »Meinst du, wir müssen die Zitrone und den Honig reintun? Nur eine Zitronenscheibe? Und wie viel Honig?«

Es wäre wohl entspannter gewesen, wenn ich Bertie in den Spa mitgenommen hätte.

Natürlich drückte ich mich davor, ihr irgendwas über Hamish zu sagen. Ich war nicht sicher, ob es an mir war, das zu tun. Ich versuchte, mir die Situation umgekehrt vorzustellen – wenn sie Jasper erwischt hätte, würde ich es wissen wollen? Die Antwort lautete: Ja, natürlich.

Aber bei Lex war es anders. Sie war mit Hamish verlobt. Umso mehr ein Grund, es ihr zu erzählen – aber andererseits, wollte ich wirklich dafür verantwortlich sein, ihr all das kaputt zu machen? Nicht heute, beschloss ich. Nicht nachdem ich von einem russischen Auftragskiller mit Birkenzweigen ausgepeitscht worden war. Ich fühlte mich dem momentan einfach nicht gewachsen.

Am Sonntagabend rief Sidney an. Mum hatte so schlimmes Fieber bekommen, dass er sie ins Krankenhaus gefahren hatte. Der Wert der weißen Blutkörperchen in ihrem Blut sei sehr niedrig, erklärte er langsam am Telefon des St.-Thomas-Krankenhauses.

»Die Chemo hat ihr wirklich zugesetzt«, sagte er. »Womöglich müssen sie die letzte Runde etwas verschieben.«

»Was bedeutet das?«, fragte ich panisch, während ich auf dem Sofa in meiner Wohnung saß und an der Fernbedienung herumfummelte, um den Ton leiser zu stellen.

»Anscheinend müssen sie warten, bis ihr Körper stark genug ist für die Behandlung. Ihr Immunsystem ist generell gerade ziemlich schwach, noch eine Chemo würde es nicht wegstecken.«

»Kann ich mit ihr sprechen?«

»Sie schläft gerade, aber sobald sie wach ist, gebe ich dir Bescheid.«

»Okay, danke, Sidney.« Ich legte auf und brach in Tränen aus, während ich mich meinen schlimmsten Ängsten hingab. Ist es überhaupt möglich, den Gedanken zu verarbeiten, dass ein geliebter Mensch nicht mehr da sein könnte? Dass jemand, den man liebt, einfach so verschwindet? Ich war mir nicht sicher, ob ich das durchstehen würde. Aber genau das war doch Trauer, nicht wahr? Der Prozess, den man durchlaufen muss, um zu verstehen, um zu begreifen, dass jemand an einem Tag noch da ist und am nächsten schon nicht mehr. Ich konnte mir ein Leben ohne Mum schlichtweg nicht vorstellen. Ich hatte mich während dieser ganzen Brustkrebssache geweigert, überhaupt darüber nachzudenken. Doch falls die Behandlung nicht anschlug und ihr Zustand sich nicht verbesserte, dann … was dann?

Ich saß auf dem Sofa, während die Tränen mir in den Schoß tropften, und beschloss, Jasper in Yorkshire anzurufen.

»Hallo, du. Na, was gibt's?«, meldete er sich.

Ich heulte irgendwas von Blutkörperchen und Chemos in den Hörer.

»Verstehe«, sagte er nach ein paar Minuten. »Bist du zu Hause?«

»Ja«, schniefte ich.

»Allein?«

»Ja.«

»Okay. Ich steige jetzt in den Wagen. In …«, er hielt inne, »… drei Stunden müsste ich bei dir sein, wenn ich Gas gebe.«

»Aus Yorkshire? Nein, Jasper, das ist zu weit, du bist verrückt. Es ist …«

»Ich bin nicht verrückt. Ich will dich sehen. Also bleib, wo du bist, ich spaziere gerade schon durch die Tür. Hör mal her.« Er klimperte mit etwas gegen den Hörer. »Die Schlüssel habe ich schon in der Hand. Bin so gut wie da.«

Ich lachte, wobei mir der Rotz aus der Nase blubberte, und dann verspürte ich eine Welle der Erleichterung. Okay, dann hatte Jasper sich womöglich nicht besonders häufig nach meiner Mutter erkundigt, aber jetzt war er auf dem Weg hierher.

Zehn Minuten später ging ich zu Barbara runter, um eine Flasche Rotwein zu kaufen. Sie runzelte die Stirn, als ich sie auf dem Tresen abstellte, dann beäugte sie mein verquollenes Gesicht.

»Willst du etwa alleine trinken?«

»Nein, Jasper kommt bald.« Ich kramte in der Tasche meines Kapuzenpullis nach meiner Bankkarte.

»Gut.« Sie nickte beifällig. »Da bin ich aber froh. Du solltest ihm auch etwas kochen. Männer mögen Frauen, die kochen können. Etwas Kräftiges. Etwas Anständiges. Keine Pizza oder so. Das ist kein Essen für echte Männer.«

Ich war nicht in der Stimmung für Haushaltsratschläge von Barbara, also bedankte ich mich matt und ging wieder hoch in meine Wohnung. Es war einer dieser Momente, in denen ich fand, ich sollte eine Mietminderung bekommen angesichts des emotionalen Traumas, das ich jedes Mal davontrug, wenn ich neues Klopapier brauchte.

Jasper traf etwa drei Stunden später ein.

»Hi«, murmelte ich an seiner Schulter, während wir in der offenen Wohnungstür standen. »Du kriegst bestimmt Ärger, weil du zu schnell gefahren bist.«

»Ist mir egal«, sagte er. »Ich möchte mich um dich kümmern.«

Es war das Schönste, was ein Mann je zu mir gesagt hatte. Wir standen schweigend da und hielten einander fest. Dann murmelte er etwas, das ich nicht verstand.

»Hm?«, fragte ich.

Er hob den Kopf und sah mich an. »Ich sagte, ich liebe dich.«

Ich prustete los. »Wirklich?« Es war die einzige Antwort, die mir einfiel.

Jasper seufzte. »Ja, wirklich, auch wenn du total unmöglich bist und lachst, wenn jemand gerade versucht, ernst zu sein.«

»'tschuldigung.«

Ich selbst hatte bisher nur meinem damaligen Freund von der Uni, Harry, gesagt, dass ich ihn liebte. Oh, und dann noch sturzbetrunken einem Australier, mit dem ich gefühlte zwei Sekunden zusammen war; doch alles, was er darauf zu sagen hatte, war: »Ich fühle mich total geehrt.« Kurz danach war er wieder zurück nach Darwin geflogen.

Liebte ich ihn? Jasper, meine ich – nicht den Australier. Eigentlich musste man es auch sagen, oder? Es wäre unhöflich, es nicht zu tun. Außerdem glaubte ich schon, dass ich ihn liebte. Ich meine, ich dachte durchschnittlich alle zwei Sekunden an ihn. Er war ständig in meinem Kopf. Und ich vermisste ihn, wenn er nicht bei mir war.

Plötzlich war ich furchtbar nervös.

»Weißt du was?«, sagte ich.

»Mhm«, murmelte er.

»Ich glaube, ich liebe dich auch.«

»Du *glaubst*, du liebst mich?«

»Nein, nein, ich weiß es.«

»Was weißt du?«

»Willst du mich dazu zwingen, es noch mal zu sagen?«

»Ja.«

Ich hielt inne. Und dann sagte ich es ganz leise. »Ich liebe dich auch.«

»Gut«, erwiderte er. »Und das mit deiner Mutter tut mir wirklich leid.«

»Es ist schon gut. Es wird alles gut. Das muss es«, sagte ich so entschieden wie möglich.

»Klar wird es das«, sagte er. »Ich habe es dir doch gesagt, ich werde mich um dich kümmern.«

In jener Nacht wachte ich kurz nach drei Uhr morgens auf und lauschte Jaspers leisem Atem neben mir. Der Marquess von Milton, Großbritanniens Playboy, Verführer von Prinzessinnen, hatte mir gesagt, dass er mich liebte. Und ich, ich hatte es ihm ebenfalls gesagt. Weil es stimmte. Auch wenn es sich zu offensichtlich anfühlte. Viel zu klischeehaft: Frau verliebt sich in attraktiven reichen Mann. Aber ich hatte mich trotz all der Geschichten, trotz seines Rufs in Jasper verliebt. Hatte er all diesen Frauen vor mir auch gesagt, dass er sie liebte? Ein winziger Splitter der Unsicherheit bohrte sich in meine Brust. Was, wenn es doch in Kummer und Tränen endete? Aber dann dachte ich an unser erstes Treffen auf Schloss Montgomery zurück, als mir klar geworden war, dass Jasper ein viel komplexerer Mensch war, als es sein Ruf vermuten ließ. Damals, als er mir gesagt hatte, dass er ebenfalls nicht wisse, was er wolle. Als er sagte, dass auch er nur versuchen würde, mit dem Leben klarzukommen, ganz so wie der Rest von uns.

Ich drehte den Kopf, um sein Gesicht im Schlaf zu betrachten, als könne ich so in sein Hirn schauen und seine Träume lesen. Ich formte die Worte noch einmal stumm – »Ich liebe dich«. Sie fühlten sich ungewohnt an auf meinen Lippen. Als würde ich Erwachsensein spielen. Er hatte gesagt, er wolle sich um mich kümmern, also würden wir am Ende vielleicht wirklich zusammenbleiben? Vielleicht war er ja doch der Richtige für mich?

Ich gähnte und wandte mein Gesicht wieder der Zimmerdecke zu, da ich befürchtete, Jasper könnte aufwachen und mich dabei erwischen, wie ich ihn, nur einen Hauch von seinem Gesicht entfernt, anstarrte wie in so einem Horrorfilm. Schlaf wieder ein, Polly, du Psycho. Es hat schließlich noch nie zu etwas Gutem geführt, mitten in der Nacht über solche Dinge nachzugrübeln.

14

Es war der Tag vor Lex' Junggesellinnenabschied; ich war zu Hause, trank Tee und studierte Google Maps auf meinem Laptop. Verdammte Scheiße. Ich würde vier Stunden bis nach Norfolk brauchen, um dort dann alles vorzubereiten. Ich hatte mir den heutigen Tag freigenommen – sehr zum Leidwesen von Peregrine, der, charmant wie eh und je, meinte, dass er schließlich kein Feriencamp leiten würde –, aber ich musste frühzeitig da sein, um die geschätzten 472 Einkaufstüten auszupacken, die ich bei Ocado bestellt hatte, bevor die anderen eintrafen.

Ich sah nach der Uhrzeit: genau elf. Ich musste Mum anrufen. Ihre Leukozytenwerte hatten sich endlich so weit erholt, dass die Ärzte ihrer letzten Chemo-Sitzung zugestimmt hatten. Sidney fuhr sie hin. Ich hatte ein furchtbar schlechtes Gewissen, aber sie hatte mich nur ermahnt, ich solle bitte nicht albern sein.

»Morgen, Mum«, meldete ich mich, als sie ranging.

»Hallo, mein Schatz, schon unterwegs?«

»So gut wie. Wie fühlst du dich?«

»Oh, ganz gut. Ich bin froh, wenn es vorüber ist.« Sie klang erschöpft. Ausgelaugt. Es bereitete mir Sorgen, sie das Wochenende allein zu lassen.

»Mum, sicher, dass ich nicht mitkommen soll? Ich kann wirklich dableiben. Lex würde das total verstehen.«

»Oh, mach dir wegen mir keinen Kopf, du Dummerchen. Geh und amüsiere dich. Und trink ein großes Glas Wein für mich mit.«

»Das werde ich. Sogar mehrere, würde ich bei diesem Wochenende schätzen.«

»In Ordnung, mein Schatz. Sidney und ich sind auf dem Weg ins Krankenhaus, wir hören uns später.«

»Jepp, ich rufe an, sobald ich angekommen bin.«

»Fahr vorsichtig, mein Schatz.«

Vier Stunden später erreichte ich das Cottage in Norfolk, in dem wir das Wochenende verbringen würden. Die Berge von Ocado-Tüten waren bereits auf der Veranda abgestellt worden. Sollte ich nie wieder auf einen Junggesellinnenabschied dürfen, so dachte ich bei ihrem Anblick, wäre ich auch nicht traurig.

Natürlich war ich völlig ausgehungert, also wühlte ich durch die Tüten, bis ich eine Packung Schokokekse fand. Wir waren neun Mädels auf dieser Party, zwei Nächte lang. Zwei Nächte. Nur zwei. Freitagnacht und Samstagnacht. Aber ich hatte Vorräte eingekauft, als müsste ich uns für die Apokalypse eindecken: Fisch-Pie und

Lasagne – denn, ganz ehrlich, wer hat schon die Zeit, sich mit dieser verflixten Béchamelsoße abzumühen? –, Kochschinken in Scheiben, ein halbes Dutzend Baguettes, mehrere vorgeschnittene Brote, genug Salat, um die Pingeligen bei Laune zu halten, Chips, Dips, Kekse, Cola Light, riesige Tüten Schokolinsen, Schokokuchen, mehrere Kartons Eier, Müsli und Sojamilch, da es ziemlich wahrscheinlich war, dass jemand sich als laktoseintolerant outen würde. Dann die Getränke: zehn Flaschen Prosecco, fünfzehn Flaschen Rotwein, fünfzehn Flaschen Rosé, zwei Flaschen Wodka, eine Flasche Gin, fünf Flaschen Tonic Water.

Ach ja, ich würde auch lieber mehrere Abstriche beim Gynäkologen über mich ergehen lassen, als noch einmal das Geld für einen Junggesellinnenabschied einzutreiben. Es gab immer mindestens eine Person, die nicht trank – schwangerschaftsbedingt oder aus reiner Schikane – und somit die unausweichliche E-Mail mit dem üblichen Blabla schickte: »Oh, ich trinke nicht, kann ich also zwanzig Pfund weniger zahlen?« Und ich musste dann natürlich schreiben: »Klar, kein Problem«, obwohl ich in Wahrheit sagen wollte: »Bitte, bleib einfach weg, wenn du dich unbedingt wie ein asozialer Arsch aufführen willst.«

Ich setzte den Wasserkocher auf und spazierte durch das Haus. In dem Ambiente hätte sich jeder Hipster wohlgefühlt – außen ein weiß getünchtes Bauernhaus, innen New Yorker Loft. Eine einzige Ansammlung von freigelegten Backsteinwänden, Holzdielen und minimalistischen beigefarbenen Sofas. Da geht sie hin, meine Kaution, dachte ich, während ich vor meinem inneren Auge schon den Rotwein sah, der bis Sonntag auf sämtlichen Polstern verkleckert wäre. Aber gut. Solange das Aktmodell nicht mit seinen Eiern drüberrutschte.

Gavin, IT-Angestellter aus Norwich und Teilzeit-Aktmodell, war für den Samstagvormittag gebucht. Die Aktivitäten auf solchen Junggesellinnenabschieden waren ebenfalls die Hölle. Am allerschlimmsten waren die biederen Fünfzigerjahre-Hausfrauenkurse – Macarons backen, Cocktails mixen, Fascinators basteln. Ich hasste Macarons – blödes kleines putziges Mandelgebäck. Das war doch kein anständiger Snack. Die würden nicht einmal den Magen einer magersüchtige Maus ausfüllen. Wenn wir also schon dämliche Aktionen für Lex veranstalten mussten, so hatte ich beschlossen, dann wenigstens etwas Unanständiges. Gavin sollte morgen um zehn Uhr für zwei Stunden herkommen. Es war ein bisschen obszön, weil sein nackter Penis im Spiel war, aber auch ein bisschen kultiviert, weil wir sittsam dasitzen und Kohlezeichnungen anfertigen würden.

Während ich das alles in Gedanken durchging, packte ich die Einkaufstüten aus und beschloss, gleich hochzugehen und mir mein Bett auszusuchen, bevor der Rest kam. Es gab vier Schlafzimmer, allesamt Doppelzimmer, und Cathy von der Agentur hatte gesagt, sie würde ein Extra-Feldbett aufstellen, sodass es neun wären. Ich wollte definitiv nicht in dem Feldbett enden, also hängte ich meine Tasche über die eine Seite eines großen, gemütlichen Doppelbetts und warf dann einen Blick auf den Strand. Draußen war es düster. Graue Wolken ballten sich über dem Meer.

Ich aß unten noch einen Keks, trank eine Tasse Tee und überlegte. Es war fast achtzehn Uhr, aber ich hatte noch ewig Zeit, da der Rest mit dem Zug aus London anreiste und erst in zwei Stunden eintreffen würde. Ich brauchte etwas frische Luft, also beschloss ich, einen Strandspaziergang zu machen und die Zehen ins Wasser zu tunken.

Zum Strand ging es ein paar Hundert Meter über den Rasen und eine kiesige Böschung runter, die mit getrockneten Seetangklumpen übersät war. Kein weißer Sand, keine blaue Lagune. Der Sand hier war dunkelbraun, das Wasser schlammig grün. Ich machte trotzdem ein Foto und schickte es Jasper. *Brrrrrrrr,* schrieb ich unter das Bild. Dann warf ich meine Schuhe auf den Kies hinter mir, krempelte meine Jeans hoch und watete bis zu den Knöcheln ins Meer, wobei ich sofort jegliches Gefühl in den Füßen verlor. Ich war noch nie einer dieser Menschen gewesen, die einfach so ins kalte Wasser springen konnten. Wenn ich im Urlaub war, brauchte ich locker fünfzehn Minuten, um einen Swimmingpool zu betreten. Erst die Füße, dann die Knie, dann bis halb zu den Schenkeln; dann tunkte ich meine Hände rein und befeuchtete mein Gesicht. Danach watete ich weiter, bis das kalte Wasser meinen Schritt berührte und meine Eierstöcke vor Panik im Kreis hüpften; dann ging es weiter bis zu meinem Bauchnabel, wenn ich es endlich wagte, einen tiefen Atemzug zu nehmen und den Rest von mir unter Wasser zu zwingen. Erbärmlich, ich weiß.

Ich spürte mein Handy in der Hosentasche vibrieren. Es war Jasper. »Hallo«, meldete ich mich und lächelte ins Handy.

»Du hast es geschafft!«

Ich blickte über das Meer; meine Füße brannten immer noch vor Kälte. »Jupp, gerade erst angekommen. Hab gefühlt vier Millionen Einkaufstüten ausgepackt und den Wein in den Kühlschrank getan. Hab auch gerade versucht, die Füße ins Meer zu tauchen, aber es ist so kalt, dass ich mir womöglich Frostbeulen zugezogen habe.«

»Sei kein Frosch. Warte nur, bis ich dich bei uns in Yorkshire in den See schubse.«

»Uaaah. Ich bin nicht unbedingt die begeisterte Naturschwimmerin.«

»Dann haben wir ihn ja endlich gefunden.«

»Was gefunden?«

»Na, einen Grund, warum ich dich unmöglich heiraten kann.«

»Ah. Das tut mir aber leid.« Ich lächelte wieder ins Handy. »Ich habe nichts gegen nette Pools und nette Strände. Schönes klares blaues Wasser, in dem man seine Füße sehen und nichts einen anfallen kann.«

»Schon notiert.«

»Wo bist du überhaupt?«, fragte ich.

»Im Auto. Auf dem Heimweg. Und Bovril sitzt brav neben mir. Du wirst uns dieses Wochenende fehlen.«

»Ihr werdet mir auch fehlen. Ich hoffe, zu Hause ist alles in Ordnung?«

»Oh, das wird schon werden. Bovril und ich werden es uns gut gehen lassen, nicht wahr, mein Junge? Na gut, ich wollte nur hören, wie's dir geht. Geh lieber wieder rein und wärm dich auf, und ich drück auf die Tube.«

»Okay. Fahr vorsichtig. Ich liebe dich.«

»Ich liebe dich auch.«

Ich legte auf und schob das Handy in meine Hosentasche, damit es mir nicht ins Wasser fiel. Dann blickte ich wieder zum Horizont. Ich war immer noch hin- und hergerissen, ob ich mit Lex über Hamish reden sollte. Wegen der Party. Weil er anderen Frauen den Po versohlte. Ich hatte es noch niemandem erzählt. Nicht einmal Joe. Einerseits war ich womöglich die schlimmste Freundin der Welt, wenn ich es nicht ansprach, andererseits … sollte ich ihr wirklich ihren Junggesellinnenabschied versauen? Aber wenn nicht dieses Wochenende, wann dann? Die Hochzeit rückte näher und näher.

Ich kehrte ins Haus zurück, um ein heißes Bad zu nehmen; eine Stunde später grübelte ich zwar immer noch über die Hamish-Sache nach, hatte aber schon zwei Glas Wein intus. Ich hatte auch Mum angerufen, die sich mit Sidney eine alte Folge von *Taggart* ansah. Außerdem hatte ich eine halbe Stunde damit verbracht herauszufinden, wie der Backofen funktioniert, hatte gegen den Backofen getreten und schließlich die Fisch-Pies reingeschoben, als ich mich wieder beruhigt hatte. Und ich hatte mit Sal telefoniert, die meinte, dass sie alle angekommen seien und sich am Bahnhof Taxis genommen hätten. Ich konnte sie im Hintergrund »Girls Just Want to Have Fun« singen hören.

Ich goss mir gerade das dritte Glas Wein ein, als das Licht der Scheinwerfer durchs Küchenfenster fiel. Dann wurde auch schon die Tür aufgerissen. Lex kam als Erste hereinspaziert, mit einer *Hier kommt die Braut!*-Schärpe um die Brust und einer pinkfarbenen Tiara auf dem Kopf. Sie umarmte mich und hickste mir ins Ohr.

»Allein der Junggesellinnenabschied ist es wert zu heiraten.« Sie hickste noch einmal, während die anderen hinter ihr auftauchten.

Sal kannte ich natürlich schon. Zwei von Lex' ehemaligen Arbeitskolleginnen, Rachel und Laura, hatte ich bereits getroffen. Ebenso wie Lex' lesbische Cousine, Hattie. Sie hatte ich kennengelernt, als wir beide siebzehn waren und ich mich heimlich, still und leise fragte, ob ich wohl auch lesbisch sei, da ich immer noch keinen Sex mit einem Jungen gehabt hatte; doch dann erklärte Hattie mir, wie die »Scheren-Position« funktionierte, und ich beschloss, dass ich es definitiv nicht war.

Die anderen hatte ich ab und zu mit Lex getroffen; es waren zum Großteil Freundinnen aus ihrer Grundschulzeit. In den letzten Wochen hatte ich ihnen zahlreiche Droh-E-Mails geschickt, in denen ich ihr Geld einforderte. »Hey, Leute.« Ich winkte matt in die Runde. Eine hieß Alice, die andere Beatrice. Da blieb nur noch die mit dem knallrosa Haar übrig, die, so riet ich, Lex' Freundin von der Kunsthochschule war. Elisa.

»Will jemand ein Glas Wein?«, fragte ich.

»Oh, nein, nicht für mich, danke«, sagte die, die Beatrice sein musste, und tätschelte ihren Bauch. Oh, ja, ich erinnerte mich, Beatrice war schwanger. »Hast du vielleicht einen Holunderblütensirup da?«

»Ah, Mist! Nein, tut mir echt leid. Aber es gibt Cola Light, wenn du magst?«

Beatrice sah mich an, als hätte ich ihr gerade vorgeschlagen, ihr Baby zu fressen.

»Oh, nein. Danke. Dann bitte nur ein Wasser.«

»Okidoki«, erwiderte ich heiter, »der Wasserhahn ist drüben. Schnappt euch eure Zimmer, das Abendessen ist fast fertig. Es gibt Fisch-Pie und Erbsen.«

»Was für Fisch ist da drin?«, fragte Beatrice. »Ich muss vorsichtig sein wegen Quecksilbervergiftungen.«

Natürlich lagen am nächsten Morgen um zehn immer noch alle im Bett, als Gavin – Teilzeit-IT-Angestellter/ Teilzeit-Aktmodell – klingelte. Ich schlüpfte schnell in meine Jogginghose und rannt die Treppe runter.

»Du musst Gavin sein«, sagte ich und öffnete die Tür.

Mein erster Eindruck war, dass Gavin sich als Aktmodell verdingte, da er es als andere Art von Modell nicht weit gebracht hätte. Er war klein und schmächtig, hatte einen kahl rasierten Schädel und trug dicke Brillengläser, hinter denen er mich wie ein Maulwurf anblinzelte.

»Komm nur herein«, sagte ich. »Heute früh geht alles etwas langsam. Lass mich nur kurz alle aus den Betten scheuchen. Kann ich dir einen Kaffee anbieten?«

»Ja, bitte. Ich hätte gerne einen. Schwarz, zwei Stück Zucker. Wo kann ich mich frisch machen?«

»Ah ja, klar, geh einfach durch die Küche durch, das Bad ist ganz hinten.«

Ich flitzte die Treppe hoch und streckte den Kopf in sämtliche Schlafzimmer. »Aufstehen, ihr Schlafmützen, wir legen gleich mit dem Unterhaltungsprogramm los! Ich setz schon mal Kaffee auf.«

Zehn Minuten später waren mehr oder weniger alle im Wohnzimmer versammelt und saßen mit einem Kaffee in der einen, mit einem Croissant in der andren Hand auf den Sofas. Alle außer Alice, die meinte, sie hätte einen derart höllischen Kater, dass sie womöglich sterben müsste, falls man sie zwang, das Bett zu verlassen. Also brachte ich ihr eine Packung Ibuprofen und eine Flasche Wasser, die ich auf ihrem Nachttisch abstellte.

»Also gut, Ladys, wo wollt ihr mich haben?« Gavin trat in einem Morgenmantel aus dem Bad. Die Kaffeebecher erstarrten in der Luft. Sal kicherte.

»Na ja, wir dachten, in der Mitte wäre ganz praktisch«, schlug ich vor und deutete auf einen Sessel zwischen den beiden Sofas. Ich hatte ein Handtuch auf den Sessel gelegt. Ich wollte mich wirklich nicht mit irgendwelchen dubiosen Flecken auf den Polstern auseinandersetzen müssen.

»Genial«, sagte Gavin und trat vorsichtig zwischen den Sofas hindurch, wobei er eine krasse Axe-Duftwolke hinter sich herzog, die in meiner Kehle kitzelte und Elisa einen Hustenanfall bescherte.

Als er den Sessel erreicht hatte, löste er den Gurt seines Morgenmantels. Ich sah mich nach Beatrice um, die ihren Blick keusch nach unten gerichtet hielt und angestrengt ihre Fingernägel inspizierte. Lex und Sal saßen zwar auf demselben Sofa wie sie, doch ihre Augen waren auf Gavin fixiert wie die von Löwinnen zur Fütterungszeit.

Der Morgenmantel fiel zu Boden, und ein frischer Schwall Axe driftete durch den Raum. »Ach, du liebe Güte«, sagte Rachel zu meiner Linken, und dann: »'tschuldigung, es ist nur … so früh am Morgen.«

Gavin schien nichts davon zu bemerken; er war damit beschäftigt, sich in Pose zu bringen. Eigentlich schon komisch, sich an einem Samstagmorgen im Juni in einem Strandhaus wiederzufinden und die frisch rasierten Hoden eines wildfremden Typen aus Norwich anzuglotzen.

»So recht, die Damen?« Er stand mit einem Bein auf dem Boden, hatte das andere auf den Sessel gestützt und die Arme in die Luft gereckt, als würde er einen imaginären Bogen spannen. Auf seinem linken Schulterblatt prangte das Tattoo eines Schäferhunds.

»Mhmm«, murmelten alle vage. Lex und Sal mussten

sich offenbar stark zusammenreißen, um nicht laut loszulachen.

»Super, ich halte die Stellung hier zehn Minuten lang,
dann wechsle ich die Position. Auf die Plätze, fertig, los!«

Die Köpfe senkten sich, und alle fingen eifrig an zu
skizzieren. Ich war schon in der Schule eine Niete in Bil-
dender Kunst gewesen. Mr. Robertson, unser Kunst-
lehrer, hatte mir mal ein Kompliment zu einer »äußerst
gelungenen« Zeichnung eines Kaninchens gemacht; woraufhin ich ihn mit einem kühlen Blick bedacht und erwi-
dert hatte: »Das ist ein Pferd.« Trotzdem, dachte ich, während ich den Kohlestift in meiner Hand betrachtete, wie
schwer kann es schon sein, einen Hintern zu zeichnen?

»Die Zeit ist rum«, verkündete Gavin zehn Minuten
später, nahm das Bein vom Sessel runter und streckte die
Arme in die Luft. »Zeigt her. Alle heben bitte die Zeich-
nungen hoch, damit wir sie sehen können.«

»Bitte schön, Gavin«, sagte Sal und hielt ihr Meister-
werk hoch. Es zeigte ein Strichmännchen mit einem riesigen Penis.

»Sehr schmeichelhaft«, befand Gavin. »Ich finde, du
hast mich perfekt getroffen.«

»Polly, was um alles in der Welt ist das denn?«, fragte
Sal plötzlich.

»Na ja«, murmelte ich und spähte über den Rand meines Blocks auf die Zeichnung. »Ich dachte, einen Hintern zu zeichnen, wäre ganz einfach. Aber anscheinend
habe ich mich geirrt.« Ich musste zugeben, dass ich schon

Fingerbilder von Kleinkindern an Kühlschränken hatte hängen sehen, die gelungener waren als meine Studie von Gavins Allerwertestem.

Nach beinahe zwei Stunden, in denen wir Gavin in diversen Posen zeichneten, sowie mehreren Gläsern Sekt-O waren alle locker und zutraulich genug, um Selfies mit ihm zu schießen. Dann zog er seine Klamotten wieder an, wünschte Lex viel Glück, stieg in seinen Corsa und fuhr hupend aus der Einfahrt.

»Ich fand ja, er hatte einen recht hübschen Penis«, bemerkte Rachel.

»Ein bisschen gedrungen«, meinte Sal.

»Heilige Scheiße, Sal«, sagte ich. »Wenn das gedrungen ist, will ich wirklich nicht wissen, wie der Penis deines Verlobten aussieht.«

»Also, ich mag es ja nicht, wenn sie rasiert sind«, verkündete Elisa.

Da tauchte Alice auf der Treppe auf.

»Morgen, Süße. Na, wie fühlst du dich?«, fragte Lex.

»Super«, antwortete sie. »Total toll. Die Ibuprofen und zwei Extrastündchen im Bett haben wirklich Wunder gewirkt.«

»Gut«, sagte ich. »Denn wir müssen in nicht mal einer Stunde zum Mittagessen im Pub sein.«

Das Cow & Fiddle befand sich im nächstgelegenen Dorf, einen kurzen, aber erfrischenden Spaziergang am Strand entfernt. Es war Jasper, der mir empfohlen hatte, dort zu reservieren; seine Kenntnis britischer Landgasthöfe war geradezu enzyklopädisch. Während die anderen etwas von Duschen und Anziehen murmelten und nach oben verschwanden, schickte ich ihm ein Foto meiner besten Gavin-Zeichnung – eine, bei der er auf dem Boden lag, den Kopf auf seiner rechten Hand abgestützt und ein Knie angewinkelt, sodass sein Penis über den unteren Schenkel hing und Richtung Teppich baumelte.

»Ich bin wirklich nicht sicher, ob ich bereit für einen Spaziergang bin«, sagte Alice und spähte durch das Fenster. Genau in dem Moment fing es zu nieseln an.

Das Cow & Fiddle war eines dieser Pubs, das so auch im Irland der Zwanzigerjahre hätte stehen können. Außen war es reetgedeckt, innen stank es nach schalem Bier und erkaltetem Zigarettenrauch. Ein paar Männer, die aussahen, als wären sie schon seit der Renaissance auf der Welt, saßen an der Bar; ein Hund von nicht zu identifizierender Herkunft lag wie ein Leichnam unter einem der Hocker.

Unser Tisch stand in einer Ecke, direkt neben einem Fenster mit Meerblick. »Ihr müsst alle die hier aufsetzen«, verkündete Sal und teilte Haarreifen aus, an denen jeweils zwei kleine rosa Pimmel an Sprungfedern befestigt waren. Ich setzte meinen auf und spähte in einen trüben Guinness-Spiegel an der Wand neben dem Fenster. Die Pimmel wackelten, wenn ich den Kopf bewegte.

»Keine Ausflüchte, Bea, das ist wie Partyhütchen an

Silvester. Jeder muss sie tragen. Und aus denen hier trinken wir.« Sal griff in ihre Tasche und zog eine Handvoll neonfarbener Trinkhalme heraus, an deren oberem Ende ebenfalls Pimmel angebracht waren, sodass man durch einen geäderten Plastikpenis trinken musste.

»Frohen Junggesellinnenabschied, Lex«, sagte ich und wackelte mit dem Kopf.

»Und du, du musst dir den hier anstecken …« Sal beugte sich über den Tisch und reichte Lex einen Autoaufkleber mit der Aufschrift *Anfänger*. »Könnten wir vorab drei Flaschen Sekt haben?«, sagte sie dann zum Kellner, der an unseren Tisch gekommen war, um die Bestellungen aufzunehmen.

»Und eine große Karaffe Leitungswasser, bitte«, meldete sich Alice. »Und Brot?«

»Leute«, sagte Lex, die am Kopfende des Tisches saß, »kann ich noch kurz etwas sagen, bevor wir alle zu besoffen sind …«

»Wieder besoffen sind«, merkte Laura an.

»Ja, wieder besoffen«, sagte Lex. »Aber ich wollte nur sagen, wie glücklich es mich macht, dass ihr alle hier seid. Ganz ehrlich, wenn ihr mir vor einem Jahr gesagt hättet, dass wir heute in einem Pub in Norfolk bei meinem Junggesellinnenabschied sitzen würden, weil ich vorhabe, Hamish zu heiraten, hätte ich euch dringend geraten, euch einweisen zu lassen. Und doch sind wir heute hier und tun genau das. Und ich bin einfach nur so unfassbar glücklich.«

»Du bist die Nächste, Polly«, sagte Sal und bohrte ihren Ellbogen in meine Seite.

»Ja, Polly Spencer!«, rief Lex laut. »Nächstes Jahr um diese Zeit will ich auf deinem JGA sein.«

Ich verdrehte die Augen. »Leute.«

»Oder noch früher, wenn ich ehrlich bin«, quasselte Lex weiter. »Wie lange seid ihr jetzt schon zusammen?«

»Äh, so um die vier Monate«, sagte ich, wobei mir bewusst war, dass alle am Tisch interessiert lauschten. »Also finde ich, dass wir die Sache hier etwas überstürzen.«

»Eine Septemberhochzeit auf Schloss Montgomery wäre doch wundervoll«, schwärmte Lex.

»Klar, kein Problem.« Ich kramte schnell mein Handy heraus, nur um sicherzugehen, dass ich in meiner Hosentasche nicht versehentlich Jaspers Nummer gewählt hatte und er das alles mit anhörte.

»Würdest du dann auf Schloss Montgomery heiraten und nicht da, wo du aufgewachsen bist?«, hakte Sal nach.

»Leute, das ist jetzt echt ein bisschen gestört. Ich weiß es nicht. Wo bleiben unsere Getränke?«

»Du wirst Jasper heiraten und Herzogin werden«, fuhr Lex unbeirrt fort. »Kann ich dann bitte, bitte vorbeikommen und bei euch übernachten, wenn du auf dem Schloss lebst? So an den Wochenenden?«

»Klar, und wir sollten auch unbedingt Gavin einladen«, sagte ich, während ich dem Kellner zuwinkte.

»Nun, alles, was ich damit sage, ist, dass ich die Daumen ganz fest gedrückt halte.« Lex hielt dem Kellner ihr leeres Glas hin. Sie strahlte mich an und stieß ein aufgeregtes Quietschen aus.

Während des Essens gelang es uns, sieben Flaschen Sekt zu kippen. Als Abschluss verlangte Lex Espresso Martinis.

»Ist das so was wie ein Kaffee? Ein Kaffee mit Schuss vielleicht?«, fragte der Kellner. Er wirkte vollkommen überfordert, und so beschlossen wir, zu zahlen und zum Cottage zurückzukehren, bevor es dunkel wurde und uns jemand auf dem Heimweg noch im Meer ertrank.

Nicht dass der Spaziergang sehr dabei geholfen hätte, irgendwen auszunüchtern. Sal und ich spazierten »It's Raining Man« singend in die Küche und durchwühlten umgehend die Schränke nach Chips.

»Wie spät ist es eigentlich?«, fragte ich und spähte zur Küchenuhr. »Siebzehn dreißig. Sagen wir mal, wir wollen um halb neun zu Abend essen, dann müssen wir die Lasagne um acht reinschieben, was bedeutet, dass wir um sieben mit dem Mr.-&-Mrs.-Quiz anfangen, richtig?«

»Mhmm«, Sal nickte, den Mund voller Chips.

»Also gut, alle kommen um sieben wieder runter zum Spielen und zum Trinken!«, brüllte ich durchs Haus und dachte zum ungefähr 392. Mal, wie anstrengend JGA-Wochenenden doch waren. Also, falls *ich* je heiraten sollte, wollte ich ein einfaches Besäufnis beim Italiener in Battersea.

Ich schaute auf mein Handy. Kein Wort von Jasper. Was total in Ordnung war, sagte ich mir, weil ich ganz bestimmt nicht *so eine* Freundin werden wollte. Ich war bei einem Mädelsabend und amüsierte mich blendend ohne ihn. Es bestand überhaupt keine Notwendigkeit für uns, ständig miteinander zu kommunizieren. Auch wenn ich ihm vorhin ein Foto von meiner Zeichnung geschickt hatte, das er definitiv gesehen hatte, da die zwei WhatsApp-Häkchen blau waren.

Das klassische Mr.-&-Mrs.-Quiz war in den letzten Jahren zu einer Hightech-Angelegenheit mutiert. Es war offenbar nicht länger akzeptabel, dem Bräutigam nur ein paar Fragen zuzuschicken, die er per Mail beantworten konnte. Stattdessen mussten eine oder mehrere der Brautfreundinnen einen Termin mit dem Bräutigam finden, der allen Beteiligten passte, und seine Antworten auf Video festhalten. Manchmal wurde der Bräutigam gezwungen, bei dieser ohnehin schon qualvollen Prozedur ein albernes Kostüm zu tragen; manchmal wurde er genötigt, während er antwortete, Schnaps zu trinken. Und niemand schien es befremdlich zu finden, dass eine Freundin der Braut sich mit deren Zukünftigem traf, um ihn über die sexuellen Präferenzen des Paares auszuquetschen.

Sal hatte Hamish zwei Wochen zuvor in seinem Büro gefilmt. Sie hatte das Video zudem chic bearbeitet, sodass wir, als alle endlich mit einem Moscow Mule in der Hand auf dem Sofa saßen, auf einen Bildschirm starrten, auf dem *Mr. & Mrs. Wellington* stand.

»Seid ihr bereit?«, fragte Sal.

Alle jubelten. Hamish erschien auf dem Bildschirm; er saß offenbar hinter seinem Schreibtisch. Ohne Kostüm, dafür im Anzug. Er winkte nervös in die Kamera. »Hi, Mädels.«

»Hi, Hamish«, echote es zurück.

Und schon erschien die erste Frage am unteren Bildschirmrand: *Was trug Lex bei eurer ersten Verabredung?* Sal hielt das Video an.

»Ganz einfach«, sagte Lex. »Schwarzes Maje-Kleid, dazu meine Lederjacke und silberne Espadrilles. Es war Sommer. Wir haben uns in einem Pub an der Themse getroffen.«

Sal drückte wieder auf Play. »Oh Gott«, sagte Hamish und blickte gequält in die Kamera. »Ich weiß, dass es im Blue Anchor in Hammersmith war.« Er rutschte unbehaglich auf seinem Sessel zurück. »Jesus … War es … äh … Ich schätze mal, eine Jeans und Stöckelschuhe. Und vielleicht ein Top dazu?«

»Schwache Leistung«, sagte Lex kopfschüttelnd.

»Erster Shot für dich, Lex«, sagte Sal und schob ihr ein kleines Glas Wodka hin.

Die zweite Frage erschien auf dem Bildschirm: »Wann habt ihr einander das erste Mal ›Ich liebe dich‹ gesagt?«

»Oh, die ist auch supereinfach«, sagte Lex. »Da waren wir einen Monat zusammen und sind übers Wochenende ins New Forest gefahren.«

Sal drückte auf Play. »Ähm. Oh Gott. Ähm.« Hamish blickte wieder panisch drein. »Ähm.« Er kratzte sich am

Kinn. »Jetzt weiß ich es wieder. Es war an einem Sonntagmorgen; wir lagen zu Hause im Bett, und sie hat mir Kaffee gebracht. Und ich dachte einfach nur, ›Ja, das ist der
Moment‹.« Sal drückte wieder auf Pause.

»Totaler Schwachsinn«, sagte Lex. »Es war in diesem
Hotel, The Pig. Hundertpro. Wir lagen zusammen im
Bett. Er ist wirklich ein Trottel.«

»Okay, okay, die nächste«, sagte Sal. Die Frage erschien
auf dem Bildschirm. »Was war der abgefahrenste Ort, an
dem ihr Sex hattet?«

Lex lachte. »Im Bett meiner Eltern. Einhundert Prozent. Sie waren gerade nicht zu Hause. Es war Hamishs
Idee, damals fand ich es irgendwie witzig.«

War ja klar, dass die Idee von ihm kam, dachte ich bei
mir.

Sal drückte wieder Play, und Hamishs Gesicht erstrahlte bei der Frage. »Auf der höchstgelegenen Straße
der Welt. Im Himalaja. Na ja, nicht ganz auf der Straße …
eher daneben. In einem Zelt.«

»Lex!« Ich drehte mich zu ihr um. »Wann habt ihr das
denn getan?«

»Haben wir nicht.«

»Hä?«

Sie runzelte die Stirn. »Er redet von einer anderen. Das
Mädchen, das er im Jahr vor der Uni auf einer Weltreise
kennengelernt hat.«

Ich sah zu Sal. Dann wieder zu Lex. »Huch?«, wun-
derte ich mich. »Aber bei der Frage ging es doch um den

abgefahrensten Ort, an dem ihr *beide* Sex hattet? Zusammen?«

»Ja, das war die Frage«, erwiderte Sal. »Ich dachte nur, es wäre lustig, das auch drin zu behalten.« Sie hielt inne und sah zu Lex. »Nicht lustig?«

»Nicht wirklich«, erwiderte sie leise. »Es wäre nett, wenn er wenigstens eine Frage richtig hinbekommen würde.«

»Okay, lass uns die hier vergessen und weitermachen.« Sal drückte wieder auf Play.

Die nächste Frage war: »Wann wusstest du, dass du Lex heiraten willst?« Glücklicherweise schaffte Hamish es, mit dieser Frage ein paar Pluspunkte für sich zu ergattern. »Das war an Weihnachten, nachdem wir vier Monaten zusammen waren. Ich war zu Hause, und sie war bei ihren Eltern, aber alles, was ich wollte, war, bei ihr zu sein. Und mir wurde klar, dass ich das auch für alle meine Weihnachten danach wollte – in unserem Haus, mit unseren eigenen Kindern. Also habe ich es gleich meinen Eltern erzählt.«

»Ooooooh«, gurrten alle.

»Lasst das«, sagte Lex errötend.

Dann folgte die Frage nach der Lieblingsstellung – ein alter Favorit, bei dem Hamish »umgedrehtes Cowgirl« behauptete. Mir war aufgefallen, dass Männer bei diesem Spiel oft das umgedrehte Cowgirl wählten. Sie konnten nicht »Missionarsstellung« sagen, da sie auf keinen Fall wie ein Dorfpfarrer klingen wollten, der es nur im Dunkeln macht. Ein paar Männer verlegten sich auf »Doggy Style«, aber das kam oft nicht gut, da es der Sache diesen gewissen »Geh in die Küche und hol mir noch ein Bier«-Beigeschmack verlieh. Das umgedrehte Cowgirl hingegen implizierte einen demokratischeren Prozess: Sie saß oben, also, ihr wisst schon, großes »Daumen hoch« für den Feminismus, aber sie hatte das Gesicht abgewandt, was das Ganze etwas pikanter als üblich machte. Für mich persönlich war es der Teil mit dem Draufklettern, den ich abtörnend fand, weil es erforderte, den Hintern direkt vor dem Gesicht des Typen rüberzuwuchten wie ein Kipplaster im Rückwärtsgang. Und niemand konnte mir erzählen, dass das die Schokoladenseite von irgendwem war. Zumindest ganz sicher nicht meine.

Und so ging es weiter. Was war Lex' bestes Körperteil? (Er antwortete, die Augen, auch wenn er eigentlich Titten sagen wollte, denn Lex hatte tatsächlich richtig tolle Titten; doch er kniff und verlegte sich auf die »romantische« Option.) Was würde sie bei einem Brand retten? (Er sagte, ihn selbst; sie sagte, ihre Vintage-McQueen-Jacke.)

Kurz fragte ich mich, ob Jasper eine der Fragen richtig hinbekommen würde. Wäre er in der Lage, sich daran zu erinnern, was ich bei unserem ersten Abendessen beim Italiener getragen hatte? Welchen Teil meines Körpers mochte er am liebsten? Und wusste er, dass es meine schlimmste, superneurotische Angst war, im Schlaf eine Spinne zu verschlucken? Ich bezweifelte es. Der einzige Mensch, der das wusste, war Mum. Und tatsächlich Bill.

Was nicht hieß, dass einer von beiden in der Lage wäre, die Frage nach meiner Lieblingsstellung zu beantworten. GOTT SEI DANK NICHT. Einmal, vor Ewigkeiten, hatte Lex mir im Pub gestanden, dass sie es gerne auf dem Küchentisch trieb, woraufhin ich mich immer etwas unbehaglich fühlte, wenn ich bei ihr zum Essen eingeladen war. Kurz fragte ich mich, wie Bill es wohl am liebsten machte, und schämte mich sofort.

»Alles okay mit dir, Polly?«, fragte Sal.

»Mhmm, jepp, alles supi«, erwiderte ich.

»Ich kann immer noch nicht glauben, dass er erzählt hat, wo er mit einer anderen Frau Sex hatte.«

Sal warf mir einen beschwörenden Blick zu. »Oh, er war nur durcheinander. Du weißt doch, wie Jungs sind. Absolute Volltrottel. Sagen immer das Erste, was ihnen in den Kopf kommt.«

»Besonders, wenn es um Sex geht«, fügte ich hinzu.

»*Ganz* besonders, wenn es um Sex geht.«

»Ja, aber die Frage, wann wir uns zum ersten Mal gesagt haben, dass wir uns lieben, hat er auch nicht hingekriegt.«

»Er hat es nur mit einem anderen Mal verwechselt«, beruhigte Sal sie. »Sollen wir noch eine Flasche aufmachen?« Sie stand auf und ging zum Kühlschrank.

Lex war den Tränen nahe. »Ich wünschte nur, er hätte sich mehr Mühe gegeben und nachgedacht.«

»Irgendwer Lust auf Chips?«, fragte Rachel laut und hielt die Schüssel hoch.

»Ich meine, wie schwer kann es sein, sich daran zu erinnern, wann man das erste Mal ›Ich liebe dich‹ zu jemandem gesagt hat?«, schluchzte Lex.

»Was meint ihr, soll ich die Lasagne schon reinschieben?«, fragte ich in die Runde. »Seid ihr schon sehr hungrig?«

Alle murmelten, dass sie tatsächlich schon sehr hungrig seien.

»Und lasst uns Musik anmachen«, fügte ich hinzu.

»Lex«, sagte Sal ernst und beugte sich auf dem Sofa zu ihr. »Er hat auch diese süße Sache gesagt, dass ihm am Weihnachtstag klar wurde, dass er dich unbedingt heiraten will.«

»Wahrscheinlich war er da nur betrunken«, erwiderte sie und warf genervt die Hände in die Luft. Ich zuckte panisch zusammen, als ihr Prosecco über den Glasrand schwappte und das beige Sofa nur um Haaresbreite verfehlte.

»Und er hat was Schönes über deine Augen gesagt«, wagte Beatrice sich vor.

»Blödsinn«, sagte Lex, »das hat er nur gesagt, weil es ihm zu peinlich war, Titten zu sagen.« Sie schloss die Augen, und ihre Unterlippe fing an zu beben.

Ich sah zur Küchenuhr. Es war gerade erst kurz nach acht, und wir hatten seit heute Vormittag durchgetrunken, also waren Tränen wahrscheinlich unausweichlich. Nur optimalerweise nicht von der Braut.

»Hör zu«, sagte Beatrice. »Nimm dir ein paar Chips und Hummus. Und ein Glas Wasser.«

Lex schüttelte den Kopf und schniefte. »Wird er sich vor dem Altar überhaupt noch an meinen zweiten Vornamen erinnern? Bestimmt nicht. Er ist so ein Idiot. Warum heirate ich so einen Idioten?« Okay, wir bewegten uns gerade gefährlich auf einen hysterischen Anfall zu. Sie griff nach einem Kissen und heulte hinein. Alle blickten einander an und verzogen betreten die Gesichter. Ich hackte weiter Gurken für den Salat klein.

»Lex«, sagte Sal und hockte sich vor ihr auf den Teppich. »Das war nur ein Spiel. Ein dämliches Spiel.«

»Ach, du bist doch wie er. Du nimmst nie etwas ernst«, entgegnete Lex. Ihre Worte waren gedämpft, da sie sich immer noch das Kissen vors Gesicht hielt. Mein Messer verharrte in der Luft, während ich mich fragte, ob das Mascara-Flecken auf dem Bezug geben würde.

»Okay, kein Grund, es an mir auszulassen«, sagte Sal. »Ich wollte nur helfen.« Und dann fing auch sie an zu weinen.

Ich hörte auf mit dem Gurkenhacken und sah sie beide an. Herrgott noch mal. Jetzt hatten wir gleich zwei heulende einunddreißigjährige Frauen da sitzen. Ich würde definitiv nie, *nie* wieder auf einen Junggesellinnenabschied gehen. Selbst wenn es mein eigener wäre.

»Tja, es hilft aber nicht«, sagte Lex. »Ich heirate einen Mann, der so beschränkt ist, dass man ihn quasi zweimal täglich gießen muss …« Sie hörte abrupt auf zu schniefen. »Und du stachelst ihn auch noch an.«

»Ich habe ihn nicht angestachelt«, sagte Sal durch ihre

Tränen hindurch, immer noch auf dem Boden kauernd. »Ich dachte, du wüsstest Bescheid über den Sex auf dem Machu Picchu.«

»Himalaja«, korrigierte Lex sie.

»Es ist mir egal, auch wenn es der beschissene Schwarzwald war. Ich dachte nur, du würdest es witzig finden.«

Lex öffnete den Mund, um etwas zu sagen, und fing dann an zu lachen. Sie fiel seitlich aufs Sofa und schüttelte sich vor Lachen. Oh Gott, jetzt würde sie ihre Wimperntusche nicht nur auf den Kissen, sondern auch auf dem Polster verschmieren.

»Es tut mir leid, Sal«, sagte Lex schließlich und setzte sich wieder auf. »Ich hab's nicht so gemeint. Ich bin einfach nur total betrunken und überemotional, und jetzt schau mich an. Und schau dich an. Du heulst doch sonst nie.« Sie streckte sich übers Sofa runter und hängte umständlich die Arme um Sals Schultern bei dem Versuch, sie zu umarmen.

»Ist schon okay«, schniefte Sal und wischte sich mit dem Handrücken über die Nase.

»Okay, Leute«, meldete ich mich laut aus der Küche. »Der Salat ist fast fertig. Laura, Rachel, könntet ihr bitte den Tisch decken? Ich glaube, Lasagne und Knoblauchbaguette sind die Antwort auf all das.«

»Und was sollen wir nach dem Abendessen machen?«, fragte Rachel leise, als sie die Besteckschublade aufzog.

»Na ja, eigentlich weitertrinken.« Ich öffnete den Kühlschrank, um einen Blick hineinzuwerfen. Wir hatten immer noch acht Flaschen Rosé, um die Nacht zu überstehen. Und einen Liter Wodka. »Aber ich bin nicht sicher, ob das so eine gute Idee ist.«

»Wir könnten doch einfach einen Film schauen oder so?«, schlug sie vor.

Letzten Endes einigten wir uns – nach einem ausgewachsenen Zickenkrieg (die einen wollten *Bridget Jones* schauen, die anderen waren für *Wie ein einziger Tag*) – auf *Notting Hill*. Und endlich hörten alle auf zu weinen.

Ihr kennt doch bestimmt diese amerikanischen Highschool-Filme, in denen irgendwelche Teenager ein weißes Schindelhäuschen am Meer mieten. Dann gibt es eine Party mit Bierfässern, roten Plastikbechern und Tausenden anderer Teenager, die in den Schlafzimmern oben miteinander vögeln, sodass das Haus am Ende vollkommen demoliert ist. Genauso sah es bei uns am nächsten Morgen aus. Schmutzige Gläser, schmutzige Teller, schmutzige Servietten, leere Weinflaschen, überquellende Aschenbecher und Schuhe überall. So viele *Schuhe*? Warum waren da so viele Schuhe? Hatten die Schuhe miteinander Sex gehabt und sich über Nacht vermehrt? Ich überquerte auf Zehenspitzen den Boden, als würde ich ein Minenfeld passieren, setzte den Wasserkocher auf und öffnete das Fenster über der Spüle.

Wäre ich in einer netten und großmütigen Stimmung gewesen, hätte ich damit losgelegt, das Chaos aufzuräumen. Ganz alleine. Sodass ich im Anschluss gleich mit dem Frühstück loslegen könnte und alle vom Duft nach gebratenem Speck und Kaffee nach unten gelockt würden. Aber ich war nicht in der Stimmung. Und überhaupt, wenn ich die ganze Sauerei beseitigte und Frühstück servierte, würde niemand merken, dass ich es getan hatte, und ich würde keine Fleißpunkte sammeln. Also würde ich nur einen Kaffee aufsetzen und mich vor die Glotze setzen, bis noch jemand anders aufstand.

Ich scrollte durch Instagram, während das Wasser aufkochte. Das übliche Sonntagmorgenzeug: Fotos von Spiegeleiern neben der *Sunday Times*; Fotos, auf denen jemand so tat, als würde er noch schlafen; Fotos von Hunden, die noch unter der Bettdecke dösten; ein Foto von Lalas Zehen, das sie offenbar im Badezimmer hochgeladen hatte; und ein paar Memes über Brummschädel und Katerstimmung. Immer noch keine Nachricht von Jasper, was seltsam war. Oder war es gar nicht seltsam? Vielleicht war ich selbst nur verkatert und notgeil.

Als Sal die Treppe runterkam, lag ich, alle viere von mir gestreckt, auf dem Sofa, war bei meiner dritten Tasse lauwarmen Kaffees angelangt und schaute *Hollyoaks,* eine Serie, die auf zuverlässige Weise deprimierend blieb. »Morgen«, sagte sie. »Oh Gott, schau dir nur die Bude an.«

»Ich weiß, ich hab's einfach nicht geschafft, mich allein darum zu kümmern. Sorry.« Ich blickte vom Sofa auf. »Auf dem Ofen steht Kaffee, der müsste noch lauwarm sein.«

»Cool.« Sie griff nach einem Becher. »Geht's Lex heute besser?«

»Sie schläft noch. Ich denke, sie wird schon wieder. War einfach nur müde und überemotional. Immerhin haben wir seit gestern Vormittag durchgetrunken.«

Sal goss sich einen Kaffee ein und legte sich auf das Sofa gegenüber. Wir sahen uns einige Minuten schweigend *Hollyoaks* an.

»Sal …«, begann ich, da ich beschlossen hatte, dass ich in Anbetracht der gestrigen Szene die Sache mit Hamish loswerden musste, »… wenn ich dir etwas erzähle, versprichst du mir, dass du es Lex nicht sagen wirst?«

»Was ist es?«, fragte sie und sah mich besorgt an.

Und so erzählte ich ihr die ganze Geschichte. Von der Party und von Hamish, den ich dort gesehen hatte. Dass er mich gebeten hatte, Lex nichts zu sagen. »Also habe ich nichts gesagt«, endete ich. »Aber jetzt habe ich dieses Riesengeheimnis, das ich mit mir rumschleppe. Ich glaube, wenn ich an ihrer Stelle wäre, würde ich es wissen wollen. Oder?«

Sal nickte ernst. »Du musst es ihr sagen. Sie hat ein Recht, es zu erfahren. Im Ernst, Polly. Ich weiß, dass es furchtbar ist, aber du kannst es nicht einfach nicht sagen. Stell dir nur vor, sie findet später heraus, dass du es wusstest?«

»Ich weiß, ich weiß. Okay. Ich werde es ihr sagen. Die Sache ist nur, dass er sie im Prinzip nicht betrogen hat. Er hat nur einer anderen Frau … den Hintern versohlt. Ich

431

habe keine Ahnung, ob er … na, du weißt schon, ob er weiter geht.«

»Oh, bitte«, erwiderte sie. »Der Typ ist ein Perverser. Du musst es ihr sagen.«

»Okay, ich erzähle es ihr«, sagte ich wieder, wobei mir ganz elend wurde. »Ich bin nur nicht sicher, wann. Aber gut, sollen wir uns mit ein bisschen Putzen auf andere Gedanken bringen?« Ich blickte zur Spüle, in der sich die schmierigen Gläser und Teller stapelten. Eine halb ausgelöffelte Schüssel Hummus trocknete daneben vor sich hin. »Ich spüle, du trocknest ab?«

»Lex, warum fährst du nicht mit Polly im Auto mit und leistest ihr Gesellschaft?«, schlug Sal vor, als wir ein paar Stunden später das Haus aufgeräumt und alles zusammengepackt hatten. Alle anderen nahmen den Zug.

»Aber ich wohne gar nicht bei ihr in der Nähe«, sagte Lex.

»Ist doch egal.« Sal warf mir einen bedeutungsschwangeren Blick zu. »Ihr könnt euch über Hochzeitskram unterhalten.«

Vielen Dank auch, Sal, dachte ich und stieg ins Auto. Ich war so verkatert, dass mein Kopf sich so hirnlos und hohl anfühlte wie der einer Qualle. Genau der richtige Zeitpunkt, um ein superunangenehmes Gespräch zu führen. Lex und ich würden wahrscheinlich beide das Heulen anfangen; dabei war die Fahrt von Norfolk wie die Rückkehr aus Mittelerde – sie dauerte ewig. Was also hieß, dass wir stundenlang heulen würden. Ganz toll. Das perfekte

Ende für einen Junggesellinnenabschied. Der perfekte Sonntagabend. Heulkrämpfe auf der M1 nach London. Genial.

Lex stieg ein und verstellte die Lehne nach hinten, dann zog sie sich eine Schlafmaske, auf der *Zukünftige Braut* stand, über das Gesicht, und ich rollte aus der Einfahrt.

»Ich würde kurz die Augen zumachen, Polly, falls es dich nicht stört?«

»Na ja, tatsächlich würde ich …«, begann ich und spürte, wie mir speiübel wurde. Tatsächlich würde ich womöglich das komplette Lenkrad vollkotzen. »Kann ich … mit dir über etwas reden?«

»Klar, was ist los?« Sie schob die Maske über die Stirn und sah mich stirnrunzelnd an.

»Oh Gott, ich weiß gar nicht, wie ich anfangen soll, also lasse ich es einfach raus. Ich werde es dir einfach erzählen, es dir einfach so sagen, einfach …«

»Okay, Polly. Kannst du es mir einfach sagen? Du machst mich noch wahnsinnig.«

Ich holte tief Luft. »Okay, also, ich musste neulich wegen der Arbeit auf eine Party gehen. Eine Art Fetischparty quasi, die von einer Italienerin veranstaltet wird. Peregrine wollte, dass ich darüber berichte, also habe ich Ja gesagt. Ich bin mit Lala hin. Die Party hat in einer riesigen Villa in Mayfair stattgefunden, mit einem Haufen Leute in ziemlich fragwürdigen Outfits, und …«

»Ich weiß, was du sagen wirst«, unterbrach mich Lex. »Du hast Hamish gesehen, stimmt's?«

Ich war verblüfft. »Was? Ja. Aber wie …? Du weißt es? Woher weißt du es? Er meinte, du wüsstest nicht, dass er da hingeht.«

»Polly, würdest du dich bitte auf die Straße konzentrieren? Die Steinmauer da macht mich etwas nervös.«

»Klar, tut mir leid«, sagte ich und korrigierte meinen Kurs. »Aber jetzt bin ich wirklich durcheinander. Ich habe mich tagelang seelisch darauf vorbereitet, es dir zu sagen, und du *weißt* es? Du weißt Bescheid?«

Sie seufzte. »Ich weiß es schon eine ganze Weile. Er geht da schon länger hin.«

»Aber er meinte, du hättest keine Ahnung?«

»Hab ich aber. Wir haben darüber gesprochen. Ich weiß auch nicht, warum er dir das gesagt hat. Wahrscheinlich wollte er mich nur beschützen.«

»Aber warum? Ich meine, macht dir das denn gar nichts aus? Ist es nicht etwas schräg, Lex, dass dein Verlobter allein auf diese Partys geht?« Ich kapierte es einfach nicht.

Sie blickte aus dem Fenster. »Ich weiß, dass es schräg klingt«, sagte sie schließlich. »Und das war es auch, als ich es herausfand. Aber dann haben wir darüber gesprochen, und ich habe beschlossen, dass er, wenn das sein Ding ist, wenn er auf diese Partys gehen will, er das tun kann. Er schläft ja nicht wirklich mit jemandem dort. Ich kann damit leben, solange es bedeutet, dass er danach immer noch zu mir nach Hause kommt.«

Ich runzelte die Stirn. »Lex, du kannst doch nicht ernsthaft einen Mann heiraten, der …«

»Polly«, unterbrach sie mich und drehte sich zu mir. »Ich kapiere es ja. Du bist total unabhängig. Du hast nicht dieses Gefühl, zwingend heiraten zu müssen. Du hast nie von diesem großen Tag geträumt und dem Kleid, und überhaupt hasst du diesen ganzen Kram. Ich verstehe es. Ich kenne dich. Ich weiß, dass du nichts davon hältst. Ich weiß, dass du nicht mal unbedingt meine Trauzeugin sein willst. Aber weißt du was? Ich will meinen großen Tag. Ich will mein Prinzessinnenkleid. Und es tut mir leid, wenn du nicht einverstanden bist und das nicht modern genug für dich ist. Aber ich will es, und ich will Hamish heiraten. Und ich will, dass du meine Trauzeugin wirst, weil du meine beste Freundin bist, also kannst du dich bitte einfach nur für mich freuen? Dir ein bisschen Mühe geben und mich unterstützen?«

Ich hatte nicht gedacht, dass ich diejenige wäre, die als Erste losheulen würde, aber ich knickte ein, und eine Träne kullerte über mein Gesicht. »Es tut mir leid. Ich weiß nicht, was ich sagen soll. Ich schätze mal, ich wollte nur sichergehen, dass es dir gut geht.« Ich wischte mir mit der Hand übers Gesicht.

»Mir geht es gut«, erwiderte sie. »Versprochen. Dann geht er eben auf diese Partys. Dann ist er eben ein trotteliger Nichtsnutz, weil er sich nicht daran erinnern kann, wann wir das erste Mal ›Ich liebe dich‹ gesagt haben, und dann habe ich eben gestern die Nerven verloren, weil ich betrunken war. Aber Hamish ist ehrlich zu mir. Wir sind wahrscheinlich ehrlicher zueinander als die meisten anderen Pärchen, die ich kenne.«

»Okay«, sagte ich und wischte mir wieder übers Gesicht. »Okay, es tut mir leid.«

»Es muss dir doch nicht leidtun, du Dummerchen«, sagte sie lachend. »Mir tut es leid, dass ich dich zum Heulen gebracht habe. Aber wenigstens haben wir dieses Wochenende jetzt beide geheult, stimmt's?«

Ich lachte und griff in meiner Tasche nach einem Tempo, um mir die Nase abzuwischen. »Kann ich dich noch etwas fragen?«, sagte ich ein paar Minuten später immer noch verwirrt.

»Klar.«

»Wie hast du es herausgefunden? Das mit den Partys, meine ich.«

»Ich habe einen Lederslip in seiner Kommode gefunden.«

Und da mussten wir beide losprusten. Wir lachten so heftig, dass jetzt auch Lex die Tränen über die Wangen liefen. Am Ende schweißte uns die Autofahrt noch ein Stück mehr zusammen. Ich fand zwar immer noch, dass es irre von Lex war, Hamish heiraten zu wollen, aber wenn sie sagte, dass sie glücklich war, dann musste es wohl so sein.

Drei Stunden später setzte ich sie an der U-Bahn-Station Notting Hill Gate ab. »Danke für den besten Junggesellinnenabschied überhaupt«, sagte Lex und beugte sich rüber, um mich zu umarmen.

»Sei nicht albern. Komm gut nach Hause.«

»Das werde ich. Triffst du dich heute Abend mit Jasper?«

»Ähm, weiß noch nicht.«

»Okay, na gut, dann richte ihm liebe Grüße aus, falls ihr euch seht.«

»Klar, wird gemacht.« Ich winkte ihr durch das Autofenster zu und fuhr über den Kreisverkehr wieder zurück Richtung Shepherd's Bush. Ich brauchte dringend ein Bad und ganz vielleicht ein winziges Gläschen Wein nach dieser Fahrt. Und dann würde ich Jasper anrufen. Und Mum. Mist. Mum musste ich auch anrufen.

In der Wohnung war es dunkel und kalt, was hieß, dass Joe ausgegangen war. Ich warf meine Tasche aufs Bett, machte die Heizung an und ließ mir ein Bad ein.

Ich rief Mum an, aber ihre Mailbox ging ran. Wo waren denn bloß alle? Hatte es in meiner Abwesenheit eine Art Apokalypse gegeben?

»Hi, Mum. Bin gerade aus Norfolk zurück. War ein witziges Wochenende. Na ja, ein verrücktes Wochenende. Aber das erzähle ich dir später. Ich nehme jetzt ein Bad. Falls du also zurückrufst und ich nicht rangehe, bin ich gerade dabei, mich innerlich und äußerlich vom Wodka zu reinigen. Ich hoffe, dir geht es gut. Hab dich lieb.«

Jasper. Sollte ich mich bei ihm melden? Ich schaute nach der Uhrzeit – halb acht, an einem Sonntagabend. Ach, scheiß drauf, ich würde ihn anrufen. Das ganze Wochenende Funkstille war seltsam.

Es klingelte und klingelte, bis ich auf die Mailbox weitergeleitet wurde, also legte ich auf.

Als ich mich etwa eine Stunde später dampfend vom Bad ins Bett legte, hatten weder Jasper noch Mum zurückgerufen. Es war der Moment, in dem ich anfing, mir Sorgen zu machen. Nicht so sehr wegen Mum, die sich höchstwahrscheinlich mit Sidney und einer Dose Kichererbsen als Snack *Midsomer Murders* anschaute. Es war eher Jasper, der mir keine Ruhe ließ. Ich konnte nicht anders. Was, wenn ihm etwas zugestoßen war? Was, wenn er einen Autounfall gehabt hatte? Oder bei einem Jagdunfall erschossen worden war? Mein Kopf war voller Möglichkeiten: Ein unerwarteter Blitzeinschlag in Yorkshire? Ein Sturz von einer der Schlossmauern? Ich machte die Lampe auf meinem Nachttisch wieder an und tippte eine Nachricht.

> Hey du, hoffe, es ist alles okay?? Ich bin zu Hause, also ruf mich an, wenn du das hier liest. Ich vermisse dich. X

Ich machte das Licht aus und legte mein Handy im Vibrationsmodus auf mein Kissen, damit ich mitbekam, wenn er antwortete. *Falls* er antwortete. Falls er nicht von Bovril oder einer anderen Bestie angefallen und zu Tode gebissen worden war. Ich schlief ein und träumte, dass ein Labrador mit riesigen Reißzähnen mich jagte.

Ich wachte mitten in der Nacht auf und checkte mein Handy. Und verspürte eine Welle der Erleichterung, als ich eine WhatsApp-Nachricht von ihm sah.

> Tut mir so leid, meine Süße. Ich will dich nicht anrufen und wecken, aber es war ein etwas schwieriges Wochenende zu Hause. Darf ich dich morgen Abend zu einem Dinner entführen?

Gefolgt von drei kleinen Emoji-Gesichtern mit Herzen als Augen. Ha, dachte ich, er hat ein schlechtes Gewissen. Gut so. Ich driftete wieder in den Schlaf zurück, ganz ohne Labradore, die meine Träume störten.

15

Am nächsten Morgen bei der Arbeit fühlte ich mich immer noch etwas unruhig und müde, unfähig, mich auf irgendwas Anspruchsvolleres zu konzentrieren als einen *MailOnline*-Artikel über Großbritanniens fetteste Katze.

Peregrine unterbrach meine trägen Gedanken. »Polly!«, bellte er aus seinem Büro. »Ich will, dass du einen Artikel darüber schreibst, dass Whippets der neueste heiße Scheiß sind.«

»Wie bitte?« Ich stand auf und schob meinen Kopf um seine Bürotür herum.

»Ich war am Samstag bei den Woverthamptons, und sie haben sich gerade einen neuen Whippet geholt – du weißt schon, einen dieser britischen Windhunde. Also dachte ich mir, das würde eine nette Story hergeben. Die heißeste Hunderasse der Saison. Achthundert Worte bis siebzehn Uhr. Alles klar?«

Mir fehlte die Kraft zu widersprechen. »Klar. Wird erledigt.«

Ich setzte mich wieder an meinen PC. Nächstes Jahr um diese Zeit, dachte ich, während ich ein neues Worddokument öffnete, würde ich nicht länger über Hunde schreiben. Ich würde wahrscheinlich auch nicht über Syrien oder den Gazastreifen schreiben, aber ich würde einen neuen Job haben. Es gab doch, journalistisch gesprochen, bestimmt ein Mittelding zwischen schrägen Hunden und dem Mittleren Osten? Reiseberichte vielleicht. Ich hatte definitiv Lust, mehr zu reisen. Wo wollte ich hin? Ich öffnete eine Weltkarte auf meinem Bildschirm und studierte sie eingehend. Burma? Kolumbien? Sri Lanka? Vielleicht könnte ich eine dieser furchtlosen Journalistinnen werden, die mehrere Wochen mit einem kleinen Rucksack ins Ausland gingen und Storys über ihre Abenteuer mit gesetzlosen Banditen und von der Außenwelt abgeschnittenen Eingeborenenstämmen nach Hause zurückschickten. Ich fragte mich, was Jasper wohl dazu sagen würde, wenn ich loszog, um ein paar Wochen mit einem Drogenkartell in Kolumbien abzuhängen. Dann schloss ich die Karte wieder und tippte »Whippet Hunderasse« bei Google ein.

Lala kam ein paar Stunden später und brachte das duftende Aroma von Zigaretten mit ins Büro.

»Polly, wie war's?«

»Wie war was?«

»Na, der Junggesellinnenabschied natürlich.«

»Oh, ja, das. Entschuldige.« Ich lehnte mich auf meinem Sessel zurück. »Er war gut, glaube ich. Das Übliche eben: Tränen, Rumgezicke, Pimmel-Trinkhalme,

593 Flaschen Rosé, und einen nackten Kerl haben wir auch gezeichnet. Wie war deins?«

»Mein was?«

»Wochenende.«

»Oh, ganz okay. Ich bin zu einem Yoga-Retreat gefahren.«

»Wie bitte?« Ich lehnte mich wieder zurück und sah sie an. Lala, die sich auf einem Yoga-Retreat verrenkte, schien mir ungefähr so wahrscheinlich wie der Dalai Lama, der sich Pillen einwarf und auf einem Rave abging.

»Ja«, fuhr sie fort, während sie sich an ihrem PC anmeldete. »Ich hab einfach nur ein gechilltes Wochenende gebraucht, ein bisschen Zen. Hundestellung und so Zeug.«

»Der herabschauende Hund?«

»Ja, genau der. Aber egal, heute früh schon was von Du-weißt-schon-wem gehört?« Lala neigte den Kopf zu Peregrines Bürotür.

»Ja, er hat mir aufgetragen, einen Artikel über Whippets zu schreiben.«

»Die Eiscreme?«

»Nein, das wäre Mr. Whippy. Ich meine die dürre Hunderasse. Anscheinend ist die gerade angesagt.«

»Wer hat was gesagt?«

Ich seufzte. »Brauchst du vielleicht einen Kaffee, La?«

»JA!«, erwiderte sie inbrünstig. »Und dann muss ich die ganzen Sachen fertig machen, die ich Freitag hätte fertig machen sollen, aber ganz offensichtlich nicht fertig gemacht habe. Willst du auch einen Kaffee?«

»Ja, bitte. Einen starken.«

Lala nickte, und ohne an diesem Morgen auch nur einen Finger für die Arbeit krumm gemacht zu haben, spazierte sie schon wieder los, um uns Kaffee zu holen.

Fünfundvierzig Minuten später kehrte sie ohne Kaffee zurück.

Am Nachmittag bekam ich eine Mail von Bill.

Wie war der JGA? Ich habe
Willow einen Scottish Terrier
gekauft; wir sind gestern
hingefahren, um uns den
Welpen anzusehen. Sie heißt
Crumpet. Die Hundedame,
meine ich, nicht Willow.
Mein Leben ist also ruiniert.
Danke für deine Hilfe. X

Mit jemandem einen Hund zu kaufen, bedeutete im Grunde, dass man denjenigen auch heiraten würde, nicht wahr? Was bedeutete, dass Bill Willow heiraten würde. Der Gedanke deprimierte mich. Noch ein Verlobungsring, um entzückt »Ah« und »Oh« zu rufen – geradeso als wäre ein Diamant am Finger der Gipfel menschlicher Errungenschaften. Noch eine Hochzeitsgeschenkeliste zum Durchscrollen (lasst mich mal überlegen – die Handtücher oder doch die Kristallvase?). Und noch ein Freund unter der Haube. Ich wandte mich wieder meinen Whippet-Recherchen zu.

Als ich an diesem Abend im Electric eintraf, saß Jasper bereits oben an der Bar. »Da ist sie ja«, sagte er, stand auf und streckte seine Arme aus.

»Hey, du«, sagte ich und küsste ihn.

»Du hast mir gefehlt«, sagte er und zog einen Barhocker für mich heran.

»Du mir auch. Und ich will alles über dein Wochenende hören.«

»Ach, das«, sagte er und winkte ab. »Keine große Sache.« Er griff nach dem Eiskübel neben sich und zog eine Flasche Champagner heraus. »Aber ich dachte mir, wir sollten uns mit der hier einen schönen Abend machen.«

Er goss mir ein Glas ein, doch ich sah ihn stirnrunzelnd an.

»Was?«, fragte er.

»Nichts«, erwiderte ich, und dann, nach einer Pause: »Na ja, doch.«

»Okay«, sagte er langsam. »Was ist es?«

»Du hast … Oh Mann, es ist echt ein bisschen peinlich, es zu sagen wie so eine Dreijährige. Du warst einfach nur etwas still am Wochenende.«

Er fuhr sich mit der Hand durchs Haar und lachte. »Deswegen siehst du mich also so an? Ganz finster und so süßsauer?«

»Lach nicht. Ich war nur ein bisschen … Ach, ich weiß auch nicht. Ein bisschen traurig vielleicht. Und besorgt.«

Er lachte wieder und beugte sich vor, um meine Hand zu nehmen. »Es tut mir leid, meine Süße. Es war nur wieder mal meine Familie. Meine verflixte Familie. Mein Vater, der meine Mutter angebrüllt hat, weil sie Samstagnacht wieder mal nicht nach Hause gekommen ist. Also ist er die ganze Nacht aufgeblieben und hat getrunken, und ich musste mit Violet sprechen, um sicherzugehen, dass sie in Ordnung ist, und … Wenn ich ehrlich sein soll, war es ein verdammt beschissenes Wochenende.«

»Oh.« Ich fühlte mich albern. Und ich hatte Mitleid mit ihm. »Tut mir leid. War es wirklich so schlimm?«

»So schlimm wie immer. Dad, der mit der Scheidung droht. Mum, die sagt, dass er das sowieso nie tun wird, weil er nicht den Mumm dazu hat. Violet heulend auf ihrem Zimmer. Ian, der eine Flasche Wein nach der anderen für meinen Vater öffnet. Nicht schön.« Er hielt inne. »Aber es tut mir leid, dass du dir Sorgen gemacht hast. Es tut mir leid, dass ich so selbstsüchtig war. Ich schätze mal …« Er zögerte wieder.

»Was?«

»Ich schätze … ich muss mich immer noch daran gewöhnen, in einer Beziehung zu sein. Wie du weißt, war ich darin bisher nicht besonders gut. Aber ich will gut sein. Du bringst mich dazu, dass ich gut sein will.«

Ich spürte Tränen in meinen Augen und blinzelte sie rasch mit einem Kopfschütteln weg. »Nein, nein, das

Letzte, was du jetzt brauchst, ist, dir wegen mir Sorgen zu machen.«

»Ich war einfach ein bisschen durch den Wind. Wie auch immer …« Er hob wieder sein Glas. »Auf uns. Danke, dass du es mit mir aushältst. Ich verdiene dich nicht.«

»Okay«, sagte ich und stieß mit ihm an. »Und keine Entschuldigungen mehr. Lass uns über etwas anderes sprechen.«

»Ja, ich will, dass du mir alles über dein Wochenende erzählst. Bis auf die Sache mit irgendwelchen nackten Männern. Von denen will ich nichts hören.«

»Da waren gar keine. Na ja, das stimmt so nicht ganz. Da war natürlich Gavin aus Norwich. Aber sonst keiner.«

»Gavin ist ein wirklich grauenhafter Name«, sagte Jasper und griff nach einer Speisekarte. »Nun, meine Süße, was sollen wir verspeisen?« Er sah mich über die Speisekarte hinweg an. »Abgesehen von dir natürlich, später.«

»Oh. Wir haben also Gelüste, ja?«

»Ja. Ich bin unfassbar hungrig.« Dann beugte er sich vor und küsste mich noch einmal ausgiebig.

»Keine Zeit für Dessert«, sagte Jasper zwei Stunden und eine Flasche Rotwein später. »Ich will dich nach Hause bringen.«

»Zu dir oder zu mir?«

»Egal.« Er zuckte die Achseln und gab der Kellnerin einen Wink, die Rechnung zu bringen. »Ich muss nur kurz ums Eck, du darfst zahlen.« Er warf mir sein Portemonnaie über den Tisch hinweg zu. »Nimm die silberne Karte – 4721.«

»Okay, cool.« Ich fing das Portemonnaie. »Ich kann also abhauen und dir dein ganzes Geld stehlen?«

»Ich würde dich jagen«, sagte er und beugte sich runter, um mich zu küssen. »Und dann würde ich dir den Hintern versohlen, und zwar sehr, sehr feste.«

Die Kellnerin legte mir die Rechnung hin und sagte, sie würde gleich mit dem Kartenlesegerät noch mal kommen, also öffnete ich das Portemonnaie. Nicht seine goldene American-Express-Karte. Nicht seine goldene Visa-Karte. Nicht seine dunkelblaue Coutts-Karte. Er hatte hier mehr Karten drin als ein Schreibwarenhändler. Ich zog die silberne Karte raus, die zwischen mehreren Fünfzigpfundscheinen und einer Quittung steckte, und strich mit dem Finger über seinen Namen – *JRT Milton.* Jasper Ralph Thomas. Die männlichen Montgomerys mussten immer Ralph als zweiten Vornamen tragen, hatte er mir erklärt. Wenn wir also einen Sohn hätten, würde er voraussichtlich denselben … HÖR AUF, POLLY! Ich sah auf die Rechnung. Sie belief sich auf 144 Pfund. Irre teuer für ein gemütliches Abendessen an einem Montagabend, aber Jasper war derjenige gewesen, der die Flasche Champagner bestellt hatte, sagte ich mir, während ich der Kellnerin die silberne Karte reichte. Geistesabwesend faltete ich die Quittung aus seinem Geldbeutel auseinander, während die Kellnerin etwas in das Gerät tippte. Wow. Ich musste kein schlechtes

Gewissen wegen des Abendessens haben, denn das hier war noch viel teurer gewesen. Eine Hotelrechnung über 850 Pfund.

Und dann – ich weiß immer noch nicht genau, warum ich es tat, welcher Impuls mich dazu verleitete, doch ich schaute auf das Datum. Die Quittung war von diesem Wochenende. Ein Hotel in Cotswolds namens The Olde Bell. Aber … wie seltsam. Er war dieses Wochenende doch zu Hause gewesen. Warum also hatte er eine Rechnung von einem Hotel in Cotswolds in seinem Portemonnaie? Mein Hirn schien immer langsamer zu werden, während ich die Quittung anstarrte. Die Rechnung war für zwei Übernachtungen, zwei Abendessen und … fünf Flaschen Champagner. Dazu ein Päckchen Marlboro Lights. Dieses Wochenende. Ich checkte das Datum zum dritten Mal. Er hatte doch behauptet, dass er zu Hause gewesen wäre; gerade erst hatte er mir erzählt, er wäre nach Yorkshire. Und dabei war er doch das ganze Wochenende so merkwürdig still gewesen.

Mein Herz fühlte sich ganz benommen an.

»Entschuldigen Sie, Madam, Ihre PIN?«, meldete sich eine Stimme neben meiner Schulter. Ich griff nach dem Gerät. Aber ich konnte mich nicht mehr an die PIN erinnern.

»Alles geklärt?«, fragte Jasper, der wieder am Tisch auftauchte.

»Ich kann mich nicht mehr an die PIN erinnern«, sagte ich hölzern und reichte ihm die Maschine.

»Polly, meine Süße«, sagte er, nahm mir die Maschine ab und lächelte der Kellnerin zu. »Ich weiß ja auch nicht. Ich sage dir vier kleine Zahlen, und du vergisst sie in Sekundenschnelle. Das hätten wir.« Er gab der Kellnerin das Gerät zurück. »Vielen Dank, es war ausgezeichnet.«

»Sehr gerne. Wir freuen uns, Sie bald wiederzusehen.«

»Das hoffe ich.« Jasper griff über den Tisch hinweg nach seiner Jacke. »Okay, dann lass uns auf schnellstem Weg nach Hause gehen.«

»Ich glaube nicht, dass ich kann«, erwiderte ich wie festgewachsen auf meinem Platz.

»Was? Warum? Was ist passiert? Das war doch nur ein Witz mit der PIN?«

»Nein, das ist es nicht.« Ich betastete die Quittung in meinem Schoß. »Ich habe nur … Wo warst du dieses Wochenende?«

»Ach, Polly. Jetzt komm schon. Können wir bitte aufhören, über dieses Wochenende zu reden? Ich habe mich mit meinem altersschwachen Vater herumgeschlagen, der ständig meine durchgeknallte Mutter anbrüllt. Hab ich dir doch schon gesagt. Komm, lass uns heimgehen.«

»Moment.« Ich legte die Quittung vor ihn auf den Tisch und glättete sie mit der Kante meiner Hand. »Dann erklär mir das hier.«

Er griff nach dem Zettel, hob ihn auf und runzelte die Stirn.

»Ich nehme stark an, du weißt, was draufsteht«, fuhr ich fort, »denn du warst dieses Wochenende dort. Und hast Champagner getrunken. Kübelweise Champagner. Wie so ein … so ein … Rapper in seinem schmierigen Musikvideo.«

»Ah«, sagte Jasper, während er auf die Quittung hinabschaute. Er zögerte, dann kam er rüber, ging neben mir in die Hocke und seufzte. »Okay, okay, na gut. Ich war nicht zu Hause. Ich war in Burford. In einem Hotel. Aber der Grund, warum ich dort war und es dir vorhin nicht sagen konnte, ist, dass Barny mich angerufen und mich gebeten hat, ihm zur Seite zu stehen. Er und Willy lassen sich scheiden.«

»Wie bitte?«

»Die ganze Sache ist ein einziges Schlamassel«, sagte er, immer noch neben mir hockend. »Sie hat ihn beim Fremdgehen erwischt.«

»Mit *wem*?« Die Vorstellung, Barny könnte nicht nur eine, sondern gleich zwei Frauen dazu bringen, mit ihm zu schlafen, war offen gesagt mehr als erstaunlich.

»*Schhh*«, machte Jasper mit einem Blick über seine Schulter. »Irgendeine Frau, die er in London kennengelernt hat. Und Willy hat sein Handy durchforstet.«

»Aber warum hast du mir das nicht einfach gesagt?« Ich war den Tränen nahe, doch ich konnte unmöglich im Electric heulen.

»Rutsch rüber«, sagte er, stand auf und setzte sich neben mich. Er nahm meine Hand in seine. »Ich habe es ihm versprochen. Dabei wollte ich dich nicht anlügen. Also dachte ich mir, das Einfachste wäre, ihn das Wochenende über abzufüllen. Und es dir zu gegebener Zeit natürlich zu erzählen.«

Eine Träne kullerte meine Wange hinab. Jetzt heulte ich im Electric. Ich war eine dieser jämmerlichen Frauen, die man in der Öffentlichkeit weinen sah und bemitleidete.

Jasper wischte mit dem Daumen eine Träne weg und nahm mein Gesicht zwischen seine Hände. »Es tut mir so leid. Es tut mir leid, dass ich es dir nicht erzählt habe. Es tut mir leid, dass ich unaufrichtig war. Aber er ist einer meiner ältesten Freunde, und … und …« Er hielt inne. »Na ja, er hat darauf bestanden, dass ich es niemandem sage.«

Noch mehr Tränen rannen mir übers Gesicht.

»Komm her.« Er drehte mein Kinn zu sich und küsste mich; das Salz meiner Tränen vermischte sich zwischen unseren Lippen. »Und jetzt lass uns nach Hause gehen. Zu dir nach Hause.«

Ich schniefte und griff nach meinem Mantel. Ich war erleichtert, fühlte mich jedoch immer noch unsicher und verwirrt. Ich hatte noch mehr Fragen, gleichzeitig aber auch Angst, sie zu stellen. Wir nahmen ein Taxi zu mir, schafften es jedoch nicht mal bis in mein Zimmer. Stattdessen setzte er sich aufs Sofa, während ich vor ihm stehen blieb; dann schob er seine Hände unter meinen Rock und rollte mein Höschen über meine Schenkel nach unten, zog mich auf sich, und wir bewegten uns gemeinsam auf und ab, bis wir beide kamen – meine Arme um seinen

Hals geschlungen, Jasper in meine Schulter beißend. Ich hatte ein schlechtes Gewissen, dass wir es auf Joes Sofa trieben, aber nicht schlecht genug, um aufzuhören.

Es war der nächste Tag, an dem alles anders wurde – auch wenn er anfing wie jeder andere Tag im Büro. Kaffee, Vierhundertdreißig-Kalorien-Muffin, wo ich doch eigentlich einen Zweihundert-Kalorien-Haferbrei wollte, eine halbe Stunde im Internet herumtrödeln, um einen witzigen Spruch zu finden, den ich auf Twitter posten konnte, und mich fragen, wo Lala steckte. Ich schaute auf mein Handy. Nö. Keine Nachricht von ihr. Vermutlich hatte ihr Wecker nicht geklingelt, oder sie hatte ein wundes Ohrläppchen oder irgendwas in der Art.

Aus Peregrines Büro ertönte der übliche Morgenappell. »Polly, würdest du einen Moment in mein Büro kommen?«

Ich klickte Twitter weg, wischte mir die Muffin-Krümel aus den Mundwinkeln und trat ein. »Was gibt's?«

Peregrine blickte von seinem PC auf. »Ah, Polly, guten Morgen.« Er klang seltsam förmlich.

»Was ist los?«, fragte ich noch einmal nervös. Hatten wir irgendein juristisches Problem an der Backe? Hatte mein Artikel über den attraktivsten Frauenarzt des Landes uns ein Schreiben von seinem Anwalt beschert?

Peregrine öffnete den Mund. Schloss ihn. Dann öffnete er ihn wieder. »Nun ja, die Sache ist … Ich meine …«

Oh, Scheiße. Ich sah schon vor mir, wie die *Posh!* von

452

einem Gynäkologen mit markantem Kinn und weißem Kittel verklagt wurde. Ich wäre meinen Job los. Obwohl, wenigstens würde es mich dazu zwingen, mich endlich nach was anderem umzuschauen.

»Was ich versuche zu sagen«, fuhr er fort, »ist, dass ich ein paar delikate Aufnahmen zugeschickt bekommen habe. Paparazzi-Fotos. Anscheinend von diesem Wochenende. Und, na ja …« Er brach ab.

»Was?«, fragte ich. »Was ist drauf?«

Peregrine drehte seinen Bildschirm zu mir um, und ich beugte mich vor.

Die Fotos waren im Dunkeln aufgenommen worden und offensichtlich aus einiger Entfernung, daher war es ziemlich schwer, Genaueres zu erkennen. Da war die dunkle Gestalt eines Mannes sowie eine brünette Frau, die sich vor einem Landgasthof eng aneinanderschmiegten. Die Sache ist die – ich weiß nicht, ob ihr jemals herausfinden musstet, dass jemand, den ihr liebt, euch betrügt. Es braucht nur wenige Sekunden, bis es dir klar wird, nachdem du etwas gefunden hast – einen fremden Slip an deinem Bettende, ein körniges Foto, auf dem er eine andere küsst –, doch in diesen ersten Sekunden verlangsamt sich alles. Oder bleibt sogar ganz stehen. Du kannst es nicht ganz begreifen. Es ist, als befände sich dein Gehirn in einem Streik.

Ich: *Das würde er mir nicht antun. Unmöglich.*

Mein Hirn: *Das ist ziemlich eindeutiges Beweismaterial.*

Ich: *Aber ich war doch erst gestern Abend mit ihm zusammen.*

Er hat mir heute Morgen beim Abschied gesagt, dass er mich liebt. Tatsächlich war sein Sperma noch in mir drin. Wahrscheinlich ist immer noch was davon in mir drin.

Hirn: *Ich weiß. Es ist brutal. Aber du wusstest, dass er dir Kummer bereiten würde. Du wusstest es von Anfang an. Du hast es nur verdrängt.*

Ich: *Ja, aber wie konnte er so etwas tun? Wie konnte er so was allen Ernstes tun? Er hat doch gesagt, dass er mich liebt!*

Hirn: *Er ist ein mieser kleiner Betrüger.*

Ich: *Nein, ist er nicht. Ich liebe ihn.*

Hirn: *Ach ja, auch wenn er eine andere küsst? Also, so, wie das ausschaut, ist es ein echt krasser Kuss.*

Ich: *Ja. Nein. Ich weiß nicht. Ach, lass mich doch in Ruhe.*

So ungefähr ging es eine Weile in meinem Kopf hin und her. Das da war Jasper auf dem Foto, ganz ohne Zweifel. Es war sein Haar und sein Tweedmantel. Aber wer war die Frau? Ich beugte mich weiter vor. Oh mein Gott! Plötzlich wurde es mir klar. Natürlich. Sie war es. Celestia von dem Fotoshooting. Fünfhundert-Avocados-Celestia-Smythe, die, wie sich herausstellte, ganz und gar nicht so ehrenwert war, wie es ihr Titel nahelegte. Jasper war dieses Wochenende mit Celestia weggefahren. Nach Burford. Um mit ihr kübelweise Champagner zu trinken.

Ich stand auf, mir war schwummrig im Kopf.

Peregrine räusperte sich. »Also, ich habe gesagt, dass wir kein Interesse an den Fotos haben.«

Ich schwieg.

»Und, äh, willst du dir den Rest des Tages vielleicht freinehmen?«

Ich schwieg immer noch.

»Es ist diese Familie, weißt du. Allesamt irre, das fand ich schon immer …« Er brach ab. »Nun gut, ich muss nur kurz ums Eck«, fügte er hinzu. »Du kannst hierbleiben, solange du willst.« Er warf einen Blick auf die Wanduhr. »Obwohl ich in einer Stunde ein Meeting habe, aber das kann jederzeit verschoben werden.«

Peregrine verschwand, und ich blieb auf den Bildschirm starrend stehen. Dann begannen die Tränen über mein Gesicht zu strömen. Natürlich. Natürlich hatte so etwas irgendwann passieren müssen. Natürlich hätte ich ihn nie geheiratet. Natürlich hätte es nie ein Happy End gegeben. Ich musste an Lalas Warnungen denken. Ich musste an Bills Warnungen denken. Ich musste an Barnys abfällige Bemerkungen über Jaspers Verflossene denken und spürte, wie gewaltige Wogen der Trauer gegen das Gefühl schierer Ungläubigkeit in meiner Brust ankämpften.

In meinem Kopf stritten rivalisierende Stimmen. Wenn ich ganz, ganz ehrlich zu mir war, hatte ich dann nicht schon immer das Gefühl gehabt, nur eine kurze Affäre für ihn zu sein? Es war doch von Anfang an klar gewesen, dass er mit einer glatten, hochglanzpolierten Schönheit wie Celestia enden würde, oder nicht? Nur dass er mir gesagt hatte, dass er mich liebte; dass er mir gesagt hatte, wie besonders ich doch war, ganz anders als die anderen Frauen, mit denen er davor zusammen war. Und dann dachte ich an meinen ersten Besuch auf Schloss Montgomery vor vier Monaten zurück, als ich voller Skepsis ankam in der festen Annahme, dass er ein Mistkerl war. Ein schöner Mistkerl. Aber nichtsdestotrotz ein Mistkerl. Nur dass er es dann doch geschafft hatte, dass ich meine Abwehr sinken ließ. Also war ich womöglich die ganze Zeit nichts anderes als eine Herausforderung gewesen? Und sobald er bewiesen hatte, dass er mich rumkriegen konnte, war die Jagd auch schon vorbei. Sie liebten die Jagd, nicht wahr, diese verdammten Aristokraten? Jasper war der Spürhund und ich der Fuchs. Der arme alte Fuchs. Und jetzt hatte er mich erwischt.

Plötzlich hatte ich das dringende Bedürfnis, aus diesem Büro zu verschwinden. Ich wusste, wo ich sein wollte, also ging ich rasch an meinen Schreibtisch zurück, schnappte mir meine Tasche und meinen Mantel und ging. »Ich muss weg«, sagte ich über die Schulter zu Enid und stürmte hinaus.

In meinem Uber tippte ich eine Nachricht an Jasper.

> Ich will dich nie wiedersehen
> oder von dir hören.

So. Das war doch eine klare, unmissverständliche Botschaft. Dann sank ich auf dem Rücksitz zurück und begann zu weinen. Nina Simone trällerte aus dem Radio, was mich nur noch heftiger heulen ließ. Das Handy in meiner Hand fing an zu vibrieren, aber ich wollte nicht reden. Es gab im wahrsten Sinne des Wortes nichts zu sagen. Ich hatte fest vor, meinen persönlichen dramatischen Moment auszukosten und mir in einem Uber zu Nina Simone die Augen auszuheulen. Es war wie diese Szene aus *Sinn und Sinnlichkeit*, in der Marianne herausfindet, dass Willoughby sich mit einer reichen Frau verlobt hat, weil er enterbt wurde. Ich wollte nur auf meinem Bett liegen und weinen. Ich begegnete dem Blick des Uber-Fahrers im Rückspiegel, der schnell wieder wegschaute. Na ja, zumindest eine moderne Version der Szene.

Zwanzig Minuten später klingelte ich an der Tür; Sidney öffnete und blickte panisch in mein verquollenes Gesicht. »Oh, Polly, Liebes, geht es dir nicht gut?«

»Nein«, sagte ich mit verrotzter Nase. »Ich habe mit Jasper Schluss gemacht.«

»Oh, du Ärmste«, sagte Sidney – wie immer ein Muster an Verständnis. »Deine Mutter ist oben.«

»Danke.« Ich wischte mir mit dem Handrücken über die Nase und ging die Treppe hoch.

Als ich oben ankam, stand Mum mit dem Rücken zu mir und spähte in den Kühlschrank. Sie trug kein Kopftuch, und so sah sie aus wie ein kleiner glatzköpfiger Einbrecher, der nachsah, was er an Essbarem ergattern konnte.

»Hi, Mum«, sagte ich mit verstopfter Nase.

Mum wirbelte herum, die Hand immer noch an der Kühlschranktür. »Polly, was tust du denn hier? Was um Himmels willen ist passiert?«

»Jasper hat mich betrogen.« Als ich es sagte, brach

meine Stimme, und ein erneuter Schwall Tränen stieg mir in die Augen.

»Oh, mein Schatz, komm her.« Mum breitete ihre Arme aus. Ihr Kopf roch nach Babypuder.

Ich schluchzte an ihrer Schulter, murmelte unverständliche Worte, versuchte zu erklären.

»Gelogen … Wochenende … Celestia«, brabbelte ich in ihren Pulli. Ich hörte den Schalter des Wasserkochers im Hintergrund klicken.

»Große Tasse Tee mit Zucker«, sagte Mum zu Sidney. »Und du, komm und setz dich zu mir.« Sie ließ sich aufs Sofa nieder und klopfte auf den Platz neben sich.

»Ich glaube, ich gehe mal mit Bertie eine Runde an der frischen Luft drehen«, bot Sidney an.

»Oh, wärst du so lieb?«, sagte Mum. »Und nimm ein paar Plastiktüten mit. Er hat die unschöne Gewohnheit angenommen, den Bürgersteig vor dem Costa Coffee zu beehren.«

»Ich hätte es wissen müssen«, sagte ich, als Mum sich wieder zu mir drehte. »Alle haben es vorausgesagt, oder etwa nicht? ›Er ist so kompliziert‹, ›Er hat Probleme‹, ›Er wird dir nur Kummer bereiten‹.«

»Ich bin etwas verwirrt, Polly, mein Schatz. Du musst mir die ganze Geschichte erzählen.«

Eine halbe Stunde später stand Mum am Herd und machte Mittagessen – ihre ureigene Version von Paella (der sie stets eine Dose Palmherzen hinzufügte) –, und ich hatte sie auf den neuesten Stand gebracht.

»Nun«, sagte sie, während sie ein Päckchen Knorr-Rinderbouillonwürfel beäugte, »ich glaube, er ist ein unverschämter Flegel, und du bist ohne ihn besser dran.«

»Aber wie soll ich mich von ihm entlieben?«

»Ach, Liebes. Hast du denn mit ihm gesprochen?«

»Nein. Ich will eigentlich nicht. Ist doch sowieso sinnlos, oder?«

Mum zuckte die Achseln, und ich zog mein Handy aus der Tasche. Vierzehn verpasste Anrufe von Jasper und eine Nachricht, in der *Ruf mich an* stand; dann, zehn Minuten später, noch eine: *Es tut mir so leid*. Mistkerl.

Da war auch noch eine E-Mail von Peregrine, der mir ein paar Tage Urlaub anbot.

Polly, da gibt es dieses neue Spa
in Spanien, und ich brauche
jemanden, der es testet und
eine Bewertung schreibt.
Massagen, Yoga, Kaffeeeinläufe
und so Zeug. Es heißt The Olive
Retreat. Sag Bescheid, und wir
arrangieren das von hier aus.

»Mum«, sagte ich und blickte auf, »was hältst du von ein paar Tagen Spanien?«

16

Ein paar Tage später, nachdem Mum von Dr. Ross die Erlaubnis für eine Flugreise bekommen hatte, betraten wir die Ankunftshalle in Malaga, wo ich einen dürren Mann mit schlaff herabhängendem Schnurrbart erblickte, der ein Schild mit der Aufschrift *The Olive Retreat* hochhielt; darunter befand sich das Bild eines Olivenbaums.

»Mum, da drüben, das sind wir«, sagte ich und nickte in seine Richtung. Ich schob unseren Trolley vor mir her, während Mum, die einen Schlapphut aufgesetzt hatte, um ihre bloße Kopfhaut zu schützen, hinter mir herschlurfte.

»Hallo«, sagte ich, als wir näher kamen.

»Willkommen, willkommen«, begrüßte er uns mit einem ausgeprägten spanischen Akzent. »Miss Polly?«

»*Sí*«, erwiderte ich. Dafür reichte mein Schulspanisch gerade noch.

»Und Miss Susan?«, fragte er.

»›Miss Susan‹, das gefällt mir«, erwiderte Mum. »Und Sie sind?«

»Ich bin Alejandro«, stellte er sich mit einer kleinen Verbeugung vor und nahm mir den Trolley ab. »Wir fahren jetzt zum Olive Retreat. Hier entlang, bitte. Folgen Sie mir, folgen Sie mir.« Er wirbelte den Trolley herum, als würde er ein Rallye-Auto steuern, und marschierte flotten Schrittes auf den Ausgang zu, wobei er die Menschenmenge teilte wie Moses das Meer.

»Wie lange ist es denn noch zum Retreat?«, erkundigte sich Mum eine halbe Stunde später in hoffnungsfrohem Ton vom Rücksitz seines Taxis aus. Wir waren tief in eine von Pinienwäldern bedeckte Hügellandschaft hochgefahren, und Alejandro nahm die Kurven mit dem Selbstbewusstsein eines olympischen Bobschlitten-Meisters.

»Nicht mehr weit, Miss Susan. Nur noch den Hügel hier runter, dann durch das Örtchen und noch einen Hügel rauf.«

»Nach dem hier werden wir definitiv ein Retreat brauchen«, murmelte Mum; dann schloss sie die Augen. Ich blickte auf mein Handy – drei Textnachrichten von meinem Mobilfunkbetreiber, die mich in Spanien willkommen hießen. Nichts weiter. Super. In dem Retreat gab es ohnehin keinen Empfang und kein Wi-Fi. Ich hatte mir das Infomaterial im Flieger durchgelesen: kein Netz, kein Internet, kein Koffein, kein Alkohol, kein Zucker, kein Weizen, keine Milchprodukte, kein Fleisch. *Nur natürliche Ruhe und Frieden, um Ihnen dabei zu helfen, den Druck des Alltags abzuschütteln,* stand da. Obwohl das Retreat in der »Wie Sie uns erreichen«-Rubrik der Website auch seine

Helikopter-Koordinaten angegeben hatte. Also wurden die natürliche Ruhe und der Frieden vermutlich des Öfteren von Bankmanagern gestört, die einflogen, um sich eine Pause von ihrem Alltag zu gönnen.

Wie auch immer, ein paar handyfreie Tage würden mir nur guttun. Die Paparazzi-Fotos von Jasper waren vor zwei Tagen in der *MailOnline* erschienen – ich wusste es, da ich ungefähr 2810 Nachrichten von Lala, mehrere von Lex sowie eine von Bill bekommen hatte, in der er mir schrieb, dass er wisse, dass ich womöglich nicht in Plauderlaune sei, aber dass ich ihn anrufen könne, wann immer ich wollte. Ich hatte es vermieden, den Artikel zu lesen, da ich die Demütigung und die quälende Traurigkeit beim Anblick der Bilder nicht noch einmal durchleben wollte. In dem Wissen, dass sie geschossen wurden, als ich in Norfolk auf Lex' Junggesellinnenabschied war und darüber nachdachte, wie Jasper wohl auf die Mr.-&-Mrs.-Fragen antworten würden, und Lex von meiner Hochzeit auf Schloss Montgomery fabulierte. Wie hatte das passieren können? Warum war ich auf Jasper reingefallen, dachte ich zum zigmillionsten Mal, seitdem ich in Peregrines Büro gestanden und auf seinen Bildschirm gestarrt hatte.

Ich wurde von Alejandro aus meinen finsteren Gedanken gerissen, der plötzlich rechts auf eine Schotterpiste bog. »Da oben ist es«, sagte er und zeigte zu den Hügeln hoch. »Sie können das Haus schon sehen.« Sein Finger hüpfte hoch und runter, während wir über die unebene

Straße rumpelten. »In fünf Minuten sind wir da«, fügte er hinzu.

Fünf Minuten später hielt er vor einem massiven Metalltor. Dann kurbelte er sein Fenster runter, beugte sich hinaus und tippte ein paar Zahlen ein, woraufhin das Tor aufsprang und langsam aufglitt. Sobald er die Öffnung für weit genug erachtete, fuhr Alejandro hindurch, wobei er mit seinen Seitenspiegeln die Torflügel nur um Haaresbreite verfehlte.

»*Bienvenidas* und herzlich willkommen im Olive Retreat!«, verkündete er, während er einem Schotterweg folgte und den Motor neben einem Grüppchen Steinhäuser ausschaltete.

Erleichtert, dass wir es geschafft hatten, öffnete ich die Tür, stieg aus und stellte mich in die warme Nachmittagssonne. Wir waren von einem Dutzend Olivenbäumen umgeben, die sich bis zu einem Infinity-Pool auf halber Höhe des Gartens erstreckten. Die Grillen um uns herum zirpten wie verrückt, während Alejandro heftig schnaufend unser Gepäck aus dem Kofferraum wuchtete.

Eine korpulente Frau erschien in der Tür eines der Steinhäuschen. Sie war komplett in Weiß gekleidet: eine weiße Baumwolltunika über weißer Hose und weißen Espadrilles; dazu ein weißer Turban und dicke goldene Kreolen an den Ohren. Goldene Armreife klirrten an ihren Handgelenken, als sie herübergeeilt kam.

»Meine Lieben, meine Lieben, willkommen im Paradies!«, rief sie, streckte die Arme aus und quetschte mich an ihre Brust. »War die Anreise denn sehr schlimm? Ihr Ärmsten, ihr müsst ganz erschöpft sein.«

Sie entließ mich und ging mit offenen Armen auf Mum zu, die wiederum ihre Hand zum Gruß ausstreckte.

»Ich bin Susan«, stellte Mum sich vor.

»Susan, du bist allerherzlichst willkommen! Wir freuen uns so, dich im Olive Retreat begrüßen zu dürfen«, erwiderte die Frau und schüttelte eifrig Mums Hand. Doch das war nur ein Trick, denn gleich darauf benutzte sie ihre Hand einfach als Hebel, um sie ebenfalls in eine schraubstockartige Umarmung zu ziehen.

»Ich bin Mary«, sagte die Frau, als sie Mum losließ. »Und jetzt folgt mir, lasst mich euch eure Zimmer zeigen. Ihr seid beide in diesem Häuschen hier einquartiert – das Rosenquarzhaus, da der Rosenquarz natürlich der Kristall für Beziehungen, göttliche Liebe, Stärkung und Heilung ist. Äußerst wichtig, der Rosenquarz.«

»Wie heißen die anderen Häuser?«, fragte ich.

»Nun, direkt nebenan befindet sich der Amethyst, für die spirituelle Entwicklung, aber auch für die Menopause.« Mary sah betont zu Mum. »Dann der Hämatit, der ganz wunderbar ist, um negative Energien abzuleiten. Und für die Nieren. Und dann ist da noch der Blaue Mondstein ganz am Ende, der insbesondere für das innere Wachstum und das hormonelle Gleichgewicht zuständig ist. Wir können insgesamt acht Personen in unserem kleinen Retreat beherbergen, doch diese Woche sind es nur fünf. Ihr beide und noch drei andere Detoxer, die gerade noch ihre nachmittägliche Meditationssitzung beenden.«

Wir folgten Mary in das Rosenquarzhäuschen, in einen kleinen Wohnbereich mit lachsfarbenen Wänden, einem großen hellrosa Sofa und einem Ledersessel, der unterhalb eines Bücherregals stand. In einer Ecke befand sich ein Holzofen.

»So, hier könnt ihr abends nach euren Massagen sitzen und entspannen. Ein Buch aus unserer Bibliothek lesen und ein Tässchen Ingwertee trinken.«

»Hübsch«, sagte Mum.

»Und es gibt hier wirklich kein WLAN?« Fragen durfte man doch mal.

Mary warf die Hände in die Luft, wobei ihre Armreife klimperten. »Nein, meine Liebe. Kein Wi-Fi hier. Keinerlei Bildschirme, egal welcher Art. Falls ihr eure Laptops mitgebracht habt, lasst sie bitte in euren Zimmern. Dasselbe gilt für eure Handys. E-Mails behindern den Entgiftungsprozess. Und jetzt zu den Schlafzimmern«, fuhr sie fort, während sie voranging. »Susan, ich dachte mir, du könntest diesen Raum bevorzugen, da er direkt an das Bad angrenzt.«

Es war ein weißes Zimmer mir pinkfarbenen Terrassentüren, die in einen Olivenhain hinausführten. Ein Moskitonetz hing über dem Bett und war zu beiden Seiten hinter dem rosa Kopfende festgesteckt.

»Es gibt eine Klimaanlage, falls ihr wollt, aber es wäre wohl besser, ihr benutzt den Ventilator«, sagte sie mit einem Fingerzeig zur Decke. »Klimaanlagen behindern den Entgiftungsprozess, allerdings macht manchen Leuten die Hitze zu schaffen.« Sie ging zu den Terrassentüren und schob sie auf, um mehr Licht reinzulassen. »Ich selbst schlafe im Sommer gern bei offenem Fenster. Und jetzt zu dir, Polly …« Sie spazierte aus Mums Zimmer raus und in ein anderes, das sich auf der gegenüberliegenden Seite des Wohnzimmers befand. »Das ist dein Reich.«

»Super«, sagte ich, wobei mein Blick auf ein Buch mit dem Titel *Entgifte deine Seele* auf dem Nachttisch fiel.

»So«, sagte Mary, »wenn ihr wollt, könnt ihr euch einrichten und dann in zehn Minuten zum Haupthaus runterkommen. Ich werde euch allen vorstellen, und danach nehmen wir gemeinsam ein Gong-Bad.«

»Ein was?«

»Mehr wird noch nicht verraten«, sagte Mary und wackelte tadelnd mit dem Zeigefinger.

Exakt neun Minuten später – um den tadelnden Zeigefinger zu umgehen – spazierten Mum und ich den Pfad durch den Olivenhain zum Haupthaus hinunter.

»Sieht mir ganz nach einem alten Bauernhaus aus«, sagte ich zu Mum.

»Wie hat das alles hier angefangen? Was ist Ober-Mamas Geschichte?«

»Marys? Keine Ahnung. Eigentlich wollte ich es unterwegs googeln, aber jetzt kann ich es ganz offenbar nicht mehr.«

»Nein«, sagte Mum. »Ich habe keinen einzigen Balken

auf meinem Handy, dabei habe ich Sidney gesagt, dass ich ihm Bescheid gebe, sobald wir angekommen sind.«

Vor dem Hauseingang befand sich ein Garten mit einem kleinen Brunnen, und das leise Klimpern eines Windspiels war zu hören.

»Hallo?«, rief ich einen langen weißen Flur entlang. *»Hallooooo?«*

»Schuhe aus, Schuhe aus«, sagte Mary, die plötzlich hinter uns auftauchte. »Wir haben eine Barfußregel hier im Retreat.«

Wir schlüpften aus unseren Schuhen und ließen sie neben der Tür stehen, wo ein Schild mit einem lächelnden Buddha über einem rot durchgestrichenen Flipflop prangte.

»Ich gebe euch eine kleine Führung durchs Haus, und dann stelle ich euch den anderen vor. Das da vorne ist die Küche; dort werdet ihr eure Mahlzeiten zu euch nehmen. Folgt mir, ich führe euch nur rasch zur Teestation dahinter.«

Sie führte uns den Flur entlang und zeigte dann durch einen steinernen Bogen, hinter dem ein elektrischer Samowar auf einer riesigen Anrichte stand; die Regale waren vollgestellt mit Teepackungen. Ich beäugte die verschiedenen Sorten: Minze, Kamille, Rhabarber und Ingwer, diverse Detox-Mischungen, diverse Gute-Nacht-Kräutertees. Sogar eine rosa Packung mit Frauentee. Ich griff danach und las die Inhaltsliste.

»Das ist eine ayurvedische Mischung«, erläuterte Mary.

»Ingwer, Orangenschale, Löwenzahn und Kamille. Ein Hauch Fenchel. Köstlich. Sehr gut, um die Hormone ins Gleichgewicht zu bringen, Polly. Und hier drüben …«, fuhr sie fort, ging den Flur wieder zurück und bog nach rechts ab, »… befindet sich unser Seminarraum, wo ihr morgen Nachmittag einen Vortrag zu ausgewogener Ernährung bekommt. Dahinter liegen die Massageräume. Ihr werdet jeden Abend eine bekommen, immer eine andere. Mal eine Tiefengewebsmassage, dann wieder Thai, dann Shiatsu.« Sie blickte auf Susans Bauch. »Hast du je über Shiatsu nachgedacht, Susan?«

»Äh, nein, ich glaube nicht«, erwiderte Mum,

»Es ist sehr förderlich, um die trägen Systeme anzukurbeln, die Energien etwas in Schwung zu bringen, du weißt schon, um uns …«, sie senkte die Stimme zu einem hörbaren Flüstern, »… in Form zu bringen.«

»Oh, ich verstehe«, sagte Mum und legte eine Hand auf ihren Bauch.

»Aber gut, keine Zeit für Geplauder. Wir müssen ins Studio. Einfach durch den Garten durch. Da lang.« Sie rauschte hinaus, wobei ihr Schmuck das Windspiel übertönte, und hinein in eine umgebaute Scheune, in deren eine Wand eine große Glasscheibe eingelassen war und den Blick auf den Swimmingpool freigab. Auf dem Boden lagen fünf Matten; ganz vorne, im Schneidersitz, neben einem riesigen Gong von mindestens einem Meter Durchmesser, saß eine Frau mit Dreadlocks und einem pinkfarbenen Body.

»Das ist unser Studio«, erklärte Mary, »wo eure Yoga-sitzungen und Meditationen stattfinden werden − womöglich auch die eine oder andere Überraschung. So wie das Gong-Bad. Und das hier ist Delilah, unsere Gong-Expertin.«

Delilah strahlte vom Boden zu uns auf. »Herzlich will-kommen.«

»Hi«, sagte ich und war mir nicht sicher, ob es unfass-bar verkrampft und großstädtisch wäre, ihr die Hand zu geben. »Ich bin Polly.«

»Und ich bin Susan«, sagte Mum, deren Hände eben-falls an ihren Seiten verharrten.

»*Namaste*«, sagte Delilah, legte ihre Hände wie zum Gebet zusammen und neigte ihren Kopf.

Hinter uns wurde die Tür geöffnet. Erst kam eine junge schlanke Blondine mit dicken schwarzen Augenbrauen rein, die aussahen, als wären sie mit einem Filzstift aufge-malt worden; dann ein asiatisch aussehender Mann mitt-leren Alters, gefolgt von einer großen, korpulenten Frau, ebenfalls mittleren Alters, mit einem etwas unglücklich geratenen Kurzhaarschnitt.

»Polly, Susan … das ist Jane«, sagte Mary und deutete auf die Blondine mit den Augenbrauen. »Das drüben ist Aidar, aus Kasachstan. Und die Nachhut bildet Alison. Ihr Lieben, das sind Polly und ihre Mutter, Susan.« Wir lä-chelten einander schüchtern an − alle außer Aidar, der zu einer Matte ging und sich setzte.

»Und jetzt, *schhhhhh*, macht es euch bequem«, sagte

Delilah, während sie herumhuschte und Decken und Augenmasken verteilte. »Legt euch auf den Rücken und atmet. Einfach nur tief einatmen, tief wieder ausatmen.« Sie demonstrierte es für uns, nur für den Fall, dass wir nicht wussten, wie man atmet, wobei sie laut durch ihre Nasenlöcher einatmete und die Luft dann durch ihren Mund wieder ausstieß.

Ich legte mich hin, schob mir ein Kissen unter den Kopf und strampelte die Decke so hin, dass sie meine Füße bedeckte. Ich streckte die Arme darauf aus und legte mir dann noch die Maske über die Augen. Sie roch nach Lavendel. Ich atmete tief ein und aus. Ich hatte vor, mich richtig intensiv darauf zu konzentrieren. Ich würde nicht zulassen, dass irgendwelche Gedanken an Jasper oder sonst wen meinen Geist infiltrierten. Ich würde einfach nur atmen und entspannen. Ich machte noch einmal einen tiefen Atemzug und wollte gerade ausatmen, als …

GONGGGGGGGGG! Ich schob die Maske ein Stück hoch und spähte nach vorne, wo Delilah mit einem Stock in der Hand neben dem Gong stand. »Die Augen bitte schließen«, sagte sie, als sie mich entdeckte. »Einfach einatmen … und wieder ausatmen … Lasst die Vibrationen euren Geist zur Ruhe bringen.«

GONGGGGGGGGGGGGGGGG!, machte es wieder. Und wieder, und wieder. Manchmal ganz leise, manchmal zu einem dröhnenden Crescendo anschwellend. Es war ziemlich schwierig, den Geist zur Ruhe zu bringen, während nur ein paar Meter weiter die Schlacht von

Waterloo ausgefochten wurde. Aber ich blieb brav liegen und atmete ein und atmete aus. Ein und aus. Ein und aus. Und ließ die irre Hippietante auf ihr Musikinstrument einschlagen.

Nach ein paar Minuten rückte die Ruhe in noch weitere Ferne, als ein wohliges Schnarchen zu meiner Linken ertönte. Es war Aidar, dem es anscheinend gelungen war, seinen Geist so ruhigzustellen, dass er eingedöst war. Und während sein Schnarchen an Lautstärke zunahm, tat es auch Delilahs Gegonge. Alles in allem, so überlegte ich, war ich wohl noch nie weniger entspannt gewesen.

Endlich verstummte der Gong, und ich spähte mit einem Auge zur Uhr: fünfundvierzig dröhnende Minuten.

»Nehmt euch Zeit beim Aufstehen«, wies Delilah uns an, die wieder im Schneidersitz neben ihrem Instrument saß. »Das Gong-Bad kann für manche Menschen recht intensiv sein.«

Ich setzte mich sofort auf. Mum nahm die Maske von ihren Augen.

»War das nicht toll?«, sagte sie.

Beim Abendessen bekam jeder von uns ein Viertel von einer Aubergine und ein paar mit Tahini-Soße beträufelte Grünkohlblätter. Aidar stocherte argwöhnisch mit dem Messer in seinem Kohl herum. Celestia würde das hier lieben, dachte ich, bevor ich sie rasch wieder aus meinem Kopf verscheuchte.

»Ich kann deinen Kohl nehmen, Aidar, wenn du ihn nicht willst?«, bot Alison an. Er schob ihr seinen Teller rüber. »Und, was führt euch beide hierher?«, fragte sie, während sie den Kohl auf ihren Teller kratzte und Aidar dann seinen wieder zurückgab.

»Eigentlich bin ich wegen der Arbeit hier. Ich schreibe für ein Lifestyle-Magazin, und manchmal dürfen wir Orte wie diesen hier bewerten«, erklärte ich. »Aber ich habe auch eine kleine Auszeit gebraucht.«

»Ohne Witz«, schaltete sich Jane ein, »aber das hier ist einer der besten Orte dafür. Und glaubt mir, ich habe sie alle ausprobiert.«

»Alle?«

»Jawohl. Ich habe die Mayr-Klinik hinter mir – ihr wisst schon, die in Österreich, wo man sein Essen immer fünfzigmal kauen muss. Und ich habe die Green Pastures in Arizona ausprobiert, wo man zehn Tage lang nur Gras isst.«

»Echtes Gras?«

»Echtes Gras«, bestätigte sie nickend. »Es war die Hölle auf Erden. Und jeden Tag Darmspülungen. Aber ich habe mich noch nie in meinem Leben so rein gefühlt.«

»Werft doch mal einen Blick auf das Infobrett und schaut, wann eure Massagen anstehen«, sagte Jane und wedelte mit ihrer Gabel zur Pinnwand hinter uns.

Neben Postkarten mit Slogans wie *Sei jedem Menschen dankbar* und *Egal, wie schwer die Vergangenheit, du kannst immer von vorne anfangen* hing ein Blatt Papier mit unseren

Namen, daneben die Uhrzeiten und jeweiligen Massage-räume. Ich sollte um neunzehn Uhr eine Shiatsu-Massage bekommen. »Mum, du bist heute auch um sieben dran. Tiefengewebe in Raum drei.«

»Sehr schön«, sagte Mum. »Eine Massage, dann ein Bad und ab ins Bett. Ich nehme an, ein nettes Gläschen Wein ist nicht drin?«

Jane schüttelte den Kopf.

»Ich spüre sehr viel Wut in deinem Bauch«, sagte Isabel, meine Masseuse, eine Stunde später. Ich lag in T-Shirt und Jogginghose auf dem Boden des Massageraums auf mehreren Decken, während sie mit ihren Händen meinen Bauch abtastete. »Ich muss nur hier ein bisschen …« Sie schob ihre Hände tiefer, als versuche sie, unter meinen Brustkorb zu gelangen. »Da … da ist es. Das wird deine Leber ein bisschen entlasten. Spürst du's?«

»Ääh …«

»Wenn ich dir eine Frage stellen dürfte, Polly, trinkst du viel?«

»Nein. Nicht wirklich. Ich meine, ich habe es in letzter Zeit womöglich etwas übertrieben, weil ich mit meinem Freund Schluss gemacht habe, aber …«

»Ah, das erklärt dann die ganze Wut. Dein gesamtes System, es ist sehr wütend«, sagte sie und kreiste mit ihren Händen auf meinem Bauch, bis er blubberte. Wir hörten es beide. »Da!«, rief Isabel wie eine entzückte Hebamme. »Siehst du? Das ist die Energie, die sich verlagert.«

»Mhmm«, sagte ich. »Großartig.«

Sie tastete und drückte und bohrte – manchmal sogar mit den Ellbogen – noch eine halbe Stunde weiter, während mein Magen weitere peinliche Geräusche von sich gab.

»'tschuldigung«, sagte ich jedes Mal, während Isabel meine inneren Organe neu ordnete.

»Das hätten wir«, sagte sie schließlich, wobei sie meinen Kopf mit ihren Händen umfasste. »Du hast jetzt viel bessere Energien, Polly. Möchtest du vielleicht ein Glas Wasser?«

»Nein, nein, mach dir keine Umstände. Ich glaub, ich gehe auf mein Zimmer und nehme eine Dusche. Aber vielen herzlichen Dank. Das war« – was war wohl das richtige Wort? – »außergewöhnlich.«

»Es war mir eine Freude. *Namaste*«, erwiderte Isabel, legte ihre Hände zusammen und neigte den Kopf.

»Gute Nacht«, sagte ich feierlich, legte ebenfalls meine Hände zusammen und neigte den Kopf.

Als ich in unser Häuschen zurückkehrte, war Mum nicht auf ihrem Zimmer, also ließ ich mir ein Bad im Badezimmer ein. Neben der Wanne stand ein großes Einmachglas mit Badesalz, also schaufelte ich sicherheitshalber gleich mehrere Handvoll ins Wasser. Ein bisschen mehr Tiefenreinigung konnte nicht schaden. Ich hatte das Wasser zu heiß eingestellt, also drehte ich den Kaltwasserhahn wieder auf, bevor ich mich ganz langsam hineingleiten ließ, und quietschte, als das heiße Wasser meinen Rücken fast verbrühte.

»Polly, alles in Ordnung? Was um Himmels willen tust du da drin?«, ertönte Mums Stimme aus ihrem Zimmer.

»Oh, sorry, Mum, ich dachte mir, ich nehme schon mal ein Bad! Wie war deine Massage?«, brüllte ich zurück.

»Himmlisch. Er hat die Knoten in meinen Schultern und in meinem Nacken ordentlich durchgewalkt.«

»Er?«

»Ja, ein Australier. Mit langem Haar. Wenn du gerade beschäftigt bist, mache ich solange einen kleinen Spaziergang den Hügel runter und schaue, ob ich irgendwo ein bisschen Handyempfang reinbekomme.«

»Okay, cool, dauert auch nicht lange. Ich bleib nur noch zehn Minuten liegen oder so.«

Ich hörte, wie die Tür sich hinter ihr schloss, und hob mein Bein an, um das kalte Wasser abzudrehen. Ich würde ganz sicher nirgendwohin gehen, um mein Handy zu checken. Ich würde das Buch über die Entgiftung meiner Seele lesen, das auf dem Nachttisch lag, und dann selig einschlafen. Obwohl ich am Ende gar nicht so weit kam. Ich krabbelte ins Bett und schlief noch vor neun Uhr ein. Musste wohl irgendwas in dem Badesalz gewesen sein.

Der nächste Morgen begann um 07.14 Uhr mit einer frühen Yoga-Session. Mum stand im Studio und versuchte, ihre Zehen zu berühren. Sie kam bis knapp unter die Knie und richtete sich wieder auf.

Aidar saß in der Ecke auf seiner Yogamatte und rieb

sich verschlafen die Augen. Jane lag auf dem Rücken, die Augen geschlossen, und atmete ein und aus wie ein Zwanzig-Kippen-am-Tag-Raucher. Alison war nicht aufgetaucht. Ich ließ mich auf der Matte nieder. Ich wusste noch nie so recht, was ich von Yoga halten sollte – all diese schrägen Stellungen wie der bellende Drache, die von Leuten ausgeführt würden, die Tops mit Slogans wie *LOVE* oder *JOY* trugen.

»Also gut«, sagte ein blonder Mann mit australischem Akzent und einem ärmellosen Shirt mit der Aufschrift *BREATHE*. »Guten Morgen allerseits, lasst uns mit ein paar Atemübungen beginnen. Setzt euch im Schneidersitz auf die Matte.«

»Guten Morgen, Simon«, sagte Jane, die sich aufsetzte und ihn in einem, wie mir auffiel, recht freizügigen Gymnastik-Top anstrahlte.

»Guten Morgen, Jane, wie geht es dir?«

»Mir geht es prächtig, danke. Ich bin nicht sicher, ob Alison heute kommt. Ich glaube, sie ist nicht so der Morgenmensch.«

»Kein Problem«, sagte Simon. »Guten Morgen, Susan.«

»Guten Morgen, Simon«, sagte Mum. »Ich fühle mich wirklich unglaublich gut nach gestern Nacht.«

»Das kriege ich von den Damen immer zu hören«, erwiderte er mit einem Augenzwinkern. *Oh, bitte!*

»Entschuldige, ich glaube, wir haben uns noch nicht kennengelernt«, sagte er und streckte mir die Hand hin.

»Hi, ich bin Polly.«

Es war wie Händeschütteln mit Samson.

»Polly, was für ein hübscher Name.«

»Danke«, murmelte ich.

»Also gut, setzt euch alle auf euren Po. Die Beine überkreuzt, die Augen geschlossen. Tief einatmen bis fünf. Eins, zwei, drei, vier, fünf. Dann ausatmen bis fünf. Eins, zwei, drei, vier fünf.«

Wir vier gaben eine ziemlich steife Truppe ab, und Mum und ich gackerten alle paar Minuten los, wenn wir es wieder mal nicht schafften, länger als drei Sekunden auf einem Bein zu stehen.

»Macht gar nichts, Mädels«, sagte Simon. »Immerhin versucht ihr es.«

Er hatte die prallen Oberarme eines Holzfällers, überlegte ich, während ich meine Knie an die Brust zog. Mein Magen knurrte, und ich drehte den Kopf, um zu sehen, ob es jemand gehört hatte.

Nach einer Stunde wies Simon uns an, uns auf den Rücken zu legen. »Ein Bein in die Luft, bitte, und noch eine kurze Dehnung der hinteren Oberschenkelmuskulatur vor dem Frühstück.«

Ich streckte mein rechtes Bein hoch. Simon kam herüber, kniete sich hin und drückte seine Schulter von hinten gegen meinen Oberschenkel, um ihn stärker zu dehnen. »Das geht noch ein bisschen tiefer«, sagte er.

Angesichts der Tatsache, dass ich eine alte Lycra-Leggins trug, deren Schritt über die Jahre den Geruch einer muffigen toten Maus angenommen hatte, fand ich die

Aktion etwas unangenehm. Aber natürlich sagte ich nichts. Ich versuchte lediglich, mich darauf zu konzentrieren, nicht zu pupsen. Simon hatte eine Tätowierung auf seinem Oberarm – irgendwas auf Hindi, nahm ich an.

»Was bedeutet das?«, fragte ich und nickte in Richtung seines Arms, um die peinliche Stille zwischen mir und diesem Mann zu brechen, der sich in Schnüffelweite zu meiner Vagina befand.

»Das Tattoo? Das ist ein Sanskrit-Mantra«, sagte er. »Anderes Bein.« Er stellte mein rechtes Bein ab und schwang mein linkes empor.

»Und was bedeutet es?«

»Mögen alle Wesen überall glücklich und frei sein«, antwortete Simon.

Ha, na klar, viel Glück dabei, dachte ich, während er seine Schulter gegen mein linkes Bein schob. Ziemlich schwierig, sich glücklich und frei zu fühlen, wenn man gerade so fertig war, dass man sich überlegt hatte, »Ist schon mal jemand an gebrochenem Herzen gestorben?« zu googeln.

»Also gut, Leute«, sagte er nach ein paar Sekunden, ließ mein Bein runter und zwinkerte mir zu. »Zeit fürs Frühstück.«

Die folgenden zwei Tage liefen mehr oder weniger ähnlich ab. Um sieben aufstehen und zum Yoga gehen, dann ein Frühstück, das mehrere Sorten Nüsse enthielt, und eine Wanderung in die Hügel, danach noch mehr Nüsse, noch mehr Yoga, noch mehr Gespräche über Darmbewegungen, noch mehr Meditation und noch mehr Massagen. Am letzten Nachmittag spazierten Mum und ich zu unserem Steinhäuschen hoch und setzten uns auf die zwei Liegen davor. Ich lag in der Sonne, Mum machte es sich im Schatten unter einem Schirm gemütlich und fächelte sich mit einer Ausgabe von *The Lady* Luft zu.

»Wie fühlst du dich, mein Schatz?«, fragte sie.

»Ganz gut, aber ich glaube, meine Schultern verbrennen gerade«, sagte ich und hob ein Augenlid, um einen Blick auf meinen rechten Oberarm zu werfen.

»Ich meine, wegen Jasper.«

»Oh.« Ich schwieg einen Moment und überlegte. Die Wahrheit war, dass ich es selbst nicht genau wusste. Mein Hirn war immer noch dabei, das alles zu verarbeiten. »Ganz gut. Ich meine, ich hasse ihn. Aber ich glaube, ein Teil von mir ist gleichzeitig immer noch verliebt in ihn.«

»Ach, mein Schatz, das wird sich nicht über Nacht ändern.«

»Was ich aber trotzdem nicht kapiere, ist, wie er all diese Dinge sagen konnte – dass er mich liebt und so weiter und so fort – und dann so etwas tun. Wie kann überhaupt irgendjemand so etwas tun? Ich gehe es wieder und wieder in meinem Kopf durch, und ich verstehe es einfach nicht. Ich kann mir nicht vorstellen, dass ich irgendwas mit einem anderen angefangen hätte. Ich meine, wie geht so etwas überhaupt?«

»Sie sind einfach so anders. Als wir, meine ich. Du bist

eine tolle, talentierte, schöne junge Frau. Und er ist einfach nur ein … dummer, dummer Junge.«

»Er ist ein blödes Arschloch.«

»Na ja, jetzt lass uns nicht auf dieses Niveau herabsinken, Polly, mein Schatz.«

»Wie auch immer, Mum, es tut mir leid. Aber, was viel wichtiger ist, wie fühlst du dich?«

»Mir geht es gut, mein Schatz«, sagte sie und legte ihre Zeitschrift im Schoß ab. »Das waren schon ein paar komische Monate, stimmt's?«

»Ja«, sagte ich. »Aber dir geht es …«

»Mir geht es gut«, erwiderte sie bestimmt. »Ich fühle mich schon viel besser. Weniger müde.«

»Gut.« Ich fühlte mich schlecht, dass ich wie ein Jammerlappen wegen Jasper herumheulte, während Mum sich ihrem Krebs mit so stoischer Gelassenheit gestellt hatte.

»Manchmal ist es schwierig, alleine zu sein, Polly, Liebes«, fuhr Mum fort, als wäre sie eine Hellseherin. »Und es ist grausam, wenn einem das Herz gebrochen wird; aber es ist allemal besser, als mit dem falschen Menschen zusammen zu sein. Glaub mir, du willst nicht den Falschen heiraten.«

»Aber du und Dad, ihr wart doch nicht falsch …«

»Nein, nein! Für mich war er der Richtige«, sagte sie. »Er musste nur etwas zu früh von uns gehen, das ist alles. Aber bevor ich Sidney begegnet bin, gab es niemanden, dem ich mein Leben hätte opfern wollen. Überhaupt, opfere nie irgendwas. Der richtige Mensch wird dein Leben nur bereichern, er wird dir nichts wegnehmen.«

Ich lehnte mich auf meiner Liege zurück und fragte mich, ob ich, was Männer anging, jemals so weise sein würde wie meine Mutter. War es so, wenn man die sechzig überschritten hatte? Womöglich.

»Weißt du, was ich immer geglaubt habe?«, fuhr sie fort, während sie sich mit der Zeitschrift wieder Luft zufächelte.

»Mhmm?«

»Ich dachte immer, Bill könnte der richtige Mensch für dich sein. Irgendwann.«

Ich riss die Augen auf. »Was? Bill? Mum, komm schon. Nein. Abartig. Großes, dickes *Nein*. Außerdem ist er mit Willow zusammen.«

»Oh, sie ist definitiv nicht die Richtige«, sagte Mum. »Sehr nett und süß, aber nicht … Na ja, ich bin nicht sicher, ob sie eine Herausforderung für ihn ist.«

»Tja, sie haben sich aber gerade erst einen Welpen gekauft, also sind sie meiner Meinung nach so gut wie verheiratet«, entgegnete ich.

Bill! Ich meine, echt jetzt? Vielleicht hatte die Sonne ja temporär ihr Hirn ausgeschaltet. Ich liebte Bill, aber doch nicht *SO*! Das war mir schon damals klar gewesen, als wir noch Teenager waren. Bill war so ein Freund, der deiner Mutter Blumen mitbrachte und immer anrief, wenn er es versprochen hatte. Er war einer der netten Typen, was ja für einige Frauen passen mochte – Frauen wie Willow beispielsweise. Aber ich hatte immer mehr gewollt. Ich hatte mir gewünscht, dass die Liebe mich vollkommen umhauen würde. Ich wollte mich nach jemandem verzehren, von Leidenschaft und Verlangen gepackt werden, wenn wir getrennt waren. Das war doch die echte Liebe, oder etwa nicht? Obwohl, so überlegte ich, während ich nach der Sonnencreme griff, das war, bevor ich Jasper kennengelernt hatte und tatsächlich von der Liebe umgehauen worden war. Vielleicht sollte ich meine Erwartungen einen Tick runterschrauben beim nächsten Mal, wenn ich wieder einen Freund hatte … so ungefähr in fünfhundert Jahren. Im echten Leben waren all diese emotionalen Turbulenzen ziemlich anstrengend.

Fürs Erste hatte ich den Männern jedenfalls abgeschworen. Ich würde mir eine Pause gönnen von meinen ständigen Sorgen, Single zu sein und keinen Begleiter für Lex' Hochzeit zu haben. Vielleicht war es die spanische Luft, die mich mit einem Gefühl von Stärke erfüllte. Wenn ich wieder zu Hause wäre, würde ich mich darauf konzentrieren, einen neuen Job zu finden, und womöglich versuchen, etwas weniger Wein zu trinken. Gesünder zu leben. Vitamine zu mir zu nehmen. Fünf Stück Obst und Gemüse jeden Tag … oder waren es mittlerweile zehn?

»Sich einen Hund zuzulegen, heißt doch nicht, dass man heiraten muss, Polly, mein Schatz«, fuhr Mum von ihrer Liege fort. »Apropos, ich frage mich, wie es Berties kleinem Magen wohl geht?«

Bei der Aussicht auf ein Gespräch über Berties Darmaktivitäten schloss ich schnell wieder die Augen.

»Wie auch immer, vielleicht ist da ja ein netter junger Bursche auf Lex' Hochzeit«, plapperte sie weiter. »Ein Freund von Hamish, den du noch nicht getroffen hast.«

Das war wohl eher unwahrscheinlich.

»Man weiß nie«, schob sie hinterher.

Das sagten die Leute immer: »Man weiß nie.« Als ob man ernsthaft jemanden kennenlernen würde, wenn man sich beim Bäcker ein Brot holte. Oder im Bus. Ich persönlich hatte im Bus noch nie jemand Interessanten gesehen. Normalerweise waren da nur Teenager, die einander schmutzige WhatsApp-Nachrichten schickten, oder Mütter, die den anderen Fahrgästen ihre Kinderwagen in die Knöchel rammten.

»Nein, erst mal keine Männer mehr für mich«, erwiderte ich mit geschlossenen Augen.

Am Abend, nachdem ich ein Bad genommen hatte, putzte ich mir die Zähne und wischte mit der Hand einen Kreis in den beschlagenen Spiegel. Die vier Tage mit den Essgewohnheiten eines Wald-und-Wiesen-Bewohners hatten wenigstens meine Haut etwas aufgefrischt, fiel mir auf. Auch die dunklen Ringe unter den Augen waren verschwunden. Außerdem, wenn ich auf meinen Bauch runterschaute, schien auch der etwas flacher. Was nur hilfreich wäre bei dem dämlichen Kleid, in das ich mich zu Lex' Hochzeit zwängen musste.

»Haben Sie eine schöne Zeit gehabt?«, erkundigte sich Alejandro am nächsten Morgen, während er unser Gepäck im Kofferraum verstaute.

»Ja, vielen Dank«, sagte ich höflich und schob mich auf den Rücksitz, wo Mum es sich bereits bequem gemacht hatte und sich mit ihrem Kopftuch in den Händen über den Kopf rieb.

»Ich fühle mich schon so viel besser, Polly, mein Schatz«, schwärmte sie. »Sehe ich auch besser aus?«

Ich nickte, denn sie sah wirklich besser aus. Weniger müde. »Jupp, Mum, du siehst aus wie ein heißer Feger. Wie Sinead O'Connor.«

»Wer ist das?«

»Eine irische Sängerin.«

»Kenn ich nicht. Aber schau mal, hier, kannst du mein Handy nehmen und so ein … wie heißen die gleich noch mal schießen? Belfie? Für Sidney?«

Am Flughafen machte ich mein Handy das erste Mal nach fünf Tagen an, und es begann sofort zu vibrieren wie verrückt. Dutzende langweiliger Arbeits-E-Mails: eine Nachricht von Lex, in der sie sich erkundigte, ob ich tot sei; eine Nachricht von Bill, dass ich ihn jederzeit anrufen könne; fünf Millionen falsch geschriebener Nachrichten von Lala.

»Sidney meint, er und Bertie hätten eine schöne Zeit miteinander verbracht«, erzählte Mum in der Lounge. »Ich hole mir eine *Daily Mail*. Willst du auch was?«

»Ich komme mit. Ich brauche einen Stift und Papier.«

Ich hatte beschlossen, den Rückflug zu nutzen, um eine To-do-Liste zu verfassen. Ganz oben stand, einen neuen Job zu finden. Aber was für einen?

Es war der Flughafen-Kiosk, wo ich es sah – das *Posh!*-Cover mit Celestia, die mich aus einer Badewanne voller Avocados angrinste. Erneut verspürte ich eine heiße Welle der Demütigung, und mir wurde übel beim Anblick ihres Gesichts. Ich würde definitiv nie, *nie* wieder eine Avocado essen.

Beim Gedanken, in die *Posh!*-Redaktion zurückzukehren, hüpfte ich am nächsten Morgen nicht unbedingt vor Glück aus den Federn.

»Guten Morgen«, sagte ich und steckte den Kopf durch Peregrines Tür; ich fragte mich, ob er die Sache mit Jasper ansprechen würde.

»Ah, Polly«, sagte er, »gut, dass du wieder zurück bist. Also, ich habe da eine Idee: Könntest du dich an einen Artikel über das neue Meerschweinchen der Gräfin von Basingstoke machen?«

Lala schlug etwa eine Stunde später im Büro auf. »Oh, Polly!«, sagte sie und drückte mich in einer festen, zigarettendurchtränkten Umarmung an sich. »Du hast mir gefehlt. Es tut mir so leid wegen Jaz. Die Sache ist einfach die, dass er nicht gut genug für dich ist. Und wenn er unbedingt eine Affäre mit dieser ollen, langweiligen Celestia Smythe haben will, na dann wünsche ich ihm aber viel Glück. Im Ernst jetzt, wenn ich ihn dieses Wochenende auf der Cocktailparty von Fotheringham-Montague sehe, werde ich ihm …«

Sie plapperte weiter, während ich bei dem Wort »Affäre« innerlich zusammenzuckte. Ein Teil von mir wollte Lala fragen, was sie über Jasper und Celestia wusste, aber mir war klar, dass das nicht helfen würde. Sie nach Informationen auszuquetschen, wäre im Grunde seelische Selbstverstümmelung.

Anstatt also über Jasper zu sprechen oder mir Interviewfragen zu einem Meerschweinchen auszudenken, verbrachte ich den Großteil des Vormittags bei Legs in der Moderedaktion, da sie mehrere Paar Schuhe bestellt hatte, die ich zu Lex' Hochzeit anziehen könnte.

»Es ist, wie wenn man mit diesem Monster arbeiten muss, das in den Bergön wohnt«, beschwerte sich Legs, die vor mir kniete, während die verworfenen Schuhe um uns herumlagen wie gefallene Soldaten.

»Welches Monster?«, fragte ich.

»Du weißt schon, das, was ganz be'aart ist und Fußabdrücke in die Schnee 'interlässt.«

»Bigfoot?«

»Ja. Das bist du.«

»Danke, sehr freundlich. Was ist mit denen da?« Ich zeigte auf eine Valentino-Schachtel, die ein Paar schwarzer Seidenpumps enthielt.

Legs seufzte und zog sie heran. »Die könnten gehön. Also, wollen wir jetzt über Jasper redön oder vielleicht lieber nischt?«

»Ich glaube nicht, dass es da viel zu reden gibt, Legs. Wir haben Schluss gemacht, und …«

»Okay, wir redön nischt über ihn«, unterbrach sie mich. »Bastardkerl.«

»Ja, definitiv ein Bastardkerl«, erwiderte ich, als sie mir einen Schuh zum Probieren hinhielt.

»Polly, du musst deinen dicken Zeh epilieren.«

»*Großer* Zeh, heißt das. Nicht dicker Zeh.«

Sie passten. Gerade so. Natürlich klemmten sie jeglichen Blutfluss zu meinem dicken Zeh ab und würden mir fünf Minuten nach Ankunft in der Kirche schon Blasen bescheren, aber ich würde einfach ein paar Pflaster in meine Handtasche packen.

»Joe hat mir die traurige Neuigkeit schon erzählt«, sagte Barbara, als sie an diesem Abend missbilligend meine einsame Packung Tütensuppe musterte.

»Ach, wirklich?«

»Du solltest versuchen, ihn zurückzuerobern.«

Ich ignorierte sie und kramte in meinem Geldbeutel nach Münzen.

»Eine Frau braucht einen Mann, Polly! Und dieser Mann war ein guter Mann. Er hatte ein Schloss.«

»Eine Frau braucht keinen Mann, Barbara«, erwiderte ich bestimmt. »Und überhaupt war er nicht *so* gut. Er hat mich mit einer anderen Frau betrogen.«

»Ach«, sagte sie und warf die Hände in die Luft. »Das ist doch nur Sex, Polly. Das spielt keine Rolle. Männer brauchen die ganze Zeit Sex. So ist es eben. Als Albert noch am Leben war …«

Ich hatte absolut kein Bedürfnis, mehr über Alberts und Barbaras Sexleben zu erfahren. »Ich hab's eilig, Barbara. Ich fahre auf die Hochzeit meiner Freundin und muss noch packen.«

»Das sollte *deine* Hochzeit sein!«, rief sie mir hinterher, als ich ging.

»Danke, dass du die frohe Botschaft gleich an Barbara ausgeplaudert hast«, sagte ich oben zu Joe, der auf dem Sofa lümmelte und einen Teller Toastbrot auf seiner Brust balancierte.

»Sie hat mich mit lauter taktlosen Fragen gelöchert, wann du dich endlich verlobst, also wollte ich die alte Schachtel zum Schweigen bringen, bevor du zurückkommst.«

»Hat nicht funktioniert.« Ich kippte meine Erbsensuppe in einen Topf.

»Irgendwelche Neuigkeiten von ihm?«, fuhr er fort.

»Nö. Ich glaube, er hat aufgegeben.«

»Du hättest doch unmöglich so einen Adligen heiraten können«, sagte er ein paar Minuten später auf seinem Toast kauend. Sein Blick blieb auf *EastEnders* gerichtet.

»Nicht?«

»Nein. Wir befinden uns womöglich im 21. Jahrhundert, aber der Adel ist immer noch völlig durchgeknallt. Schlechte Gene, schlechter Atem, abartiger Modegeschmack.« Er schluckte seinen Toast runter und fegte die Krümel von seiner Brust auf den Teppich. »Das bestätigt mich nur in meiner Überzeugung, dass wir auch eine Revolution anzetteln und sie alle einen Kopf kürzer machen sollten.«

»Vielleicht.«

»Nicht vielleicht. Er war nicht annähernd gut genug für dich, Polly. Und das meine ich ernst.«

»Danke, du bist ein Schatz.« Ich goss die Suppe in eine Schüssel und setzte mich damit aufs Sofa. »Aber wie auch immer, könntest du mich bei *EastEnders* auf den neuesten Stand bringen?«

Später dann lag ich im Bett und scrollte durch Lalas Instagram-Bilder, als mein Handy vibrierte und eine WhatsApp-Nachricht von Bill anzeigte.

Ich stehe kurz davor, eine Brieftaube loszuschicken, da ich nur davon ausgehen kann, dass meine höchst besorgten Nachrichten nicht durchkommen. Hättest du diese Woche vielleicht Lust, was essen zu gehen?

Mir wurde bewusst, dass ich ihm immer noch nicht geantwortet hatte.

ENTSCHULDIGE! Aber, ja,
gerne. Donnerstag? Außerdem
werde ich es überleben. X

Bills Antwort ploppte umgehend auf meinem Display auf.

Perfekt. Unser Stammladen? Ich
reserviere auf 19 Uhr. Kübelweise
Wein. Was für ein Volltrottel. X

Ich legte mein Handy auf den Nachttisch und ermahnte mich, endlich schlafen zu gehen. Wenigstens hatte Bill nicht so etwas geschrieben wie »Ich hab's dir doch gesagt«. Obwohl er sich das wahrscheinlich für Donnerstag aufhob.

»Ich habe eine Flasche Roten bestellt«, sagte Bill, als ich Donnerstagabend beim Italiener eintraf.

»Gut.« Ich setzte mich und griff nach einem Päckchen Grissini.

»Wie geht es dir?«

»Schau mich nicht so an.«

»Wie denn?«

»Als wäre ich ein verwundetes Tier«, erwiderte ich knabbernd. »Mir geht's gut. Ich hätte es wissen sollen. Alle haben mich gewarnt und so weiter und so fort.«

»Habe ich was gesagt?«

»Nein, aber ich kann es dir ansehen. An deinem Gesicht.«

»Nur falls es dich interessiert«, erwiderte Bill, »es tut mir leid für dich, aber ich bin auch erleichtert. Er war nicht der Richtige für dich. Es ist mir egal, ob der Typ hundert Schlösser besitzt. Du willst doch sowieso nicht ernsthaft in einem Schloss leben. Und dann auch noch in Yorkshire. Es ist arschkalt in Yorkshire.«

»Danke«, sagte ich. »Das hat Joe auch gemeint. Aber ich bin immer noch etwas verwirrt, wie er vom ›Ich liebe dich‹ zu einem Liebeswochenende mit einer anderen umswitchen konnte. Aber ich schätze mal …« Ich verstummte.

»Hör zu«, sagte er, »Männer sind seltsam. Menschen allgemein sind seltsam. Aber Männer noch mal um einiges mehr. Wer weiß schon, warum er es getan hat. Aber mach dich nicht verrückt mit solchen Fragen. Obwohl das einfacher gesagt ist als getan, das ist mir klar.«

»Seit wann bist du so ein Beziehungs-Guru?«

»Bin ich nicht. Ich kenne dich einfach nur. Ich weiß, dass du sagen wirst, dass alles in bester Ordnung ist, dabei wirst du die ganze Geschichte immer und immer wieder in deinem Schädel durchkauen. Aber … scheiß auf den Typen!«

»Darauf trinken wir!« Ich hob mein Glas. Wir stießen an, und ein Kellner kam, um unsere Bestellung aufzunehmen. Bill nahm das Übliche (Peperoni-Pizza, extrascharf), ich meinen Klassiker (Spaghetti Carbonara)

»Wie geht es dir eigentlich?«, fragte ich,

»Ganz gut«, erwiderte er zögernd.

»Was ist?« Ich spürte, dass etwas los war.

»Tatsächlich habe ich Neuigkeiten.«

»Und die wären …?«

»Ich habe Willow gefragt, ob sie bei mir einzieht.«

»Oh mein Gott! Meinst du das ernst?«

»Ja!« Er brach in Gelächter aus. »Warum sollte ich darüber Witze machen?«

»Es ist … es ist nur … Ihr seid doch erst … wie lange zusammen? Sechs Monate?«

Er schüttelte den Kopf. »Acht oder so. Und ich weiß, das ist immer noch früh. Aber sie hat die letzten Wochen sowieso bei mir gewohnt, und sie macht mich glücklich. Und da dachte ich mir, warum nicht? Vor allem in unserem Alter.«

Ich sah ihn verblüfft an. Erstens wegen »in unserem Alter« – Bill war dreißig, nicht neunzig. Und zweitens, na ja, weil einfach nur … wow.

»Sie ist nur nicht ganz die Frau, von der ich dachte, dass du mit ihr zusammenbleibst«, sagte ich und versuchte, heiter zu klingen.

»Ich auch nicht«, sagte er, den Mund voller Grissini. »Aber je mehr ich darüber nachgedacht habe, desto sinnvoller fand ich es. Wir haben jetzt Crumpet, unseren kleinen Welpen. Eigentlich wollte ich es dir nicht gleich nach der Sache mit Jasper erzählen«, fuhr er fort, »aber dann dachte ich, du siehst uns sowieso am Wochenende auf Lex' Hochzeit, also …«

»Wow, Glückwunsch, Kumpel«, sagte ich und hob

wieder mein Glas. Doch plötzlich verspürte ich einen Schwall Tränen. Oh Gott, nicht schon wieder, Polly. Du kannst nicht schon wieder in einem Restaurant heulen, ermahnte ich mich. Versuchst du gerade eine Art Rekord aufzustellen, in wie vielen Londoner Restaurants du eine Szene veranstalten kannst? Doch es war bereits zu spät. Meine Augen brannten und quollen über. Die Tränen rannen mir übers ganze Gesicht. Verdammte Scheiße.

»Polly?«, fragte Bill. »Was ist denn los?«

»Ich weiß nicht?«, sagte ich mit erstickter Stimme. »Es tut mir leid. Ich freue mich für dich, versprochen. Ich glaube, ich bin nur müde. Und momentan etwas emotional. Und einfach nur … ach, verdammt, ich weiß auch nicht. Es tut mir leid.«

Ein Kellner kam und stellte unsere Teller auf dem Tisch ab.

»Hätten Sie gerne noch etwas Parmesan?«, erkundigte er sich munter.

»Ich glaube, wir sind momentan versorgt, danke«, sagte Bill zu dem Kellner, als eine Träne in meine Carbonara fiel. Er reichte mir eine Serviette, dann legte er seine Hände auf meine. »Vielleicht brauchst du eine Auszeit von der Arbeit?«, schlug er vor. »Nach der ganzen Sache mit Jasper. Und deiner Mum …«

»Ich hatte gerade erst eine Auszeit«, sagte ich und schnäuzte mich. »Ich glaube, ich brauche einen neuen Job.«

»Hast du eigentlich meinen Freund Luke angemailt? Wegen der Website?«

Ich schüttelte den Kopf. »Sorry, total vergessen.« Ich hatte es vorgehabt, aber dann war die Sache mit Jasper dazwischengekommen. Wieder stiegen die Tränen hoch. Wie sollte ich jemals einen neuen Job bekommen, wenn ich so eine Versagerin war?

»Weißt du was?«, sagte Bill. »Mach das doch gleich morgen früh. Ich habe ihm von dir erzählt, und er will dich unbedingt kennenlernen. Anscheinend brauchen sie haufenweise neue Autoren.«

Ich schniefte. *Komm schon, Polly, reiß dich gefälligst zusammen.* »Jepp, guter Plan. Und danke noch mal.«

»Keine Ursache. Ich würde alles für dich tun. Das weißt du doch. Oder zumindest solltest du es wissen. Und übrigens, wie geht es deiner Mum?«

»Gut«, sagte ich und schnäuzte mich wieder. »Jedenfalls glaube ich das. Die letzte Chemo ist durch. Sie fühlt sich schon besser. Also müssen wir jetzt nur ihre Blutwerte im Auge behalten und sicherstellen, dass alles weg ist.«

»Puh, da bin ich aber froh«, sagte er. »Ich meine, du bist meine liebste Spencer-Dame, aber Susan kommt gleich ziemlich dicht dahinter.«

Ich lächelte ihn durch meine verquollenen Augen an. »Danke.«

17

Als ich an diesem Abend auf dem Nachhauseweg im Bus saß, dachte ich noch einmal über alles nach. Mum war jahrelang allein gewesen, wieso sollte ich also nicht dazu in der Lage sein? Ich musste nicht auf Teufel komm raus jemanden finden. Stattdessen könnte ich mich auf meine Karriere konzentrieren und diesen Kumpel von Bill mit der Website kontaktieren. Aber da war immer noch dieser winzige Hauch von Unbehagen in meiner Brust, wenn ich daran dachte, dass Bill mit Willow zusammenzog. Lag es daran, dass mein bester Freund erwachsen wurde und im Leben gleich mehrere Stufen vor mir übersprang? Oder weil es sich anfühlte, als würde ich Bill verlieren?

Bis zum Samstagmorgen, dem Tag von Lex' und Hamishs Hochzeit, war ich zu keinem Schluss gekommen. Und ich wachte mit einem mulmigen Gefühl in Lex' Elternhaus auf. Meine beste Freundin heiratete, und ich hatte nicht einmal jemanden, der mich zu ihrer Hochzeit begleitete. Außerdem hatte sie sich für den Falschen entschieden. Oder zumindest für jemanden, bei dem ich immer noch befürchtete, dass er der Falsche war – trotz Lex' Beteuerungen, dass sie ihn liebte. In *Sinn und Sinnlichkeit* wäre es nie so gelaufen. Eleanor und Marianne heirateten am Ende den Richtigen, auch wenn Marianne immer noch ein bisschen Willoughby nachtrauerte. Wo war mein Colonel Brandon?, fragte ich mich. Der sichere, verlässliche Colonel Brandon mit dem schönen großen Haus. Es schienen nicht viele von seiner Art in den Pubs von London zu warten.

Ich stand auf und schaute aus dem Fenster hinaus auf den Rasen. Oder auf den Fleck, wo der Rasen sich befunden hätte, wenn er nicht von einem Baldachin von der Größe eines Zirkuszelts überdeckt worden wäre. Lex' Eltern, Pete und Karen, lebten in einem großen Sandsteinhaus zwanzig Autominuten von der Oxforder Innenstadt entfernt. Pete hatte sich Anfang der Zweitausenderjahre in der Londoner Börsenwelt »gut geschlagen« (der höflichere Ausdruck für »bereichert wie ein Ganove«) und sich gerade rechtzeitig in den Ruhestand begeben, bevor 2008 alles den Bach runterging. Heutzutage verströmte er die gelassene Aura eines Mannes, der sich um nichts Stressigeres mehr sorgen musste als sein Golf-Handicap. Lex war ihre einzige Tochter, also ließen sie sich bei ihrer Hochzeit nicht lumpen.

Ich ging nach nebenan zu Lex' Zimmer und schob die Tür auf. Sie lag auf dem Rücken und starrte an die Decke.

»Morgen.«

Sie sah zu mir und setzte sich im Bett auf. »Polly, heute ist mein Hochzeitstag«, sagte sie langsam.

»Ich weiß. Gut, dass es dir noch eingefallen ist.«

»Ich meine …« Sie hielt inne.

»Was?«

»Nichts, es ist nur … es ist der Tag meiner *Hochzeit*. Wie schräg ist *das* denn?«

»Schon ein bisschen schräg, schätze ich. Einerseits finde ich es immer noch ziemlich verblüffend, dass wir alt genug sind, um Auto fahren zu dürfen – ich meine, in meinem Kopf bin ich eigentlich immer noch fünf- zehn …« Ich hielt inne. »Andererseits haben wir die gan- zen letzten sechs Monate über deine Hochzeit geredet, und da unten im Garten steht ein verdammt großes Fest- zelt.«

Sie blickte auf ihre Hände hinab. »Ha. Ich schätze mal … das ist ganz normal, oder? Am Tag deiner Hoch- zeit aufzuwachen und dich ein bisschen komisch zu füh- len?«

»Ich bin da wohl nicht die richtige Ansprechpartnerin, aber ich denke, dass es normal ist. Komm, lass uns runter- gehen und einen Kaffee trinken.«

Lex kletterte wortlos aus dem Bett und griff nach dem Handy auf ihrem Nachttisch. »Soll ich ihm schreiben?«

»Wem?«

»Hammy.«

»Wozu?«

»Na ja, du weißt schon, um zu sehen, ob er sich auch …
komisch fühlt.«

»Nein«, sagte ich bestimmt. »Ich bin absolut sicher, dass
das Unglück bringt. Im Ernst jetzt, lass uns runtergehen,
frühstücken und den Tag beginnen. Wahrscheinlich ist es
nur die ganze Aufregung.«

War es das? Wer weiß, aber ich wollte einen Kaffee, und
ich hatte das Gefühl, diese Form von vorhochzeitlicher
Nervosität war eher Karens Expertenbereich als meiner.

Karen saß bereits unten am Küchentisch, gemeinsam mit
Petes Bruder, allseits bekannt als Onkel Nick, beide in
ihren Bademänteln. Karen aß eine Kiwi, und in der Mitte
des Tisches stand ein riesiger Teller mit Croissants.

»Liebes!«, sagte sie und sprang auf, als wir durch die
Tür traten. »Komm her und umarme deine alte Mutter
mal kurz. Der Hochzeitstag meiner Tochter! Wer hätte
das gedacht!«

Ich stellte den Wasserkessel auf den Aga-Ofen, während Karen eine auffällig stille Lex in die Arme schloss.

»Und, alle gut geschlafen?«, erkundigte sich Onkel
Nick und griff nach einem Croissant. Nick war ein Banker, der keine Haare, aber dafür einen gigantisch großen
Bauch besaß. Er hatte nie geheiratet, wurde jedoch von allen vergöttert, weil er einfach der liebste, netteste Mann
weit und breit war.

»Geht so«, sagte Lex. Sie schaute zu Karen. »Mum, ich
glaube, ich bin ein bisschen nervös.«

»Natürlich bist du das, mein Liebling, es ist der Tag deiner Hochzeit. Ich selbst hatte an meinem einen Riesenbammel.«

»Wirklich?«

»Jawohl, Liebes. Ich bin morgens um sieben bei meiner Mutter ins Schlafzimmer gestürmt und habe ihr erklärt, dass ich das auf keinen Fall durchziehen werde.«

»Das wusste ich nicht«, sagte Lex. »Und dann?«

»Meine Mutter sah mich nur an und sagte: ›Liebes, die Frauen im Dorf haben drei Tage am Blumenschmuck gearbeitet.‹ Und das war's.«

»Also hast du Dad geheiratet, um die Frauen im Dorf mit ihren Ringelblumen nicht zu enttäuschen?«

»Es waren Rosen, Alexa. Aber ja. Ganz genau. Und schau uns jetzt an … fünfunddreißig Jahre haben wir hinter uns, und ich liebe den Trottel immer noch.«

Pete wählte genau diesen Moment, um in die Küche zu kommen. Er hatte eine Hundeleine in der Hand und eine bordeauxrote JP-Morgan-Baseballmütze auf dem Kopf.

»Ich gehe mit Daisy Gassi«, sagte er. »Will meine einzige Tochter ein letztes Mal mit ihrem Vater einen Spaziergang machen?«

»Dad, ich sterbe doch nicht«, sagte sie, lächelte jedoch, was ich als positives Zeichen wertete nach dem Ausdruck des Grauens, den sie noch vor ein paar Minuten im Bett aufgesetzt hatte. »Klar komme ich mit. Ich muss mir nur schnell was anziehen.«

»Ich lasse euch mal lieber allein«, sagte Onkel Nick.

»Sehr gefährlich, dieses Spazierengehen.« Er griff nach einem weiteren Croissant.

»Ich muss meine Nägel machen«, sagte Karen. »Polly, du kommst zurecht? Bediene dich beim Frühstück, du weißt ja Bescheid. Ich bin oben.«

»Klar«, erwiderte ich.

»Ach ja, Ihre Majestät trifft schätzungsweise in einer Stunde ein und wird nach ihrer halben Grapefruit verlangen, aber da wird sie sich eben selbst drum kümmern müssen.«

Karen meinte ihre Schwiegermutter, Fiona, die in den Vierzigern ein Model gewesen und von Cecil Beaton, Cartier-Bresson und Man Ray fotografiert worden war. Sie hatte im Alter von einundzwanzig Jahren Petes Vater geheiratet und das Modeln aufgegeben, um Kinder zu bekommen. Doch sie bereitete sich immer noch für jeden ihrer Auftritte vor, als könne sie jederzeit zu einem Fotoshooting gerufen werden. Karen war genervt von Fionas Getue, aber ich mochte sie, da sie gerne Geschichten aus der Zeit erzählte, als sie mit Audrey Hepburn zusammen auf eine Party in der Schweiz gegangen war oder bei einem Dinner in L. A. von einem »kleinen Kerl aus dem Filmgeschäft« angebaggert worden war, der sich als Steve McQueen entpuppte.

»Ich bin hier und kümmere mich um die Croissants. Mach dir keine Sorgen«, sagte Onkel Nick, der am Küchentisch sitzen blieb.

Ein paar Minuten später tauchte Lex in ihren Sportklamotten wieder auf. »Okay, Dad, lass uns gehen.« Sie spazierte hinaus, Karen verschwand nach oben, und ich setzte mich an den Küchentisch und seufzte.

Onkel Nick hob fragend eine Augenbraue.

»Was?«

»Das war aber ein schwerer Seufzer.«

Ich grinste und griff nach dem Kaffee. »War keine Absicht, versprochen.«

Er schob mir den Teller mit den Croissants zu. »Nicht alle müssen zur selben Zeit heiraten, weißt du. Es fühlt sich womöglich an, als würde die ganze Welt froh und glücklich vor den Altar hüpfen, aber manche Leute kommen ohne ganz genauso gut zurecht. Besser sogar, wage ich zu behaupten.« Er zwinkerte mir zu. »Aber verrat niemandem, dass ich dir das gesagt habe.«

Ich grinste ihn noch einmal an und griff nach der Himbeermarmelade. »Danke, Onkel Nick. Du bist ein echter Kumpel. Wenn doch nur wir beide heiraten könnten.«

»Papperlapapp, meine Kleine. Ich bin viel zu fett für dich. Das wäre ja, als würdest du Heinrich VIII. an seinem Lebensabend ehelichen. Widerlich. Reich mir doch die Butter rüber.«

Gegen 14.30 Uhr hatte Orsino, einer der zwei kleinen Hochzeits-Pagen, um die ich mich kümmern sollte, sich auf einen seiner Lackschuhe übergeben. Also zog ich den Schuh vorsichtig von seinem Fuß und stellte mich an die Küchenspüle, um die kleinen Kotzbrocken mit einem Küchenpapier von der Silberschnalle zu entfernen. Ich wies den vierjährigen Orsino und seinen dreijährigen Komplizen, Wolf, an, ruhig auf dem Sofa sitzen zu bleiben und *Peppa Wutz* auf meinem Handy zu schauen.

Orsino war Hamishs Patensohn und Wolf sein Neffe. Sie waren wie zwei Miniatur-Lakaien aus dem 18. Jahrhundert gekleidet: beigefarbene Pluderhosen, weiße Kniestrümpfe, weiße Hemden mit Rüschenkragen, und darüber lange blaue Gehröcke.

Vor der Haustür war ein Rolls-Royce vorgefahren, und der Chauffeur kreiste drum herum und polierte die Kotflügel mit einem Lappen.

Pete kam in die Küche. »Ich glaube, wir sollten langsam los, was meinst du, Polly?«

Ich blickte zur Küchenuhr. »Keine Panik, wir haben noch zwanzig Minuten. Und die anderen sind noch nicht mal losgefahren.«

Mit den anderen meinte ich Karen, Fiona und Onkel Nick, von denen Letzterer auf einer Bank vor dem Haus saß und sich seine erste Zigarre des Tages gönnte. Karen war oben bei Lex, die wieder Mut gefasst hatte und im Zimmer ihrer Mutter Champagner schlürfte, während ihr Schleier festgesteckt wurde.

»Du hast recht«, sagte Pete. »Ich esse lieber ein Sandwich. Und wie geht es euch beiden?«, fragte er mit einem Blick auf die Köpfchen von Orsino und Wolf, die ihn jedoch ignorierten und weiterhin wie gebannt in mein Handy starrten. »Also gut«, sagte er zu niemandem im

Besonderen. »Ich glaube, ich gehe raus und schau mal, ob Nick weiß, wo er hinfahren muss.«

Ich musterte den kleinen Lackschuh in meiner Hand. Sah wieder gut aus. Stank jedoch übel.

»Hier ist er wieder, Orsino«, sagte ich, »lass uns den Schuh anziehen, damit wir loskönnen.« Orsino hob wortlos sein linkes Bein, damit ich ihm den Schuh überziehen konnte. »Nein, den anderen Fuß«, sagte ich. Er hob den anderen an, den Blick immer noch auf *Peppa Wutz* gerichtet.

Ich stand wieder auf und erhaschte einen Blick auf mich im Küchenspiegel. Mein Haar fing an sich zu kräuseln, mein lila Kleid war um die Taille herum zu eng, weswegen sich ein etwas unglücklicher Schwimmring um meinen Bauch herum bildete, wann immer ich mich setzte; außerdem hatte ich die starke Vermutung, dass Michelle, die Make-up-Artistin, ihre Kunst im örtlichen Pantomime-Verein erlernt hatte. Meine Wangen leuchteten in einem kräftigen Rosarot, aber als ich versucht hatte, das Rouge wegzureiben, waren sie nur noch röter geworden. Ich sah aus wie eine liederliche Geisha, nicht wie eine seriöse Trauzeugin.

Ich hörte die Holzdielen über mir knarzen, was bedeutete, dass der Brautzug sich in Bewegung setzte. Karen walzte als Erste in die Küche. Letzten Endes hatte sie sich für ein pastellblaues Kleid und einen Blazer von Caroline Charles entschieden. »Ein bisschen Dekolleté, aber nicht so viel, dass alle sich den Mund zerreißen, was für eine Schlampe die Brautmutter doch ist«, erklärte sie und stellte zwei leere Champagnerflöten in die Spüle. »Wo ist Pete?«

»Draußen, mit Onkel Nick; er wollte sichergehen, dass er auch weiß, wie er hinfährt.«

»Himmelherrgott, die Kirche ist doch nur fünf Minuten entfernt! Außerdem werde ich sowieso mit ihm in der gottverfluchten Karre sitzen.« Sie streckte den Kopf durchs Küchenfenster. »Pete, Nick, in die Küche, aber sofort! Lex kommt gleich runter.« Sie zog das Fenster zu und verriegelte es. »Und wo ist überhaupt Fiona?«

»Hab sie nicht gesehen.«

»Gottverfluchte Scheiße, ich werde diese Frau noch umbringen«, sagte sie und hastete zur Treppe zurück.

Es war der Augenblick, in dem Pete seine Tochter erblickte, als es mich erwischte. Sie kam die Treppe herunter, der Stoff ihres Kleides raschelte am Geländer, und blieb auf der letzten Stufe stehen.

»Also …«, begann Pete, der in der Küchentür stand und an seinen Manschettenknöpfen herumfummelte. Seine Augen wurden feucht, und er schaffte es nicht, was anderes herauszubringen. Dann wurden meine Augen feucht.

Ihr Kleid stammte aus einem Brautmodengeschäft in Wimbledon. Weiß, mit kleinen Flügelärmelchen und einem eng anliegenden Spitzenmieder, das an der Taille mit einem schmalen Band abschloss, bevor es in einem langen Seidenrock herabfiel. Ihr Schleier, aus dem gleichen

Spitzenstoff wie das Mieder, breitete sich hinter ihr aus. Ich musste plötzlich an unsere verkaterten Morgen an der Uni denken, wenn wir mit bis über die Wangen verschmierter Wimperntusche aufgewacht waren, die Höschen verkehrt herum an, als würden wir bei den Sex Pistols vorsingen.

»Ich will dir keine Make-up-Flecken auf den Anzug machen«, sagte Lex, als sie Pete umarmte.

»Oh, mach dir deswegen keinen Kopf, meine Kleine. Aber wir müssen los. Deine Mutter kriegt einen hysterischen Anfall, wenn wir in zehn Minuten nicht vor der Kirche stehen.«

»Sind sie schon losgefahren?«

»Ja«, erwiderte Pete. »Gott sei Dank!«

»Ich kümmere mich mal um die beiden«, sagte ich mit einem Blick zu Orsino und Wolf, die immer noch, tief versunken in *Peppa Wutz*, auf dem Sofa saßen. »Jungs, aufgestanden, Zeit, in die Kirche zu gehen.«

Draußen in der Einfahrt stand der Chauffeur neben dem Rolls-Royce bereit. Dahinter wartete ein schwarzer Mercedes für die Pagen und mich. Ich fischte unter der Spüle eine solide Plastiktüte für die Autofahrt hervor, nur für den Fall, dass Orsino wieder beschloss, seine Lackschuhe vollzukotzen.

»Rein mit euch«, sagte ich und packte sie auf den Rücksitz.

Hinter uns hob Pete Lex' Brautschleppe an und verstaute sie so vorsichtig im Rolls-Royce, als handele es sich um eine Handgranate. Dann stieg auch er ein, und der Wagen rollte in gesetztem Tempo los. Wir folgten.

»Dürfen wir *Peppa Wutz* gucken?«, fragte Orsino.

»Nein, sonst wird dir wieder schlecht«, sagte ich knapp.

Orsino und Wolf sollten eigentlich als Erste den Mittelgang zum Altar entlanggehen, aber direkt vor der Kirche gab es noch einen Anfall von Lampenfieber, und so spazierte letzten Endes ich mit den beiden an meiner Seite nach vorne, die kleinen schwitzigen Hände in meinen, wobei wir einen schwachen Duft nach Kotze hinter uns herzogen. Aber niemand achtete auf uns, da Lex und Pete folgten.

Ich blickte zu Hamish, der ganz vorne stand und sich nicht umdrehte, bis ich mit den Jungs die Bankreihe erreicht hatte. Er lächelte mich nervös an, dann drehte er sich zu Lex um, und seine Augen wurden feucht. Zumindest glaube ich, dass sie feucht waren, aber es war der Moment, in dem Wolf beschloss, an meiner Schärpe zu zupfen. »Ich muss mal«, sagte er.

»Oh, Wolfie, du musst es dir verkneifen. Schau, da kommt Lex. Sieht sie nicht wunderhübsch aus?«

»Aber ich muss Pipi.«

»Schau dir die Blumen an! Sind sie nicht entzückend? Hier, spiel damit.« Ich reichte ihm das Programmheft und hoffte, dass ein Vierjähriger sich für Lobgesänge erwärmen konnte.

»Meine lieben Brüder und Schwestern«, ertönte die brüchige Stimme von Pfarrer John, der wie sechshundert aussah und dem Haare aus den Ohren sprossen. Die Swifts waren seit Jahren an Ostern und Weihnachten in diese Kirche gekommen. Obwohl Pfarrer John Lex kürzlich beim Trauegespräch mit Hamish schockiert hatte, als er ihr vorschlug, dass, wenn sie sich mit ihrem Verlobten nicht ganz sicher wäre, er noch zur Verfügung stünde. »Ich glaube, er hat nur Spaß gemacht«, erzählte sie mir danach. »Aber ganz sicher bin ich mir nicht.«

Und schon sangen wir »I Vow To Thee My Country«, und Pete grölte die Worte hinter uns mit wie ein walisischer Chorsänger.

»Ich muss immer noch Pipi«, sagte Wolf, als wir uns hinsetzten und Nick für eine Lesung nach vorne ging.

»Kannst du es dir noch verkneifen? Nur ein kleines bisschen? Schau, da ist Onkel Nick, er wird uns gleich eine Geschichte erzählen.« Ich nickte zum Pult.

»... *doch am größten unter ihnen ist die Liebe«,* rezitierte Onkel Nick ein paar Minuten später, wobei er Lex und Hamish ernst über den Rand seiner Brille hinweg anschaute.

»Einen Scheiß ist sie«, murmelte ich zu mir selbst.

»Was?«, flüsterte Wolf und blickte auf.

»Nichts, mach dir keine Sorgen. Wir haben's fast geschafft, danach können wir heim und endlich was trinken«, flüsterte ich ihm zu.

Als Nächstes stand Pfarrer John auf, um die Predigt zu halten, der ich nur halb lauschte, weil ich mich innerlich mit der Frage beschäftigte, was für Häppchen es wohl zum Empfang gäbe. Definitiv welche mit Räucherlachs. Und hoffentlich Mini-Yorkshire-Pastetchen mit Rind. Vielleicht sogar Käsetörtchen?

Eine kleine Hand tippte mir ans Knie, und ich schaute wieder zu Wolf runter. »Ich muss echt ganz dringend«, sagte er. Eine kleine Träne kullerte ihm über die Backe.

Oh Gott. Ich sah zu Pfarrer John hoch, dann zum Ende unserer Kirchenbank. Ich könnte mich mit ihm seitlich aus der Reihe stehlen, überlegte ich, und an der Seite entlang zur Kirchentür schleichen. Durfte man eigentlich auf Friedhöfen pinkeln?

»Orsino«, flüsterte ich und reichte ihm mein Handy. »Du bleibst hier und schaust ganz leise *Pippa Wutz*. Wolf und ich sind gleich wieder zurück.«

Ich nahm Wolfs kleine Hand und zog ihn gebückt zum Ende der Kirchenbank. Dann schlich ich so leise wie nur möglich auf die Tür zu, wobei ich sämtliche Blicke auf uns spürte. Die Tür klapperte und ächzte, als ich sie aufzog. Scheiße. Vor lauter Stress fing ich in dem lila Kleid zu schwitzen an. Meine biologische Uhr war noch nie so still gewesen.

»Schnell, Wolfie, Hose runter! Pinkel einfach hier hin«, sagte ich und hockte mich mit ihm hinter einen alten Grabstein. In diesem Moment vernahm ich eine vertraute Stimme hinter mir.

»Polly«, sagte sie, also drehte ich mich um.

Es war Jasper.

»*Jasper!* Was … warum bist du …?« Ich war so überrascht, ihn hier, auf Lex' Hochzeit, zu sehen, dass mir nichts Besseres einfiel. »Jasper, im Ernst, was tust du hier?«, fragte ich lauter, wobei ich immer noch neben Wolf kauerte, der den Grabstein vollpinkelte.

»Polly, es tut mir so leid. So schrecklich leid. Ich muss es nur erklären«, begann er. Er trug einen Frack, wenn auch ohne Krawatte. Und er lallte.

»Bist du betrunken? Und warum trägst du einen Frack? Du bist nicht mehr eingeladen, Jasper. Was tust du hier? Warum bist du hier?«

Er sah überrascht an sich herunter. »Mach dir keine Sorgen wegen meinem Frack«, sagte er. »Du hast mir gefehlt.«

»Wie bist du überhaupt hergekommen? Bist du etwa in diesem Zustand gefahren?«

»Nein, ich hab mir ein Uber bestellt. Ein netter Kerl namens … na ja, ich kann mich nicht mehr ganz an seinen Namen erinnern, aber er hat mich gefahren.«

»Von London hierher? Jesus!«

Jasper schüttelte den Kopf. »Polly, meine Süße, du hältst dich an den ganz falschen Sachen auf. Schau, ich bin hier. Ich soll schließlich hier sein. Ich bin dein Begleiter. Also, können wir reden? Wir haben nicht einmal gesprochen, dabei muss ich …«

Was als Nächstes passierte, geschah so schnell, dass ich mehrere Sekunden brauchte, um zu begreifen, was los war. Eine menschliche Rakete schoss hinter mir hervor, und plötzlich lag Jasper im Gras. Ich hörte ein Stöhnen und Ächzen. Und dann wurde mir klar, dass es keine Rakete war. Es war Bill.

»DU BIST DOCH EIN UNFASSBARES ARSCHLOCH!«, brüllte er.

»Was tust du da? Runter von mir!«, kreischte Jasper.

Bill packte sein Haar mit der Faust.

»Fass mein Haar nicht an!«, schrie Jasper, der wiederum an Bills Krawatte zerrte.

»Er will mich erwürgen!«, brüllte Bill.

Ich stand reglos da, unsicher, was ich tun sollte. Jemanden alarmieren und riskieren, die Hochzeitszeremonie zu stören? Sie fertig prügeln lassen? »Mach dir keine Sorgen, Wolfie«, sagte ich, half ihm, seine Hose hochzuziehen, und nahm wieder seine Hand. »Die beiden ... tollen nur ein bisschen.«

Wolf und ich standen schweigend da und sahen den beiden zu, wie sie sich im Gras zwischen den Grabsteinen rauften. Jasper versuchte, Bill ins Gesicht zu schlagen, traf aber daneben und rammte die Faust in die Erde. Bill griff nach Jaspers Kragen und zerriss sein Hemd.

»Das ist ein sehr teures Hemd!«, schrie Jasper.

»GUT«, knurrte Bill.

»ES REICHT«, sagte ich. »Aufstehen, beide!«

Sie ignorierten mich und kämpften weiter. Dann schaffte Jasper es, einen Hieb in Bills Gesicht zu platzieren. »Du wolltest es nicht anders«, sagte er.

Da tauchte plötzlich Onkel Nick aus der Kirche auf, trat in das Getümmel und zerrte Bill von Jasper weg. »Was für eine Schande«, sagte er zu den beiden. »Schaut euch nur an.«

»Tut mir leid«, sagte Bill und klopfte seine Hose ab. Seine Lippe blutete.

»Mir tut es auch leid, Sir«, fügte Jasper hinzu. »Aber, Polly, du …«

»Ich will es nicht hören.«

»Ich muss mit dir sprechen«, sagte Jasper schwach.

»Nein, musst du nicht«, erwiderte ich. »Geh heim. Du solltest nicht einmal hier sein.«

Jasper sah mich überrascht an. »Du entscheidest dich für ihn? Statt für mich?«

»Ich entscheide mich für niemanden! Ihr seid beide übergeschnappt. Aber du musst jetzt gehen, bevor du diese Hochzeit vollkommen ruinierst. Jetzt.«

»Aber wie soll ich nach Hause kommen?«, fragte er. »Ich habe den Fahrer weggeschickt, und wir sind hier mitten im Nirgendwo. Bitte, Polly.«

»Komm mir nicht mit ›Bitte, Polly‹. Es ist mir egal.«

»Bill, du gehst in die Kirche zurück. Du auch, Polly. Und Ihnen rufe ich ein Taxi«, sagte Onkel Nick an Jasper gewandt.

Jasper schaute mich noch einmal an, also sah ich in die entgegengesetzte Richtung.

»Polly …«, begann Bill.

»Bill, von dir will ich auch nichts hören. Diese ganze Sache ist …« Ich wollte »absurd« sagen, aber das hätte es nicht annähernd getroffen. Ich schaute Bill an. Seine

Lippe blutete immer noch. »Du solltest was mit deinem Gesicht machen.«

»Oh, danke vielmals. Ich komme raus, um nach dir zu sehen, dann verteidige ich deine Ehre, und du …«

»Bill«, unterbrach ihn Onkel Nick und reichte ihm ein Taschentuch. »Nimm das und geh wieder rein.«

Bill seufzte. »Na gut.« Er berührte seine Lippe mit den Fingern. »Das tut wirklich weh. Dieser Kerl ist ein Psycho.«

»Und Sie«, sagte Onkel Nick mit Blick zu Jasper, »Sie folgen mir, und wir warten, bis Ihr Taxi eintrifft.«

»Polly …«, setzte Jasper noch einmal an. Doch ich nahm Wolfs Hand und ging in die Kirche zurück.

Wolf und ich schlichen auf Zehenspitzen seitlich an den Bänken vorbei nach vorn und in unsere Reihe zurück, wo Orsino immer noch wie gebannt auf mein Handy starrte. Als ich mich so leise wie möglich setzte, sah Lex mich von ihrem Platz aus fragend an, während Pfarrer John – offenbar ungestört – mit seiner Predigt fortfuhr. »Alles gut«, formte ich stumm mit den Lippen.

Ich saß da und versuchte, die Szene draußen zu verarbeiten. Was für ein Jammer, falls er mich doch vermisste, sagte ich mir. Er machte wirklich nur Ärger. Mein Hochzeitsbegleiter – von wegen. Meine Heimsuchung wohl eher. Er war absolut irre, wenn er glaubte, dass ich ihn immer noch hier haben wollte.

Lex und Hamish standen auf, um den Teil mit dem »Lieben und Ehren« hinter sich zu bringen. Danach versuchte sie, den Ring auf seinen Finger zu fummeln, und musste kichern. Die Anwesenden lachten ebenfalls pflichtbewusst, so nach dem Motto: *Das ist jetzt nicht der beste Witz der Welt, aber wir lachen, um höflich zu sein und weil wir Briten sind und keine Ahnung haben, wie wir sonst die gesellschaftlich unangenehme Spannung eines schlecht sitzenden Eherings auflösen sollen.*

»Und jetzt, Alexa, sprich mir nach: *Ich, Alexa Jennifer Swift, nehme dich, James Thomas Wellington, zu meinem mir angetrauten Ehemann.*«

Lex sagte ihren Spruch auf; Hamish nahm ihre Hand und streifte ihr den Ring über; dann nahm sie ihn wieder ab und streckte ihre linke Hand aus, weil er ihn auf die rechte gesteckt hatte. Die Anwesenden lachten erneut auf die gleiche angespannt-höfliche Art.

»Wunderbar«, sagte Pfarrer John. »Hiermit erkläre ich euch zu Mann und Frau. Du kannst die Braut jetzt küssen.«

Applaus und Jubelrufe ertönten in der Kirche, als sie einander schüchtern auf den Mund küssten.

»Und jetzt wollen wir uns gemeinsam zu einem letzten Lied erheben«, sagte Pfarrer John, als der Organist die Eröffnungsakkorde von »Jerusalem« anschlug. Gott, ich will ein Glas Champagner, dachte ich. Ein richtig großes Glas. So ein Champagnerglas, das eigentlich mehr wie ein Weinglas ist. Eins dieser schönen breiten Gläser, in denen sich Dita von Teese so gerne rekelt.

Alle setzten sich zum letzten Gebet und Segensspruch,

und ich blickte aus dem Augenwinkel zu den Jungs, die immer noch auf mein Handydisplay starrten.

»Kommt jetzt«, sagte ich, nahm mein Handy wieder und verstaute es in meiner Clutch.

»Warum?«, fragte Orsino.

»Weil wir feiern gehen und ein großes kühles Glas Champagner trinken.«

Als wir eine halbe Stunde später auf der Festwiese ankamen, herrschte dort das reinste Chaos. Autos blockierten die Einfahrt, Kellner balancierten ein Tablett Champagner nach dem anderen durch das Festzelt, und ich versuchte immer noch, Wolf an seine Mutter zu übergeben.

»Fotos, Polly, Fotos!«, rief Karen. »Komm schon, zack, zack, ab mit dir ins Wohnzimmer!« Sie hatte voll in den Stalin-Modus gewechselt.

Pierre, der französische Fotograf, stand im Wohnzimmer auf einem Stuhl und dirigierte die Hochzeitsgesellschaft herum.

»Du, mein Süßer, du musst ganz nach hinten«, sagte er und deutete dabei auf Onkel Nick. »Ah, die Zwerge«, sagte er mit einem Blick auf Wolf und Orsino. »Die müssen hierher. Ganz nach vorne.« Er deutete auf den Teppich vor Lex und Hamish, also scheuchte ich meine kleine Herde Richtung Boden.

Ich grinste Lex an. »Schau dich einer an, ganz die strahlende Mrs. Wellington.«

Sie sah mich stirnrunzelnd an. »Was ist da draußen passiert? Was ist mit Bill? Hast du ihn heute schon gesehen?«

»Äh, ja, ganz kurz.« Ich fand nicht, dass es der Moment war, um sich in die Details der Geschichte zu vertiefen. »Warum?«

»Na ja, Mum meinte, er sei allein hier.«

»Allein?«

»Ohne Willow«, fügte Hamish hinzu.

»Ich weiß ja nicht, was da los ist, aber es hat meinen Sitzplan völlig durcheinandergebracht«, beschwerte sich Lex, während sie sich eine Haarsträhne hinters Ohr schob.

»Das wird schon, deine Mutter hat sich bereits dahintergeklemmt. Lasst uns jetzt nicht hysterisch werden«, sagte Hamish beschwichtigend.

»ALLE BITTE AN IHRE PLÄTZE!«, brüllte Pierre, der immer noch auf seinem Stuhl stand. »Du da«, schob er hinterher und blickte mich an. »Du bist doch die … wie sagt ihr hier, die Jungfrau?«

»Wie bitte?«, erwiderte ich verdattert.

»Na, die Jungfrau. Die Jungfrau von der Hochzeit«, sagte Pierre.

»Er meint die Brautjungfer«, sagte Onkel Nick hinter mir.

»Ja, die Brautjungfer. Das habe ich gemeint. Stell dich bitte neben Alexa.«

Ich schob mich hinter Lex, viel zu verlegen, um ihn darüber aufzuklären, dass ich eigentlich die seriöse Trauzeugin war.

»Schön, sehr schön. Und jetzt schauen alle zu mir und sagen ›Cheese‹.«

»CHEEEEEESE!«, schrien Orsino und Wolf, bevor sie seitlich auf den Boden kullerten und gemeinsam loskicherten.

Nach der Foto-Session gab es drei Dinge, die ich unbedingt erledigen musste, und zwar in dieser Reihenfolge:

1. *Wolf bei seiner Mutter abgeben*
2. *Mir einen Drink besorgen*
3. *Bill finden*

Wolfs Mutter trieb sich in der Küche herum, also drückte ich ihr schnell ihren Sohn in die Arme, während ich mich fragte, ob die Häppchen wohl schon alle weg waren. »Wir sehen uns später beim Essen«, verabschiedete ich mich.

Dann schlüpfte ich ins Zelt und ließ den Blick durch das Innere schweifen. Zweihundert Köpfe, die Champagnerflöten kippten und nach Kellnern mit Tabletts Ausschau hielten. Ich nahm einen Kellner ins Visier, der in der Ecke mit einem Tablett aufgetaucht war – ich spähte angestrengt hinüber, Thunfischtatar vielleicht? –, doch eine Gruppe von Gästen umzingelte ihn bereits wie ein Rudel Hyänen. Als der Kellner wieder zu sehen war, sah er aus, als hätte er knapp eine Kriegsschlacht überlebt, und das Tablett war leer.

»Polly!«, hörte ich eine Stimme hinter mir. Ich drehte mich um. Es war Mrs. Maloney, unsere alte Grundschullehrerin.

»Mrs. Maloney!«, brachte ich noch hervor, bevor sie mich an sich presste. Sie sah aus wie Queen Victoria – klein, mit einem strengen Dutt auf dem Kopf und einem majestätischen Busen, der in jüngeren Jahren den Bug eines Schiffes hätte schmücken können.

»Ich hab euch Mädchen vermisst. Sah sie nicht herrlich aus bei der Trauung? Und du, meine Kleine, wann ist dein großer Tag?«

»Nicht so bald, fürchte ich«, sagte ich, während ich mich verzweifelt nach einem Glas Champagner umsah.

»Kein Mann in Sicht? Dabei schaust du so hübsch aus. Dein ganzer Babyspeck ist weg!«

»Das ist wirklich sehr nett von Ihnen. Das kommt von dem ganzen Sex, den ich in letzter Zeit hatte. Aber heiraten will ich trotzdem keinen von ihnen …«

Der Dutt auf Mrs. Maloneys Kopf zitterte.

»Ich hoffe, es stört Sie nicht, wenn ich mir was zu trinken hole? Ich brauche ganz dringend ein Glas Champagner! Wir sehen uns beim Abendessen«, verabschiedete ich mich. Nicht nett, schon klar, aber ich war total unterzuckert, und es war nicht der Moment, um mit meiner alten Grundschullehrerin in Erinnerungen zu schwelgen.

»Polly, da bist du ja«, sagte Karen, als ich mich gerade umdrehte. »Folgendes, wir müssen den Sitzplan etwas umdisponieren, weil Bills Begleitung, Willow, nicht gekommen ist und Cousine Mabel heute Morgen einen ihrer komischen Anfälle hatte und es nicht von Birmingham hierher geschafft hat. Wenn es dir also nichts ausmacht, könntest du die Hochzeitsplanerin ausfindig machen, du weißt schon, die Frau mit dem Klemmbrett und dem viel zu strengen Haarschnitt, und sie bitten, diese zwei Tische neu zu besetzen? Wenn ich mich doch nur an die gottverdammten Tischnummern erinnern könnte. Sorg einfach dafür, dass sie die Platzkarten entfernt und das Besteck und den ganzen Kram umstellt. Tut mir leid, dich damit zu belästigen, aber ich muss Pfarrer John und Petes Mutter einander vorstellen.«

»Klar«, sagte ich, während das heiß ersehnte Glas Champagner mir zunehmend wie eine Fata Morgana vorkam.

Ich marschierte aus dem Festzelt und drum herum zur Rückseite, wo sich ein Anbau mit Kochfeldern und Backöfen befand, in dem die Servicekräfte das Abendessen zubereiteten. Ich entdeckte Janie, die Hochzeitsplanerin, die in einer Ecke stand und sich mit einer Gruppe Kellner unterhielt.

»Entschuldigen Sie die Störung«, sagte ich, als ich neben ihr stehen blieb. »Karen schickt mich. Es ist nur so, dass wir zwei Personen aus dem Sitzplan nehmen müssen.«

»Gar kein Problem«, blaffte sie. »Sind sie verstorben? Diese plötzlichen Todesfälle über Nacht haben wir ständig. Wenn es nicht Großtante Agatha ist, dann Großonkel Harry.«

»Ähm, nein. Keine Toten. Nicht dass ich wüsste. Es handelt sich um Willow Maldon, am Polzeath. Und Mabel, äh … weiß auch nicht genau, wie sie mit Nachnamen heißt, am Lissabon.« Lex hatte die Tische nach den Orten benannt, an denen sie und Hamish gemeinsam Urlaub gemacht hatten.

»Du da«, sagte Janie und schnippte mit den Fingern einem Kellner in der Nähe zu, »hör mir gut zu. Würdest du rübergehen und zwei Gedecke von den Tischen entfernen?«

»Ja«, erwiderte er entschlossen, und dann, etwas weniger entschlossen: »Welche Plätze?«

»Einen von Lissabon und einen von … ach, lass es, ich erledige das. Sonst gerät alles durcheinander. Und du machst dich wieder daran, den Champagner einzugießen. Die Reden sind in …«, sie blickte auf ihre Armbanduhr, »… zwanzig Minuten angesetzt, und jeder braucht ein volles Glas.«

»Ah, apropos, kann ich ein Glas haben, wenn ich schon mal hier bin? Ich hatte noch gar keins, und ich brauche dringend was«, sagte ich.

»Klar können Sie. Du da, anonymer Kellner, nimm die Dame hier mit und gib ihr ein großes Glas Champagner. Dann geh wieder da raus und dreh eine Runde mit der Flasche. Ich erledige das mit den Tischen. Willow und Mabel, Willow und Mabel …« Murmelnd hastete sie mit ihrem Klemmbrett davon.

»Kleinen Moment«, sagte der Kellner und ging zu den Kühlschränken. Er kam mit einer Flasche und einem Glas zurück, reichte mir das Glas und öffnete dann den Korken mit einem lauten Knall.

»Behalten Sie die Flasche«, sagte er, während er mir

eingoss. »Im Kühlschrank liegen sie haufenweise herum. Ich nehme einfach eine andere.« Er reichte mir die Flasche und kehrte zum Kühlschrank zurück, öffnete eine weitere, wobei er die Hälfte über seinen Schuhen verschüttete, und eilte wieder ins Getümmel hinaus.

Ich nahm einen großen Schluck, dann noch einen, dann noch ein paar mehr. Danach füllte ich das Glas wieder auf. Ich konnte nicht mit der Flasche in der Hand ins Zelt zurückspazieren. Gab kein gutes Bild ab. Ich würde wohl das ganze Ding leer trinken müssen. Außerdem brauchte ich zehn Minuten Ruhe. Allein. Mit meinem Drink. In der Ecke des Cateringzelts stand ein Stuhl, und so setzte ich mich hin, füllte mein Glas wieder auf und las nebenher noch eine Nachricht von Mum.

Schick uns ein paar Fotos. Kuss,
Mum

Ich arbeitete mich gewissenhaft durch drei Gläser, woraufhin ich mir ein paar ruhige Minuten zum Pinkeln gönnte, und kehrte noch vor den Reden ins Zelt zurück. Perfekt. Jetzt musste ich nur noch Bill aufspüren und mit ihm über die Sache von vorhin sprechen.

Das Problem war, dass die Leute im Zelt schon ihre Plätze einnahmen. Verdammt, ich hatte ihn immer noch nicht gefunden. Ich saß an einem Tisch namens »Ben Nevis« – mit Hamishs Trauzeugen, einem Typen namens Ed, zu meiner Linken und Pete zu meiner Rechten.

»Bist du nervös?«, fragte ich Ed, als er am Tisch auftauchte.

»Ach was«, sagte er. »Ist doch nichts dabei. Ein paar Analsex-Witze und die Sache ist geritzt.«

Ich blickte rasch zu Pete auf meiner anderen Seite und schenkte ihm ein mattes Lächeln.

Pete erhob sich als Erster, obwohl er weinen musste und somit Probleme hatte, die Worte rauszubekommen.

»Komm schon, Pete, reiß dich zusammen, Schatz«, sagte Karen, die uns gegenübersaß, als er versuchte, die Geschichte zu erzählen, wie Lex als Kind von ihrem ersten Fahrrad fiel. Als er sich wieder setzte, griff er nach seiner Serviette und schnäuzte sich so heftig, dass ich schon Angst hatte, dass Stücke von seinem Hirn mitkamen.

Dann war Hamish an der Reihe, der aufstand und pflichtbewusst seine Dankesliste herunterbetete: Er dankte Pete und Karen, seinen eigenen Eltern, seinen Trauzeugen und den Platzanweisern, den Caterern und der Floristin, den »entzückenden« kleinen Pagen. Natürlich seiner »frischgebackenen Ehefrau« – artige Jubelrufe im gesamten Zelt –, und er dankte auch mir. »Ich weiß, dass Lex es ohne dich nicht geschafft hätte, Polly, also danke.« Dann fügte er noch hinzu: »Außerdem ist sie ganz frisch wieder Single, Jungs, also stellt euch brav in der Reihe an.«

Bei diesen Worten ertönte erneut höfliches Gelächter und einige anzügliche Jubelrufe von Hamishs Kumpeln. Ich wollte mich am liebsten unter dem Tisch verkriechen und sterben. Hier saß ich, aufgedonnert wie Coco, der Clown, und wurde mehr oder weniger öffentlich feilgeboten.

Schließlich stand Ed auf, um seine Rede zu halten. Ich musterte ihn von meinem Platz aus. Ob ich wohl mit ihm knutschen könnte? Im Grunde war es fast schon eine Tradition, dass die Trauzeugin mit dem Trauzeugen rummachte. Aber Ed war ein bisschen zu klein für mich.

Ich ließ den Blick durchs Zelt schweifen und entdeckte Joe ganz hinten, wo er sich angeregt mit Laura vom Junggesellinnenabschied unterhielt. Dann sah ich Bill, der zu ihrer anderen Seite saß, und fixierte ihn, um seinen Blick aufzufangen, aber er unterhielt sich mit Lex' Cousine, Hattie. Wenigstens hatte seine Lippe aufgehört zu bluten.

Dann erblickte ich auch noch Callum an einem der anderen Tische. Er zwinkerte mir zu, woraufhin ich natürlich sofort rot wurde. Wirklich cool, Polly, gut gemacht.

»… und Hamish sagte: ›Ich persönlich bin mehr so der Titten-Typ!‹«, erzählte Ed, gefolgt von derbem Gelächter. »Aber dann, ganz plötzlich, waren diese Tage vorüber, als er Lex fand. Also, meine Damen und Herren, wollen wir uns alle noch einmal erheben für die frischgebackenen Mr. und Mrs. Wellington!«

Alle standen pflichtgemäß auf, obwohl sie zu dem Zeitpunkt schon am Verhungern waren, hoben ihre Gläser zum gefühlt 234. Mal und setzten sich dann wieder hin. Ich selbst war so hungrig, dass ich meinen eigenen Kopf hätte fressen können.

»So, so, ganz frisch Single, was?«, fragte Ed und beugte sich zu mir.

Ich griff nach einem Brötchen.

Das Dessert bestand aus Mini-Brownies und Shots mit Espresso Martini. »Hoch die Tassen!«, sagte Ed. Ein Spruch, den ich hasste wie die Pest, aber ich hob trotzdem das Schnapsglas und stieß mit ihm an. Nein, ich würde definitiv nicht mit ihm knutschen.

Dann ging hinter uns die Musik an. Wir reckten die Köpfe und sahen zu, wie Hamish Lex auf die Tanzfläche führte. »You give me fever«, trällerte Peggy Lee, als Hamish seinen Arm hob, um Lex darunter herumzuwirbeln.

Etwa eine Minute später warf Lex mir von der Tanzfläche aus eine Grimasse zu, was, wie ich wusste, mein Stichwort war. »Alles aufgestanden«, sagte ich und ermunterte die Leute um mich herum zum Tanzen. »Kommt schon.« Ich fand Joe im Gewühle und packte seine Hand, woraufhin er mich auf die Tanzfläche führte und begann, mich herumzuschieben.

»Hast du schon mit Bill gesprochen?«, rief er über die Musik.

Ich schüttelte den Kopf. »Nicht wirklich. Geht es ihm gut?«

»Ja. Ich denke schon. Es ist zu seinem Besten«, sagte Joe und schleuderte mich mit einem Arm von sich.

»Trotzdem, ich bin etwas verwirrt, was ist passiert? Das

letzte Mal, als ich mit ihm gesprochen habe, wollten sie doch noch zusammenziehen?«

»Ich weiß es wirklich nicht; ich glaube, er hat einfach die Nerven verloren«, sagte Joe. »Und dir geht es gut?«, fragt er, als ich unter seinem Arm hindurchwirbelte.

»Ja, warum denn nicht?«

»Wollte nur mal hören«, sagte Joe. »Bill hat erzählt, dass Jasper hier gewesen ist, also dachte ich, ich frage lieber …«

»Können wir bitte nicht über ihn reden?«, unterbrach ich ihn. »Ich will mich einfach nur betrinken.«

Um uns herum wurde getanzt. Hamish wiegte sich mit seiner Mutter, Lex hüpfte mit gerafftem Kleid auf und ab, während die Mädels im Kreis um sie herumtanzten, und Karen lieferte mit einem ihrer Neffen eine etwas seltsame Show ab. Armer Junge.

»Und, hast du heute Abend schon ein Auge auf jemanden geworfen?«, fragte ich Joe. Ich wusste, dass es jemanden geben musste.

»Magere Auswahl heute. Aber da war vorhin ein süßer Kellner, also werde ich womöglich einen kleinen Abstecher hinter die Kulissen machen.«

Ich verdrehte die Augen. »War ja klar. Aber gut, ich glaube, das reicht jetzt mit Tanzen. Sollen wir uns was zu trinken besorgen?«

»Unbedingt«, pflichtete Joe mir bei, und so steuerten wir die Bar an, wo die Barkeeper einen Espresso Martini nach dem anderen mixten. Hochzeiten sind wirklich absurd, überlegte ich. In der einen Minute hocken sie alle noch in der Kirche und flüstern kniend ihre Gebete wie ein frommer Haufen Quäker, in der nächsten rammen sie sich die Ellbogen in die Rippen, um einen Cocktail zu ergattern.

Joe reichte mir einen Martini, und wir traten aus der Menge. »Wo ist Bill hin?«, fragte ich, während ich die Tanzfläche nach ihm absuchte. »Ich versuche schon die ganze Zeit, ihn zu finden.«

»Keine Ahnung«, erwiderte Joe, dann beäugte er mich skeptisch. »Was ist mit deinem Gesicht los?«

Ich betastete meine Wange. »Nichts. Was meinst du?«

»Dein Eyeliner ist etwas … vom Weg abgekommen.«

»Oh, wahrscheinlich vom Tanzen. Ich geh mal hoch und bringe das wieder in Ordnung. Aber falls du Bill siehst, kannst du ihm sagen, dass er sich nicht vom Fleck rühren soll? Ich muss mit ihm reden.«

»Klar«, sagte Joe.

Mein Schminktäschchen befand sich im Haus, also schlängelte ich mich über den von Espresso Martini verklebten Boden zwischen den tanzenden Körpern hindurch und schlüpfte aus dem Zelt. Als ich den Rasen überquerte, sah ich Onkel Nick, der an einer Zigarre paffend auf mich zukam. »Oh, Onkel Nick, vielen Dank für vorhin. Tut mir leid deswegen.«

»Papperlapapp«, sagte er. »Ich habe ihn in ein Taxi gesetzt, und das war's.«

Ich verzog den Mund, halb zu einem Lächeln, halb zu einer Grimasse.

»Und dir geht es so weit gut?«, erkundigte er sich.

»Alles super. Muss nur mein Gesicht wieder in Ordnung bringen.«

»Mach das«, sagte er. »Und wenn du zurückkommst, lassen wir es auf der Tanzfläche krachen.«

»Auf jeden Fall«, versprach ich. »Bis gleich.«

»Ich krieg womöglich einen Herzinfarkt, aber wir lassen es krachen«, sagte er noch einmal über seine Schulter, als er zum Festzelt zurückkehrte, wobei er dicken Zigarrenqualm hinter sich herzog.

Ich betrat das Haus und ging hoch in mein Dachgeschosszimmer, um meine Schminktasche zu holen. Ich konnte das Wummern der Musik aus dem Zelt spüren – *duff, duff, duff* –, das die Holzdielen erzittern ließ.

Ich schaute in den Spiegel. Es war, als würde Marilyn Manson mir entgegenblicken. Außerdem hatte ich einen komischen Fettfleck auf meinem lila Kleid, direkt unter dem Kinn; er hatte die Umrisse von Wales, überlegte ich, während ich daran rieb. Nicht dass ich den Fummel jemals wieder anziehen würde. Das Ding würde direkt danach an einen Wohltätigkeitsladen gehen. Obwohl selbst die sich womöglich weigern würden, es anzunehmen.

Ich riss ein Stück Klopapier ab und fing an, die dunklen Flecken unter meinen Augen wegzuwischen. Was hatte sich Jasper nur dabei gedacht, betrunken vor der Kirche aufzukreuzen und die Hochzeit zu sprengen? Was für eine Szene. Ich konnte es immer noch nicht ganz fassen.

Hatte ein winzig kleiner Teil von mir sich vielleicht sogar gefreut, dass er gekommen war? Ich betrachtete mich im Spiegel. Ja, klar. Aber – wies ich mich streng zurecht, als ich in meine Schminktasche griff – der größere Teil von mir wollte ihn nicht sehen.

Ich schreckte auf, als eine Holzdiele hinter mir laut knarrte.

»Kann ich reinkommen? Joe meinte, ich würde dich hier finden.«

Es war Bill.

»Mein Gott, hast du mich vielleicht erschreckt.«

»Ja, das kann ich an deinem Gesicht sehen.« Er grinste, zuckte jedoch sogleich zusammen und hielt sich die Hand an die Lippe.

»Geschieht dir ganz recht«, sagte ich, während ich langsam meinen Kajalstrich nachzog. »Tut mir aber trotzdem leid. Ist es sehr schlimm?«

»Ja, brennt wie die Hölle. Und all das nur, um dich zu beschützen und dann nicht mal ein Dankeschön zu hören.« Er setzte sich auf das Fußende meines Bettes und ließ sich rückwärts auf die Matratze fallen.

»Ich habe dich schließlich nicht darum gebeten, dass du dich aufführst wie ein Komparse in einem Guy-Ritchie-Film oder dich zu prügeln. Aber trotzdem danke, sehr ritterlich von dir.«

Bill erwiderte nichts darauf.

»Wie auch immer«, fuhr ich fort und beugte mich zum Spiegel vor, um etwas Puder unter meine geschwollenen

Augen aufzutragen. »Sollen wir über Willow reden? Was ist passiert? Bist du okay?«

»Mir geht es gut«, sagte er. »Es hat einfach nicht gepasst.«

»Wie meinst du das?« Ich sah ihn durch die Badezimmertür an.

»Na ja, ich glaube, ich habe versucht, etwas zu erzwingen. Alles richtig zu machen. Uns unser gemeinsames Leben auszumalen. Ich schätze mal, ich habe geglaubt, dass ich ein ruhiges, gesetztes Leben an der Seite von Willow will.«

»Und das willst du nicht?« Ich war verwirrt. »Aber warum hast du sie dann gefragt, ob sie bei dir einzieht?«

»Oh Gott, keine Ahnung. Ich hatte das Gefühl, ich müsste es tun. Sie hat andauernd solche Andeutungen gemacht.«

»Und wie geht es ihr jetzt?«

Er zuckte die Achseln. »Ganz okay, denke ich. Sie ist ausgezogen. Ich glaube, sie wusste es tief in ihrem Inneren auch. Außerdem habe ich ihr gesagt, dass sie Crumpet behalten kann.«

»Aber wie hast du plötzlich gemerkt, dass es nicht das Richtige ist?«, bohrte ich weiter. »Oder wusstest du es von Anfang an? Manchmal glaube ich ja, dass man es weiß. Wenn ich ehrlich bin, wenn ich rückblickend an meine erste Begegnung mit Jasper zurückdenke, stand völlig außer Frage, dass wir je …«

»*Herrje, Polly!*«, unterbrach mich Bill laut.

»Was denn?«

»Der Typ ist so eine Pfeife …«

»Ich *weiß*, das sage ich doch gerade. Du hörst mir nie zu. Ich bin einfach voll auf diese ganze Masche reingefallen – von jemandem im Sturm erobert zu werden, der auch noch ein eigenes Schloss besitzt, wie in so einem bescheuerten Film. Ich meine, was für ein Klischee …«

»Polly«, sagte Bill.

Doch ich war gerade so in Fahrt, dass ich mich nicht unterbrechen lassen wollte. »Ich meine, war doch kein Wunder, dass ihr alle wusstet, dass es schiefgehen würde. Kein Wunder, dass ihr alle hinter meinem Rücken darüber gesprochen habt …«

»Polly …«

»Ich meine, was um Himmels willen habe ich erwartet? Dass wir verdammt noch mal heiraten und ich dann den Rest meines Lebens mit irgendwelchen Barnys abhänge? Ich meine …«

»POLLY!«, rief Bill und setzte sich auf dem Bett auf.

Ich verstummte und starrte ihn überrascht an.

»Kannst du … einfach … aufhören … zu reden? Einfach nur *aufhören*? Für eine einzige Sekunde? Ich will kein Wort mehr über Menschen oder Dinge hören, die Barny heißen. Können wir nur einen Moment der Ruhe haben, in dem dein irres, unfassbar anstrengendes, überanalysierendes Hirn einfach mal die Klappe hält?«

Ich sah ihn finster an, mein Make-up-Pinsel in der Luft erstarrt. »Warum wirst du gleich so gemein? Was ist heute eigentlich los mit allen?«

»Ich bin nicht gemein. Ich hätte nur gern, dass du einen Moment still bist.« Er stand auf.

»Oh, Moment, warte auf mich. Ich muss nur noch meinen Bronzer auftragen.«

»Ich gehe nirgendwohin.«

»Nur zwei Sekunden«, sagte ich und betupfte meine Nase mit dem Puder. *Warum musste sie auch immer so glänzen?* Es gab Quellen im Mittleren Osten, die weniger Öl produzierten als meine Nase.

»Ich gehe noch nicht, weil ich nämlich das hier tun will«, sagte Bill. Plötzlich stand er neben mir im Bad. Dann schob er den Make-up-Pinsel aus dem Weg und küsste mich. Auf den Mund. Kein Freundschaftskuss, sondern der Kuss eines *Mannes*.

Ich ließ vor Überraschung den Pinsel fallen.

»Bill, was tust du …?«, sagte ich und trat zurück. »Ich meine, du hast eine geplatzte Lippe …«

»Polly Spencer«, sagte er, »kannst du einfach mal zwei Sekunden still sein?«

Ich wollte schon fragen, ob er denn jetzt völlig übergeschnappt war, aber ich hatte nicht die Gelegenheit dazu, weil er mich schon wieder küsste. Doch dieses Mal wich ich nicht zurück und unterbrach ihn auch nicht, weil mir bewusst wurde, dass es sich irgendwie richtig anfühlte. Besser als nur richtig. Vielleicht ein bisschen wie in *Sinn und Sinnlichkeit*, wenn Marianne ihren Colonel Brandon zum ersten Mal küsst. Seltsam, aber irgendwie vertraut. Schräg, aber irgendwie auch toll. Ich spürte eine

Gänsehaut auf meinen Armen, als Bill seine Hand auf meinen Hinterkopf legte und mich näher an sich zog. Ich wollte lachen – hallo, ich knutschte mit Bill!? –, aber dann dachte ich, dass es wahrscheinlich an der Zeit war, ernst zu sein. Und plötzlich, als ich so dastand, in diesem grauenhaften Kleid, wusste ich, dass er es war. Er war es immer gewesen.

Fünf Monate später ...

»Mum, beeil dich, wir kommen noch zu spät. Mach dir keine Sorgen um Bertie, er sieht super aus. Lass uns gehen.«

»Mein Schatz«, sagte sie vor mir kniend, während sie Bertie eine gepunktete Fliege um den Hals knotete, »es ist egal, ob wir zu spät kommen. Die Braut kommt immer zu spät.«

Es hatte einige Diskussionen über Berties Fliege gegeben. Tatsächlich mehr Diskussionen als über irgendein anderes Kleidungsstück, das der Rest von uns trug. Mum hatte sie auf Etsy aufgestöbert, was natürlich sofort einen Anruf in meinem neuen Büro erfordert hatte, einem glänzenden Glasgebäude direkt an der Tower Bridge, in dem *Nice News* seine Redaktionsräume hatte. »Mum, ich kann jetzt nicht sprechen«, hatte ich in den Hörer geflüstert, als sie mich anrief. »Ich schreibe gerade an einem Artikel über einen Menschenrechtsanwalt.«

Bills Kumpel Luke hatte mir erst zwei Monate zuvor

eine Stelle als Autorin für seine Website angeboten, und so hatte ich die *Posh!* verlassen, um eine seriösere Arbeit anzufangen, bei der ich nicht wissen musste, wer der Erbe des Herzogtums von Portsmouth war oder welche Hunderasse gerade die angesagteste war. Jetzt verbrachte ich meine Zeit mit Artikelrecherchen und Interviews für die Website – manche davon ernster (»Treffen Sie die Direktorin, die diese marode Hochschule wieder auf Vordermann gebracht hat«), manche weniger ernst (»Welcher Hummus-Typ sind Sie?«). Letzte Woche erst hatte ich einen viralen Hit gelandet mit einem Artikel mit der Überschrift: »Wie nobel ist Ihr Badezimmer?«; also war meine Zeit bei Peregrine doch nicht ganz umsonst gewesen.

Nachdem Berties Fliege befestigt war, stand Mum endlich auf. »So, das hätten wir«, sagte sie und lächelte zu ihm hinab. »Sehr chic.« Bertie blickte peinlich betreten drein.

»Ernsthaft, Mum, komm jetzt. Wir müssen los«, drängte ich mit einem Blick auf die Küchenuhr. »Der Wagen wartet schon eine Ewigkeit.«

»Lass mich nur kurz meinen Lippenstift überprüfen.« Sie musterte sich im Spiegel. Ihr Haar war schon wieder nachgewachsen, und so sah sie fast so aus wie vor ihrer Krankheit. Sie sah aus wie Mum.

»Dein Lippenstift ist super. Komm jetzt. Ich meine es ernst.«

»Mein Schatz, du bist etwas unentspannt.«

»Ich weiß! Ich bin unentspannt, weil wir extrem spät dran sind und sämtliche Gäste an Altersschwäche sterben werden, bis wir ankommen. *Komm jetzt.*« Ich wedelte hektisch mit den Armen und nickte mit dem Kinn in Richtung Tür. »Los, lass uns gehen, die Zeit drängt, den Letzten beißen die Hunde. Oder in diesem Fall Bertie.«

»Ist ja gut«, sagte Mum. »Also wirklich, heute ist sie aber übellaunig, nicht wahr, Bertie? Und das an so einem Tag. Aber gut …« Sie spazierte zur Treppe und summte den Hochzeitsmarsch. Bertie trottete ihr brav hinterher, doch dann drehte sie sich auf der obersten Stufe noch einmal zu mir um.

»Oh, Herr im Himmel, was ist denn jetzt?«, stieß ich aus.

Sie lächelte. »Nichts. Ich wollte nur sagen, dass ich nicht geglaubt habe, dass dieser Tag je kommen würde, und …« Ihre Stimme fing an zu zittern.

»Mum, nicht weinen, du wirst dein ganzes …«

Sie hob ihre Hand. »Polly, bitte, lass mir diesen Moment. Die anderen können warten.«

»In Ordnung.« Ich biss mir auf die Lippe.

»Alles, was ich sagen will, ist, na ja … Das Leben kann einem manchmal ganz schön schwer erscheinen, nicht wahr? Verflixt schwer. Aber jetzt geht es uns allen gut, oder nicht? Und ich war noch nie so stolz auf dich, und ich kann mich nicht erinnern, wann ich mich je so glücklich gefühlt habe, und …« Ihre Stimme brach.

»Mum, komm her.« Ich streckte die Arme nach ihr

aus, gerade in dem Moment, als sie vollends die Fassung verlor. Sie hatte seit ihrer Diagnose damals nur ein einziges Mal offen vor mir geweint, an dem Tag, als sie mich mit ihren Untersuchungsergebnissen bei der *Posh!* anrief. Es fühlte sich an, als hätte sie alles für diesen Moment zurückgehalten, dachte ich, während ich sie umarmte. Ich wollte diesen emotionalen Moment mit ihr voll und ganz auskosten, aber ein klitzekleiner Teil von mir hatte auch Angst, dass sie Lippenstift auf meinem Kleid verschmieren würde.

»Das reicht jetzt«, sagte sie einige Sekunden später und löste sich von mir. »Wir sollten los, komm jetzt. Oh, Polly, Liebes, schau nur auf die Uhr! Du hättest es mir sagen sollen. Wir sind ja fürchterlich spät dran.«

Es war ein perfekter Dezembertag. Eisig kalt, aber vollkommen klar, und die Luft so frisch, dass man den Atem in der Luft sehen konnte. Pastorin Housley stand vor der Kirche und wartete. Sie erstrahlte, als unser Wagen hielt, und öffnete die Beifahrertür, um uns rauszulassen – erst Mum, dann Bertie, dann mich.

»Susan! Polly! Also, wenn das kein Tag der Freude ist! Ich bin ganz aus dem Häuschen! Ihr seht sensationell aus, und zwar beide. Oh, was für ein freudiger, schöner Tag!« Falls eines Tages je ein Mensch vor Aufregung explodieren sollte, dachte ich mir, während ich die Pfarrerin ansah, die in ihrem Talar von einem Bein aufs andere hüpfte, dann sie.

»Fangen Sie nicht auch noch an, Frau Pfarrerin«, sagte

Mum, »wir hatten heute schon unsere kleine Tränenrunde.«

»Aber natürlich, natürlich«, erwiderte Pastorin Housley immer noch lächelnd. »Also gut«, fuhr sie ungebremst fort, »alle sitzen schon drin und warten. Wenn ihr also bereit seid, lasst uns loslegen.«

Wie nickten.

»Bist du bereit, Bertie?«, fragt Mum und blickte zu ihm runter. Er wirkte immer noch etwas peinlich berührt wegen der Fliege.

»Großartig. Ich gehe jetzt vor, und ihr wartet, bis die Musik einsetzt. Dann ist Showtime.« Pastorin Housley erstrahlte abermals, dann eilte sie hinein.

»Also gut.« Ich schenkte Mum ein Lächeln und reichte ihr meinen Arm. »Dann lass uns dich mal unter die Haube bringen.«

»Jawohl«, sagte sie. »Komm, Bertie, auf geht's.«

Und so, mit Mum an meinem rechten Arm und Bertie, der an seiner Leine neben ihr hertapste, betraten wir die St.-Saviour's-Kirche, während der Organist, ein Freund von Joe aus der Musikhochschule, ein Stück von Händel spielte. Die Überlegungen zur Musik hatten Wochen gedauert, während Joe in Mums Wohnung geduldig durch Spotify gescrollt und immer wieder verschiedene Stücke angespielt hatte, nur damit sie wiederum erklärte, dass sie »zu schnell«, »zu langsam«, »zu dramatisch«, »nicht dramatisch genug«, »zu traurig«, »zu heiter« und so weiter und so fort seien.

»Das ist doch kein Scheunentanz, Joseph«, meinte sie in einem sehr kritischen Moment, woraufhin Joe nur erwiderte, Bertie brauche dringend einen Spaziergang im Battersea Park, und mit ihm Gassi ging, um eine halbe Stunde der Stille und Einsamkeit zu genießen.

Als ich mit ihr Richtung Altar schritt, begegnete ich den Blicken der Leute, die gekommen waren. Es war keine große Ansammlung. Mum und Sidney hatten nur ihre »engsten Menschen« zur Trauung eingeladen. Aber zum Großteil waren es auch meine engsten Menschen.

In einer der Reihen links stand Hamish, den Arm schützend um Lex gelegt, die bereits enorme Ausmaße angenommen hatte, obwohl sie erst im fünften Monat schwanger war. (*Wir können zurzeit nur noch in der Hündchenstellung Sex haben, und niemand erzählt es einem im Vorhinein, oder? Es steht in keinem dieser Bücher,* hatte sie sich erst Anfang der Woche per Mail bei mir beschwert.)

Ganz vorne, vor dem Altar, stand Sidney und lächelte schüchtern hinter seiner Brille hervor.

Als wir näher kamen, erblickte ich auch Joe, der in einer Bank zu unserer Rechten saß und sich mit geschlossenen Augen zur Musik wiegte.

Und dort, ein Stück weiter weg, in derselben Reihe, saß Bill. Mein Begleiter auf dieser Hochzeit. Ein richtiger, echter Begleiter. Er wiegte sich nicht. Er sah mich nur mit einem breiten Grinsen an. Ich hatte schon Leute sagen hören: »Eines Tages bin ich aufgewacht und habe gewusst, dass ich in meinen besten Freund verliebt war«, und ich hatte immer gedacht: *Was für Trottel, warum haben die das nicht früher gemerkt?* Und doch standen wir hier, Bill und ich, und grinsten einander an wie zwei Teenager. Dann dachte ich an das zurück, was Mum vorhin zu Hause gesagt hatte, und beschloss, dass auch ich nie in meinem Leben so glücklich gewesen war. Dann zwinkerte mir Bill zu, was mir beinahe den feierlichen Moment ruinierte. Blödmann. Aber wenigstens war er *mein* Blödmann.

Mein persönlicher Colonel Brandon – wer hätte das gedacht?

Danksagung

Bevor ich das hier schreiben konnte, habe ich eine ganze Zeit lang ein leeres Worddokument auf meinem Laptop angestarrt, auf dem ganz oben »Danksagung« stand. Ich habe dieses blöde Gefühl, eine Oscar-Rede halten zu müssen und ganz sicher jemanden zu vergessen. Es tut mir leid, falls ich genau *dich* vergesse. War keine Absicht. Ehrlich. Du warst auch sehr wichtig. Vielleicht nur ein klitzekleines bisschen weniger wichtig als die Leute, an die ich mich weiter unten doch noch erinnert habe.

Als Erstes ein Riesendankeschön an meine Agentin, Rebecca Ritchie, die mir vor einiger Zeit eine E-Mail schickte, um mich zu fragen, ob ich je daran gedacht hätte, ein Buch zu schreiben. Ich erinnere mich noch, wie ich die Earl's Court Road entlangging, als ich die E-Mail auf meinem Handy las, und in dieser Nacht vor Aufregung nicht schlafen konnte. Auf jeden Fall war sie unglaublich geduldig, denn nur knappe 37282 Jahre später ist es so weit – ein Buch! Becky, um mir einen Satz von Paul Burrell zu borgen, du warst mein Fels. Mein offenes Ohr und mein Ratgeber. Ich bin dir unglaublich dankbar.

Zweitens ein Dankeschön an meine Lektorin der Extraklasse, Charlotte Mursell, an Lisa Milton und das Team von HQ für die Veröffentlichung der englischen Originalausgabe von *Kann ich jetzt bitte mein Herz zurückhaben?*. Dafür, dass ihr es von Beginn an geliebt, gehegt und gepflegt habt und so unfassbar verlässliche Mitstreiter seid. Ich bin immer noch hin und weg, dass ihr beim ersten Lesen des Manuskripts bei den Sexszenen nicht vor Lachen zusammengebrochen seid und es einfach abgelehnt habt. IM ERNST, DANKE, DASS IHR DAS NICHT GETAN HABT! Ich kann es kaum erwarten, euch das nächste Buch zu präsentieren, mit dem ich versuchen werde, euch so richtig zu schocken.

Außerdem schulde ich noch all jenen ein dickes Dankeschön, die mit mir bei einer Zeitung oder einer Zeitschrift gearbeitet haben und mich ertragen mussten; aber ganz besonders Kate Reardon, Gavanndra Hodge, Annabel Rivkin und Clare Bennett für ihre Freundschaft und ihren Zuspruch, als ich noch beim *Tatler* war. Ich möchte hier am liebsten alle nennen, mit denen ich beim *Tatler* zusammengearbeitet habe, weil ich sie alle liebe, aber die Liste würde wegen all der Doppelnamen über Seiten gehen, also kann ich das nicht, sorry.

An meine Unterstützer vom *Telegraph* — insbesondere Paul Davies, Jane Burton und Hattie Brett. Ihr habt mir die Chance gegeben, Kolumnen über so wichtige

Themen wie Marmelade und die Probleme, die große Füße mit sich bringen, zu schreiben, und dafür bin ich euch sehr dankbar.

Freunde. Es gibt so viele von euch, denen ich danken sollte, dafür, dass ihr mich angefeuert habt. Dass ihr mich ermuntert habt. Dass ihr gefragt habt, ob ich eine der Figuren nach euch benannt habe. Während ich am letzten Feinschliff saß, ist mir aufgefallen, wie viel Wein in diesem Buch getrunken wird – *das* ist von euch allen inspiriert, und ich freue mich auf noch viele weitere gemeinsame Flaschen mehr.

Am allermeisten danke ich meiner Familie. Ich kann euch nicht alle einzeln nennen, weil es auch von euch zu viele gibt und wir hier noch Tage sitzen würden. Trotzdem, ihr seid meine ganze Welt, und euch habe ich alles zu verdanken.

Zu guter Letzt ein anerkennendes Nicken an Pret-a-Manger, weil dieses Buch zum Großteil in diversen Pret-Filialen kreuz und quer durch London geschrieben wurde, während ich schön starke Americanos mit Milch geschlürft habe. Ohne euren Kaffee und euer leckeres Baguette mit Ei und sonnengetrockneten Tomaten hätte ich das nie im Leben hingekriegt. Danke, Leute.

Lesen Sie weiter >>

LESEPROBE

Charmant, witzig und total romantisch!

Nina steht auf Bad Boys. Die wahre Liebe ist wild und voller
Leidenschaft, daran glaubt sie ganz fest. Mit weniger wird sie
sich auf keinen Fall zufrieden geben! Doch Jahre mieser
Online-Dates haben ihr nur Loser und Affären eingebracht.
Da taucht Noah wieder in ihrem Leben auf, der Computer-Nerd
aus ihrer Schulzeit, der von der ganzen Klasse gemobbt wurde.
Eigentlich sieht er inzwischen gar nicht mal so schlecht aus,
findet Nina – und muss überrascht feststellen, dass ihr Herz in
seiner Gegenwart auf unerklärliche Weise schneller schlägt.
Noah erinnert sich nicht daran, dass Nina ein Teil der
schlimmsten Zeit seines Lebens war. Und Nina ist plötzlich sehr
daran gelegen, dass das so bleibt …

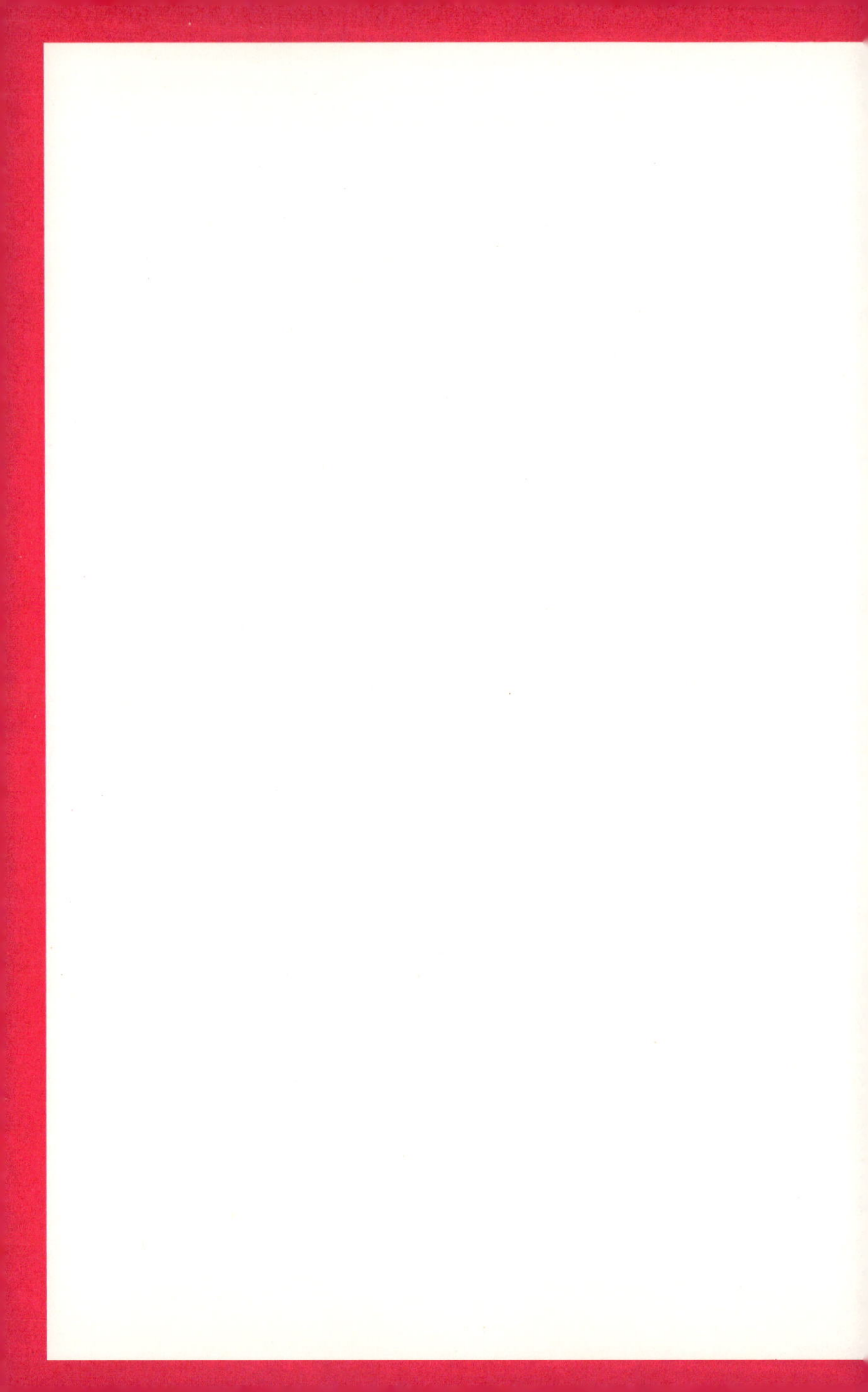

Kapitel 1

»Ein wildes, ungezogenes Gör war sie.«

Es war früh am Morgen. Ganz offensichtlich. Schwache Sonnenstrahlen mühten sich ab, die Dunkelheit in der kleinen Wohnung über der Happy-Ends-Buchhandlung zu durchdringen.

Nina O'Kelly verfluchte die Sonne, die matt durch ihr Schlafzimmerfenster fiel, und gleich darauf sich selbst, weil sie die Vorhänge in der Nacht zuvor nicht zugezogen hatte. Eigentlich war sie sogar überrascht, dass sie überhaupt in ihrem eigenen Bett lag, denn sie hatte keinen blassen Schimmer, wie sie nach Hause gekommen war.

Sie war nicht verkatert. Nicht wirklich. Nur etwas müde und angeschlagen, und das Getrampel ihrer Mitbewohnerin, Verity, die von ihrem Zimmer in die Küche ging, klang, als hätte man eine Elefantenherde losgelassen, obwohl Very sonst nie so einen Lärm machte. Mit einem elenden Wimmern drehte Nina sich auf die andere Seite. Noch zehn Minuten konnten nicht schaden. Vielleicht auch fünfzehn. Womöglich sollte sie versuchen, ganz langsam ein Augenlid anzuheben, nur um zu sehen, wie viel Uhr es war, aber sie konnte es auch einfach bleiben lassen und ein klitzekleines bisschen weiterschlummern …

Ein sanftes Klopfen an der Tür. »Nina? Es ist schon neun. Und du brauchst immerhin eine ganze Stunde für dein Make-up«, gurrte Verity. »Ich komme jetzt rein, und dann will ich deine beiden Füße auf dem Boden stehen sehen.« Sie ließ sich von der sanften Stimme nicht täuschen – Verity war eine Frau, mit der man sich nicht anlegen sollte. Einmal, als Nina noch viel später dran war als heute und im Bett herumgammelte, hatte Verity sie mit einem Glas Wasser aus dem Land der Träume gerissen. Was Ninas Frisur völlig ruiniert hatte.

Obwohl jede Faser ihres Körpers sich sträubte, richtete sie sich schwerfällig auf und schwang ihre Beine über die Bettkante, damit alle ihre zehn Zehen, die in einem fröhlichen Türkisgrün lackiert waren, den Boden berührten, wenn Verity die Tür öffnete.

Veritys obligatorische Leidensmiene nahm Nina nur ganz verschwommen wahr, da sie ihre Augen immer noch nicht richtig aufbekam. »Ich bin schon wach«, brummte sie, nahm den Becher Kaffee entgegen, den Verity ihr reichte, und öffnete den Mund, damit Verity ein Stück Toast hineinschieben konnte, denn eigentlich war sie die beste Mitbewohnerin, die man sich vorstellen konnte.

Danach, weil sie ein geübtes Multitasking-Talent war, trank Nina ihren Kaffee, während sie gleichzeitig duschte und es schaffte, ihr Haar dabei nicht nass zu machen. Es war momentan bonbonrosa gefärbt und in Marilyn-Monroe-mäßigen Retrolocken frisiert. Jeden Montag und Freitag ging Nina in der Mittagspause zu dem altmodischen Omafriseur an der Ecke, um sich die Haare waschen und legen zu lassen, wobei sie unter einer Trockenhaube saß, die locker doppelt so alt war wie sie selbst. Es gab kaum etwas, das ihre bombenfeste Frisur zwischen diesen Besuchen aus der Form bringen konnte. Alles, was es brauchte, war ein dezentes Zupfen am Ansatz, ein großzügiger Sprühstoß Elnett, und Nina war ausgehbereit.

Na ja, nicht ganz. Sie hatte sich gestern nicht abgeschminkt, bevor sie ins Bett gefallen war, aber da die Zeit drängte – Verity war bereits runtergegangen, um den Arbeitstag zu beginnen, obwohl sie den Laden theoretisch erst um zehn öffneten und es gerade mal neun Uhr siebenundfünfzig war –, beschloss Nina, ihr Make-up vom Vortag als Basis zu verwenden.

Eine Schicht Primer, ein großzügiger Klacks Foundation und eine unverschämte Menge Concealer, danach machte sie sich mit flüssigem Eyeliner, Wimperntusche und noch mehr Eyeliner an die Feinarbeit. Zum Schluss noch ein Hauch Rouge und mehrere Lagen dunkelroten Lippenstifts, und Nina hatte getan, was mit ihrem Gesicht möglich war. Nicht dass es ein übles Gesicht gewesen wäre – Nina verfügte über alles, was es brauchte, Augen, Nase, Mund und Kinn, allesamt ganz normal angeordnet –, doch jetzt hatte sie ihm ihre persönliche Vision von Retro-Glamour verliehen.

Die Zeit reichte gerade noch, um das verhasste Arbeits-T-Shirt überzuziehen, auf dem in pinker Schreibschrift der Name der Buchhandlung, Happy Ends, prangte. Es war ziemlich knifflig, etwas Passendes dazu anzuziehen. Kleider gingen schon mal gar nicht, und Jeans trug Nina so gut wie nie, also zwängte sie sich in einen knallengen Bleistiftrock, schlüpfte in ihre Pumps, und als sie unten im Laden eintraf, war sie nur …

»Fünfzehn Minuten zu spät!«, schimpfte Posy, die Besitzerin des Happy Ends mit unnötig lauter Stimme. »Du wohnst *direkt* über dem Laden, dein Arbeitsweg dauert ganze *zehn* Sekunden. Wie also schaffst du es, *trotzdem* eine Viertelstunde zu spät zu kommen?«

»Ganz offensichtlich hinkt meine innere Uhr fünfzehn Minuten hinter deiner her«, erklärte Nina. »Man kann mich wohl kaum für meine biologischen Bedürfnisse verantwortlich machen. Apropos Bedürfnisse … *Kaffee*!«, stieß sie stöhnend hervor. »Sei ein Schatz und geh in die Teestube und bring mir den größten Becher, den du finden kannst.«

»Ich bin ein Schatz, aber ich bin auch deine Chefin«, erwiderte Posy streng, doch sie schaffte es nie, das mit dem Strengsein durchzuziehen. Ihr sanftes, hübsches Gesicht war einfach nicht dafür gemacht. »Ein Stück Zucker?«

»Lieber gleich zwei«, beschloss Nina. »Außerdem würde ich an deiner Stelle heute bis zur Mittagspause nicht allzu viel von mir erwarten.«

Posy schüttelte resigniert den Kopf, während sie durch den Türbogen verschwand, der zu mehreren Nebenräumen führte, die wiederum zu der Teestube führten, aus welcher der göttliche Duft nach frisch aufgebrühtem Kaffee und selbst gebackenem Kuchen durch den Laden waberte.

Und was für ein hübscher Laden es war. Das Happy Ends war die einzige Buchhandlung Englands, womöglich sogar der ganzen Welt, die sich ausschließlich Büchern über die Liebe verschrieben hatte. *Ihr Laden für romantische Lesebedürfnisse*, wie auf den Lesezeichen stand, die Nina in jedes Buch steckte, das sie verkaufte. Schon bevor sie über dem Geschäft eingezogen war, hatte das Happy Ends sich für Nina wie ein Zuhause angefühlt, und von ihrem Hocker hinter dem Verkaufstresen aus betrachtete sie ihr kleines Reich. In der Mitte des Hauptverkaufsraums standen drei Sofas in verschiedenen Stadien des Verfalls um einen Tisch herum, auf dem sich die Bücher türmten. Es gab eine Regalwand mit Neuerscheinungen und Bestsellern, deren oberste Fächer mithilfe einer rollbaren Lei-

ter erreicht werden konnten, während sich an der gegenüberliegenden Wand noch mehr Bücher sowie eine Reihe altmo-
discher Vitrinen befanden, in denen romantisch-literarische
Geschenkartikel ausgestellt waren – von Tassen über Postkarten bis hin zu T-Shirts und Schmuck.

Dann gab es zu beiden Seiten noch die bogenförmigen
Durchgänge, die zu einer Reihe kleinerer Räume führten, die
allesamt bis unter die Decke mit Büchern vollgestopft waren.
Es war einer dieser Läden, in denen man glücklich und zufrieden eine Stunde oder länger mit Stöbern zubringen konnte –
auch wenn Nina in diesem Moment weit von glücklich und
zufrieden entfernt war.

»Dieser Kaffee, den du mir heute Morgen ans Bett gebracht
hast … Ich meine, ich will mich echt nicht beschweren, aber
der war ungefähr so stark wie ein Katzenpups!«, rief sie von
ihrem Platz Verity zu, die im Büro im hinteren Teil des Ladens
an ihrem Schreibtisch saß. Die Tür war angelehnt, deswegen
musste sie so schreien. »Ist Tom heute da?«

»Also, für mich hört sich das ziemlich nach beschweren an,
und, nein, Tom kommt heute nicht. Er hat angerufen und
meint, es gäbe ein riesiges Problem mit den Fußnoten in seiner Doktorarbeit«, rief Verity. »Und Posy trifft sich heute Vormittag mit dem Buchhalter, also musst du die Stellung allein
halten.«

»Tja, wenn es arg stressig wird, musst du eben vorne ein-
springen.« Dafür würde Nina schon sorgen. Schließlich
konnte Verity sich nicht einfach im Büro verkriechen und
Nina sich selbst überlassen, falls sie plötzlich von einem Kun-
denansturm überrannt werden sollten. Obwohl – sie spähte
durch die bogenförmigen Fenster nach draußen –, es war ein
diesiger grauer Dienstagmorgen, und so hoffte Nina, dass es

ruhig bleiben würde, bis ihre Lebensgeister wieder zurückgekehrt wären.

Aus leidiger Erfahrung wusste sie, dass sie sich in der Regel erst wieder blicken ließen, wenn Nina mindestens drei Stück Backwerk verzehrt und sich in der Mittagspause ein paar Spiegeleier mit Speck gegönnt hatte, die sie entweder kurierten oder komplett ausknockten. Aber da kam ja schon Posy mit Ninas Kaffee und einem riesigen Muffin zurück.

»Ist der für mich?«, fragte Nina hoffnungsfroh.

War er. Und außerdem mit Blaubeeren gespickt, was, wie jeder Idiot wusste, ein Superfood war, also war es ein äußerst gesunder Muffin, überlegte Nina, während sie sich dicke Stücke abriss und in den Mund stopfte und den schwankenden Bücherstapel vor sich in Angriff nahm, der darauf wartete, in die Regale eingeräumt zu werden.

»Mach ja keine Fettfinger drauf«, ermahnte sie Posy, dabei futterte Nina nun schon seit drei Jahren professionell Kuchen und versorgte gleichzeitig Bücher, also beachtete sie ihre Chefin nicht weiter.

War ja nicht so, als würde sie in den Büchern blättern. Nina las lediglich die Klappentexte, damit sie, falls eine Kundin reinkam und meinte, sie suche eine paranormale Romanze mit einem zeitreisenden, gestaltwandelnden Herzog/Werwolf, die höchstwahrscheinlich ein blaues Cover hatte, diese zum richtigen Regal schicken konnte.

Sobald sie alles verdaut hatte (die Klappentexte, den Muffin weniger), sortierte Nina die Bücher in verschiedene Stapel, um sie leichter einräumen zu können: historisch, Regency-Epoche (die ihr eigenes Regal hatte), Erotika, Jugendbuch …

»Was genau machen Sie da?«, fragte eine Stimme zu ihrer Linken. Es war eine Männerstimme. Dabei bekamen sie im

Happy Ends nicht oft Männerstimmen zu hören; und das hier war nicht Toms lebensüberdrüssiger Tonfall und auch nicht der versnobte Privatschulakzent von Sebastian Thorndyke, Posys Ehemann. Es war eine leise Stimme – höflich, neugierig und doch mit einem stählernen Unterton, bei dem sich alles in Nina sofort sträubte.

Sie drehte sich um und sah einen Mann *hinter* dem Verkaufstresen stehen. Er hatte rotes Haar – ein kastanienroter, rostbrauner Rita-Hayworth-mäßiger Farbton, den Nina vor einigen Monaten vergeblich versucht hatte, bei sich selbst hinzukriegen. Passend zu dem roten Haar hatte er einen blassen, großzügig mit Sommersprossen übersäten Teint und grüne Augen, die zugegebenermaßen ganz hübsch waren, aber das spielte momentan keine Rolle. Viel wichtiger war, dass er *hinter* dem Verkaufstresen stand.

»Was ich hier mache?«, gab Nina ungläubig zurück. »Was machen *Sie* hier?«

»Observieren«, sagte der Mann mit einem Seitenblick auf den kleinen Stapel Erotika, den Nina eben durchgeschaut hatte (sie war sich ziemlich sicher, dass sie irgendwann zwischendrin laut »Oooh! Ein schöner Dreier ist immer gut« gesagt hatte), und notierte etwas auf sein iPad. »Tun Sie einfach so, als wäre ich nicht hier. Bisher haben Sie Ihre Sache sehr gut gemacht, ich stehe hier schon seit einer halben Stunde.«

»Sie hätten was sagen sollen«, protestierte Nina. Irgendwie war dieser Kerl… *übergriffig.* Sie hatte dagesessen, sich den Muffin reingestopft, womöglich sogar mit offenem Mund gekaut, ihren Kaffee laut geschlürft, lüsterne Kommentare zu den Büchern abgegeben… und die ganze Zeit über hatte dieser fremde Mann hinter ihr gestanden. »Was observieren? *Mich?* Was solche Dinge angeht, gibt es klare Gesetze.«

»Tatsächlich handelt es sich hier um einen öffentlichen Raum, und …«

Nina konnte Leute nicht ausstehen, die ihre Sätze mit »Tatsächlich …« anfingen, wenn man sie herausforderte. Es hieß doch nur, dass sie keine guten Argumente hatten und gleich mit noch mehr aufgeblasenen Wörtern um sich schmeißen würden.

»Das hier ist Privatbesitz«, fuhr sie ihm über den Mund. »Sie befinden sich hier auf Einladung der Besitzerin, apropos Besitzerin … POSY!« Doch herumzubrüllen wie eine Londoner Fischhändlerin reichte offenbar nicht. Nina war gezwungen, von ihrem Hocker zu hüpfen, was in so einem knallengen Bleistiftrock immer ein etwas heikles Unterfangen war, und die Bürotür aufzustoßen, während dieser karottenköpfige *Eindringling* in aller Seelenruhe noch eine Notiz auf seinem iPad machte. »POSY! Hier ist ein schräger Vogel, der sich im Laden rumtreibt.«

Der schräge Vogel brummelte etwas, wobei die blasse Haut unter seinen Sommersprossen knallpink anlief. »Ich habe das Recht, hier zu sein«, erklärte er steif, und Nina war sich sicher, dass er sie an jemanden erinnerte, aber ihr wollte ums Verrecken nicht einfallen, an wen. Vielleicht dieser rothaarige Typ aus dem Finale von *The Great British Bake Off* letztes Jahr?

»Ja, hat er«, meldete sich Posy, die ihren Kopf durch die Bürotür streckte. »Das ist Noah. Habe ich euch nicht vorgestellt?«

»Nein, hast du nicht.« Nina ließ den Blick noch mal über diesen Noah schweifen. Er trug einen Anzug – einen marineblauen Anzug mit weißem Hemd und marineblauer Krawatte. Jetzt mal im Ernst, wer bitte trug heutzutage in diesem Alter noch Anzug *und* Krawatte? Außer natürlich Posys Göttergatte, Sebastian, der aber seine spießigen Anzüge wenigstens mit

gepunkteten Einstecktüchern und knallbunten Socken auf-
peppte. Nicht wie dieser Kerl, der seine Anzugfarbe auf die
seiner Krawatte abstimmte. Warum taten Menschen so was?

»Also, ich könnte schwören, dass ich ihn vorgestellt habe.
Ganz sicher. Geschieht dir aber recht, wenn du eine Viertelstunde zu spät kommst«, sagte Posy ungerührt. »Noah arbeitet als Business-Analytiker. Und er ist hier, um unser Unternehmen zu analysieren. Wir haben das doch gestern beim
Mitarbeitertreffen besprochen.«

»Das war gestern. Hast du überhaupt eine Ahnung, wie
viel Wodka ich seitdem getrunken habe? Und überhaupt, du
weißt doch, dass die Business-Angelegenheiten dieses Unter-
nehmens nichts mit mir zu tun haben.«

Nina war genetisch so angelegt, dass sie gewisse Worte wie
»Business« und »Analytiker« automatisch ausblendete. Genauso wie »inflationsbereinigte Rente«, »Slipper« und »früh
ins Bett«.

»Nina!«, sagte Posy mit einem schweren Seufzen. »Du
weißt doch, dass wir nach Wegen suchen, unser Geschäft aus-
zubauen. Effizienteres Arbeiten. Digitales Dingsda und der
ganze Kram.«

Noah, der Business-Analytiker, von dem Nina immer noch
sicher war, nie etwas gehört zu haben, war während dieses
Gesprächs ruhig geblieben, doch jetzt trat er einen Schritt vor.

»Ich bin nur hier, um Ihre Geschäftspraktiken in Augenschein zu nehmen«, sagte er, auch wenn Nina sich nicht sicher
war, ob sie so etwas wie Geschäftspraktiken hatte. Sie kam
einfach in den Laden spaziert, verkaufte ein paar Bücher und
düste bei Feierabend sofort wieder nach oben, um sich aus-
gehfertig zu machen und ihr Gehalt für Männer, Moscow
Mules und … ähm, andere Sachen mit M zu verprassen.

»Es ist trotzdem ziemlich schräg, einfach nur dazustehen und jemanden zu beobachten, der davon nichts mitbekommt«, beharrte Nina.

»Ich habe Hallo gesagt, aber Sie haben gerade nach Kaffee gerufen und mich vielleicht nicht gehört«, erwiderte Noah. »Wie auch immer, jetzt wurde ja klargestellt, dass ich Noah und Sie Nina sind. Posy hat mich schon über den Rest aufgeklärt.«

»Das stimmt«, sagte Posy vage, was ungefähr alles bedeuten konnte. Es war ja nicht so, als hätte Nina die letzten Jahre ein untadeliges Leben geführt. Nicht mal ansatzweise. »Nina, ich muss jetzt wirklich los, ich treffe mich mit dem Buchhalter. Er wird immer so pampig, wenn ich auch nur eine Minute zu spät komme.«

Nina war ebenfalls ziemlich pampig, und vielleicht kam die Botschaft bei Noah ja an, denn als Posy panisch davonwuselte, beschloss er, seinen Posten ins Büro zu verlegen. Verity, die eher still und ruhig war, würde von dem stummen Beobachter sicher ebenfalls alles andere als begeistert sein. Doch als Nina wieder auf ihren Hocker kraxelte und auf den ersten Kunden des Tages wartete, konnte sie verstörende Laute hinter sich vernehmen.

Verity plauderte munter drauf los. Lachte. Einmal prustete sie sogar ausgelassen. Das sah ihr überhaupt nicht ähnlich. In der Gegenwart Fremder bekam sie sonst kaum einen Ton heraus, ganz zu schweigen davon, dass sie lachte oder ausgelassen losprustete. »Kannst du glauben, dass wir unsere Waren immer noch in ein Bestandsbuch eintragen?«, kicherte sie.

»Du meinst, ihr notiert es handschriftlich auf Papier?«, fragte Noah, der angebliche Business-Experte, ungläubig.

»Ja, und wenn wir ein Buch verkaufen, haken wir es im Bestandsbuch ab.«

»Ich habe auf eurem Verkaufstresen keinen Barcode-Scanner gesehen, und eure Kasse … gehört eher in ein Museum, oder?«

Nina tätschelte liebevoll die altmodische Registrierkasse. Bertha war mindestens vierzig Jahre alt und hatte ihre Macken. Das Geldfach klemmte hin und wieder, aber man musste nur auf eine bestimmte Stelle hauen, wenn es passierte, und schon funktionierte sie wieder einwandfrei.

»Lavinia, die ehemalige Besitzerin des Bookends, die den Laden an Posy vermacht hat, die ihn wiederum ins Happy Ends verwandelt hat, hatte sehr festgefahrene Vorstellungen«, erklärte Verity ernst. »Vor allem nach dem Tod ihres Mannes. Sie mochte schlicht keine Dinge, die piepten und blinkten. Mir gefällt der urige Charme des Ladens zwar auch, aber …, aber …«

»Aber was?«, hakte Noah nach. »Du kannst es mir ruhig sagen. Ich bin nur hier, um zu beobachten. Ich urteile nicht, ich lege keine Konsequenzen fest.«

Vertrau ihm nicht!, wollte Nina rufen, aber in diesem Moment öffnete sich die Tür mit einem Bimmeln, und zwei Frauen traten ein, sodass sie gezwungen war, mit dem Lauschen aufzuhören und ein freundliches Lächeln aufzusetzen. »Willkommen im Happy Ends. Lassen Sie es mich wissen, falls Sie nach etwas Bestimmtem suchen.«

Die Frauen waren beide im besten Alter und trugen praktisches Schuhwerk, Stoffhosen und Regenjacken, aber Nina wusste, dass man die Lesevorlieben der Kundschaft nicht anhand ihrer äußeren Erscheinung erraten konnte.

»Führen Sie auch erotische Vampirgeschichten?«, erkundigte sich eine der Frauen und bestätigte damit Ninas Theorie.

»Gehen Sie einfach rechts durch, die Erotikabteilung befindet sich im hintersten Raum. Paranormale Erotika gleich zu Ihrer Linken, und die Vampire in den oberen zwei Regalfächern«, erklärte Nina. »Wir haben erst letzte Woche ein neues Buch von einer Dame namens Julietta Jacobs reinbekommen, über einen Vampir-Mafiaboss. Durch und durch schmutzig.«

»Ooooh, klingt ganz nach meinem Geschmack«, erwiderte die Frau und verschwand mit ihrer Freundin durch den Türbogen.

Währenddessen beschwerte sich Verity bei Noah munter weiter, wie schrecklich es im Happy Ends war. »... und alles muss man händisch eingeben, also dauert es dreimal länger, als es sollte. Bestandsaufnahme, Inventur, Kasse machen... eigentlich ist es ein einziger Albtraum.«

»Ja, klingt mir nicht besonders zeiteffizient«, pflichtete Noah ihr mitfühlend bei, obwohl er gerade gesagt hatte, dass er nicht da war, um zu urteilen.

Nina konnte ihn jetzt schon nicht leiden, dabei hatte sie, was Männer anging, bekanntermaßen eher niedrige Standards. Ihre düsteren Gedanken wurden von der nächsten Kundin unterbrochen. Lucy, eine hübsche Frau, die im Gemeindebüro in der Nähe arbeitete, kam durch die Tür spaziert. Sie las einen Liebesroman pro Tag und drei an den Wochenenden. Nina befürchtete schon, dass irgendwann der Tag kommen könnte, an dem Lucy jeden jemals gedruckten Liebesroman verschlungen hätte.

Doch jener Tag war nicht heute. »Sind das die Neuerscheinungen?«, fragte Lucy, und ihre Augen erstrahlten beim Blick auf den Bücherstapel neben der Kasse.

»Ganz genau«, bestätigte Nina. »Hau rein!«

Verity kicherte schon wieder – sie war wirklich nicht mehr ganz bei Sinnen, seit sie sich vor ein paar Monaten verliebt hatte –, und Noah murmelte wieder etwas, aber da bimmelte das Glöckchen an der Tür erneut und weitere Kundinnen strömten herein. Ninas Kater war mittlerweile so weit abgeflaut, dass sie sich fit genug fühlte, ihren Platz auf dem Hocker zu verlassen und sich in den Verkaufsraum zu wagen, um ihre Hilfe anzubieten.